KB196842

네페스 네페세

네페스 네페세

아이셰 쿨린 지음 ✦ 오진혁 옮김

먼저, 튀르키예 문화관광부의 TEDA(튀르키예 문화, 예술, 문학 작품의 해외 진출 지원 사업)에 선정되어 기쁘다고 말하고 싶다. 2024년 출판계는 정부의 출판 지원 예산 삭감으로 무척이나 힘든 시기를 보내고 있다. 튀르키예 정부의 지원으로 훌륭한 작품을 국내 독자들에게 선보일 수 있어서 다행이다. 지원을 아끼지 않은 TEDA 관계자께 감사하다.

『네페스 네페세』의 저자 아이셰 쿨린은 튀르키예를 대표하는 작가임에도 국내에는 처음 소개된다. 신문기자, 칼럼니스트, 드라마 PD, 드라마 작가 등으로 활동했으며, 자신의 작품을 직접 시나리오로 각색하여 드라마로 제작하기도 했다. 1984년 『태양을 향해 얼굴을 돌려라』로 등단했으며, 2024년 자신의 서른아홉 번째 작품 『3박 4일』을 발표했다.

아이셰 쿨린은 대부분 작품에서 중요한 역사적 사건과 사회의 격변을 개인의 삶에 접목했다. 『네페스 네페세』는 터키인들의 역사에서 가장 힘들었던 시기로 평가되는 제2차 세계대전 전후의 프랑스와 튀르키예를 배경으로, 치열한 외교전, 인류애, 종교와 민족을 초월한 사랑 이야기를 담고 있다.

작가는 이 작품을 위해 당시 유대인 구출 작전에 참여한 외교관들과 열차 탑승객을 직접 인터뷰하며 자료를 수집했다. 『네페스 네페세』 터키어 원본 '감사의 말'에 첨부된 유대인 구출 작전에 참여한 외교관 명단을 이 글 뒤에 덧붙였다.

아이셰 쿨린은 한 인터뷰에서 이런 말을 했다. "내 나라가 힘든 시기를 겪고 있다. 정권은 왜곡된 역사를 기록으로 남긴다. 우리가 어떤 시대를 살았는지를 다음 세대에 전달하는 게 작가의 임무라고 생각한다. 내 취향과 기분에 따라 작품을 쓸 만큼 한가롭지 않다." 아이셰 쿨린의 작품 세계를 잘 요약한 말이다. 앞으로 아이셰 쿨린의 작품을 더 많이 소개할 수 있는 출판 환경이 오길 소원한다.

번역가 오진혁

제2차 세계대전 중 학살의 위험에 놓인 유대인의 생명을 구한 튀르키예 외교관들 명단(출처: 500주년 재단 유대계 터키인 박물관)

누만 메네멘지오울루	외무부 장관	1942년~1944년
베히츠 에르킨	주비씨 정부 대사	1940년~1943년
사펫 아르칸	주베를린 대사	1942년~1944년
이나예툴라 제말 외즈카야	주아테네 총영사	1940년~1945년
피루잔 셀축	주베오그라드 영사	1939년~1941년
페르테프 셰브키 칸테미르	주부다페스트 영사	1939년~1942년
압뒬라핫 비르덴	주부다페스트 영사	1942년~1944년
쿠드렛 에르베이	주함부르크 총영사	1938년~1942년
갈립 에브렌	주함부르크 영사	1942년~1944년
푸앗 아트칸	주콘스탄차 총영사	1937년~1942년
라급 라우프 아르만	주콘스탄차 총영사	1942년~1945년
네즈뎃 켄트	주마르세유 영사	1942년~1945년
베디 아르벨	주마르세유 총영사	1940년~1943년
메흐멧 푸앗 자름	주마르세유 총영사	1943년~1945년
제브뎃 뒬게르	주파리 총영사	1939년~1942년
피크렛 셰픽 외즈도안즈	주파리 영사보	1942년~1945년
나 케말 욜가	주파리 영사보	1942년~1945년
이르판 사빗 악차	주프라하 영사	1939년~1943년
셀라하틴 윌퀴멘	주로도스 영사	1943년~1944년
부르한 의쉰	주바르나 영사	1942년~1946년

추천사

네페스 네페세, 터키어로 '숨 막히는', '긴박한'이란 뜻이다. 1939년 나치 독일의 무모한 팽창주의로 제2차 세계대전이 시작됐다. 단지 유대인이란 이유로 조직적인 학살이 이어졌다. 인간 존엄성에 반하는 집단 광기 앞에 많은 사람이 혼란스러워하고 무기력에 빠졌다.

하지만 이스탄불행 열차 안 튀르키예 외교관들은 달랐다. 홀로코스트(유대인 대학살)에서 한 명이라도 더 구하기 위해 파리와 베를린을 종횡무진으로 움직였다. 처음엔 터키인을 구할 목적이었으나, 그들의 인류애에 인종이나 민족은 상관없었다. 종교로 죽는 사람은 없어야 했다.

튀르키예의 전신인 오스만제국은 이슬람 대제국이었음에도, 다양한 민족과 종교가 공존했다. 오스만제국은 튀르크, 아랍, 쿠르드, 아르메니아, 유대, 그리스 등 다민족이 함께했다. 이슬람교도를 제외한 기독교, 유대교, 정교를 믿는 사람들은 중앙 정부에 세금을 더 내는 대신 자신의 고유한 신앙과 문화를 지키며 살았다. 오스만제국의 후예에겐 이것이 당연한 삶이었다.

하지만 오스만제국은 제1차 세계대전에 패하면서 산산조각 났다. 신흥 공화국 튀르키예의 외교관들은 제2차 세계대전만큼은 전쟁에 휩쓸리지 않기 위해 고군분투했다. 유럽과 중동에 걸쳐 군림하던 오스만제국은 패전국이 된 후 연합국의 거침없는 영토 분할 앞에서 속수무책이었다. 이때 무스타파 케말 아타튀르크 장군이 독립 전쟁을 일으켜서 현재의 튀르키예 땅을 지켰고, 1923년 세속주의 국민 국가를 선포했다. 새롭게 탄생한 튀르키예 공화국의 건국 엘리트는 다시는 강대국과 힘에 놀아나는 수모를 당하지 않으리라 결심했다.

세계적인 격변기에 오로지 튀르키예의 생존만을 생각하기에는, 신흥 외교관들의 눈에 비친 유대인의 처참한 인권을 방관할 수 없었다. 나라와 가족과 나를 위한 투쟁이 곧 유대인을 구하는 일과 다르지 않다고 여겼다. 이 책은 참전을 피하려고 피 말리는 외교전을 펼치면서도 인류애를 놓칠 수 없었던 튀르키예 외교관들을 그렸다. 이들이 생면부지의 생명을 구하는 스펙터클한 여정을 담는 동시에 가족, 연인, 명예, 존엄, 인생, 모험에 관한 다이내믹한 사랑도 아름답게 그리고 있다.

장지향 (아산정책연구원 중동센터장 / 수석연구위원)

목차

일러두기

- 본 도서는 국립국어원 표기 규정 및 외래어 표기법 규정을 준수했으며, 일부 입말에 따라 표기하였습니다.
- 국호 '튀르키예'를 제외한 사람, 언어 등에 대해서는 국내 학계의 결정에 따라 원어에 가까운 '터키'로 표기합니다.
- 책 제목은 『』로 표기합니다.

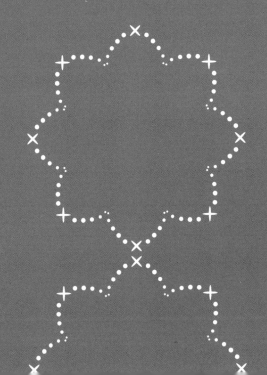

1941년
앙카라

그대들이 깊이 잠든 밤
나는 뜨개질 매듭 하나 더 엮으리
지난밤처럼 오늘도…
테킨 교넨츠

마짓은 집을 나서면서 사비하에게 늦을 거라고 미리 일러
뒀지만 여덟 시 넘어서자, 교양 있는 사람 특유의 의무감이
고개를 들었다. 그는 양해를 구하고 회의실에서 나왔다. 자
신의 사무실로 가서 검은색 전화기의 다이얼을 드르륵드르
륵 돌린 뒤 기다렸다. 사비하의 목소리가 수화기 너머로 들
려왔다. "오늘 밤에도 회의가 있어. 기다리지 말고 식사해."

"또 못 오는 거야, 마짓?" 아내는 풀이 죽은 목소리로 대
답했다. "우리가 저녁 식사를 함께하지 못한 지 거의 이십 일
이 돼가…. 여보, 거기 있는 사람들은 집에서 가족이 기다리
지 않나 봐?"

"독일군이 불가리아와 접경지까지 왔어. 도대체 무슨 소
리를 하는 거야? 이런 소리는 하지 마!" 마짓은 전화를 끊으
며 말했다.

사비하는 장모 같았다. 일상적인 가정생활, 아이들의 식사

와 자는 시간, 가족이 모두 식탁에 모이는 것이 전쟁보다 중요했다. '아타튀르크[1]가 여자에게 직업을 가지라고 애쓴 건 다 헛수고였어.'라고 생각했다. 우리나라 여자들은 엄마나 아내가 될 뿐이야! 아내? 마짓은 입꼬리를 살짝 씰룩거렸다. 사비하가 딸 양육을 전적으로 유모에게 맡긴 것에 대해선 별스럽지 않았지만, 아내로서 몇 달 동안 자신을 대하는 태도에는 은근히 화가 났다. 처음에는 아내의 냉담함이 밤낮없이 이어지는 회의에 대한 무언의 항의인 줄 알고 원망스러웠다. 자신이 전쟁을 일으킨 것도 아닌데, 어째서 아내는 이런 상황까지 화를 내는 걸까? 계속되는 회의를 자신이 진행한 것도 아닌데? 만약 참전하게 된다면, 아내를 포함해서 누구도 남편의 얼굴을 볼 수 없지 않을까?

마짓은 그렇게 생각했지만, 아내의 행동이 단지 투정만은 아니라는 걸 알고 있었다. 사비하는 우울증에 걸린 것 같았다. 날씨가 좋은 날엔 소풍을 가거나 경마를 관람하고, 비 오는 날에는 카드 게임을 즐기던 젊은 아내가 아무것도 하기 싫어한 지 꽤 됐다. 집에 돌아오면 아내는 이미 잠들어 있었다. 마짓이 옆에 누워 허리를 껴안기라도 하면 아내는 반대로 돌아누웠다. 아주 드물게 함께 잠자리에 들 기회가 생기기라도 하면 아내는 자야 한다는 핑계를 댔다. 아내에게 문제가 있는 게 분명했고 하필 우울증까지 겹쳤다. 하지만 정

---

1   역주-튀르키예 공화국의 건설을 주도하고 초대 대통령을 역임한 튀르키예의 국부

신없이 바쁜 일상 속에서 아내에게도 관심을 보일 수는 없었다. 회의가 자정 이전에 끝나도 마짓은 다음 날 아침 일곱 시까지 정부 청사로 출근해야 했다.

다들 정해진 시간에 맞춰 살지 못한 지 오래됐다. 튀르키예는 지옥을 지나 천국으로 향하는, 양옆으로 불이 붙은 길고 좁은 다리를 건너고 있었다. 한쪽에서는 자신의 이익만을 생각하는 영국의 끝없는 참전 요구가 있었고, 다른 한쪽에서는 독일의 위협이 있었다. 그리고 그것만으로는 충분하지 않다는 듯, 튀르키예 머리 위로 데모클래스의 검을 휘두르며 카르스, 아르다한, 이스탄불 해협에 눈독을 들이는 러시아의 위협이 있었다. 튀르키예가 지지한 나라가 전쟁에서 패하기라도 한다면, 이 년 전부터 러시아가 보스포루스 해협 통과를 두고 주장하는 요구는 끝없는 악몽이 될 게 분명했다.
　이뇌뉘 대통령은 제1차 세계대전을 통해 패배한 나라의 편을 들었던 국가들이 얼마나 큰 피해를 입었는지 직접 경험하고 교훈을 얻은 사람이었다. 그래서 지금은 누가 전쟁에서 이길 것인지 예측하고 그편에 서기 위해 모든 노력을 다 바쳐야 했다. 하지만 어떤 점술가도 승패를 예언할 수 없었다. 예언 대신 아침부터 저녁까지 그리고 다음 날 아침까지 이어지는 회의에서 나온 모든 의견과 조치를 검토해서 예측하는 것이 외무부와 총사령부 두뇌 집단의 몫이었다.
　마짓은 그 집단의 일원이라는 것을 자랑스럽게 여겼다.

하지만 이탈리아가 그리스를 공격한 뒤부터 튀르키예 주위로 위험 반경이 점차 좁아졌다. 그렇다 보니 날카로워진 신경은 정부 요직에 있는 사람들뿐만 아니라 그 가족에게도 영향을 미쳤다.

앙카라에 무더운 여름이 시작되었다.

1940년대 튀르키예의 수도인 앙카라는 계절의 이름에 걸맞게 겨울에는 많은 눈과 혹한이, 여름에는 불볕더위가 기승을 부렸다. 앙카라는 앞으로 여름 몇 달 동안 모든 면에서 지옥의 고통을 맛볼 게 분명해 보였다.

일주일 전쯤, 독일 대사 폰 파펜이 총리에게 히틀러의 메시지를 전달하려고 왔었다. 외무부 직원들은 긴 면담이 끝나기를 숨죽여 기다렸다.

마짓은 히틀러의 메시지가 무엇일지 짐작할 수 있었다. 언뜻 보기에는 선의를 담은 것 같았다. 튀르키예에 모든 종류의 전쟁 물자를 제공할 수 있고, 독일군이 튀르키예 영토를 통과하지 않을 것이며, 보스포루스 해협을 튀르키예가 강력하게 통제할 수 있는 권한을 약속하는 서한일 게 뻔했다. 하지만 행간을 읽으면 '이제 결정을 내릴 순간이 왔다. 만약 우리 편에 서지 않는다면, 전쟁이 끝난 뒤 보스포루스 해협에 대한 조치를 감내해야 할 것이다.'라는 뜻이 담겨 있었다.

기나긴 밤과 아침까지 계속된 회의에서 이뇌뉘 대통령은 이런 말을 했다. "독일은 우리에게 자신의 인내심이 바닥날 때까지 주저하면 안 된다고 말합니다. 우리를 제치고 언제든지 러시아와 손을 잡을 수 있다고 말입니다. 영국은 그리스에서 전투를 벌이고 있고, 리비아에서 참패를 당한 시점이라, 우리를 도우러 올 상황은 못 됩니다. 그러니 독일을 자극해서는 안 됩니다. 자, 여러분. 어디에도 피해 보지 않을 방법을 찾아봅시다."

그 방법이라는 건 시간 끌기였다. 양쪽 모두를 자극하지 않고 해도 입지 않으면서 '예' 또는 '아니오'라는 대답을 주지 않고 시간을 끄는 방법이었다.

총리는 그 일이 있던 날, 아침에 영국 대사를 총리실로 불러 튀르키예가 처한 매우 위험하고도 민감한 상황을 설명했다.

튀르키예는 제2차 세계대전 기간 중 가장 힘들고 불안한 시기를 맞고 있었다. 전쟁은 산불처럼 사방으로 번졌고, 전쟁 당사국은 모두 튀르키예에 기대하는 바가 있었다.

마짓은 방에 들어가자마자 불붙인 담배를 두 번 깊게 빨아들이고 크리스털 재떨이에 비벼서 껐다. 그리고 회의실로 돌아갔다. 외무부 장관과 사무국장은 자리에 없었다.

"마짓 씨, 오늘 논의한 내용을 대통령께서 직접 보고 싶어 하십니다. 제가 보고서는 준비했습니다. 대통령께서 집무실에서 기다리고 계십니다." 보좌관이 말했다.

마짓은 서둘러 대통령궁에 마련된 외무부 사무실로 뛰어

갔다. 그는 몇 달째 대통령에게 즉시 업무 보고를 하고 지시를 받을 수 있도록 대통령궁 내에 마련된 외무부 사무실에서 근무하고 있었다. 몇 시간 전 새로 정리한 정보를 서랍에서 꺼낸 뒤 서둘러 다시 훑어봤다. 그리고 급히 사무실을 나섰다.

커다란 책상을 앞에 두고 등받이가 높은 의자에 앉은 대통령은 그 어느 때보다 순박하고 왜소해 보였지만, 신경은 무척 곤두서 있었다. 대통령 비서실장이 마짓에게 받아서 책상에 올려놓은 보고서를 이리저리 넘겨보고 있었다. 머릿속으로는 온갖 묘수를 생각하고 있었지만 아무 말도 하지 않았다. 책상 주위로 모여 앉은 사람들도 침묵했다.

"오늘 라디오를 제대로 들으셨나요?" 대통령은 갑자기 자신의 앞에 모여 있던 사람들에게 물었다.

"예, 그렇습니다. 직원들이 모든 유럽 방송을 청취하고 있습니다. 청취한 내용을 조금 전에 사무국장에게 전달했습니다. 직원들이 지금도 계속 듣고 있습니다. 불가리아 방송의 내용은 삼십 분마다 보고서를 작성하고 있습니다."

"불가리아에 있는 우리 요원들도 매일 정보를 보내오고 있습니다. 히틀러가 내려올지 북쪽으로 진격해 소련을 공격할지 아직 알 수 없는 상황입니다." 다른 젊은 직원이 말했다.

잠시 뒤 젊은 직원들은 대통령 집무실을 나갔지만, 마짓은 그대로 남아 있었다. "각하 덕분에 전쟁의 불길이 우리에게 번지는 걸 막을 방안을 마련할 수 있었습니다. 각하께서는 안심하고 얄로바로 이동하십시오. 분 단위로 상황을 보고하겠습니다."

대통령이 혼잣말로 중얼거리는 소리가 들렸다. "독일군이 어느 방향으로 올지 알 수만 있다면." 독일이 불가리아와 협정을 맺었기에 이제 튀르키예와 독일은 국경을 접한 거나 마찬가지였다. 첨단 무기와 강력한 군대로 턱밑까지 다가온 히틀러가 어떻게 나올지 알 수 없어서 대통령은 매우 두려워하고 있었다. 히틀러가 튀르키예를 거쳐 이집트로 진격할 수도 있고, 역시나 튀르키예를 거쳐 코카서스까지 진격할 수도 있었다. 히틀러가 어떤 목표를 향해 진군할 것인지는 히틀러의 참모 외에는 아는 사람이 없었다. 튀르키예는 모든 가능성에 대비해야만 했다. 그중 최악의 시나리오는 독일이 러시아와 동맹을 맺는 것이고, 튀르키예 입장에서 이는 재앙이나 다름없었다.

대통령이 보고서를 다 읽을 때까지 기다리던 마짓은 사무국장과 함께 회의실로 돌아왔다.

최신 보고서를 확인하고 검토한 뒤, 대통령에게 보고할 자료를 정리하면서 회의는 길어졌다. 몇 시간이 흘렀다. 앙카라의 여름날, 마짓은 시원한 밤공기를 마시며 혼자 집으로 걸어가면서 고민에 빠졌다. 세계를 뒤덮고 있는 전쟁의 불길에서 멀리 떨어지려면 정부가 큰 비용을 부담해야 한다는 것쯤은 그도 알고 있었다.

주부들은 물가 때문에 끝없는 불평을 쏟아냈다. 앙카라의 공무원들이 이런 어려움을 겪고 있다면 가난한 아나톨리아 반도의 일반 국민은 어떤 상황일지 뻔했다. 나라에서는 제한적으로나마 공무원을 보호하기 위해 애쓰고 있었다. 슈메르 은행은 공무원들에게 상품과 설탕을 더 저렴한 가격으로 판매했다. 암시장과 사재기 방지를 위해 배급제를 도입한 이후로 신분증 수첩은 도장 자국으로 가득 메워졌다. 온갖 조치에도 불구하고 암시장을 막는 건 불가능했다. 전쟁을 통해 부를 축적한 이기적인 부자들이 생겨났다. 대부분의 국민은 생필품도 구하지 못해서 마른 빵과 곡물로 겨우 배를 채웠고, 비싼 물가 때문에 분노하고 있었다. 국가의 운명을 걸고 무슨 일이 있어도 전쟁에 개입하지 않겠다는 목표를 세운 대통령에게 이런 불만을 전달하는 건 불가능했다. 전쟁의 한가운데에서 지옥을 직접 경험해 본 사람에게 이 목표 이외의 다른 것은 부차적인 일이었다.

마짓은 깊게 한숨을 쉬었다. 대통령이 내일 얄로바로 가는 건 확실해 보였다. 그래서 다음 주에는 회의를 너무 늦은 시간까지 하지 않을 수도 있었다. 어쩌면 일찍 집에 올 수 있을지도 모른다. 사비하의 투정을 듣지 않을 수 있을 것 같았다.

"스페이드 하나."

"다이아몬드 둘."

"패스."

"패스… 미안, 미안. 스페이드 넷."

여자들의 눈은 손에 쥔 카드에서 사비하로 향했다. 사비하의 창백한 얼굴이 살짝 붉어졌다. 정장을 입은 릴라는 라일락처럼 가녀리고 연약해 보였다. "오늘 정신이 딴 데 있는 것 같아. 무슨 일 있는 거야?" 휴메이라가 물었다. "괜찮아. 어젯밤에 잠을 제대로 못 잤어. 집중이 안 되네. 나 대신 네스린이 게임에 들어가게 해줘, 알았지?"

"무슨 소리야. 차라도 마시자. 괜찮아질 거야."

"휴메이라, 오늘은 다섯 시 전에 가야 해."

"왜?"

"횰랴를 마르가2에서 데려와야 해. 수업이 다섯 시에 끝나거든."

"유모가 데려와야 하는 거 아냐?"

"오늘 다른 일이 있어."

"너도, 참. 유모가 할 일이 뭐가 있다고?"

"귀국할 거라 쇼핑해야 한대. 알잖아, 이번 달 말에 영국

---

2   원작자주-1940년대 앙카라에 있던 발레 학교

으로 돌아가는 거.”

“몰랐어, 사비하! 왜 돌아가는 거야?” 벨크스가 물었다.

“흘랴 이제 다 컸어. 아가씨가 됐어. 유모가 따라다닐 필요도 없고 말이야.” 사비하가 대답했다.

“하지만 유모가 영어도 가르치잖아.”

“배울 건 다 배웠어. 남편은 흘랴가 스스로 해내야 한다고 그러네.”

차를 마시기 위해 잠시 카드 게임을 중단했다. 사비하는 의자를 밀고 일어나 차가 준비된 응접실로 향했다. 식탁 위에 차려진 다양한 케이크와 쿠키, 차도 먹고 싶지 않았다. 가능한 한 빨리 밖으로 나가고 싶은 생각뿐이었다. 사비하는 친구들의 질문에 대답하지 않으려고 찻잔을 들고 마시는 척했다. 친구들은 라디오에서 나오는 경쾌한 음악에 맞춰 춤을 추듯 몸을 흔들며 응접실로 가고 있었다. 그때 음악이 갑자기 멈추더니 아나운서의 중저음 목소리가 들렸다.

“주목해 주시기 바랍니다! 오늘 아침 총리 주재로 열린 각료 회의의 결정을 발표하….”

여자들은 차를 마시러 가던 발걸음을 멈추고, 곧바로 라디오가 있는 작은 탁자 주위로 모여들었다.

“조용, 조용! 조용히 해봐. 좀 들어보자.” 벨크스가 소리쳤다. 사비하는 찻잔을 들고 라디오가 있는 곳으로 향했다.

라디오를 듣는 동안 그녀의 손은 미세하게 떨렸다. 좋은 소식이 아니었다.

트라키아3에 배치된 부대가 차탈자4 선까지 후퇴해서 방어선 구축에 들어갔다는 소식이었다. 정부는 이스탄불 주민에게 집 지하실에 반드시 대피소를 마련할 것을 지시했다. 게다가 아나톨리아 반도에 머물 곳이 있는 트라키아 지역 사람이 그곳으로 돌아가려고 할 경우, 최대 50킬로그램의 짐을 가지고 무료로 이동할 수 있다고 공지했다.

"맙소사, 정말 암울한 소식이네. 휴메이라, 라디오를 꺼주겠니?" 네스린이 말했다.

"잠깐, 끄지 마. 프랑스에서는 무슨 일이⋯."

"야, 프랑스가 우리랑 무슨 상관이야?" 네스린이 말했다. 사비하는 그녀를 흘겨보더니 탁자 위에 차를 내려놓았다.

"케이크 좀 먹지 그래. 너 외젠이 만든 과일 케이크를 좋아하잖아." 휴메이라가 말했다.

"주말에 경마를 보러 갔다가 감기에 걸린 것 같아. 속이 메스꺼워. 식욕도 없고." 사비하가 대답했다.

"에디르네5는 전부 대피시키나 봐. 들었어?" 벨크스가 물었다.

"전쟁이 문턱까지 온 거네!"

"내 남편은 어떡하지. 그렇지 않아도 '응', '아니'라는 말

---

3   역주-트레이스 반도의 튀르키예식 명칭, 튀르키예의 유럽 대륙 영토로 그리스, 불가리아와 접경 지역
4   역주-튀르키예 서쪽 국경에서 이스탄불로 연결되는 병목 지역
5   역주-불가리아, 그리스 국경과 인접한 튀르키예 서부 도시

말고는 입을 열지도 않는 사람인데. 우리가 참전한다고 해 봐, 어떨지!" 늘 말이 많은 네즐라가 불평했다.

사비하는 친구들의 대화에 짜증이 치밀었다. 친구들이 케이크를 먹는 동안 집주인에게만 인사를 하고 밖으로 나왔다.

앙카라에는 라일락꽃과 히아신스꽃이 만발했다. 사방에 달콤한 향이 가득했다. 그녀의 불안한 마음과 달리 꽃송이가 정원 담장과 거리 곳곳에 피어 있었다. 사비하는 주변의 꽃, 생동감 넘치는 자연과 완벽한 조화를 이루는 드레스를 입고 수천 가지 생각에 빠져 가젤처럼 총총걸음으로 카박르데레6로 향했다. 사비하는 생각에 잠겨 걷다가 노인과 부딪쳤다. 그녀는 곧바로 사과했다. 그러다 보도블록에 발이 걸려 넘어질 뻔했다.

사비하는 불행했다. 그녀는 가정에 집중하지 못했다. 자신의 주위를 둘러싼 모든 것에 느슨해지면서 무너져 내리고 있었다. 아들을 기대하다 낳은 딸에 대한 실망, 일에만 묻혀 사는 남편, 병마와 싸우는 부모님, 터놓고 이야기를 나눌 수 없는 친구들과도 점점 멀어졌고, 삶에서 단절되는 것 같았다. 남편은 너무 바빠서 그녀의 마음에서 일어나는 변화를 알아채지 못했다. 마짓이 늦은 시간에 집으로 돌아오면 사비하는 자고 있었다. 사비하에게 있어서 잠은 남편한테서 도망치는 가장 쉬운 방법이었다. 최근에는 온갖 핑계를 대며 친구들과의 낮 모임에도 나가지 않았다.

이젠 거짓말까지 했다. 유모에게 일이 있는 것도, 발레 학교에 딸을 데리러 갈 일도 없었다. 그녀가 휴메이라에게 한 말 중에서 유모가 이달 말에 고향으로 돌아간다는 것 말고는 다 거짓말이었다. 마짓은 유모를 원치 않았다. 딸이 학교에 갈 나이가 되어 이젠 유모가 필요하지 않은 데다, 사비하가 딸과 더 많은 시간을 보내야 한다고 생각했기 때문이다.

사비하는 어느 순간부터 자신이 삶을 좌우할 수 없다는 걸 깨달았다. 그녀의 삶은 빌어먹을 전쟁의 영향을 받고 있었다. 더욱이 자신의 나라에서는 일어나지도 않은 전쟁이었다. 그런데도 전쟁 때문에 아무것도 살 수 없었고, 아무 데도 갈 수 없었다. 전쟁 말고는 다른 이야기도 할 수 없었다. 전쟁은 남편마저 포로로 잡고 있었다. 남편이 마치 군인이라도 되는 것처럼! 하지만 결혼 초에는 행복하고 신났었다… 그때는. 동생이 가버리기 전, 전쟁이 일어나기 한참 전인 그 시절을 사비하는 그리워했다. 신문을 읽거나 뉴스를 들으면 자신이 처한 상황에 감사하지 않을 수 없었다. 적어도 이곳에 있는 사람들의 삶은 안전했다. 밤낮 가리지 않고 현관문을 두드리는 경찰이나 군인은 없었다. 낙인찍힌 당나귀처럼 가슴에 노란 별을 달아야 하는 사람도 주변에 없었다. 낙인찍힌 당나귀! 누가 했던 말이더라? 네즐라의 말이 분명했다. 그런 천박한 비유를 할 사람은 네즐라밖에 없었다. 사비하가 기억하기로 이 주 전 브리지 파티에서였다. 네즐라는 평소처럼 횡설수설하며 둔감하게 그런 말을 내뱉었다. "불쌍한 유대인들, 옷깃에 낙인찍힌 당나귀처럼 노란 별을 달도록 했대!"

"무슨 말이 그래?" 사비하는 친구에게 소리를 질렀다. "사람을 당나귀에 비유하는 거니? 넌 외교관의 아내가 될 사람이야! 네가 입으로 내뱉은 말이 네 귀에는 안 들리니!"

"쟤 미쳤어, 왜 나한테 소리를 질러?" 눈에 눈물이 고인 네즐라는 탁자에 앉은 친구들에게 사비하를 비난했다.

"이 전쟁은 우리 모두를 힘들게 해, 애들아. 우리는 일어나지도 않은 일을 두고 신경을 곤두세우고 있어. 어디 보자, 누구 차례였지?" 집주인은 이 신경전을 가볍게 넘겨버렸다. 사비하는 저녁 무렵 집으로 돌아가면서 자신이 네즐라에게 화를 낸 것이 부끄러웠다. 그랬다. 그녀는 신경이 곤두서 있었다. 매일 아침 신문을 펼치면 나오는 무시무시한 소식…, 유럽에서 휘몰아치는 나치의 광풍…, 점령된 도시들…, 탈출하고 피난하는 사람들…, 프랑스… 아!

사비하는 어느 정원 담벼락에 늘어진 히아신스꽃을 따려고 손을 뻗었다. 막 꽃을 꺾으려는 순간에 멈췄다. 차마 꽃을 꺾을 수 없었다. 이유 없이 목이 메고, 눈물처럼 가득 차오르는 슬픔을 억누르며 집 앞 골목으로 들어섰다. 곧 날이 어두워지면, 또 다른 고뇌의 밤이 그녀 앞에 놓일 것이다. 마짓은 아주 늦게 올 게 뻔했다. 휼랴는 저녁 식사 내내 영국인 유모 앞에서 '왜?', '어째서?', '뭣 때문에?'로 시작하는 질문을 늘어놓으며 전쟁에 관해 질문할 것이다. 사비하에게 좋은 기억뿐이었던 앙카라는, 이제 새까만 불행이 되었다. 아니, 아니… 새까맣지도 않았다. 그녀에게 남은 건 단조롭고 무미건조한 회색 같은 삶이었다!

　　　　　　❋ ❋

마짓은 집에 들어가면서 가능한 한 조용히 문을 열려고 주의했다. 아내가 자고 있다면 깨우고 싶지 않았다. 까치발을 하며 침실로 갔다. 사비하는 깨어 있었다. 머리카락을 큰 베개에 넓게 펼친 채 누워서 남편을 바라보고 있었다. 침대 맡 전등의 전등갓을 뚫고 비치는 희미한 분홍빛만으로도 그녀의 눈이 붓고 충혈된 걸 알 수 있었다.

"무슨 일이야? 당신 울었어?" 마짓이 물었다.

"너무 화가 나." 사비하는 몸을 일으켜 앉으며 말했다. "저녁에 왔나 봐. 우체부가 편지를 현관 매트에 놓고 간 것 같아. 쓰레기를 버리러 나가다가 봤어…. 자, 읽어 봐."

"누구한테서 온 거야? 장모님? 장인어른이 또 아프시대?"

"이스탄불에서 온 게 아니야, 마짓…. 셀바가 보낸 거야."

"아!"

"마짓, 너무 무서워. 뭔가 해야만 해. 셀바를 여기로 데려와야 해. 이렇게는 안 되겠어…. 프랑스에서 무슨 일이 일어나고 있는지 조만간 엄마 귀에 들어갈 거야. 엄마가 충격받으실 게 뻔해. 맹세하는데, 이번에는 엄마가 크게 충격받으실 거야."

마짓은 아내가 내민 편지를 받아 들고 희미한 불빛 속에서 읽어 내려갔다.

"셀바는 라파엘을 두고 혼자 오지 않을 거야. 그리고 라파엘도 그리 쉽게 돌아오지 않을 거고."

"그럼 안 돼. 셀바도 엄마 생각을 해야 해. 편지를 보고 나서 교환대에 전화 연결을 부탁했어. 언제 연결될지 모르지만 말이야. 어쩌면 아침에, 어쩌면 내일 중에….."

"사비하, 무슨 짓을 한 거야? 이 집에서 셀바에게 전화하지 말라고 내가 몇 번이나 부탁했잖아?"

"이 늦은 시간에 다른 사람 집에 가서 전화할 수가 없었어. 셀바와 꼭 통화해야 해. 늦기 전에 설득해야 해."

"이 전화를 취소할 거야." 마짓은 이렇게 말하고 빠른 걸음으로 전화기가 있는 곳으로 갔다.

"어떻게 이럴 수가 있어? 내 동생이야. 이해가 안 돼?"

마짓은 침실로 돌아왔다. "사비하, 난 외무부 직원이야. 독일군이 우리 국경 앞에 와 있고 전쟁이 코앞인데, 당신은 프랑스에 사는 유대인의 집에 통화 기록을 남기고 있잖아. 날 곤란하게 만들 작정이야?"

"그놈의 외무부, 진절머리가 나. 지긋지긋하다고. 스파이가 늘 내 주변에 있는 것 같단 말이야."

"곧 휼랴의 방학이 시작되니까 함께 이스탄불로 가. 장인어른이 처제 문제에 있어서 나처럼 관대하실지 모르겠지만 말이야." 마짓이 말했다.

사비하는 마짓이 복도 끝 거실의 작은 탁자 위에 있는 전화기의 다이얼을 돌리고, 프랑스어로 교환대에게 전화 통화 신청을 취소한다고 말하는 소리를 들었다. 사비하는 소리 없이 울었다.

마짓은 전화 통화 신청을 취소하고 발코니에 나갔다. 담배에 불을 붙이고 잠깐 군청색의 하늘을 바라보았다. 날씨는 시원했다. 앙카라의 여름은 낮엔 더워도 밤엔 시원하기에 이런 날씨에 늘 감사했다. 그러나 오늘 저녁 처음으로 느낀 찬 기운에 불편함을 느꼈다. 소름이 돋아서 팔로 자신의 몸을 감쌌다. 추위를 느끼는 이유가 단지 밤의 찬 공기 때문만은 아니었다. 지금 무슨 일이 일어나는지 아는 사람이라면 털이 곤두설 만큼 위험한 나날이었다. 길에서 만나는 평범한 사람도, 변덕을 부리는 그의 아내도 모두 벼랑 끝에 서 있다는 걸 알지 못했다. 일반 국민은 저녁이 되면 집에서 라디오를 켜 뉴스를 듣고, 높은 물가와 암시장에 대해 불평하다가 이불 속으로 들어가서 눈을 감고 코를 골며 잠들면 그만이었다! 보통 사람들은 아무것도 알지 못했다. 튀르키예가 독일이나 연합군의 편으로 전쟁에 참전하게 되면 그들에게 어떤 재앙이 닥칠지 가늠할 수 있는 사람은 아무도 없었다. 대통령이 외교부 직원들과 머리를 맞대고 날카로운 칼날 위를 걷는 중이라는 걸 몰랐다. 정부는 이미 불만과 불안이 극도에 달해 있는 국민이 공황에 빠지지 않고, 폭발하지 않도록 최선을 다하고 있었다. 하지만 어떻게 하는 것이 더 좋은 방법일까. 사실을 있는 그대로 말하고 앞으로 일어날 일과 맞서는 것일까? 슬퍼하지 않도록 나쁜 소식을 숨기며 그저 보호하는 역할을 하는 것일까? 마짓은 결론을 내릴 수가 없었다.

그리 오래된 일도 아니었다. 불과 몇 달 전만 해도 나라가 전쟁의 구렁텅이에 빠질 뻔했다. 전쟁은 똥구덩이다! 똥구덩이! 마짓은 다 타들어 간 담배 끝을 입술 사이에 놓고 연기를 빨아들였다. 그리고 꽁초를 밤 어둠을 향해 날려버렸다. 담배는 불빛이 다하기도 전에 사라졌다. 참전 용사 아버지가 말해줬던 것처럼…. 밤중에 난 총성! 한밤중에 1발, 2발, 3발, 5발, 10발… 19발의 총성…. 팔다리가 떨어지고 머리가 날아간 몸뚱이들, 시체들…. 이가 득실거리고, 굶주리는 비참한 인간들. 뼈만 앙상한 상처 입은 짐승들, 헐벗고 배고픈 고아들, 인간 이하가 된 여성들, 돈도 직업도 집도 없으며 건강과 희망마저 잃은 남자들.

어느 날 아침, 수척한 아버지가 너덜너덜한 야전 상의를 입고, 상처와 이가 가득한 몰골로 대문 앞에 나타났다가 연못 옆에 쓰러져 있던 모습을 기억하는 걸까? 아니면 누군가에게 들었던 이야기로 허상을 만들어 낸 것일까? 어떤 것인지 확신할 수는 없지만, 마짓은 그 장면을 잊을 수 없었다. 정원사는 주인을 거지로 착각하고 거리에 내쫓으려고 했다가 나중에 그가 누군지 알아보았다. 강인하고 건장한 체구에 말솜씨가 좋은 루히가 아니라 정신 이상에, 오른쪽 다리를 절고 뼈만 남은 시체가 온 것이었다! 그게 바로 전쟁이었다. 진정한 승리는 전선이 아니라 협상 탁자에서 얻는 것이다. 아침이 되어도 집에 돌아오지 못하는 건 튀르키예의 어떤 가정도 이런 슬픔에 빠지지 않게 하기 위함이었다. 불평만 해 대는 여자들에게 이런 걸 어떻게 설명한단 말인가!

마짓은 자신이 쌀쌀한 밤공기에 적응한 걸 깨달았다. 발코니에 있던 골풀 의자에 앉아서 회상에 잠겼다.

마짓은 1939년 영국, 프랑스와 체결한 3국 협정에 참여한 적이 있었다. 협정에 따르면, 프랑스와 영국은 튀르키예군이 긴급하게 필요로 하는 물자를 확보하여 가능한 한 빨리 튀르키예로 보내기로 했다. 또한 튀르키예는 자국에서 생산한 크롬을 전쟁 동안 프랑스에 판매하기로 했다. 누만 메네멘지오울루 외무부 장관은 직접 파리에 가서 이 협정에 서명했다. 마짓은 이때 외무부 장관의 수행원이었다. 희망을 안고 파리로 갔지만, 튀르키예의 생각과 그들의 생각 사이에는 괴리가 있었다. 파리 협상에서 원하는 것을 모두 얻진 못했다. 외무부 장관은 크롬 판매 계약 기간을 전쟁이 끝날 때까지로 주장했지만, 상대측의 반대로 2년만 계약하는 걸 원했다. 하지만 튀르키예는 크롬으로 돈을 벌어들여야 했다. 영국군은 그것만으로는 충분하지 않다는 듯 우리가 요청한 대포, 탱크, 대공포 지원을 대폭 줄였다.

생각해 보자…. 튀르키예군은 탄약 1억 1,100만 발과 기관총 6,500정을 원했지만, 영국군은 탄약 200만 발과 소총 200정 정도만 생각하고 있었다. 그런데도 불길이 발칸반도로 번지거나 독일군이 불가리아 또는 그리스를 공격하면, 튀르키예가 스스로 방어하면서 독일군을 막아달라는 요구까지 하고 있었다. 우리가 어떻게 독일군을 막는단 말인가? 나라가 위험에 놓이면 맨손으로 적의 목을 조르고 맨몸으로 방패가 되란 말인가? 제1차 세계대전 당시 오스만제국에 맞서도록 아랍인들을 부추기고 모술과 키르쿠크에 눈독을 들이던 그 영국인들을 위해 죽으란 말인가…. 그게 아니면 중동의 무지하고 원시적인 부족들을 이용해서 자신의 이익을 챙기려고 수많은 국가를 세운 또 다른 유럽인들을 위해 죽으란 말인가? 그래, 자신들이 어떻게 될지 이제 알겠지. 마짓은 유럽인들이 서로를 학살하도록 둬야 한다고 생각했다. 이 전쟁도 그들에 의해 말려들면 어쩌지? 제1차 세계대전처럼 전쟁에 가담한다면 말이다. 이유는 알 수 없어도 화가 나서 물고 뜯는 강대국 사이에서 늘 대가를 치르는 건 우리였다.

마짓은 협상에서 원하는 걸 얻지 못해서 기분이 상했다. 하지만 장관을 골치 아프게 한 건 다른 문제였다. 귀국하는 길에 열차 식당 칸에서 저녁 식사 중이던 수행원들에게 장관이 말했다. "여러분, 보아하니 영국은 무기가 충분하지 않아요. 프랑스는 무기가 없고. 그들이 우리에게 무기를 주지 못하는 건 나쁜 의도가 있어서가 아니라 불가능해서…. 파리에서 그들과 만나면서 이런 의문이 생겼어요. 저들이 승리할 수 있을지 걱정됩니다. 그들 편에 서는 협정에 서명한 것이 실수는 아닐까요?"

누가 전쟁에서 승리할 것인지, 어느 편에라도 서야 한다면 튀르키예는 누구 편에 설 것인지에 대해 그들은 지난 일 년 동안 쉬지 않고 논의해 왔다. 마침내 영국과 프랑스를 지원하기로 했고, 튀르키예가 올바른 결정을 내렸다고 믿었다. 이번 방문으로 연합군이 보유한 무기를 알기 전까지만 해도! 잘못된 사람과 춤을 추고 있다는 징후가 나타나기 시작했다. 서서히….

파리에서 돌아올 때 완전히 빈손은 아니었지만, 원한 것의 절반도 안 되는 성과에 대한 고민을 안고 앙카라로 향했다.

파리에서의 마지막 날 저녁, 회의가 끝난 뒤 마짓은 사비하에게 약속한 대로 시간을 내 셀바를 만났다.

"파리에 사는 친척이 있는데 그를 만날 거야." 동료들에게는 그렇게만 말했다. 동료들은 친척 누구를 만나러 가냐고 굳이 캐묻지 않았다.

셀바는 마짓이 다른 사람의 눈에 띄지 않도록 숙소와 멀리 떨어진 카페 플로허에서 만나자고 했다. 셀바는 언니, 어머니, 조카를 위해 많은 선물을 가지고 왔다. 셀바는 마짓을 꼭 껴안았고 그의 뺨에 볼 키스를 했다. 고국에서, 집에서 온 가족을 만나 얼마나 기쁜지 그녀의 행동으로 알 수 있었다. 셀바는 모두 어떻게 지내는지 자세하게 알고 싶어 했다. "사비하가 휼라의 머리에 큰 리본을 아직도 묶어주나요? 금요일 모임에 항상 같은 친구들을 초대해요? 브리지 파티에서 사비하의 파트너는 누구예요?" 그녀는 한동안 앙카라의 사비하 집에서 함께 살았기에, 사비하의 몇몇 친구와도 잘 알았다. "엄마가 9월 말에 여름 별장 생활을 정리하셨어요? 아니면 날씨가 추워지자 바로 섬을 떠나신 거예요?" 그녀는 궁금했던 모든 것, 가족에 관해 차례대로 물었다. 심지어 사이가 좋지 않은 아버지에 관해서도 상세하게 물었다.

작은 탁자 위에 겨우 올려놓을 만큼 많은 셀바의 선물을 보고 마짓은 주저하며 말을 꺼냈다. "이걸 다 가져갈 수 없어, 셀바. 작은 여행 가방만 가지고 왔어."

"형부, 앞으로 가족에게 뭔가를 보낼 기회가 없을지도 몰라요. 안 가져간다는 소리는 말아요. 지금 라파예트 백화점에 가서 작은 여행 가방을 하나 사서 올게요."

"하지 마! 동료들이 뭐라고 하겠어? 출장 와서 아내 선물을 위해 가방을 하나 더 샀다고 하지 않겠어?"

"그렇다면 저 라벤더만 엄마와 사비하에게 주세요. 휼랴에게 줄 초콜릿도 있는데…."

"사 오지 말지 그랬어. 돈도 많이 쓴 것 같은데. 아깝잖아?"

이런저런 안부 인사를 끝낸 뒤, 두 사람은 서로 무슨 말을 해야 할지 몰라 한동안 멍하니 앉아 있었다. 마짓은 셀바의 눈 밑에 진 그늘을 보고 매우 피곤해한다는 걸 알아챘다. 저무는 태양의 마지막 노을빛에 지치고 창백한 모습이 드러났다. 셀바는 마짓도 많이 봤던 청록색 코트를 입고 있었다. 그러니까 파리 같은 도시에서 그녀는 쇼핑할 수도, 낡은 코트를 대신할 옷도 없다는 말이었다. 부유하게 자란 파즐 레샷 장군의 사랑스러운 작은딸이….

사랑은 어떤 행동까지 하게 만드는 걸까? 가족이 허락하지 않는 사람과 사랑에 빠졌다면, 사비하도 셀바처럼 용기 있는 행동을 했을지 궁금했다. 동시에 자신이 그 답을 알고 싶어 하는지 확신이 서지 않았다. 사비하라면 선택하지 않았을 수도 있다. 예를 들어 마짓이 다른 종교를 믿었다면, 아르메니아 사람이면 결혼했을까? 아니, 아니었을 거다. 절대 결혼하지 않았을 것이다. 사비하가 마짓을 선택한 데에는 오랫동안 이스탄불에서 살았던 그의 가족, 직업, 교육 수준이 중요한 역할을 했을 게 분명했다. 실망할 것도 없는 것이 마짓도 아내가 아름답고, 똑똑하고, 교양 있으며, 좋은 가문 출신이어서 좋아하지 않았나? 셀바의 연애 모험심이 불타오르던 시절, 사비하가 셀바에게 가장 현실적인 조언을 하지 않았을까…. 셀바가 한 귀로 듣고 한 귀로 흘려버렸지만, 그건 또 다른 문제고….

"사랑에는 수명이 있어. 반드시 식게 되어 있어. 그때가 오면 어떻게 할래? 그때 가서 후회해도 아무 소용 없어. 정신을 차려서 라파엘과 이혼하는 건 다른 사람과 이혼하는 거랑 달라. 누구도 너를 데려가지 않을 거야, 셀바. 넌 집에만 처박혀 있게 될 거야."

"내가 유대인 남편에게 버림받을까 봐? 걱정하지 마, 사비하. 우리의 사랑이 끝나도 우정은 계속될 거야. 우리는 죽을 때까지 서로의 연인이자 가장 친한 친구가 될 거야."

"라파엘에게 무슨 일이 생기기라도 하면? 신이시여…. 넌 미망인인 마담 알판다리가 돼서 아버지 집으로 돌아올 수 있겠니?"

"사비하, 아버지 집으로 돌아가지 않을 거야. 단지 내가 이교도 남자를 사랑했다는 이유로 나를 가족으로 보지 않는 아버지에게 돌아가는 일은 없을 거야. 그때쯤이면 나도 가족을 갖게 되겠지. 내 아이들, 어쩌면 내 손주일 수도 있고."

사비하는 동생을 설득할 수 없다는 걸 깨닫자, 이번에는 아버지를 설득했다.

"시대가 변했다니까요. 예전에는 이런 차이가 중요했지만, 이젠 그렇지 않아요. 후회할 일은 하지 마세요. 제발 부탁드릴게요. 아버지, 논리적으로 생각하세요. 사미 장군의 며느리는 그리스 사람이고, 베즈디 씨의 부인은 독일 사람이에요. 하지만 아무 일도 없잖아요? 게다가 아버지는 유럽에서 교육받은, 열린 생각을 가지신 분이잖아요."

"그놈과 결혼할 거면 날 잊으라고 해라."

"아버지! 어떻게 아버지를 잊어요. 걔는 아버지 딸이에요!"

파즐 레샷 장군은 창밖 너머를 응시하며 한마디 했다. "딸이었지!"

이 사건은 며칠, 몇 주, 몇 달이 아니라 몇 년 동안 가족 내 불화를 낳고 질서를 무너트렸다. 파즐 레샷 장군은 권총으로 자살까지 시도했지만, 뜻대로 되지 않았다. 셀바는 아버지의 완쾌를 기다리다가 다시 자신의 연인에게로 가버렸다. 이번에는 레만 부인이 몸져누웠다. 파즐 레샷 장군은 집 밖으로 나가지 않았다. 셀바의 가족은 수치심으로 누구와도 만나지 않았다. 이 사건은 모든 면에서 좋지 않은 결과를 가져왔지만, 친구와 적을 가려낼 기회이기도 했다. 가장 친한 친구조차 주저 없이 뒤에서 험담했고, 파즐 레샷 장군이 딸을 이교도 학교에 보냈다고 비난했다. 그러나 그를 비난하는 친구들도 자신의 딸을 튀르키예에 있는 프랑스 고등학교나 최근 유행하는 미국 사립학교에 보냈다.

셀바와 사비하는 이웃에 사는 많은 또래처럼 처음에는 게딕 파샤에 있는 미국 유치원을 다녔고 프랑스 학교에서 중등교육을, 그다음에는 미국 여자고등학교에서 공부했다. 그래서 자매가 영어와 프랑스어를 거의 완벽하게 구사했다.

몇 년 전 마짓은 사비하가 약혼녀일 때 들고 있던 보들레르와 바이런의 시집을 발견하고 깊은 인상을 받았다. 마짓은 지금은 돌아가신 자신의 어머니에게 "외무부 공무원에게 딱 어울리는 아내."라고 말한 적 있었다.

※ ※

　이런 생각에 빠져 있던 마짓은 "튀르키예도 참전하는 거예요?"라는 셀바의 질문에 깜짝 놀랐다.

　"그러진 않을 거야."

　"확실해요?"

　"참전하지 않으려고 최선을 다하고 있어. 전쟁은 우리가 감당할 수 없어, 셀바."

　"형부… 할 말이 있어요…."

　"말해 봐." 마짓이 말했다.

　"아버지… 아버지가 저를 용서해 주실까요?"

　"모르겠어. 내가 보기엔 끝났어. 사비하와도 이 문제에 관해서는 말을 꺼내지 않으셔."

　"그렇군요!"

　"다 끝난 일인데 뭘 또 이야기하겠어."

　"그렇게 생각하세요, 형부?"

　마짓은 커피를 한 모금 마시고 이렇게 말했다. "내 생각이 뭐가 중요하겠어. 처제가 원하는 대로 했잖아. 적어도 처제는 행복하잖아? 이 난리를 겪어야 할 만큼 가치가 있는 건 맞지?"

　"라파엘을 전혀 모르는 것처럼 말씀하시네요. 세상에."

　"처제는 아무것도 보지 않으려 했고, 모든 다리를 끊어버렸잖아. 장인어른과 장모님, 사비하에게 실망을 안겨줬어.

적어도 처제가 후회하는 일은 없어야 해. 우리가 처제에게 원하는 건 그게 다야."

"저는 라파엘을 사랑해요, 형부. 후회하진 않아요. 하지만… 정말 미안해요…."

셀바의 눈동자에 고인 눈물이 떨렸다. 마짓은 탁자 위로 손을 뻗어 커피잔 옆에서 떨고 있는 셀바의 작고 하얀 손을 움켜쥐었다.

"처제만 행복하면 슬퍼할 일이 뭐가 있겠어! 사랑을 위해 산을 뒤집어 놓은 거야. 정말 강한 사람이야, 처제. 자신이 무엇을 하고 있는지, 무엇을 원하는지를 아는 용감한 영웅이나 다름없어. 장인어른도 이 사실을 알고 계실 거야. 아직 처제를 용서하시지 않았지만, 여전히 사랑하시는 건 분명해."

"너무 보고 싶어요… 모두."

"시간이 모든 걸 해결해 주겠지. 시간에 맡겨."

"형부, 우리에게 시간이 있어요?" 셀바가 물었다.

시간이 정말 있던가? 시간은 소중했다. 특히나 지난 몇 달 동안 가장 귀중한 건 시간이었다.

튀르키예 대표단도 무기보다 시간을 확보하기 위해 파리에 왔고, 대통령도 다른 무엇보다 시간에 쫓기고 있었다.

시간… 시간! 생각할 시간, 벌어야 할 시간, 확보해 둘 시간, 전쟁에서 벗어날 시간. 대통령은 전쟁에 관한 질문에 항상 "시간이 말해 줄 것입니다."라고 대답했다. 마짓도 처제에게 그렇게 대답했다.

"몰라. 처제, 시간이 말해주겠지!"

마짓은 외교전을 직접 경험하면서 많은 걸 배웠다. 예상치 못한 순간에 돌변하는 상황 속에서, 날이 밝기 전에 무슨 일이 벌어질까 봐 걱정했다. 게다가 유럽이 처한 상황을 보면 희망이 없었다. 그는 떠나기 전 셀바의 손을 꼭 잡고 눈을 바라보며 말했다.

"처제, 언제 무슨 일이 일어날지 몰라. 이곳은 상황이 매우 어려워지고 있어. 생명에 위협이 되는 상황이 생기면 즉시 돌아와."

"라파엘을 두고 돌아갈 수 없어요, 형부."

"돌아와야 해. 그는 남자잖아. 혼자서 잘할 거야."

"우리는 남은 생을 서로에게 최선을 다하자고 맹세했어요. 라파엘은 돌아가고 싶어 하지 않아요. 형부도 아시다시피 많은 학대와 모욕을 겪었잖아요. 저도 그 사람을 떠날 수 없어요."

"잘 생각해 봐, 처제. 목숨은 하나뿐이고 스스로가 책임져야 해."

"형부, 제게는 책임져야 할 또 다른 목숨이 있어요."

"물론 그렇겠지. 하지만 침몰하는 배에서는 여자와 아이가 먼저 내려. 그게 원칙이야."

"라파엘을 이야기하는 게 아니에요."

마짓은 자리에서 일어나려다 다시 앉았다.

"처제… 혹시?"

"맞아요."

"언제쯤 출산이야?"

"내년 초예요."

"왜 말하지 않았어?"

"보면 아실 줄 알았죠."

마짓이 자세히 살펴보니 코트를 벗은 셀바의 배가 조금 나왔고 가슴도 더 커져 있었다. 하지만 그녀의 얼굴은 너무도 수척했다. 전쟁 중에 임신이라니… 정신 나간 셀바.

"축하해." 마짓은 마지못해 말을 꺼냈다. "내가 사비하에게 전해줄까?"

"편지를 썼어요. 아직 못 받았을 거예요. 내일 돌아가면 편지보다 일찍 도착하겠네요. 제가 먼저 소식을 전하고 싶은데, 그래도 되겠죠?"

"물론이지."

"엄마한테도 편지를 썼어요."

"잘 생각해야 해, 처제." 마짓이 말했다. "이제 이스탄불로 돌아가야 할 또 다른 이유가 생겼어."

"아버지 없이 아이를 키울 순 없어요. 걱정하지 마세요, 형부. 라파엘도 우리가 여기에 머무르는 건 위험하다고 생각해요. 그래서 파리 밖 시골에서 일자리를 찾고 있어요. 한 달 안에 파리를 떠날 수 있을 거예요."

라파엘과 셀바는 파리를 떠나 마르세유로 갔지만 어떻게

됐나? 나치의 그림자는 거기까지 뻗어 있었다. 페탱 원수가 구성한 정부는 파리 남부 지역의 점령을 피하려고 유대인 출신의 프랑스인을 희생시키는 방법을 사용했다. 외딴곳에서 눈에 띄지 않게 살 수 있다고 생각한 유대계 프랑스인들은 점차 자신들이 얼마나 큰 판단 착오를 했는지 깨닫기 시작했다. 독일군은 연기처럼 곳곳으로 침투하고 있었다. 그들에게 벗어나는 건 불가능해 보였다.

　라파엘은 마르세유에서 약사 친구와 함께 일했다. 레만 부인은 다이아몬드 목걸이를 경매에서 팔아 그 돈을 남편 모르게 셀바에게 보냈다. 그 돈을 밑천으로 라파엘은 약국의 동업자가 되었다. 그들은 약국 바로 건너편 건물 꼭대기 층에 임대로 살았다. 셀바는 이웃에 사는 세 명의 소녀에게 피아노와 영어를 가르쳤다. 셀바는 몇몇 친구를 사귀기는 했지만, 여전히 가장 가까운 친구는 일주일에 몇 번씩 편지를 보내는 사비하였다. 셀바는 자신에게 일어난 일을 거의 매일 언니에게 알렸다. 임신 중에 헛구역질이나 특별히 힘든 것도 없었다. 금전적으로도 큰 문제가 없었다. 절약하며 살면 괜찮았다. 언니와 가끔 통화하려고 산 전화기 외에는 사치와 거리가 멀었다. 하지만 눈먼 사람이 아니라면 자신의 주위로 점점 좁혀지는 감시망을 모를 수 없었다. 셀바는 경찰이 길가에서 남자들을 멈춰 세우고 바지를 벗겨 포경 수술을 했는지 확인한다는 말을 들었다. 하지만 아직까지 라파엘이 그런 굴욕을 당하진 않았다. 두 사람은 터키어를 사용했기에 동네에서 친구가 된 사람들은 그들을 터키인으로 알고 있었다. 셀바는 라마단 기간이었던 3월에 금식을 지켰고, 친구들에게는 대놓고 금식 중이라는 걸 알렸다. 그러나 아무리 발버둥을 쳐도 진실은 언젠가 밝혀지리라는 걸 알고 있었다.

✳︎ ✳︎

마짓은 아내가 동생을 걱정하면서 우울증이 생겼다고 믿었다. 하지만 그가 할 수 있는 일은 아무것도 없었다. 최근 국가가 직면한 위험에 비하면 개인적인 비극은 하찮은 일이었다. 그는 두 번째 담배를 피운 뒤 추위에 몸을 떨며 침실로 갔다. 그리고 문밖에 서서 아내의 깊은 숨소리에 귀를 기울였다. 사비하는 잠들어 있었다. 아내를 깨우지 않으려고 화장실에서 옷을 벗고 방으로 들어갔다. 이불 속에 들어가자 몸이 따뜻해지기는 했지만 잠을 잘 수 없었다. 침대에서 몸을 뒤척이다 전화벨 소리를 들었다.

"맙소사." 그는 혼잣말로 중얼거렸다. "사비하가 전화 연결 신청을 취소하지 않은 모양이군."

슬리퍼도 신지 않은 채 방에서 뛰쳐나왔다. 어둠 속에서 좌우로 부딪쳐 가며 복도를 달렸다. 숨을 헐떡이며 전화를 받았다. 황급히 수화기를 들고 말했다. "여보세요."

"마짓 씨… 죄송합니다. 주무시는데 깨웠다는 건 압니다만…."

"여보세요… 여보세요… 누구시죠?"

"접니다. 지… 다륵… 다륵 아르자."

"아, 타륵!" 마짓은 숨을 크게 내쉬며 말했다. "무슨 일이야?"

"밤늦은 시간에 죄송해요. 사비하 부인과 아이를 깨운 건 아니겠죠?"

"무슨 일이야? 말해봐."

"나쁜 소식입니다. 외교부 일직 근무 중인데…. 삼십 분 전에 독일군이 크레타섬을 공격했습니다."

마짓은 전화기가 놓인 탁자 옆, 작은 의자에 털썩 주저앉았다.

"무슨 말을 하는 거야?"

"사무국장과 장관, 총사령관께서 이십 분 내로 회의를 열 예정입니다. 대통령께도 소식을 전했습니다."

"알겠네. 옷만 입고 바로 갈게. 고맙네."

전화를 끊은 뒤 천천히 침실로 갔다. 사비하는 전화 통화를 듣지 못하고 곤히 자는 것 같았다. 마짓은 방금 벗어서 화장실 옆에 놓아두었던 옷을 하나씩 입기 시작했다.

마짓이 현관문을 닫자, 사비하는 몸을 일으켜 침대 끝에 걸터앉았다. 한동안 어둠 속에서 그렇게 있었다. 그리고 침대맡 전등을 켰다. 눈물이 그녀의 뺨을 타고 흘러 분홍색 잠옷 위로 떨어졌다. 사비하는 양손을 펼치고 기도했다. "신이시여, 셀바를 지켜주소서. 그 지옥에서 제 동생을 꺼내 주소서. 이렇게 간청합니다." 얼굴을 양손에 묻고 한동안 몸을 양 옆으로 흔들었다. "날 용서해 셀바. 날 용서해 줘, 셀바." 사 비하는 혼잣말로 속삭였다.

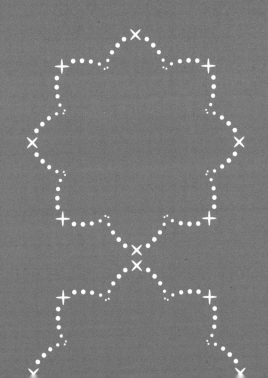

1933년
이스탄불

사비하는 햇빛 아래에서 머리카락을 말리는 동생을 부러운 시선으로 바라보았다. 셀바가 상아색 빗으로 긴 금발을 쓸어내리며 흔들자, 빗 끝에 맺힌 작은 수정 구슬 같은 물방울이 사방으로 흩어졌다.

"여기서 머리카락을 말리지 마. 내 드레스에 얼룩이 생기잖아." 사비하는 조금 화난 목소리로 말했다.

"세상에, 물이 얼룩을 남긴단 말이야?"

"그래, 실크에는 얼룩이 남아."

셀바는 창가에서 물러나 침대 끝에 걸터앉았다.

"언니가 원하면 나도 갈 수 있었어."

"싫은데."

"왜?"

"아직 어리잖아. 어쩌면 내년에는….”

"키는 내가 언니보다 커."

사비하는 화난 눈으로 동생을 바라보았다. 그리고 무슨 말을 하려다 말고 입술을 깨물었다. 셀바는 침대 위에 양반 다리를 하고 앉아서 계속 머리를 말렸다.

"너는 머리카락을 좀 잘라야겠어. 바닥을 쓸고 다니잖아." 셀바가 자신의 긴 금발에 매우 만족하고 있다는 걸 알면서도 사비하는 그렇게 말했다.

"아버지가 허락 안 해."

"거짓말. 네가 자르고 싶지 않은 거잖아."

"그럴 수도."

"정말 유행에 뒤처졌어! 머리를 땋은 것까지 말이야! 머리 감기도 힘들고 말리기도 힘든데. 몇 년째 똑같이 땋아 올리 잖아. 머리에 두 겹으로 쌓은 씨밋1 빵처럼… 안 지겨워?"

"난 안 지겨운데."

"나랑 차 마시는 자리에 같이 가려면 머리부터 제대로 해 야지. 내 옆에서 빅토리아 여왕 머리를 하고 돌아다니게 할 순 없어… 알겠어?"

"알았어, 언니."

사비하는 셀바의 대답에 놀라지 않았다. 셀바는 누구에게 도 반기를 들지 않으면서, 늘 자신의 생각대로 했다. 셀바와 싸우는 건 의미가 없었다. 사비하는 어깨를 한번 으쓱하더니 거울 앞에서 여러 목걸이를 가슴 높이에 대보며 마음에 드는

---

1   역주-튀르키예식 베이글

걸 고르고 있었다.

"어떤 게 좋아?"

"난 말이야… 이걸 할 거야. 고리를 좀 걸어줘."

사비하는 자신의 머리카락을 쓸어올린 다음 목덜미를 드러낸 채 셀바 앞에 무릎을 꿇었다.

셀바는 목걸이의 고리를 채워주고, 사비하를 보며 감탄했다. "정말 잘 어울려. 오늘 언니가 제일 예쁠 거야."

사비하는 거울에 비친 자신의 모습을 바라보았다. 연한 녹색 실크 드레스를 입고, 세 줄로 된 진주 목걸이를 한 모습은 아름다웠다. 그녀는 굴곡진 머리카락을 귀 뒤로 넘겼다. 사비하는 거울을 보며 행복한 미소를 지었다.

"아버지가 돌아오시기 전에 집에 와야 해. 늦지 마." 레만 부인은 문 밖으로 고개를 내밀며 말했다. "어서, 친구들이 와 있어. 문밖에서 널 기다리고 있단다. 서두르거라."

사비하는 셀바에게 손짓으로 키스를 보내고 밖으로 나갔다. 하지만 곧바로 다시 달려와 셀바를 안아주며 말했다. "다음에는 꼭 데리고 갈게, 약속!"

사비하는 들어올 때처럼 서둘러 방에서 나갔다. 셀바는 어머니를 따라 계단을 내려가는 사비하의 발소리를 들었다. 그리고 자신이 앉아 있던 침대에서 내려와 거울 앞에 서서 두 가닥으로 길게 땋았던 머리카락을 머리 위로 돌려서 감은 뒤 머리핀을 꽂았다. 조금 뒤로 물러나더니 거울을 보며 말했다.

"절대 용서할 수 없어, 절대로. 절대 용서치 않을 거야, 시모어 경. 당신을 믿었어. 진심으로 당신을 믿었단 말이에요. 이제 가 봐요… 내 앞에서 당장 사라지세요….” 셀바는 나가라는 손짓을 했다.

"얘야, 뭐 하니?” 레만 부인은 문 앞에서 놀란 표정으로 셀바를 바라보고 있었다. "엄마, 엄마가 오시는 소리를 못 들었어요.” 셀바는 웃으며 말했다. "연습 중이에요. 연말에 하는 연극에서 엘리자베스 여왕 역을 맡았거든요.”

"왕은 누구니?”

"왕은 없어요. 영국에서 헨리 8세가 죽은 뒤 권력은 여성에게 넘어갔어요. 무알라는 메리 스튜어트 역을 맡았어요. 시모어 경은 라파엘이 맡았고요. 그리고 신부, 영주 등이 있어요. 엄마, 다음 주에 연극부 친구들을 우리 집에 초대해서 차를 마실 수 있을까요? 제발요, 엄마.”

"여자 친구들은 초대해도 돼.”

"그게 말이 된다고 생각하세요? 연습할 건데 남자 역할은 누가 해요?”

"다시는 네 아버지 앞에서 나를 나쁜 사람으로 만들지 마라, 셀바. 너희들이 다과 모임에 가는 걸 허락했다고 네 아버지가 날 얼마나 성가시게 하는데.”

"너희들이라고요? 난 안 보내주잖아요!”

"넌 아직 열여덟 살이 되지 않았잖니.”

"걱정하지 마세요, 엄마. 열여덟 살이 돼도 안 갈 거예요.

그냥 언니에게 데려가 달라고 하는 거예요… 언니 화를 돋우려고요."

"맙소사, 왜 안 가겠다는 거니?"

"여자들이 남편감을 찾으러 그 다과 모임에 간다는 걸 제가 모를까 봐요."

"그건 또 무슨 소리니?"

"언니가 친구들이랑 이야기하는 걸 들었어요. 온통 남편감을 찾는 생각뿐이에요."

"그게 어때서! 그 모임에는 좋은 집 자녀들만 초대받잖니. 잘 교육받고, 외국어도 할 줄 아는 신사들이잖아. 게다가 늘 어른들이 볼 수 있는 집에서 모이고 말이야."

"내가 화나는 것도 바로 그거예요. 이 다과 모임을 엄마들이 사윗감을 고르기 위해서 연다는 거요."

"그게 어때서? 여자가 결혼을 잘하는 것보다 좋은 게 어딨겠니?"

"난 싫어요."

"좋아! 그럼 나도 널 위해서 네 아버지랑 쓸데없이 싸우지 말아야겠네. 남편을 보지도 않고 중매결혼을 하게 말이야."

"그런 말이 아니에요."

"물론 아니겠지. 네가 중매결혼을 잘도 하겠다."

"나는 결혼 안 할 거예요!"

"아니, 그렇다면 뭐가 싫은데?"

"집 거실에 잘난 신사들이랑 예쁜 여자아이들을 모아서

는… 그런 게 싫다고요!"

"그럼 배우자를 어떻게 고를 거니? 시장에서 남편감을 팔
기라고 하니?"

"난 남편이 될 사람을 직접 고를 거예요. 엄마들이 다 보
고 있는 자리에서 하는 경쟁 없이 말이에요."

"그래? 네 나이에 뭘 안다고? 배우자를 선택하는 게 뭔지
나 아니? 그냥 앉아서 대사나 외워."

"엄마… 그런데 말이에요… 가장 중요한 역을 맡은 한 명
이라도… 그러니까 남자를…."

"초대하고 싶다는 애가 누구니?"

"라파엘. 라파엘 알판다리."

"알판다리? 그 유명한 의사의 아들 말이니?"

"손자야."

"초대해 봐. 네 아버지가 그 가족을 잘 아니까 반대하지
않을 수도 있겠구나." 레만 부인이 방에서 나가자 셀바는 거
울 앞에서 자신이 맡은 배역 연습을 이어갔다.

저녁 다섯 시 반쯤 레만 부인이 당황하며 셀바의 방으로
들어갔을 때 셀바는 공부하고 있었다.

"셀바, 다섯 시 반인데 네 언니가 아직 돌아오지 않았어!"

"엄마, 아직 다섯 시 반이 안 됐어요. 시간이 그렇게 됐다
면 나도 들었겠죠." 그 말이 끝나자마자 늘 그랬듯 삼십 분마
다 울리는 거실의 뻐꾸기시계가 울렸다.

"봐, 울리잖니." 레만 부인이 말했다.

"걱정하지 마세요. 언니 곧 올 거예요."

"네 아버지가 오기 전에는…."

셀바는 창가로 가서 밖을 내다보다 기뻐하며 소리쳤다.

"언니가 와요… 온다고요!"

레만 부인과 셀바는 서로를 밀치며 창가 자리를 차지하려고 했다. 사비하는 드레스 위로 망토 자락을 펄럭이면서 집을 향해 달려오고 있었다.

"멈춰. 그만, 뛰지 마. 넘어져." 레만 부인은 자신의 목소리가 사비하에게 들리기라도 하는 것처럼 말했다.

셀바가 사비하에게 문을 열어주려고 황급히 계단을 내려가는 동안 하녀가 먼저 문을 열었다. 사비하에게 뭔가 특별한 일이 있는 게 분명했다. 눈은 반짝였고, 뺨은 붉게 상기되어 있었다.

"어땠니, 즐거웠어? 괜찮은 사람들이 있었니?" 레만 부인이 계단 위에서 물었다.

"엄마는 좋은 신랑감이 있었냐고 물어보는 거야." 셀바가 말했다.

"셀바, 그만하렴! 지겹지도 않니." 레만 부인은 엄하게 꾸짖었다.

셀바는 자신이 너무 지나쳤다는 것을 깨닫고는 사과했다. "죄송해요."

사비하는 망토를 하녀에게 주고, 재빨리 위층에 있는 자신의 방으로 갔다. 깍지 낀 양손으로 머리를 받치고 침대 위에 길게 누웠다.

"얘야, 잠시만. 실크 드레스를 입고 그렇게 누우면 어떡하니! 좋은 옷을 다 망가트리고 있잖아." 어머니가 말했다. "자, 누가 왔었는지 말해보렴."

"엄마… 마짓이라는 사람이 있었는데… 네즈미얀늠의 조카래. 파리에서 공부했고 외무부에 들어갔나 봐. 너무 괜찮았어. 그러니까 잘생겼다는 말이야."

"그래서?"

"나한테 관심을 보인 남자가 그 사람이었다니까요. 춤은 네즐라와 췄지만 계속 저랑 이야기를 나눴어요."

"언니가 제일 예쁠 거라고 내가 말했잖아." 셀바가 한 말은 진심이었다.

"다른 여자도 예뻤지만, 마짓은 내게 제일 관심이 많았어."

"다른 사람은 없었니?"

"있었죠. 네즐라의 남동생과 부르한이라는 남자도…."

"그 사람은 무슨 일을 한다니?"

"누구 말이에요?"

"부르한이라는 청년 말이야."

"몰라요. 말한 것 같은데 기억이 안 나요…."

"넌 온통 그 마짓이라는 아이 생각뿐이구나. 내일 알아보지, 뭐. 마짓이라는 아이가 누구랑 어떤 관계인지."

"엄마, 내가 말했잖아요…."

"사비하, 옷이 엉망이 되기 전에 갈아입어. 아버지도 곧 오실 거야." 레만 부인은 방을 나서며 말했다.

사비하가 거울 앞에서 몽환적인 눈으로 자신을 바라보며 천천히 옷을 벗는 모습을 본 셀바는 놀란 눈으로 지켜봤다.

"사랑에 빠진 거야, 언니?"

"당연히 아니야. 하루 만에 사랑에 빠지는 게 가능하니? 하지만 아주 괜찮은 사람이었어."

"다음 주에 반 친구들을 초대해도 된다고 엄마한테 허락받았어. 그 사람도 초대할까?"

"여자 사이에서 혼자서 뭘 하겠어. 지루할 거야." 사비하는 내키지 않는다는 듯 말했다. 자신보다 예쁘지 않지만, 키가 큰 셀바를 마짓에게 보여주고 싶지 않았다.

"라파엘도 초대할 거야."

"그 유대인 말이니?"

"그래, 그 유대인." 셀바는 언니의 목소리를 흉내 냈다.

"왜 화내는 거니? 거짓말 아니잖아? 유대인이잖아."

"유대인이겠지. 하지만 다른 아이보다 훨씬 똑똑하고, 예의 바르고, 교양도 있고….'

"헛수고하지 마. 어찌 됐든 안 되는 일이야."

"결혼하려고 사람을 만나야 해?"

"인생은 너무 짧아. 시간이 얼마나 중요한지 알아야 해. 아버지가 늘 그러셨잖니?"

"인생이 짧다면, 하고 싶은 걸 하면서 살 필요가 있어."

"그러니까 네가 원하는 사람이 라파엘이야?"

셀바는 대답하지 않았다.

"라파엘…. 품위 있는 애지, 맞아. 그냥 친구로 지낸다면 야, 와이 낫?"

"품위 있는 아인데 왜 결혼은 안 돼?"

"멍청한 소리 그만해. 그건 안 된다는 거 너도 알잖아."

"왜? 우리가 공화국을 왜 수립한 거야? 그런 터무니없는 생각에서 벗어나기 위해서 공화국을 세운 것 아니었어?"

"야, 너랑 내가 공화국을 세웠니? 계속해서 우리, 우리라 고 하는데 말이야. 공화국을 건설한 사람들도 튀르키예 여자 들이 이교들이랑 결혼하라고 건설하지는 않았을 거야. 하여 간 넌 늘 이런 식이야. 꼭 이렇게 선을 넘는단 말이지. 어려 서 그래."

셀바는 늘 그랬듯이 말다툼을 더 끌지 않고 입을 닫았다. 사비하의 머릿속에 번개처럼 스치는 생각이 있었다. 동생이 라파엘에게 정신이 팔려 있으면 마짓은 온전히 자신의 차지 가 된다는 거였다. 셀바는 가식도, 꾸밈도, 아양도 떨 줄 모르 고 늘 솔직하게 행동했다. 거기다 긴 금발, 큰 키 외에는 그 다지 예쁘지도 않은데, 사람들이 왜 좋아하는지 이해하기 어 려웠다. 하지만 남자들은 잔잔한 물처럼 차분하고 조용한 셀 바를 높이 평가했다. 사비하는 그걸 느낄 수 있었다. 사실 그 녀가 셀바를 질투하게 된 가장 큰 이유는 큰 키에 관심이 많은 할머니 때문이었다. 셀바가 고작 열한 살 때 자신보다 두 살 많은 언니의 키와 비슷해지자, 할머니는 자신을 닮은 반짝이는 녹색 눈동자의 키 큰 손녀가 더 자라기를 소원하며 거의 매일 키를 쟀다. 사비하의 방문에도 키를 표시하고 얼마큼 컸는지 확인하며 잔소리하곤 했다. "우유를 충분히 마시지 않아서 그래. 셀바가 너보다 크잖니. 이러다가 난쟁이가 될 거야." 어느 날 사비하는 어머니와 할머니가 이야기하는 걸 들었다. 할머니는 문에 표시해 두었던 연필 자국을 며느리가 비눗물로 지워서 화가 나 있었다.

"제발 이러지 마세요. 쓸데없이 사비하에게 걱정거리만 만들 뿐이에요." 사비하의 어머니가 말했다.

"유제품을 많이 먹으라고 일부러 그러는 거야."

"어머니, 유제품을 먹는다고 될 일은 아니에요. 사람은 타고난 키가 있잖아요. 셀바는 할아버지를 닮았지만, 사비하는 그렇지 않은걸요. 어떻게 하겠어요!"

"저런. 어떻게 하냐니? 넌 딸이 난쟁이가 됐으면 좋겠냐?"

"사비하는 난쟁이가 아니에요. 중간 키예요. 사실 장대같이 큰 건 둘째예요."

"셀바의 키는 적당해. 여자도 남자도 큰 키가 어울려. 난 마르고 키 큰 사람들이 좋더라."

"제가 볼 땐 여자에게 큰 키는 전혀 어울리지 않는 것 같아요. 여자는 작아야 해요. 그리고 그런 말도 있잖아요, '키가 작으면 젊어 보인다.'라고 말이에요."

사비하는 더 듣고 싶지 않았다. 속담의 뜻을 이해할 나이가 아니었다. 화가 나 자신의 방으로 가버렸다.

파즐 레샷 장군의 예쁜 딸이 사비하라면, 똑똑한 딸은 셀바였다. 작은딸을 특별히 사랑한다는 건 연민과 애정이 담긴 그의 눈빛 때문에 숨길 수가 없었다. 사비하가 레만 부인과 마찬가지로 긴 속눈썹과 녹색 눈동자를 가졌지만, 큰 의미가 없었다. 파즐 레샷 장군은 미모보다 지성을 중요하게 여긴다는 걸, 사비하도 알고 있었다. 이 문제를 극복해 보려고 애써도, 이번엔 키가 문제였다. 난쟁이 닭! 사비하는 난쟁이 닭이었다. 사비하의 얼굴이 아무리 예뻐도, 키가 크고 똑똑한 셀바보다 한참이나 모자란 난쟁이 닭에 불과했다. 사비하는 베개에 얼굴을 묻고 울었다.

사비하는 땋은 머리카락으로 머리를 감싸고 있는 셀바를 보며 감탄한 채, 단지 키가 크다는 이유로 어떻게든 밀어내려는 계획을 세우는 자신이 수치스러웠다.

"라파엘은 괜찮은 애야. 잘생기기까지 했고. 조금 친해진 거로는 아무 도움도 안 될 거야."

"진심이야, 언니?"

"졸업 무도회에 왜 라파엘을 초대하지 않는 거니?"

"나 혼자 가게 허락하지 않으실 거야."

"나도 같이 가면 되잖아."

셀바는 앉아 있던 자리에서 벌떡 일어나 사비하를 끌어안고 볼 키스를 퍼부었다.

"네가 라파엘을 그렇게 좋아하는지 몰랐네. 나한테 말하지."

"말했잖아."

셀바는 커다란 갈색 눈동자로 사비하를 순진하게 바라보며 잘해주는 이유를 알아내려 했다. 반면에 사비하는 생각에 잠겼다. 자신의 동생이 유대인 남자에게 관심이 있다는 소식을 들으면 마짓은 어떤 반응을 보일까? 자신에 대한 마음이 식을까? 그렇지는 않을 것 같았다. 프랑스에서 평등과 자유에 대한 온갖 사상을 배운 마짓의 관점에서 사비하의 동생이 이교도 남자와 사귀는 건 그리 특이한 게 아닐 수 있었다. 하지만 셀바가 한 남자에게만 마음을 주는 아이가 아니라면, 마짓이 셀바를 마음에 들어 할 수도 있었다. 셀바는 무엇보다도 키가 컸고, 부드러운 시선과 차분함 그리고 용기가 있었다.

"라파엘이 다과 모임에 온다니 나도 마짓을 초대할래. 그날 넌 라파엘에게만 신경 써. 네 손님이잖아."

셀바는 기뻐서 손뼉을 쳤다.

일주일 뒤 다과 모임에 라파엘과 마짓 그리고 셀바의 반 친구들이 참석했다. 근사한 하루였다. 연극 연습을 마친 뒤 그들은 긴 손잡이를 돌려가며 턴테이블로 춤곡이 담긴 레코드판을 틀었다.

레만 부인은 다음 날 큰딸인 사비하에게 말했다. "셀바가 그 유대인 청년을 얼마나 넋을 잃고 바라보고 있었는지 아니? 그 청년이 말할 때면 셀바가 그 입속으로 들어가는 줄 알았어."

"교육을 잘 받은 청년이에요. 제가 볼 때 오만하고 멋만 부리는 튀르키예 남자들보다 훨씬 품위 있는 것 같아요."

"알판다리 가문은 유서 깊은 가문이란다. 황궁의 주치의들이었지. 물론 그 사람들이 사리 분별을 하겠지만…. 우리 딸이 천방지축이라, 어디로 튈지 모르잖니. 혼자만의 생각에 빠진 아이야."

"그렇긴 하지만 엄마, 라파엘이 셀바와 너무 친하게 지내려고 하진 않을 거예요. 걱정하지 마세요. 그리고 제가 지켜볼게요. 부적절한 상황을 발견하면 제가 말씀드릴게요." 사비하가 말했다.

사비하가 셀바를 지켜보고 있다는 사실에 레만 부인은 안심했다. 그 이후에 다과 모임에 왔던 친구들은 레만 부인이 보낸 하녀의 동행하에 몇 차례 더 학교 공연을 보러 갔고 소풍을 나갔다.

사비하와 마짓은 육 개월 뒤에 약혼했다. 셀바를 마짓에게서 멀리 떼어놓기 위해 이젠 라파엘이 필요치 않았다. 하지만 그녀의 부모님은 어린 약혼자들만 외출하는 걸 원치 않아서 셀바를 동행시켰다. 셀바가 라파엘과 가까이 지내는 게 이번에는 다른 방법으로 사비하에게 도움이 되었다.

마짓과 사비하는 셀바와 함께 집에서 나선 다음 특정 장소에서 라파엘과 만났다. 그런 다음 셀바와 라파엘, 마짓과 사비하가 따로 시간을 보내고, 집으로 돌아가기 전에 다시 만났다. 젊은 약혼자들은 그들만의 시간을 갖게 되어 좋았다.

사비하가 자신의 행동이 잘못되었음을 깨닫고 셀바를 말리려고 했을 땐 이미 두 사람은 사랑에 빠져서 정신을 못 차렸다.

일 년 반 뒤, 사비하와 마짓은 성대한 결혼식을 올렸다. 마짓이 외무부 공무원이 되면서 그들은 앙카라로 이사했다. 셀바는 대학에 입학해 문학을 전공하는 동안 라파엘은 가업과 연관이 있는 화학자가 되길 원했다. 라파엘은 셀바의 수업이 끝날 때쯤 학교에 데리러 오고, 자신의 공강 시간엔 셀바 옆에 앉아서 문학 수업을 청강했다. 셀바와 같은 학과인 일부 학생은 이런 상황을 참기 힘들어했다. 그들은 라파엘이 무슬림 여학생을 쫓아다닌다는 이유로, 몇 차례 길을 막고 폭행하려 들었다.

"이 큰 이스탄불에서 같이 돌아다닐 무슬림 사람을 못 찾은 거야?" 동부에서 온 학생이 말했다. "우리 동네 같으면 널 쏴버렸을 거야."

"미개한 게 자랑이야?" 셀바가 말했다. "네가 말하는 무슬림이라는 게 그렇게 사람을 쉽게 쏴 죽이는 것인가 보네."

셀바의 친구들은 그 남학생에게서 셀바를 간신히 구해냈

다. 매일 학교로 향하는 길모퉁이에 무리를 지은 학생들이 라파엘과 셀바를 기다리고 있었다. 그들이 같이 있지 않아도 라파엘에게 시비를 걸었고, 셀바에게는 욕설을 했다.

라파엘은 2학년까지 다니다 대학을 중퇴했다. 셀바는 라파엘이 자신 때문에 학업을 중단한 게 마음이 아팠다. 그녀도 학교에 가지 않았고 그해 말 공부를 완전히 포기했다. 셀바는 자신이 왜 대학을 그만두려고 하는지 아버지에게 설명하느라 꽤 애를 먹었다.

파슬 레샷 장군의 친구들 사이에서 그리고 마을에서 파즐 레샷 장군의 작은딸이 알판다리 집안의 아들과 연애한다는 소문이 퍼지기 시작했다. 이 소문이 레만 부인의 귀에 들어가자, 레만 부인은 라파엘이 집에 오지 못하게 했고 작은딸도 밖에 혼자 내보내지 않았다. 자신이 들은 이야기를 남편도 듣게 될까 봐 두려워, 아주 엄격하게 단속할 수밖에 없었다. 셀바는 이제 독서와 피아노 연주, 앙카라에 사는 언니와 편지를 주고받는 것 말고는 할 수 있는 게 없었다. 레만 부인은 몇몇 친척, 친구들 외에는 누구와도 만나지 못하게 했다.

파즐 레샷 장군은 결혼한 뒤 멀리 떠난 큰딸에 대한 그리움 때문에 아내가 작은딸에게 더 집착한다고 생각했다. 셀바를 너무 옭아매는 게 마음에 들지 않았다. 결국 레만 부인과 이야기를 나눈 뒤, 셀바를 앙카라에 있는 사비하 집에 보내기로 했다.

그들이 셀바에게 내세운 명목은 조카가 어려서 사비하에

게 도움이 필요하다는 것이었다. 하지만 레만 부인은 작은딸이 앙카라에서 자신에게 어울리는 운명을 만날 것이라고 기대하고 있었다. 그래서 그녀는 사비하에게 이 문제에 관해 편지를 보내고 또 보냈다. 사비하도 최선을 다해 동생을 돌봤다. 집에서 모임을 하기도 했고 초대받은 곳에는 동생을 데리고 나가 독신인 외무부 직원들에게 소개하기도 했다. 셀바에게 구혼하는 사람도 물론 많았다. 앙카라에서 일 년을 보낸 셀바는 자신을 좋아하는 남자들을 뒤로하고 이스탄불의 집으로 돌아왔다.

이번에도 어머니는 작은딸을 억지로 키프로스에 사는 삼촌에게 보냈다. 멀리 가 있으면 사랑도 식고, 소문도 점차 사라질 거라고 생각했다.

레만 부인은 셀바를 이스탄불에서 멀리 떨어트려서 관계를 정리할 수 있으리라 생각했지만, 모든 노력에도 불구하고 셀바는 라파엘과 편지로 계속 연락했고, 결국 소문이 파즐 레샷 장군의 귀에까지 들어가게 되었다. 그리고 그 순간 불지옥의 문이 열렸다. 파즐 레샷 장군은 맞은편에 앉은 셀바에게 바로 물었다. "내가 들은 게 사실이냐? 이 모든 이야기가 나쁜 사람들이 지어낸 소문이라고 말하거라."

"아버지, 아니에요. 저는 온 마음을 다해 라파엘 알판다리를 사랑합니다. 허락해 주신다면 그와 결혼하고 싶어요."

"절대 안 된다. 관습과 전통을 짓밟고 나와 우리 가족 모두를 웃음거리로 만들면서 이교도와 결혼하겠다니, 어림없다. 내가 이런 짓이나 하라고 널 애지중지 키운 줄 아느냐? 이러라고 외국 학교까지 보냈냔 말이다!"

"넓은 시야를 갖고, 남자들이 할 수 있는 일을 저도 할 수 있도록 공부를 시키신 거라고 알고 있어요."

"제대로 혼인해서 아이를 낳고, 그 아이들이 내 이름에 먹칠하지 않게 키우라고 너희들을 공부시킨 거다. 내게 반항하라고 공부시킨 게 아니란 말이다."

"아버지, 아버지께 반항하다니요. 생각도 못 할 일이에요. 그렇지만 제 인생의 동반자는 제가 직접 선택할 수 있게 허락해 주세요. 제가 부도덕하거나 쓸모없고, 명예롭지 못한 신랑감을 아버지께 데려오려는 게 아니잖아요. 라파엘이 이교도라는 게 아버지께서 반대하시는 유일한 이유잖아요. 신앙의 자유, 모든 신앙은 신성하다고 믿는 분이시잖아요."

파즐 레샷 장군은 딸이 저급한 농담을 한다고 생각했다.

곧 상황이 심각하다는 걸 감지했다. 신사적이고 위엄 넘치는 그의 모습에서 나올 거라고는 예상치 못한 분노가 폭발했다. 손찌검하지는 않았지만, 단둘이 이야기를 나누던 거실에서 셀바를 쫓아낸 뒤 벽난로 위에 있던 꽃병과 크리스털 거울을 주먹으로 박살을 냈고, 장군의 손은 피범벅이 됐다.

사비하는 아버지를 진정시키고 셀바가 라파엘과의 관계를 정리하도록 설득할 목적으로, 급히 이스탄불로 불려갔다. 어머니와 함께 며칠에 걸쳐 셀바의 마음을 돌려놓으려 애썼다.

레만 부인은 라파엘을 '집에 침입한 뱀'이라고 불렀다. 밤이면 잠자리에서 벌떡 일어나서는 "내가 어째서 눈치채지 못했지!" 하며 방 안을 오갔다. "어떻게 그놈의 뱀이 집에 들어오도록 놔뒀냐 말이야. 이런 일이 일어날 걸 어떻게 몰랐지."라고 말했다.

어머니가 자신의 머리를 쥐어뜯으며 자책하는 걸 본 사비하는 양심의 가책을 느꼈지만, 진실을 털어놓지는 못했다. '엄마의 잘못이 아니야, 내 잘못이야. 셀바가 방해돼서 라파엘을 이용했어.'라고 말할 수만 있다면, 조금이나마 마음이 편했을 텐데. 그 당시엔 '차라리 가톨릭 신자였으면.'이라고 생각한 적도 있었다. 신부 앞에 가서 속에 있는 걸 다 털어놓고 죄가 무엇이든 그 벌을 달게 받을 생각까지 했었다. 그러면 적어도 지금은 마음의 짐을 덜지 않았을까!

사비하는 셀바가 라파엘을 포기하지 않으리라는 걸 깨닫자, 이번에는 아버지를 설득하려는 헛수고까지 했다. 자신은 셀바와 비교하면 훌륭한 남편을 찾아서 아버지를 만족시켰지만, 양심의 가책으로 그 기쁨을 누리지 못했다.

파즐 레샷 장군은 배신을 당했다고 생각했다. 자신은 딸을 현대적인 여성으로 키웠다. 신생 공화국에서 요구하는 여성상에 맞도록 교육했다. 남자아이들 못지않게 모든 기회를 제공하고, 내일이라도 당장 사회생활을 할 수 있도록 만들었다. 교육과 인성, 외국어를 구사할 수 있는 훌륭한 사람으로 키웠다고 생각했다. 그런데 결과는? 큰딸은 엄마 세대의 여

자들처럼 열아홉 살이 되기 전에 남편 품으로 가버렸다! 똑
똑하고 현명하며 강한 개성에 조용한 작은딸은 꿈에서도 믿
기 힘들 정도로 자신을 배신했다. 그것도 자신이 주입했던
모든 현대적인 생각을 내세우면서. 파즐 레샷 장군의 엄청난
실수였다. 명예로운 군인이 선택할 수 있는 최후의 수단인
죽음만이, 이 실수를 지울 수 있었다. 그럼 셀바는 후회할 것
이고 정신 나간 행동을 그만두리라 생각했다. 적어도 아버지
가 무덤에서 편히 잠들 수 있게!

아버지가 자살을 시도하기 직전, 셀바는 사비하 편으로
아버지에게 메시지를 전했다. 가족이 이렇게까지 결혼을 반
대한다면 결혼하지 않겠다고 했다. 하지만 그 사람과 헤어
질 생각은 없었다. 셀바를 잘 안다고 생각했던 파즐 레샷 장
군은 마침내 마지막 방법을 선택했다. 권총으로 자살! 하지
만 그는 죽지 않았다. 마지막 순간 그에게 달려든 하녀 덕분
에 총알은 그의 어깨를 뚫고 나가 반대편 벽에 박혔다. 이 감
정적 협박은 셀바를 겁주기는커녕 오히려 더 자극했다. "이
도시에서 사는 건 불가능해. 우리는 이스탄불을 떠나 프랑스
로 갈 거야. 그 사람의 가족도 나를 원치 않아. 이런 상황에
서 우리가 떠나는 것 외에는 다른 방법이 없어."

레만 부인은 결국 고집을 꺾고 사비하를 통해 라파엘에게
말을 전했다. 자신의 딸이 외국으로 도망치는 우스운 꼴을
보고 싶진 않았다. 라파엘이 이슬람으로 개종한다면 남편에
게 한 번 더 이야기해 볼 수 있을 것 같았다. 라파엘을 반대

하는 건 사람 됨됨이가 아니라 종교가 이유였기에 어쩌면 장군의 허락을 받고 결혼해서 떳떳하게 살 수 있었다.

셀바는 라파엘에게 고민할 기회조차 주지 않았다.

"내가 선택한 사람이 나 때문에 종교를 버려야 한다면 내가 먼저 그 사람을 버릴 거야. 어떻게 사람들이 그래? 자신의 기준에 맞는 신랑감이 아니면 함부로 해도 되는 거야? 그 사람이 나보고 개종하라고 하면 우리 가족은 어떻게 했을 것 같아? 생각해 봤어?

라파엘의 가족도 종교가 다른 사람과 결혼하는 걸 원치 않아. 단지 가족을 만족시키려고 라파엘이 내 정체성을 뺏으려 한다면 언니는 라파엘을 좋게 보겠어?"

마지막으로 마짓이 설득에 나섰다. 반항적인 셀바였지만, 형부를 매우 좋아했기에 어쩌면 그의 말은 들을지도 모른다는 생각이었다.

"형부 아시죠, 라파엘의 가족에게 다른 종교를 믿는 신붓감이란… 유대인들은 엄마의 종교를 따르잖아요. 그러니 받아들일 수 있겠어요? 그런 집안에서도 개종하라는 소리는 안 했어요. 아, 형부… 종교라는 게 도대체 뭘까요? 사람들을 행복하게 해줘야 할 종교가 악몽이 돼버렸어요."

"셀바, 문제부터 해결하자. 그다음에 밤새도록 종교에 관해 이야기해. 자, 라파엘이 무슬림이 된다면 장인어른의 화가 누그러질 것 같아. 적어도 장모님이 장인어른을 설득하겠다고 나오시잖아. 그런데 처제가 왜 이런 고집을 부려?"

"이건 원칙의 문제예요, 형부. 우리는 서로가 누구인지 알고 사랑했어요. 각자의 신앙을 지켜야죠. 만일 그 사람이 나에게 개종을 요구하면 화나고 상처받았을 거예요. 안 돼요! 라파엘은 개종할 수 없어요! 절 대신해서 아버지께 용서를 구해주세요."

"처제가 직접 해. 가서 장인어른을 한 번 더 만나 봐."

"절 만나려고 하지 않으세요."

완고한 아버지와 똑같이 고집 센 딸 사이에 낀 레만 부인은 절망 속에 몸부림치며 이렇게 말할 수밖에 없었다. "빌어먹을, 그럼 그 유대인이랑 결혼해. 대신 딸이 첩으로 산다는 모멸을 안겨서는 안 돼!"

라파엘과 셀바는 9월의 어느 날, 베이오울루 지구 혼인 사무소에서 두 명의 증인과 몇몇 친구만 참석한 가운데 결혼식을 올렸다. 결혼식이 끝난 뒤 그들은 페라 팔라스 호텔에서 무덤덤한 피로연을 열었다. 신혼부부는 그날 밤을 호텔에서 보내고 다음 날 열차를 타고 파리로 떠났다. 라파엘의 가족 중 누구도 보이지 않았지만, 레만 부인과 사비하는 셀바를 환송하기 위해 나왔다. 모녀는 역에서 라파엘을 못 본 척했다. 열차가 출발하자, 레만 부인과 사비하는 한참을 흐느끼며 셀바에게 손을 흔들었다. 셀바는 열차 창문 너머로 어머니와 사비하가 손수건을 흔들며 눈물을 흘리는 걸 멍한 눈으로 바라보았지만, 자신의 감정은 절대 드러내지 않았다.

셀바의 베이지색 드레스가 비치는 열차의 창문이 멀어진 뒤 모녀는 플랫폼을 떠났다.

집으로 돌아가는 동안 사비하는 칼로 에는 듯한 통증을 느꼈다. 열네 살 때부터 키가 크다는 이유만으로 그렇게 질투했던 동생이, 검은 열차의 짙은 연기와 뒤섞여 마침내 자신의 인생에서 멀어졌다. 사비하는 이제 부모님의 사랑이나 남편의 애정에 관해 이야기 나눌 수 있는 사람이 없었다. 이제부터 모든 게 혼자였다. 셀바는 먼 곳으로 갔고 다시는 돌아오지 않을 가능성이 컸다. 만족을 느껴야 하지만, 이루 말할 수 없는 슬픔을 느꼈다.

한 달 뒤, 레만 부인은 천식 발작을 일으켰다. 갑자기 높아진 혈압을 낮추는 건 불가능했다. 사비하는 한 번 더 이스탄불로 와야 했다. 셀바가 결혼하고 떠난 뒤, 부모님은 연이어 병으로 누웠다. 낡은 천을 당기면 쉽게 찢어지는 것처럼 늙은 부모님의 병세는 위태로웠고, 협심증에 천식 발작, 류머티즘은 갈수록 심해졌다. 사비하는 매번 야간열차를 타고 이스탄불까지 달려가서, 부모님이 건강을 되찾은 듯하면 다시 앙카라로 돌아오곤 했다.

앙카라로 돌아오자, 외교관의 아내로서 피할 수 없는 일이 그녀를 기다리고 있었다. 동생이 이스탄불을 떠나기 전까지만 해도 남편과 팔짱을 낀 채 참석하던 행사가, 이젠 고통스러웠다. 칵테일파티와 리셉션에 마지못해 참석했다. 사비하는 많은 사람 속에서 무료했다. 그리고 자신이 지옥의 입구에 있는 악마가 된 것 같은 기분이 들었다. 그녀는 악마였다. 자신의 이익을 위해 가족의 평화를 깨트린 악마!

마짓에게 자신의 속마음을 드러내려고 여러 번 시도했다. 하지만 사비하가 말을 꺼내기만 하면 남편은 서둘러 그녀에게 아무런 잘못이 없다고 두둔했다. 어떤 조언을 해도 고집이 센 셸바의 마음을 돌리지 못할 거라며 그녀의 말문을 막았다. 마짓은 이 문제에 관해 이야기하는 건 지루해했다. 이차피 벌어진 일이었고 상처를 또다시 긁을 필요가 없다고 생각했다.

앙카라

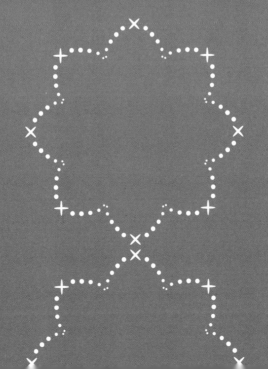

沙

사비하는 앙카라에서 몇 명의 친구를 사귀었다. 휼랴와
같은 학교에 다니는 아이의 어머니들과 동네에서 친구가 되
었다. 그 이웃 친구들 외에 외무부 직원의 젊은 부인들도 있
었는데, 사비하처럼 대부분 이스탄불 출신이었다. 그들은 오
후에 자주 만나서 베지크나 브리지 같은 카드놀이를 했다.
사비하는 카드놀이를 함께하기도 했지만, 셀바가 결혼해서
프랑스로 떠난 뒤에는 대부분 집에서 책을 읽거나 피아노를
쳤다. 여자들이 잡담을 나누는 모임에 참석하면, 대화의 주
제가 돌고 돌다가 셀바에게 갈지도 모른다는 생각이 들어서
무슨 말을 해야 할지 모르겠는 두려움에 휩싸였다.

이에 반해 그녀의 어머니는 고혈압, 불면증 그리고 여러
질병에 시달리고 있음에도 불구하고 험담을 좋아하는 사람
들에 맞서 잘 대응했다. "자신의 행동에는 책임이 따르는 법
이죠. 우리는 허락하지 않았는데도 셀바는 고집대로 했어요.

우리는 이제 남이에요. 신이시여, 올바른 길로 인도하시길. 더는 할 말이 없네요." 이렇게 말해 다른 사람의 입을 막아버렸다.

'물론 엄마는 더 쉽지. 양심의 가책을 느낄 이유가 없으니까.'라고 사비하는 생각했다.

앙카라에 있는 사비하의 친구 중에서 그녀가 가장 좋아하고 신뢰하는 사람은 마짓 곁에서 일하는 타륵이라는 지원이었다.

타륵 아르자는 매우 뛰어난 성적으로 외무부에 들어갔다. 성실하고 똑똑해서 빠르게 승진했다. 말라티아 출신의 이 젊은 친구에게 유일하게 부족한 것은 외국어였다. 말라티아에서 초등학교, 엘라즈으에서 중학교, 시바스에서 고등학교를 다녔다. 그는 이스탄불 고등 공무원 양성학교의 마지막 졸업생 중 한 명이었다. 부족한 언어 능력을 향상하기 위해 주말에 프랑스어 수업을 들었다. 사비하의 프랑스어가 유창한 걸 알고 도움을 요청했다. 타륵은 퇴근 후 밤까지 참석해야 하는 행사가 없으면, 사비하의 집에 와서 저녁 식사 전까지 프랑스어로 대화를 나눴다. 사비하는 타륵에게 셀바가 프랑스에서 보낸 잡지를 주고 낱말 퀴즈를 풀도록 도와주었다. 타륵은 조금의 편견이나 악의도 없는, 침착하고 똑똑하며 정직한 젊은이였다. 사비하는 타륵이 셀바와 닮은 점이 있어서 그랬는지, 그를 매우 아꼈고 셀바의 문제 많은 결혼에 대해서도 솔직하게 털어놓았다. 어쩌면 사비하는 숨기고 싶은 셀바의 결혼에 대해 앙카라의 누구와도 이야기할 수 없어서 힘든지도 몰랐다. 마짓이 이 이야기를 꺼낼 때마다 자신의 입을 막지만 않았더라면, 이렇게 남에게 털어놓지 않았을 것이다.

사실 마짓은 사비하가 슬퍼할까 봐 그렇게 행동한 것이었다. 사비하는 밤을 새우더라도 이 문제에 대해 털어놓고 응어리를 풀고 싶어 했고, 마짓은 그걸 알지 못했다. 사비하가 울부짖고 울분을 토해내면 나아질 것도 몰랐다. 그리고 지금, 사비하는 뒤에서 험담하지 않을 거라는 확신이 드는 누군가가 자신의 말을 집중하며 듣고 있다는 사실만으로 위로가 되었다.

타륵 아르자는 사비하의 이야기 속에서 우울증의 원인을 찾은 것 같았다. 하지만 섬세한 성격이라 캐묻지 않고 사비하의 이야기를 듣고만 있었다. 마짓에게는 말한 적이 없는 것들이었다. 셀바에 관한 문제는 두 사람 사이의 비밀이었다.

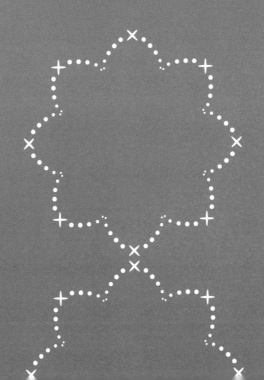

인사 발령

마짓이 외교부 1층 회의실에 들어갔을 때 동료들은 탁자에 둘러앉아 담배를 피우고 있었다. 잠시 뒤 외교부 장관이 도착하자 담배를 끄고 회의를 시작했다.

　영국은 우리가 이탈리아에 선전 포고하거나 유고슬라비아, 그리스와 연합하여 전선을 형성해 주길 끈질기게 요구하고 있었다. 반면에 이뇌뉘 대통령은 참전하지 않으려고 답변을 미루고 있었다.

　영국은 튀르키예 정부에 새 외교 서한을 보냈다. 독일군이 불가리아를 침공한다면 이를 자국에 대한 공격으로 간주할 것이라고 튀르키예가 즉각 선언해 달라는 것이었다. 여기서 그치지 않고 그리스에 속한 몇몇 섬, 예를 들어 사모스섬에 튀르키예 군대가 임시 주둔해 달라고 요청했다. 이렇게 해야만 독일군이 이 섬들에 상륙하는 걸 막을 수 있다는 것이었다.

탁자에 둘러앉은 사람들은 한 명씩 영국의 외교 서한을 읽은 뒤 자신의 의견을 말했다. 외교부 장관은 이렇게 말했다. "대통령께서 이런 요구를 절대 수용하지 않을 겁니다. 나도 같은 생각입니다. 좋은 의도로 한 행동이 오해를 불러일으킬 수 있어요."

"하지만 그리스 섬을 점령하기 위해서가 아니라, 독일의 공격으로부터 보호하려는 의도로 상륙하는 건…."

장관은 차관의 말을 가로막았다. "대통령께서는 우리와 그리스 사이에서 발생하는 사소한 문제도 원치 않는다는 걸, 나는 잘 알고 있어요. 우리는 좋은 의도로 상륙하겠지만, 그들은 오해할 수도 있습니다. 이런 시기에 이웃 국가와 어떤 갈등도 있어서는 안 돼요."

히틀러가 발칸반도를 공격하면서, 그리스와 튀르키예는 역사상 가장 우호적인 관계를 유지하고 있었다. 이 관계는 어떤 식으로든 손상 없이 유지돼야만 했다.

"우리가 고려해야 할 문제가 한 가지 더 있습니다." 마짓이 말했다. "우리가 어느 섬이든 상륙하면 히틀러는 즉각 우리를 공격할 겁니다. 무엇으로 방어할 겁니까? 연합군은 약속한 무기와 전쟁 물자를 아직도 보내지 않았습니다."

"그들이 보낼지에 대해서도 의구심이 들어요." 외무부 장관이 말했다. "영국은 그리스가 공격받으면 지켜주겠다며 협정을 맺었지만, 이탈리아가 그리스를 공격했을 때 겨우 두 개의 항공 편대만 보냈어요."

"우리가 파리에서 협정에 서명했지만, 마짓 씨가 말한 것처럼 영국은 자신의 의무 사항을 이행하지 않고 있어요. 그들은 약속한 무기를 보내지 못하고 있잖습니까." 총리가 말했다.

"장관께서 강조하셨듯이, 튀르키예에 잘 갖춰진 군대가 있어야 독일의 발칸반도 공격을 억제하는 수단이 될 겁니다." 마짓은 외무부 장관 쪽으로 고개를 돌리며 말했다.

"약속을 지키지 않은 것은 나쁜 의도가 아니라 여력이 되지 않기 때문입니다. 하지만 그들이 약속을 지키지 않아서, 오히려 잘 됐어요. 이걸 신의 은총이라고 해야겠지요. 그들이 약속을 지키지 않았으니, 우리도 서명한 협정을 준수할 의무가 없지요." 외무부 장관은 기쁨이 담긴 목소리를 굳이 숨기려고 하지 않았다. 외무부 장관의 감정은 탁자에 앉은 사람들에게로 고스란히 전해졌다. 이런 말이 있지 않은가, 모든 일에 좋은 면이 한 가지는 있다고!

전쟁에 참전하지 못하는 이유를 찾던 대통령에게, 영국이 약속을 어긴 것은 좋은 변명거리였다. 그리스가 이탈리아에 패전할 경우, 튀르키예 국경까지 쉽게 도달할 수 있었다. 새로운 무기로 무장하지 못한 튀르키예가 이 상황에서 영국의 편에 서는 건 아무런 도움도 못 됐다.

장관은 몇 시간에 걸친 토의 끝에 영국에게 보낼 외교 서한의 윤곽을 잡았다. 마짓은 사무국에 서한 작성을 지시하러 회의실을 나가면서, 길을 비켜주는 장관에게 예의를 갖춰 말했다. "서한이 준비되는 대로 장관님께 보고하겠습니다."

"나는 방에 있겠네." 장관은 이렇게 대답하고는 사무국장에게 지시했다. "이런 문제도 중요하지만, 오늘 시간을 내서 인사 발령 문제를 매듭지읍시다…. 요즘 같은 시기에 파리에 인원이 부족해서는 안 됩니다."

마짓은 다음 날 새벽이 되기 직전에 집에 돌아올 수 있었다. 사비하를 깨우지 않으려고 거실에서 옷을 벗고 넓은 소파에 누웠다. 얼마나 피곤한지 몸을 제대로 누일 새도 없이 깊은 잠에 빠졌다. 깊은 잠이지만 정신은 사나웠다. 온종일 이어진 회의에서 논의된 것이 악몽으로 나타났다. 독일군이 앙카라에 진입했다. 저항과 애원에도 불구하고 그의 아내와 딸을 열차에 태워 강제 수용소로 데려갔다. 마짓은 열차 뒤에서 숨을 헐떡이며 뛰었고 발판을 밟고 열차에 오르려고 애썼다.

다음 날 아침, 마짓은 감기는 눈을 억지로 뜨며 자신만큼이나 피곤하고 잠이 부족한 타륵에게 물었다. "주말에 일정이 있나?"

"일요일 아침 아홉 시부터 열두 시까지 프랑스어 수업이 있습니다. 그 뒤론 한가합니다."

"다른 약속을 잡지 말게. 그래야 우리도 브리지 파티를 열

수 있을 테니 말이야. 할릿에게도 내가 말하지. 날씨가 좋으면 농장에서 점심을 먹고 우리 집에서 브리지 게임이나 하세. 어떤가?"

"당연히 가야죠. 사비하 부인은 잘 지내시죠?"

"그래, 잘 지내. 그러니까 솔직히 말하면 좋지도, 나쁘지도 않네. 나는 사비하를 이해할 수 없어. 언제 행복한지, 불행한지 알 수 있다면 좋으련만! 어쨌든 일요일 약속 잊지 말게. 자네가 온다는 걸 사비하가 알면 기뻐할 거야."

마짓은 서류 뭉치를 겨드랑이에 끼고 언제 끝날지 알 수 없는 회의에 들어가기 위해 급히 나가려고 했다. 그때 전화벨이 울렸다. 타륵이 전화를 받았다.

"여보세요. 네⋯ 말씀하세요. 예, 예⋯ 접니다. 저를 말입니까? 지금요? 즉시 가겠습니다."

타륵은 자리에서 일어나 재킷 단추를 채우며 비서에게 말했다. "사무국장께서 날 보자고 하시네. 전화로 날 찾는 사람이 있으면 이렇게 말해요⋯. 아니, 아무 말도 말아요. 금방 올 테니."

"무슨 일이에요?" 서둘러 나가는 타륵에게 비서가 물었다. 마짓도 있는데 왜 사무국장께서 타륵 아르자를 보자고 하신 걸까?

타륵 아르자는 삼십 분 후에 사무실로 돌아왔다. 타륵이 사무실을 나설 때 얼굴에 자리하던 놀라움은 여전히 남아 있었다. 마짓은 약 한 시간 후 회의실에서 돌아왔고, 타륵이 책상 서랍에 있던 서류를 꺼내어 책상 위로 올려놓고 있는 것을 발견했다.

"정리 끝났으면 나가서 식사나 하지." 마짓이 말했다. "일이 흥미롭게 진행되고 있어. 가서 이야기하세."

타륵은 꺼내놓았던 서류를 급히 다시 서랍에 넣었다.

"저도 드릴 말씀이 있습니다."

"그래?"

"먼저 제 인사 평정을 좋게 써주셔서 감사하다는 말씀을 드리고 싶습니다."

"이건 또 무슨 말이야?"

"오늘 알았습니다."

"인사 평정은 비밀이네."

"물론입니다. 저는 좋게 써주셨다는 것만 대략 알고 있습니다."

"누가 그러던가?"

"사무국장께서요."

"이런!"

"식사하면서 모든 걸 말씀드리겠습니다. 하지만 주말 초대에는 참석할 수 없을 것 같습니다. 브리지 게임을 할 만한 다른 사람을 찾으셔야 할 것 같습니다."

"타륵, 무슨 일이 있는 건가?"

"그때 제가 앙카라에 없을 것 같습니다."

"이런! 가족 중에 아프거나 돌아가신 분이 있는 건가?"

"아닙니다, 신의 은총으로요."

"자네가 못 오면 사비하가 매우 슬퍼할 텐데."

"제가 어디로 가는지 사비하 부인께서 아시면 기뻐할 겁니다." 타륵이 말했다. 두 사람은 옆으로 나란히 계단을 내려가고 있었다. 마짓은 멈춰 서더니 타륵을 바라보았다.

"결혼 소식이라도 전하려는 거야?"

"인사 발령 소식입니다. 오늘 주파리 대사관 2등 서기관으로 발령받았습니다."

"아, 결국 가게 됐군." 마짓이 말했다.

"알고 계셨습니까?"

"그럼, 알고 있었지. 자네가 아주 훌륭한 직원이라는 데는 의심의 여지가 없잖아. 하지만 외국어 실력이 마음에 걸렸지. 사무국장께서 자네 프랑스어 실력을 물으시더군. 주말에 수업을 받고, 그 수업이 끝나면 우리 집에 와서 사비하와 프랑스어로 대화하며 공부한다고 했네."

"제게도 그렇게 말씀하셨습니다···. 사무국장께서는 '아주 시험을 잘 봤더군. 파리에서 자네 프랑스어 실력을 늘리는 게 가장 좋은 방법이라고 생각했네.'라고 하셨습니다."

"말씀을 잘하셨군. 자넨 외무부의 유망한 젊은 직원 중 한 명이네. 자네가 잘돼서 기뻐. 하지만 위험한 지역으로 가는 걸세. 점령 지역으로 말이네."

"맞는 말씀입니다···. 이 상황에서 미혼인 직원을 선호하는 것도 있었을 겁니다."

마짓은 그의 어깨에 손을 얹으며 말했다. "축하해. 자네가 잘 해낼 거라 믿네. 사비하는 기뻐하겠지만 또 매우 슬퍼할 걸세. 자네와의 우정을 매우 소중하게 생각하거든. 자네도 알잖나. 언제 출국이지?"

"당장 가야 한다고 들었습니다. 명절에 가족을 만나러 말라티아에 가려고 했는데, 그렇게는 안 되나 봅니다. 가족과 언제 다시 볼 수 있을지. 그래도 떠나기 전에 꼭 사비하 부인께 작별 인사를 하러 가겠습니다. 어쩌면 프랑스에 있는 여동생에게 보내고 싶은 게 있으실 수도 있고요."

타륵이 사비하가 앙카라 친구들에게도 수치스러워서 털어놓지 않은 비밀을 알고 있다는 게 놀라웠지만, 마짓은 드러내지 않았다. 단지 이렇게 말할 뿐이었다. "점심 식사는 카르피치에서 하지. 자넨 내 손님이야. 송별 식사 비용은 내가 내겠네."

"감사합니다." 타륵 아르자가 대답했다. 아침부터 얼굴에서 떨어지지 않던 당황한 표정이 이젠 걱정과 자긍심이 뒤섞인 표정으로 바뀌었다.

사비하는 타륵이 파리로 간다는 소식을 듣자, 감정이 복잡했다. 속마음을 털어놓을 수 있는 친한 친구와 헤어지는 슬픔을 느끼면서도, 한편으로 타륵이 파리에 있으면 셀바에게 도움이 되리라 생각했다. 동생에게 심각한 문제라도 닥치면 조카를 데리고 영사관으로 피신하면 되는 일이었다.

게다가 타륵이라면 라파엘마저 수단과 방법을 가리지 않고 보호할 사람이었다.

송별회에서 사비하가 타륵에게 자신의 생각을 말하자, 마짓이 이렇게 말했다. "그런데 말이야, 타륵은 마르세유가 아니라 파리로 가는 거야."

"걱정하지 마세요. 마르세유로 연락하겠습니다. 가자마자 셀바 부인께 전화할게요."

사비하가 차를 가져오기 위해 안으로 들어가자 마짓은 타륵에게 조용히 주의를 시켰다. "타륵, 이건 매우 민감한 문제야. 자네에게 무슨 일이 생기지 않으면 좋겠네. 자네는 튀르키예 외교관이야. 셀바와 라파엘보다 자네의 처지를 먼저 생각해야 하네."

타륵과 작별 인사를 나누던 사비하의 눈에는 눈물이 가득 고였다.

"보고 싶을 거예요, 타륵. 아주 좋은 친구를 잃었네요." 그녀의 목소리는 살짝 떨렸다.

"친구를 잃는 건 아닙니다. 제 임기가 끝나면 다시 만나게 될 겁니다, 인샬라. 제가 프랑스어로 의사 표현을 해낸다면 그건 사비하 부인, 부인 덕분입니다." 타륵은 사비하가 내민 손등을 자신의 입술로 가져가 부드럽게 입을 맞췄다. 마짓과 누만이 늘 하던 것처럼. 하지만 가녀린 그녀의 손에 입을 맞춘 뒤 자신의 이마에 손을 가져가지 않으려고 주의했다[1]. 말라티아 출신인 타륵이 손에 입을 맞춘 뒤 그 손을 이마로 가져가지 않은 건 이번이 처음이었다. 타륵은 이상한 기분을 느꼈다. 사실, 사비하의 손을 이마에 대고 싶었던 게 아니라, 하얀 그녀의 손을 꼭 잡고 가녀린 그녀의 육체를 껴안은 채 금발에서 나는 향기를 맡고 싶었다. 어느 날 사랑에 빠져서 결혼하게 된다면, 아내는 반드시 사비하와 닮은 여자여야 했다. 작별의 슈카이 되자, 한 번도 스스로 인정하지 않았던 비밀스러운 감정이 문 앞의 어둡고 작은 현관에서 커졌다. 그는 작별 인사를 나누는 동안 자신이 어디를 가든 항상 사비하의 아름다운 금발과 슬픔에 젖은 녹색 눈동자를 마음속에 품게 될 거라는 걸 깨달았다.

타륵이 떠난 뒤, 사비하는 방으로 가서 침대에 누웠다. 남편이 방으로 들어왔을 때, 그녀는 아무 생각 없이 눈을 감고 누워 있었다.

"사비하, 당신에게 한 가지 제안을 할까 해."

"브리지 모임에 들어올 네 번째 사람을 찾은 거야, 마짓?"

"아니, 여보…. 요즘 들어 당신 혼자서 많이 외로운 것 같아서…."

사비하는 감았던 눈을 뜬 뒤 남편을 바라보았다.

"앞으로 당신에게 신경을 쓸 시간이 전혀 나지 않을 것 같

---

[1]　역주-손등에 입을 맞추고 이마에 갖다 대는 인사법으로, 나이 많은 어른 또는 존경하는 인물에 대한 공경을 표할 때 하는 행동

아. 매일 새로운 위기가 닥쳐오니…. 그래서 말인데….”

“무슨 말이 하고 싶은 거야?”

“장모님과 장인어른을 여기로 초대하면 어떨까? 요즘 이 스탄불 사람들을 대피시키는 중이기도 하고. 두 분이 오셔서 우리와 함께 지내면 되잖아. 장인어른은 환경의 변화가 필요하시고, 당신도 부모님 걱정을 안 해도 되고 말이야.”

사비하는 침대에서 몸을 일으켜 앉았다. “오! 그거 좋은 생각이야!”

“그래, 나도 좋다고 생각해.” 마짓은 약간 불만 섞인 목소리로 덧붙였다. “이제 비밀을 공유할 친구도 없으니….”

“그게 무슨 말이야?”

“당신은 누구에게도 셀바에 관해 말하지 않았잖아. 근데 타륵은 모든 걸 다 알고 있더군.”

“마짓… 그 사람은 내 말을 들어줬어.”

“다른 사람에게도 말하려고 했는데 듣지 않았다는 거야, 사비하?”

“내가 누구에게 말할 수 있겠어?”

“비르센, 네즐라한테. 적어도 일주일에 한 번은 만나는 휴메이라한테라든지…. 내가 어떻게 알아. 친구가 한 명도 없어? 게다가 왜 셀바에 관해 이야기하려고 하는지 솔직히 이해할 수 없어. 속상한 일을 계속 곱씹는 게 무슨 도움이 돼?”

“당신은 이해 못 해.” 사비하가 말했다. 사비하의 목소리에는 불만과 함께 질투받고 있다는 묘한 자부심도 있었다.

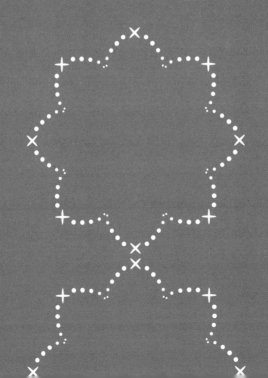

이스탄불에서
파리로

타륵 아르자는 어머니에게 쓴 편지를 봉투에 넣고 입구에 침을 바른 다음 손으로 꽉 눌렀다. 봉투가 제대로 봉해졌는지 다시 확인했다. 편지 사이에 지폐 몇 장을 넣어 보냈다. 가족을 명절에 만날 수 있으리라 기대했다. 언제 다시 만날 수 있을지 알 수 없다는 불안이 그의 마음을 무겁게 짓눌렀다. 무엇보다 마음이 아픈 건, 파리로 발령이 났다는 소식을 듣지 못하고 몇 달 전에 아버지가 돌아가신 거였다. 아버지의 무덤 앞에서 이렇게 말하고 싶었다. "사랑하는 아버지, 아버지의 노력이 헛되지 않았어요. 편히 쉬세요. 그리고 아버지가 기대하시는 모든 걸 이뤄내겠습니다. 저를 위해 치르신 희생에 감사드립니다." 하지만 고향에 갈 시간은커녕 앙카라를 떠나기 전에 이발소에 들를 겨를도 없었다.

타륵은 인사 발령 소식을 듣자마자 시장으로 달려가서 여행 가방을 샀고 이스탄불행 침대 열차의 탑승권을 구매했다.

친구들은 사야 할 게 있으면 이스탄불에서 해결하라고 조언했다. 마짓은 베이오울루에 있는 몇몇 가게의 주소를 알려줬다. 타륵은 제대로 된 코트를 사야 했다. 코트와 양복 한 벌, 신발 한 켤레를 사다 보니 집에 보낼 돈이 없었다. 타륵은 마음이 편치 않았다. 다행히 두 명의 친구와 앙카라에서 임대한 집의 보증금 중 일부를 돌려받았다. 편지 봉투에 넣어 어머니에게 보낸 돈이 바로 그 돈이었다. 파리에서 받을 월급으로 어머니에게 더 많이 보내드릴 수 있을 거라는 희망을 품었다.

타륵은 여행 가방 안에 조심스럽게 넣어둔 회색 양복과 흰색 셔츠 세 장 사이로, 사비하가 셀바에게 주기 위해 급하게 쓴 편지와 작은 꾸러미를 넣었다. 봉투를 열어볼 생각은 하지 않았지만, 그 안에 돈이 없기를 바랐다. 타륵은 프랑스를 다녀온 사람으로부터 독일인이 모든 여행객의 소지품을 샅샅이 수색한다는 말을 들은 적이 있었다.

다음 날, 오후 다섯 시에 출발하는 침대 열차를 타고 난생처음 외국으로 출국하기 위해 이스탄불로 갈 예정이었다.

시바스에서 고등학교를 다니던 때만 해도 감히 꿈도 꾸지 못한 미래를 향한 여정이었다. 소름이 돋았다. 방금 다림질한 군청색 양복을 옷걸이에 걸어 옷장에 넣었다. 여권, 지갑, 표, 아버지의 유품인 회중시계를 벽걸이 선반 위에 나란히 놓았다. 벽걸이 선반에 달린 거울의 가장자리에 끼워져 있던 사진을 빼내 한참을 바라보았다. 어느 주말 경마장에서 찍은 단체 사진이었다. 사람들은 못만큼이나 작았지만, 대여섯 명 정도의 사람 속에서 사비하의 밝은색 머리카락은 다른 사람과 구분되었다. 사진을 지갑에 넣었다. 천장에 매달린 전구의 스위치를 돌려 불을 끄고, 머리맡에 있던 전등을 켰다. 그리고 프랑스어 책을 들고 침대에 누웠다.

"무아, 쥬마펠 타륵 아르자¹" 혼잣말을 중얼거렸다. "제 비엔 돈캬하. 쥬 슈이 르 콘슐 제네할 드 튀르키…² 맙소사, 이게 맞나?"

아니, 틀린 말이었다! 자신은 2등 서기관에 지나지 않았다. 부영사도 아니고 영사도 아니었다. 영사가 되려면 화덕 한 개가 구워낸 빵을 다 먹어야 할 정도의 세월이 필요했다. 부영사! 영사! 그는 눈을 꼭 감고 "대사."라고 혼자 중얼거렸다. "대사…. 대사, 타륵 대사." 그는 중절모에 프록코트를 입고 흰색 스카프를 두른 채 은색 손잡이가 있는 지팡이를 든 완전히 다른 타륵을 눈앞에 그려보려 했지만 허사였다. 대신 눈앞에 금발의 여자 얼굴이 어른거렸다. 책상에 펼쳐져 있는 공책과 책을 보려고 고개를 숙일 때마다 얼굴 앞으로 흘러내리는 머리카락을 긴 손가락으로 계속 넘기는 몽환적인 시선의 초록색 눈동자의 -엄마의 눈동자를 닮아 딸의 이름을 휼랴³라고 지은 것일까?- 날씬하고 가녀린 여자

---

1   역주-제 이름은 타륵 아르자입니다
2   역주-저는 앙카라에서 왔습니다. 저는 튀르키예 총영사입니다
3   역주-몽환, 몽상, 공상의 의미를 지닌 터키어로 여자 이름으로 흔히 쓰임

였다. 그녀와 프랑스어로 대화했다. 그녀는 질문한 뒤 뚫어지게 바라보며 대답을 기다리고 있었다. 타륵의 손은 땀으로 젖었다. 우스꽝스러운 억양으로 대답하면 이 요정처럼 아름다운 여자가 어떻게 생각할까? 목을 가다듬고 입을 열었다.

"위, 쥬 부드레 보크… 이… 아부아… 이….[4]"

"당황하지 마세요, 타륵." 요정이 말했다. "침착하고, 생각해 보세요. 먼저 마음속으로 말해 봐요."

"제 억양이 너무 엉터리예요. 창피합니다."

"아니 그게 무슨 말이에요? 억양 때문에 부끄러워하는 사람이 있나요? 외국어를 하는 사람은 누구나 특유의 억양이 있어요. 모국어가 아니잖아요. 마짓도 특유의 억양이 있어요. 나도 마찬가지고요."

"아니, 아닙니다. 부인껜 그런 억양이 전혀 없습니다!"

"제가 어렸을 때 프랑스어를 가르치는 여자 선생님이 계셨죠. 그래서일 겁니다. 하지만 누구도 완벽한 억양으로 말할 순 없으니 부끄러워하지 마세요, 타륵. 자 다시 말해 봐요. 실수하면 제가 바로잡겠습니다."

타륵은 고통스러웠다. 타륵은 행복에 빠져 있었다. 손은 땀에 젖고, 심장은 날아갈 준비를 한 새처럼 쿵쾅댔다. 긴장되기 시작했다. 실수할까 봐…. 그리고 사랑에 빠질까 봐 두려웠다.

타륵은 침대에서 일어나 맨발로 방을 배회했다. '아니, 이

---

4   역주-저는 정말 그러고 싶습니다. 에… 에…

건 사랑이 아니야.'라고 생각했다. 닿을 수 없는 것에 대한 경이로움이자, '아, 내 여자면 좋았으련만.'과 같은 감정이라고 생각했다. 사비하는 동부에서 자란 아나톨리아 반도 출신에게 선망의 대상이었다. 아름다운 금발을 가졌으며 고급 교육을 받은, 예의가 바르고 외국어까지 구사하면서 남자들 사이에서 주눅 들지 않고 어울리는 젊은 여성이었다. 타륵이 이전에 한 번도 만난 적 없는 그런 여성이었다. 게다가 가장 가까운 상사의 아내⋯. 나에게 좋은 인사 평정을 써주고, 파리 발령에 이바지한 사람의 아내. 언젠가 결혼하게 된다면, 아내는 사비하를 닮은 여자이길⋯. 그래 그 정도가 전부였다! 이건 사랑이 아니라 경이로움이고, 호감이라고⋯.

다시 잠자리에 들었다. 사비하의 얼굴을 눈앞에서 지우려고 애쓰며 잠을 청했다. 이번에는 흥분 때문에 잠을 이룰 수가 없었다. 그에게 이스탄불은 낯선 곳이 아니었다. 어딜 가도 버즘나무와 돔 지붕으로 가득한 이스탄불에서 고등 공무원 양성학교를 마쳤다. 하지만 타륵은 이스탄불에서 늘 대학생처럼 가난하게 지냈다. 베이오울루에 가는 것조차 흥미진진한 모험인 시절이었다. 이제 외교관 신분으로 그 마법의 도시로 돌아오게 되었다. 타륵에게 긴 하루가 기다리고 있었다. 칼만 상가에서 쇼핑한 뒤, 마짓이 추천한 러시아 식당 레잔스에서 노란 보드카를 마시고 보르시 수프와 닭고기 키예프를 먹으며 발랄라이카 오케스트라의 연주를 들을 생각이었다. 그리고 영화를 보러 갈 계획이었다. 마짓은 저녁 식사 뒤 테페바쉬에 있는 가르덴 바 또는 파크 호텔 바에서 나이트캡[5] 칵테일을 마셔보라고 추천했지만, 타륵은 술집을 찾아다니는 타입은 아니었다. 특히, 혼자라면 그런 장소에 전혀 흥미를 느끼지 못했다. 하지만 문명을 향한 첫걸음인 유럽으로 떠나기 전, 이스탄불에서 열차를 기다리며 하루 이틀은 과도기를 경험해야 했다. 튀르키예의 다른 도시에서는 볼 수 없는 세련된 상점과 외국 쇼들, 수많은 영화관과 다양한 식당, 화려한 술집들…. 하지만 외국의 대도시와 다른 점이 있다면, 이런 모든 것에도 불구하고 잘난 체하고 오만하긴 해도 터키어를 쓰는 동포들이 있다는 것이었다.

그다음에는 어떻게 해야 하나? 열차로 시르케지역을 떠나면서부터 모국어를 사용하지 않는 사람 속에 섞일 것이고 무슨 일이 일어날지도 모를 일이었다. 지금 향하고 있는 곳은 전쟁터였다. 유럽은 불구덩이 그 자체였다. 고국을 떠나 있는 동안 전쟁이 여기까지 번진다면? 다시는 고국으로 돌아갈 수 없다면? 주머니에는 겨우 이십 일 버틸 수 있는 돈이 있고, 엉성한 프랑스어 실력으로 외국에 남게 된다면? 조금 전까지만 해도 프랑스어로 자랑스럽게 중얼거린 말에 이제는 소름이 돋았다. '쥐 슈이 르 듀 짐 슈크레데 알 람바싸드 드 튀르키[6].' 대신 '오 신이시여, 도와주소서! 신이시여, 도

5   원작자주-마지막 술
6   역주-저는 튀르키예 대사관 2등 서기관입니다

와주소서!'라는 말이 머릿속에 맴돌았다. 타륵이 잠들었을 때 다섯 시가 다 된 시간이었다.

＊＊

그해 이스탄불에 찾아온 봄은 우울했다. 타륵은 사람들의 얼굴에 걱정과 근심이 깊은 주름으로 자리한 걸 볼 수 있었다. 전쟁에 대한 공포는 남녀노소, 빈부를 막론하고 모든 이에게 불안감을 안겨주었다. 정부가 라디오와 신문을 통해 발표한 포고문에 따라 도시의 모든 건물에는 참호나 대피소를 만들어야 했다. 3층 이상의 철근 콘크리트 건물은 가장 낮은 층을 대피소로 바꿔야 했고, 대피소의 창문은 모래주머니로 가려야 했다. 이 때문에 도시는 건설 현장을 방불케 했다. 하지만 베이오울루는 여전히 타륵의 기억 속에 있던 것처럼 화려한 조명에 활기가 넘치는 거리였다.

타륵은 하이다르파샤역에서 밖으로 나와 바다에서 불어오는 짠 내 가득한 공기를 깊게 들이마셨다. 날씨가 쌀쌀했는데도 하얀 거품이 이는 바다를 보려고 배의 갑판 자리에 앉았다. 카라쾨이에서 내린 그는 택시를 불러 조수석에 앉은 다음 운전사에게 호텔 주소가 적힌 종이 한 장을 건넸다.

택시는 육섹칼드름 거리로 들어서서 페라 지구로 올라간 다음 런던 호텔 앞에서 멈췄다. 이동 중에 본 다른 건물과 마찬가지로 호텔 문 앞에는 시멘트 포대가 쌓여 있었다.

"이런 광경이 사람들을 짜증 나게 한답니다, 선생님. 전쟁하는 것도 아닌데 이 꼴을 보십시오. 지나다닐 수가 없어요." 택시 운전사가 투덜대며 말했다.

"대비하는 건 좋은 겁니다. 갑작스럽게 공습받으면 사람들이 어디로 숨겠습니까?" 타륵이 말했다.

"명이 다한 사람들이 죽겠죠, 선생님."

타륵은 터키인의 머릿속에 자리한 운명론에 소름이 돋았다. 이렇게 운명에 모든 걸 내맡기는 습성이 동부 사람들에게만 있는 줄 알았는데, 이스탄불 사람인 택시 운전사도 다를 게 없었다. 택시에서 내려 요금을 내기 전, 타륵은 눈 앞에 펼쳐진 풍경에 감탄했다. 길고 가늘게 솟은 사원의 첨탑은 마치 바로 옆 버즘나무와 경쟁하듯 둥근 돔 지붕 주위에서 하늘을 향해 솟아 있었다. 골든 혼 주변 언덕에는 박태기나무의 꽃이 피기 시작했다. 이스탄불은 보라색, 파란색, 녹색이 뒤섞인 배경에 먹으로 그린 한 폭의 수채화 같았다. 사흘 뒤, 그는 이 꿈같은 도시를 뒤로하고 지옥을 향해 떠나야 했다. 운전기사가 트렁크에서 꺼낸 여행 가방을 넘겨받은 타륵은 그의 목소리를 흉내 내며 혼잣말로 중얼거렸다. "명이 다한 사람들이 죽겠죠, 선생님." 여행 가방을 들고 호텔로 들어가려던 그는 문 앞에 근위병 복장을 한 건장한 호텔 도어맨과 눈이 마주치자 멈춰 섰다. 그는 가방을 내려놓고 기다렸다. 도어맨은 위엄 있는 목소리로 나이 어린 객실 안내원을 불렀다. 소년은 즉시 달려왔다.

호텔 입구에서 객실 안내원이 여행 가방을 손수레에 싣기를 기다리고 있던 타륵은 어마어마한 폭발음과 함께 바닥에 엎어졌다. 주위는 순식간에 종말의 날이 찾아온 것 같았다. 상점 유리 진열장과 창문이 깨지는 소리에 사람들의 비명과 고함이 뒤섞였다. 타륵은 엎드린 채 고개를 들어 무슨 일이 벌어진 것인지 주위를 살폈다. 객실 안내원은 타륵의 바로 옆에서 그와 똑같이 엎드려 있었다.

"괜찮니, 애야?" 타륵이 물었다. 소년은 고개를 돌려 그를 바라봤다. 멍한 눈동자에 정신이 나가 있었다. 코에서 흘러내린 콧물이 투명한 콧수염처럼 입술 위에 달라붙어 있었다.

"우리 죽은 거죠, 선생님? 우린 죽은 거야! 여기가 어디예요?" 소년이 물었다.

"애야, 죽지 않았어. 호텔 입구 바닥에 누워 있는 거란다."

"죽었다니까요!"

"근처 어딘가에서 폭탄이 터진 것뿐이야." 타륵은 일어서려고 했다. 무릎에 심한 통증이 느껴졌다. 힘들게 몸을 일으켰다. 주위는 먼지와 연기로 가득했다. 자신처럼 바닥에 넘어졌거나 문 밑, 처마 밑에 숨어 있던 사람들이 서서히 몸을 일으켰고 피신해 있던 곳에서 밖으로 나왔다. 마치 무성 영화를 촬영하는 것 같았다. 사방에 먼지와 연기가 자욱하고 아무 소리도 들리지 않았다. 개 짖는 소리만이 들리던 이 침묵의 순간은 얼마 가지 않았다. 갑자기 어린아이들의 울음소리, 사람들의 고함, 경찰과 경비병의 호루라기 소리, 자동차

경적 같은 엄청난 소음이 주위를 가득 채웠다. 타륵은 먼지를 뒤집어쓴 채 서 있었다. 머리카락 사이로 깨진 유리 조각이 가득했다. 소년은 여전히 바닥에 엎드려 있었다.

"자, 일어나렴." 타륵은 소년을 일으켜 세우며 말했다. 어린 소년은 자리에서 일어나더니 바닥에 주저앉았다. 소년의 눈동자는 여전히 멍한 상태였다. 소년이 정신을 차리지 못하자 타륵은 바닥에 무릎을 꿇고 소년의 뺨을 세게 때렸다. 소년은 울음을 터트렸다.

로비에 있던 손님들이 호텔 밖으로 몰려나오기 시작했다. 타륵은 혼란 속에서 여행 가방을 잃어버리지 않기 위해 주위를 둘러보았다. 손수레는 몇 건물 떨어진 곳에 나뒹굴고 있었다. 타륵은 그곳으로 달려갔다. 엄청난 사이렌이 울렸고, 사람들은 무슨 일인지 궁금해하며 집, 호텔, 상점 등에서 뛰쳐나왔다.

타륵이 손수레와 여행 가방을 가지고 돌아오니 소년도 바닥에서 일어나 놀란 표정으로 주위를 둘러보고 있었다.

"이제 정신이 드니? 자, 손수레를 가져왔단다. 네 것이니 잘 챙겨야지." 타륵이 말했다.

"폭탄이 터졌나요, 선생님?"

"그래."

"어디서요?"

"나도 모르겠어. 아주 가까운 곳일 거야. 곧 알게 되겠지."

"죽은 사람이 있나요?"

"모르겠어."

깨진 유리를 밟지 않도록 조심하면서 타륵이 먼저, 소년이 그 뒤를 따라 호텔로 들어갔다. 호텔 로비는 혼잡했다. 깨진 유리 조각에 가벼운 상처를 입은 손님 한두 명은 새하얀 손수건으로 피를 닦고 있었다. 접수를 받던 직원은 자리에 없었다. 타륵은 황당한 눈으로 주위를 둘러보았다. 뭘 해야 하지? 로비를 둘러보던 그는 바지 무릎 부분이 찢어진 것을 발견했다.

"젠장!" 그는 이를 악물고 말했다. 새로 산 양복이 엉망이 된 것이었다. 화를 내며 계단을 올라가서 복도에 늘어선 방문을 하나씩 열어보았지만, 처음으로 열어본 세 개의 객실 문은 잠겨 있었다. 네 번째 객실의 문은 열렸다. 침대는 정리되지 않은 상태였고 방에는 투숙객의 소유인 게 분명해 보이는 소지품들이 있었다. 나가서 반대편에 있는 다른 방으로 들어갔다. 문은 잠겨 있지 않았다. 침대는 정리되어 있었고 옷장은 비어 있었다.

화장실로 갔다. 욕실에도 다른 물건은 보이지 않았다. 이 방에 손님이 묵지 않는 건 확실했다. 타륵은 문을 닫고, 여행 가방을 침대 위에 올려놓았다. 가방을 연 뒤, 외무부에서 일하기 시작한 이후 거의 매일 입었던 낡은 회색 양복을 꺼냈다. 그리고 화장실로 가서 머리카락 사이에 박힌 유리를 털어냈다.

잠시 뒤 그는 옷을 갈아입고 아래층으로 내려왔다. 호텔 직원은 돌아와 있었고 열을 올리며 주변에 있는 사람에게 이야기를 늘어놓고 있었다.

타륵은 그에게 나가갔다.

"자리에 안 계셔서 제가 직접 방을 골랐습니다. 자, 여기 방 열쇠예요." 타륵은 방문 열쇠를 그에게 건네며 말했다. "저는 타륵 아르자고 앙카라에서 왔습니다. 외무부에서 예약했을 겁니다."

직원은 놀란 표정으로 타륵을 바라보며 아무 말 없이 열쇠를 받았다. 아직도 충격을 떨쳐내지 못한 것처럼 보였다.

"무슨 일입니까? 좀 알아보셨나요?" 타륵이 물었다.

"페라 팔라스 호텔에서 폭탄이 터졌습니다. 여섯 명이 사망하고 많은 부상자가 생겼습니다." 직원이 대답했다.

"죽은 사람들은…."

"소피아 주재 영국 대사가 대통령을 만나려고 이스탄불에 막 도착했나 봐요. 그 사람을 죽이려고 그랬을까요?"

"랜들 씨를 말씀하시는 건가요?"

"아, 그 사람을 아세요?" 직원의 얼굴에 놀라움이 스쳤다.

"아니, 아니에요. 이름만 알아요. 죽었나요?"

직원은 앞에 있는 목재 프런트 데스크를 두드린 뒤 손으로 귓불을 잡아당겼다.[7] "리셉션에서 일하던 사람들은 모두 사망했지만, 폭탄이 터지기 몇 분 전에 대사는 바에 들어가서 목숨을 건졌나 봅니다."

---

7   역주-나쁜 소식, 불운으로부터 보호해 달라는 의미로 터키인들이 자주 사용하는 몸짓

타륵은 호텔에서 나왔다. 경찰차와 인명 구조대원으로 북새통인 페라 팔라스 호텔로 향했다. 경찰은 군중을 밀어내며 호텔에서 멀리 쫓아내려 하고 있었다.

바닥에서 솟아오른 보도블록과 철사처럼 구부러진 전동차 레일에 계속 발이 걸려 넘어지는 간호사와 의사 들은 부상자들을 들것에 실어 구조대원에게 넘기고 있었다. 타륵은 군중 속으로 들어가서, 기자처럼 보이는 카메라를 든 청년에게 다가갔다.

"어떻게 된 일이랍니까?" 타륵이 물었다.

"홀에 있던 여행 가방 중 하나에 폭탄이 있었나 봐요." 청년이 대답했다.

누구를 암살하려고 폭탄을 설치했는지 알 수는 없었다. 타륵은 '소피아 주재 영국 대사와 페라 팔라스 호텔에서 만나기로 했던 튀르키예 주재 대사인 허거슨이 목표였을 거야.'라고 생각했다. 하지만 리셉션에서 일하는 가난한 직원들과 세계 정치와는 무관한 운이 나쁜 여행자 몇 명이 그들 대신 사망했다. 많은 무고한 사람이 팔, 다리, 눈을 잃었다. 타륵은 자신을 태우고 호텔까지 왔던 운전사의 말을 떠올리자 소름이 끼쳤다. '명이 다한 사람들이 죽겠죠, 선생님!'

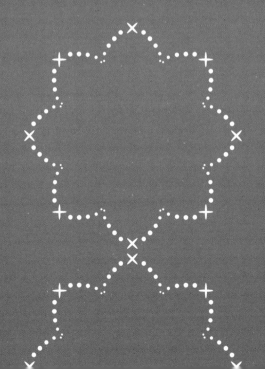

1940~41년,
마르세유

셀바는 큰 대접에 부은 뜨거운 커피에서 나오는 수증기와 냄새를 들이마시며 '사람은 적응하지 못하는 게 없나 봐.'라는 생각을 했다. 처음 프랑스에 왔을 때, 프랑스인들이 커다란 대접으로 마시던 이 쓴 커피가 싫었다. 다행히 사비하가 프랑스에 자주 오가는 마짓 편으로 홍차와 허리가 잘록한 찻잔 여섯 개를 보내줘서, 그나마 라파엘과 아침 식사의 재미를 이어갈 수 있었다.

셀바는 아들을 출산한 후 이 쓴 커피에 적응했다. 마지막으로 젖을 먹일 시간까지 버티기 위해 마시다가, 결국 그 맛을 알아버렸다. 라파엘은 이 독한 것을 어떻게 마시는지 이해가 안 된다고 했지만, 사실 그는 음식부터 시작해서 많은 것에 적응하지 못하고 있었다.

"적어도 다른 사람들 앞에서 말하지 마. 당신을 촌놈이라고 생각할 거야. 세계 최고의 요리를 싫어하잖아." 셀바가 말했다.

"마음대로 생각하라고 해. 세계 최고의 요리는 튀르키예 요리야. 그걸 모른다는데 내가 어쩌겠어. 왜 프랑스 요리가 최고의 요리로 알려졌는지 이해할 수가 없어. 속을 뒤집어 놓는 진한 소스, 이름부터 역겨운 민달팽이와 달팽이, 발냄새 풍기는 치즈까지…."

"제발, 조용히 말해."

"올리브유를 곁들인, 제대로 맛을 느낄 수 있는 채소 요리가 있기나 해? 한번 말해 봐. 심지어 생선에 진한 소스를 들이부어서 본연의 좋은 맛을 다 망치기까지 하잖아."

"여기 음식을 그렇게 싫어하면서 왜 여기로 온 거야?"

"와인이 끝내주잖아."

"그럼 뭐해, 우리는 좋은 와인을 살 돈도 없는데!" 셀바는 투덜거렸다.

"돈이 생길 거야, 여보. 조금만 참아. 이번 달은 우리 생각보다 더 잘됐어. 이대로면 내년에 최고의 와인을 마시게 해줄 수 있을 것 같아."

라파엘이 버는 돈이 좋은 와인을 사 올 만큼도 되지 않았더라면, 모든 게 수포가 돼도 셀바는 그렇게 슬프지 않았을 것이다. 그들의 삶이 제자리를 잡아간다고 생각하던 순간 그 사건이 벌어졌다. 어느 날 오토바이를 탄 독일 장교들이 거리를 가득 메웠다. 셀바는 집 식탁에서 이웃집 소녀 이본느의 영어 숙제를 도와주고 있었다. 바깥 소음에 두 사람은 창가로 달려갔다. 이본느는 아홉 살이었다. 오토바이를 타고 조각상처럼 똑바로 앉은 경찰들이 연이어 지나가는 걸 보고 신이 나서 손뼉을 쳤다. 동시에 셀바의 가슴속에서는 아무것도 할 수 없는 새 한 마리가 날개를 퍼덕이며 발버둥 쳤다. 그녀는 커다랗게 부른 배 위에 손을 얹고 마음속으로 기도했다. "신이시여, 우리를 불쌍히 여기고 태어날 아기를 살펴주소서." 소녀가 가자마자 셀바는 라파엘이 있는 약국으로 달려갔다. 라파엘은 새하얗게 질린 셀바의 얼굴을 보고 출산이 닥친 게 아닐지 걱정했다. 아직 진통이 시작된 건 아니었다. 하지만 셀바는 예정일보다 이 주나 빠른 한 달 뒤 출산했다. 조그마한 사내아이가 태어났다. 셀바의 뜻에 따라 이름을 파즐이라고 붙였다. 아버지가 들으시면 유대인의 자식에게 왜 자신의 이름을 붙였냐고 할 거라는 걸 생각지 않은 건 아니었다. 아버지는 원망스럽지만 여전히 사랑하고 그리워서, 그 이름을 아이에게 물려주고 싶은 생각뿐이었다.

이전에 라파엘과 합의한 대로, 아기가 남자아이라면 태어난 지 일주일째 되는 날에 유대인의 방식으로 할례1를 할 생각이었다. 그러나 라파엘은 파시스트들이 활보하기 시작하자 할례를 포기했다. 이렇게 마음을 먹고 나니 다음 날 아침까지 잠을 이룰 수 없었다.

---

1   역주-남자아이의 성기 표피 일부를 잘라내는 유대교도와 이슬람교의 전통 의식 중 하나

셀바는 커피를 한 모금 마시고 노트에 적힌 거래 내용을 검토하기 시작했다. 거래 장부는 복잡했다. 독일군이 프랑스 북부와 파리를 점령했을 즈음 셀바와 라파엘은 이미 마르세유에 내려와 있었다. 이곳이면 안전할 줄 알았는데 전혀 예상치 못한 일이 벌어졌다. 비시 정부를 장악하고 자신을 대통령으로 임명한 페탱은 프랑스 전체를 되찾기 위해 독일군과 협력하기로 했다. 독일의 모든 제안에 매우 고분고분했고 독일 장군들에게 방해되지 않으려고 노력했다. 그래서 프랑스에서 유대인 사냥에 나섰던 비시 정부 경찰은 나치보다 더 나치처럼 행동했다. 지하에서 저항 운동이 시작되고, 점령에 반대해 해외로 피신한 드골이 영국에서 임시 정부를 수립했지만, 불행하게도 프랑스에서 거주하는 유대인들에게는 아무런 도움이 되지 못했다.

피아노를 가르치던 두 명의 여자아이가 가족과 외국으로 가는 바람에, 셀바는 그 일을 할 수 없게 되었다. '가련한 새의 둥지는 신이 지어준다.'라는 속담을 증명이라도 하듯, 미국으로 이주하려고 계획하던 유대인은 자녀의 영어 교육을 서둘렀다. 그 덕에 최근 몇 주 사이에 세 명의 새로운 학생을 받게 되었다. 심지어 다른 두 명의 학생은 아기의 수유 시간과 겹쳐 돌려보내기까지 했다. 셀바는 늘어난 학생 수 덕분에 기뻤지만, 라파엘은 셀바에게 경고했다.

"셀바, 파시스트들이 사방에서 감시하고 있으니 주의를 끌지 마. 이 집에 아이들이 자주 들락거리는 걸 그들이 눈치채기라도 하면….”

“외국어 수업을 하는 게 금지야, 라파엘?”

“유대인이잖아.”

셀바는 마음속에 저항의 감정이 차오르는 걸 느꼈다. 신앙 때문에 누군가를 멸시하는 것이 얼마나 원시적인 행동인지 알기에, 아버지를 용서할 수 없었다. 파즐 레샷 장군도 자신만의 이유로 셀바를 용서할 수 없었다. 아버지의 말을 듣지 않았고, 가장의 결정에 맞섰기에. 셀바는 자신의 아버지가 종교 때문에 결혼을 반대했다는 걸 절대 믿고 싶지 않았다. 사랑하고, 존경하는, 너무 대단한 아버지가 그렇게 광신도일 리가 없었다. 도대체 이 종교라는 게 뭐란 말인가? 셀바의 눈에 종교는 사람들의 얼굴에 나타나는 인종적 특성만큼 뚜렷하지도 않은, 마음속에 완전히 자리 잡지 못한 일종의 소속감 그리고 다양한 의식에 불과했다. 모스크, 교회, 유대교 회당에서의 예배와 기도들…. 사원과 교회에서 경외심속에 신께 기도하고 신과 하나가 될 때, 종교는 좋은 것이었다. 라마단 기간, 이프타르 음식, 절대 빼먹지 않으려고 애썼던 라마단 예배, 새하얀 스카프를 두른 할머니들, 무슬림 지도자들의 애끓는 기도문, 특히나 저녁 기도 시간을 알리기 위해 낭송하는 기도문은 영적 신비로움에 가까웠다. 하지만 종교가 자신의 삶을 열심히 살아가는 사람의 발목을 잡아서는 안 되지 않을까. 다른 종교를 믿는 사람을 사랑하는 게 뭐 어때서? 아, 아버지! 종교가 당신의 딸을 버릴 정도로 가치 있는 것인가요? 당신의 사위가 예배, 결혼, 장례를 위해 모스크 대신 유대교 회당에 가는 게 그렇게 중요해요?

셀바는 이 종교 문제로 아버지와 토론하던 날을 생생히 기억했다. 그 당시만 해도 파즐 레샷 장군은 무슨 일이 벌어질지 전혀 모르고 있었다. 자신이 준 모든 책을 꼼꼼히 읽는 영리한 딸과 나누는 철학적 차원의 토론이 마음에 들었다. 장군은 종교가 사람에게 필요하다는 점을 인정했지만, 개인의 학문, 지식, 문화적 소양 수준이 높아질수록 종교에 대한 의존도가 줄어든다고 말하곤 했다. 파즐 레샷 장군은 무지한 계층과 빈곤층 사람 중에서 종교를 맹신하는 사람이 나온다고 늘 말했다. 셀바가 라파엘에게 빠져 있던 시절, 그녀는 이 문제를 아버지와의 대화 주제로 삼았다.

다른 종교에 대한 존중?

물론! 현대인의 필수 조건이다.

다른 종교에서 영감을 얻는 것은?

파즐 레샷 장군은 왜 셀바에게 동아시아 종교에 관한 책을 읽어보라고 했을까? 여러 의견을 통합할 능력을 갖추라고, 세상은 자신처럼 생각하고 믿는 사람들만의 공간이 아니라는 것을 깨우치라고 그랬던 게 아닌가?

파즐 레샷 장군이 딸인 셀바와 라파엘의 관계를 알게 되자, 셀바는 아버지와 나눈 대화를 모두 상시키셨다. 대화를 나눴던 장소와 순간까지 전부. 하지만 아버지는 아무 말도 하지 않았다. 유일하게 한 말이라곤 "결혼은 절대 안 돼! 허락 못 해!"였다.

셀바는 처음에 아버지에게 끈질기게 물었다. "왜요?" 아무리 열린 생각을 하는 사람이라고 해도 그녀의 아버지는 전통과 관습에 어긋나는 결혼을 절대 받아들이지 않았다. 셀바는 한탄하며 깨달은 사실이 있었다. 아버지가 딸의 교육을 중요하게 생각한 건 생각이나 시야를 넓혀주기 위해서가 아니라, 자신이 배운 걸 전수하는 과정을 통해 파즐 레샷 장군 집안의 후손을 잘 키우기 위함이었다. 물론 이 후손은 무슬림 부모 사이에서 태어나야 했다.

"좋아요. 그렇게 하세요. 하지만 저는 누구와도 결혼하지 않는다는 걸 아셔야 해요. 마짓의 외교관 친구든, 장군의 아들이든 저랑 엮을 생각은 마세요. 라파엘이 아니면 그 누구와도!" 셀바가 말했다.

반면에 라파엘은 자신의 운명을 받아들이는 것처럼 보였다. 고집을 부리다 당하게 될 일이 셀바보다 더 무서웠다. 가족과 유대인 공동체의 반발 못지않게, 귀족 출신으로 부유하게 살아온 여자에 대한 책임으로 마음이 무거웠다.

셀바는 앙카라에 있는 사비하 곁으로 쫓겨나 있는 동안 라파엘과 편지를 주고받았다. 사랑보다는 우정이 담긴 편지였다. 셀바는 앙카라에서 주변 사람을 꼼꼼히 관찰했다. 사비하처럼 결혼을 잘한 젊은이가 대부분이었다. 결혼하고 몇 년이 지나면, 사랑의 속도가 느려지고 특히나 아이가 태어나면 자신이 선택한 사람이 가진 변하지 않을 기질과 마주하게 된다. 그래서 인생을 공유하는 배우자와 말이 통해야 한다.

소개를 받은 사람 중 누구에게도 마음이 가지 않자, 셀바는 아버지의 집으로 돌아와 다시 생각해 봤다. 처음부터 말했듯이 그녀는 마짓의 친구들인 외교관과 맞지 않았다. 단지 고집 때문이 아니라, 소개받은 사람 중에서 정말로 마음에 들고 받아들일 수 있는 사람을 찾을 수 없었다. 몇몇 속물과 말 많은 떠버리 아니면 레만 부인이 사윗감을 골랐듯이, 부유한 집안의 딸을 원하는 부인의 마마보이뿐이었다. 그들 중 누구와도 한 가지 주제를 두고 몇 시간 동안 대화를 이어갈 수도, 한껏 웃을 수도, 거리를 활보할 수도 없었다. 셀바가 소개받은 청년들은 리셉션이 끝난 뒤 앙카라 팔라스 호텔 홀에서 춤을 추자고 했다. 마룻바닥에서 마찰음을 내는, 반짝이는 신사화를 신고 그녀의 허리를 감싸며 왈츠를 췄다. 그리고 그녀를 집에 데려다줄 때면 입술 끝으로 그녀의 손이나 뺨에 살짝 입을 맞췄다. 그들은 한결같이 지루했다. 집에 돌아와 어린 조카의 방 침대에 누워, 가로등의 불빛을 받아 이상한 무늬를 그리는 어둠 속 천장을 바라보며 생각에 잠겼다.

셀바는 한 번뿐인 인생을 허투루 보낸다고 생각했다. 왜? 아버지의 고집 때문에. 아버지는 자신의 신념에 어긋나는 방식으로 행동했고 딸의 삶을 망쳐놓고 있었다. 셀바는 절대 결혼하지 않을 것이고, 행복하지도 못할 거며, 자식 사랑이 무엇인지 알지 못할 것 같았다. 간단히 말해서, 신이 주신 삶을 살 수 없다는 말이었다. 왜? 아버지가 말한 대로 해야 하니까! 이웃, 친구, 친척, 어머니의 말대로 '세상'이 무슨 소리라도 할까 봐! 주변 사람이 어떻게 생각하는가가 셀바의 행복보다 중요하단 말인가? 아니지 않은가! 그래서 이스탄불로 돌아온 뒤 라파엘에게 편지를 보냈다. 여전히 자신을 원하느냐고···.

물론 라파엘은 그녀를 원했다. 하지만 셀바의 삶을 망칠까 봐 두려웠다. 라파엘은 셀바가 그동안 살아왔던 것처럼 부족함 없이 살게 해줄 자신이 없었다. 셀바의 가족이 라파엘을 받아들이지 않는다면, 그가 벌어오는 돈으로만 살아야 했다. 셀바는 과연 준비되어 있을까? 라파엘은 셀바가 스스로 확신이 생길 때까지 기다렸고, 다시 생각해 볼 것도 권했다.

셀바는 키프로스에 있는 삼촌에게 갔을 때, 한 번 더 생각할 기회가 있었다. 그녀는 모든 걸 감수할 생각이었다. 자신의 결정 뒤에 따르는 어려움과 외로운 외국살이, 궁핍한 생활···. 모든 걸 고려해서 결정할 수도 있었지만, "라파엘, 너도 나만큼 간절히 원해?"라고 묻고 싶었다. 셀바는 라파엘도 자신을 무척 원한다는 확신이 들었다.

셀바는 키프로스에서 보낸 힘들고 길었던 한 해를 뒤로하고 이스탄불로 돌아와서, 라파엘에게 자신의 최종 결심을 알렸다. 자신의 결정을 지지해 줄 거라 생각했던 사비하에게도 알렸으나, 사비하는 전혀 예상치 못한 태도를 보였다. 늘 셀바와 비밀을 공유하던 사비하는 두 사람이 우정을 유지하길 바랐고, 심지어 관계가 발전하도록 조장했음에도 지금은 셀바의 결심을 꺾으려고 밤새 설득했다. 사비하는 셀바와 라파엘이 둘만의 시간을 갖도록 해준 사람이 자신이 아닌 것처럼 이렇게 말했다.

"네가 이렇게까지 멀리 갈 줄, 이렇게까지 멍청할 줄 어떻게 알았겠어? 네가 마음에 들어 하는 사람과 친구처럼 지낸다고 생각했어. 사랑에 빠질 거라고는 상상도 못 했어. 결혼이라니 절대 안 돼!"

아버지는 또 어떻고! 셀바가 누구보다 존경하고 따르는 아버지는 라파엘을 포기하게 하려고 자살까지 시도하지 않았나. 바로 그 순간 셀바는 마음을 먹었다.

"당장이라도 여기서 도망가자, 라파엘. 과도한 잣대를 들이대지 않는 세상으로 가자. 네 어머니가 너에게, 내 아버지가 나에게 가한 정신적 학대에서 벗어나자."

그들은 떠났다. 하지만 지금 독일인이 유대인에게 한 짓에 비하면 가족이 그들에게 가한 학대는 솔직히 아무것도 아니었다. 흐릿한 푸른색 눈동자에 무표정하고 무서운 얼굴을 한 독일인은 프랑스에 사는 유대인의 삶을 비참하게 만들었다. 그들은 유대인을 증오했다. 유대인이 아닌 그녀가 이렇게 느꼈다면 불쌍한 남편의 속은 어떨까?

셀바가 장부를 살펴보고 있을 때 밖에서 우체부의 발걸음 소리가 들렸다. 곧바로 아래층으로 달려가 우편물을 받았다. 청구서 한두 장 그리고 사비하가 보낸 편지가 있었다!

보고 있던 장부를 덮었다. 갓 끓인 커피를 대접에 가득 담고 창가 앞 안락의자에 앉아 스툴에 발을 올렸다. 그리고 편지 봉투를 열었다. 하루 중 최고의 순간이 막 시작될 참이었다. 퍼즐이 깨기 전까지 편지를 차근차근 읽고 또 읽어서 외워버리고, 떠나온 고국을 머릿속에 그릴 수 있는 시간이었다.

사바하는 편지에서 타륵이라는 사람에 관해 언급했다. 이름이 기억날 것 같았다. '맞아, 그 사람이야. 언니가 타륵에 관해 편지로 한 번 이야기한 적이 있어.' 타륵이 프랑스로 발령이 나서 곧 도착할 것이라는 내용이었다. 그 사람 편에 돈을 보냈으며, 문제가 생기면 그 사람을 꼭 찾으라고 했다. '아, 사비하! 매번 내가 이렇게 도움을 받네. 만약 도피해야 한다면… 이 사람이 내게 도움이 될까? 도피라니, 어디로? 라파엘과 함께 내 나라에서 여기로 도피해 왔잖아? 우리를 향한 가족의 분노, 친구들의 험담, 사악한 식료품점 주인 같은 동네 주민들의 시선을 피해 도망쳤잖아? 무슬림 처녀가 유대인과 결혼했다는 이유로 당해야 하는 폭력으로부터, 유대인 청년이 무슬림 소녀와 결혼한 것 때문에 분노의 표적이 되는 걸 피해 도피하지 않았나? 이번에는 어디로 도망간단 말이지? 어디까지 도망칠 수 있을까? 우리의 안식처는 없는 것일까?' 이스탄불에서 대학마저 졸업할 수 없게 했던 사고

방식이 이젠 나치 친위대 군복을 입고 여기까지 따라와서….
그건 그렇고… 홀랴가 학교에서 표창장을 받았고 연말 시상
식에 가족 모두 간 모양이었다. 부모님, 사비하, 당연히 마짓
은 참석하지 못한 모양이었다. 그는 늘 외무부에 붙어산다고
했다. 부모님을 앙카라로 모신 건 아버지에게 좋은 영향을
준 모양이었다. 앙카라에서 매우 편안해하신다고 했다! 앙카
라에는 아버지를 아는 사람도 없고, 딸이 유대인과 결혼했다
고 손가락질하는 사람도 없으니…. 앙카라의 건조한 공기는
어머니에게도 좋았는지, 천식 발작을 한 번도 일으키지 않으
셨다고 했다. 당연히 발작이 없을 만했다. 아버지가 편안하
면 어머니도 귀찮게 하지 않으셨을 테니까. 어머니는 늘 지
니고 다니는 손자 파즐의 사진을 매일 꺼내 보시는 모양이었
다. 보아하니 아버지가 손자의 이름에 반대하시지는 않는 것
같았지만… 모르는 일이었다. 또 어느 날….

밖에서 소란한 소리가 들렸다. 셀바는 창밖을 내다보았다.
이리저리 뒹굴며 도망가는 남자를 두 명이 쫓고 있었다. 그
리고 한 여자가 비명을 질렀다. 셀바는 마치 뭔가라도 할 수
있을 것처럼 자리에서 벌떡 일어났다. 그 순간 커피 대접이
소리를 내며 바닥에 떨어졌고 동시에 옆방에서 아기의 울음
소리가 들렸다. 셀바는 커피가 튄 편지를 털고는 식탁 위에
놓았다. 그리고 울고 있는 아기에게 달려갔다. "울지 마, 파
즐. 아버지는 우리가 밖에 나가는 걸 좋아하지 않는다만, 뭐

어때. 잠깐 나가서 바람이나 쐬자."

셀바는 되도록 집 밖으로 나가지 않아서 거리에서 무슨 일이 일어나는지 알지 못했다. 라파엘은 자신이 목격한 걸 아내가 보지 않길 원했다. 아내가 밖에 나가지 못하도록 핑계를 대가며 집에 점심을 먹으러 오곤 했다. 셀바가 이제야 새로운 삶에 적응하고 혼자서 아기를 양육하려고 애쓰는 시기인데, 걱정거리를 안겨주고 싶지 않았다. 바깥은 두렵고 위험하며 우려스러웠다.

이스탄불, 가족, 익숙한 삶에서 분리되기란 쉽지 않았다. 서로를 위해 그들의 세상을 바꾼 것이었다. 이제 두 사람은 자신이 태어난 환경과 전혀 다른 상황에서, 위장한 채로 살아남기 위해 발버둥 치고 있었다.

셀바는 이제 여름 저택과 겨울 저택을 오가며, 비싼 옷을 입고 풍족하게 살면서 칭찬과 존중을 한몸에 받던 파즐 레샷 장군의 딸이 아니었다. 그녀는 약사 보조인 유대인의 아내였다. 라파엘은 아직 프랑스 시민권이 나오지 않아, 약국의 동업자라는 사실이 서류상으로 기록되지 않았다. 독일이 프랑스를 점령한 뒤 라파엘의 동업자는 동업 신청을 잠시 미뤄달라고 부탁했다. 그러니까 조금만 더 그가 '존재하지 않기'를 부탁한 것이었다.

꽃 꽃

　라파엘… 유대인 사이에서는 물론 이스탄불 의료계에서
도 존경을 받는 4대째 오스만제국 황실 주치의로 알려진 알
판다리 가문의 둘째 아들, 화학자(이건 셀바 때문에 실현되
지 못한 어머니의 꿈이었다) 라파엘 알판다리. 이젠 유대계
터키인이 아닌 것처럼, 유대계 프랑스인도 아니었다. 그는
무슬림 처녀와 결혼한 것에 그치지 않고 아들이 할례도 받지
않았기에 유대인이라는 정체성도 의심을 받았다. 라파엘은
신원 불명에 무국적자 그리고 무신론자가 되어버렸다.

　라파엘은 셀바를 사랑했다. 하지만 그건 모든 관계를 끊
는 것이었다! 그도 셀바도 원하지 않았지만, 자신들도 모르
는 사이에 그렇게 되어버렸다.

　셀바를 처음 만났을 때만 해도 라파엘은 아직 어린 나이
였다. 그는 군청색 재킷을 입고 학교에 오던 학생이었다. 여
학생 중에서 같은 반에 다니고, 누구와도 닮지 않은 키 큰 소
녀가 그에게 관심을 가지면서 그들은 친구가 되었다.

　어느 날 아들 라파엘이 그 소녀가 사는 저택에서 열리는
차 모임에 초대받았다는 소식을 듣고 어머니가 얼마나 기뻐
하고 자랑스러워하던지…. 라파엘의 어머니는 아들의 셔츠
에 풀을 먹이고, 바지를 직접 다렸다. 아들에게 빈손으로 가
라고 해야 할지, 초콜릿 한 상자를 가져가라고 해야 할지, 그
게 아니면 꽃다발을 가져가라고 해야 할지 며칠 동안 고민했

다. 그리고 아들이 집에 돌아오자 정신없이 질문했다. 저택 내부도 외부만큼 호화로운지, 장군과 부인은 집에 있었는지, 라파엘이 그들을 만났는지, 손님은 몇 명이었는지, 뭘 먹고 마셨는지, 레본 빵집의 케이크였는지 아니면 집에서 만든 뵤렉2이었는지, 차를 마셨는지 아니면 셔벗을 마셨는지, 차는 누가 날랐는지 등을 물었다.

　나중에 라파엘은 다시 저택에 초대받았다. 그리고 다른 곳으로도⋯. 라파엘은 셀바의 그림자처럼 그녀와 함께 다녔다. 두 갈래로 땋은 샛노란 머리카락을 머리 위로 돌려 감고 있던·셀바의 갈색 눈동자는 늘 조금 놀라거나 겁을 먹은 듯한 눈빛이었다. 맑은 물처럼 순수하고 차분하지만, 미소를 지으면 얼굴이 환하게 밝아졌다. 말이 많지만, 상대의 말도 잘 들어줄 줄 아는 여자였다.

　셀바의 언니인 사비하의 약혼식이 있었던 그 여름, 그들의 우정은 새로운 단계로 접어들었다. 주말이면 사비하는 여동생과 함께 동네를 떠나 베이오울루에 있는 제과점 중 한 곳에서 약혼자를 만났다. 얼마 지나지 않아 라파엘도 합류했다. 약혼자들이 시간을 보내도록 남겨두고 라파엘은 셀바와 함께 페라의 거리 곳곳을 돌아다녔다. 한번은 트램을 타고 에윱까지 가서 에윱 술탄 사원을 찾아가기도 했다. 사원 내

<hr />

2　역주-튀르키예식 파이의 일종

묘지를 돌아다니며 묘비에 적힌 시를 읽어보기도 했다. 또 한번은 골든 혼을 따라 페스하네 부두까지 걸어서 페네르에 있는 그리스인 마을에 들어가 보기도 했다. 라파엘은 셀바를 타타블라로 데려간 적도 있었다. 셀바는 처음 보는 동네를 마치 새로운 세계라도 발견한 듯 놀라움과 호기심에 가득 찬 눈으로 구경했다. 자신이 살던 좁은 곳 바깥에 전혀 다른 색과 냄새가 존재한다는 걸 깨달았다. 셀바는 더 많은 것을 보고 배우고 싶었다.

9월의 어느 날 오후, 사비하와 마짓을 마르키즈 제과점에 남겨두고 라파엘은 셀바의 손을 잡고 자신의 집으로 갔다. 라파엘의 가족은 아직 타라비아에 있는 여름 별장에 있었다. 라파엘은 바닥에 덮개 천이 깔려 있고, 카펫을 말아서 한쪽 벽에 쌓아뒀으며, 샹들리에는 신문지로 싸인 어두운 거실로 그녀를 안내했다. 셀바는 무명천으로 덮인 소파 가장자리에 자리를 잡고 있었다. 라파엘은 옆에 앉았고 손으로 셀바의 얼굴이 자신을 향하게 돌린 뒤 입을 맞췄다.

"나랑 자고 싶은 거야?" 셀바가 물었다. 라파엘은 깜짝 놀랐다.

"라파엘, 내가 질문했잖아."

"아니, 무슨 상관이 있다고…. 그래… 아니… 그러니까… 무슨 질문이 그래?"

"확실한 질문을 하잖아. 그렇다는 거야? 아니라는 거야?"

"정말 원하지만, 당연히 아니야. 그러니까 내 말은 나쁜 의도가 없었다는 거야, 네게 입을 맞출 때 말이야."

"네 의도를 물은 게 아니라 네가 원하는 걸 물었어."

"셀바… 난 널 아프게 하는 어떤 짓도 하지 않을 거야."

"그건 내 질문에 대한 대답이 아니야." 라파엘은 무슨 말을 하고 싶어서 한 말인지 이해하려고 한참 동안 그녀의 얼굴을 바라보았다. 셀바는 눈을 크게 뜨고 대답을 기다리고 있었다.

"그래, 너와 자고 싶어."

"왜?"

"널 사랑하니까 그렇지."

"나를 사랑해?"

"그걸 몰랐어?"

"전에 그런 말을 한 적이 없잖아."

"용기를 내지 못했으니까."

"뭐가 무서웠는데?"

"널 화나게 할까 봐."

"네가 날 사랑하는 게 날 화나게 한다고?"

"내 주제에 어떻게…."

"이제 말한 거나 마찬가지야. 그리고 난 화나지 않았어."

라파엘은 고개를 숙여 다시 한번 입을 맞췄다.

"라파엘, 네가 날 사랑하고 날 원해도 언젠가는 다른 사람과 결혼해야 할 거고, 그 사람과 잠자리해야만 할 거야. 나도 그럴 거고."

"운명을 바꾸는 건 불가능해, 셀바."

"불가능하다고 생각해?"

라파엘이 고개를 숙여 세 번째로 셀바에게 키스했을 때, 그는 자신의 운명을 조종하는 고삐가 자신의 손에서 천천히 미끄러져 셀바의 손으로 넘어가는 게 느껴졌다. 그날 그들은 사비하와 마짓을 다시 만나러 갈 때까지 그 어두운 거실에 앉아서 이야기를 나눴다. 라파엘은 셀바에게 다시 한번 입을 맞출 엄두를 내지 못했다. 셀바는 그가 용기를 낼 수 있도록 자극하지도 않고 밀어내지도 않았다. 더 진도를 나가려고 했을 때 그녀가 어떤 반응을 보일지 전혀 알 수가 없었다. 머릿속은 복잡했고 감정도 그랬다. 셀바의 길게 땋은 머리카락을 풀어헤쳐 그 금발을 순백색의 늘씬한 그녀의 육체 위로 폭포수처럼 흘러내리게 하고 싶었다. 하지만 라파엘은 조용하고 온순한 소녀와 이야기를 나누는 것만으로 만족해야 했다. 그녀가 대화를 주도하고 있다는 사실조차 깨닫지 못했다. 긴 사슬 벽시계가 여섯 시를 알리자 두 사람은 가야 할 시간이라는 걸 알았다. 셀바는 유연한 몸짓으로 일어나 문을 향해 걸어갔다. 이번엔 입맞춤 없이 밖으로 나갔다. 두 사람은 손을 잡고 계단을 내려갔고, 페라의 좁은 골목길을 지나 터널에 도착했다. 터널을 통과한 뒤 카라쿄이로 내려가 섬으로 가는 여객선 선착장에서 사비하를 만났다.

"두 사람은 뭘 했어?" 사비하가 물었다.

라파엘이 대답하려던 순간, 셀바가 말했다. "라파엘의 집에 갔었어."

"세상에! 집에 누가 있었어?"

"없었어."

"그럼 거기서 뭘 했어?"

"집에서 뭘 하겠어? 앉아서 이야기했지."

"너희는 할 이야기가 끝이 없나 보다! 영화나 보러 가지."

"끝이 없지." 셀바가 말했다. 그런 다음 그녀는 라파엘의 뺨에 작별 인사로 볼 키스를 했다. 라파엘의 뺨에서 전류가 흘러 뇌까지 도달했다. 집에서 그녀의 입술에 키스하면서 느낀 것과는 아주 다른 느낌이었다. 셀바가 라파엘을 두둔하고 대신 변명한다는 건, 둘 사이의 진한 우정을 모두에게 알리는 것이자 두 사람의 관계를 만천하에 공개한다는 의미였다. 라파엘은 벅찬 감정과 자부심을 안고 타라비아로 가는 버스 정류장까지 걸어갔다. '엄마, 엄마, 엄마. 셀바가 나를 사랑해요, 엄마!' 그는 마음속으로 소리쳤다.

아들이 파즐 레샷 장군의 집에 초대되어서 기뻐하던 어머니는 없었다. 그래도 라켈라는 한때 아들 중 한 명이 상류층 터키인 딸과 친하게 지낸다고 자랑하기까지 했었다. "그게 뭐라고 이렇게 좋아하니, 네 남편도 위대한 알판다리 가문 출신이야."라며 시어머니가 종종 주의를 시켰는데도 듣지 않았다.

어느 날 친구가 찾아와 자신이 들은 소문을 이야기해 주지 않았더라면 라켈라는 아무것도 몰랐을 것이다. 그때만 해도 자식 중 가장 똑똑한 라파엘이 대학을 중퇴하면서 불화가 있었던 때였다. 라파엘은 다른 아이들과 달리 특이한 기질이 있었다. 예를 들면, 가족 중 누구도 개의치 않았음에도 라파엘은 왜 집에서 터키어가 아닌 라디노어3로 말하는지 궁금해했다. 라파엘은 자신들을 멸시하고 고문했던, 그리고 해외로 몰아냈던 나라인 스페인의 언어를 사용하는 걸 좀처럼 받아들이지 못했다. 대학을 자퇴한 데에도 이런 감정적인 이유가 있는 게 분명했다. 어쩌면 자존심을 건드리는 사소한 일이 있거나, 대학 시절 또는 아버지의 죽음 이후로 우울증에 빠졌는지도 모르는 일이었다.

친구 로사가 라켈라를 찾아온 어느 날 저녁, 소문이란 소문은 다 옮기고 다니고 그 소문이 진실인지 아닌지는 상관하지 않은 채 이렇게 말했다. "파즐 레샷 장군은 라파엘이 자신의 딸에게 추근댄다고 대학에서 쫓아냈다지, 뭐야."

바로 그날, 라켈라는 난생처음 터키인을 저주했다. 그녀는 다음 날, 라파엘이 존경하고 사랑하는 모든 집안 어른을 동원해 아들에게 충고했다.

아, 이런 일이 일어날 수 있다는 걸 어째서 예상하지 못했단 말인가? 이 재수 없는 노란 지네 같은 여자 때문에 아들

---

3   역주-15세기 말 스페인의 박해를 피해 오스만제국으로 이주했던 유대계 스페인인들의 언어

이 대학도 졸업하지 못하다니. 라켈라는 라파엘을 두고 큰 꿈을 꾸고 있었다. 둘째 아들은 화학자가 되어 라벤더 유향을 생산하고, 아들이 발명한 에센스를 프랑스에 살면서 화장품 시장을 잘 아는 조카가 판매하면 되겠다고 생각했다. 어쩌면 라파엘이 자신의 브랜드를 가지게 될지도 모르는 일이었다. 예를 들어 여성으로 '레 뉘이 듀 보스포허[4]' 또는 '이샹스 도히옹[5]'을, 남성용으로는 면도 후 바르는 콜로냐를 생산하는 '라프'라는 브랜드를 말이다.

라켈라는 아들과 마주 앉았을 때, 또 다른 충격을 받았다. 라파엘이 이 무슬림 소녀와 결혼할 가능성을 이야기했기 때문이다.

무슬림 소녀와 결혼할 가능성에 비하면, 라켈라가 라파엘을 두고 꾸었던 꿈이 수포가 되는 건 작은 일이었다. 그해 유월절에는 그녀가 기억하는 한 매년 해왔던, 다락에 넣어둔 특별한 피네스타[6]를 꺼내서 씻는 일을 하지 않았다. 매년 중요한 만찬을 위해 직접 요리했던 페스카도 콘 후에보 이 레몬[7]을 다른 사람에게 맡겼고, 맛차[8]를 준비하는 것도 감독하지 않았다. 라켈라는 상심과 수치심 때문에 죽을 것 같았다. 다른 가족도 예외는 아니었다. 라파엘을 불러다 놓고 충고나

---

4   역주-보스포루스의 밤
5   역주-동양의 정수
6   원작자주-접시
7   원작자주-마요네즈 소스 생선 요리
8   원작자주-반죽하지 않고 만든 빵

꾸짖음 또는 감정적으로 협박해서 단념시키려고 했다. '아버지가 살아 있다면 무슨 말씀을 하셨을까?'라고 생각하면, 라파엘은 이 년 전 아버지를 잃을 걸 감사해야 할 정도였다. 오직 외삼촌 자크만이 이 끔찍한 사건에 완전히 다른 방식으로 접근했다.

외삼촌 자크는 자신의 누나에게 이렇게 말했다. "모든 일에는 한 가지라도 좋은 면이 있다잖아요. 누나 아들이 파즐 레샷 장군의 사위가 됐을 때 생기는 이익을 생각해 봐요. 그 소녀와 헤어지라고 소원을 빌 게 아니라, 장군이 제발 라파엘을 받아주길 빌어야지."

파즐 레샷 장군은 라파엘을 사위로 받아주지 않았다.

셀바는 라파엘을 포기하지 않았다.

라파엘은 자신들이 하려는 행동이 광기라는 걸 셀바에게 설명할 수 없었다. 처음엔 이 사랑이 시간이 지나면 꺼지는 불씨일 거로 생각했다. 셀바가 싫증 나거나 가족에게 설득당할 때까지 이어질 관계 정도로 생각했다.

하지만 셀바는 포기하지 않았다. 그녀가 포기하지 않자, 라파엘도 그녀를 포기하지 않았다. 집에서 듣는 잔소리 때문에 이 사랑을 그만둔다는 건 스스로 용납할 수 없는 일이었다. 셀바를 추앙하는 것과 동시에 그녀에게 사랑받는다는 자부심도 있었다. 게다가 금단의 열매를 깨물었을 때 느끼는, 말로 표현할 수 없는 떫은맛과 흥분도 따라왔다. 친구들은 그를 마치 동화 속 영웅인 것처럼 부러운 눈초리로 바라보았다. 하지만 친척들, 특히 어머니의 생각은 달랐다.

"넌 술탄의 딸과 사랑에 빠진 켈오울란9과 다를 게 없어!" 라켈라는 울면서 소리쳤다. "우리를 인간으로 여기지 않는다고. 그걸 아니, 모르니? 장군과 부인이 얼마나 화나 있고 슬퍼하는지. 나는 어떻고? 우리 가족은! 우리가 그 장대 같은 딸을 달라고 했어? 우리가 당하는 수치와 상심에 대해서는 아무도 신경 쓰지 않아! 넌 자존심이란 게 없니?"

라파엘은 자존심이 있어서, 이 사랑을 포기할 수 없었다.

셀바는 두 가족 모두, 언제가 되든 이 상황을 받아들이리라고 믿었다. 아이가 생긴다면 더더욱.

하지만 라파엘은 아이가 무슬림으로 자란다면 자신의 가족이, 유대인으로 자란다면 셀바의 가족이 절대 용서하지 않을 걸 알고 있었다.

"모든 걸 시간에 맡겨." 셀바는 이렇게 말했다. "멀리 떨어져 살면 우리를 그리워할 거고, 우리의 사랑을 증명하면 다들 부드러워질 거야. 모든 걸 시간에 맡겨."

라파엘은 많은 가능성 그러니까 그들에게 닥칠 어려움, 가난, 외국살이의 고통, 외로움 등을 예상했지만, 이런… 최근의… 꿈이라고 해도 믿지 못할 상황에 부닥칠 줄 상상도 못했다.

---

9   역주-튀르키예 전래 동화에 자주 등장하는 주인공

마르세유에서 약국 지분의 절반을 갖고 있으면서도 서류 상으로는 약사 보조로 되어 있는 한낱 종업원에, 제대로 된 여권도 없고, 무서워서 아들의 할례도 하지 못한, 언제든 집이나 직장에서 끌려 나와 강제 수용소로 이송될 수 있다는 공포 속에 사는 불쌍한 그! 아무 잘못도 없으면서 죽음을 눈앞에 두고 있는 운명의 희생자! 온갖 어려움이 기다리고 있으리라 생각했지만, 이런 상황은 그의 예상 밖이었다.

라파엘은 약국 창고에 쌓여 있는 세 개의 커다란 종이 상자 뒤에 앉아 밖에서 나는 소음이 잦아들고, 파시스트들의 부츠에서 나는 발걸음 소리가 사라지길 기다리며, 자신의 운명을 저주했다.

그는 어둠 속에 얼마나 오랫동안 앉아 있는지 알 수 없었다. 마침내 문이 열리고 베누아가 문안으로 고개를 내밀자, 자리에서 일어섰다. 허리에 담이 온 것 같았다.

"갔어." 베누아가 말했다. "나와도 돼. 그들이 다시 올 것 같지는 않아. 근데 말이야, 튀르키예 영사관에 안 가겠다고 고집부리는 건 실수하는 거야. 내가 네 입장이면 벌써 갔을 거야."

라파엘은 어둠에 익숙해져 있다가, 친구의 등 뒤로 들어오는 빛으로 인해 눈이 부셨다. "넌 영사관에 가는 거에 너무 집착하고 있어."

"튀르키예 여권을 소지한 사람들은 위험을 벗어난다고 들었어. 꽤 믿을 만한 곳에서 들은 거야."

"들은 걸 다 믿지는 마." 라파엘이 허리를 문지르며 말했다.

"맹세하건대 정말이야. 그럼 왜 튀르키예 영사관 앞의 줄이 점점 길어진다고 생각해?"

"그 사람들은 제1차 세계대전이 끝날 무렵 이곳으로 이주한 사람이야. 그들 중에는 우리 가족과 친한 사람도 있어. 내 상황은 그들과 달라."

"라파엘, 그들 대부분 프랑스 국민이야. 터키인이라는 신분을 오래전에 포기한 사람들이야. 그런데도 튀르키예 여권을 다시 받으려고 며칠 동안 줄을 서서 기다리고 있어."

"넌 이런 걸 어디서 안 거야? 완전한 프랑스인이잖아! 신분증도 있고, 네 어머니가 유대인이라는 사실은 아무도 몰라. 넌 이런 일과는 아무 상관이 없잖아?"

"널 대신해서 내가 알아본 거야. 영사관 직원 중 한 명이 고모 집의 세입자야. 지난번에 고모한테 갔더니 월세를 내려왔더군. 좋은 사람이었어, 프랑스어도 유창하고. 커피를 마시면서 이야기를 나눴지."

"그래서?"

"너에 관해 이야기했어…. 잠깐, 잠깐만. 그렇게 대놓고 화부터 내지 마…. 이름도 안 밝혔고, 이스탄불에서 이민을 온 친구가 있다고만 했을 뿐이야. 체류 허가는 받았는데 아직 프랑스 시민권을 취득하지 못했다고 했어. 보내라더군, 여권이 만료되어도 곧바로 연장해 주겠다고 말이야."

"그럴 리가!"

"그렇다니까, 그 사람이 그렇게 말했어."

"날 놀리는군."

"라파엘, 사실을 말하는 거야. 네가 가는 게 꺼림칙하면 네 아내에게 신청하라고 해."

"셀바에게 수없이 이야기했어. 날 두고 이스탄불로 돌아가라고 말이야. 근데 말을 안 들어. 한번 저지른 일은 다시 돌아보지 않는다니까. 튀르키예 여권으로도 내 문제를 해결하지 못해."

"튀르키예 여권이면 네 문제는 해결돼, 라파엘. 내가 알려 줄게."

"어떻게 해결된다는 말이야?"

"이유는 모르겠어. 튀르키예가 독일 편에 서서 참전했던 것 때문일 수도 있어. 어쩌면 비밀 협정을 맺었을 수도. 이유를 어떻게 알겠어, 난 외교관이 아니라 약사잖아."

"말도 안 되는 소리 하지 마." 라파엘이 말했다. "터키인은 독일인의 편에 서지 않았어."

"어째서? 제1차 세계대전 때 독일 편이 아니었어?"

'독일 편이었지 멍청하게도'라고 말하고 싶었지만, 라파엘은 침묵했다.

라파엘은 담이 온 허리를 풀기 위해 허리를 쭉 편 다음 친구에게 말했다. "나 먼저 여기서 나가게 해줘. 몇 시간 동안 쭈그려 앉아 있었어."

"겨우 이십삼 분밖에 안 됐어."

"설마, 몇 시간이 지난 줄 알았는데."

라파엘에게는 이십삼 분이 스물세 시간처럼 느껴졌다. 그는 계단을 내려가 창고에서 약국으로 건너갔다.

한 노인이 약국으로 들어설 때까지 라파엘은 여전히 진열대 뒤에서 허리를 문지르고 있었다.

"어서 오세요." 라파엘이 말했다. 노인은 아무 말도 하지 않았다.

"뭘 드릴까요, 선생님?"

"모르겠어… 아무것도 달라고 안 했는데…. 아스피린이나 주게. 그래요, 그래. 아스피린 한 개 주게."

"떨고 계시네요. 괜찮으세요? 앉으시겠어요?"

베누아는 진열대 뒤에서 의자를 꺼냈다. "여기 앉으세요, 잠시 숨이라도 돌리시고요."

노인은 의자에 앉았다. 그는 양손으로 머리를 감싼 채 허리를 숙였다. 그의 몸이 심하게 흔들리기 시작했다.

"간질?" 라파엘이 속삭였다.

"아니야, 우는 거야." 베누아가 말했다. 둘은 어찌할 바를 모르고 서로를 바라보기만 했다.

"물 한잔 드릴까요?"

"진정제를 드릴게요…."

괜찮다는 의미로 노인은 고개를 저었다. 한동안 양손으로 머리를 감싼 채 흐느껴 울더니 몸을 일으켰다. "내 명예를 다시 돌려주게나. 다른 건 필요 없네, 물도 약도!"

"지금은 어려운 시기입니다. 누구도 사는 게 쉽지 않아요." 베누아가 말했다.

"페탱이라는 늙은이 있잖소, 이 나치 협력자, 배신자…. 나도 한때는 그를 지지했소. 그가 영웅이라고 여겼지. 그 작자의 사진을 내 책상 위에 걸기도 했다오. 이런 날을 보게 될 거라고는 생각지도…."

"페탱 원수는 프랑스 국민을 보호하기 위해 이런 일을 하고 있습니다. 만약 그가 이렇게 하지 않았다면 점령군이 이곳까지 내려왔을 겁니다. 그게 더 나았을까요?" 베누아가 부드러운 목소리로 말했다.

"여보게, 페탱의 위선으로 점령군을 막을 수 없다네. 그들은 언제가 됐든 여기까지 내려올 걸세, 그건 알아두게. 그날이 오면 우리는 모든 것을 잃게 될 거야. 우리에게 남는 건 명예뿐이었는데, 비시 정부가 수립되던 날 그것마저 잃었어."

베누아는 불안한 눈빛으로 주위를 둘러보았다. "조금 신경이 날카로워지셨어요. 그런 말씀은 하지 마세요, 누가 들을 수도 있어요."

"좀 전에… 내 바로 앞에 가고 있던 남자를 길 한가운데에 멈춰 세우고는 신분증을 요구하더군. 남자는 신분증을 제시하지 못했네, 신분증이 없었지. 구타하기 시작하더군. 그 남자는 저항했고 말이네… 그리고 그를 끌고 지프로 데려갔어. 거기서 무슨 짓을 했을지 자네들 상상이 되나? 유대인인지 아닌지 어떻게 확인하는지 알고는 있나? 다행히 나무둥치는 크고, 보다시피 나는 말랐잖은가. 나무에 몸을 숨겨가며 여기까지 달려왔다네. 뛰고 또 뛰었지. 십오 년 동안 이렇게 뛴 적이 없었네. 골목길이 보이는 족족 들어가 숨었어. 자, 보게. 무서워서 오줌을 싼 것 같아. 나도 신분증이 없으니, 도망가지 않았으면 경찰이라고 하는 더러운 자식들에게 내 거길 보여줘야 했단 말이야…. 도망이라니! 왜 내가 도망쳐야 하나? 난 도둑도, 살인자도, 범죄자도 아니네. 내 나이 여든두 살이야. 도망칠 힘도, 여력도 없다고."

라파엘은 노인의 바지 앞쪽에 묻은 오줌 자국을 못 본 척했다.

"내게 수면제를 주게."

"진정제를 드릴게요."

"수면제라고 했네!"

"처방전 없이는 팔 수 없습니다. 의사에게 들러 처방전을 받으세요." 베누아가 말했다.

"의사가 없어. 가버렸어. 똑똑하고 젊은 사람들은 다 가버렸어. 우리처럼 가지 못한 쓰레기들만 남았네. 내게 수면제를 주게나."

라파엘은 개봉한 상자에서 알약 두 개를 꺼내 노인에게 건넸다.

"오늘 밤에는 이걸로 편히 주무세요. 아니, 아니요. 돈은 필요 없습니다."

노인은 고집부리지 않았다. 자리에서 일어서더니 주머니에 알약 두 개를 넣고 밖으로 나갔다. 곧바로 돌아와서는 황당한 듯 물었다. "여보게, 내가 지금 어디에 있는 건가? 이 동네를 잘 몰라서 그러네. 저기 광장 근처에 병원이 있잖은가, 거기에 친구를 만나러 온 건데…. 여긴 잘 모른다네. 버스 정류장이 근처에 있는가?"

"제가 알려드리겠습니다." 베누아는 이렇게 말하고 밖으로 나가 노인과 나란히 걸어갔다. 그가 돌아왔을 때 라파엘의 표정은 굳어 있었다.

"나치 협력자를 두둔하지 않아도 돼." 라파엘이 말했다.

"누가 들어. 라파엘, 제발 정부에 관해서는 험한 말을 하지 마. 특히 모르는 사람들 앞에서는 절대로 안 돼. 좀 전에 왔던 노인은 잃을 게 아무것도 없어. 만약 그가 열다섯 살만 젊었다면, 그렇게 무모하게 행동하지는 않았을 거야."

"노인의 말이 사실일까, 베누아? 정치 경찰이 그렇게까지 천박해졌을까?"

"모르겠어. 그렇진 않겠지, 과장해서 말했을 거야."

"결국엔 튀르키예 영사관에 가야 할 것 같아. 험한 꼴을 당할 거면 튀르키예에서 당할래." 라파엘이 말했다.

"거기선 험한 꼴을 당하지 않을 거야. 독일에 있던 유대인들은 다 튀르키예로 피신했어. 외사촌이 있는데 레온 앙트라고, 그리고 집안 친구인 아우어바흐도 있어. 둘 다 이스탄불 대학에서 화학을 가르쳐. 라파엘 신청해. 늦기 전에 어서 가 봐. 아내와 아이를 위해서 자존심을 내려놔야만 해."

"자존심을 내려놓는 문제라면, 여기까지 오지도 않았을 거야. 튀르키예에서 무슨 일이 나를 기다리고 있는지 아니? 내 아들은 어떻게 될까? 유대인이 될까, 무슬림이 될까? 뭘 선택하든 반대편에선 가만있지 않을 거야! 가족과 친구들은 우리를 버릴 거라고. 아는 사람이 하나도 없는 나라에서 외롭게 사는 건 힘들지 않아, 베누아. 하지만 가까운 모든 사람, 가족, 친척이나 친구한테 배척당하는 것보다 비참한 건 없을 거야. 장인어른은 딸의 얼굴도 쳐다보지 않으셔. 우리 가족도 셀바와의 관계를 알고 나서는 유월절 동안 식탁에서 내 자리를 치워버렸다는 걸 생각해 봐…. 우리가 왜 여기에 왔다고 생각하니?"

"어렵군." 베누아가 말했다. "정말 자네가 난처하겠어, 라파엘. 하지만 요즘 세상에 편안하게 사는 사람은 아무도 없어. 우리는 모두 지옥에서 살고 있어."

라파엘은 베누아의 말에 대답하지 않았다. 문 앞에 서서 좀 전에 왔던 노인이 움츠린 어깨와 후들거리는 다리로 낯선 골목에서 걸음을 재촉하며 멀어져 가는 걸 지켜보고 있었다.

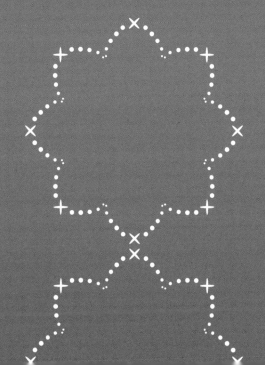

1941년,
앙카라

마짓은 오후 여섯 시쯤 외무부를 나와서 집으로 향했다. 저녁에 파즐 레샷 장군과 라크[1]를 한잔하는 동안 그에게 해줄 이야기가 있다는 생각으로 신이 났다.

마짓은 파즐 레샷 장군을 좋아했다. 공화국 시대에 적응했으면서도 여전히 그의 옷에서는 오스만제국의 냄새가 풍겼다. 그를 처음 만났을 때 왜 그리 어려웠는지 지금 생각해도 이해가 되지 않았다. 다른 사람들처럼 파즐 레샷 장군도 알아가면 갈수록 건장한 체구에서 뿜어져 나오는 위엄의 그늘에 가려졌던 약점이 서서히 드러났다. 파즐 레샷 장군은 진보적인 생각을 가졌음에도 불구하고, 제국이 폐망하고 황제가 도망칠 수밖에 없던 상황을 받아들이는 건 힘들어했다. 만약 그였다면, 황제의 깃발 아래 해방 전쟁을 치렀을 것이

1   역주-포도주를 증류해서 만든 튀르키예 전통주

고, 필요하다면 황제를 폐위시켰을 것이다. 왕정을 폐지하는 게 아니라. 왜냐하면 오스만제국의 국민은 유럽인의 지식, 문화 수준을 갖추지 못한, 자치 능력이 없는 무능한 집단으로 이뤄졌기 때문이다. '황제', '술탄' 같은 종교적 정체성을 가진 지도자만이 그 집단을 통치할 수 있다고 생각했다. 늙은 장군은 튀르키예 공화국 대신에 '오스만제국', '오스만제국 영토', '오스만제국 통치자'라고 굳이 표현했다. 대다수의 좋은 교육을 받은 오스만제국의 장군들처럼 파즐 레샷 장군도 광신도를 혐오했고, 제국을 보수주의자들이 망하게 했다고 믿었다. 하지만 종교적 권위가 없는 사람이 국정을 운영하거나, 특히 국가를 국민 손에 맡기는 건 용납할 수 없었다. 마짓은 장인의 주장이 말도 안 된다고 평가했지만, 아무 생각 없이 정중히 침묵하며 듣고만 있었다. 그러면서 해박하고 교양을 갖췄으며, 현대적인 삶에 잘 적응한 지식인이 왜 그렇게 왕정을 주장하는지 도무지 이해할 수 없었다.

파즐 레샷 장군과 한집에 살게 되면서, 그를 어려워하던 마음도 줄어들고 점점 좋아하게 되었다. 파즐 레샷 장군은 왕정을 지지하는 사람이면서도 사건을 다양한 관점에서 볼 줄 알고, 인생을 즐길 줄도 아는 사람이었다. 집에 돌아오니 파즐 레샷 장군이 손수 차린 술상 앞에 앉아서 마짓을 기다리고 있었다. 얼음처럼 차가운 라크 한잔과 소금기를 빼고 네모나게 자른 페타 치즈, 구운 병아리콩…. 두 사람은 주방에서 식탁이 놓인 방으로 이어지는 작은 홀에 있는 탁자 앞의 등받이가 없는 낮은 의자에 나란히 앉았다. 남자끼리 하루 동안 있었던 일을 이야기하면서 술잔을 기울였다. 마짓은 장인이 여자들은 술자리에 끼지 못하게 하려고 일부러 이 좁은 곳을 택한 거라 생각했다. 온종일 아내, 딸, 손녀 사이에서 여자의 수다와 고충을 들어야 하니, 장인에게 이런 자리는 필요했다.

파즐 레샷 장군은 사위의 말을 매우 집중해서 듣고, 나중에는 기대하지도 않은, 정곡을 찌르는 자신의 견해를 밝히기까지 했다. 그는 독일과 연루되면 또 다른 재앙을 초래할 거라고 예견했다. 독일인은 형편이 나아지기만 하면 세계를 곤경에 빠트리기 때문이라고 이유를 설명했다. 셀바와 라파엘의 이름을 들먹이지는 않지만, 독일이 유대인을 대하는 방식에 분노하고, 언제가 되든 역사는 독일에게 그 책임을 물을 것이라고 했다.

마짓은 이렇게 합리적인 사람이 어째서 그토록 애원하는 작은딸을 용서하지 않는지 도무지 이해할 수 없었다.

마짓은 대리석 탁자에 놓인 라크를 한 모금 들이켠 후 말을 꺼냈다. "오늘은 진전이 있었습니다, 장인어른. 영국 대사가 영국 정부의 서한을 대통령께 전달하려고 왔었습니다."

"아, 그래! 뭘 원하던가?"

"우리에게 두 가지를 요구했습니다. 첫 번째는 우리가 러시아와 반드시 합의할 것과…"

"말도 안 되는 소리!"

"저희도 그 문제는 계속 묻어두고 있습니다. 그건 그렇고 다른 하나는… 부정적인 답변이긴 하지만, 사실 우리가 원했던 답변을 결국 받았습니다…. 지리적으로나 전략적으로 고립된 현 상황에서 우리가 공격을 받는다고 하더라도 영국은 도와줄 수 없다는…."

"이런, 이런, 이런. 저 영국 놈들 좀 보게. 우리는 자신을 도와야 하지만 자신은 우리를 도와주지 않겠다! 이런 세상에! 눈속임이나 하고 등 뒤에서 칼을 꽂는 걸 저놈들보다 잘하는 나라는 이 세상에 없어."

"저희는 이 답변이 만족스러웠습니다. 우리를 도울 수 없다고 하니, 우리가 독일의 침공을 피할 목적으로 독일과 접촉하는 것에 이의를 제기하지 않아야 한다고 했습니다."

"안 돼! 귀머거리 여우한테 말해줘. 참으면 결국에는 해낼 수 있다고 말이야."

마짓은 웃음이 터져 나오는 걸 겨우 참았다. "대통령의 귀는 먹었지만, 머리는 잘 돌아갑니다. 히틀러가 러시아를 공격하자 대통령도 완전히 마음을 놓았습니다. 히틀러가 러시아를 공격한 아침에 대통령을 깨워서 소식을 알렸는데, 그 소식을 듣고는 한참 크게 웃었다고 합니다. 만약 영국 편을 들었더라면 우리는 히틀러와 마주했을 겁니다. 대통령은 독일과 영국을 우리 편으로도 적으로도 만들지 않는 작전을 짰습니다. 게다가 영국은 우리에게 독일과 잘 지내라고까지 했으니 말입니다."

"영국이 어떻게 그런 결정을 내린 건가? 우리는 어떻게 그 해결책을 찾은 것이고?"

"제가 보기엔 독일의 침략을 막을 수 있는 한 가지 해결책이었습니다. 물론 그게 다는 아닙니다."

"그럼, 뭐가 또 있나?"

"독일과 접촉이 있으면, 모두 영국에게 서면으로 사전 통보할 겁니다. 그리고 통보한 내용 외의 행동은 하지 않을 것이고요."

"여보게, 사위." 파즐 레샷 장군은 떨리는 목소리로 말했다. "도무지 받아들일 수가 없네…. 거대한 오스만제국이 처한 상황을 좀 보게. 우리가 뭘 해야 할지를 이교도가 정하고 있지 않은가."

"공화국이 들어서기 전에도 그랬지 않습니까? 오스만제국이 9,000만 금화에 달하는 빚을 지지 않았더라면 우리 군대를 무장하기 위해 영국의 도움을 바랐겠습니까?"

"나는 오스만제국을 두둔하는 게 아니네, 사위. 우리가 저지른 실수를 하나하나 다 알고 있네. 단지 참을 수가 없어서 그래."

"장인어른의 잘못은 아닙니다. 수백 년 동안 쌓여왔던 잘못들입니다." 마짓이 말했다. "후손에게 더욱 강하고 부유한 조국을 물려줄 수 있게 신께서 허락하시길."

"자네 말이 맞네. 우리는 실패했어. 신의 가호로 자네 세대에서는 성공하길." 이 말을 하는 파즐 레샷 장군은 풀이 죽어 있었다.

"장인어른께서 이 문제에 얼마나 민감하신지 이해합니다. 하지만 믿어주십시오. 대통령은 나라의 명예를 지키기 위해 매우 신중한 결정을 내리고 있습니다. 히틀러와 주고받는 서한을 제가 직접 쓰고 있기에 잘 알고 있습니다. 독일은 2월에 우리에게 우호적인 서한을 보냈습니다. 튀르키예 국경에 접근하지 않겠다고 약속했습니다. 하지만 이런 조건을 덧붙였습니다. '튀르키예 정부는 우리가 이러한 자세를 바꾸지 않도록 조치를 반드시 취해야 한다.'라고 말입니다."

"그래서?"

"대통령은 히틀러의 약속에 감사를 표했지만, 히틀러의 서한과 거의 같은 단어를 사용해서 조건을 달았습니다."

"뭐라고 했나?"

"대통령은 '튀르키예 정부가 우호적인 자세에 변화를 줄 수밖에 없는 조치를 독일 정부가 하지 않는 한…' 그러니까 눈에는 눈, 이에는 이로 답했습니다. 히틀러는 군사력이 약한 국가를 상대할 때 늘 얕잡아 보는 투로 말합니다. 아마도 우리 대통령의 자신감 넘치는 태도에 조금 놀랐을 겁니다."

이 문제를 놓고 두 사람은 더 길게 이야기를 나누려고 했다. 하지만 사비하가 편지 봉투와 사진 몇 장을 들고 그들 곁으로 왔다.

"마짓, 이게 언제 보낸 편지인데 오늘에서야 내게 도착했어. 셸바가 아들 파즐의 사진을 보냈네." 사비하는 곁눈질로 아버지를 보며 말했다. "이 편지가 도착할 때까지 아기가 더 자랐겠어. 아마도 많이 변했을 거야. 이 나이 때는 애들이 금방 변하잖아. 자, 봐… 정말 귀엽잖아. 입과 코가 셸바와 똑 닮았어."

마짓은 장인과 눈을 마주치지 않고 마지못해 사진을 살펴본 뒤에 다시 편지 봉투에 넣었다.

"그래, 그렇네."

"당신이 봐도 셸바와 닮은 것 같지? 특히 저 입 부분은…."

"사비하, 장인어른과 매우 중요한 문제에 관해 이야기하던 중이었어."

"당신은 항상 이래. 무슨 말을 하든 당신이 하는 말만 매우 중요하지." 사비하가 말했다. 그리고 아버지가 볼 수 있도록 탁자 위에 사진을 두고 가버렸다. 파즐 레샷 장군은 편지 봉투에 눈길을 주지 않았다. 대신에 작은 병에 담긴 라크를 자신의 잔에 따랐다.

"제가 얼음을 좀 더 가져오겠습니다." 마짓이 말했다. 그리고 냉장고가 있는 주방으로 향했다.

냉장고라는 건 겉은 나무로, 속은 아연으로 만든 작은 캐비닛이었다. 식당에서 돈을 주고 산 얼음덩어리를 잘게 부수어 넣어두고, 그 사이에는 테켈2의 큰 갈색 맥주병과 물병을 넣어두고 있었다. 레만 부인은 이 캐비닛을 섬에 있는 자신의 저택까지 짐꾼을 불러 하이다르파샤3로 옮긴 다음, 딸에게 선물로 주려고 앙카라로 가져왔다. 마짓이 얼음을 깨려고 하는 것을 본 가정부는 즉시 달려와서 말했다.

"두세요. 제가 하겠습니다. 얼음을 씻고 있었습니다." 가정부가 얼음을 가져다주겠다고 해서 마짓은 파즐 레샷 장군이 있는 곳으로 돌아갔다. 파즐 레샷 장군은 떨리는 손으로 탁자에 있던 사진을 한 장씩 살펴본 다음, 그 사진을 서둘러 편지 봉투에 집어넣고 있었다. 마짓은 까치발을 들고 고양이처럼 조용히 주방으로 다시 돌아왔다.

2   역주-주류, 담배를 생산하던 튀르키예 전매청
3   역주-아시아 대륙 쪽 이스탄불에 있는 철도역

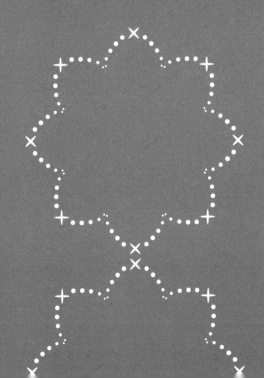

마르세유

셀바는 신문의 1면 기사를 보는 순간 속이 메스꺼웠다.

비시 정부는 프랑스에 있는 모든 유대인에게 거주 사실과 재산을 당국에 등록하라는 법률을 제정했다. 이 명령에 따르지 않는 사람들은 강제 수용소행 처벌을 내린다는 내용이었다.

신문에는 명령을 따르지 않았거나 부주의로 인해 뒤늦게 등록했다는 이유로 강제 수용소로 가게 될 사람들의 명단이 나와 있었다. 셀바는 떨면서 명단을 읽어 내려갔다. 비록 남편이 동업자로 있는 작은 약국의 등록 서류에는 라파엘의 이름이 나와 있지 않지만, 나치보다 더 악독한 비시 정부의 첩보원들은 사냥개처럼 유대인을 추적하고 있었다. 베누아의 어머니가 유대인이라는 사실을 알게 된다면…. 생각조차 하고 싶지 않았다.

✺ ✺

제1차 세계대전 이후, 유대인들은 특히 이스탄불에서 프랑스로 많이 이주했다. 프랑스가 국경을 개방하자 많은 유대인 가족이 파리, 리옹, 마르세유로 옮겨갔다. 이주 당시 어린아이였던 2세대들은 대부분 프랑스인과 결혼해서 자녀를 낳았다. 알판다리 가문과 절친했던 베누아의 어머니도 그중 한 명이었다. 제1차 세계대전이 끝난 뒤 그녀는 가족과 이스탄불에서 프랑스로 이주했고, 스물한 살이 되던 해 비유대인 프랑스인과 결혼했다.

베누아와 그의 어머니는 매년 여름 휴가철이면 이스탄불로 왔고 한동안 타라비아에 있는 알판다리 집안의 저택에서 지내곤 했다.

이렇게 해서 라파엘과 베누아는 어린 시절부터 친구가 되었다. 둘은 타라비아의 거칠고 짙은 푸른 바다에서 수없이 수영하고, 숲에서 숨바꼭질, 바닷가에서 낚시하며 어린 시절을 보냈다.

독일군이 파리를 점령하기 전, 파리 밖의 안전한 장소를 찾고 있던 라파엘에게 베누아는 마르세유로 와서 혼자서 소유할 능력이 안 되는 약국의 동업자가 되어 달라고 제안했다.

프랑스로 이주한 유대인 중에는 셀바의 집안과 아주 가까웠던 몇몇 집안도 있었다. 셀바는 그 이름이 명단에서 나올까 봐 처음부터 끝까지 주의해서 읽었다. 되냐스, 알하데프, 에스케나시…. 그 이름들이 낯설지 않았다. 특히 에스케나시. 할머니와 포커 게임을 자주 하시던 친구 에스터 부인의 성이 아니었나? 그분이 파리로 가셔서 돌아가신 할머니가 아주 슬퍼하셨다. 라파엘이 점심 때 집에 오면 물어볼 생각이었다. 어쩌면 남편이 누가 누구인지 더 잘 알지도 몰랐다. 하지만 물어본다고 뭐가 달라지나? 만약 아는 사람이라면 더 크게 슬퍼하는 것 말고는.

신문을 뒤적이던 중, 간이 변기에 앉아 있던 아들의 소리와 전화벨이 동시에 들려왔다. 그녀는 전화벨이 울릴 때마다 소리를 지르는 장치가 아이에게 내장된 게 아닌가 하는 생각을 했다. 전화벨이 울리기만 하면 아이도 소리를 질러댔다. 그녀는 황급히 전화기가 있는 쪽으로 달려갔다. 수화기를 들고 프랑스어로 "잠깐만 기다려주세요."라고 말한 다음 수화기를 내려놓고 서둘러 간이 변기를 뒤집어 놓은 파즐에게 달려갔다. 아이의 뒤를 닦아주고 변기를 비우느라 시간이 걸렸다. 다 끝낸 후 놀라 소리쳤다. "맙소사! 전화를 잊고 있었어!"

상대방이 전화를 끊었을까 봐 걱정하며 수화기를 들었다. "여보세요, 여보세요…."

수화기 건너에서 젊은 남자의 목소리가 들렸다. "정신없으실 때 전화해서 죄송합니다. 언니분께서 제게 전화번호를 알려주셨습니다. 셀바 여사님, 저는 파리 주재 튀르키에 영사관의 2등 서기관 타륵 아르자입니다.”

“아, 타륵 씨! 당연히 알고 있습니다. 사비하가 편지로 타륵 씨 이야기를 얼마나 많이 했는데요.”

“다행입니다. 바쁘신데 전화드렸네요. 나중에 편한 시간을 알려주시면….”

“아니요. 아닙니다, 타륵 씨. 전혀 바쁘지 않습니다. 끊지 마세요. 제 아이 파즐 때문에 해야 할 일이 좀 있었습니다만…. 방금 침대에 눕혔고 거기서 잘 놀고 있어요. 아, 타륵 씨 당신 목소리를 들으니… 마치 튀르키예가 보이는 것 같아요. 터키어를 너무 듣고 싶었어요. 전화 끊지 마세요….”

“파리에 도착하자마자 전화하겠다고 언니분께 약속했습니다. 그런데 와보니 사정이 여의찮더군요. 제가 여기 온 지 꽤 됐습니다. 이곳 상황이 얼마나 복잡하게 돌아가는지…. 그건 그렇고 사비하 부인께서 안부 전해달라고 하셨습니다. 그리고 전달해 달라고 부탁하신 물건도 있고요. 최대한 빨리 여사님께 보내도록 하겠습니다.”

“하나도 급하지 않아요. 이쪽으로 오시는 분이 있으면 그편에 보내주세요. 우편으로 보내지 마세요. 받지 못할 겁니다.”

“갈 사람이 있을지 모르겠습니다. 다음 주에 마르세유 영사관으로 소포가 갈 예정입니다. 그때 보내드리겠습니다.”

“올 땐 어떠셨나요, 타륵 씨? 독일인에게 검문은 안 당하셨어요?” 셀바가 물었다. 그녀는 이 통화가 끝나지 않았으면 했다. 이스탄불을 떠난 뒤로 어쩌다가 한 번씩 어머니, 언니와의 통화를 제외하곤 라파엘 외에 그 누구와도 터키어로 대화를 나눈 적이 없었다. 그리고 자신이 모국어를 그리워하고 있다는 사실도 털어놓은 적이 없었다. 그녀는 만난 적도 없고 얼굴도 모르는 남자의 목소리에서 이스탄불의 공기라도 느끼는 것처럼 고국에 대한 그리움을 달랬다.

"힘든 여행이었습니다. 제가 떠나고자 한 날짜에 열차가 에디르네로 출발할 수 없어서 이스탄불에서 낡은 버스를 타고 에디르네까지 갔습니다. 그리고 에디르네에서 열차를 탔습니다. 그다음 형편없는 열차로 불가리아 바르나까지, 그리고 끔찍한 여객선을 타고 루마니아 콘스탄차로 갔고요. 콘스탄차에서 다시 열차를 탔습니다만, 그걸 열차라고 할 수는 없을 정도였지요. 객실은 얼음장 같았고 먹을 거 하나 없더군요. 독일군이 수시로 열차를 세워 검문했지만 제게 함부로 대하진 않았습니다. 열차를 계속 갈아타면서…. 어쨌든 조금 힘든 여행이었지만 여기까지 올 수 있었습니다."

"잘 오셨어요." 셀바는 진심을 담아 말했다. "사비하가 편지를 보낼 때마다 타륵 씨 이야기를 했기에 전화를 기다리고 있었어요. 사비하의 편지를 받고 나서 다른 도시에 있다고 해도 이제 친구가 한 명 생겼다고 생각했죠."

"고맙습니다. 셀바 여사님… 무슨 문제가 있으신가요? 여사님이나 라파엘 씨에게 필요한 것이 있으면 주저하지 말고 전화해 주세요."

"지금은 그럭저럭 지내고 있어요."

"두 분 모두 튀르키예 여권을 갖고 계시죠?"

"예, 하지만 우리는 프랑스 시민권을 신청했습니다. 그래서 라파엘은 여권을 연장하지 않았습니다."

"큰 실수를 하셨네요. 당장 마르세유 영사관에 신청하시고 모든 서류를 정리하셔야 합니다. 서류를 모두 갱신하십시오. 부탁드립니다. 그것도 오늘 당장 말입니다."

"그래요? 라파엘이 오면 전할게요. 우리는 좀 망설였거든요…. 그 사람이… 아무튼, 오면 전할게요."

"셀바 여사님…."

"저를 셀바라고 불러주시겠어요?"

타륵의 웃음소리가 들렸다. "먼저 셀바 부인이라는 호칭으로 쓴 다음에…. 셀바 부인, 오늘 전화로 마르세유 영사에게 두 분의 이름을 알려 주겠습니다. 주저하실 것 없습니다. 바로 나즘 켄데르를 만나세요. 그러니까 영사를 말입니다. 제가 영사에게 다 말해 놓겠습니다."

침묵이 흘렀다. 셀바는 한 번도 만난 적이 없으면서 자신들을 이렇게까지 걱정하는 그에게 무슨 말을 해야 할지 몰랐다.

"셀바 부인, 절대 그냥 넘겨들으시면 안 됩니다. 터키인이라는 증명서가 있으면 두 분을 건드리지 않을 겁니다."

"고맙습니다, 타륵 씨." 떨리는 목소리로 말했다. "관심을 가져주셔서 정말 감사합니다. 사비하가 저를 설득해 보라고 당신을 보낸 건 알겠어요, 하지만…."

타륵은 그녀의 말을 끊었다. "이 일은 사비하 부인과 아무 관련이 없습니다. 농담할 일도 아니고요. 셀바 부인, 제가 이런 말까지 하는 건 옳지 않지만, 저희가 입수한 정보에 따르면 독일군은 곧 남쪽으로 내려와 점령 지역을 확대할 겁니다. 터키인이라는 걸 증명할 수 있는 서류를 준비해 두지 않으면 매우 힘드실 수 있습니다. 제가 드릴 수 있는 말은 여기까지입니다." 그의 목소리 톤이 변했다. 더 길게 말하지 않고 인사말을 한 뒤 전화를 끊었다.

셀바는 침실로 가 선반을 뒤졌다. 여권을 찾은 다음 살펴보니 이스탄불을 떠난 이후로 어떤 기록도 없었다. 그녀의 이름은 베히제 셀바 크름르로 기재되어 있었다. 이스탄불에서 결혼식을 올리고 다음 날 떠났기에 여권에 남편의 성을 추가할 시간이 없었다. 일 년 전, 부모님과 이탈리아로 휴가를 떠날 때도 이 여권을 사용했다. 부녀 사이의 냉기를 녹여 보려고 어머니가 마련한 여행이었다. 아버지가 이탈리아를 좋아하니 이탈리아의 웅장한 풍경 속에서 맛있는 음식과 좋은 와인을 먹고 마시는 동안 모든 게 제자리를 찾아가리라 생각했다. 부녀간의 냉랭한 기운은 이탈리아의 뜨거운 태양 아래에서 녹아 부드러워지고 모든 게 이전 상태로 돌아가리라는 생각은 너무 낙관적인 기대였다. 당연히 레만 부인의 희망은 현실이 되지 않았다. 아버지와 딸은 서로에게 인상을 썼고, 꼭 필요한 말이 아니면 하지 않았다. 무미건조하게 한 주를 보내고 여전히 서로에 대한 실망을 안고 집으로 돌아왔다. 이탈리아의 정교한 건축물과 얼음처럼 차가운 프라스카 티 와인, 홍합과 해산물을 재료로 한 파스타가 눈과 입을 즐겁게 했지만, 마음을 녹이지는 못했다.

셀바는 들고 있던 여권을 계속해서 뒤적였다. 파즐은 침 대에서 놀다가 잠이 들어 있었다. 아이가 깨어나면 라파엘에 게 맡기고 영사관에 가기로 마음먹었다. 라파엘에게 그의 여 권을 가져간다고 말하지 않을 생각이었다. 만약 여권을 연장 할 수 있다면 소식을 알려줄 것이다. 어쩌면 영사관 직원들 이 라파엘의 여권을 연장해 주지 않을 수도 있다. 라파엘은 무슬림 처녀와 결혼하는 용서를 받지 못할 죄를 저지른 유대 인이었다. 사비하의 표현으로 모스크 담장에 소변을 본 거나 다름없었다. 하지만 그리스, 아르메니아, 유대인 처녀와 결 혼한 어떤 터키인 남자도 라파엘처럼 부당한 대우를 받지 않 았다. 남자들은 원하는 사람과 결혼할 권리가 있지만, 여자 에게는 없었다. 그리고 유대인 청년에게도 마찬가지였다. 자 신들이 부당한 대우를 받는다고 믿는 사람들은 반발심이 가 득 차올랐다. 그녀가 가방 안쪽에 여권을 넣고 있을 때, 다시 전화벨이 울렸다.

"여보세요!"

"셀바 부인, 또 접니다. 파리에 있는 타록 아르자입니다." 이제 익숙해진 그의 목소리였다. "마르세유에 있는 영사와 약속을 잡았습니다. 오늘 세 시 삼십 분에 부인이 오시는 걸 로 알고 있습니다."

"약속까지 잡지 않으셔도 됐는데, 타륵 씨. 어차피 영사관에 가기로 마음먹었습니다."

"입구에 대기자 줄이 길 겁니다. 밖에서 기다리시지 않도록 이름을 알려 드렸습니다. 기다리지 말고 영사에게 가십시오."

셸바는 고맙다는 인사를 하고 전화를 끊은 뒤 '이 남자가 미친 거야, 뭐야?'라고 생각했다. 자신의 의무도 아닌데 그녀를 위해 영사와 약속까지 잡은 것이었다.

셸바는 영사관 앞에 늘어선 줄을 보고 깜짝 놀랐다. 정문 오른쪽 한 곳에서 오십 대 이상으로 보이는 남녀 군중이 모여서 언쟁을 벌이며 서로를 밀치고 있었다. 타륵이 두 번째 전화 통화에서 일러준 대로 셸바는 줄을 서지 않고 곧장 정문으로 걸어가 벨을 눌렀다. 문을 열어준 남자는 프랑스어로 호통쳤다. "저 직원한테 가서 대기 번호표를 받으세요, 부인. 번호를 받고 줄을 서세요." 셸바는 그제야 정문 옆에 서 있는 직원을 발견했다.

"영사를 만나러 왔어요. 약속을 받았습니다."

"이름은요?"

"셸바 크름르."

"기다리세요." 직원은 정문 뒤로 가더니, 잠시 후에 다시

나타났다. 이번에는 좀 더 정중한 태도를 보였다.

"자, 가시죠." 그가 셀바에게 말했다. 셀바는 수위를 따라 오래된 건물의 계단을 올라가 홀에 있는 비서 책상 앞에 섰다.

"앉으세요. 영사께서 손님과 계세요. 손님이 가시면 들여보내 드리겠습니다." 아르메니아 억양을 쓰는 노부인 비서가 말했다. 셀바는 탁자 앞에 유일하게 놓인 의자에 앉아 기다렸다. 이십 분 뒤, "영사께서 부인을 기다리고 계십니다." 비서의 이 말에 그녀는 자리에서 일어나 두 손으로 치마를 바로잡고 흘러내린 머리카락 몇 가닥을 쓸어 넘긴 뒤 힘찬 발걸음으로 걸어갔다. 복도 끝의 문 앞에 잠시 멈춰 섰다. 그리고 가볍게 문을 두드렸다. "들어오세요!" 영사의 목소리가 들렸고 문을 열고 안으로 들어갔다. 사무실에 앉아 있던 젊은 남자가 벌떡 일어나더니, 책상을 돌아 나와 악수를 청했다. 셀바는 아버지 나이뻘 되는 대머리에 배가 나온 남자일 거라고 예상한 것과 달리, 키가 크고 잘생긴 남자가 있어서 깜짝 놀랐다.

"자, 이쪽으로…."

셀바는 남자가 가리킨 자리에 앉았다.

"저는 나즘 켄데르입니다. 부인의 형부인 마짓 씨는 제가 매우 존경하는 동료입니다. 파리에 있는 친구 타륵 씨가 오늘 전화로 약속을 잡으면서 이야기하더군요. 부인이 사비하 부인의 동생이라고 말입니다. 왜 직접 전화하지 않으셨습니까? 마짓 씨의 처제라고 말씀하셨으면…. 여기 계신 줄 알았으면 벌써 연락을 드렸을 겁니다. 영사관에서는 적어도 한 달에 한 번 터키인 동포들을 초청하려고 애쓰고 있습니다. 문제는 없으시죠? 잘 지내시죠?"

셀바는 앞에 있는 영사가 라파엘에 대해 알고 있는지 궁금했다. '타륵 씨가 영사님께 내 남편이 유대인이라고 말했을까?'

"뭐라도 대접을 드리고 싶지만, 아시다시피 전쟁 중입니다. 튀르키예에서 가져온 커피가 지난주에 바닥이 났습니다."

"고맙습니다. 마시지 않아도 괜찮습니다." 셀바가 말했다. 그녀는 의자 끝에 초조하게 앉아 있었다.

"타륵 씨가 갱신해야 할 몇 가지 서류가 있다고 하더군요. 여권이 만료된 것 같은데."

"예. 감사하게도, 타륵 씨가 꼭 영사님을 만나야 한다고 하셔서요. 이유가 궁금하긴 했습니다. 하지만 문밖에 길게 늘어선 줄을 보니, 타륵 씨가 왜 그렇게 만나보라고 하셨는지 이해가 됐습니다."

"1935년에 해외에 거주하는 튀르키예 국민이 거주하는 곳에서 가까운 튀르키예 영사관에 가서 체류 사실 등록을 갱신하지 않으면 국적을 잃는 법이 통과되는 바람에…. 여기 거주하는 유대계 터키인들은 대부분 갱신하지 않았습니다. 프랑스 국적을 취득한 뒤에 그럴 필요가 없었으니까요. 그들 중 일부는 프랑스 국적을 취득하지도 못했습니다. 자신들의 무관심으로 인해 무국적자가 된 것이죠. 그들에겐 오스만제국 때 사용하던 오스만어로 기록된 낡은 여권뿐이었고요…. 지금은 비시 정부가 내린 조치 때문에 모두 여권을 갱신하려고 서두르고 있습니다. 어쩌겠습니까, 불쌍한 사람들. 튀르키예 국적을 증명하는 문서가 있으면 어떻게든 우리가 개입해서 구할 수 있습니다. 독일은 자신의 편에 서서 우리가 싸울 것이라고 기대하고 있잖습니까? 그래서 우리 국민에게는 그다지 신경 쓰지 않거든요. 독일은 몇몇 유대인 때문에 우리와의 관계를 망치고 싶어 하지 않아요. 제가 보기엔 갱신이 아니라 연장만 하면 될 것 같습니다."

"네, 라틴 문자로. 그러니까 새로 기록한다는 말씀이시죠…."

"즉시 연장해 드리겠습니다."

"남편의 여권도 만료되었습니다. 남편 것도 연장할 수 있을까요?"

"물론입니다."

"이건 알고 계셔야 할 것 같은데요… 제 남편은 라파엘 알판다리입니다."

셀바의 볼이 달아올랐다.

"혹시 튀르키예 국적이 아닌가요?"

"터키인입니다."

"그럼 여권 연장이 안 될 리가 있겠습니까?"

셀바는 앉은 자리에서 몸을 뒤척였다. 뭔가 불편함을 느낀다는 게 겉으로 드러났다.

"남편분을 직접 만나 뵐 수 있으면 영광이겠습니다." 맞은편에 앉은 나즘 영사가 말했다. "제가 말씀드렸듯이 이곳에 사시는 터키인들과 종종 모임을 합니다. 다음 모임에 부인과 남편분을 초대해도 될까요?"

셀바의 얼굴이 밝아졌다. 이스탄불에서 친구라고 생각하던 사람들로부터 받았던 것과 같은 굴욕적인 대우를 여기서는 받지 않을 거라는 의미였다.

"아! 고맙습니다. 물론이죠."

"여권 좀 주시겠어요?"

셀바는 가방 속에 넣어두었던 여권을 꺼내 책상에 올려놓기 전에 상황을 설명했다. "저와 남편의 성이 다릅니다. 제 여권에는 아버지의 성이 기재되어 있습니다. 혼인 증명서를 제출하면 성을 바꿀 수 있을까요?"

침묵이 흘렀다.

"결혼식을 올리자마자 이스탄불을 떠났고, 남편의 성을 여권에 기재할 시간이 없었습니다."

셀바는 여권과 혼인 증명서를 책상에 내려놓았다. 나즘 영사는 혼인 증명서를 펼쳐서 훑어본 뒤 신중하게 단어를 선택해 가며 말했다. "셀바 부인, 물론 수정할 수 있습니다. 하지만 지금까지 수정하지 않고 계셨다면 조금만 더 기다리는 걸 권해드립니다."

"왜요?" 셀바의 목소리가 높아졌다.

"독일이 무슨 일을 저지를지 예측하기가 매우 어렵기 때문이죠…. 크름르라는 성이 기재된 문서가 있으니 굳이 이 시기에 알판다리로 변경하지 마시라는 말씀입니다. 우리는 유대계 국민에게 모든 방면으로 지원할 준비가 되어 있습니다. 하지만 어떤 경우에는 우리의 힘이 닿지 않을 수도 있습니다. 그리고 어린 아들도 있으시죠?"

"어떻게 아세요?"

"타륵 씨가 말해줬습니다. 아이를 위해서라도 이 전쟁이 끝날 때까지 기다리십시오. 아드님을 부인의 여권에 추가하겠습니다. 이름이 어떻게 됩니까?"

"그러니까 저랑 아들이 목숨을 건지는 동안, 남편을 불길로 내던지라는 말씀이세요? 내가 아들을 데리고 도망치는 동안 남편을 불속에 던져야 한다는 겁니까?"

"비약이 심하십니다. 저는 부인께서 뭘 원하시든 해드릴 준비가 되어 있습니다. 단지 대비를 하시라고 권하는 겁니다. 원한다면 남편과 상의해서 결정하십시오." 그는 혼인 증명서에 적힌 이름을 힐끗 보며 덧붙였다. "라파엘 씨도 저와 같은 생각을 하시리라 확신합니다."

"우리 가족은 하나입니다. 성은 모두 알판다리로 기록해주세요."

"좋습니다. 그렇게 해드리죠. 부인의 용기에 찬사를 보내고 싶습니다. 남편은 정말 운이 좋은 사람이군요."

나즘 영사는 자리에서 일어나 셀바를 문 앞까지 안내했다.

"이틀 안에 서류가 준비될 겁니다. 오셔서 받아 가면 됩니다. 그 사이에 본인이나 배우자에게 문제가 생기면 부담 갖지 말고 전화하세요."

"고맙습니다. 정말 고맙습니다."

"형부와 아름다운 언니분께 안부 전해주세요. 서로 편지는 주고받으시죠?"

"우린 편지로 연락하려고 합니다. 시간이 좀 걸리긴 하지만 어쩌겠어요!" 셀바는 손을 내밀며 진심으로 감사의 인사를 전하고 문밖으로 나왔다. 빠른 발걸음으로 복도를 지났다. 오늘 저녁 집에 돌아가면 지금까지 만난 사람 중에 가장 멋지고 잘생긴 남자가 마르세유 영사로 왔다고 남편에게 말할 생각이었다.

파리

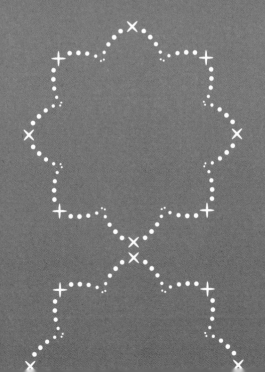

＊

　타륵은 마치 전문 연주자가 피아노 연주를 하듯, 몸짓을 섞어가며 앞에 놓인 검정 레밍턴 타자기 자판을 힘 있게 누르고 있었다. 한 손이 잠시 공중에 머물렀다가 오케이라는 의미로 고개를 끄덕이면서 "타닥" 그리고 다른 손이 올라갔다. 한참 동안 자판에 새겨진 알파벳을 찾더니 또 "타닥" 하는 소리가 들렸다. 타륵은 타자기 자판에서 찾은 알파벳을 겨냥하며 총을 쏘듯 문서를 써나갔다…. 타닥! 타닥! 타닥!

　튀르키예 대사관은 1941년 2월 6일에 귀 정부가 채택한 제2333호에 의결에 관해 견해를 밝히게 되어 영광으로 생각합니다. 동 의결에 따르면, 유대인 본인과 그들의 재산을 별도의 등록부에 등재하여야 한다고 명시하고 있습니다. 프랑스에 거주하는 유대계 터키인들도 의결 내용을 따라야 하는 대상에 포함됩니다. 그러나 튀르키예에는 인종, 종교 또는 다

른 어떤 문제에 관해서도 자국민을 차별하지 않는바, 프랑스 정부의 터키계 국민에 대한 차별 대우에 유감을 표합니다. 튀르키예 정부는 터키계 국민의 권리를 독단적이고 온전히 보호할 권한이 있습니다.

"타자기를 조만간 부술 것 같네요, 타륵 씨. 그렇게 세게 칠 것까지야!" 맞은편에 앉은 3등 서기관 무흘리스가 농담하듯 말했다.

"이 자들이 알아들을 수 있도록 써야 해서, 그런데⋯."

"욕설로 해야 알아들을 겁니다."

"안타깝게도 외교에 욕설이란 없네!"

"욕설을 못 하시니 그 분노가 타자기로 가나 봅니다."

"물론 내 분노가 어딘가로 가겠지. 지난주에 내가 겪은 일을 자네도 경험했다면⋯."

"아, 들었어요. 고생하셨습니다. 외교 행낭 보내는 일만 아니면 서기관과 같이 갔을 텐데요. 리프카 미트라니, 야콥 바르부트, 엘리 파르히를 게슈타포로부터 구하셨다죠? 오늘 아침에 그들 모두 감사의 메시지를 보냈더군요. 그래서 그 이름을 알고 있습니다."

"묻지도 말게. 전화로 미트라니의 딸 목소리를 들으면 자네도 마음이 찢어졌을 거야. 그녀가 비명을 지르며 울더군. 딸은 프랑스인과 결혼해서 피할 수 있었지만, 그들은 그녀의 어머니를 데려갔어."

"어디로요?"

"리옹에서 파리로 데려온 다음 드헝씨로 보내려던 참이었네. 어떨 때는 열차에 태워 베를린으로 보내기도 해."

"그 이후는 아무도 모르죠."

"그래. 내가 문명인이라고 알고 있던 사람들이 이런 짓을 하리라고는 상상도 못 했네. 뭐 때문에 이렇게 증오하는 거지? 왜?"

"맹세코 전 모르겠습니다. 언젠가 히틀러를 만나면 물어서 알아낼 생각입니다. 히틀러가 젊었을 때 유대계 미인한테 무시당해서 분풀이를 하는 걸까요. 예를 들면 말입니다? 모든 사건의 배후에 있는 여자의 손길을 찾아라! 그런 말이 있잖습니까? '셰흐시 라 팜!'[1]."

무흘리스 에딘은 영사관에 막 발령받은 신입이었다. 파리 주재 튀르키예 영사관에 민원인이 물밀듯이 밀려오자, 무흘리스는 타륵을 보조하는 부영사로 발령받았다. 진지하고 성실한 타륵과는 달리 그는 삶을 우습게 보고 모든 것을 농담으로 넘기는 경박한 사람이었다. 타륵은 같은 방을 써야 하는 이 젊은 외교관에 대해 아직 호불호가 확실치 않았다. 그 어떤 것도 농담으로 받아들일 수 없는 요즘, 그는 시도 때도 없는 농담으로 무거운 분위기를 밝게 만들며 타륵을 웃게 했다. 하지만 타륵은 그를 얼마나 믿어야 할지 확신이 서지 않았다.

---

[1] 원작자주-'여자를 찾아라!'
     역주-한국에서는 '사건 뒤의 여자를 찾아라!'로 알려져 있음

"무흘리스, 자넨 지금 농담할 게 아니라 내가 없는 동안에 같은 일이 발생하기라도 한다면…."

"저도 그걸 물어보려고…. 그 전화를 받았을 때 어떻게 하셨습니까?"

"전화가 왔을 때, 우선 파리 주재 독일 대사관에 연락했네. 터키인이라고 우겼지…. 증명할 수 있는 문서를 가져오라고 하더군. 항상 제대로 된 서류가 있어야 하네. 딸이 어머니와 관련된 증빙 서류를 사위를 통해 보냈더군. 사위가 잠도 자지 않고 밤새 그 먼 길을 달려왔어. 손에는 장모의 주민등록 등본을 들고 시체처럼 서 있는데 몸을 제대로 가누지도 못했어. 내 시트로엥 자가용을 타고 함께 그 남자의 장모가 있는 경찰서로 가려던 참에 전화가 또 오더군. 같은 경찰서에 두 명이 더 있다는 거야. 어쨌든, 독일이 우리에게 크롬을 수입하면서 사이가 좋으니 다행이네…. 바로 달려갔지. 일주일 전에도 다른 경찰서에서 두 명을 구한 적이 있다 보니 이젠 이 일에 전문가가 됐어. 돌아올 때 모습을 자네가 봐야 했는데, 모두 내 차에 다 밀어 넣었지. 그 남자의 장모는 눈물콧물을 다 흘리며 계속 울었고, 오는 내내 내 목을 끌어안고 손을 잡더라고. '하지 마세요, 부탁드립니다, 부인.'이라고 했지만 들질 않더군. 사고가 날 뻔했어. 다른 사람도 크게 다를 건 없었네. 야콥은 충격 때문에 전혀 말하지 못했지만, 다른 한 명은 그가 아는 모든 언어로 쉬지 않고 기도하더군. 모두 눈물 속에 여기까지 왔지. 그러니까 내가 말하는 거네, 터키인임을 증명할 수 있는 문서가 있다면 절대 물러서서는 안 돼. 정식으로 신분 확인을 요청한 뒤에 직접 가서 끝까지 물고 늘어져야 해. 필요하다면 비시 정권 관할 지역 내 주재하는 튀르키예 대사관, 대사관이 안 되면 독일 정부까지 개입시켜 압력을 넣어야 해."

"알겠습니다." 무흘리스가 말했다. "그다음에는 어떻게 됐습니까?"

"여기로 데려와서 그들이 가지고 있던 옛날 주민 등록 등본을 받고 제대로 된 튀르키예 여권을 발급했지. 여권에 입을 맞추고 잘 챙겨서 감사의 인사를 하고 떠났네."

"그들이 무슨 일로 튀르키예를 떠나 이곳까지 왔는지 물어보지 않으셨습니까?"

"묻지 않았네. 우리도 가끔 '유럽인으로 태어났다면.'이라고 생각한 적이 있잖은가? 유럽인의 문명 수준, 지식, 제도를 부러워한 적도 있고? 그들도 그런 생각으로 여기 온 게 뻔하지. 경솔했어!"

무흘리스가 막 대답하려는 순간 비서가 들어오자 침묵했다.

"총영사께서 서한을 기다리고 계십니다. 서한 작성이 아직 끝나지 않았는지 물어보시네요." 작은 키의 금발 여자가 말했다.

"십 분 뒤에 가져다드릴 거예요." 타륵이 대답했다. 그는 타자기 쪽으로 몸을 돌려 자판을 "타닥, 타닥" 두드렸다.

마르세유

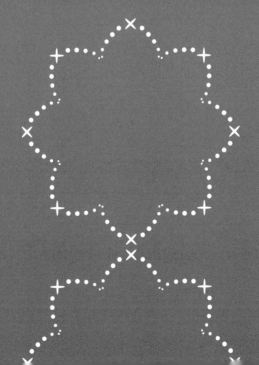

셀바는 라파엘에게 전할 희소식을 생각하며, 파즐을 데려
가기 위해서 집으로 가기 전에 약국에 들렀다. 라파엘은 계
산대 뒤편 의자에 아이를 앉혀두고 있었다. 그 앞에는 아이
가 놀 수 있게 종이와 색연필이 놓여 있었다. 라파엘은 셀바
를 보자마자 앉아 있던 아이를 들어 올려 그녀에게 넘겨줬
다.

"어디 있었던 거야?" 라파엘은 짜증 난 목소리로 말했다.

"빨리 온 거야. 왜? 무슨 일이야?"

"로사와 아이를 데려갔어. 베누아는 경찰서로 달려갔고.
나도 가보려고 당신을 기다리고 있었어."

셀바는 아들을 품에 안았다.

"언제 데려갔어? 누가 데려간 거야? 왜?"

"멍청한 질문 좀 그만해. 오늘 파리로 이송하려고 길거리
에서 잡아갔나 봐…. 막 버스에 오르던 참이었다는데, 검문

을…. 당신이 가고 이십 분 뒤에 소식을 들었어." 라파엘은 재킷을 입으며 말했다.

"어서 나가, 셀바. 문을 잠글 거야, 당신은 집에 가."

"라파엘, 잠시만. 먼저 얘기 좀 해. 그리고 가."

"무슨 얘기를 해? 베누아를 혼자 두고 싶지 않아. 무척 슬퍼했고 할 수 있는 것도 없어 보였어."

"글쎄, 어쩌면 내가 뭔가를 할 수 있을 것 같아."

"누가? 당신이?"

"응."

"당신이 뭐라고 생각하는 거야? 파즐 레샷 장군의 딸이라는 건 마르세유에서 아무 소용 없어."

"라파엘, 무슨 말을 그렇게 해?"

"미안해, 셀바. 신경이 곤두서 있어서 그래. 당신 때문에 늦어지고 있잖아. 당신이 오늘 아이를 내게 맡기지 않았다면, 베누아를 혼자 보내진 않았을 거야."

"라파엘, 먼저 집으로 가서 이야기 좀 해줘. 어디로 끌려갔는지, 언제 잡혀갔는지…. 그리고 정확한 이름, 주소 같은…."

"뭘 하려고 그래, 셀바? '내가 알판다리의 아내야. 너희들 가만 안 둘 거야!'라고 할 거야? 경찰서에서?"

"닥치고 내 말 좀 들어봐!" 셀바가 소리쳤다. "입 좀 다물어!" 셀바의 입에서 처음으로 그런 말을 듣게 된 라파엘은 놀란 표정으로 그녀를 쳐다봤다.

"라파엘, 오늘 내가 만난 영사께 전화하자. 그 사람이 뭔가 할 수 있을 거라고 확신해."

"말도 안 되는 소리 하지 마, 제발!" 라파엘은 셀바의 팔을 부드럽게 잡고 그녀를 데리고 나갔다. 약국의 문을 닫고 셔터를 내린 다음 잠갔다.

"여보, 집에 가 있어. 저녁 먹을 때쯤 돌아올게. 어쩌면 조금 늦을 수도 있지만 돌아올 거야."

"오늘 내가 뭘 했는지 안 물어봐?"

"집에서 이야기하자." 라파엘이 말했다.

셀바는 아이를 품에 안고 길을 건넌 다음 집으로 갔다.

"울지 말고 울타리 안에서 놀고 있어. 먼저 전화 통화부터 하고 그다음에 밥도 줄게. 알았지? 응, 알았지?"

아기 울타리 속에 남겨진 파즐은 처음에는 떼쓰려고 했지만, 엄마의 심각한 얼굴을 보고는 빨간 장난감 트럭을 가지고 놀기 시작했다.

셀바는 전화기 옆에 있는 수첩을 뒤져 영사관 번호가 적힌 곳을 찾았다. 심호흡한 다음 전화 다이얼을 돌렸다. "여보세요, 튀르키예 영사관입니까? 나즘 켄데르 영사님과 통화하고 싶은데요…. 매우 급한 일입니다. 네, 매우 급해요…. 셀바 크름르라고 전해주세요. 오늘 오후에 영사님을 만났습니다. 예, 기다리겠습니다. 감사합니다."

셀바는 검지를 입술에 대고 큰 소리를 내는 아이에게 조용히 하라고 했다.

"여보세요… 예, 저는 셀바 크름르입니다. 귀찮게 해서 죄송합니다만, 오늘 영사님과 만나는 동안 세 친구가 잡혀갔습니다. 그것도 어린아이와 함께요…. 제 남편 동업자의 외가 쪽으로 사촌이에요. 이스탄불 출신 집안이고요…."

셀바는 흐느끼고 있었다. "모르겠어요. 알게 되면 바로 알려드리겠습니다. 이름은 로자… 로자 하템. 아이 이름은 야코…. 주소는… 맙소사 주소가 뭐였더라… 48 뤼 부아시에흐1. 아마도 맞을 겁니다. 네, 네, 맞아요. 그녀의 남편은 집에 없었어요. 사흘 전에 담낭 수술을 받았거든요. 병원에 있었을 겁니다. 가족을 잡아간 걸 모를 수도 있어요. 부탁드려요. 감사합니다. 정말 감사합니다."

전화를 끊은 셀바는 부엌으로 들어가서 아이가 듣지 못하도록 문을 꼭 닫고 울음을 터트렸다.

---

1   역주-48 rue Boissiere

✳

리옹

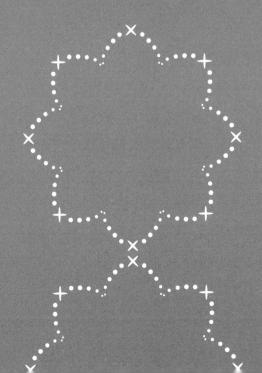

리프카가 주방에서 분주하게 파스텔리카스1를 준비하고
있을 때 전화벨이 울렸다. 파리에서 보낸 이십칠 년이라는
긴 세월도 그녀의 입맛과 조상이 톨레도2부터 이스탄불까지
이어온 관습을 바꿀 수는 없었다. 유월절이 다가오고 있었
다. 리프카는 이 성스러운 명절 첫날 밤에 얼마 되지 않는 가
족에게 내놓을 음식 목록을 이미 작성하고, 효모를 넣지 않
은 빵도 준비했다. 안타깝게도 파리에서 리옹으로 짐을 옮길
때 명절날 사용할 접시를 두고 올 수밖에 없었다. 접시뿐만
아니라 거의 모든 것을 두고 왔다. 가지고 왔더라면 지금쯤
그 특별한 접시를 정성스럽게 씻어서 유월절 축제를 준비하
지 않았을까.

1　　원작자주-세파라드 유대인들의 식문화에 있는 밀가루 반죽으로 만든 음식
2　　역주-스페인 중부 도시

처음에는 전화벨을 무시했다. '딸을 찾는 전화일 거야. 지금 집에 없는데.'라고 생각했다. 하지만 전화벨이 멈추지 않자, 그녀는 손에 묻은 밀가루를 앞치마에 닦고 거실로 달려갔다.

"여보세요."

그녀는 상대방의 말을 듣더니 얼굴빛이 창백해졌고, 앞에 있던 의자를 당긴 다음 앉았다. 고개를 가로젓고 한 손으로 무릎을 내리쳤다. 전화를 끊고는 부엌으로 달려가 끝이 날카로운 칼을 들고 돌아왔다. 현관문을 열고 문 오른편 문설주 위쪽에 고정되어 있던 메주자[3]를 떼어내려고 했다.

리프카 미트라니는 파리에서 리옹으로 왔다. 파리는 제1차 세계대전 이후 남편과 함께 이스탄불에서 이주해 정착한 곳이었다. 그녀의 조상이 이스탄불에 도착한 건 1492년 8월이었다. 같은 해 3월 스페인 국왕 돈 페르디난드와 여왕 도나 이사벨라가 공동으로 서명한 칙령에 따라 '나쁜 기독교인', 즉 스페인 내에 살고 있던 유대인은 자신의 재산을 7월까지 처분하고 다시 돌아오지 않는 조건으로 스페인을 떠나야 했다. 하지만 그들이 매각한 재산, 토지 대금, 소지하고 있던 금은보석과 현금은 가지고 갈 수 없었고, 7월까지 스페인을 떠나지 않거나 다시 돌아온 자는 나이, 성별과 관계없이 처형당할 운명이었다.

---

3   원작자주-유대인이 거주하는 집 현관문 오른쪽 문설주에 고정해 두는 기도문

같은 해 오스만제국의 제8대 술탄 베야지드 2세는 칙령으로 스페인에서 추방된 25만 명의 유대인을 받아들이기로 했다. 유대인은 소유한 모든 것을 두고 스페인 항구에서 동쪽으로 향하는 낡은 배에 실려 고통스러운 항해를 한 뒤, 유일하게 도움의 손길을 내민 터키인의 나라에 도착했다. 오스만제국으로 온 유대인의 후예 중 한 명인 모리스 카라코는 당시 상황을 이렇게 기록했다. '위대하고 자비로우신 알라를 믿던 오스만제국은 우리를 진심으로 맞이하며, 우리가 살 수 있는 마을을 별도로 마련해 주었다. 종교적 의무를 이행하고 우리의 언어를 사용하는 데 있어 자유로웠다. 그뿐만 아니라 우리를 쫓아낸 자에 대항하여 우리를 보호하기까지 했다. 우리는 명예와 존엄을 되찾았다.'

유대인을 자신의 제국으로 받아들인 황제 베야지드 2세는 이렇게 말했다. "페르디난드가 현명한 왕이라고 알려져 있다. 하지만 진실은 유대인을 버림으로써 자신의 나라를 가난하게 만들었고 내 제국은 부유해졌다는 것이다."

스페인에서 강제 이주한 유대인은 새로운 조국에서 자유롭게 뿌리를 내렸고, 행복하고 부유한 삶을 살았다. 하지만 이 땅은 고통스러운 사건으로 가득했다. 이 땅에 거주한 사람들은 지난 수백 년 동안 끝날 줄 모르는 전쟁으로 극심한 빈곤과 고통을 경험했다. 19세기 말, 500년 동안 이 땅을 지배했던 제국은 조각조각 분열되어 무너지기 시작했다.

장사를 통해 부를 얻은 유대인 중 일부는 먼저 살던 동네를, 그다음에는 나라를 옮겼다. 그들은 400년 전에 쫓겨났던 유럽의 오래된 도시를 그리워했다. 더 밝은 미래를 기대하며, 화려하고 부유하며 재밋거리가 넘치는 프랑스로 많이 이주했다. 특히 파리로. 파리는 그 당시 문명, 예술, 유흥 면에서 가장 빛나는 별이었다.

리프카 미트라니의 남편 네심은 파리에 회사를 설립했다. 그는 금융업을 시작했다. 첫 아이인 모리스가 태어났을 때, 그들은 부유했고 가족 모두 프랑스 여권을 가지고 있었다. 리프카는 아랍어 문자로 기재된, 너덜너덜하고 오래된 여권을 버릴 수 없어서 가족사진과 함께 상자에 보관했다. 그녀는 무엇이든 버리는 걸 좋아하지 않았다. 자신의 신앙에 애착을 갖는 것만큼 할머니로부터 물려받은 전통과 라디노어, 과거를 떠올리게 하는 옛 물건에도 애정을 품고 있었다. 옮겨 다니는 데 익숙한 사람들은 본능적으로 추억이 담긴 물건을 잘 보관했다. 그녀의 남편은 이렇게 말하곤 했다. "우리 집은 집이 아니라 벼룩시장이야." 세월이 흐르면서 금융업으로 벌어들인 재산이 늘어나자, 그는 아내에게 오래된 물건을 버리라고 했다. 딸 콘스탄스가 태어났을 땐 큰 부자였다. 여름에는 프랑스 남부로 휴가를 떠났고, 겨울이 되면 스키를 탈 수 있도록 자녀를 알프스로 보냈다. 사는 곳은 파리에서 가장 고상한 동네 중 하나인 포부흐그 셍죄흐망이었다. 그들은 포부흐그 셍토노레에서 쇼핑했고, 고급 레스토랑에서 식사했다. 리프카는 낡은 물건 대신 경매로 값비싼 골동품과 희귀 장신구를 샀다. 이 달콤한 삶은 1940년에 막을 내렸다. 그것도 벼락에 맞은 것처럼 한순간에. 미트라니가 손수 설립한 회사가 가톨릭 프랑스인에게 넘어가는 데, 겨우 사흘밖에 걸리지 않았다.

네심 미트라니는 자신에게 일어날 수 있는 가장 큰 재앙은 회사와 재산을 잃는 것이라고 생각했지만, 오산이었다. 점령되지 않은 남부 프랑스로 이주를 준비하던 어느 날, 그는 게슈타포에 붙잡혔다. 버스 정류장에서 아들과 드헝씨로 끌려갔다. 그 뒤로 미트라니 부자의 소식을 들을 수 없었다.

리프카는 딸 콘스탄스와 리옹으로 이주했다. 엄마와 딸은 리옹에서 새로운 삶을 시작하는 게 가능할지도 모른다고 생각했다. 프랑스 남부는 친히틀러 성향을 보인다고 해도, 프랑스 정부가 집권하고 있었다. 행복했던 나날과 이젠 함께하지 못하는 사랑하는 사람들을 늘 가슴 미어지게 그리워하겠지만, 삶은 잠시도 기다려 주지 않았다. 삶은 시내를 따라 콸콸 소리를 내며 흐르는 흙탕물 같았다.

콘스탄스는 리옹에서 대학에 다니다 만난 프랑스 청년과 사랑에 빠져 결혼했다.

그녀 남편의 가족들은 미트라니 집안처럼 다른 나라에서 이민 온 사람들은 아니었다. 7대째 프랑스에 정착한 집안이었다. 콘스탄스의 남편은 사랑하는 여자를 위해 입맛, 음악적 취향도 맞지 않고 억양도 이상한 장모와 살기로 했다. 그는 이 결정을 한 번도 후회한 적이 없었다. 젊은 부부는 경제

적으로 여유롭지 않았다. 두 사람 모두 일을 했다. 피곤함에 지쳐 집에 돌아올 때면 장모가 요리한 음식이 식탁에서 그들을 기다리고 있었다. 리프카는 남편과 아들을 잃으면서 세상 모든 일에 관심을 끊은 심장병 환자에 불과했다. 아침 일찍 집을 나와 장을 보고, 저녁에 일에 지쳐 돌아오는 딸과 사위를 위해 음식을 준비했으며, 시간이 나면 유대교 회당에 들러 죽은 아들과 남편을 위해 기도를 올리곤 했다. 오랜 친구와 친척들에게 어쩌다 소식이 오기라도 하면 무척 기뻐했다. 파리에서 함께 지냈던 친구들은 각자 다른 곳으로 흩어졌다. 돈이 있는 사람들은 미국으로 도피했고, 일부는 고향인 튀르키예로 돌아갔으며, 일부는 프랑스 남부의 도시에 정착했다. 리프카는 리옹에 친구가 없지만, 딸과 함께 사는 것만으로도 충분했다. 단조로운 삶 속에서 평화를 되찾은 듯했다.

리프카는 칼로 메주자를 떼어내지 못하자 서랍에서 드라이버를 꺼냈다. 콘스탄스가 정오 무렵 집에 돌아왔을 때, 그녀는 여전히 드라이버를 들고 문 앞에서 메주자를 떼어내려고 애쓰고 있었다.

"안 돼, 엄마! 뭐 하는 거야?"

"아, 콘스탄스… 몹시 안 좋은 소식이야, 얘야. 라헬이 오늘 마르세유에서 전화했어."

"어떤 라헬이요?"

"라헬이 몇 명이나 있다고 그러니? 로사의 엄마 말이야."

"아, 왜 엄마한테 전화했대요?"

"오, 콘스탄스, 우린 편할 날이 없나 보다!"

"무슨 일이 있었는지 말해봐요."

"나치 부역 경찰들이 로사와 아이를 경찰서로 데려갔다지 뭐니."

"맙소사!"

리프카는 전화로 들은 내용을 천천히 그리고 심각한 목소리로 들려줬다.

"튀르키예 영사가 구해줬단 말이죠?"

"그래. 라헬이 조심하라고 전화했어."

"엄마, 튀르키예 여권이 있죠? 뭐든 보관하잖아요. 한번 찾아봐요." 콘스탄스가 말했다.

"우리가 파리에서 어떻게 떠나고, 여기까지 왔는지 잊었니? 너덜너덜해진 여권이 든 상자도, 여분의 신발도 옷장에서 챙기지 못했어."

"엄마 말이 맞아요. 엄마, 손에 피가 날 것 같아요. 그만해요. 저녁에 마르셀이 오면 떼어낼 거예요."

"메주자를 내 침실 문에 붙여놓을 거야." 리프카가 말했다. 콘스탄스는 어깨를 으쓱하며 말을 이었다. "어디든 원하는 곳에 붙여요. 유대교 회당 주변에는 가지 말고요. 제발 엄마. 라헬 이모의 전화번호를 알려줘요. 안부 인사라도 해야겠어요. 얼마나 무서웠을까."

"그래도 운이 좋았던 거야. 오후에 끌려가서 다음 날 아침에 나왔으니 말이야."

하지만 운명은 리프카도 그 그물 속으로 몰아갔다. 어느
날 아침, 리프카는 딸에게 약속해 놓고도 멀리할 수 없던 유
대교 회당으로 가던 중에 친구들과 게슈타포에게 체포되었
다. 그녀는 몸부림치며 자신이 튀르키예 출신이라고 소리쳤
지만, 누구도 들어주지 않았다. 먼저 경찰차에 실려 파출소
로 이송된 다음, 버스로 역까지 가서 빈틈없이 사람으로 꽉
찬 열차를 타고 파리로 갔다. 파리의 힌 경찰시 복도에 힌 줄
로 늘어선 사람들과 드헝씨로의 이송을 기다리고 있는 동안
독일 장교가 그녀의 이름을 불렀다.

"리프카 미트라니 한 발 앞으로 나와."

'날 쏘려고 그러나 봐.'라고 그녀는 생각했다. '아들과 남
편을 만나겠지. 신이시여, 드디어 만나겠군요!'

그녀는 한 발 앞으로 나갔다. "따라와." 이렇게 명령하는
남자의 뒤를 따라 그녀는 긴 복도 끝까지 걸어갔다. 작은 방
에서 경찰과 대화를 나누던 젊은 남자가 서류에 서명하게 하
더니 시트로엥 자동차 뒷좌석에 그녀와 두 명의 남자를 태우
고 경찰서를 떠났다.

"저를 어디로 데려가시나요, 선생님?" 리프카가 물었다.

"어디로 가고 싶으신가요, 부인?"

"제 딸 곁으로요."

"저도 부인을 따님에게 모셔다드리려고 했습니다."

"리옹으로요?"

"아니요, 부인. 튀르키예 영사관으로요. 그곳에서 사위가 기다리고 있습니다."

리프카는 자신이 구조되었다는 사실을 알고 운전석에 앉은 남자를 껴안고 볼에 입을 맞췄다. 젊은 남자에게 입을 맞춘 게 죽은 아들과 남편을 생각하면 조금 민망했지만, 살아서 돌아온 게 기뻐서 그런 것이었다. 자신이 죽음을 맞이할 준비가 되어 있었는지를 생각하니 소름이 돋았다. 죽음이 멀리 있을 때는 두려움의 대상이 아니었다. 하지만 죽음을 바로 눈앞에서 마주하면 당장 달아나야 하는 냉혹한 적이 되어버렸다.

그녀가 리옹으로 돌아왔을 때 놀라운 일이 기다리고 있었다. 딸과 사위는 몇 주 내로 야간에 어두운 산길을 타고 스페인으로 넘어갈 준비를 하고 있었다.

리프카는 딸과 사위에게 말했다. "얘들아, 내 나이에 피레네산맥을 오른다는 건 말이 안 돼. 길에서 죽을 거야."

"엄마, 여기 남아 있으면 죽어요. 나치가 있는 한 우리는 편히 살 수 없어요. 적어도 운은 시험해 봐야죠."

"콘스탄스, 집 밖으로 나가지 않겠다고 약속할게. 이런 무모한 짓은 하지 말자꾸나."

"엄마, 엄마는 집 밖으로 안 나가면 되는데, 그럼 우리는 어떡해요?"

"너희? 너희도 나만큼 위험한 거니?"

"그걸 말이라고 해요."

"왜? 너희 억양만으로 유대인이라는 사실을 모를 거야."

"엄마도 이젠 알아야 할 것 같아요. 마르셀은 비밀 조직에서 일하고 있어요. 그 사람 조직에서 붙잡힌 사람들이 있어요. 우리는 여기에 있을 수가 없어요. 가능한 한 빨리 프랑스를 떠나야 해요." 리프카는 겁에 질려 딸의 말을 듣고 있었다.

마르셀은 아내와 하루라도 빨리 스페인으로 가고 싶었지만, 스페인은 유대인에게 말할 수 없는 고통을 안겨주었던 곳이어서 장모는 가기를 거부했다. "그 일은 수백 년 전의 일입니다. 지금 그걸 곱씹고 문제 삼아봐야 무슨 소용이 있겠습니까?" 마르셀이 말했다.

"너희들은 가거라. 나는 여기에 남을 거야. 독일군이든 스페인 놈들이든 무슨 상관이겠니. 심장병이 있는데도 염소처럼 산길을 올라서 멸시받으러 가야 한다니. 절대 못 해!"

"엄마, 말도 안 되는 소리예요. 1400년대에 일어난 사건 때문에 안 가겠다는 게 말이 돼요? 우리까지 위험하게 만드는 거예요. 조직원 두 명이 잡혀갔다고 말했잖아요. 그 사람들이 실토하면 우리도 끝이라고요. 고집 좀 그만 부리고 당장이라도 도망가야 해요."

"너희들은 가거라."

콘스탄스는 끝내 리프카를 설득할 수 있을 거라 믿었기에 이삼일에 한 번 다른 친구의 집으로 거처를 옮기면서 어머니가 고집을 꺾을 때까지 참을성 있게 기다렸다. 하지만 리프카에게도 계획이 있었다. 게슈타포로부터 자신을 구해준 영사에게 편지를 썼다. 영사관에서 딸과 사위에게 여권을 발급해 줄 수 있지 않을까? 리프카는 편지로 애걸했다. 필요하다면 자신의 여권도 반납할 준비가 되어 있었다. 영사가 자신의 딸과 사위를 보호해 주기만 한다면야.

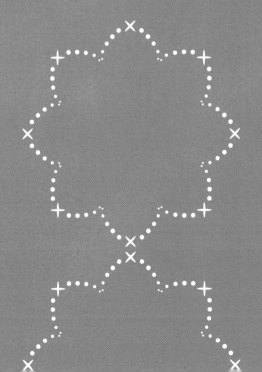

1942년,
앙카라

레만 부인은 말린 장미를 넣어두던 상자의 새틴 리본을 풀어 상자 속에 있던 사진을 침대 위에 올려놓았다. 그녀의 전 생애가 두꺼운 갈색 판지에 인화된 세피아 톤[1] 사진에 담긴 채로 눈앞에 펼쳐졌다. 손에 닿는 사진을 집어 들었다. 어깨에서 가슴까지 굵게 물결치는 머리카락은 커다란 리본으로 묶여 있고, 소녀의 커다란 눈동자에는 순수함과 호기심이 가득했다. 소녀는 문양이 조각되어 있는 팔걸이의자에 앉은 아버지의 무릎에 기대어 꽃다발을 들고 있었다. 미하일리데스 사진관에서 촬영한 다른 사진에는 올림머리 양쪽으로 바닥에 닿을 듯 길게 늘어트린 은실에, 겹겹이 레이스로 된 웨딩드레스를 입고 있었다. 허리가 얼마나 가는지 젊은 처녀가 아니라 유령 같아 보였다. 입으로 불면 공중으로 날아갈 것

1　역주-갈색 색감이 도는 사진 톤

만 같은 처녀가 사진 속에 있었다. 다른 사진에서는 같은 옷을 입고 있는 그녀 곁에, 가늘게 치켜세운 콧수염에 이마 가운데까지 내려쓴 페즈 모자, 큰 키, 넓은 어깨의 잘생긴 남편이 부관 견장이 달린 군복을 입고 서 있었다.

레만 부인은 한숨을 내쉬었다. 사진을 침대에 내려놓고 상자를 뒤졌다. 이번에는 포토 사바 사진관에서 찍은 사진들이었다. 아이들 사진… 예쁜 딸들의 사진. 매년 아이들의 생일이면 빼먹지 않고 찍은 사진들이었다. 흑백 사진인데도 봄처럼 상큼하고 아름다운 사비하의 생기 넘치는 눈동자와 금발이 단번에 드러났다. 그 옆에는 땋은 머리카락과 커다란 눈동자를 가진, 사비하보다 어리지만 대부분의 사진 속에서 언니를 내려다보는 셀바가 있었다.

사비하가 했던 말을 떠올리며 레만 부인은 미소를 지었다. "엄마, 사진 찍을 땐 제가 앉고 셀바는 서 있게 해줘요."

포토 사바흐 사진관의 주인인 엔베르는 사비하가 상처받을 줄 모르고 이렇게 말했다. "얘야, 셀바가 서 있으면 너희 둘을 같은 사진 안에 담기가 어려울 것 같구나. 셀바를 앉게 놔두고 네가 서 있는 건 어떠니?" 이 말을 들은 사비하의 표정은 굳었다. 키에 대한 열등감은 아름다운 큰딸을 늘 따라다녔다. 그토록 아름다운 외모를 가졌음에도 왜 동생의 큰 키에 집착하는 건지 알 수가 없었다. 레만 부인은 사진을 꼼꼼히 뒤져보다 마침내 원하는 사진을 찾았다. 그녀에게 남은 셀바의 마지막 사진! 단순한 베이지색 드레스에 언제나처럼 길게 땋은 머리카락을 머리 위로 돌려 감은, 날씬하고 우아한 셀바가 탁자에 놓인 커다란 혼인 신고장에 서명하고 있는 장면이었다. 그녀의 손가락에는 금으로 된 실반지가 있었다. 보석이 박히지 않은 반지였다. 옷깃에 브로치도, 목에는 진주 목걸이도 없이! 신부인데도! 레만 부인의 턱 아래로 뜨거운 눈물이 흘러내렸다. '오 셀바, 어쩌자고 그랬니! 고집쟁이 내 딸! 나라고 네게 면사포를 씌우고 보석으로 치렁치렁하게 치장해 주고 싶지 않았겠니? 옷깃과 목에 집안 가보 중의 하나를 자랑스럽게 달아주고 싶지 않았겠냔 말이야!' 딸의 사진에 그리움을 담아 입을 맞춘 뒤 품에 꼭 안았다. 같은 날 찍은 사진이 서너 장 더 있을 게 분명했다. 상자를 뒤져그 사진을 찾아냈다. 마짓이 아마추어용 카메라로 찍은 사진이었다. 자매가 나란히 서 있고 그 뒤에는 큰 키의 빌어먹을 라파엘이 서 있지만, 핀으로 그의 얼굴을 긁어버리는 바람에 제대로 보이지 않았다. 다른 사진은 라파엘이 찍은 게 분명했다. 셀바와 사비하 사이에 마짓이 있었다. 마지막 사진에는 결혼식에 참석한 모든 하객의 모습이 담겨 있었다. 아무래도 예식장에 있던 사람에게 사진기를 주고 찍어달라고 한 것 같았다. 레만 부인은 남편에게 이 사진을 철저히 숨겼다. 이 사진을 앨범에 넣어두지 않고 늘 사진 상자의 맨 아래에 숨겨 두었다. 마치 파즐 레샷 장군이 사진 상자를 뒤져보기라도 하는 것처럼. 하지만 아무리 숨겨도 어떻게 될지 알 수 없는 일이었다. 그의 손에 들어가기라도 하는 날엔 갈기갈기…. 늘 그녀의 생각과 마음 한구석을 차지하는… 베이지색 드레스를 입은 마르고 큰 키의 희미한 꿈처럼 갈수록 옅어지는 딸의 마지막 모습.

❋ ❋

문이 열리는 소리가 들리자 서둘러 손에 든 사진을 베개 밑에 집어넣었다.

"또 사진을 보고 계신 거예요, 할머니?" 손녀가 방으로 들어오며 말했다.

"그렇단다, 내 새끼."

"같은 사진을 보는 게 지겹지 않으세요?"

"지겹지 않단다. 이 사진은 내 모든 삶이고, 인생이고, 과거니까…."

"그런데 할머니, 할머니는 오래된 사진을 보시는 게 아니잖아요. 난 할머니가 무슨 사진을 보시는지 알아요."

"내가 무슨 사진을 보는데?"

"이모 사진이요. 이모가 많이 보고 싶으세요, 할머니?"

"많이, 정말 많이 보고 싶단다."

"왜 여름에 안 오는 거예요? 일한다고 해도 여름에는 휴가가 있잖아요. 사촌 동생 파즐이 제일 궁금해요. 파즐을 데려오면 좋은데."

"지금 전쟁 중이잖니. 이모가 있는 나라에 전쟁이 났어.

이곳으로 올 수가 없단다. 전쟁이 끝나자마자 오겠지."

"할아버지가 이모를 용서하셨어요?"

"그게 무슨 소리니?"

"할머니, 저도 당연히 알죠. 할아버지는 이모가 그 남자와 결혼해서 화가 많이 나신 거잖아요."

"네 엄마가 그러디?"

"하젤이 그랬어요."

레만 부인은 인상을 쓰며 '이 무례한 하인 같으니. 어디 안 끼는 곳이 없고, 안 듣는 이야기가 없어. 귀와 혀도 때와 장소를 가리지 않고 선을 넘는다니까. 옛날의 그 하인들은 다 어디 갔는지. 비밀을 지키고 감사할 줄 아는, 가족이나 친척만큼 가까운 그런 하인들. 지금 하인들은 전혀 아니야.'라고 생각했다.

"아이에게 해서는 안 되는 말이 있어. 무례한 여자 같으니라고!"

"할머니, 저 어린아이가 아니에요. 한 달만 있으면 아홉 살이 돼요."

"나이를 올리면 안 되지. 아홉 살이 아니라 여덟 살이 되는 거야. 지금은 빨리 자라고 싶겠지만 나중에는 정 반대가 될 거란다." 레만 부인은 들고 있던 사진을 손녀에게 건넸다. "시간이 참 빨리 가는구나. 셀바가 떠난 지 오 년이 다 되었네! 셀바 이모 기억나니, 흉랴?"

"기억나요. 저녁마다 저에게 동화책을 읽어줬어요. 크즐라이 공원에도 데려갔고요. 거기서 커다란 유리잔에 탄산수를 마셨어요. 할머니, 들국화와 함께 있는 이모 사진을 보여주세요."

레만 부인은 셀바가 엉덩이까지 일직선으로 떨어지는, 시폰 조각이 꽃잎처럼 달린 순백의 드레스를 입고 커다란 들국화 다발을 들고 서 있는 사진을 찾았다. 이유는 알 수 없지만 셀바는 꽃 중에서 들국화를 제일 좋아했다. 셀바처럼 독립적이지만 겸손한 야생화라는 생각이 들었다. 들국화 꽃가루가 사랑하는 딸의 드레스에 노란 얼룩을 남겼다. 레만 부인은 그 사진을 찾아냈다. 한참 동안 딸을 바라보며 눈물을 글썽였다. 사진 속 셀바는 기뻐하는 표정이 아니라 약간의 슬픔이 담긴 표정을 짓고 있었다. 당연한 것이 아메리칸 사립학교의 졸업식 때 찍은 사진이었고 학교를 졸업하면 예전처럼 라파엘이라는 녀석을 쉽게 만날 수 없을 거라는 걸 알고 있었을 테니!

"가져가서 보거라." 그녀는 손녀에게 말했다. "네 이모 정말 예쁘지 않았니?"

훌랴는 사진을 받아들고 대리석을 깎아놓은 듯 반듯하고 우수에 찬 셀바의 얼굴을 바라보았다. 훌랴는 침대 위에 펼쳐져 있는 사진 속에서 사비하의 어린 시절 사진도 발견했다. 훌랴는 크게 굴곡진 머리카락에 둘러싸인 타원형 얼굴을 양손으로 받친 채 몽환적인 눈빛으로 열일곱 살 적 자신의 어머니를 보고 있었다.

"우리 엄마가 더 예뻐요. 그런데 할머니 이 말을 해도 돼요…? 내가 이모 딸이면 좋았을걸."

"아! 왜 그런 생각을 하니?"

"이모는 엄마보다 나를 더 사랑해 줬어요."

레만 부인은 얼어붙었다. 무슨 말을 해야 할지 몰랐다.

"횰랴, 그게 무슨 말이니? 네 엄마가 널 사랑하지 않을 수 있겠니? 넌 네 엄마의 하나뿐인 딸이야."

"엄마는 절 귀찮아해요. 제게 신경을 안 쓰는걸요."

"네게만 어떻게 계속 신경을 쓰겠니. 네 아빠의 일 때문에 늘 행사에 가야 하잖아. 너도 알잖아. 초청 행사, 저녁 식사, 칵테일파티 같은…. 그런 자리에는 꾸미지 않고 갈 수 없잖니. 미용실에도 가야 하고, 의상실에도 가야지. 너도 커서 네 아빠 같은 외교관과 결혼하면 할머니가 한 말을 이해하게 될 거야."

"나는 외교관이든 뭐든 결혼하지 않을 거예요."

"왜? 네 아빠가 자랑스럽지 않니?"

"자랑스러워요. 근데 나와 시간을 보낼 수 있는 사람과 결혼할 거예요."

마치 덥수룩한 검은 고양이가 가슴 위에 앉은 것처럼 레만 부인의 가슴은 답답해졌다. 이 말은…. 아, 이 말은…. 너무 많이 들었던…. '오 신이시여, 그런 운명이 우리 집에서 반복되지 않게 해주소서.' 레만 부인은 속으로 빌었다.

"바깥일을 하는 남자는 해야 할 중요한 일이 있단다. 그래서 집에 있는 시간이 많지 않아. 바깥일이 없는 남자가 집에서 수다를 떠는 거란다."

"그래도 할아버지는 늘 우리와 계시잖아요."

"할아버지는 은퇴하셨잖니. 할머니가 젊었을 때 할아버지의 얼굴을 볼 수나 있었을 것 같니?"

"은퇴가 뭐예요?"

"나이가 든 사람들은 은퇴한단다. 그러니까 일을 하지 않는 거지. 네 할아버지처럼 집에 있는 거란다."

"아빠가 은… 그러니까 그걸 하면 우리랑 있을 수 있는 거죠?"

"아직 한참 남았지만, 그때가 되면 늘 집에 있겠지."

"늘 집에 있으면 안 될 것 같아요. 집에 있으면 항상 엄마와 말다툼해요."

"난 말다툼하는 걸 들어본 적이 없는데." 레만 부인이 강한 어조로 말했다.

"할머니와 할아버지가 오시고 나서는 한 번도 말다툼을 안 했으니까요. 할머니와 할아버지가 계속 있으면 좋겠어요. 안 가면 좋겠어요. 엄마는 늘 울고, 삐치고, 아프다고 했어요."

"저런!" 애들 입에서 모든 게 다 나온다더니 휼랴는 할머니가 전혀 모르던 몇몇 사실에 대해 단서를 제공했다. 레만 부인은 손녀가 엄마 험담을 한다고 느끼지 못하게 그리고 겁을 주지 않으면서 더 많은 이야기를 들어보려고 했다.

"엄마가 자주 아프니?" 부드러운 목소리로 손녀에게 물었다. "네 엄마는 기관지염이 있단다. 겨울에 기관지염이 재발하는 건가?"

"아니요, 기침은 안 해요. 하지만 늘 침대에 누워 있고, 제가 엄마 방에 들어오지 못하게 해요. 할머니가 말씀하신 미용실 같은 데도 안 가요."

"세상에나! 우리가 온 뒤로는 엄마가 한 번도 아프지 않았는데."

"말했잖아요. 가시면 안 돼요. 그러면 엄마는 방에만 있을 거고 전 또 혼자 있어야 해요."

레만 부인은 사진을 모아서 상자에 넣었다. 상자는 리본으로 대충 묶은 후, 옷장의 두 번째 칸을 열어 속옷 뒤로 깊숙이 밀어 넣었다. 레만 부인이 모르는 일이 일어나고 있었다. 사비하는 행복하지 않았다! 레만 부인이 전혀 눈치채지 못하는 사이, 사비하는 불행했다. '마짓에게 다른 여자가 있는 걸까?'

"자, 안으로 들어가자, 횰랴. 엄마가 뭘 하시는지 보자꾸나. 우리가 부탁하면 쇼팽의 야상곡을 연주해 줄지도 모르잖니."

❋ ❋

마짓은 행정관이 가져온, 파리 주재 대사관에서 보낸 암호문을 받아 안경을 쓰고 읽어 내려갔다. 튀르키예 정부가 비시 정부에 보낸 서한에 대한 답신으로, 유대인은 국적과 관계없이 같은 유대인이라는 주장이있다.

우리 부는 귀측 서한에서 언급된 인원이 프랑스를 방문한 손님이며, 프랑스의 법률에 따라야 한다는 사실을 본인이 암묵적으로 수락했다는 사실을 알려드리는 바입니다. 이 실천적 원칙에 따라 히브리 민족에 대한 조치는 프랑스 국적 또는 다른 국가의 국적을 가진 모든 유대인을 대상으로 합니다.

"빌어먹을! 도적 떼 같은 놈들! 이런 놈들을 그동안 문명과 자유의 사도로 여겼다니! 이깟 놈들을 추종하려고 했다니! 훌륭한 예술, 최고의 시, 가장 오래된 와인을 마시는 영웅적인 프랑스 민족…. 영웅은 무슨, 독일군에게 사십육 일도 못 버티고 항복한 주제에. 이젠 자신이 살기 위해 다른 사람이 죽기를 기다리고 있잖아. 그런데 우리를 무시하다니. 오만하기가 이루 말할 수 없군. 제대로 갖춰지지도 않은 군대로 7개국과 싸워서 이긴 우리의 해방 전쟁을 기회가 있을 때마다 저놈들에게 상기시켜 주지 않으면 내가 마짓이 아니다, 부역자 놈들!"

마짓은 자신이 앉은 의자를 소리가 나게 뒤로 밀더니, 자리에서 일어났다. 그리고 암호 전문을 들고 방에서 나갔다.

사무국장의 방을 향해 걸어가면서도, 이 답신에 어떻게 대응할지 고민했다. 비시 정부의 차별적인 법률에 끈질기게 항의해야만 했다. 명예로운 국가라면 달리 행동할 수 없었다. 유대계 터키인들을 강제 수용소로 보내는 데 항의하는 동안, 효과적인 대응을 위해 다른 국가와 합의를 끌어낼 필요가 있었다. 그렇지 않아도 업무가 많은데, 이 일까지 더해졌다. 무엇보다 비시 정부 관할 지역 대사관에 보낼 암호 전문을 작성해야 했다. 강제로 유대인 노동 수용소로 이송하려 할 경우, 유대계 터키인들은 이에 저항하는 것과 동시에 즉시 튀르키예 대사관과 영사관에 도움을 요청할 수 있도록 알리라는 내용의 암호 전문이었다.

"마짓 씨! 마짓 씨!"

마짓은 뒤돌았다. 니핫이 복도에서 그를 향해 달려오고 있었다.

"잠시만, 알려줄 게 있어서…."

"자네가 무슨 말을 할지 알아, 친구. 튀르키예와 독일이 협상을 시작한다는 거잖아. 차관께서 사전 회의에 날 부르셨어…. 이십 분만 시간을 줘. 사무국장께 상의드리고 암호 전문을 준비하라고 한 다음 바로 갈게." 마짓은 다시 뒤돌아서 가던 길을 계속 가려 했다.

"마짓 씨… 잠깐만 기다려 주세요…."

마짓은 짜증을 내며 뒤돌았다. "무슨 일인데 그래?"

"마짓 씨, 집에서 전화가 왔습니다…. 장인어른께서 심장 마비를 일으켰답니다."

✵✵

마짓은 의사와 파즐 레샷 장군의 침실로 들어갔다. 파즐 레샷 장군은 침대 옆 바닥에 엎드려 있었다. 그의 얼굴은 석회처럼 새하얬다. 사비하는 아버지의 이마에 구슬처럼 맺힌 땀을 손수건으로 닦아내고 있었다. 레만 부인은 남편 곁에 웅크린 채 어찌할 바를 모르는 표정으로 얼어붙어 있었다.

의사 파흐리는 가방에서 꺼낸 병을 열어 냄새를 맡게 한 뒤 파즐 레샷 장군의 셔츠 단추를 풀었다. "인명 구조대에게 연락하세요. 병원으로 모셔야겠습니다." 마짓을 바라보며 말했다. "집에 콜로냐2 있습니까?"

사비하가 바로 뛰쳐나갔다. 레만 부인은 남편의 머릿밑에 베개를 놓으려고 했다.

"하지 마세요, 건드리지 마세요." 의사가 말했다. 레만 부인은 즉시 물러섰다. 그녀는 손을 떨고 있었다.

"부인께는 진정제가 필요할 것 같습니다. 댁에 네브롤 제말3이 있습니까?"

"제게 아무것도 처방하지 마세요." 레만 부인이 말했다.

---

2   역주-가벼운 향수이자 소독제의 일종으로, 19세기 독일에서 들여온 콜론의 변형된 형태로 에틸알코올 함유량이 60~80%에 달해 의식을 잃은 사람을 깨울 때 사용하기도 함

3   역주-19세기 말, 튀르키예 초기 현대 의약품 중 하나

"남편보다 먼저 죽게 해주세요. 남편이 나 때문에 발작을 일으켰어요. 죽으면 나 때문이에요." 부인은 울음을 터트렸다.

"무슨 말씀을 하시는 겁니까, 충격을 받으셨군요. 안으로 들어가시죠. 어서요⋯." 마짓은 장모를 부축해서 일으켜 세우려 했다.

"날 도우려 하지 말게, 불쌍하게 생각하지도 말고, 사위. 이건 나 때문이야. 베개 밑에 사진을 둔 걸 잊어버려서 그런 거네."

"무슨 사진 말씀이세요?"

마짓은 이렇게 질문하다가, 장인이 여전히 사진을 안고 있는 걸 발견했다. 파즐 레샷 장군의 손가락을 조심스럽게 벌리고 사진을 빼내려 하자, 바닥에 쏟아졌다. 마짓은 사진을 주운 다음 자리에서 일어나 사진으로 눈을 돌렸다. 셀바와 라파엘의 결혼식 때 자신이 찍은 사진이었다.

"이 사진이 어디서 난 거죠?" 마짓이 놀라며 물었다.

"아, 내 손이 문제야. 저 사진을 꺼내지 말아야 했는데. 이 손 때문이야!"

의사는 황당한 표정으로 두 사람을 바라봤다.

"제 처제가 장인어른의 허락 없이 혼인하는 바람에⋯. 이 사진은 몇 년 전에 찍은 것들입니다. 결혼식 날⋯." 마짓이 말했다.

"부인, 심장 마비는 이런 이유로 발생하지 않습니다. 완전히 다른 원인 때문이에요. 괜히 자책하지 마십시오." 파흐리

의사는 간곡하게 말했다. 레만 부인은 자신의 감정을 주체할 수 없었다. 복 놓아 큰 소리로 흐느꼈다. 사비하는 콜로냐를 들고 방으로 돌아왔다. 의사가 레만 부인의 이마와 팔에 콜로냐를 바르고 있을 때 초인종이 울렸다.

"하필이면 오늘 하제르가 쉬는 날이야." 사비하가 문을 열어주러 가면서 말했다.

"이보게 사위, 휼랴가 왔나 봐. 여기 들여보내지 말게." 레만 부인이 흐느끼며 말했다. 복도에서 소음이 들려왔다.

"거기 들어가지 마, 애야. 거기에 서. 제발, 거기 서라고!" 사비하의 목소리가 들렸다.

휼랴는 엄마를 밀치고 방 안으로 들어왔다. 바닥에 쓰러져 있는 외할아버지를 안으며 "안 돼요, 할아버지…. 가지 마세요…. 할아버지가 가버리면 난 혼자예요. 아무도 없단 말이에요. 절대 가면 안 돼요. 절대로!"

마짓은 딸의 조그마한 손을 꼭 쥐고, 병원을 향해 걸어가면서 이 문제에 어떻게 접근할지 고민했다.

"할아버지의 상태가 아주 좋아졌지만, 그래도 힘들게 하면 안 된다, 휼랴."

"할아버지를 힘들게 하지 않을게요, 아빠."

"볼을 맞대며 인사하려고 할아버지 위에 올라가고 그러면

안 돼. 한동안은 깨지기 쉬운 유리처럼 할아버지를 보살펴야
한단다."

"네, 알아요."

"똑똑한 내 딸. 오늘 엄마가 할머니와 교대할 거야. 엄마
랑 점심 먹으러 가자. 카르피츠로 가는 거 어때?"

"안 가고 싶어요."

"왜?"

"할아버지와 병원에 있을래요. 아빠는 또 일이 있잖아요."

"일이야 당연히 있지. 오늘도 일은 있지만, 동료에게 부탁
하고 왔단다. 너와 엄마랑 있으려고 말이야."

"아빠는 엄마랑 같이 가요. 난 할아버지랑 있을래요. 할아
버지, 할머니랑 같이 있을 거예요."

"엄마, 아빠랑 점심을 먹으러 가고 싶지 않니?"

"할아버지를 며칠 동안 못 봐서요…."

"훌랴… 그날 말이야, 할아버지가 심장 마비를 일으켰던
날…. 왜 그런 말을 했니?"

"내가 뭐라고 했는데요?"

"할아버지가 가버리면 혼자라고 소리쳤잖니?"

"할아버지가 돌아가신 줄 알았어요. 엄마가 울면서 문을
여니까…. 할아버지가 매우 아프다고, 방에 들어가면 안 된
다고 해서 돌아가신 줄 알았죠."

"훌랴, 난 다른 걸 물어보는 거야. 할아버지가 돌아가신다
고 해도 넌 혼자가 아니야. 네겐 엄마도 있고 나도…."

흘랴는 대답하지 않았다. 마짓은 잡고 있던 딸의 손이 약간 경직되는 걸 느꼈다.

"왜 그런 생각을 했니? 왜 그렇게 느꼈어?"

"할아버지와 할머니를 사랑해요. 두 분은 날 잘 돌봐주세요. 날 사랑하고요. 할아버지와 할머니가 돌아가시면 안 돼요."

"신이시여, 두 분이 장수하실 수 있게 해주소서. 근데 엄마와 나도 널 많이 사랑한단다."

아이는 침묵했고 마짓은 딸을 설득하려 들었다.

"흘랴! 몰랐니? 우리도 널 많이 사랑한다는 거 몰랐어? 넌 우리의 하나뿐인 딸이야."

"알아요, 아빠."

"그날 엄마가 많이 슬퍼했는데 몰랐니? 할아버지 때문에 슬프고, 그만큼 네가 한 말에 상처를 받았단다."

"엄마는 나 때문에 상처받지 않아요."

"그건 또 무슨 말이니?"

"엄마는 다른 일 때문에 슬퍼해요. 나 때문이 아니라."

"뭐 때문에 슬퍼하는데?"

"이모가 멀리 떨어져 있어서요. 이모의 아들인 파즐을 보지 못해서요. 그리고 다른 여러 가지 때문에요."

"네가 그걸 어떻게 아니?"

"엄마가 이야기하는 걸 들었어요."

"누구랑 이야기하는 걸 들었단 말이니?"

"할머니, 엄마 친구들 그리고 하제르랑 이야기할 때도요. 늘 이모에 관한 이야기만 해요."

"그게 어때서? 엄마는 동생을 보고 싶어 하는 거야. 그렇다고 너를 사랑하지 않는다는 뜻은 아니야."

"엄마에게 나를 위한 시간은 없어요. 아빠처럼…. 아빠도 시간이 없잖아요. 아빠는 늘 일하고, 엄마는 늘 슬퍼해요. 할아버지, 할머니가 우리 집에 잘 오셨어요. 할아버지는 돌아가시는 거 아니죠? 언제 집에 오세요?"

이번에는 마짓이 아무 대답도 하지 않았다. 장인이 언제 퇴원할지 알 수 없었다. 그런데 독일이 유럽 국가들을 공격한 데 이어, 코앞까지 들이닥쳐서 아테네와 크레타를 점령했다. 비시 정부가 유대계 터키인들을 체포해 강제 수용소로 보내기 시작한 것에서 그치지 않고, 히틀러는 프랑스 남부를 점령할 준비를 했다. 지금의 상황이 가족에게 얼마나 큰 피해를 안겨주었는지, 마짓은 며칠 사이에 제대로 깨달았다.

파즐 레샷 장군이 심장 마비를 일으켰던 그날 이후, 이 빌어먹을 전쟁의 부작용으로 자신의 가족과 어린 딸의 마음속에 어떤 폭풍이 다가왔는지 잘 알게 됐다. 마짓은 갑자기 걸음을 멈췄다. 함께 걷고 있는 딸을 향해 돌아서더니 꼭 껴안았다.

"우리가 네게 이렇게 무심했는지 몰랐구나." 마짓은 진심이었다. 휼랴는 아무 말도 하지 않았다. 그저 마짓의 곁에 꼭 붙어서 걷기만 했다.

마짓은 딸과 점심 먹는 걸 고집하지 않기로 했다. 이번 점심은 사비하와 단둘이 먹는 게 좋을 것 같았다. 오랜만에 둘만 있는 곳에서 아내와 이야기할 기회였다.

흄랴가 태어난 뒤로 부부가 둘만의 대화를 나눌 만한 기회가 거의 없었다. 거실에 나와 이야기하면 하녀나 흄랴의 유모가 엿들을 수 있었다. 그나마 다행인 건 아이가 학교에 입학하고 유모가 일을 그만두었다. 결혼한 이후로 아내와 단둘이 이야기를 나눌 필요성을 느끼지 못하고 지냈다는 사실에 마짓은 놀랐다. 장인과 장모가 집에 오고, 손님들이 집을 방문한 날을 제외하면 부부가 거실에 나와 앉아 있는 경우는 거의 없었다. 저녁이면 사비하는 방으로 들어가 책을 읽었고, 마짓은 라디오 앞에 앉아 있거나 사무실에서 가져온 서류철을 책상 위에 펼쳐놓고 일에 몰두했다. 둘 다 대화를 잊고 살았다. 오늘 카르피츠의 앉은뱅이 탁자에 마주 앉으면 어떤 대화를 나눌까?

마짓과 흄랴가 소독약 냄새가 풍기는 병원 계단을 올라 파즐 레샷 장군이 입원한 병실이 있는 3층 복도에 다다랐을 때, 사비하와 장모가 병실 앞에 서 있는 게 보였다. 사비하의 등 뒤, 창문으로 새어 들어오는 아침 햇살 때문에 금발 머리에 후광이 비쳤다. 흄랴는 마짓의 손을 놓고 할머니에게 달려가 품에 안겼다. 사비하는 자신의 차례가 오기를 기다렸다. 흄랴는 그녀를 안아주지 않고 병실에 들어간다며 보채기만 했다.

"간호사들이 할아버지가 아침 용변 보시는 걸 도와주고 있단다. 잠깐만 기다려." 사비하가 딸에게 말했다. 마짓은 며칠 동안 잠을 설친 바람에 창백해진 아내의 양쪽 뺨에 입을 맞췄다.

"지난밤은 어땠어?"

"괜찮았어."

"오늘 밤에는 집에서 편히 자."

"집을 떠나 있으면 불안해서 잠을 잘 수가 없다네. 나도 어젯밤에 집에서 한숨도 못 잤어." 레만 부인이 말했다.

"그러게요, 아침 일찍 횰랴와 제가 깨기도 전에 나가셨더라고요."

"오늘은 학교에 안 가?" 사비하가 손목시계를 보며 물었다. "아직 점심시간도 안 됐는데 학교에서 데려온 거야?"

"오늘 학교에 안 보냈어. 우리 둘 다 오늘은 쉬는 날이야. 횰랴는 할아버지와 있을 거고, 당신과 나는 좀 있다가 카르피츠에 가서 맛있게 식사나 해."

레만 부인은 사위를 노려보았다.

"음식 이야기하기 딱 좋은 때를 맞췄네. 아버지는 여기서 생사가 오가시는데 말이야." 사비하가 말했다.

"장인어른이 괜찮으시면 가자는 말이야. 장모님도 곁에 계시잖아. 이야기해야 할 게 좀 있어."

"어떤 이야기?"

마짓은 장모의 호기심에 찬 시선을 받으며, 아내에게 팔짱을 끼고 부드럽게 복도 끝으로 끌고 갔다.

"휼랴에 관해 이야기를 꼭 해야 해, 사비하. 휼랴는 우울증에 빠졌어."

"이제 겨우 일곱 살이야."

"여덟…."

"어쨌든 우울증에 빠질 나이는 아니야."

"그럴지도 모르지. 하지만 아이가 행복하지 않아."

"불행한 게 휼랴뿐만은 아냐, 마짓."

"사비하, 대화하지 않으면 문제를 해결할 수 없어. 안 그래?"

"우리가 카르피츠에서 점심을 먹는다고 모든 문제를 해결할 수 있을 것 같아?"

마짓이 대답하려던 순간 휼랴가 달려왔다.

"할아버지가 화장실에서 나오셨어. 아빠, 엄마를 기다리셔." 이렇게 말하고는 다시 병실로 달려갔다. 마짓과 사비하는 딸의 뒤를 따라 나란히 걸었다.

파즐 레샷 장군은 베개를 겹겹이 쌓아 등을 기댄 채 수염이 덥수룩하고 지친 모습으로 사위에게 미소를 지었다.

"아주 좋아 보이십니다." 마짓이 말했다. 장인은 괜한 소리 말라는 의미의 손짓을 했다.

"괜찮아지셨네, 신의 은총이지. 위험한 고비는 넘겼어. 이제 조심하셔야지. 담배와 매일 저녁 자네와 마시던 라크를 끊어야 한다는군." 레만 부인이 말했다.

"듣기만 하고 믿지는 말게." 장인은 떨리는 목소리로 사위에게 말했다. 마짓은 대답하려다 멈칫했다. 레만 부인이 심장 마비의 원인이라고 했던 사진 중 한 장이 협탁 위 물병에 기댄 채 세워져 있었다. 마짓이 찍은 게 아니라 혼인 사무소의 사진사가 찍은, 셀바가 혼인 신고서에 서명하는 장면이 담긴 그 사진…. 마짓은 침을 삼키고 황당한 눈빛으로 아내를 바라봤다. 사비하는 시선을 바닥으로 돌렸다. 마짓은 사진을 못 본 척하고 농담 섞인 말투로 물었다. "의사가 라크를 금지하면 맥주를 마시면 되지 않겠습니까?"

"언제 집에 갈 수 있겠나, 마짓? 여기 있는 여자들은 내게 제대로 이야기해 주질 않아. 여기서 바로 이스탄불로 돌아갔으면 하네. 이 정도면 충분히 자네를 힘들게 했어." 파즐 레샷 장군이 말했다.

횬랴가 할아버지 곁으로 다가가 손을 잡았다.

"무슨 말씀이세요, 장인어른. 저희 집은 장인어른 댁이나 다름없습니다. 얼마든지 편히 계셔도 됩니다." 마짓은 진심을 담아 말했다.

"아버지가 그냥 하시는 말씀이야. 그나저나 파흐리 의사가 뭐라고 하셨죠? 한 달 동안은 절대 안정이라고 하셨잖아요." 사비하가 마짓의 말을 거들었다.

"방학하면 모두 함께 이스탄불로…." 마짓이 말을 끝내기도 전에 흰 와이셔츠를 입은 직원이 병실로 들어와 모두를 차례차례 둘러보고는 물었다. "마짓 씨가 누굽니까?"

"접니다."

"과장님의 방으로 전화가 와 있습니다."

"나쁜 소식이 아니길!" 마짓은 이렇게 말하더니 병실 밖으로 나갔다. 그는 빠른 걸음으로 직원을 따라 계단을 내려갔다. 남편이 나가자, 사비하는 휼랴에게 물었다. "학교에서 허락은 받았니?"

"아빠가 교장 선생님께 전화했어요."

"아빠가 뭐라고 했어?"

"오늘 아침에 할아버지를 만나러 가야 한다고 하고 허락을 받았어요."

"이런 식으로 수업을 빼는 건 옳지 않아, 휼랴. 방과 후에 할아버지를 볼 수도 있었잖니. 오후 수업에는 들어가렴." 사비하가 말했다.

휼랴는 아랫입술을 내밀고 어깨를 으쓱 추켜올렸다.

"누가 마짓에게 전화했을까?" 레만 부인이 물었다.

"직장에서 전화했겠죠. 우리가 해외 공관으로 발령이라도 나면 저 사람들 어떻게 일할지 궁금하네. 회의 때 발표하라고 우리가 있는 곳으로 비행기라도 보내려나? 마치 튀르키예를 마짓 혼자서 구하는 것 같아. 밤도 낮도 없어." 사비하의 말이 끝나자마자 마짓이 병실 문 앞에 나타났다. 걱정스러운 표정이 역력했다.

"무슨 일인가?" 파즐 레샷 장군이 힘 빠진 목소리로 물었다.

"외무부로 돌아가 봐야 합니다. 새로운 상황이 발생했습니다.”

“무슨 일인가? 무슨 일이야?”

“들어가서 더 많은 걸 알아보겠습니다…. 저녁에 자세한 내용을 전해 드리겠습니다.” 이렇게 대답하고 마짓은 아내에게 눈짓을 보냈다. 사비하가 뒤따라 나와서 비꼬는 말투로 말했다. “카르피츠에 가기로 한 거 아니었어? 문제를 해결하러 말이야.”

“사비하, 장인어른께서 흥분하실까 봐 앞에서 말을 꺼내지 않았는데, 히틀러가 오늘 아침 프랑스 남부를 점령했어.”

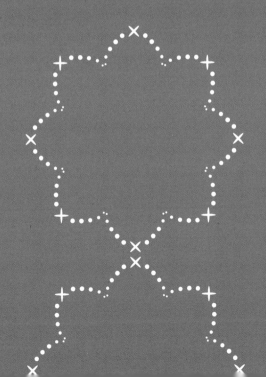

1942년,
마르세유

셀바는 레이스 커튼 뒤에서 한참 동안 거리를 지켜봤다.

"어서, 라파엘. 지금은 주위가 안전해 보여. 곧바로 길을 건너가. 꾸물대지 말고."

라파엘은 아내의 목에 입을 맞춘 뒤 현관문으로 향했다. 막 나가려다가 현관문을 열기 전에 소리쳤다. "너무 걱정이 많아, 셀바. 오늘은 아무 일도 일어나지 않을 거야, 확실해." 계단에서 멀어지는 남편의 발걸음 소리가 들렸다.

라파엘은 아파트 건물 밖으로 나왔다. 인도 가장자리에 서서 도로 반대편으로 건너기 위해, 저 멀리 사거리 입구에서 경찰이 차를 세울 때까지 기다렸다. 남편이 재빨리 도로를 건너 약국으로 들어가 문을 닫는 모습을 보고 셀바는 안도의 한숨을 쉬었다. 커튼을 옆으로 젖힌 다음 창문을 열었다. 집안으로 몰려드는 차갑고 축축한 공기를 들이마셨다. 오늘 아침엔 파즐을 공원에 데려가지 않을 생각이었다. 하늘을 덮고 있는 시커먼 구름만으로도 비가 내릴 게 확실해 보였다.

검은 구름이 하늘에만 떠다니면 좋으련만. 남부까지 점령된 뒤로 먹구름은 집 안과 마음에 가득 들어찼다. 단조롭고 고독한 삶에서 한 줄기의 빛처럼, 자신이 쓸모 있다고 생각하게 해주었던 영어 수업을 그만두었다. 점령이 시작된 11월 11일 이후로 누구도 학생을 가르칠 것을 강요하지 않았지만, 그녀는 스스로 그 일을 시작했다. 스스로 선택한 이 일을 매우 진지하게 받아들였다. 남편을 최대한 보호할 수 있는 일이기도 했다. 프랑스로 올 수밖에 없었던, 그리고 자신도 모르게 불길 속으로 내던져진 남편을 위한 일이었다.

다른 유대인과 마찬가지로 라파엘도 거리로 나가기 전에 주위에 누가 돌아다니는지 확인했다. 나치 친위대가 돌아다니고 있을 때 길거리로 나가는 건 재앙을 초래하는 일이었다. 다행히 라파엘의 직장은 집 바로 건너편이어서 집에서 직장으로, 직장에서 집으로 오갈 때 길거리를 확인하는 건 어렵지 않았다. 셀바 스스로 부여한 임무는 남편이 무사히 약국에 들어간 다음부터 시작됐다. 아이를 돌보는 시간 외에는 창가의 높은 의자에 앉아 온종일 거리를 감시했다. 빌어먹을 게슈타포의 오토바이 소리를 듣거나 그들이 도보로 순찰하는 걸 보면, 라파엘이 창고로 내려가 몸을 숨길 수 있도록 곧바로 약국에 전화했다.

"여보, 저 신경을 곤두서게 하는 소리를 나도 들을 수 있어. 소리가 나면 바로 대비해. 그렇게 매일 감시하다간 나중에 당신이 미칠지도 몰라."

"라파엘, 어느 날 소리 없이 그들이 들이닥칠 수도 있단 말이야. 당신이 눈치챌 새도 없이."

"셀바, 인생을 자연스러운 흐름에 맡겨야만 해. 신이 정하신 대로 되는 거야. 난 당신처럼 무슬림은 아니지만, 당신보다 더 운명을 믿어."

"라파엘, 당신을 잡아가기라도 한다면⋯."

"날 못 잡아가. 당신 덕분에 이제 튀르키예 여권을 갖게 됐잖아."

"튀르키예 여권만으로 모든 위험을 막을 수 있다면, 타륵 씨가 우리 안부를 확인하기 위해 이틀에 한 번씩 파리에서 전화하지는 않겠지."

"너무 그렇게 걱정하지 마, 여보. 영사가 어떻게 로사를 독일군에게 구해냈는지 생각해 보라고."

"근데 그 영사가 한 말 잊었어? 러시안룰렛 게임 같다고 했잖아. 이번에는 운이 좋아도 다음에는 그렇게 운이 좋지 않을 수도 있다고 말이야."

"우리 같은 사람 중에서 누군가를 구했다면 모두를 구할 수 있는 거야."

왠지 몰라도 셀바는 라파엘처럼 생각할 수 없었다. 매일 밤에 눈을 감으면 똑같은 악몽을 꿨다. 발 디딜 틈 없는 열차에 실려 비명을 지르며 끌려가는⋯. 셀바는 자리에서 벌떡 일어나 집 안을 배회했다. 파즐의 성을 알판다리로 여권에 기록한 게 이제 와서 엄청나게 후회됐다. 이 사실을 알게 된 타륵도 화를 냈다. 아들을 위험에 빠트렸다고 셀바를 비난했다. 하지만 셀바는 자존심을 꺾을 수 없어서, 마음을 바꾸지 않았다. 아, 이건 아버지로부터 물려받은 잘못된 자존심과 황소 고집 같은 것이었다! 셀바는 자신의 행동이 마음에 들지 않았지만, 그렇다고 고치지도 못했다. 그녀의 내면에는 자신의 자아 외에도 전혀 원치 않는 방식으로 행동하는 또 다른 자아가 있는 것 같았다.

셀바는 창문 너머 게슈타포를 감시하는 방법을 한 단계 더 발전시켰다. 그녀의 집은 사거리 입구에서 멀지 않았다. 집 모퉁이 창문을 통하면 큰 대로에서 집 앞 거리로 들어서는 나치 친위대들을 다른 집보다 먼저 볼 수 있었다. 우선 지난해 자신이 피아노와 영어를 가르쳤던 학생 중에 전화기가 있는 집에 전화해서 학생의 어머니를 찾았다. 그녀는 자신을 소개하고, 원한다면 그들과 그 거리에 사는 다른 이웃에게도 위험을 알린다고 했다. 이웃들은 자신이 전혀 알지 못하거나, 잘 아는 사이가 아닌 이 터키인 여성의 행동에 불편함을 느꼈다. 게다가 오지랖이 넓다고 라파엘에게도 좋지 않은 소리를 들었다. 셀바는 누구도 자신의 선행을 이해하지 못하는 것에 대해 놀랄 따름이었다.

셀바가 파즐에게 사과 퓌레를 먹이고 있을 때 현관문을 두드리는 소리가 들렸다. 라파엘이 점심을 먹으러 올 시간까지는 아직 한 시간이 남았고, 학생들도 올 일이 없어서 누군지 궁금했다. 셀바는 문을 열지 않고 누구냐고 물었다.

"마담 알판다리." 여자 목소리였다. "저는 부인과 같은 동네에 살고 있습니다. 제 이름은 아프나임, 자밀라 아프나임입니다."

셀바는 곧바로 문을 열었다. 앞에는 단정한 옷차림의 마흔다섯 살쯤 되어 보이는 여자가 서 있었다.

"아프나임 부인, 저를 보러 오셨나요?"

"네, 부인."

"부인도 혹시 이스탄불 출신인가요?"

"아니요."

"그럼, 튀르키예의 다른 도시에서 오셨나요?"

"우리 가족은 레바논 출신입니다. 튀르키예에 가본 적이 없습니다."

"그러시군요. 개인 교습 때문에 오셨다면 이젠 수업하지 않습니다."

"전 부인과 이야기를 나누려고 왔습니다."

셀바는 놀랐다. 눈앞의 여자는 자신의 또래도 아니었다.

"무슨 이야기를요, 부인?"

"현관 입구에서 이야기하기엔…."

"아! 미안합니다, 들어오세요."

셀바는 그 여자가 외투를 벗는 걸 도와주었다. 셀바가 앞장서서 거실로 자리를 옮겼다. 파즐은 창가에 놓인 아기 의자에 앉아 사과 퓌레를 여기저기 흘려가며 먹고 있었다.

"정말 사랑스러운 아이네요."

"자, 앉으세요." 셀바가 자리를 권하며 말했다.

"알판다리 부인, 부인은 저를 모르시겠지만 저는 부인을 잘 압니다. 남편분이 길 건너 약국에서 일하시는 것과 부인이 아이들을 가르치시는 것, 게다가 이 주 전에 레아의 어머니에게 전화해서 길거리를 감시하겠다고 하신 것까지도 알고 있습니다. 처음에 말씀드린 것처럼 저도 이 동네에서 살아요."

"이 거리에서요?"

"두 블록 떨어진 곳에서요."

셀바는 여자의 시선이 창가의 높은 의자에 고정된 걸 보았다. 셀바는 고갯짓으로 의자를 가리키며 말했다. "그래요, 저기가 제 감시 탑이죠. 저기 앉아 있으면 사거리 입구에서 이 거리로 드나드는 사람을 한눈에 볼 수가 있어요. 이 거리에 사는 가족들을 돕고 싶었지만, 아무도 관심이 없네요."

"누구의 잘못도 아니에요. 다들 겁을 많이 먹었어요."

"당연하죠. 탓을 한 적은 없습니다. 어차피 남편 때문에 온종일 길을 감시하고 있거든요."

여자는 아무 말이 없었다. 어떻게 말을 꺼내야 할지 모르는 것 같았다.

"그것 때문에 절 찾아오신 건가요?"

"아니에요, 부인. 부인께 부탁드릴 게 있긴 하지만, 그건 아닙니다."

"제가 뭘 해드릴 수 있다고요."

"부인은 터키인이시죠… 그렇죠?"

"예."

"튀르키예 영사관이 유대인들에게 많은 도움을 준다고 들었습니다."

"튀르키예 출신 사람들의 신분증을 갱신하고 있어요."

"튀르키예 출신이 아닌 사람에게도 신분증을 발급해 줄 수 있을까요?"

"그럴 리가 있겠습니까! 안 될 것 같네요."

"저를 위해 신분증을 원하는 게 아닙니다. 저도, 제 남편을 위해서도 아닙니다. 제겐 초롱초롱 빛이 나는 어린 자식이 두 명 있어요…." 그녀의 목소리는 떨렸다. "아이들이 너무 걱정됩니다. 여기로 오자고 고집했던 것도 바로 접니다. 고국에 있던 사업도 접고 가족을 데리고 왔답니다." 이 말을 하고는 침묵했다. 양손으로 얼굴을 감싸고 한동안 그렇게 있었다. 셀바는 무거운 마음으로 기다렸다.

"레아의 엄마가 부인의 전화에 관해 이야기했을 때, 당신이 얼마나 다른 사람에게 도움 주길 좋아하는 사람인지 알수 있었어요. 레아도 부인을 좋아해요."

"레아는 정말 재능이 많은 아이예요. 나중에 꼭 성공한 피아니스트가 될 거라고 확신해요."

"강제 수용소로 끌려가지 않는다면요."

셀바는 비탄에 젖어 고개를 숙였다.

"부인, 영사관에 아는 사람이 있으면…. 만약에… 그러니까….."

"영사를 압니다."

"제 아이들을 위해 그분께 말씀해 주실 수 있을까요?"

"제가 말하는 건 도움이 안 될 것 같아요."

"같이 가시죠, 절 소개해 주세요. 제가 이야기할게요."

"커피를 드시겠어요?" 셀바가 물었다. 무슨 말을 해야 할지 몰랐다. 부인은 당황했다.

"우리나라 관습이에요. 집에 온 사람에겐 반드시 차나 커피를 드리죠."

"맞는 말씀이에요. 손님 대접은 신성한 것이죠, 우리가 살던 곳에서는요. 감사합니다. 우유는 넣지 마시고 커피만 주세요. 그렇다면 전 담배 한 대를 드릴게요."

"담배는 피우지 않습니다. 임신했을 때 끊고 다시 시작하지 않았어요."

파즐이 숟가락을 바닥에 던졌다. 셀바는 달려가서 숟가락을 집어 들고는 파즐을 아기 의자에서 내린 다음 품에 안더니 커피를 끓이러 주방으로 향했다.

"부인이 커피를 끓이는 동안 제가 길거리를 감시할게요." 여자는 의자에 앉으며 말했다. "여기서 보니 사거리 입구가 아주 잘 보이네요."

얼마 지나지 않아 셀바는 쟁반에 커피 두 잔을 놓고, 곁에 파즐을 데리고 돌아왔다.

"왜 그 좋은 나라를 두고 여기로 오셨어요?" 여자가 물었다. "저는 본 적이 없지만, 이스탄불에 가봤던 사람들은 끊임없이 이야기하더군요."

"가족이 남편과의 결혼을 용납하지 않았거든요. 저는 무슬림입니다." 그 말에 여자의 눈썹이 치켜 올라가는 게 보였다.

"같은 도시에서 가족끼리 싸우며 사는 것보다 다른 나라로 이주하는 게 더 낫다고 생각했어요."

"그러니까 부인은 무슬림이시군요! 전혀 예상하지 못했어요."

셀바는 커피를 작은 협탁 위에 놓으며 물었다. "왜요? 유대인과 무슬림은 서로 사랑할 수 없나요?"

"아, 그런 뜻은 아니라…."

"이쪽으로 오세요, 자리를 바꾸시죠. 제가 거기에 앉겠습니다." 셀바가 말했다.

여자는 자리를 옮기며 말했다. "온종일 길거리를 감시하셨다니 믿기지 않네요."

"온종일은 아니에요. 하지만 집안일을 마치면 여기 앉아서 라디오를 듣고, 뜨개질도 하고, 신문도 읽습니다. 그러면서도 한쪽 눈은 늘 밖을 보고 있죠."

"부인, 부인이 무슬림 터키인이라면 영사관에서 더 힘을 쓰실 수…."

"영사관은 우리 터키인이 무슨 종교를 믿는지 중요하게 생각하지 않아요." 셀바는 자부심에 찬 말투로 말했다. 여자는 그런데 왜 가족과는 문제가 생겼느냐고 묻는 결례를 범하지 않았다. 셀바는 길거리를 흘깃 바라보며 커피를 한 모금 마셨다.

"당연히 아무것도 약속드릴 없지만, 영사관에 가서 말씀하신 게 가능한지 알아볼게요."

"오 부인! 알판다리 부인…. 무슨 말을 해야 할지 모르겠습니다….'

"아무 말도 하지 마세요. 전 가능성이 없어 보이거든요." 여자는 가방에서 사진을 꺼내 셀바에게 건넸다.

"이 사진은 갖고 계세요. 영사께 보여주세요. 영사도 이 밝은 두 명의 어린아이를 본다면 마음이 움직이실 수도 있잖아요."

"부인, 영사가 할 수만 있다면 사진을 보지 않더라도 할 겁니다. 하지만 권한을 남용할 수는 없지 않을까요…."

"제 아이들이 부인의 아이와 친한 친구라고 하면…. 아니면 비용이 들 수도 있고… 분명 비용이 들어갈 거예요."

셀바는 혼란스러운 표정을 지었다. 침실에서 거실로 장난감을 한 개씩 나르고 있던 아들에게 불똥이 튀었다.

"어서 이 공을 제자리로 갖다 놔." 셀바는 아들에게 소리쳤다. 자리에서 일어나 여자 앞에 놓인 반쯤 마신 커피를 가져가며 말했다. "만나서 반가웠습니다, 부인. 이제 양해를 구할까 합니다. 집에서 해야 할 일이 많아서요."

여자는 이런 반응을 예상하지 못한 게 분명했다. "용서하세요. 무례를 범하려고 그런 건 아니었어요." 그녀의 목소리는 떨렸다.

"괜찮습니다."

"일주일 후에 전화해도 될까요?"

"아니요. 다시는 오지 마세요."

"전화할게요."

"하지 마세요."

"본의 아니게 부인의 화를 돋웠네요. 제가 아이들을 위해 할 수 있는 게 아무것도 없어요. 절 용서하세요."

"천만에요."

"마음이 바뀌실 수도 있으니, 여기에 제 전화번호를 남겨두겠습니다." 그녀는 가방에서 꺼낸 펜으로 아이들의 사진 뒷면에 전화번호를 적었다. 셀바는 그 옆에 서서 기다리고 있었다. 여자는 자리에서 일어나 현관문 쪽으로 걸어갔다. 그리고 문 앞에서 셀바를 따라온 파즐의 머리를 쓰다듬었다.

"부인도 엄마잖아요." 그녀가 떨리는 목소리로 말했다. "오직 여기에 희망을 걸어 봐요. 부인도 엄마라는 사실에."

셀바는 현관문을 열었다. 여자가 밖으로 나가자, 문을 닫았다. 파즐을 품에 안고 거실로 가면서 셀바는 이를 악물며 말했다. "무례한 여자 같으니!" 창가 의자에 놓아두었던 커피를 집으려고 파즐을 품에서 내려놓았다. 그리고 창밖을 한

번 살폈다. 사거리 입구가 혼란스러웠다. 무슨 일이 일어나고 있는지 보려고 창문을 열자, 비명이 들려왔다. 게슈타포들이 오토바이를 타고 길모퉁이로 모여들고 있었다. 사거리 입구에서는 사방으로 달아나는 사람들이 보였다. 셀바는 몸을 반쯤 창밖으로 내밀고는 소리쳤다. "부인… 부인…, 아프나임 부인."

아파트 건물을 막 나서던 여자는 셀바의 목소리를 듣고 위를 쳐다봤다.

"빨리 올라오세요." 셀바가 소리쳤다. "빨리요!"

창문도 닫지 않은 채 셀바는 전화기로 달려가 전화를 걸었다.

"라파엘, 라파엘 당신이야? 당장 숨어. 제발 숨어 당장. 내가 전화할 때까지 창고에서 나오지 마."

그는 전화를 끊고 불과 이 분 전 자신의 집에서 내쫓은 여자에게 다시 문을 열어주려고 현관으로 향했다.

"순식간에 나타났어요. 사거리 입구에서 사람들을 잡아가고 있어요. 저들이 갈 때까지 여기서 기다리세요." 문 앞에서 떨고 있는 여자에게 셀바는 말했다.

"신의 은총이 당신과 함께하길." 여자는 외투도 벗지 않은 채 서둘러 모퉁이 창문으로 향했다. "이 동네에는 유대인들이 많이 살고 있어요. 그래서 전혀 안심할 수가 없어요. 유대인이 아닌 사람들도 이 상황을 견뎌야 해요. 안타깝게도 말이에요."

셀바와 자밀라 아프나임은 서로 부딪히며 모퉁이 창문의 좁고 긴 틀에 고개를 들이밀었다. 어린아이는 엄마의 무릎 위로 올라가려고 하다 엄마의 얼굴을 찾을 수 없자 울기 시작했다.

"조용! 지금은 징징댈 때가 아니야, 당장 조용히 해!" 셀바는 아들을 꾸짖었다. 귀청이 찢어질 듯한 사이렌 소리가 들리자, 파즐은 겁에 질려 울음을 그쳤다. "착한 내 아들, 침실로 가서 빨간 트럭을 가지고 놀아라. 어서, 애야." 셀바는 아들 옆에서 무릎을 꿇고 말했다.

"알판다리 부인…, 저들이 무슨 짓을 하는 거예요! 맙소사! 아니, 아니, 저렇게까지 하다니!"

셀바는 일어나 여자의 어깨너머로 창밖을 보았다. 두 명의 독일군이 목청껏 비명을 지르는 청년의 두 팔을 붙잡고 있었고, 다른 독일군 한 명은 청년의 바지를 내리고 있었다. 청년은 순간 온 힘을 다해 몸부림쳤지만, 속옷이 내려가는 걸 막지 못했다. 셀바는 자신도 모르게 눈을 꼭 감았다. 눈을 떴을 땐 청년을 밀고 당기며 군용 트럭에 태우고 있었다.

"저기 왼쪽에 남자들을 줄지어 세워놨어요." 여자가 말했다. "저기 좀 보세요. 보셨나요?"

셀바는 창가에 서 있던 아프나임 부인과 자리를 바꾼 뒤 살짝 몸을 기울여 창밖을 내다보았다. 그 말이 사실이었다. 줄지어 서 있는 모든 남자의 바지를 강제로 내리게 해서 확인하고 있었다. 셀바는 한 명의 어린 소년이 문을 엄폐물로 삼아 반대편 거리로 도망가는 것을 보았다.

"집에 망원경이 있나요?" 여자가 물었다.

"망원경으로 뭘 하시게요?"

"여기서는 저기 줄지어 있는 사람의 얼굴을 알아볼 수가 없어서요. 망원경이 있다면 아는 사람이 있는지 볼 수 있을 텐데."

"망원경은 없어요." 셀바가 말했다. "아프나임 부인… 이름이 아프나임이었죠? 창문에서 물러나세요. 아는 사람이 있다고 해도 부인이 할 수 있는 건 없답니다." 셀바는 창문을 닫고 커튼을 쳤다. 여자는 커튼 뒤에서 계속 길거리를 지켜보고 있었다.

"저기 보세요, 한 명을 더 데려가고 있어요. 사지를 들고 서요. 불쌍한 사람 바지가 발목까지 내려왔는데. 맙소사!"

셀바는 여자의 어깨와 팔을 다정하게 감싸며 말했다. "오세요, 부인. 저런 야만적인 광경은 보지 마세요. 코트를 제게 주시고 앉으세요."

"자밀라라고 부르세요."

"자밀라, 아까 다 마시지 못한 커피를 데워 올게요."

"알판다리 부인…."

"저도 셀바라고 불러주세요."

"셀바, 당신의 생각대로 해볼까요? 이 거리에 사는 사람에게 전화해서 그들이 원하지 않더라도 경고해 주세요. 나는 내가 사는 거리의 이웃들에게 전화할게요. 집 밖으로 나가지 말라고 말이에요."

"아주 좋은 생각이에요. 이 거리에 사는 사람들 전화번호를 찾아서 올 때까지 자밀라 당신은 친구들에게 알리세요."

셀바가 전화번호를 적어둔 노트를 가지러 침실로 가는 동안 자밀라 아프나임은 벌써 첫 번째 전화를 걸고 있었다. "메나힘, 나 자밀라야. 게슈타포가 사거리 입구를 막았어. 남자들이 포경 수술을 했는지 확인하고 있어. 학교에 전화해서 아이들을 집으로 보내지 말라고 해. 라존네에게 전화해서 이 동네에 사는 사람들에게 알리라고 해. 모두 서로 연락하라고 말이야. 난 지금 마르쿠스에게 전화하려고…."

✷

앙카라

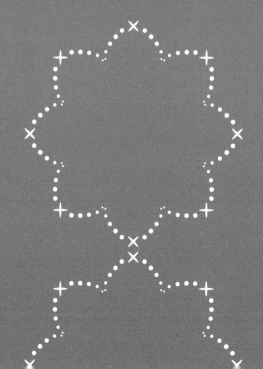

의사 사히르 에르한은 자신의 맞은편에 앉은, 하필 점심 시간에 면담을 고집한 잘생긴 남자를 어디서 봤는지 기억해 내려 애쓰고 있었다. 기억이 나지 않자, 그는 손에 든 명함을 다시 한번 봤다.

마짓 데브레스

외무부

정치국장

"선생님, 제게 전혀 낯선 분은 아니신데 어디서 만났는지 기억이 나지 않습니다. 앙카라가 작은 곳이라 어쩌면 길에서 자주 마주치다 보니 눈에 익은 걸 수도 있겠습니다."

"기억력이 대단하십니다. 이 년 전 제랄 박사 댁에서 브리지 게임을 함께 했습니다."

"아, 그렇군요!"

"하지만 탁자는 달랐습니다."

"그렇다면 제 기억력은 대단한 게 아니라 형편없군요. 어떻게 기억하지 못했을까요."

"제랄 박사가 상기시켜 주지 않으셨다면, 저도 기억해 내지 못했을 겁니다. 지난여름 어느 주말에 제랄 박사가 브리지 게임을 하자고 초대했다고 말씀하시더군요. 제가 기억할 수 있도록 말입니다. 솔직히 선생님의 얼굴이 떠오르지 않았습니다. 그런데 얼굴을 뵈니 기억이 나더군요." 마짓이 말했다.

"선생님도 브리지에 관심이 있으셨군요. 제랄 박사 댁에서 브리지를 할 정도면 매우 잘하신다는 말씀인데요."

"정기적으로 게임을 할 기회가 있으면 실력을 늘려볼 생각입니다. 그런데 요즘은 일이 너무 많아서 고개를 들 여유도 없습니다."

"어떻게 도와드릴까요? 어디가 불편하십니까?" 서랍에서 꺼낸 얇은 파일을 건네며 사히르 박사는 바로 본론으로 들어갔다. "이 설문지를 먼저 작성해 주시겠습니까? 몇 가지 기초적인 질문입니다."

마짓은 설문지를 받지 않았다.

"사히르 박사, 설문지는 작성할 필요가…. 저 때문에 여기에 온 게 아닙니다."

"아, 그러세요?"

"전화로 이곳의 비서에게 시시콜콜 말하고 싶지 않아서요…. 제 아내가 내일 선생님과 진료 예약이 되어 있습니다. 그 전에 와서 선생님을 뵙고 싶었습니다."

사히르 박사는 당황스러웠다. 마주하고 있는 사람이 질투심 많은 남편인 건가?

"혹시 정신과 치료를 불신하십니까?"

"무슨 말씀을요! 정반대로 제가 아내에게 정신과 상담을 받도록 한참 설득했습니다. 제랄 박사는 우리 가족 주치의십니다. 그분이 이곳을 추천하더군요. 사비하가 선생님께 진료 받도록 설득한 사람도 제랄 박사이시고요."

"저한테 하고 싶은 말씀이란 게 뭔지…?"

"제 아내 사비하가 내일 세 시에 이곳으로 올 겁니다. 오랫동안 우울증에 빠져 있답니다. 불면증에 시달리고, 항상 불행하다고 느끼고 화를 내며, 대인 기피 증상이 있습니다. 아내를 그렇게까지 불행하게 할, 그 어떤 것도 없습니다. 요즘 상황이 좋지 않아 제가 아내와 많은 시간을 보내지 못하고 있지만…. 그러다 보니 부부로서 모든 면에서 거리가 조금 생겼습니다. 그렇다고 해도 이게 원인은 아닐 겁니다."

"선생님께서 결코 생각하지 못한 작은 일조차도 인간의 마음에 흔적을 남길 수 있습니다."

"아내가 프랑스에 사는 여동생과 심장병을 앓고 계시는 아버지를 걱정한다고 말할 겁니다."

"아, 그렇군요!"

"네, 그렇습니다. 하지만 제가 뵙자고 한 건 다른 이유 때문입니다."

"말씀하세요."

"저는 사실 어린 딸 때문에 여기 왔습니다. 저희에게는 여덟 살 된 딸 훌랴가 있습니다. 아내가 딸을 사랑하지 않…, 딸에게 관심이 없습니다. 아이가 매우 똑똑하기 때문에 그걸 알고 있습니다. 엄마가 자신에게 관심과 애정이 없다는 데에 반항심을 갖고 있습니다. 아내는 언제가 되었든 이 고비를 넘길 겁니다만, 이 고비의 순간 동안 아이가 입은 피해는 어떻게 회복하죠?"

"괜찮다면 제가 환자를 먼저 진찰하도록 해주시겠습니까?" 사히르 박사는 말했다.

"물론입니다. 하지만 사비하가 박사께 딸의 상황을 말하지 않을 게 분명해서, 제가 말씀드리러 온 겁니다. 어쩌면 이런 무관심… 이…, 이 수수께끼를 푸실 수 있지 않을까 해서. 아이가 더 상처 입기 전에 말입니다. 딸이 모성애를 조부모께 찾고 있어요. 제가 보기엔 마음 놓고 있을 상황이 아닙니다."

"선생님의 아내도 무관심으로 인해 상처받을 수 있다고 생각한 적이 있으십니까?"

"무슨 말씀이신지?"

"애정 결핍은 어린이뿐 아니라 어른에게도 해가 됩니다."

"물론이죠."

"아내가 정신적으로 위기를 맞고 있다고 하셨는데, 아내를 걱정하는 게 아니라 딸을 걱정하고 계시네요. 아이가 똑똑해서 자신에 대한 무관심과 부족한 사랑을 알고 있다고 하셨습니다."

"예."

"선생님의 부인도 똑똑하고 예민한 분이라면 역시나 몇몇 사실을 깨닫고 불행해질 수도 있죠."

"저는 제 아내를 속인 적이 없습니다. 저는 아내를 전적으로 존중합니다."

"존중과 사랑은 다른 것입니다. 선생님께서 부인의 문제를 설명하시는 걸 보면, 부인에 대한 존중이 아니라 애정과 관심이 없는 것이 아닌가 하는 생각이 들었습니다."

"세상에!" 마짓이 말했다. 생각에 잠긴 듯한 표정으로 주머니에서 시계를 꺼내 보았다. 점심시간이 끝나가고 있었다.

"요즘 일이 많아서 아내에게 신경을 많이 못 쓴 건 맞습니다만, 아내를 혼자 두지 않으려고 장인어른과 장모님을 집으로 모셔 왔습니다."

"선생님, 사랑도 대리인이 있으면 좋겠습니다만 안타깝게도 부모는 남편을 대신할 수 없고, 남편은 부모를 대신할 수 없습니다. 보세요, 선생님께서도 그러지 않으셨습니까. 엄마가 있는데도 딸이 할머니와 할아버지에게서 모성애를 찾는다고 말입니다."

"맞는 말씀입니다."

"유럽에서는 최근 불화가 있는 가족에게 가족 치료라는 치료법을 쓰기 시작했습니다. 아직 널리 보급된 방법은 아니지만, 조만간 그 효과를 알게 될 겁니다. 의사가 가족 구성원 모두한테 한자리에서 이야기를 듣고 해결 방법을 찾는 치료법입니다. 이런 치료법을 받아들이시겠습니까?"

"이 문제에 저를 끼워 넣지 마십시오. 저는 제 딸이 어린 나이에 정신과 의사에게 치료받는 것에 동의할 수 없습니다. 제 아내의 우울증 때문에 이곳에 왔습니다. 저는 단지 제 딸의 상황을 알려드리고 싶었던 겁니다."

"선생님께서 결정하십시오. 하지만 정신과 의사를 애들 겁주는 사람 정도로 보진 마십시오. 우리 정신과 의사들은 모든 연령대의 사람을 돕기 위해…."

"죄송합니다. 당연히 그런 사람으로 보지 않습니다. 하지만 함께 치료받는 건…, 그러니까… 안 될 것 같네요."

"여기까지 직접 오셔서 많은 정보를 주셔서 감사합니다. 부인과 상담하면서 가족 모두가 평온을 되찾을 치료법을 발견할 수 있기를 기대해 보겠습니다. 아이를 대하는 부인의 태도를 알게 된 것도 도움이 될 것 같습니다. 제게 문제 해결의 실마리를 주셨습니다." 사히르 박사가 말했다. 마짓을 배웅하기 위해 자리에서 일어났다. 문 앞에서 악수하며 덧붙였다. "제랄 박사께 말해놔야겠어요. 선생님께서 한가하신 저녁 때 브리지 모임을 하자고 말입니다."

마짓은 병원 계단을 내려가면서 입을 열지 않고 작게 내뱉었다. "함께 브리지 게임을 해보시지. 그때 내가 당신을 어떻게 궁지로 몰아넣는지 보라고. 잘난 체하기는!"

파리

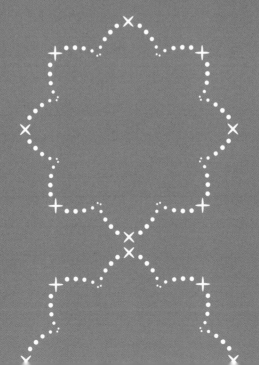

타륵 아르자는 파리에 도착한 날부터 묵은 값싼 호텔을 떠나 여행 가방 두 개와 함께 택시를 타고, 새로 임대한 아파 트로 가는 동안 신나 있었다. 이젠 침대, 옷장, 책상이 전부인 방에서 감옥살이처럼 살지 않아도 됐다. 그가 임대한 집에는 좁은 거실과 아침 식사를 할 수 있는 작은 식탁이 놓인 주방, 거대한 욕조와 비데, 타일 바닥이 있는 넓은 욕실 그리고 침 실 두 개가 있었다. 가구가 비치된 데다 지하철, 버스 정류장 이 가까운 집이었다. 한마디로 완벽에 가까운 집이었다. 완 벽한 게 아니라 완벽에 가깝다고 한 건 집에 문제가 있어서 가 아니라, 타륵의 경제적 상황 때문이었다. 타륵은 월세 때 문에 집을 다른 사람과 함께 써야 했는데, 그가 바로 영사관 에서 함께 일하는 무흘리스였다. 집이 마음에 들지만, 월세 가 높다고 하자 무흘리스가 이렇게 말했다. "침실이 두 개 나 되니 월세를 같이 내고 함께 사는 게 어때요?" 그도 타륵과 마찬가지로 적당한 집을 알아보고 있던 차였다. 처음에는 무흘리스의 제안이 매력적이었다. 하지만 계약하러 갔던 날, 스트레스가 시작되었다. 온종일 영사관에서 함께 시간을 보내는 것도 모자라, 시도 때도 없이 농담이나 지껄이는 그와 함께 지낼 수 있을까….

하지만 때는 늦었다. 함께 계약서에 서명했고 계약금도 지불한 뒤였다.

이시하는 날 영사관 문서 일부를 비시 정부 관할 지역 내 다른 공관으로 옮겨야 했다. 무흘리스가 서류를 가지고 열차로 이동하는 동안 타륵은 새로 구한 집에 가려고 택시를 탔다. 짐을 풀고 정리한 뒤 밖으로 나와 혼자 걷다가 카페에 들어가서 자리를 잡았다. 페르노1를 마시며 담배를 피웠다. 오늘은 여러 가지 이유로 축하할 만한 날이었다. 새집으로 이사하는 것보다 더 중요한 일이 있었다. 사비하의 전화!

거의 이 년 만에 사비하의 목소리를 들었다. 얼마나 놀라고 흥분했는지, 무흘리스가 사무실 맞은편 책상에서 무슨 일이냐고 손짓으로 물어볼 정도였다.

사비하는 전화로 타륵에게 남쪽까지 점령지를 넓히고 있는 독일군으로부터 동생과 동생의 가족을 보호해 달라고 부탁했다. 마치 타륵이 신이라도 되는 것처럼! 히틀러로부터 누가 누구를 보호할 수 있을까? 타륵은 사비하에게 동생의

---

1   역주-식전주로 주로 마시는 프랑스 리큐르

가족이 정식 여권을 가지고 있어서 원하면 튀르키예로 돌아갈 수 있다고 설명했다. 사비하는 자신의 아버지에게 심장 마비가 왔었다는 소식도 전하면서, 셀바와 그녀의 아이에게 무슨 일이 생기면 아버지의 심장이 감당해 내지 못할 것이라고 했다. 타륵은 사비하가 전하는 소식을 마치 자신의 가족 이야기인 것처럼 주의 깊게 듣고 위로하면서 셀바에게 아무 일도 일어나지 않을 것이라고 확신을 심어주었다. 그리고 파리에서 출발해 이스탄불로 가는 열차 시간표를 셀바에게 알려주고 마르세유를 당장 떠나야 한다고 전할 생각이었다. 타륵은 셀바와 그녀의 가족을 보호해야겠다고 마음먹었다.

전화로는 그렇게 이야기했지만, 그들을 어떻게 보호해야 할지 아무런 대책이 없었다. 그가 유일하게 할 수 있는 것이라고는 나즘 켄데르에게 연락해 셀바를 잘 지켜봐 달라고 하는 게 전부였다. '남편이 있는 여자를 타륵과 자신이 보호해야 한다는 말을 들으면, 나즘 켄데르가 이상하게 생각하지 않을까?' 그래, 그렇게 할 수는 없었다.

하지만 사비하를 사랑하기에 뭐든지 해야겠다는 의무감을 느꼈다. 타륵은 전화를 끊자마자 이스탄불행 열차를 알아봤다. 전쟁 중이라 열차로 여행하는 건 매우 위험했다. 전쟁으로 인해 열차 시간표도 엉망이었다. 파리에서 출발한 열차가 언제 어디에 도착할지 알 수 없는 상황이었다. 셀바에게 열차를 타고 이스탄불로 가라고 할 수는 없었다. 여러 경로를 알아보던 중 희망의 빛이 보이는 것 같았다. 튀르키예 외교관들이 여러 강제 수용소에서 구출한 유대인들을 파리에 집결시킨 다음, 열차로 이스탄불과 팔레스타인으로 보내려고 계획하고 있었다. 비시 관할 지역 주재 튀르키예 대사가 타륵에게 직접 이야기해 준 내용이었다. 간단한 일은 아니었다. 튀르키예 정부가 임대할 객차를 에디르네로 오는 열차 중 하나에 연결한다는 계획이었다. 튀르키예는 중립국이기 때문에 이 객차를 보호할 수 있도록 중립국의 권리를 행사하겠다는 것이다. 이 문제를 해결하기 위한 노력과 접촉이 이어졌다. 사비하를 위해 마침내 뭔가를 할 수 있게 되었다는 사실만으로도 타륵은 기뻤다.

타륵이 기뻐할 다른 소식도 있었다.

사비하가 오스트리아에서 전공의 과정을 마친 정신과 의사에게 상담을 받기 시작했다는 것이다. 매우 특이한 의사였다. 다른 신경과 전문의처럼 수면제나 진정제로 모든 문제를 해결하는 것이 아니라, 몇 시간이고 환자가 말하도록 해서 병의 근원을 찾아내는 의사였다. 사비하는 일주일에 두 번 진료를 받고 있으며 의사에게 매우 만족한다고 했다. 의사는 그녀를 판단하지도, 비난하지도, 조언하지도 않고, 단지 그녀의 말을 듣기만 하는 모양이었다.

사비하는 의사에게 속에 있는 말을 다 털어놓았다고 했다. 마침내 그녀는 마음속 가장 깊고 비밀스러운 곳에 감춰져 있던 불안과 두려움을 털어놓을 수 있는 사람을 찾았다고도 했다. 타륵은 질투심을 조금 느끼며 어떤 사람인지, 나이

가 많은지, 잘생겼는지를 물었다. 나이가 많은 사람은 아니
었지만, 미남이라고 했다. "아, 그래요!" 타륵이 말했다. 흘러
가는 시냇물같이 맑은 사비하의 목소리가 그의 귓전에 울렸
다. 그는 의사일 뿐이었다. 타륵 같은 친구를 대신할 수 있는
사람은 절대 아니었다. 사비하는 타륵의 우정 어린 마음을
진심으로 그리워하고 있었다.

　저녁이 되자, 무흘리스는 양손에 뭔가를 잔뜩 들고 새집
으로 왔다. 그는 곧바로 부엌으로 가서 사 온 것들을 선반 위
에 올려놓았다.

　"이게 뭐야, 뭘 산 거야?" 타륵이 물었다.

　"우리 삶에 풍미를 더해줄 것들이지. 여러 와인과 빵."

　"밖에서 식사할 거로 생각했는데."

　"이건 음식이 아니야. 이건 고급 별미들이지!"

　"이 치즈는 어디서 샀어? 집에 올 때 길 건너편에 있는 식
료품점을 봤는데, 거기엔 브리 치즈가 없었어. 요즘은 구하
기 힘들다고 하더군… 와인을 몇 병이나 산 거야? 누가 다
마시려고?"

　무흘리스는 "나는 다 찾을 수 있어. 와인도 우리가 마실
거야. 자네랑 나, 손님들이랑."

　"손님들?"

　"그래! 곧 도착할 거야. 페릿과 그의 아내. 페릿은 갈라타
사라이 고등학교 동창이야. 여기서 박사 과정을 밟고 있는

데 전쟁이 벌어져서 튀르키예로 돌아가지 못하고 있어. 지금은 대학에서 학생들을 가르치고 있지. 만나보면 정말 좋아할 거야. 나처럼 농담이나 하는 사람이 아니라 자네처럼 진지한 친구면서 재능도 아주 뛰어나. 학교 다닐 때 달리기 대회 우승자였어. 연극배우이기도 했고 말이야. 어느 날 밤에는 카자스카[2]를 추는데 숨이 막힐 정도였어."

타륵은 짜증이 났다. 새집에서의 첫날 밤을 조용히 라디오나 듣고 책이나 읽으면서 보내고 싶었다. 일찍 잠자리에 들어 아침에 했던 사비하와의 전화 통화를 회상하려 했었다. 전화 통화의 처음부터 끝까지를 다시 떠올리며 대화 사이사이의 행간을 파악해 보고 싶었다. 차분한 마음으로 사비하의 근심이 차 있으면서도 쾌활한 목소리를 분석해 볼 생각이었다.

"나한테 미리 물어보지 그랬어?" 타륵이 말했다.

"우리랑 어울리기 싫으면 방에 있으면 돼. 그래도 첫날인데 좀 적셔야 한다고 생각했거든."

"손님이 왔는데 방에 있는 건 결례지. 손님을 부를 땐 내게 상의하면 좋겠어, 무흘리스."

"여기가 군대야? 학교야? 자네가 상사여서 영사관에서는 내가 존댓말을 쓰지만, 이 집에서 동등하지 못하면 우리는 함께 있을 수 없어, 타륵. 우리 둘 다 원하는 시간에 들어오고 나갈 수 있어야 하지 않겠어? 여자를 데리고 올 수도 있

2   역주-카프카스 지역의 민속춤이 전래한 것으로 튀르키예 북동부지역 민속춤으로 알려져 있음

어야 하고, 자유롭게 손님도 초대할 수 있어야 해. 그렇지 않아? 우리는 애가 아니야!"

"내가 생각해 보지. 안 될 것 같으면 우리 우정이 손상되지 않도록, 지금 서로 다른 집을 구하는 게 낫겠어." 타륵은 이렇게 말하고 자신의 방으로 들어갔다. 그는 창문 앞에 있는 팔걸이 소파에 앉았다. 그리고 전등을 켜지 않은 채 바깥에서 들어오는 가로등 불빛 속에서 생각에 잠겼다. '내가 이상한 걸까?' 무흘리스가 생각 없이 내뱉은 말에 화들짝 놀랐다. '뭐라고 했지? 이 집에 여자를 데려오는 건 자유라고 했던가?' 자신도 무흘리스처럼 젊은 남자였지만, 여자를 이 집에 데려올 생각은 꿈에도 해보지 않았다. 그것도 옆방에 다른 사람이 있다면 더더욱. 아나톨리아 반도의 문화에서 자란 사람과 이스탄불 사람 간의 차이였다. 고등학교를 자신처럼 시바스에서 다닌 게 아니라, 갈라타사라이에서 졸업한 친구에게는 여자를 집으로 데려오는 것이 자연스러운 데 반해, 타륵은 그런 생각만으로도 얼굴이 붉어졌다. 어쩌면 그도 성장할 때가 된 것일지도 몰랐다. 인생이란 일과 책임만을 말하는 게 아니고, 사랑이라는 것도 필요했다. 결코 손에 넣을 수 없는 여자에 대한 환상만을 말하는 게 아니라는 걸 깨달을 시간이 온 것이었다. 무흘리스는 그에게 신의 축복과도 같은 사람일지 몰랐다. 타륵을 친구들에게 소개하고, 거북이처럼 껍질 속에서 지내던 그를 꺼내줄 사람이었다. 파리의 알려지지 않은 곳과 술집, 밤과 여자들에게로 그를 인도

해 시야를 넓혀줄 안내자였다.

타륵은 방을 나왔다. 부엌에서 접시에 여러 종류의 치즈를 올려놓고 있던 무흘리스에게 다가갔다. 그의 어깨에 손을 얹고 평소의 차분한 목소리로 말했다. "자네 말이 맞아, 친구. 여긴 학교가 아니야, 집이야. 여긴 우리 집이야. 마음대로 드나들 수 있고, 손님을 데려올 수도 있어. 여러 사람을 부를 땐 내게 먼저 알려주기만 하면 돼. 그래야 나도 준비하지. 같이 있고 싶지 않으면 영화관에 가든지 하면 되니까 말이야."

그날 밤, 타륵은 자신이 내린 결정에 만족했다. 페릿과 그의 아내는 정말 좋은 사람들이었다. 그들은 와인 한 병을 들고 왔고 자정까지 이야기를 나눴다. 타륵이 예상했던 것과 달리 페릿은 잘난 체하는 친구가 아니었다. 현명하고 다재다능했다. 무흘리스가 칭찬할 만했다. 그의 아내는 에블린이라는 사랑스러운 프랑스 여자였다. 대학에서 페릿을 만났고, 몇 년 동안 사귄 뒤 육 개월 전에 결혼했다고 했다. 에블린은 터키어를 해보려고 애쓰기까지 했다. 와인병이 비워지고 정신이 흐릿해질수록 그들은 더욱 가까워졌다. 이 주제에서 저 주제로 넘어가며 대화가 이어졌다. 하지만 결국에는 유럽을 초토화한 전쟁과 그들이 겪고 있는 끔찍한 상황이라는 한 가지 주제에 집중하게 되었다. 페릿도 타륵이나 무흘리스처럼 독일이 유대인들에게 가하는 비인도적 처사에 불만이 많았다. 그는 대학에서 알게 된 동기 몇 명을 나치로부터 구하기 위해 한동안 자신의 집에 숨겨준 적이 있다고 했다. 영사관에 가기를 두려워하던 동기들을 위해 자신이 직접 영사관을 찾아 신분증 갱신을 신청하기까지 한 모양이었다.

타륵은 그들에게 게슈타포로부터 구해낸 사람들에 관한 이야기를 들려줬다. 무흘리스가 타륵이 구한 노부인이 돌아오는 내내 타륵의 볼에 입을 맞춘 이야기를 꺼내자 다들 폭소했다.

에블린도 할 말이 있었다. 친구의 약혼자가 유대인 강제수용소와 관련된 끔찍한 이야기를 들었다는 것이다. 어디서 들었을까? 약혼자가 친독일 성향이라 트럭으로 수용소까지 물자 운반을 할 수 있도록 허락받았다는 것이다. 그는 강제수용소를 오가면서 그리고 그곳에서 일하는 사람들과 잡담하면서 이 소름 끼치는 이야기를 듣고는 독일인에게 질렸다고 했다.

타륵, 무흘리스, 페릿, 에블린은 늦은 시간까지 이 분노가 치미는 이야기들을 술의 영향으로 조금 더 과장해 가며 이어갔다. 그들은 같은 감정을 공유했고 혀가 꼬인 채로 이 가련한 사람들을 돕기 위해 최선을 다하자고 약속했다.

"두 사람은 이미 최선을 다하고 있어. 우리도 별 도움이 안 될지 모르겠지만 뭔가 해보려는 중이야!" 페릿이 말했다.

"그래? 협회 같은 게 있는 거야?"

"아, 아니."

타륵 옆에 있던 페릿은 자리에서 일어나 라디오 채널을

돌리더니 음악을 틀어주는 방송국을 찾았다. 이렇게 그 주제에 관한 대화는 끝이 났다. 잠시 후, 무흘리스가 댄스 음악이 나오는 방송을 틀자, 분위기가 조금 바뀌었다.

손님들은 다음 주에 다시 만나기로 약속한 뒤 떠났고, 타륵과 무흘리스는 뒷정리를 하고 각자의 방으로 들어갔다.

타륵은 깍지 낀 양손을 베고 누웠다. 조금 피곤하고 취기가 오르지만 만족스러웠다. 시끄러운 동거인이 자신의 인생에 새로운 변화를 가져다준 셈이었다.

앙카라

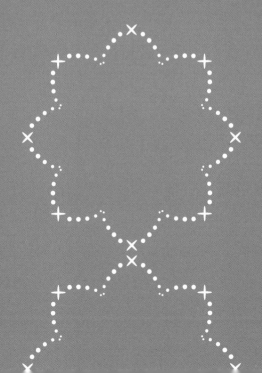

사비하는 어두운 사히르 박사의 진료실에서 넓고 편안한 팔걸이의자에 앉았다. 앞에 놓인 스툴에 발을 올려놓고 긴장을 풀어보려 했다.

　"준비될 때까지 기다리겠습니다. 이야기할 준비가 되지 않았다고 느끼면 말하지 않으셔도 됩니다. 이렇게 누워서 휴식을 취하면서 생각의 흐름에 모든 걸 맡기세요. 원하시면 제가 음악을 틀어드릴 수도 있습니다. 클래식 음악을 좋아하신다고 들었습니다. 브람스의 피아노 협주곡이 있습니다. 들으시겠습니까?"

　"네, 좋습니다!"

　사히르 박사는 커다란 검은색 음반에서 먼지를 닦아낸 다음 턴테이블에 올려놓았다. 한동안 턴테이블 바늘이 내는 지직거리는 소리와 함께 음반이 돌아갔다. 첫 마디가 들려오자, 사비하는 눈을 감았다. 친숙한 협주곡의 악보를 따라가며 제대로 긴장을 풀기 시작했다. 반쯤 잠든 상태 같았다. 의사의 목소리가 들렸지만, 얼굴은 볼 수 없었다. 의사는 바로 맞은편에 앉아 있지 않았다. 어쩌면 자신의 바로 뒤에 있을 수도… 그게 아니면 방을 돌아다니고 있는지도 몰랐다. 그는 몇 마디를 말한 뒤 대답을 듣고 중간중간 질문했다.

"동생이 태어난 날을 기억하시나요?"

"어렴풋이…. 제가 두 살일 때고, 여섯 달이 지나면 세 살이 될 때인데… 아주 정확하게 기억나지는 않습니다."

"같은 방에서 잤습니까?"

"아니요. 셀바는 거의 일 년 동안 어머니와 잤어요."

"화가 나셨을 것 같은데요."

"물론 화가 났죠. 내 걸 동생이 많이 가졌으니까요."

"매우 자연스러운 질투입니다. 형제가 새로 태어났을 때 모든 어린이가 느끼는 감정입니다."

"전혀 아니에요! 제 경우는 달랐어요…. 동생을 죽이고 싶은 순간이 있었던 게 기억납니다."

"설마요!"

"동생을 죽이고 싶은 게 아니라, 죽길 바라는 때가 있었어요. 동생이 홍역에 걸렸어요. 부모님은 저한테 홍역이 옮지 못하게 하려고 다른 곳으로 보냈어요."

"어디로 가셨나요?"

"할머니께요. 하지만 할머니도 동생을 보러 우리 집에 오셔서 며칠간 머물렀죠. 동생의 홍역이 심했어요. 할머니는

밤마다 제게 동생을 위해 기도하라고 말씀하셨어요. 기도는
했지만 낫게 해달라고 기도한 게 아니라 죽으라고 기도했어
요.”

“소외감을 느낀 건가요?”

“많이요. 저는 겨우 여섯 살 먹은 어린아이였어요. 집에서
가족과 함께 지내고 싶었어요. 홍역에 걸리더라도 말이에요.”

“그 뒤로 무슨 일이 있었습니까?”

“그 뒤로… 그 뒤로… 기도하고 있었는데 동생의 상태가
위독해졌어요. 할머니 집으로 소식이 왔고, 할머니는 할아버
지와 급히 나가셨어요. 그리고 밤새도록 돌아오지 않았어요.
너무 무서웠어요. 아침까지 울었죠. 그 뒤로는 동생이 나을
수 있도록 계속 기도했어요.”

“그리고 동생은 나았네요.”

“네. 신의 가호로 완쾌했어요. 하지만 그 일은 오랫동안
제 마음속에 남아 있어요. 늘 동생에게 죄책감을 느꼈어요.”

“이런 일이 또 있었나요?”

“똑같은 건 아니지만…. 자라면서, 그러니까… 유치한 감
정 같은 거죠.”

“말해보세요.”

“가끔 동생에게 매우 화가 날 때가 있었죠. 그렇게 화가
났을 때 나쁜 소원을 빌곤 했어요.”

“어떤 소원이었습니까?”

“글쎄요…. 한번은 학교 연극에서 동생이 주연을 맡았

요. 제가 나이가 많았는데도…. 그건 제가 맡아야 하는 거였어요."

"왜 동생에게 주연을 맡겼을까요?"

"키가 장대만 했으니까요. 남자 역할이었거든요."

"그래서요?"

"연극을 무대에 올리는 날, 마음속으로 동생이 아파서 연극을 못 하게 되기를 기도했죠. 겨울이었는데, 바닥에는 온통 눈이었어요. 그 눈길에, 동생이 학교에 가다 팔이 부러졌지 뭐예요!"

"아! 그랬어요? 그래서 어떻게 하셨습니까?"

"정말 슬펐어요. 양심의 가책을 느꼈어요. 물론 누구에게도 말하지 못했어요. 완쾌될 때까지 동생의 수발을 제가 다 들었어요."

"동생에게 털어놓지 않으셨나요?"

"정말 그러고 싶었는데 하지 못했어요. 솔직히 말한다고 해도 동생은 믿지 않았을 거예요. 그 정도로 순수하고 마음이 선해서…. 제가 자신을 아주 사랑한다고 생각했을 거예요."

"사실 많이 사랑하고 있잖습니까. 혹시 사랑하지 않으십니까?"

"동생을 많이 사랑합니다. 근데 그거 아세요? 평생 동생을 질투했어요."

"사비하 부인, 첫째는 동생이 부모에게 더 귀여움을 받고,

사랑도 나눠야 해서 질투한답니다."

"맞는 말씀이에요. 하지만 그 질투심은 제게도 많은 앙금을 남겼어요. 양심의 가책 같은 거요. 제가 무의미한 질투심으로 동생의 삶에 영향을 끼쳤다고 생각해요."

"누구도 다른 사람의 삶을 바꿀 만큼 영향력이 강하지 않습니다."

"질투심 많은 장녀라도요?"

"당연합니다. 첫째는 전부 질투심이 많을까요?"

"그렇다고 하셨잖아요!"

"그건 제 생각이었습니다. 부인은 그 문제에 대해 어떻게 생각하세요?"

"저도 선생님과 같은 생각이에요. 첫째 아이는 신이 내린 형벌을 갖고 태어난다고 생각해요."

"왜 그렇게 생각하시나요?"

"질투심 많고 교활하며 모략이나 꾸미니까요. 첫째는 동생의 삶을 좌지우지하려고 하죠. 모든 장난감과 옷, 사랑을 자신이 받아야 하니까요."

"첫째라…. 그러니까 첫째 아들을 말씀하시는 겁니까? 딸을 말씀하시는 겁니까?"

"아, 남자는 잘 모르겠어요. 어쩌면 다를 수 있겠네요."

"부인은 장녀를 별로 안 좋아하시는군요. 그런 건가요?"

"들어보세요…. 이 부분에서 경쾌해지는 것 좀 보세요…. 다 다아 다 다다 다아아 다…. 정말 멋진 협주곡이에요! 피아노도 잘 치고 싶었어요. 베토벤 피아노 협주곡도 있나요?"

사비하는 마치 오케스트라를 지휘하는 지휘자처럼 손을 움직였다.

"다음에 오시면 베토벤을 틀어드리겠습니다. 기분은 어떠십니까? 긴장이 조금 풀리셨나요?" 사히르 박사가 말했다.

"예. 셀바에 대한 제 감정을 누군가에게 고백한 것은 처음이에요. 누구에게도 말할 수 없었어요. 하지만 선생님은 달라요. 선생님은 이해하시죠, 그렇죠? 마치 신부께 온 것 같아요. 이 의자에 앉으니 모든 걸 고해하게 되네요. 마음도 편안해지고요."

"그렇게 느끼셨다니 기쁘군요."

"제가 마음을 연 또 다른 사람이 있어요. 친구죠. 그 사람과도 몇몇 이야기를 나눌 수 있었지만, 선생님과는 달라요."

"그 친구는 어떻게 됐습니까?"

"파리로 발령이 나서 갔어요."

"슬프셨나요?"

"아주 슬펐죠! 앙카라에서 유일한 진짜 친구였거든요."

"부인은 친구가 떠난 뒤, 혼자라고 생각하셨군요. 그리고 수면제를 찾으셨고요…."

"약을 먹지 않고도 잠을 자게 될 것 같아요. 그렇게 느껴져요."

"인샬라[1]."

"올 때마다 제 머릿속에 있는 악성 종양에 점점 더 접근하시네요. 선생님 덕분에요. 결국에는 그 종양을 찾아 메스로 도려내실 것 같아요. 고름이 빠져나가고 낫게 되겠죠."

"아니요, 사비하 부인. 이건 제가 아니라 부인께서 하셔야 합니다. 부인의 도움을 받아 종양까지는 접근했지만, 아직 정확한 위치를 찾아내지 못했습니다. 계속 진료를 받으러 오십시오. 종양을 발견하면 원인이 무엇인지 함께 판단해 볼까 합니다. 제가 아니라 부인께서 메스로 도려내야 합니다. 하지만 아직 시간이 있습니다."

"저는 아무 상관 없어요. 다음 주에 베토벤 피아노 협주곡을 틀어주시는 거죠?" 사비하가 말했다.

"약속드리죠."

사비하는 누워 있던 의자에서 천천히 일어나 하품을 했다. 마치 여객선을 타고 오랫동안 여행한 것처럼 약간 멍했다.

문 앞에서 악수하던 사히르 박사도 그렇게 느껴서 그런 건지 몰라도, 오랫동안 그녀의 손을 잡고 있었다.

건물 밖으로 나오자 찬 공기가 사비하의 얼굴을 감쌌다. 택시를 타고 싶지 않았다. 그녀는 집까지 걸어갔다. 사히르 박사, 박사… 사히르… 사히르…. 흔치 않은 사람. 정신세계를 노트처럼 펼치게 하는, 읽어내는… 어루만져 주는… 그녀

---

1   역주-'신이 원하신다면'이라는 뜻으로 기원, 희망의 뜻을 담은 아랍어에서 유래된 말

는 몽유병 환자처럼 집 안으로 들어갔다.

※ ※

가족이 저녁 식사를 위해 식탁에 모여 앉을 때까지도 사비하의 몽환적인 상태는 계속되었다. 파즐 레샷 장군은 열흘 전에 퇴원해서 집에 와 있었다. 그도 함께 식탁에 앉아 있었다.

"무슨 일이니, 넋이 나간 것 같구나?" 그녀의 아버지가 물었다.

"피곤해서 그래요. 오늘 너무 오래 걸었어요."

"이런 날씨에 걷다니, 애야! 감기에 걸려 사비하." 레만 부인이 말했다.

"걸으니 좋아요, 엄마. 제 마음에도 좋고요."

"사비하, 당신 휴가를 좀 가야 해. 단정 지어서 말하긴 그렇지만 4월 23일[2]에 쉬겠다고 했어. 어린이날이 주말과 이어지더라고. 동료들이 며칠만 나 대신 일을 봐주면 우리 둘이 어디로 갈 수 있을 것 같아." 마짓은 아주 기쁜 소식이라도 전하는 듯 흥이 오른 목소리로 말했다.

"4월까지는 아직 한참 남았어."

"지금부터 일정을 잡으려니까 그렇지…."

"어디로 갈 건데? 유럽 전역에서 전쟁이 한창인데." 사비

---

2   역주-4월 23일은 튀르키예에서 어린이 날(공휴일)로 지정되어 있음

하가 말했다.

"유럽은 생각 안 해봤어."

"어딜 생각했는데?"

"게브제에 있는 고모의 농장에 가볼까 생각했지. 봄이면 정말 아름답거든. 신선한 공기를 마시며 마음껏 걸을 수 있어…. 외무부에 아무 일도 안 일어나면 좋겠군."

"아, 난 못 가. 사히르 박사와 예약이 잡혀 있어."

"난 4월에 가는 걸 이야기하는 거야. 그때쯤이면 치료도 끝날 거야."

"나도 같이 가면 안 돼요, 아빠?"

"그래, 횰랴를 데리고 가면 되겠네." 사비하가 말했다. "부녀가 휴가를 보내면 되잖아. 나는 여기에 머물면서 치료를 계속 받을 거야."

"이렇게 끝없는 치료가 어딨니." 레만 부인이 말했다.

"나한테 좋아, 엄마. 치료된다니까." 사비하의 녹색 눈동자에 빛이 반짝였다. 마짓은 놀란 눈으로 아내를 바라보았다. 제랄 박사가 추천한 정신과 의사에게 아내를 보내기로 마음먹었던 날을 떠올렸다.

"그러니까 당신 지금 휴가를 가고 싶지 않다는 말이지? 앙카라에 갇혀서 둘이 있을 시간이 없다고 불평하던 사람은 당신이 아니었어?"

"마짓! 당신은 왜 늘 논쟁을 벌이고 싶어 하는 거야?" 사비하가 물었다.

"내가? 내가 논쟁하고 싶어 한다고? 신이시여, 나에게 인내심을 주소서."

"엄마가 싫다면 우리 같이 가요, 아빠. 4월 23일은 어린이날이죠, 아빠? 저의 날이잖아요."

"넌 학교 가야지. 길게 놀러 갈 수 없어. 내가 엄마를 위해서 계획하는 거야. 변화가 있으면 좋을 것 같아서 말이야."

"아빠! 올해는 전쟁 때문에 4월 14일에 방학을 시작해요. 몰랐어요?"

"아, 그랬지! 깜빡했네. 머릿속에 독일이 다음은 어디를 점령할지, 러시아가 우리에게 무엇을 원하는지 그런 것만 가득하다 보니…. 깜빡했구나, 미안해. 그러면 우리 모두 가서 가족 휴가를 보내자. 할아버지가 건강을 되찾으시면 할머니, 할아버지와 함께 가면 되겠네. 열차로 가자꾸나." 마짓은 기대에 찬 눈으로 아내를 똑바로 바라보았다.

"계속 그 이야기야, 마짓? 아직 한참 남았어. 그때가 되면 이야기해." 사비하는 짜증 섞인 투로 말했다.

그들이 방으로 돌아가자, 레만 부인이 남편에게 불평을 털어놓았다. "마짓을 이해할 수가 없네, 정말로. 사비하가 정신과에 가지 않는다고 불평하더니, 상태가 호전되어 가니 이번에는 치료를 중단하고 게브제에 데려가려고 저러네. 게브제에서 휴가가 웬 말이야. 소와 닭 사이에서 휴가라니!"

마르세유

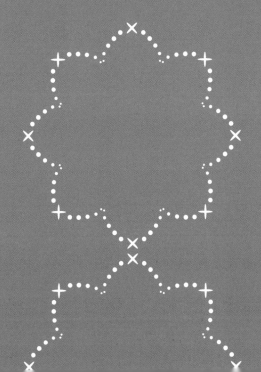

셀바는 전화기 앞에서 한참 고민한 끝에, 전화보다는 직접 얼굴을 보고 이야기하기로 마음먹었다. 파즐을 데리고 영사관으로 갈 생각이었다. 전에 봤던 것처럼 긴 대기 줄이 있다면 아이를 데리고 온 여자에게 우선권을 줄 수도 있다고 생각했다. 라파엘은 자주 창고로 피신해야 해서, 아들을 약국에 두는 걸 원치 않았다. 셀바는 출발하기 전에 아르메니아 비서를 통해 면담 약속을 잡아 볼까도 생각했지만, 비서가 안 된다고 해버리면 방법이 없었다. 갑자기 찾아가는 게 가장 좋은 방법이었다. 그렇게 마음을 먹은 뒤, 셀바는 옷장을 열었다. 잘 차려입고 가야 가능성도 커진다는 걸 알고 있었다. 하지만 그녀의 옷장에 있는 옷으로는 불가능해 보였다.

이번에도 녹색 코트를 입고, 어렸을 때부터 쓰던 에르메스 실크 스카프를 목에 걸었다. 그는 사비하가 억지로 떠안겼던 악어 가방을 옷장 깊은 곳에서 꺼냈다. 그리고 아들을 품에 안고 집을 나섰다. 버스 정류장으로 가기 전 라파엘에게 들러 어디로 가는지 알려줘야 할지 잠시 머뭇거렸다. 라파엘은 분명히 못 가게 막으면서 남의 자식들이 당신이랑 무슨 상관이냐고 할 게 뻔했다. 제 앞가림은 스스로 해야 하고, 누구나 도움이 간절한 요즘은 타인에게 뭔가를 부탁하며 귀찮게 해서는 안 된다고 할 게 뻔했다. 이렇다 보니 남편에게 알릴 수가 없었다. 셀바는 마음을 굳게 먹고 버스 정류장으로 향했다.

늘 만원이던 버스는 거의 비어 있었다. 마르세유 사람들은 꼭 필요한 경우가 아니면 밖으로 나가지 않았다.

앞쪽 좌석을 찾아 창가에 파즐을 내려놓고 앉았다. 버스가 출발하자마자 매표원이 그녀에게 다가왔다.

"버스표 한 장 주세요. 아브뉴 드 파흐도에서 내릴 거예요."

셀바가 말했다.

"두 장이죠."

"아니요, 한 장이요."

"부인, 당신은 두 명의 자리를 차지하고 있어요."

"보세요, 버스가 텅텅 비었잖아요."

"그래도 당신은 두 명의 자리를 차지하고 있잖아요."

셀바는 파즐을 품에 안고 창가에 앉았다.

"이제 한 명의 자리를 차지하고 있으니, 됐죠."

"여기까지 두 명의 자리를 차지하고 왔잖아요."

"농담하는 거죠?"

"내가 농담이나 하는 사람처럼 보여요? 당신들은 늘 이런 식이야, 무임승차자들."

"당신들이라고 하셨는데 누굴 말하는지 물어봐도 될까요?"

"자, 어서 차비나 내요. 난 갈 테니. 한 장 값만 내요."

"내가 보호고아가 아니라 유대인 동네에서 탔다고 이런 대우를 한다면 실망스럽군요. 첫째, 나는 유대인이 아니고, 둘째, 프랑스인도 아네요. 내 억양을 듣고도 알아차리지 못하다니 놀랍네요. 나는 독일 출신이고 이 지역 게슈타포 대장의 아내예요. 이제 당신의 이름을 말해봐요."

"당신에게 내 이름을 알려줄 의무가 없어요."

"괜찮아요. 옷깃에 적힌 번호는 이미 외웠으니까요. 버스 번호는 내릴 때 적으면 되고…. 잠깐만, 어디 가요. 아직 차비를 안 냈어요."

"버스비는 받지 않겠습니다. 이걸로 없던 일로 합시다."

"버스비를 받지 않았다고 버스 관리소에 항의해야겠네요."

남자는 저주하는 듯한 표정을 지으며 버스표를 잘라 셀바에게 건넸다. 셀바는 표를 받아 주머니에 넣었다. 목적지에 도착해 차장 옆을 지나갈 때 이렇게 말했다. "당신을 보면 이 점령이 당연하게 생각되네요. 신께서는 당신처럼 무례한 사람에게 큰 대가를 치르게 하시죠."

버스에서 내릴 때 신경이 곤두서서 무릎이 떨렸다. 정신을 차리기 위해 그녀는 버스 정류장 벤치에 앉아 혼자 생각했다. '파즐이 아직 말을 제대로 할 수 없어서 다행이야.' 제 아버지에게 방금 버스에서 일어난 일을 말하기라도 한다면, 남편의 잔소리에서 벗어나지 못할 게 뻔했다.

영사관에 도착했을 때, 그녀는 파즐을 안고 걷느라 녹초가 되어 있었다. 평소와 마찬가지로 목조 건물 앞에 모인 사람 속으로 들어가지 않고 곧바로 정문으로 가서 벨을 눌렀다. 항상 같은 사람이 문을 열었기 때문에 셀바를 알아보았고, 아이를 향해 미소를 지었다.

"나즘 영사를 만나러 왔습니다." 셀바가 말했다.

"사전에 약속하셨을 테고요."

"약속 없이 올 수가 있나요!"

"위층 비서에게 가보세요."

"가는 방법은 알고 있습니다." 셀바가 말했다. 품에 안고 있던 파즐을 내려놓은 다음, 손을 잡고 계단으로 걸어갔다. 비서는 셀바를 보고 놀랐다.

"안녕하세요, 부인! 여권에 빠진 것이라도 있습니까?"

"완벽했어요. 사적인 일로 나즘 영사를 만나러 왔습니다. 오늘 비는 시간이 있을까요?"

비서가 앞에 있던 수첩을 들춰보고 말했다. "면담 두 건 사이에 시간이 비면 십 분에 만나실 수 있습니다. 오래 걸리지는 않죠?"

"예. 아주 잠깐이면 됩니다."

"부인의 아들인가요, 이 귀여운 아이가?"

"네, 제 아들입니다."

"이름이 뭐니, 꼬마야?"

"파파… 파파… 파….” 파즐이 말했다.

"파즐이에요. 제 아버지의 이름을 따서 지었답니다."

셀바는 이전 방문 때와 마찬가지로 비서 책상 옆 의자에 앉아 파즐을 품에 안은 채 기다렸다. 머릿속으로 계속 영사에게 할 말을 정리하다 보니 시간이 얼마나 지났는지 깨닫지 못하고 있었다. 하지만 큰 키의 나즘 켄데르 영사가 자신을 내려다보고 있는 걸 알고는 벌떡 일어섰다. 영사는 손님을 배웅하려고 방에서 나오다가, 셀바를 보고 놀랐다.

"셀바 부인, 무슨 일입니까? 면담 약속이 잡혀 있는 줄은 몰랐습니다."

"아니에요, 약속은 없었어요…. 혹시라도 시간이 날까 기대하면서 기다리고 있었어요."

"아이와 함께 오셨네요! 무슨 일이 생겼습니까?"

"예."

나즘 켄데르는 비서에게 다음 일정에 관해 물었다. 그녀는 셀바를 보며 대답했다. "이탈리아 영사는 늘 조금씩 늦습니다. 이리 오세요, 셀바 부인. 하지만 손님이 오면…"

"바로 나오겠습니다." 셀바는 아들을 보며 말했다. "넌 여기에 앉아서 기다려, 애야." 아들이 보채는 걸 무시하고 나즘 켄데르가 열어둔 집무실 안으로 들어갔다. 나즘 영사는 문을 닫은 뒤 자신의 책상으로 가서 앉았다. 셀바는 그의 책상 맞은편에 서서 말했다.

"시간이 거의 없으니, 본론으로 들어갈게요. 이웃에 사는 열세 살, 열다섯 살 아이들을 돕고 싶습니다. 그들도 제 아들만큼 살 권리가 있다고 믿어요. 그 아이들은 터키계가 아닙니다. 부모가 레바논 출신이죠. 이들에게 신분증을 만들어 주실 수 있나요?"

"셀바 부인! 부인은 제게 불법적인 일을 요구하고 계십니다."

"예. 하지만 비인간적인 일을 요구하는 건 아니잖아요. 우리가 사는 세상에 합법적인 게 있기는 해요? 우리의 생존권마저 게슈타포의 두 입술 사이에 달려 있어요."

셀바는 가방을 열어 자밀라 아프나임의 아이들 사진을 꺼낸 뒤, 나즘 켄데르의 책상에 올려놓았다.

"마음만 먹으면 구하실 수 있는 아이들입니다. 저는 이 아이들이 살아야 한다고 믿기 때문에 쫓겨날 각오를 하고 여기까지 왔습니다. 저를 쫓아내지 않아 주셔서 고맙습니다."

문을 두드리는 소리가 났고, 비서가 문 사이로 고개를 내밀며 말했다. "손님이 오셨습니다."

셀바는 사미 그리고 페리 나임이라고 적힌 신분증이 든 봉투를 사진 옆에 놓았다.

"월요일에 비서에게 전화할게요. 해주기 힘드시다면 제가 다시 와서 신분증을 가져가겠습니다. 그리고 다시는 귀찮게 하지 않을게요."

"셀바 부인! 만약 이 아이들이 다른 곳으로 이동하는 과정에서 터키계가 아닌 게 밝혀지면 아이들뿐만 아니라 저도 큰 곤란을 겪게 됩니다."

"그럴 리가요. 오늘부터 아이들에게 터키어를 가르칠게요. 간단한 문장으로 서로 대화할 수 있을 정도로… 약속드릴게요."

"저는 약속드릴 수 없습니다."

셀바는 영사의 집무실에서 나왔다. 파즐은 비서의 쓰레기통을 넘어뜨리고 거기에서 쏟아진 종이를 가지고 놀고 있었다. 셀바는 아이 옆에서 무릎을 꿇고 쓰레기와 종이를 모아서 다시 쓰레기통에 넣은 다음 비서에게 감사 인사를 했다. 그리고 파즐의 조그마한 손을 잡고 꼿꼿한 자세로, 계단으로 걸어갔다.

영사관 문을 나서면서 희망을 찾아 몇 시간씩 기다리고 있는 사람들을 보며 가슴 아파했다.

'신이시여, 제 아이가 이런 일을 겪지 않게 하려면 도대체 어디로 가야 합니까? 인간이 서로에게 고통을 주지 않는 곳은 이 세상에 없단 말입니까?' 그녀는 속으로 생각했다.

파리

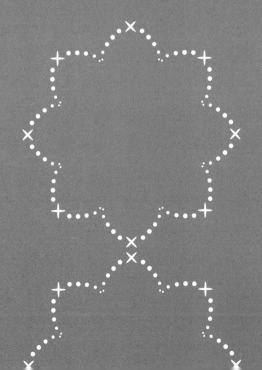

타륵은 새로 산 넥타이를 매면서, 스스로 신이 나서 휘파람을 불고 있다는 걸 전혀 눈치채지 못했다. 그러다 갑자기 입술을 오므리고 릴리 마를렌1을 휘파람으로 불고 있는 거울 속 자신을 발견했다. 그리고 창피한 기분이 들어서 휘파람 부는 것을 멈췄다. 이렇게까지 기뻐할 이유는 없었다. 젊은 여인과 식사하러 가는 것뿐이었다. '그게 뭐라고.' 하고 생각했다.

그녀는 헝가리인이었다. 금발에 녹색 눈동자였는데 그게 좋았다. 그녀의 프랑스어 억양이 약간 어눌했는데 그것도 무척 마음에 들었다. 그녀의 프랑스어는 훌륭했다. 하지만 타륵의 프랑스어가 그녀보다 더 유창했다. 타륵을 불안하게 하는 유일한 점이라면 잘 알지 못하는 마고와 몇 시간 동안 함께

---

1   역주-제1차 세계대전 당시 한 병사가 쓴 시에 곡을 붙여 1939년 발표된 곡

있으면서 대화의 접점을 찾지 못할 수도 있다는 것이었다.

여자인 가족을 제외하면 지금까지 사비하 외에, 여자와 단둘이 대화를 나눠본 적이 없었다. 사비하와 대화할 때는 어려움이 없었다. 사비하가 대부분 이야기하고, 타륵은 듣고 고개만 끄덕이는 정도였다. 마고를 저녁 식사에 초대한 후, 자신이 사비하를 마음에 품은 이유가 단둘이 대화를 나눠서 라고 생각했다. 사비하와는 단둘이 있는 것이 두렵지 않고, 대화하는 데 어려움이 없기 때문이었을까?

마고를 타륵에게 소개해 준 건 무흘리스였다. 마고는 무 흘리스 여자 친구의 친구였다. 두 사람은 제약 회사에서 함 께 일했다. 네 명은 영화관과 극장에 몇 번 함께 갔고, 다 같 이 저녁 식사를 했다.

일주일 전, 무흘리스가 물었다. "마고가 마음에 안 들어?"

"마음에 들어."

"그런데 왜 저녁 식사하자고 불러내지 않는 거야?"

"나올까?"

"물어보지 않으면 절대 알 수가 없지."

타륵은 저녁 식사를 제안했고 마고도 승낙했다. 무흘리스 는 두 사람이 갈 레스토랑을 정하고 대신 예약까지 해줬다. 타륵은 마고에게 저녁 식사를 제안한 걸 처음에는 후회했지 만, 점차 제안하기 잘했다고 생각했다.

"전혀 알지 못하는 사람과 무슨 대화를 나눠야 하지?" 무 흘리스에게 물었다.

"무슨 소리야! 알지 못하다니? 몇 번이나 함께 자리를 같이했는데."

"그건 다르지. 단둘이 있는 거랑…."

"고향에 관해 이야기해. 가족에 관해 질문하고. 매우 아름답다고 해주고. 춤추러 갈 거면 발은 밟지 마. 그리고 집에 데려다주면서 키스해!"

"뭐라고!"

"키스하라고. 여자들은 키스 받는 것을 좋아한다니까."

"입술에 말이야?"

"조심해서 행동해. 먼저 뺨에 한번 해보고… 그다음에 상황을 보는 거야. 집에 돌아오면 다 이야기해 줘."

"절대 안 해!"

"예의 바른 사람 같으니! 내 여동생이 있다면 자네에게 줬을 텐데. 걱정할 필요가 전혀 없을 테니 말이야." 무흘리스가 말했다.

비서가 가져온 문서를 받아본 타륵은 무흘리스에게 전달했다.

"무흘리스, 대사관에서 암호 전문이 왔어. 다 놔두고 이것부터 해결하게!"

암호 전문을 받은 무흘리스는 잠시 뒤 타륵 곁으로 왔다.

"타륵 영사님, 여기 영사님께서 좋아할 만한 지시 사항이 있습니다. 1942년 12월 15일 전문을 통해 '신분 증명 서류가 정상인 유대계 터키인들은 강제 노동 대상이 아니다. 만약 강제 노동 상황이 발생할 경우, 당연히 공관에서 그들을 보호하기 위해 나서야 한다. 주재국 경찰 관계자들에게 이 문제와 귀 영사들이 받은 지시 사항을 반드시 상기시킬 것이며, 필요하다면 관련 당국에 조치를 요구해야 한다.'라고 대사께서 지시하셨습니다."

타륵은 깊게 숨을 들이쉬며 말했다. "그럴 가능성은 없으리라 생각했지만, '혹시라도 이 문제에 관여하지 말라고 하면 어쩌나?' 하는 물음표가 내 머릿속에 있었거든. 이제 정말 안심이 되네."

"오늘 밤 축하하면 되겠네요." 무흘리스는 타륵에게 윙크했다. 타륵은 이런 가벼운 행동을 좋아하지 않아서 못 본 척했다.

레스토랑 브하세리 립의 흰색 식탁보가 깔린 식탁에 앉자마자 타륵은 종업원에게 샤또뇌프 뒤 빠프를 주문했다. 무흘리스가 꼭 주문해야 한다고 한 와인이었다.

"친구가 그러는데 레드 와인을 좋아하신다고요? 저도 솔직히 레드 와인을 선호합니다." 타륵은 마고에게 말했다.

이 자리를 파할 때, 그렇게 비싼 와인을 주문하라고 한 무흘리스에게 화가 치밀고 아버지의 돈이나 써대는 속물이라고 생각하더라도, 지금은 아니었다.

마고는 말하는 걸 좋아하는 여자였다. 어떤 대화를 나눌 지 걱정하는 건 헛수고였다. 두 사람 모두 고국을 그리워해 서 각자 고국에 대해 많은 이야기를 나누고, 헝가리인과 터 키인 사이의 공통점을 찾으려고 애썼다. 이야기 중에 마고는 이런 질문을 했다. "유럽에는 당신들처럼 유대인을 적극적 으로 돕는 민족이 없어요. 인류애 때문에 그러시는 건가요? 아니면 그들과 심적인 유대가 있는 건가요?"

"우리 터키인이 유대인에게 도움의 손길을 내민 건 15세 기까지 거슬러 올라가죠." 타륵이 말했다. "과거부터 내려오 는 습관적인 행동이라고도 할 수 있어요. 1492년에 스페인 국왕 페르디난드 2세가 재산과 돈을 빼앗은 뒤 추방한 유대 인을 당시 오스만제국의 술탄은 자신의 영토로 받아들였죠. 그 유대인의 종교, 언어, 경제 활동에 자유를 부여하고 정착 할 수 있는 마을을 제공했어요."

"오! 왜요?"

"총명하고 통찰력이 있는 술탄이기 때문이겠죠. 수 세기 동안 유대인은 오스만제국의 가장 충성스럽고 성실한 국민 이었거든요. 오스만제국이 폐망해 갈 때도 다른 소수 민족처 럼 등 뒤에서 칼을 꽂는 짓은 하지 않았어요."

"터키인과 유대인의 관계가 이렇게 오래전부터 이어진 건 몰랐네요."

"아주 오래전으로 거슬러 올라가죠⋯. 그뿐만 아니라, 몇 년 전 제가 자료를 조사하던 중에 이스탄불을 정복한 술탄의 칙령을 본 적이 있습니다. 우리는 그 술탄을 파티흐라고 부릅니다. 도시를 정복한 직후 파티흐 술탄은 제국 내 거주하는 유대인에게 이스탄불에 정착할 것을 권유했어요."

"왜 그랬을까요? 장사를 잘하고 머리가 좋은 민족이라서 일까요?"

"그럴지도 몰라요, 마고. '유대인은 바람에 이리저리 날리다 떨어진, 땅에 풍요를 가져다주는 씨앗과도 같다.' 누가 이런 말을 했는지 지금은 기억나지 않지만, 파티흐 술탄도 그렇게 생각했을 겁니다. 또 하나가 더 있는데, 유대인은 기독교 유럽인이 쉽게 이해할 수 있는 민족이 아니라는 점이죠. 순수 혈통을 따지는 독일인과는 달리 복잡하고 다양한 종교와 민족이 섞여 사는 것에 불편을 느끼지 않아요. 아나톨리아 반도는 수 세기 동안 그렇게 융합의 장이 되었다고 해야 하나…. 모든 종교, 언어, 인종이 서로 얽혀 있죠. 우르파라는 곳을 예로 들면, 수백 년 전 기독교와 이슬람이 번성한 도시였죠. 에데사가 바로 그곳이에요!"

"왜 '였죠.'라고 하세요?"

"공화국이 수립되면서 민족 국가로 바뀌었어요. 민족과 종교의 모자이크는 무슬림 터키인에게 유리하게 왜곡되어 버렸어요. '당신들처럼 우리의 종교와 민족이 최고야.'라고 인정한 거죠."

"민족의식은 가져야죠."

"당연하죠. 하지만 민족주의가 과장되면 오늘날과 같은

일이 벌어져요. 다행스럽게도 우리는 민족 국가로 바뀌는 동안 다른 종교에 대한 관용은 버리지 않았어요."

"타륵, 그거 아세요? 저는 튀르키예와 인연이 있어요."

"아, 그래요?"

"여기 오기 전 고국에서 일할 때 튀르키예에 의약품을 수출했거든요…. 제가 일하던 회사에서 설파미드를 생산했어요."

사실 타륵이 잘 아는 주제는 아니지만, 어렴풋이 기억났다. 실제로 영국이 다른 물품과 마찬가지로 튀르키예에 약물 수출을 중단한 뒤 터키인은 필요한 의약품, 특히 말라리아에 사용하던 에타브린 정제를 헝가리에서 수입하기 시작했다.

"나라가 우리보다 먼저 교류를 했네요." 타륵이 말했다. 대화는 물 흐르듯 흘러갔다. 오늘 만남에 대한 타륵의 걱정은 사라진 지 오래였다. 주문한 스테이크가 도착했을 때 마고는 타륵의 접시를 비웃는 듯한 시선으로 바라볼 수밖에 없었다. 마고의 스테이크는 거의 생고기 수준이었고, 타륵의 것은 완전히 익은 상태였다.

"생고기를 좋아하지 않으시나요?" 마고가 물었다.

"난 사자가 아닌걸요." 타륵이 대답했다.

그들은 한동안 고국의 식습관에 관해 이야기를 나눴다. 타륵은 달팽이를 먹는 게 고역이었다. 프랑스 요리 중에서는 마늘을 곁들인 채소 요리를 가장 좋아하지만, 올리브유를 곁들인 돌마2가 늘 눈에 어른거렸다. 마고는 가정집 요리 같은 굴라쉬를 아직 어떤 레스토랑에서도 본 적이 없다고 불평했다.

식사가 끝날 무렵, 마고는 타륵을 향해 고개를 내밀며 물었다. "유대인을 어떻게 구해내세요? 프랑스 밖으로 탈출시키신 적도 있나요?"

두 사람은 방금 와인 한 병을 끝냈다. 타륵은 주머니에 있는 돈이 모자랄까 봐 두 번째 와인을 주문하지 않았다. 마고가 이 질문을 던지자, 짜증이 밀려왔다. 두 번째 와인을 주문하지 않은 게 다행이었다. 맞은편에 앉아 자신의 마음을 흔들기 시작한 이 금발의 여자는 누구일까? 자신에게 뭔가를 알아내려는 스파이일까?

"그런 걸 어떻게 해요!" 그는 단호한 목소리로 말했다. "마고, 무슨 말을 하는 거예요? 우리는 튀르키예 국적을 증명할 수 있는 사람에게만 여권을 발급하는 게 다예요. 떠나든, 머물든, 다른 곳에 비자를 신청하든 우리가 관여할 일이 아니죠."

"여권이 없는데 어떻게 체류할 수 있었던 거죠?"

타륵은 속으로 '알겠어.'라고 했다. 그 뒤로도 그녀는 계속 같은 주제에 관한 질문을 했다. '이 여자는 경찰 아니면 스파이야!'

"파리로 와서 정착한 유대계 터키인들이 있어요. 그들은

---

2   역주-포도잎, 피망, 말린 가지 등에 속을 채워 넣어 요리한 튀르키예 대표 음식 중 하나

여권을 갱신하거나 연장할 필요성을 느끼지 못한 거죠. 그들이 신청하면 단지 여권을 연장해 줄 뿐입니다."

"그럼, 왜 이전에는 연장하지 않았을까요?"

"여행하고 싶은 마음이 없었나 보죠. 그럼 안 되나요? 우리 부모님과 형제들도 해외에 가본 적이 없어서 여권을 만들 필요가 없었어요."

"여권을 연장하는 데 얼마나 걸리나요?"

타륵은 기분이 상했다. 그녀에게 커피를 마실지 묻지도 않고 손짓으로 종업원에게 계산서를 달라고 했다.

"여권 상태에 따라 다르죠. 튀르키예에서 확인을 거치거든요. 그 결과가 언제 나오느냐에 따라 달라요."

타륵은 음식값을 계산했다. 두 사람은 식당에서 나와 택시를 탔다. 타륵은 운전사에게 마고의 집 주소를 말했다. 차 안은 조용했다. 타륵은 침묵했다. 그녀의 집 앞에 도착하자 타륵도 그녀를 따라 내렸다. 그리고 문 앞까지 함께 걸어갔다.

"올라와서 커피 한잔하지 않을래요?" 마고는 현관문을 열 때까지 기다리는 타륵에게 물었다.

"늦었네요. 다음에 마시죠." 타륵이 대답했다. 그녀와 악수를 한 뒤 대기하고 있던 택시로 돌아갔다. 그녀가 집 안으로 들어가자, 타륵은 택시비를 냈다. 그리고 시원한 밤길을 걷기 시작했다. 저녁부터 마고와 나눈 이야기를 하나하나 떠올렸다. '빌어먹을 무흘리스! 어디서 이런 여자를 나한테 데려온 거야!'

타륵이 일요일 아침에 평소보다 늦게 일어나 주방에 들어갔을 때, 무흘리스는 아침을 먹고 있었다.

"오, 선생님 좋은 아침입니다. 늦게 잠자리에 드신 것 같군요. 이렇게 늦게 잠든 적이 없으셨는데. 제가 알려드린 작전이 효과가 있었나 봅니다." 무흘리스가 말했다.

"무슨 작전을 말하는 거야?"

"집 앞에서 키스하는 작전 말이지요."

"내가 싸움을 잘하는 사람이면 그 여자의 얼굴에 주먹으로 내리쳤을 거야."

"헝가리 여자를 그렇게나 빨리 자기 것으로 만드시다니."

"무슨 말을 하고 싶은 거야?"

"그녀에게 키스했는지 물어보는 건데 왜 이렇게 화를 내."

"자네가 내게 떠넘긴 헝가리 여자에 대해 얼마나 알고 있어?"

"자메 쿠샤 아벡3. 맹세컨대 키스한 적도 없어, 타륵."

"멍청한 소리 하지 마!"

"난 그 여자를 잘 몰라. 잔느의 친구야. 둘은 같은 직장에서 일해. 한번은 몽파르나스에 있는 카페에 같이 왔더라고. 자네에게 전화해서 우리와 함께하자고 했었지, 기억나? 내가 그녀를 본 게 자네가 본 정도밖에 안 돼. 왜? 무슨 일이야?"

3   역주-절대 자지 않았어

"나한테 한 질문이 마음에 안 들어서 말이야."

"뭘 물어봤는데 그래?"

"우리가 유대인을 해외로 도주시키는지, 여권은 어떻게 발급하는지, 발급 대상은 누군지 등 많이 묻더군. 전혀 마음에 들지 않았어."

"대답하지 말지 그랬어."

"그게 문제가 아니야. 그 여자, 스파이 아닐까?"

"뭐라고!"

"또는 비밀경찰."

"그건 무슨 소리야?"

"우리가 경찰서와 강제 수용소에서 많은 사람을 구했잖아.

분명히 우리를 미행하는 사람이 있을 거야."

"우리만 그들은 구한 게 아니잖아! 히크멧도 있고, 로도스 섬에 셀라하틴, 마르세유에 나즘도…."

"그들도 지켜보고 있겠지."

"그럼, 어젯밤에 마타 하리랑 저녁을 먹은 거야?"

"잘 모르겠어. 만약 그렇다면 자네가 내게 엿을 먹인 거야."

"무슨 말이야!"

"그걸로 자네 잘못이 끝나는 게 아니야. 내가 와인값으로 얼마나 많은 돈을 썼는지 알아? 이달 말까지 맥주 한 병도 나한테선 기대하지 마." 타륵이 말했다.

"좋은 건 비싸기 마련이야."

"돈이 있는 사람들한테나 그렇지."

"다음 달에 부영사로 승진하는데, 뭘 더 바라는 거야? 그 여자… 잔느를 만나면 물어봐야겠어."

"절대 그러지 마! 아무 말도 해선 안 돼. 일을 완전히 망치지 마." 타륵이 말했다. "만약 내가 우려하고 있는 게 맞다면 일은 벌어진 거야. 그게 아니면 내가 과민 반응을 보인 것인데, 그건 아니어야 할 텐데."

무흘리스가 건넨 커피를 받고 타륵은 눈을 부라리며 말했다. "이봐, 내가 자네 상관으로서 말하는 거야, 무흘리스. 알아들었지? 한마디도 해선 안 돼."

"알겠습니다, 과장님." 무흘리스가 대답했다. "근데 한 가지만 말해줘. 그 여자랑 키스했어, 안 했어?"

마르세유

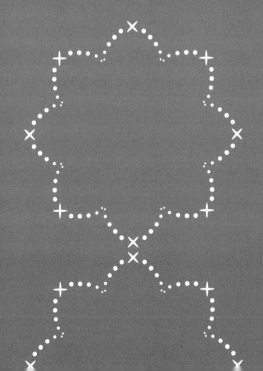

사무엘과 페를라는 손에 든 공책을 읽고 있었다.

"거울이다. 오늘 날시는 나무 자다. 즙습니다."

"아니, 아니야, 얘들아. 틀렸어. 내 입을 좀 봐, 오늘 날씨는 너무 차다. 자다가 아니라 차다. 춥습니다, 춥, 춥. 우유 할 때처럼 우우우. 자 한번 해보자." 셀바가 말했다.

갈색 눈동자를 가진 소년은 온 힘을 다했다. "오늘 날시는 나무 자다."

"날시가 아니라 날씨. 씨앗 할 때처럼 쌍시옷 발음을 해봐."

"날시… 날씨… 날씨…."

"잘했어, 얘야. 연습 좀 하니 되잖아. 필요한 오십 개 정도의 문장을 가르쳐 줄 거야. 페를라, 이제 네가 해봐…. 미안, 페를라가 아니지. 네 이름이 뭔지 말해볼래?"

"페리."

"잘했어요. 넌 이름이 뭐지, 사무엘?"

"사미."

셀바는 들고 있던 메모지를 보고 읽었다. "먼저 이 단어들의 터키어를 써본 다음 외워서 말해보자. 빵, 치즈, 차, 커피, 밤, 낮, 누나, 형제, 화장실, 부엌, 방. 자 한번 써보자."

세 사람 모두 셀바의 집 탁자에 앉아 있었다. 아이들의 신분증을 나즘 켄데르에게 맡긴 지 보름이 지났다. 셀바는 영사관에 간 다음 날부터 아이들을 가르치기 시작했다. 아이들이 여권을 갖게 된다면 나즘 영사에게 터키어로 감사 인사를 직접 전했으면 했다. 하지만 아직 영사관에 전화해서 결과를 알아보지 않았다.

"여권이 나오면 당신한테 소식을 전했겠지." 라파엘이 말했다.

"안 해줄 거면 신분증을 가져가라고 했을 거야."

"아, 셀바. 왜 당신이 이런 일에 오지랖을 떠는지 모르겠어! 정작 도움을 받아야 하는 건 우리 같은 이민자인데…."

"우리는 여권을 받았잖아, 라파엘."

"하지만 못 가잖아."

"떠나려면 지옥을 통과해야만 해."

"솔직하게 인정하자, 여보. 다시는 돌아오지 않을 것처럼 이스탄불을 떠나놓고, 이제 꼬리를 내리고 집으로 돌아가는 게 싫은 거잖아. 그래서 전쟁 핑계를 대고 있는 것뿐이야." 라파엘은 웃으며 이렇게 말했다. "파즐이 아니면 갈 생각조차 안 했을 텐데. 하지만 우리 아이를 위해서 자존심을 내려 놔야 해. 그 열차 문제가 정말로 해결되면….”

“라파엘, 당신한테 고백하고 싶은 게 있어.” 셀바가 말했다.

“또 누구를 구하려고 나선 거야?”

“아무도…. 몇몇 사람에게 터키어를 가르치고 있어. 길에서 무슨 일이라도 당하지 않게…. 만약 여길 떠나게 된다면 말이야.”

“다시 수업을 시작했다면 영어를 가르치지….”

“돈을 안 받고 하는 일이야.”

“셀바, 당신에게 할 말이 없어. 당신 정말 못 말리겠군. 터키어를 배워서 뭘 어쩌게?”

“열차를 타게 되는 날이 온다면….”

“셀바! 혹시 열차에 관해서도 이야기한 거야?”

“라파엘, 여기 온 이후로 당신 성격이 달라졌어. 당신은 살아서 빠져나갈 때 뒤에 남은 사람들은 죽어야 해?”

“셀바, 당신은 죽음을 직접 마주한 적이 없어서 그래. 자신의 생명이 위태로울 때는 자신만 생각해야 해. 그렇지 않으면 살아남을 수 없어.”

“그러는 당신은 죽음을 몇 번 마주했나 보네, 라파엘?”

“아니, 그건 아니지만 내 유전자 속에 남아 있어. 죽음에 대한 공포는. 죽음은 우리 유대인을 5000년 동안 쫓아다녔어.”

"난 당신네 유대인을 구하려는 게 아니야."

"당신은 이 문제에 죄책감을 느낄 필요가 없어. 유대인의 생명과 재산을 앗아가려는 사람들은 터키인이 아니야."

"나는 죄책감 때문에 하는 게 아니야. 인류의 이름으로 하는 거야. 당신도 제발 나를 막지 마."

사미와 페리로 이름을 바꾼 아이들의 수업이 끝난 후, 셀바는 자밀라를 통해 받게 된 다른 학생의 수업을 준비하고 있었다. 남녀 모두 열한 명으로, 유대계 터키인이었다. 파리에서 전화를 건 타룩이 몇 달 안으로 에디르네로 가는 열차에 관해 비밀스럽게 언급한 다음부터였다. 이들 모두가 이 열차의 승차권을 구하고 터키인 국적으로 국경을 넘기 위해서는 터키어를 배워야만 한다고 셀바는 생각했다. 자신이 약간 바보 같다고 느끼면서도 다 큰 어른들에게 어린아이에게 가르치는 문장을 반복하게 했다.

"아버지, 말 사주세요! 아버지, 공을 던져주세요! 받아라! 잡아라! 달려라! 가라! 와라! 말해라! 줘! 받아! 얼마나? 어디에? 어떻게?"

자밀라는 그들 속에 없었다. 그녀는 아이들을 위해 마지막 남은 노력을 다 쏟아부었다. 자신을 위해 뭘 하겠다는 의지라곤 전혀 없는 얼굴로 조용히 한 귀퉁이에 물러나 있었다.

"만약 아이들이 이스탄불에 도착할 수만 있다면, 언젠가는 팔레스타인으로 갈 거예요. 남편과 제가 아이들을 구할 수 있다면 우리는 열차를 타지 않아도 좋아요. 우리에게 무슨 일이 일어나더라도 달게 받을 겁니다. 모든 걸 다 겪었어요. 좋은 날도 힘든 날도 경험하면서 여기까지 왔어요. 그 정도 살았으면 우리는 충분해요."

"영사관에 전화하고 싶지 않아요, 자밀라. 마음이 아프다는 건 알지만 인내심을 가져야 합니다. 부정적인 답변이라면 저한테 벌써 연락했을 겁니다."

"셀바, 당신 판단대로 해요." 자밀라가 말했다. 첫 만남 이후로 그녀들은 친한 친구가 되었다. 게슈타포들이 벌인 짓을 목격하고는 아는 사람들에게 전화해 집에서 나가지 말라고 전했다. 친위대 장교들이 사거리를 떠나자 두 사람은 서로를 껴안고 울었다. 셀바는 남편의 약국에도 전화를 걸었다. "베누아, 다들 갔어. 라파엘은 창고에서 나와도 돼." 그녀의 목소리는 지쳐 있었다.

자밀라는 친구들을 기다리는 동안 자연스럽게 자신도 한두 단어를 익히기 시작했다는 것을 깨달았다. 예를 들어, 그는 '차'라는 단어를 알게 되었다. 왜냐하면, 셀바가 터키어를 배우러 오는 사람들에게 매번 차를 마시겠냐고 물어보기 때문이다. 자밀라는 '차'라는 단어를 '치읓' 발음이 많이 들어간 다른 단어와 구분해 낼 수 있었다. 그뿐만 아니라 오늘은 "예, 차 주세요."라고 말하기까지 했다. 모두 자밀라에게 박수를 보냈다.

셀바는 조금 일찍 수업을 마쳤다. 파즐에게 열이 있었다. 파즐을 돌봐야 했다. 집에 왔던 손님들은 주위의 관심을 끌지 않기 위해 이삼 분 간격 또는 십 분 간격으로 집에서 나갔다. 자밀라는 맨 마지막으로 나가면서 셀바의 뺨에 자신의 볼을 맞댔다.

"조금만 더 참아요, 자밀라." 셀바가 말했다.

자밀라가 간 뒤 문을 닫은 셀바는 침실을 살펴봤다. 파즐은 자고 있었다. 자밀라에게 손을 흔들어 주려고 창가로 향했다. 자밀라가 계단을 내려가 건물 밖으로 나갈 때까지 기다리는데 약국 앞에 트럭이 접근하는 게 보였다. 팔에 친위대 완장을 찬 남자들이 내리고 있었다. 셀바는 전화기로 달려갔다. 약국으로 전화를 걸었다. 전화를 받은 베누아는 셀바의 목소리를 듣자마자 "전화를 잘못 거셨습니다."라며 전화를 끊었다. 셀바는 다시 창가로 달려갔다. 라파엘을 약국에서 끌어내고 있었다. 창문을 열고 큰 소리로 고함을 질렀다.

"여봐요! 거기 군인들… 그 사람 놔줘. 그 사람 터키인이야, 터키인이라고. 놔주라고 했어! 여권이 여기 있으니 와서 봐, 라파에에엘…."

그녀의 목소리는 바람 속으로 사라졌다. 침실로 곧장 달려가 침대 머리맡 서랍에서 서류를 꺼내 밖으로 달렸다. 3층에서 숨을 헐떡거리며 올라오는 자밀라와 부딪쳤다. 자밀라는 셀바의 손을 잡으며 말했다. "가지 마요. 제발 가지 마요. 아이를 생각해요!"

셀바는 자밀라를 밀치고 한 번에 두세 개씩 계단을 뛰어내려갔다.

자밀라는 셀바를 뒤쫓아갔다. 셀바가 건물 입구에 도착해서는 비틀거리며 따라오고 있던 자밀라에게 소리쳤다.

"파즐한테 가봐요. 절대 혼자 둬선 안 돼요."

셀바는 자밀라가 조금 전 완전히 닫은 철문을 열어젖히고 밖으로 뛰쳐나갔다. 지나다니는 차를 보지도 않고 길 반대쪽 인도로 건너갔다. 자동차 한두 대가 날카로운 마찰음을 내며 정지했다. 운전사들은 창밖으로 고개를 내밀고 셀바에게 욕설을 했다.

셀바가 약국 앞에 도착하자, 트럭은 막 떠나려는 참이었다. 셀바는 운전석 창문으로 다가가 유리창을 두드렸다. 운전자는 쳐다보지도 않았다. 셀바는 큰소리로 비명을 지르며 온 힘을 다해 닫힌 트럭의 문을 두드렸다.

"라파에엘, 내 말 들려, 라파에엘? 차에서 내려. 당신이 터키인이라고 말해, 라파에에엘."

차가 갑자기 출발하자 셀바는 바닥에 쓰러졌다. 누군가 셀바의 어깨를 붙잡고 일으켜 세우려 했다.

"놔둬요, 내가 일어날게요." 그녀는 프랑스어로 이렇게 말하고 손과 옷이 진흙으로 뒤덮인 채 일어섰다. 얼굴이 새하얀 잿빛으로 변한 셀바를 베누아가 꼭 끌어안았다.

"안으로 들어가, 약국으로. 자, 셀바. 이 추위에 진흙탕을 뒤집어쓰고 그렇게 있지 마." 베누아가 말했다.

약국에 들어서자 베누아는 문을 닫고 '영업 끝'이라고 적힌 팻말을 걸었나.

"이것 봐, 넘어지면서 다리가 긁혔어. 깨끗이 닦아내고 약을 발라야겠어."

"그런 거 필요 없어, 베누아. 날 당장 영사에게 데려다줘."

"온통 진흙투성이야, 셸바. 손은 씻어."

"시간 낭비하지 마."

"시간을 번다고 해서 뭐가 달라져. 어쨌든 내일까지는 풀어주지 않을 거야."

"어디로 데려가는지 알아야 해, 베누아. 서둘러, 어서. 차는 어디에 있어?"

"뒷골목에 있어." 베누아가 말했다. 그는 당황하고 있었다.

"당장 차를 가져와."

베누아는 약국의 불을 끄고 셸바와 함께 나왔다. "빨리 뛰어가." 셸바가 소리쳤다.

"잠깐만, 먼저 가게 문을 잠가야지."

베누아가 차를 가지러 옆 골목길로 들어가자, 셸바는 약국 창문에 기대어 양손으로 얼굴을 가리고 흐느끼기 시작했다. 차 소리가 들렸다. 셸바는 손등으로 흐르는 눈물을 닦고 고개를 들어 맞은편 아파트에 있는 자신의 집을 바라보았다. 자밀라의 실루엣은 얇은 레이스 커튼 뒤에 슬픈 유령처럼 보였다.

영사관 앞에는 아무도 없었다. 셀바는 차에서 내려 계단으로 달려갔다. 벨을 누르면서 문을 두드렸다. 허둥대는 발걸음 소리가 안에서 들렸다. 직원이 셀바를 알아본 게 분명했다. 그는 뭐라고 중얼거리며 호기심에 찬 눈으로 문을 열었다.

"영사를 만나러 왔어요, 나즘 영사…."

"근무 시간이 끝났습니다, 부인."

"근무 시간은 상관없어요. 당장 그분을 만나야 해요."

"퇴근하신 지 30분이 넘었습니다."

"그럼 다른 분을 좀 만나야겠어요. 총영사는…."

"아무도 없습니다. 모두 집으로 가셨습니다." 영사관 직원이 말했다.

"나즘 영사의 집 주소를 알려줘요."

"알려드릴 수 없습니다."

"제발, 이렇게 빌게요."

"부인, 그런 말씀은 마세요…. 못 알려드려요. 무슨 일인데 그러세요. 무슨 일입니까?"

"그들이 내 남편을 데려갔습니다." 셀바의 목소리에서 얼마나 큰 고통을 느끼는지 알 수 있어서, 그녀를 잘 모르는 직원도 깊은 연민을 느꼈다. "누가 데려갔다는 겁니까? 어디로요?"

"게슈타포가요."

"게슈타포라고요? 잘못 알고 계시는 거 아니죠?"

"제발요. 나즘 영사를 만날 수 있게 도와주세요."

"전지전능한 알라여."

"제발요."

"나즘 영사는 오늘 르부르 그랑드 호텔 제과점에서 누군가와 약속이 있습니다. 일정이 바뀌지 않았다면 그곳에 계실 겁니다."

셀바는 직원의 손을 잡고 손등에 입을 맞추려 했다.

"이러지 마세요, 하지 마세요." 직원은 자신의 손을 셀바의 입술에서 떼려 했다.

셀바는 곧장 차로 달려갔다. 베누아의 옆자리에 앉자마자 소리쳤다. "차를 빼. 르부르 그랑드 호텔로 가야 해. 서둘러."

나즘 켄데르는 르부르 그랑드 호텔 입구에 있는 제과점에서 이탈리아 상무관과 상무관의 아내와 차를 마시고 있었다. 그는 문을 등지고 앉아서, 바람처럼 들어와 자신을 향해 달려오는 여자를 보지 못했다. 하지만 상무관 부인의 당황스러우면서 다소 겁에 질린 시선을 따라가자, 셀바와 눈이 마주쳤다. 비가 내리고 추운 날씨에도 불구하고 셀바는 코트도, 외투도 입지 않은 채였다. 체크무늬 치마와 터틀넥 스웨터는 비에 젖어 있었다. 셀바는 나즘 영사 옆에서 무릎을 꿇고, 그의 손을 꼭 잡았다. "그들이 내 남편을 데려갔어요." 그녀는 메말라서 갈라지는 목소리로 말했다. "게슈타포가 약국에서 강제로 끌어내 트럭에 실어 데려갔어요. 남편을 찾아주세요. 이렇게 간청드려요. 라파엘을 구해주세요. 보세요. 모든 서류를 다 가져왔어요⋯ 봐요⋯ 보세요. 남편의 여권, 신분증, 거주 허가증 다 여기 있어요."

"셀바 부인, 제발 일어나세요." 영사는 자리에서 일어났다. 셀바를 일으켜 세우려 했다. 그러자 셀바는 일어선 나즘의 무릎을 껴안았다.

"그들이 내 남편을 데려가기 전에 구해주세요."

"무슨 일이죠?" 상무관이 말했다. 상무관의 아내는 마치 역겨운 벌레라도 본 것처럼 영사의 무릎을 끌어안고 있는 부인을 혐오스러운 눈초리로 바라보고 있었다.

"일어나세요, 셀바 부인."

셀바는 일어나려 했지만 마음대로 되지 않았다. 기력이 남아 있지 않았다.

결국 바닥에 쓰러졌다. 차를 주차한 베누아가 달려왔다. 바닥에 쓰러진 셀바를 보자 기겁해서 영사에서 물었다. "이 사람한테 무슨 짓을 한 겁니까?"

"기절했어요." 나즘 영사가 대답했다. 다른 자리에 있던 사람까지 서서히 그들 주위로 몰려들었다.

"제가 돌보겠습니다. 영사님께서 할 수 있는 일이 있다면 가서 해결해 주세요. 제발 부탁드립니다." 베누아가 애원했다.

"누구십니까?"

"저는 라파엘 알판다리의 친구입니다. 알판다리는 제 약국에서 일합니다."

"언제 벌어진 일입니까?"

"조금 전에요. 곧바로 영사님께 달려온 겁니다. 영사관으로, 영사관에서 여기로…."

"어디로 데려갔는지 아세요?"

"확실하진 않지만, 그들이 이야기할 때 역이라고 하는 걸 들었습니다."

"뭐라고요! 마르세유 밖으로 데려간다고요?"

"다른 사람들도 끌려가는 것 같았습니다. 뭐라고 했느냐면요, 그들 중 누군가가 '귀찮게 만들지 마, 열차를 지연시키면 후회하게 해주겠어.'라고 했습니다."

나즘 영사는 허리를 숙여 셀바가 바닥에 떨어뜨린 증명서들을 집어 들었다.

"셀바 부인은 당신에게 맡기겠습니다." 그는 이탈리아 상무관 부부에게 사과하고 서둘러 밖으로 나갔다. "주위에 모여 있지 마세요. 길을 좀 비켜주세요. 부인이 기절한 겁니다. 잠시 후면 깨어날 거예요." 베누아가 소리쳤다.

"무슨 일이야? 이 난장판은 뭐야?" 상무관 아내가 물었다.

검은 재킷을 입은 홀 매니저가 소리쳤다. "이 여자를 당장 여기서 내보내요." 주위에 모인 사람 중 한 노부인이 말했다. "의사를 불러요. 저기 봐요, 여자분이 기절했잖아요. 임산부는 아니어야 할 텐데!"

베누아는 셀바를 안은 채 사람들의 놀란 표정 사이를 뚫고 밖으로 나갔다. 시원한 공기가 얼굴에 닿자 셀바는 정신이 들었다.

"어떻게 된 거야?"

"기절했어. 집에 데려다줄게."

"영사는… 라파엘은….."

"걱정하지 마. 영사가 서류를 가지고 바로 출발했어. 해결하실 거라 믿어. 집에 가서 기다리는 것 말고는 네가 할 일이 없어."

셀바는 베누아의 품에서 내려왔다. 다리가 후들거리고 머리가 어지러웠다. "나 토할 것 같아, 베누아."

"집에 갈 때까지만 참아."

셀바는 베누아의 팔에 의지하며 차가 있는 곳으로 향했다.

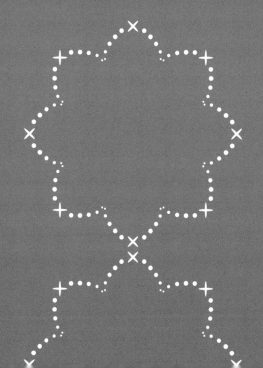

공포의
열차

나즘 켄데르는 영사관 앞에서 멈춘 택시에서 내린 뒤, 정문 앞에 모여든 사람을 보고 깜짝 놀랐다. 근무 시간이 한참 지난 이 시간에는 아무도 없어야 했다. 빠른 걸음으로 영사관 정문으로 향했다. 영사관 직원인 할림은 웅성대는 군중을 향해 손짓과 발짓으로 뭔가를 설명하고 있었다. 영사를 발견하자 곧바로 달려와 말했다. "열차에 태워서 다 데려갔답니다." 나즘 켄데르에게 열다섯 명에서 스무 명가량의 사람이 몰려왔다. 그의 손, 팔, 다리를 붙잡고 늘어졌다.

"잠시만요, 놓고 이야기하세요. 일어나세요. 무슨 일입니까? 뭐 하시는 겁니까?" 그는 놀라서 말했다. 시끄러운 소리에, 자초지종을 설명하는 사람들의 목소리를 들을 수 없었다.

"비켜주세요!" 직원이 소리쳤다. "영사님의 시간만 뺏는 겁니다!" 순간 소음이 칼로 벤 듯 멈췄고, 한 노인이 눈물을 흘리며 말했다. "데려갔어요… 다 데려갔습니다…. 터키인이라고 말했지만, 그들은 듣지 않았어요."

"어디로요?" 영사가 물었다.

"생샤를역으로요."

"제 방에 가서 서류를 챙겨오겠습니다. 잠깐 기다리세요." 나즘 켄데르는 이렇게 말하고 건물로 달려갔다. 잠시 후 그는 파일 몇 개를 손에 들고 돌아와서 물었다. "여러분 중에 차를 가지고 오신 분이 있습니까?"

"내 차가 여기 있어요." 한 청년이 나섰다.

"바로 가져오세요."

"저기 정문 바로 앞에 있습니다."

청년은 달려가서 시트로엥 자동차의 문을 열고 영사에게 자리를 권한 다음, 차 주위를 한 바퀴 돌아 운전석에 앉았다. 이번에도 영사관 앞에 모인 군중이 차를 에워쌌다. 차창을 두드리는 사람도 있고, 문을 열려는 사람도 있었다. 할림은 인파를 뚫고 차에 다가오더니 "저도 데려가 주세요." 하고 말했다.

"타게!"

할림은 뒷좌석에 몸을 구겨 넣었다.

"당장 생샤를역으로 가주세요. 낭비할 시간이 없어요." 영사가 말했다.

작은 차는 주위를 에워싸고 있던 사람들을 뚫고 쏜살같이 달렸다.

비명, 울부짖음, 흐느낌 등으로 가득한 열차 외부에는 이런 글이 적혀 있었다. '이 화물칸에는 소 스무 마리와 건초 500킬로그램을 실을 수 있습니다.' 나즘 켄데르는 주위를 배회하며 계속 누군가에게 지시를 내리는 나치 친위대 장교들을 무시하고 열차를 향해 뛰었다. 화물칸 안에는 남녀 팔십 명 정도가 꽉 들어차 있었다. 그들은 서로를 밟아가며 화물칸의 나무로 된 미닫이문의 틈 사이로 손을 뻗어 신분증을 흔들며대며 도움을 청했다. 영사는 역의 소음과 고함 사이로 무언가 들으려고 애쓰고 있었다. 영사와 안면이 있는 누군가가 터키어로 소리쳤다. "여기 대부분이 튀르키예 여권을 소지하고 있습니다. 게슈타포에게 설명해도 듣질 않아요."

그곳에서 시간을 낭비하지 않기 위해 나즘 영사는 직원 할림을 따라 역사로 향했다. 그는 방 입구에 앉아 있던 공무원에게 말했다. "책임자를 만나야겠어요, 당장!"

"급한 일이라도 있으신가요?" 독일 장교가 나타났다.

"급합니다. 뭔가 잘못됐어요. 터키인들을 모아서 열차에 실었더군요. 열차가 곧 출발합니다. 당장 내려야 합니다."

"잘못된 건 없습니다."

"이걸 보세요. 제가 가지고 온 파일에 우리 국민의 이름이 적혀 있습니다. 명단을 읽을 테니….'

"그러실 필요까지 없습니다."

"만약 터키인들을 태운 채 이 열차가 출발하면 당신은 비싼 대가를 치러야 할 거요."

독일 장교는 거친 몸짓으로 나즘 켄데르가 들고 있던 파일을 낚아채 명단을 살펴봤다.

"이들이 터키인이라고요? 알하데프 작, 알하데프 이즈, 알판다리 라파엘, 아마토 요세프, 프랑코 릴리, 칼보 루나, 메나쉐 이삭, 소리아노 모리스, 이들 모두 유대인입니다!" 그는 영사의 코앞에서 파일을 흔들었다. 이번에는 나즘 켄데르가 거친 동작으로 장교의 손에 있던 파일을 빼앗았다.

"그래요, 그들은 터키인입니다. 종교는 대부분 유대교지만 그들 중에는 무슬림이나 기독교도 있습니다. 우리나라의 법에 따르면 종교가 무엇이든 이 사람들은 터키인입니다. 그들은 튀르키예 국민입니다."

제복 차림의 독일 장교가 나즘 켄데르에게 뭔가 말하려다 날카로운 기적 소리가 들리자 입을 열지 않았다. 어깨를 한 번 으쓱하더니 뒤로 돌아 방으로 들어가 버렸다. 열차가 서서히 움직이기 시작했다.

나즘 켄데르는 순간 어찌할 바를 몰라 독일 장교의 뒷모습만 보다가 따라가서 돌려세울까 생각했지만, 열차가 점점 속도를 내고 있었다. 점점 멀어져 가는 열차를 향해 달려갔다. 자신을 가로막으려던 무장 병사를 가슴으로 밀치고 화물칸으로 뛰어들었다. 할림은 숨을 헐떡이며 그를 따라오고 있었다. 영사가 내민 손을 잡은 할림은 계단에 발을 올려놓고 화물칸에 올라타려고 했다. 순간 넘어질 것 같았지만 화물칸에 있던 사람들이 그의 어깨를 붙잡고 안으로 끌어당겼다.

영사가 밀친 군인은 역사로 가고 있던 장교의 뒤를 쫓아가며 손을 흔들면서 뭐라고 소리쳤다. 멈춰 선 장교가 당황한 표정으로 떠나는 열차를 보고 있었다. 독일 장교가 할 수 있는 건 아무것도 없었다. 열차는 점점 속도를 높였다. 점점 속도는 빨라졌고, 화물칸에 꽉 들어찬 사람들은 열차의 흔들림에 몸을 맡겼다.

* *

나즘과 할림은 서로를 바라봤다. '우리가 지금 무슨 행동을 했고, 왜 그랬으며, 이제 무슨 일이 벌어질까?'

이 질문에 답은 없었다. 나즘은 분노와 반발심 그리고 어느 정도 젊음에서 나오는 용기로 생각할 겨를 없이 열차에 올랐다. 생샤를역에서 빠른 속도로 멀어지자, 자신이 벌인 일의 심각성을 깨달았고 조금 두려웠다. 그러나 이미 엎질러진 물이었다. 이제 남은 건 시작한 일을 끝내는 것뿐이었다! 자신의 행동이 옳다고 믿는, 명예를 중시하는 사람처럼 끝까지 맞서는 것만 남았다. 그는 튀르키예 공화국의 마르세유 영사이지 않은가. 열차 안에 있는 불쌍한 사람들은 영사가 자신의 목숨을 구해주길 기대하고 있기에, 그는 두렵다는 걸 드러낼 수 없었다. 돌아갈 수도 없었다. 끝까지 그들 곁에 남아야 했다.

"우리가 어디로 가는지 아십니까?" 할림이 나즘에게 물었다.

"파리에 그렇게 가고 싶어 하지 않았나? 자, 파리로 가는 중이네. 그것도 공짜로 말이야."

할림은 웃어 보이고 싶었지만, 그게 쉽지 않았다. 가축을 운송하는 화물 열차 안에서 포개지다시피 앉아 있는 두 남자 중 한 남자의 다리 사이에 서 있었다. 다른 남자는 연로한 노인인 데다 겁을 먹어 바지에 실례까지 해서 화물칸 안에는 악취가 가득했다. 열차가 출발하기 전에 들리던 고함과 비명, 울부짖던 소리는 이제 완전히 사라졌다. 선로 위를 달리는 열차의 신경을 곤두서게 하는 마찰음과 화물칸 나무 틈새에서 나는 바람 소리만 들렸다. 모두 입을 봉한 것 같았다.

'이게 바로 공포의 소리야.'라고 나즘은 생각했다. 담배 때문에 탁한 목소리를 내는 한 노파로 인해 이 알 수 없는 침묵이 깨졌다. "우리를 어디로 데려가는 거야?" 그녀의 눈은 너무 울어서 충혈되어 있었다.

"파리로 가는 것 같습니다, 부인." 나즘이 말했다. 꼼짝 못하고 사람 속에 끼어 있던 노파는 몸을 일으켰다. 도와주려고 내미는 젊은 남자의 손을 붙잡고 자리에서 일어섰다.

"저는 튀르키예 영사입니다. 튀르키예 국적을 가진 분들은 손을 들어 주십시오."

오십 명 가까이 손을 들었다.

"파리에 도착하면 튀르키예 국적을 가진 분들을 다시 모셔갈 수 있도록 해보겠습니다. 안타깝지만 다른 분들을 위해 제가 할 수 있는 게 없습니다. 정말, 정말로 죄송합니다."

어떤 여자가 비명을 지르면서 정신을 잃었다. 흐느끼는 소리도 군데군데에서 들렸다.

"영사님⋯ 영사님, 우리도 터키인이라고 말씀해 주세요." 어떤 남자가 소리쳤다. "만약 살아남게 된다면 튀르키예 국적을 따서 죽을 때까지 당신의 노예로 살겠습니다."

"선생님, 튀르키예에는 노예가 없습니다. 오로지 국민만 있습니다. 여기서 탈출할 수 있다면 시민권을 신청하십시오. 그렇지만 안타깝게도, 제게 선생님을 터키인이라고 주장할 권한이 없습니다."

"우리를 죽게 내버려두지 마세요."

"우리도 구해주세요!"

"튀르키예 국적을 가진 분들도 반드시 구할 수 있다는 말이 아닙니다. 하지만 최선을 다하겠습니다. 그러려고 제가 이 열차에 올랐습니다. 신분증을 가지고 있는 분이 몇 분입니까?"

할림은 손을 든 사람의 수를 세었다. 그들 중 대부분은 게슈타포에 의해 갑자기 체포되어 여권이 없었다.

"여권을 가지고 있으신 분들은 어렵지 않습니다만, 없으신 분들은⋯."

갑자기 화물칸 안쪽에서 비명이 들렸다.

"사람이 죽겠어요, 맙소사. 내 남편이 죽을 것 같아요⋯."

"여러분 중에 의사가 있습니까? 제발⋯ 의사가 있습니

까?"

어떤 젊은이가 앉아 있는 사람들을 헤쳐가며 소리가 나는 방향으로 향했다. 칠십 대로 보이는 노인이 머리는 아내의 무릎에, 몸뚱이와 다리는 다른 사람의 다리 위에 놓은 채 누워 있었다. 창백한 얼굴이 땀에 젖어 있었다.

"비켜주세요… 비켜주세요…."

"의사입니까?"

"약사입니다…. 잠시만요…." 그는 조이고 있던 옷을 풀고 맥박을 재기 시작했다.

"주위에서 좀 물러날 수 있습니까? 공기가 부족했네요. 공기가 필요합니다. 여러분 조금이라도 물러나 주세요…."

"신선한 공기를 마실 수 있도록 바깥쪽으로 옮깁시다."

"옮기지 마세요. 심장 마비일 수도 있어요. 아무도 약을 갖고 있지 않으니…."

"비켜주세요. 비켜달라고 하잖아요!" 누군가 소리쳤다.

"운이 좋은 사람이군. 독일 놈들 손에 넘어가기 전에 죽을 테니." 또 다른 누군가가 이렇게 말했다.

"자, 저리로 좀 비켜주세요."

사람들은 환자가 있는 곳에서 뒤로 물러서고 있었다. 하지만 그들에게도 더 물러설 공간이 남아 있지 않았다. 대부분 남자인 팔십 명의 사람이 소 스무 마리가 들어갈 수 있는 자리에, 어깨를 맞대고 꽉 들어차 있었다. 라파엘 알판다리는 방법이 없어 주위만 둘러볼 뿐이었다. 그가 할 수 있는 것이라곤 환자를 진정시키는 것 말고는 없었다. 노인의 이마와 입술 위에 고인 땀방울을 손수건으로 닦아내면서 이런 상황일 때 아버지가 어떻게 했는지 기억을 되살리려 애쓰고 있었다. '용기… 용기야! 아버지는 환자에게 용기가 매우 중요하다고 말씀하셨지. 죽음을 극복할 힘이 있다는 것을 느끼기만 한다면…'

"이건 심장 마비가 아니라 공황 발작입니다." 그는 설득력 있는 목소리로 말했다. "침착함을 유지하세요. 숨을 깊게 들이쉬고 뱉으면 편안해지실 겁니다. 자, 자… 진정하세요. 가슴에 통증은 없으시죠? 보세요, 괜찮아지셨어요. 얼굴색도 돌아오셨고요. 진정하시면 됩니다."

누군가 사람들을 뛰어넘어 그들에게로 다가왔다. 손바닥에는 작은 알약이 있었다.

"심장병이 있어서 항상 가지고 다닙니다. 이걸 받으세요."

"당신께 필요한 상황이 오면 어쩌죠?"

"어차피 죽을 거예요. 난 터키인이 아닙니다. 프랑스인이에요."

날이 어두워지자, 화물칸 안도 어두워졌다. 이 공포의 열차에 탑승한 승객들은 시간 개념을 상실한 상태여서, 자신이 얼마 동안 열차에 타고 있는지 알지 못했다. 들리는 거라곤 기도 소리뿐이었다. 팔십 명의 사람 중에는 마음속으로 기도하는 사람들이 있는가 하면, 소리를 내며 기도하는 사람들이 있어서, 화물칸 안은 두려움과 침울함이 가득했다. 나즘과 할림은 이 암흑 속 여정이 어디서 어떻게 끝날지 속삭이며 추측했다. 나즘은 주머니에 있는 모든 동전을 할림에게 건넸다.

"만약 중간쯤 정차하면 내가 역장과 싸우는 동안 즉시 전화기를 찾아서 파리 영사관에 전화하고 상황을 보고해. 꼭 우리 상황을 추적하라고 해야 해. 베를린과 비시 정부에도 이 상황을 알리고 말이야."

"중간에 멈추지 않으면 어쩌죠?"

"그럼, 파리에서도 똑같이 하면 돼."

"영사관은 오전 아홉 시 이전에는 응답하지 않을 겁니다."

"히크멧 외즈도안의 전화번호를 아나?"

"집 전화번호는 모릅니다. 영사관은 당연히 알고 있습니다만, 이 시간에 전화를 받지 않을 겁니다."

"내가 집 전화번호를 알았는데… 뭐였더라, 뭐였더라…. 기억나겠지. 그럼, 자네에게 알려줄게. 그 번호를 외워. 그리고 바로 전화해. 반드시 뭔가 조치를 할 거야. 어쨌든 역에서 놈들과 삼십 분 정도는 싸우게 될 거야."

"번호를 기억해 내기만 하세요. 영사께는 제가 전화하겠습니다."

"우리가 이 열차에 탔다는 걸 아는 사람이 마르세유에 있나?"

"없을 겁니다. 영사관은 비어 있었어요."

"이탈리아 상무관과 차를 마시고 있었는데…. 뭔가 좋지 않은 일이 일어나고 있다는 걸 그도 알았을 테고, 어쩌면 무슨 일이 일어나고 있는지 알아봤을 거야."

"나즘 영사님, 그 터키인 부인이 있잖습니까? 아이를 데리고 온 적도 있었던, 영사관에 영사님을 찾아왔었잖아요. 젊은 부인인데 키가 크고. 오늘도 그 부인이 처음으로 찾아왔었거든요… 그 부인도 가만히 있지는 않을 겁니다."

"내가 어디에 있는지 그 부인에게 말했나, 할림?"

"저는… 전 그냥…."

갑자기 열차가 크게 흔들렸다. 서 있던 사람들은 나뒹굴었고 바닥에 앉아 있던 사람들은 서로 뒤엉켰다. 마찰음을 심하게 내면서 열차가 멈췄다. 무슨 일인지 알아보려고 모두 화물칸 미닫이문 주변으로 모여들었다.

"후진!" 독일 억양의 프랑스어가 들렸다.

어린 염소처럼 독일 장교는 단번에 화물칸 안으로 뛰어올라왔다. 그는 바닥에 포개어 앉은 사람 속에서 동상처럼 우뚝 서 있었다. 영사도 독일 장교 앞에 섰다. 그는 장교보다 손가락 두세 마디는 더 컸다. 터키인치고 보기 드문 키였다. 장교는 자신의 앞에 서 있는 남자를 머리부터 발끝까지 훑어봤다. 아마도 작은 키에 배가 불룩한 중년의 외교관을 상상하면서 온 모양새였다. 역에 도착한 게 틀림없었다. 바깥의 불빛이 화물칸 안으로도 들어왔다. 그 빛으로 나즘 켄데르는 흐릿하게나마 공포의 화물칸 내부와 독일 장교의 눈동자에 담긴 황당함을 읽을 수 있었다.

"귀하가 튀르키예 영사입니까?"

"접니다."

사람들을 짓밟으며 독일 장교가 몇 명 더 화물칸으로 올라왔다.

"영사님, 마르세유 역장이 큰 실수를 한 것 같습니다. 영사님이 내리기 전에 출발 지시를 내린 모양입니다. 이런 실수를 저지른 사람들을 엄중하게 처벌할 겁니다. 자, 제가 영사님을 위해 차를 배차했습니다. 곧바로 마르세유로 모실 겁니다."

"관심에 감사드립니다만, 뭔가 착오가 있습니다. 마르세유 역장을 괜히 처벌하지 마십시오. 제 의지로 열차에 올랐습니다."

"그래도 영사님이 내리기 전에는 출발하지 말아야 했습니다. 자, 영사님." 독일 장교는 영사에게 내릴 길을 안내했다.

"이 화물차는 튀르키예 국적자들로 가득 차 있습니다. 우리 국민을 자신의 의지와 상관없이 가축을 실어 나르는 화물차에 태워 어디로 데려가는 겁니까?"

"이들은 유대인이고 파리로 갈 예정입니다."

"유대인이라고 해도 튀르키예 국민입니다. 이들 모두 정식 신분증을 가지고 있습니다."

"열차에서 하차해 주시기 바랍니다."

"가축 화물칸에서 하차하라는 말씀인가요? 잘 들으세요.

저는 종교적 믿음 때문에 이런 대우를 받아서는 안 된다고 믿는 국가의 일원이자 정부의 대표입니다. 확실하게 알아두시길 바랍니다. 저와 저희 직원은 이 사람들과 내릴 겁니다. 그렇지 않으면 파리까지 함께 갈 겁니다."

"영사님은 일을 어렵게 만들고 있습니다. 영사님이 타고 있는 건 화물칸입니다. 여기서 내리세요. 튀르키예 국적인 사람들은 파리에서 해결할 겁니다."

"그럼, 이 가축 화물칸에 타고 이들과 함께 파리까지 가는 게 제 운명인가 보네요."

"말하고 싶은 게 뭡니까?"

"우리 국민을 두고 절대 이 화물칸에서 내리지 않겠다는 말입니다."

"다시 한번 말씀드리겠습니다. 내려서 배차된 차를 타고 마르세유로 돌아가십시오."

"나도 다시 한번 말하죠. 모두 함께 내리든지 아니면 계속 갈 겁니다."

"이런 조건인데도 유대인들과 함께 가겠다면 알아서 하십시오."

"이 사람들은 우리 국민입니다. 모두 같이 내리거나 같이 가거나 둘 중 하납니다."

독일 장교는 나즘에게로 다가와 팔을 잡으려 했다. 나즘은 양손을 가슴까지 들어 올렸다.

"이런 실수를 절대 범하지 마시길 권해드립니다. 저는 중립국 외교관이고 면책 특권이 있습니다. 제 몸에 손을 대려는 시도만으로도 엄청난 외교 분쟁의 사유가 될 겁니다."

"당신이 분쟁을 조장하고 있어." 독일 장교가 말했다. 그의 뺨은 분노로 붉게 달아올랐다.

"외교 분쟁을 막는 건 당신 손에 달렸습니다. 이 역겨운 화물칸에서 어떤 노인은 말도 안 되는 환경을 견디지 못해 심장 마비를 일으켰습니다. 파리까지 견디지 못할 수도 있습니다. 가는 도중에 돌아가시면 당신이 책임질 겁니까?"

독일 장교는 독일어로 뭐라고 중얼거리더니 화물칸에서 내렸다. 다른 장교들도 그를 따라 내렸다. 프랑스어를 알지 못했기에, 다른 장교들은 무슨 일이 벌어지고 있는지 모르는 게 분명했다.

한동안 누구도 입을 열지 않았다. 모두 눈에 띄지 않기 위해 움츠리고 있던 자리에서 몸을 더 웅크렸다.

"지금 어디에 와 있는 거야?" 겁에 질린 목소리로 누군가가 물었다.

"님 근처인 것 같아요." 할림이 말했다. 누구도 고개를 내밀어 밖을 살펴볼 용기가 없었다. 나즘 켄데르는 화물칸 문에 몸을 기대고 밖을 내다보았다. 열차 옆에 줄지어 선 무장 독일군 열다섯 명을 제외하고 플랫폼은 비어 있었다. 시계가 표지판을 가리고 있어서, 이곳이 어딘지 알 수 없었다. 그래서 시계를 보며 어디쯤 왔는지 어림짐작했다. "그래, 아를 아니면 님 근처인 것 같아."

열차는 움직이지 않았다. 오가는 사람도 없었다. 일 분이 한 시간처럼 길게 느껴지는 끔찍한 침묵 속에서 무슨 일이 벌어지는지, 앞으로 무슨 일이 벌어질지 모른 채 다들 기다리고 있었다. 독일 장교에 맞설 준비가 된, 큰 키의 당당한 영사를 모두가 깊은 감사와 존경의 눈으로 바라보고 있었다.

화물칸 한쪽 구석에서 두 명의 아이를 떠미는 여자의 목소리가 들렸다. "어서… 어서." 그녀는 계속 아이들을 재촉했다. 아이들은 그 여자의 재촉에도 불구하고 나서려 하지 않았다.

"영사님." 여자가 영사를 불렀다. 나즘은 고개를 돌렸다.

"이 아이들이 영사님께 할 말이 있습니다." 열세 살에서 열네 살 정도 되는 핏기 없는 얼굴의 아이들이 떠밀림에 못 이기고, 나즘의 앞에 섰다.

"그래. 얘들아, 무슨 일이니?" 나즘이 물었다.

"나는 튀르키예 사람…. 물을 주세…. 배가 고프…. 오늘 날시는 자다…. 당신은 어떻게 지내세요?" 떨고 있던 여자아이가 울음을 터트렸다. 외우고 있던 모든 터키어 문장을 다 말한 것 같았다.

"터키인이니, 꼬마 아가씨?" 나즘은 터키어로 물었다.

여자아이는 그렇다는 의미로 고개를 끄덕였다.

"이름이 뭐니?"

"페리."

나즘은 남자아이를 보며 물었다. "넌 이름이 뭐니?"

"내 이름은 사미입니다. 사아미."

순간 이 두 아이가 정원에서 나란히 서서 찍은 사진이 눈앞에 떠올랐다.

"할림, 이것 봐. 우리 페리와 사미가 여기 있었네."

할림은 무슨 말인지 이해하지 못한 채 놀란 표정으로 나즘을 바라봤다. 그때 플랫폼에서 발걸음 소리가 들려왔다. 할림은 문틈 사이로 밖을 살폈다. 조금 전 나즘 영사와 대화를 나눴던 장교가 다른 장교들을 데리고 서둘러 오고 있었다. 나즘은 두 아이의 어깨에 손을 얹은 채 기다렸다.

독일 장교는 조금 전처럼 화물칸에 뛰어오르지 않았다. 마치 발이 뒤로 향하는 것처럼 물러나더니 문손잡이를 붙잡고 화물칸에 올랐다.

"그러니까 영사께서는 지금 열차에서 내리지 않겠다고 말씀하시는 겁니까?"

"예, 말씀하신 그대로입니다. 전 내리지 않겠습니다."

순간 침묵이 흘렀다. 독일 장교는 깊게 숨을 들이마시고 말했다. "내려들 보세요."

"무슨 말이죠?"

"혼자 내리지 않겠다면 함께 내리세요."

"그래요?"

"네. 그게 제가 받은 명령입니다."

"먼저 이 사람들부터 내리게 해주십시오. 모두."

"전부 터키인인가요?"

"일부는 신분증이 없습니다. 하지만 파리에 가서…."

"내리시라고 했습니다!" 독일 장교가 소리쳤다. 명령을 따라야만 하는 상황에 화가 난 게 틀림없었다.

"나와 우리 직원은 맨 마지막으로 내릴 겁니다." 영사는 팔짱을 낀 채 기다렸고, 할림은 그의 보좌관처럼 옆에 대기하고 있었다. 화물칸에 있던 사람들이 두세 명씩 뛰어내리기 시작했다. 그들은 발작을 일으킨 노인의 겨드랑이와 다리를 붙잡아 하차를 도왔다. 두 명의 어린아이는 영사 곁에서 떨어지지 않았다. 아이들을 떠밀었던 여자는 아이들이 터키인으로 인정받은 게 기뻐서 어쩔 줄 몰라 했다. 하지만 무슨 일이 일어날지 모르는 두려움에, 아이들과 눈도 마주치지 않으려고 애썼다.

"이 아이들이 부인의 자녀인가요?" 나즘이 물었다.

"아니요. 저는 이모예요. 시장에 함께 있을 때 잡혀 왔어요."

"자, 페리와 사미. 이제 너희 차례다." 영사가 말했다. 할림은 여자아이의 겨드랑이를 잡고 플랫폼 위로 내밀었다. 남자아이는 스스로 뛰어내렸다. 화물칸이 비자, 영사는 마지막으로 배에 내리는 선장처럼 열차에서 뛰어내렸고, 할림은 그의 뒤를 따라 내렸다. "우리 차가 역 입구에서 기다리고 있습니다." 독일 장교가 다가와서 말했다.

"고맙습니다. 허락하신다면 제가 직접 택시를 타고 돌아가는 편을 택하겠습니다. 심장 마비를 일으킨 노인이 계셨습니다. 가능하다면 그분을 차로 모셔 주세요."

어떤 여성이 독일 장교의 대답을 기다리지 않고 끼어들었
다.

"아니, 아닙니다! 우리는 우리 힘으로 돌아갈 겁니다. 고
맙습니다만, 타지 않겠습니다. 우린 원치 않아요."

독일 장교는 '당신들 미쳤구만.'이라는 표정을 짓더니 나
즘에게 경례하고 뒤를 돌아 화난 발걸음으로 걸어갔다. 다른
군인들도 그를 따라갔다.

독일군이 물러나자, 함성이 터졌다. 팔십 명 모두 나즘 켄
데르의 손과 뺨, 얼굴, 눈에 입을 맞추고 싶어 했고, 그의 목
을 껴안으려고 했다. 가까이 가지 못한 사람들은 신성한 뭔
가를 만지려 드는 사람처럼 손을 뻗어 영사의 어깨와 등을
만졌다.

"저를 등에 업으려 하지 마십시오." 나즘은 자신을 업으려
는 사람들을 만류했다. 하지만 그를 둘러싼 사람들을 통제할
방법은 없었다. 죽음의 공포에서 빠져나온 사람들의 눈동자
에 담긴 고마움의 감정은 말로 표현할 수 없을 정도였다.

"튀르키예 국적이 아닌 사람들이 먼저 출발해 안전한 곳
을 찾으세요. 모두 최대한 빨리 마르세유로 돌아오셔야 합니
다." 이렇게 말한 영사는 정신을 차리고 혼잣말을 내뱉었다.
"도대체 여기가 어디야?"

"여기는 아를입니다." 할림이 말했다.

"전쟁 때문에 운행이 취소되지 않았다면, 한 시간 안에 마

르세유행 열차가 올 겁니다." 누군가가 말했다.

　나즘과 할림은 나란히 역사 밖으로 나왔다. 나치가 영사에게 배차한 메르세데스 벤츠가 출구에서 기다리고 있었다.

　"할림, 여기에 택시가 있는지 한번 알아봐." 나즘이 말했다. 할림이 택시를 찾으러 가자, 영사는 역 입구에 있는 벤치에 앉았다. 자신이 겪은 일이 악몽인지 현실인지 분간이 되지 않았다. 잠시 후 할림의 목소리에 정신이 들었다.

　"나무를 때서 가는 목탄차가 있는데, 빌릴까요?"

　"바로 빌려." 나즘은 자리에서 일어났다. 힘찬 발걸음으로 메르세데스 벤츠를 지나쳐 반대편 인도에 있는 택시 정류장으로 향했다.

파리

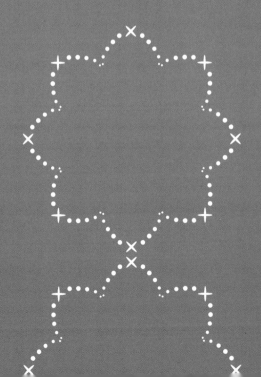

페릿은 아내가 건너편으로 길을 건너서 시야에서 사라지는 모습을 창밖으로 바라보고 있었다. 에블린이 눈앞에서 사라지자, 그는 커튼을 치고 현관문이 잠겼는지 확인한 후 침실로 갔다. 서둘러 침대 위에 있던 침대보와 이불, 베개를 바닥에 내려놨다. 한참 동안 빈 매트리스의 가장자리를 더듬으며 뭔가를 찾았다. 손 하나가 들어갈 만큼 찢어진 곳이 있었다. 찢어진 틈 사이로 손을 넣은 다음 매트리스 속으로 어깨까지 팔을 집어넣었다. 성명서들이 매트리스 중앙에 있었다. 손으로 잡고 끄집어냈다. 인내심을 갖고 조심스럽게 침대를 정리했다. 베개도 푹신하게 부풀려서 제자리에 놓았다. 급히 아내 앞으로 쪽지를 써 식탁 위에 남겼다.

여보, 나 강 건너편에 있는 대학 친구 집에 가. 내가 늦더라도 걱정하지 마.

러닝셔츠 안에 성명서를 집어넣었다. 목까지 올라오는 두꺼운 스웨터를 입고, 모자를 쓴 다음 집을 나섰다. 지하철을 향해 걸어갔다.

페릿은 비시 정부가 수립되면서, 그러니까 프랑스가 히틀러의 통제하에 들어가면서 본격화된 저항 운동의 지하 조직원으로 활동했다. 프랑스인은 아니지만, 프랑스인만큼이나 이 나라를 사랑했다. 더욱 중요한 건 히틀러를 증오했다.

페릿은 프랑스인이 아니어서, 조직 수뇌부에 있는 친구들은 국가 차원의 치밀한 계획에 그를 포함하지 않았다. 하지만 그가 유대인과 공산주의자를 해외로 도피시키는 일을 담당하는 세포 조직에서 일하는 건 묵인했다.

페릿은 에블린에게 이 조직과 자신이 관련되어 있다는 사실을 말하지 않았다. 에블린은 남편이 매우 좋아하는 데다, 갈라타사라이 고등학교 시절부터 알고 지내며, 박사 논문을 지도해 주는 교수의 조교로 자원한 줄 알고 있었다. 페릿은 아침이나 오후, 밤에 종종 밖으로 나가는 걸 조교 일 때문이라고 해명했다. 사실 그 교수도 같은 조직에 있어서, 남편의 거짓말을 알아채는 건 거의 불가능했다.

페릿은 많은 유대인 친구를 중립국의 여권을 만들어 주는 조직과 연결해 주었다. 최근 들어 가장 효과 있는 여권은 자국민을 끝까지 지켜내는 튀르키예 여권이었다. 조직은 이 작전을 페릿에게 맡겼다. 페릿은 동창인 무흘리스를 통해 영사관과 연결할 수 있었다. 타륵과 친해진 뒤, 눈치 보지 않고 커피를 마시는 자리를 마련해서 솔직하게 물었다. "튀르키예 영사관이 터키인이 아닌 사람들에게 여권을 발급해 줄 수 있을까?" 대답은 아주 명확했다.

"그럴 권한이 나에게 있다면, 페릿. 죽음과 고통으로부터 사람들을 구하면 우리도 말로 다할 수 없는 행복을 느껴. 자네도 알다시피 온갖 위험을 무릅쓰고 직접 경찰서와 강제 수용소를 찾아가기까지 하잖아. 하지만 튀르키예는 법치 국가라네. 합법적이지 않은 활동에는 가담할 수 없어."

"기대를 완전히 접어야 하나?"

"접게나, 친구."

페릿은 담배 연기를 깊게 들이마시고, 도넛 모양을 만들며 공중으로 뿜었다.

"그래. 이 문제로 다시는 귀찮게 하지 않을게."

"다른 문제는 부탁해도 돼. 내가 최선을 다해보지. 나는 자네가 하는 일에 큰 존경심을 갖고 있어. 공무원이 아니었다면, 자네와 함께했을 거야."

"그래, 이해해."

"페릿 뭐 하나 물어봐도 돼? 자넨 어떻게 이 일에 참여하게 된 거야?"

"가슴에 심장이 있는 사람이라면 이 일을 해, 타륵. 프랑스가 전선을 형성하고 싸우는 건 아니라고 해도 지하에는 거대한 조직이 만들어져 있어. 나는 말이야, 대학에서 알게 된

아주 가까운 친구를 통해 이 일을 하게 됐어. 그 친구가 모임에 갈 때 날 데리고 갔었고, 결국엔 나도 비밀 조직에 가입하게 됐지."

"프랑스인들이 제대로 싸우지 않았다는 사실이 놀랍지 않아?"

"타륵, 파리는 세계에서 가장 아름다운 도시 중 하나야. 내 생각엔 이 도시가 폭격당하게 둘 수 없었나 봐."

"물론 그런 생각을 할 수도 있지."

그들은 한동안 말없이 커피를 마셨다. 그들은 학생들이 찾는 곳 중 하나인, 카르티예 라탱 거리에 있는 카페에 자리를 잡았다.

"친구, 자네에게 비밀을 하나 말해주지." 타륵이 말했다. "영국과 미국은 드골을 전혀 좋아하지 않아. 아주 싫어하지. 해방 전쟁 지도자로 다른 사람이 있다면 더 많은 지원을 받았을 거야."

"영국인들은 자신의 이익에 해가 되는 그 어떤 사소한 일도 용납하지 않지. 드골은 영국의 이익을 추구하는 사람이 아니야. 그는 고집이 세고 심술궂은 사람이지. 자신의 명예를 훼손하는 행동을 프랑스에 대한 모욕으로 받아들여." 페릿이 말했다.

"어쨌든 지도자가 바뀌면 영국은 물론이고 미국으로부터 더 많은 지지를 받았을 거야. 나에게 이런 말을 들었다고는 말하지 말게."

"다른 지도자를 찾을 수 없었던 거지. 이 나라의 모든 저항 세력은 드골을 지지해. 그를 좋아하지 않는 사람들도 결국엔 포기하고 드골을 인정할 거야. 두고 봐."

"어떻게 그런 확신을 해?"

"연합군은 전쟁에서 승리하기 위해 프랑스에 상륙해야만 해. 그날이 오면 어쩔 수 없이 드골과 민족 해방 위원회 모두를 인정해야 할 거야. 왜냐하면 지하 조직의 지원 없이는 상륙 작전에 성공할 수 없으니까."

"그날이 빨리 오면 좋겠어." 타륵이 말했다.

페릿과 타륵은 종업원에게 계산서를 요청했다.

"오늘 우리가 만난 걸 무흘리스와 에블린은 모르겠지, 그렇지?"

"절대 알아선 안 돼!"

"고마워."

"페릿, 간섭하는 건 아니고 말이야, 자네가 조직원이라는 사실을 아내에게 숨기는 게 옳다고 생각해?"

"그럼. 지금은 그녀를 흥분시키거나 화나게 하고 싶지 않아, 타륵. 에블린은 임신 중이야."

"아, 몰랐어. 축하해."

"얼마 전에 알게 된 사실이야. 아무에게도 말하지 않았어. 자네도 모르는 걸로 해."

"제발 조심해. 자네 인생에 책임져야 하는 일이 이제 시작되는 거야. 위험한 일에 연루되지 않도록 조심해." 타륵은 페릿의 등을 쓰다듬었다.

❋ ❋

페릿은 지하철을 타고 가는 동안 타륵과의 대화를 생각해
봤다. 타륵을 설득할 수 있기를 바랐다. 타륵은 만나자마자
자신에게 신뢰감을 불어넣은 몇 안 되는 사람이었다. 솔직하
게 말하고, 정직하며, 성실했다. 그리고 용감한 데다 말수가
적은, 조직원이 갖춰야 할 특성을 제대로 갖춘 사람이었다.
안타깝지만 예상한 대로 법을 어기지 않는 쪽을 선택했다.
하지만 타륵은 다른 문제는 부탁해도 된다고 페릿에게 여지
를 남겨두었다.

페릿은 어두운 지하철 창문에 비친 마른 체구의 남자가
자신을 지켜본다는 의심이 들었다. 신문을 방패로 삼아 그
남자를 살폈다. 그가 움직였다. 페릿은 '아! 내가 눈치챈 걸
그가 알아버렸어.'라고 생각했다. '첫 번째 정류장에서 내려
야 할까?' 지하철이 멈췄다. 페릿은 일어나려다 그 남자가 내
리는 걸 보고 다시 앉았다. 쓸데없이 당황한 것이었다. '게슈
타포가 아니라 이놈의 망상이 나를 죽일 거야.'라고 속으로
말했다.

타륵이 열어둔 문을 두드리고 싶은 건 이렇게 빈번하게
찾아오는 망상 때문이었다. 자신에게 무슨 일이 생기면, 에
블린을 이스탄불로 데려가서 가족에게 인도해 줄 사람은 오

랜 친구인 무흘리스도, 다른 누구도 아닌 타륵이었다. 다행히 오늘도 아무 일 없이 저녁을 맞이할 수 있다면, 내일 타륵을 찾아가서 먼저 에블린을 부탁하고 싶었다. 그런데 어떻게 부탁하지? 몇 번 본 적 없는 사람에게 "내 아내를 네게 맡기고 싶어."라고 할 수 있을까? 타륵이 미쳤다고 생각할 수도 있다. 어쩌면 그렇게 생각하지 않을 수도. 그를 믿고 내가 조직원인 것도 밝히지 않았나? 타륵은 전혀 동요하지 않았다. 놀라지도 않고, 반대하지도 않으며, 조언하지도 않았다. 그렇다. 타륵은 에블린을 맡길 수 있는 유일한 사람이었다. 만약 오늘 일을 성공적으로 끝낼 수 있다면, 내일 첫 번째 일은….

페릿은 지하철에서 내려 출구로 가던 중, 앞에 긴 줄이 늘어서 있는 것을 보았다. 여자는 쉽게 통과했지만, 남자는 신분증을 제시해야 했다. 독일군들이 지하철 출구에서 신분증이 없는 사람들과 신분증에 유대인 도장이 찍힌 사람들을 트럭에 태우고 있었다.

"그래, 어쩐지 조용히 넘어가더라." 혼잣말하며 걱정스럽게 주머니를 뒤졌다. 오, 다행히 신분증이 있었다. 하지만 그냥 나갈 수도 있는데 줄을 서서 기다려야 하는 바람에 짜증이 났다. 줄은 빨리 줄어들었다. 신속하고 엄격한 규율 속에서 검문하고 있었다. 빌어먹을 자식들. 차례가 되자 그는 친위대 완장을 차고 있는 군인에게 신분증과 교직 증명서를 제시했다. 신분증을 본 군인은 "통과"라고 했다. 페릿은 신분증을 챙겨 안주머니에 넣은 뒤 빠르게 몇 킬로미터를 걸었다. 어느 뒷골목에 있는 먼지 덮인 창문과 대부분 빈 선반만 있는 형편없는 식료품점으로 들어갔다.

"파리 수아르 신문 한 장 주세요." 그는 계산대에 앉아 있는 의욕이라곤 없어 보이는 남자에게 말했다.

"부록도 드릴까요?"

"공짜라면 안 받을 이유가 없죠!"

페릿은 카운터에 돈을 냈다.

"잔돈은 없어요?"

"잔돈은 없습니다. 당신한테 잔돈이 없나요?"

"맞은편 문으로 들어가 왼쪽 계단으로 내려가요." 식료품점 주인은 고개도 들지 않은 채 계산하며 말했다.

페릿은 가게 끝에 있는 문으로 들어가서 계단으로 내려가 문을 열었다. 차고였다. 차 뒤에 놓인 작은 탁자 주위에 대여섯 명이 모여 있었다.

"어디 있다가 온 거야, 터키인?" 그들 중 누군가 말했다.

"겨우 온 거야."

"앉아 봐. 자네랑 관련된 일이 있어. 오늘 정보가 하나 도착했어."

페릿은 옆에 있던 의자 하나를 들고 탁자에 앉아 있는 사람들 사이로 끼어들었다.

"뭔데 그래?"

"터키인들이 유대계 터키인들을 튀르키예로 데려갈 준비를 하고 있다더군. 이런 이야기를 들어본 적 있어?"

"아니."

"이런, 자넨 영사관 사람들과 무슨 얘기를 하는 거야?"

"'조직에서 몇몇 첩보를 입수했다는데, 유대인들을 튀르키예로 이송하기 위해 준비하고 있다며, 사실이야?'라고 물어보진 못했지."

"그럼 물어봐."

"알았어, 물어보지. 그렇다 치고, 이제 어떻게 되는 거야?"

"튀르키예 국적이 아닌 사람들도 그 열차에 태울 거야."

"받아들이지 않을 텐데."

"우리도 그쯤은 알아."

"그런데?"

"그래도 태울 거야."

"어떻게?"

"방법을 찾아야지."

"방법을 찾았다 치자. 몇 명을 태울 거야?"

"현재까지 스물여덟 명이야. 하지만 더 늘어날 수도 있어."

"뭐? 미쳤어?"

"우리가 미치지 않고서야 일을 할 수 있을까, 터키인?"

"여권을 받는 건 실패했잖아. 그럼 이 일이라도 성공해야지." 탁자 머리에 앉은 매부리코의 남자가 말했다. "그리고 먼저 우리에게 정확한 정보를 가져와. 이 열차 정보가 얼마나 정확한지, 사실이라면 언제 출발하는지."

"알겠습니다." 페릿이 대답했다.

"이제 두 번째 의제로 넘어가지. 이번 주에 스위스 국경을 넘어야 할 일행들이 있어…." 탁자 머리에 앉은 남자가 말했다.

천장에 매달린 전구가 켜졌다가 꺼졌다. 탁자에 앉아 있던 사람이 모두 일어났고 두 사람은 세차를 시작했다. 또 다른 사람은 드라이버를 들고 한 자동차에 올랐다. 페릿은 다른 사람과 함께 자신이 들어온 문을 향해 달려갔다. 전구가 다시 켜졌다.

"됐어, 동지들. 위험 상황은 끝났어. 자, 다시 모여." 매부리코의 남자가 말했다. 페릿은 탁자로 향하며 '내일'이라고 생각했다. '내일 타륵이랑 꼭 이야기해야 해.'

파리

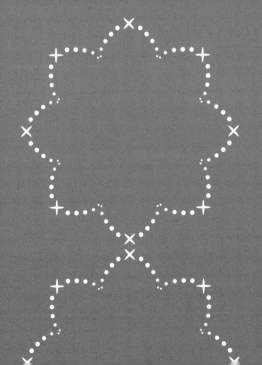

셀바의 소식은 타륵에게 어렵게 전해졌다. 영사관 야간 경비원이 공황에 빠진 듯한 여자의 생떼에 못 이겨 타륵의 집에 전화하지 않았더라면, 팔십여 명의 사람이 가축 화물칸에 태워져 파리로 출발했다는 사실을 알지 못했을 것이다.

경비원은 셀바의 전화를 두 번이나 끊었다. "이 여자는 말을 못 알아듣는 거야?"

"부인, 영사는 여기 안 계세요. 다른 분들도 없습니다. 2등 서기관도, 3등 서기관도, 비서도 없다고요. 모두 집에 갔습니다. 내일 아침 일찍 전화하세요." 경비원이 이렇게 말했지만, 그녀는 듣지 않았다. 경비원에게 세 번째 전화가 왔을 때, 그는 솔직히 겁이 났다. 이렇게까지 집요하게 떼를 쓰는 거로 봐서 중요한 사람일 수도 있지 않은가! 경비원은 타륵 아르자의 집 아래층에 있는 식료품점에 전화를 걸어 아주 중요한 일이니 5호 집에 사는 남자 중에서 누구든 영사관에 전화해

달라고 전했다. 이 전화를 받은 식료품점 주인은 삽십 분이 지나서야 배달을 마치고 온 점원을 위층으로 보냈다.

타륵은 소식을 듣자마자 곧바로 영사관으로 달려갔다. 마르세유에서 미친 여자가 계속 전화를 건다는 말을 듣고 곧바로 셀바에게 전화했다. 그가 알아들은 건 생샤를역에서 출발한 열차에 유대인들이 있고 나즘 켄데르가 그들과 함께 파리로 향하고 있다는 것뿐이었다. 셀바는 타륵에게 파리에서 이 열차를 기다리다가 남편을 구해달라고 간청했다. 타륵은 즉시 베를린 주재 튀르키예 대사관에 전화를 걸었다. 독일이 파리를 점령하고 있으므로, 파리 영사관은 베를린 주재 튀르키예 대사관의 지시를 받아야 했다. 그는 비시 정부 관할 지역 주재 대사가 유대인 구출 활동에 매우 관심이 많다는 것을 잘 알고 있어서, 베를린에 보고한 뒤 비시 정부 지역 주재 대사관의 베히츠 대사에게도 상황을 알렸다.

아타튀르크의 가까운 친구 중 한 명인, 베히츠 대사는 기초부터 훈련받은 외교관은 아니었지만, 다양한 국정 경험과 상식을 갖춘, 현명하고 양심 있는 사람이었다. 이런 그의 자질이 높이 평가되어 프랑스로 발령받았다. 어쩌면 신이 보내신 것일지도 몰랐다.

"게슈타포의 발을 밟지 않도록 조심해야 한다고 하지만, 전쟁 때문에 인간성을 상실해서는 안 됩니다, 여러분." 그는 젊은 외교관들에게 이렇게 말하곤 했다. "기원전 7세기에 동부 아나톨리아 반도에 살았던 우라르투인조차도 자신들이 정복한 땅에 살고 있던 사람들의 신앙을 존중할 줄 알았는데, 20세기 중반에 이 독일인들은 무슨 짓을 벌이려는 건지. 어떤 것에도 반응하지 마세요. 하지만 항상 여러분이 옳다고 생각하는 일을 실천하려고 노력하세요."

타륵은 '이런 사고방식을 가진 윗사람의 지원과 격려가 없다면 유대계 터키인들을 구하기 위해 매번 같은 용기로 강제 수용소와 경찰서를 찾을 수 있었을까?'라고 수없이 생각했다.

베히츠 에르킨 대사가 비시 정부 지역에서 대사관으로 적합하다고 판단한 건물을 임대하고 일주일도 안 돼서 독일군이 옆 건물을 본부로 사용했다. 독일 장교들은 대사관에 드나드는 사람들을 계속 캐묻고 감시해 불안을 조장하고 겁을 줬다. 독일군의 이런 행동을 막기 위해 베히츠 대사는 어판장에서 일하는 덩치 큰 프랑스인을 고용해 제복을 입힌 다음 대사관 입구에 경비로 배치했다. 거구의 경비가 대사관에서 나오는 사람들을 길 끝까지 독일군의 괴롭힘으로부터 보호하는 역할을 맡았다. 게다가 베히츠 대사는 튀르키예 국적을 증명할 수 있는 그 어떤 증빙 자료라도 있으면, 즉시 여권을 발급하라고 지시했다. 프랑스에서 태어나서 터키어를 배운 적이 없거나, 오랫동안 터키어를 쓰지 않아 잊어버린 사람들이 독일인이나 친독일 프랑스인의 화풀이 대상이 되는 걸 막기 위해 "내 조국은 튀르키예입니다.", "튀르키예에 친척이 있습니다." 같은 문장을 암기하게 했다. 이것 외에도 터키어 단어 몇 개를 조합해 문장을 만들 수 있는 사람도 튀르키예와의 관계를 증명하는 것으로 인정했다.

베히츠 대사에게 보고한 뒤, 타륵은 셀바에게 다시 전화를 걸었다.

"마음 편히 가지고 지금은 푹 주무세요. 우리 쪽 대사분들이 필요한 곳과 접촉을 시작하셨습니다." 타륵은 이렇게 말해도 셀바가 진정하지 않자, 영사관에서 밤을 지새우기로 마음먹었다. 사비하의 동생에게 최선을 다해 도움을 주기 위해서였다. 몇 시간 뒤, 사건의 진행 상황을 다시 파악하려면 전화기를 가까이에 두는 게 좋을 것 같았다. 라파엘이 풀려나면 곧바로 셀바에게 소식을 전할 생각이었다.

경비원이 그를 찾아왔을 때, 타륵은 손에 전화기를 들고 두 시간째 여기저기 새로운 소식을 알아내려고 발버둥 치고 있었다.

"정문에 영사님을 만나고 싶어 하는 사람이 와 있습니다. 영사님의 친구라고 합니다."

"이름이 뭐라고 하던가?"

"페릿 씨…. 페릿 사이… 사이…."

"사일란?"

"예, 맞습니다. 사일란."

"들어오라고 해. 내 친구야."

페릿이 지친 얼굴로 방에 들어오자, 타특은 걱정됐다.

"친구, 무슨 일이라도 있었나?"

"난 자네를 걱정했네. 집에 가니, 무흘리스가 급하게 영사관에 갔다고 하더군. 뭐야, 무슨 일이야? 내가 도와줄 만한 게 있을까?"

"없을 것 같아. 게슈타포가 마르세유에 사는 내 친구의 남편과 다른 유대인들을 화물 열차에 태워서 파리로 이송 중이야. 베를린 대사관에 이 사실을 보고하고 비시 관할 지역 주재 대사관에도 전화했네. 지금은 앉아서 기다리는 중이야. 무슨 일이 생기면 내게 알려줄 거야."

"함께 기다릴까?"

"고마워, 페릿. 괜히 여기서 덩달아 고생하지 마. 에블린이 집에서 기다리고 있잖아."

"에블린은 오늘 저녁 집에 없어. 얼마 전에 출산한 친구한테 갔어. 오늘 밤에는 그 친구 집에 있을 거야."

"그럼 앉아. 뭘 줄까? 차 마실래?"

"이 시간에?"

"경비원한테 돈을 줘서 와인 한 병을 사 오라고 시키면 되는데, 냄새도 배고 영사관에서 술을 마시긴 그렇지."

"다른 사람이면 마셨겠지만, 자넨 안 마시지. 책임감이 강한 친구니까. 그래서 자넬 좋아하는 거야…."

타특은 친구의 칭찬이 불편했다.

"곧 좋은 소식이 오면 함께 나가서 포흘롭에 가서 뭐라도 먹자."

"난 차를 마실래. 여기서 얘기하자. 아주 심각한 문제에 관해 얘기할 게 있어. 카페 같은 곳에서는 안 돼⋯."

"아니, 무슨 문제라도 있는 거야?"

페릿은 대답하지 않았다. 타륵은 사무실에서 나와 복도 끝까지 가서 경비원에게 소리쳤다. "하산 씨, 우려낸 차 두 잔 부탁해."

"잔이라니요, 여기 잔이란 게 있습니까? 수프 마시듯 차를 그릇에 마시잖습니까." 경비원이 말했다.

튀르키예에서 가져온 소중한 잔들은 모두 깨지고, 프랑스의 자기로 만든 커다란 잔만 있었다. 경비원은 타륵에게 허리 부분이 홀쭉하게 들어간 찻잔 여섯 개 세트를 파리로 오는 사람 편에 주문한다고 약속했다. 경비원은 약속하면 반드시 지키는 사람이라 조만간 차 맛을 제대로 즐길 수 있겠다고 생각했다. 그것도 이 지옥으로 오는 바보가 있다면!

유대계 프랑스인들, 고향을 그리워하고 유흥이라는 데엔 전혀 관심이 없는 영사관 경비원 외에 그 누구도 파리가 지옥이나 마찬가지라는 걸 믿지 않았다. 무방비 도시가 되어버린 파리는 카바레, 카페, 극장, 아침까지 영업하는 무도회장,

바와 레스토랑이 있는 독특한 유흥의 중심 도시 같은 모양새였다.

"문제가 뭐야? 큰 곤경에 처한 거야, 페릿?" 타륵이 물었다.

"아니, 곤경에 처하거나 그런 건 아냐. 하지만 내가 곤경에 처한 사람들에게 관심이 있다는 건 자네도 알잖아."

"그래, 위험한 일에 연루되어 있다는 것 정도는 알고 있지."

"자네도 그런 짓을 하잖아."

"내 뒤에는 튀르키예라는 국가가 있고, 대사관이 있어. 자네 뒤에는 불법 지하 조직 활동을 하는…. 게다가 자네는 프랑스 국민도 아니잖아. 만약 난처한 상황에 빠지면 누가 자네를 구해줘?"

"자네가!"

"페릿, 나는 자네를 구할 수 없어. 프랑스 공산당 진영에서 비밀 저항 운동에 가담한 사람을 어떻게 도울 수 있겠어? 자네는 국가가 공식적으로 인정하지 않은 조직의 조직원이야. 나는 자네를 마음속으로 지지할 뿐이네. 그리고 내 마음속 지지만으로는 자넬 구하기에 충분하지 않아."

"그 정도면 내겐 충분해."

"말도 안 되는 소리 하지 마. 에블린이 임신하지 않았다면, 자네가 위험한 물건을 나르고, 위험한 일에 뛰어드는 걸 이 정도까지 반대하지 않았을 거야."

"타륵, 나도 자네랑 그 문제를 이야기하려고 했어. 나에게 무슨 일이 생기면 에블린을 부탁해. 내 아내를 돌봐주게. 알겠지?"

타륵은 페릿의 얼굴을 쳐다보았다.

"해줄 수 있겠어, 친구?"

"그러니까 내가 뭘 해주길 바라는 거야?"

"아내가 이스탄불에 무사히 도착할 수 있도록 해주게."

"여기엔 에블린의 친척이 없어?"

"파리에는 없어. 아이가 튀르키예에서 태어나고 어머니께서 아기를 볼 수 있으셨으면 해."

"에블린의 부모님은 어떻게 하고?"

"다 돌아가셨어. 남동생이 한 명 있는데 미국으로 가려고 해. 아이가 태어날 때쯤이면 처남도 미국으로 간 뒤일 거야."

"페릿, 이런 위험한 일에 가담하지 말고 아내를 데리고 무사히 고국으로 돌아가는 건 어때?"

"남은 임무가 있어, 타륵. 마지막 임무…. 그 일에 깊숙이 개입하고 있어서 그만둘 수가 없어. 내가 잘 해낸다면 에블린과 함께 열차를 타고 이스탄불로 돌아갈 거야."

"무슨 열차?"

"저기, 자네가 말했던…."

"나는 그런 말을 한 적 없는데."

"하지만 그런 열차는 있잖아."

"무흘리스한테 들은 거야?"

"어디서 들었는지 뭐가 중요해. 열차는 언제 출발해?"

"그 열차를 타려는 거야?"

"가능할까?"

"함께 출발할 수 있다면 물론이지. 우리는 파리에 모인 유대계 터키인들을 튀르키예로 보내기 위해 그 방법을 생각했어. 지금도 계속 연구 중이야. 열차를 대여하는 데 비용이 얼마나 들지, 빌릴 수 있다면 어느 경로를 이용할 것인지, 가장 안전한 경로는 어디며, 언제 출발할 것인지 같은 문제들이 있지…. 열차가 지나갈 가능성이 큰 나라들과 협의 중이기도 하고…. 그래, 아직 확정되지 않았지만, 그런 열차 계획이 있는 건 사실이야. 자네가 원한다면 꼭 자네와 자네 아내가 탈 자리를 마련하지."

"확실한 거지?"

"물론이지. 하지만 제발 공개적인 자리에서 그렇게 이야기하면 안 돼. 이야기가 퍼져나가면 독일군이 막으려 들 거야. 우리는 조용히 처리하려고 해. 무흘리스가 말하지 말아야 했어."

"무흘리스가 말한 게 아니야, 안심해."

"그럼 어디서 들은 거야? 대사 외에 이 사실을 아는 사람이 세 명뿐이야. 나, 히크멧 외즈도안, 무흘리스. 자넨 히크멧을 모르잖아. 무흘리스가 수다를 떤 게 분명해."

"내 명예를 걸고 맹세하건대 그 친구는 말하지 않았어. 그리고 무흘리스는 내가 조직에서 일하고 있는 걸 몰라."

"그렇다면 어디서 들은 거야?"

"말할 수 없어."

"알아야만 해."

"그 열차에 친척을 태우고 싶어 하는 조직 수뇌부 친구가 한두 명 있어."

"그 사람들은 어떻게 알았지?"

"땅에도 귀가 있어. 나도 지하에서 일하잖아."

"전혀 마음에 들지 않는 대답이야. 어떻게 그런 정보가 새어 나갈 수 있지?"

"걱정하지 마, 타륵. 이 소식을 알고 있는 사람들은 계획에 재를 뿌리지 않을 거야. 단지 그 열차에 자리를 얻어보려고…."

경비원이 쟁반을 들고 들어오자, 그들은 입을 닫았다. 경비원은 타륵의 책상에 차를 놓고 나갔다. 차를 겨우 한두 모금 마셨을 때 전화벨이 울렸다. 대사관에서 온 전화였다. 대사는 타륵에게 마르세유 영사 나즘 켄데르와 함께 있던 사람들이 풀려났다는 소식을 전했다.

"대사님, 좋은 소식을 전해주셔서 정말 감사합니다." 타륵이 말했다. "… 어떤 건에 대해서… 아, 그 열차 건… 물론입니다, 대사님. 즉시 처리하겠습니다. 내일…. 맞는 말씀입니다. 불쌍한 사람들이 다시 덫에 걸리기 전에 이 건을 빨리 진행할 필요가 있습니다. 이민국에서도 오늘 저녁에 발생한 사건과 관련해서 모든 방면으로 우리를 도울 겁니다…. 어떻게

333

말씀입니까?"

타륵은 페릿 앞에서 너무 많은 이야기를 하고 싶지 않았기에 말을 많이 하지 않았다. "네", "아니요"와 같은 대답만 했다. 전화를 끊은 뒤 친구와 대화를 이어갔다.

"게슈타포가 마르세유에서 화물 열차에 태워 파리로 이송하던 사람들을 풀어줬다는군. 봐, 우리가 또 해냈어, 친구!" 이 말을 전하는 타륵의 눈동자에서 빛이 반짝였다.

"너무 기뻐하지 마, 타륵. 이번에는 풀어줬지만, 조만간 다시 잡아갈 거야."

"아마도… 잠시만 먼저 마르세유에 있는 내 친구에게 전화해서 기쁜 소식을 전해야겠어. 그런 다음 함께 나가지." 셀바에게 전화를 걸면서 타륵이 말했다.

❋ ❋

셀바는 첫 전화벨 소리가 끝나기도 전에 전화를 받았다. 전화기 옆에서 기다리고 있던 모양이었다.

"셀바 부인, 축하합니다. 부인의 남편은 끌려갔던 다른 사람들과 아를에서 풀려났습니다. 이 늦은 시간에 모두가 이동할 수 있는 교통수단을 찾는 데 어려움을 겪고 있는 것 같지만 아침까지는 댁에 돌아올 겁니다." 타륵이 말했다. 수화기 건너편에서는 아무 소리도 들리지 않았다.

"셀바 부인… 셀바?"

"다 들었어요." 셀바는 겨우 대답했다. "타륵, 당신 말이 옳았어요. 고향으로 돌아가야 할 것 같아요. 기회가 된다면 당장이라도 말이에요."

"곧 에디르네로 가는 열차가 출발할 가능성이 있습니다. 만약 출발하게 된다면 부인도 여기에 계셔야 합니다. 열차는 마르세유에서 출발하지 않아요. 파리에 계셔야 합니다."

"열차가 언제 출발하는지 확실하지 않으면 장기간 파리에서 머물 만한 곳이 없어요. 저희는 아이까지 있어요, 아시잖아요?"

"최악의 상황에는 제 집에 머물 수도 있습니다. 부인, 당장 준비해서 늦어도 보름 내에 여기 파리로 오도록 해보세요." 타륵은 전화를 끊고 순간 '내가 대체 무슨 쓸데없는 소리를 한 거지?'라는 생각이 들었다. 세 명을 어떻게 받아줄 수 있다고. 무흘리스는 또 뭐라고 할까? 그는 고개를 돌려 페릿에게 물었다. "집이 필요할지도 몰라. 잠시 머물 곳을 찾아봐 줄 수 있겠어? 아니면 우리 집 근처에 호텔이 있던가?"

"자네가 필요한 거야? 아님, 자네 친구들이 필요한 거야?"

"모두 세 명이야. 나는 혼자니까 더 쉽게 묵을 곳을 찾을 수 있어. 그들은 내 집에 머물고 말이야."

"열차가 떠날 때까지?"

"응."

"열차가 떠난다는 말이군?"

"페릿, 열차에 자네도 탈 거 아니었나? 자네 아내와 함께 말이야."

"그럴 수도."

"그럼 날 곤란하게 만들지 말고 자네의 명예를 걸고 약속해 주게. 자네는 오늘 대화에 관해 모르는 거야. 그런 열차가 있다는 것도 모르는 거고! 나한테 들은 게 없는 거야. 자넨 아무것도 모르는 거네!"

"내가 아까 뭐라고 말했지? 땅에도 귀가 있다고 하지 않았나? 자네가 말하지 않아도 난 들었을 거야. 어쨌든 자네 또는 자네 친구들이 머물 곳을 알아보지. 우리 집은 어때?"

"자네 집으로?"

"물론이지. 사용하지 않는 큰 방이 있어. 에블린과 내가 결혼하기 전에 내 친구가 거기 머물렀지. 우리가 결혼하고 그 친구는 다른 곳으로 이사했어. 방이 아직 비어 있는데 자네가 집을 나올 필요가 있겠나? 우리 집에서 편하게 지낼 수 있어."

"누가 묵게 되면 방값은 낼게."

"방값은 하나도 중요하지 않아. 우리가 그냥 묵게 해줄 수도 있어."

"자, 이제 나가세. 가면서 이야기하지." 타륵은 자신이 덫에 걸린 쥐 같다고 느꼈다. '이 호의의 대가로 페릿이 돈을 받지는 않겠지만, 내게 뭘 원할까?'

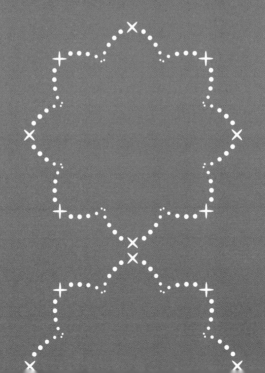

1943년
앙카라

갑작스러운 폭설로 인해 제랄 박사 집에서의 브리지 모임은 서둘러 마무리되었다. 모든 손님이 대문을 향해 걸어가는 동안 제랄 박사의 아내 레일라는 사비하에게 자신의 집에 머물 것을 권유했다. "사비하, 오늘 밤은 우리 집에 있어요. 이 날씨에 혼자 집에 가지 않는 게 좋겠어요. 마짓도 집에 없잖아요."

　"여기 있을 순 없어요. 마짓은 없지만 휼랴가 집에 있어서요. 안 오면 걱정할 거예요."

　"전화하면 되잖아요."

　"말이라도 고마워요. 난 가야 해요."

　그들 뒤에 오고 있던 제랄 박사가 웃으며 말했다. "마짓은 늘 그렇듯이 일을 할 줄 안다니까. 우리는 눈보라 속에 갇혀 동동거리는데, 지금 카이로에서 일광욕이나 하고 말이야."

　"일광욕은 무슨. 한쪽에는 처칠, 다른 한쪽에는 루스벨트,

그리고 앞에는 이뇌뉘 대통령이 있을 건데. 모르긴 해도 진땀을 빼고 있을 거야. 나라면 이 눈보라 속에 갇히는 걸 선택하겠네." 아드난이 말했다.

"진짜 진땀을 흘리는 사람은 마짓이 아니라 대통령이겠죠. 루스벨트와 처칠이 대통령에게 엄청난 압박을 가하고 있을 거예요." 레일라가 덧붙였다.

"대통령에게 진짜 압력을 가하는 건 러시아야." 아드난이 말했다. "러시아는 튀르키예가 어떤 대가를 치른다고 하더라도 반드시 참전하기를 바라고 있네."

"어째서요?" 사히르 박사가 물었다.

"독일군이 튀르키예를 침공하면 우리를 돕는다는 이유로 군대를 여기로 보내려고 말이야."

"도와준다고 한들 뭘 얼마나 도움이 되겠어. 러시아는 오면 안 돼. 나는 그런 호의는 원치 않아." 제랄 박사가 말했다.

아흐멧은 확신에 찬 목소리로 말했다. "우리 늙은 여우가 그런 속임수에 넘어가겠어? 그 3개국을 다루려고 모든 작전을 다 동원하겠지."

대통령이 에게해 출신이라는 이유로 그를 좋아하지 않던 아흐멧의 아내는 이렇게 말했다. "이뇌뉘는 고생 좀 해도 돼."

"이런 문간 잡담은 끝이 없어. 자, 레일라 고마웠어." 아드난은 아내를 대문 쪽으로 끌어당기며 말했다.

"사비하, 누구랑 같이 왔어? 아드난 부부랑 같이 온 거야?” 제랄 박사가 물었다.

“올 때만 해도 날씨가 화창해서 혼자 걸어왔어요.” 사비하
가 대답했다.

“이 눈 속에 혼자 돌아갈 수는 없지.”

“제가 부인을 모셔다드리겠습니다.” 사히르 박사가 말했
다.

“그러지 않아도 돼요, 귀찮으실 텐데.” 사비하가 대답했
다.

“귀찮다니요? 기쁜 마음으로 모셔다드리죠!”

모두 함께 제랄 박사의 집에서 나왔다. 스히예에 있는 동
상 근처에서 다들 각자의 집이 있는 방향으로 흩어졌다. 사
비하와 사히르는 크즐라이를 향해 나란히 걸었다. 진눈깨비
로 시작된 눈이 함박눈이 되더니 폭설로 변했다. 사비하는
걷다가 순간 미끄러질 뻔했다. 사히르가 그녀의 팔을 잡았다.

“팔짱을 끼세요, 사비하 부인.”

“눈이 올 거라고 누가 예상했겠어요. 정오까지 해가 있었
는데. 눈이 올 걸 알았다면 집에서 나오지 않았을 거예요.”
사비하가 말했다. 그들은 말없이 눈보라 속에서 팔짱을 낀
채 걸었다. 사히르 박사의 진료실에서 마음 깊은 곳, 가장 비
밀스러운 감정까지도 주저하지 않고 말하던 사비하가 지금
은 침묵하고 있었다. 그녀는 사히르와 눈을 마주치지 않으려
피했다. 밤새 생각하고, 만날 시간만 애타게 기다리던, 며칠
동안 듣지 못하면 그의 목소리가 그리워지는 남자를 제랄 박

사의 집에서 보자 사비하는 당황했다. 하지만 레일라가 예전에 사히르가 모임에 올 수도 있을 거라는 말을 한 적이 있었다. 마짓이 주말에 카이로에서 돌아오지 못하면 빈자리를 채워야 해서 사히르를 부를 거라고 했다. 왠지 몰라도 사비하는 사히르 박사가 올 거라고 생각하지 않았다. 그러다 사히르를 보자 자신의 정신세계를 다 알고 있는 이 남자 앞에서 벌거벗은 듯한 느낌을 받았다. 그녀가 경험한 모든 것, 그녀의 말, 그녀의 고백, 그녀의 토로, 때때로 흘렸던 눈물, 심지어 스스로에게도 털어놓지 못한 감정까지 그 어두침침한 진료실의 것이었다. 사히르 박사와 다른 곳에서 함께 있는 건 어울리지 않았다. 다행히도 같은 탁자에 앉지는 않았다.

크즐라이에 가까워지자, 사히르 박사가 그녀에게 물었다. "추우시면 외젠에 들어가서 사흘렙1이라도 한잔할까요?"

"원하신다면."

사비하는 그 말을 입 밖으로 내뱉자마자 '안 된다고 할걸.'이라고 후회했다. 그들은 외젠에 들어가서 창가의 작은 원형 탁자에 마주 앉았다. 제과점에는 그들 말고 아무도 없었다. 사비하는 머리에 쓰고 있던 모직 숄과 장갑을 벗었다. "사흘렙 두 잔." 사히르는 진열창 뒤에 있는 종업원에게 말했다. 그리고 추위에 빨갛게 얼어 있는 사비하의 손을 잡고 비볐다. 사비하는 얼굴이 붉게 달아올랐지만, 손을 빼지는 않았

---

1   역주-전분질이 다량 함유된 튀르키예식 디저트 겸 음료

다.

"진료실 밖에서 함께 있으니 정말 이상한 기분이 드네요."

그녀는 웨이터가 듣지 못하도록 낮은 목소리로 말했다.

"어떤 기분인데요?"

"이상한 기분이랄까."

"어떻게 이상한데요?"

"우선 이야깃거리를 찾을 수가 없어요."

"원하시면 우리가 진료실에서 나누던 이야기를 다시 해볼까요?"

"그래도 되나요?"

"안 될 것도 없죠."

"저는 환자니까, 상담 비용을 내니까요?"

"여기서는 친구로서 얘기해 보세요… 그렇게 많은 시간을 보냈는데, 이제부터라도 우정을 쌓아야 하지 않을까요?"

"저는 뭘 드리죠?"

"부인과 함께하는 시간의 즐거움이, 제겐 보상이라고 생각하시면 됩니다."

"저와 함께 있으면 즐거우신가요, 사히르 박사님?"

"당신은 바라보는 것만으로도 즐겁죠. 아름다우시니까요."

"저와 함께 있는 건 보는 것만큼 즐겁지 않을 수도 있습니다. 아시다시피 저는 걱정이 많은 사람입니다. 항상 짜증 나 있고 불안해해요. 그래서 남편은 질려하죠. 심지어 딸까지도요."

"따님이 당신에게 싫증을 느끼나요?"

"저와 함께 있는 걸 좋아하지 않아요. 전에도 말씀드렸잖아요. 특히 제 부모님이 오신 이후로 더 그래요. 저보단 부모님과 더 가까워요."

"할머니와 할아버지는 아이의 삶에서 매우 특별한 위치를 차지합니다. 끝없는 사랑과 관용의 원천이거든요…."

"부모님이 오기 전부터 저와는 거리가 있었어요…. 흘랴는 이상한 아이예요."

"첫째 아이니까요."

"예."

"그러니까 버릇없고 이기적이며 질투심 많은."

"아, 왜 그런 말씀을 하시죠?"

"왜냐하면 사비하 부인은 첫 아이에게 고정 관념을 갖고 있어요."

"그래요?" 사비하는 웨이터가 가져온 뜨거운 살흘렙에 계피를 듬뿍 뿌린 다음 한 모금 마셨다.

"오오! 좋네요."

"사흘렙 말인가요, 아니면 진실을 보는 것 말인가요?"

"저를 나쁘게 보고 계시네요. 박사님의 눈에는 제가 변덕스럽고 투덜대기나 하는 여자로 보이죠, 그렇죠?"

"아뇨, 그렇지 않습니다. 제 눈으로도 실제로도 부인은 매우 감성적이고 예민한 사람입니다. 그래서 모든 아이가 자신의 형제자매에게 저지르고 금방 잊어버리는 장난과 행동, 질투가 부인에겐 깊은 상처로 남아 있습니다. 변덕스럽고 투덜대는 게 아니라 마음이 여리고 착한 겁니다."

사비하는 사흘렙을 한 모금 더 마셨다. 그녀의 손은 가볍게 떨렸다.

"사비하 부인, 어깨에 지워졌다고 생각하는 짐을 혼자서는 감당할 수 없기에, 한쪽 끝을 따님이 붙잡아 주길 바라는 겁니다. 사실 짐이라는 건 없습니다. 모든 형제자매 사이에 벌어지는 평범한 다툼 속에서 건강한 유년 시절을 보내셨어요."

"계피를 많이 넣었나 봐요."

"사비하… 사비하라고 불러도 될까요. 도망치지 마세요. 진실과 마주하기 위해 꼭 진료실이 필요한 건 아닙니다."

"무슨 말을 하고 싶으신 거예요?"

"제가 보기에 문제는 동생과의 관계가 아니라 모녀 관계에 있습니다. 진짜 문제는 거기에 있다는 말입니다."

"다 드셨으면 그만 일어날까요?" 사비하가 말했다.

사히르 박사는 고개를 돌려 종업원을 불렀다. 그리고 사비하가 의자를 뒤로 밀고 일어나는 것을 도왔다. 사비하는 숄로 머리를 감싸고 장갑을 꼈다. 그들이 밖으로 나왔을 때 눈보라는 잦아들었다.

"다시 내 팔을 잡으세요. 바닥이 미끄럽습니다." 사히르가 말했다.

"저 모퉁이에서 헤어지는 게 좋겠어요. 박사님도 댁으로 가세요."

"집까지 모셔다드리죠. 몸을 좀 녹이게 집으로 초대해 주셔도 좋고요."

"부모님과 휼랴가 집에 있어요."

"잘됐네요. 이렇게 해서 저도 휼랴랑 인사를 하겠군요."

그들은 한동안 말없이 걸었다. 사비하는 갑자기 멈춰서더니 고개를 돌려 사히르 박사를 뚫어지게 바라봤다.

"제가 딸을 학대하는 걸까요?"

"학대하시나요?"

"아니요. 하지만 절 비난하듯 말씀하시잖아요."

"저는 모녀가 함께 있는 것을 본 적이 없어요. 하지만 저는 당신의 마음을 읽을 수 있죠. 어린 시절을 사랑하지 않는 당신은 다른 모든 여자아이의 이름을 빌려 자신의 딸에게 잘못을 찾고 사랑도 주지 않는 겁니다."

사비하의 눈에 눈물이 어렸다.

"딸을 학대하지 않아요."

"그럴 거라고 확신합니다."

"어째서요?"

"왜냐하면… 왜냐하면 당신은…."

"제가 뭐요?"

"당신은 대단한 사람이니까요. 당신은 누구도 괴롭히지 못하는 착한 사람입니다."

"정말이에요? 진실을 말씀하시는 거죠?"

"예."

"제 마음을 갉아먹는 후회에서 벗어날 수 있을까요?"

"물론이죠."

"언제쯤이요?"

"사비하, 물어볼 게 있어요. 지금 저와 함께 병원에 가실래요?"

"지금요?"

"네."

"갈게요."

"정말 가고 싶은 거 맞으시죠?"

"예, 가고 싶어요."

그들은 왔던 길을 되돌아갔다. 크즐라이에 도착해서 대로를 건너 카즘 외잘프 지구를 걷다가 카란필 거리로 들어가기 위해 오른쪽으로 방향을 틀었다. 두 사람은 한마디 말 때문에 각자 다른 의미를 부여한 그 마법의 순간을 깰까 봐 두려웠다. 조금 전 그쳤던 눈이 다시 약하게 내리기 시작했다. 병원 진료실이 있는 건물에 도착하자 사히르는 건물 출입문을 열고 사비하가 들어오기를 기다렸다. 계단의 전등을 켜지 못하자 사히르는 주머니에서 꺼낸 성냥을 켠 다음 손을 앞으로 내밀었다.

"전구가 나갔나 봐요. 손을 줘봐요, 사비하."

그들은 손을 맞잡고 계단을 올라갔다. 사히르는 병원 현관문을 열기 위해 또다시 성냥을 켰다. 병원 안으로 들어왔고 사히르는 홀의 조명을 켰다. 갑자기 밝아진 불빛 아래에서 두 사람은 눈을 맞아 새하얗게 된 머리카락과 옷으로 인해 우스꽝스러운 모습이었다. 사비하는 눈을 털어내고 장갑과 숄, 코트를 벗었다. 사히르는 진료실에 들어가 탁상 조명을 켰다.

"자, 사비하." 사비하는 진료실로 들어갔다.

"앉으세요."

사비하는 늘 앉던 소파에 앉아 스툴 위에 발을 올렸다.

"음악은 없나요?"

"어떤 음악을 듣고 싶으세요?"

"당신이 고르세요, 사히르."

"피아노 음악을 좋아하시죠."

"예."

"쇼팽의 작품 중에서 찾아보도록 하죠. 삼 분만 시간을 주세요."

사비하는 눈을 감은 채 소파에 기대 있었다. 곧이어 쇼팽의 폴로네즈가 들렸다.

"아주 훌륭한 음반들을 소장하고 계시는군요."

"빈에서 공부할 때 가지고 있던 것들이죠."

"모든 환자에게 음악을 틀어주세요?"

"환자가 원하면 예, 틀어줍니다. 음악은 긴장을 풀어주죠. 하지만 이 도시에는 클래식 음악을 좋아하는 사람이 거의 없어요."

긴 침묵이 흘렀다. "말해보세요." 사히르가 말했다.

"뭘 말이에요?"

"하고 싶은 말이 있으면 뭐든지."

"그냥 이 음악을 듣고 싶어요."

"분위기를 깨면 안 됩니다. 무슨 말을 해야 할지 모르시겠다면, 제가 유도하도록 하죠. 마지막으로 모녀 관계에 관해 이야기했죠. 다시 거기서부터 시작할게요."

"아니요, 싫어요."

"왜 그러십니까?"

"그냥 싫어요."

"따님께 불편함을 느끼시나요? 왜 이 주제를 피하시죠?"

"누가 그래요?"

"주치의로서 말하겠습니다. 사비하, 당신은 제게 뭐든 말해도 됩니다. 당신이 무슨 말을 하든, 내가 당신을 비난하지 않을 거라는 건 알잖아요?"

"알아요. 마음을 여는 것에 있어서는 주저하지 않아요."

"그럼 마음을 여세요, 사비하. 오는 길에 당신이 말하지 않았던가요? 내 마음을 갉아먹는 감정을 없애버리고 싶다고. 자, 지금이 기회입니다."

"제 옆으로 와주세요."

사히르는 책상에서 일어나 그녀 곁으로 갔다. 사비하가 발을 뻗고 있는 스툴에 앉았다.

"준비됐나요, 사비하? 오늘 밤 여기서 문제와 마주하고 끝내버립시다. 당신을 괴롭히는…." 사히르가 말을 끝내기도 전에 사비하는 소파에서 몸을 일으켜 손으로 그의 입을 막았다.

"말하지 마세요. 아무 말도 하지 마세요. 그래요, 오늘 밤에 저의 문제와 대면해 볼래요."

서로의 눈을 뚫어지게 바라봤다. 사히르는 사비하의 눈동자가 간절하게 호소하는 비명을 못 본 척했다.

"자, 그럼 말해보세요!"

사비하는 머리부터 발끝까지 끓는 주전자 물을 뒤집어쓴 것처럼 갑자기 온몸이 뜨거워졌다. 기대어 있던 소파에서 일어나 앉으며 말했다. "아니요, 말하기 싫어요. 아직 준비가 안 됐어요." 그녀는 일어섰다. 그리고 얼음장처럼 차가운 목소리로 말했다. "가요."

"왜 화가 났습니까?"

사비하가 대답하지 않자, 그는 옷걸이에서 그녀의 코트를 가져와 어깨에 걸쳐 주었다. 사비하는 천천히 사히르를 향해 얼굴을 돌렸다. 사비하의 얼굴이 얼마나 가까운지 사히르는 그녀의 숨결에서 계피 향을 맡을 수 있었다. 희미한 불빛 속에서 두 사람은 아무 말 없이 서로 닿을 듯 서 있었다. 사히르는 갑자기 사비하를 끌어당겼고 그녀의 따뜻한 입술을 자신의 입으로 가져갔다. 그 순간 사비하는 기절할 것 같았다. 무릎이 떨렸다. 사히르가 자신의 얼굴, 목, 입술에 계속해서 키스하도록 허락했다. 마치 격투를 벌이는 듯 한참 동안 격렬한 키스를 나눴다. 그러다 갑자기 사비하가 뒤로 물러섰다.

"사비하… 사비하… 제발."

"아니… 아니에요. 하지 마세요. 놔주세요."

"저랑 장난하는 거예요?"

"무슨 말이에요?"

"당신은 당신이 뭘 원하는지 몰라요, 사비하!"

"당신이야말로 당신이 뭘 원하는지 모르는군요. 칭찬 섞인 말로 날 여기까지 데려오고, 음악을 틀어주고 말이에요. 더 나쁜 게 뭔지 알아요? 남편의 관심 밖에 있는 불행한 여자라는 약점을 당신이 알고 있다는…. 그리고… 그리고… 날 모욕하려고…."

"사비하! 무슨 말을 하는 거예요?"

"날… 날 무시하려… 날…."

"당신이 긴장을 풀 수 있도록 항상 음악을 틀었어요. 상담받을 준비가 되어 있다고 생각했어요. 사람들에겐 자신을 둘러싼 껍질을 뚫고 나올 준비가 되는 특별한 순간이 있어요…. 그 순간을 포착한 줄 알았는데…."

"내 딸을 얻기 위해 남편을 잃을 수는 없어요."

"오해했어요. 정말 죄송해요."

사비하의 눈에는 눈물이 가득 고였지만 얼굴에는 표정이 없었다. "내가 멍청이죠." 그녀는 얼음장 같은 차가운 목소리로 말했다.

"그렇지 않아요. 당신의 내면에 거울을 갖다 대기 위해 당신을 여기로 데려온 겁니다. 다른 의도는 없었어요…. 하지만… 정신과 의사라고 해도 자신을 통제하지 못할 때가 있습니다."

"날 사랑하세요?"

"당신을 사랑할 수 없어요. 당신은 나의 환자예요."

사비하의 눈은 뜨거워졌다. 두 뺨과 손바닥에도 열이 올랐다. "나도 미안해요." 그녀가 조용히 말했다.

"사비하, 당신은 스스로 남편에게 버림받은 불행한 여자라고 생각하고 있어요. 하지만 그렇지 않습니다. 당신의 남편은 당신이 생각하는 것보다 가족에게 헌신적이에요."

"어떻게 아세요?"

"그건 말할 수 없습니다만, 알고 있어요."

"내가 남편을 사랑하지 않는다고 생각하세요?"

"왜 그런 생각을 하겠어요?"

"오늘 밤 여기 왔으니까요."

"절대, 아닙니다."

"오지 말아야 했어요. 이러지 말아야 했어요."

"당신은 아무것도 하지 않았어요."

"내가 당신에게 관심이 있다는 걸 당신도 알았을 거예요."

"제가 책처럼 당신의 내면을 한 장씩 열어서 읽어주기 때문에 관심을 두게 된 겁니다. 모든 환자는 자신이 주치의에게 관심이 있다고 생각해요."

"여학생이 선생님과 사랑에 빠지는 것처럼요."

"그런 뜻은 아니에요."

"그럼 무슨 뜻이에요?"

"사비하…."

"당신… 당신을 믿었고, 마음이 흔들렸어요. 난 좋았어
요."

"당신이 좋아지게 하는 게 내 일이에요."

"당신은 내 안에 오랫동안 쌓여 있던 것들을 파헤쳤어요.
이렇게 되길 원한 건 아니었어요." 사히르 박사는 사비하에
게 다가가 가볍게 그녀를 안았다.

"우리 아까 일은 잊어버립시다. 사비하, 나는 당신의 주치
의이자 친구예요. 부끄러워하지 마세요. 당신은 여기서 내면
의 반대편을 들여다보는 겁니다. 난 당신을 도울 뿐이죠."

"나가요." 사비하가 말했다. "집에 가고 싶어요."

"그래요. 갑시다."

"혼자 갈 수 있어요."

"이 시간에 당신을 혼자 보내는 건 절대 안 돼요."

사히르는 어깨에서 흘러내린 코트를 입는 사비하를 거들
었고, 턴테이블을 껐다. 진료실의 불을 끈 뒤 다시 병원 로비
의 밝은 불빛 아래로 나왔다. 사비하의 붉게 상기된 뺨과 헝
클어진 머리를 본 그는 물었다. "화장을 고치실래요?"

"아니요."

그들은 병원 밖으로 나왔다. 이번에는 사비하가 사히르의 손을 잡지 않고 어둠 속에서 계단을 내려갔다.

눈은 계속 조용히 내리고 있었다.

"내 팔짱을 끼세요. 안 그러면 미끄러질 겁니다." 사히르가 말했다.

그들은 다시 팔짱을 끼고 각자의 생각에 빠져 말없이 걸었다.

사비하는 부끄러워하면서 '이게 나야.'라고 생각했다. '아버지가 원했던 그 모습이야. 좋은 교육을 받고 모든 것에 열린 사고를 하지만, 잠재의식 속에 자리 잡은 강박과 고리타분한 개념에서 벗어날 수 없는 노예…. 원하는 남자에게 꼬리는 흔들지만, 끝까지 갈 수 없는 겁쟁이…. 나는 아버지를 그대로 닮았어. 아버지도 문명화되고 현대적이라고 큰소리치지만, 딸이 유대인과 결혼했다는 이유로 집안에서 내쫓지 않았어?'

"무슨 생각을 해요?" 사히르가 물었다.

"아무것도요."

머리 한구석에 자리 잡은 관습과 전통의 실타래 속에서 벗어나면 더 행복해질까? 받아 온 교육의 사슬이 손목을 채우지 않으면, 행복은 몰라도 더 자유로울 건 의심의 여지가 없었다. 사히르의 팔짱을 끼고 눈 밟는 소리를 내며 걷는 동안, 사비하는 옳은 결정이었음에도 몇 달 동안 꿈꿔 왔던 인생의 유일한 일탈과 쾌락의 기회를 놓쳤다는 것을 깨달았다. 나체로 사히르의 품에 안겨 영혼과 마찬가지로 육체를 그에게 바치고, 사랑을 나누고, 그의 여자가 되어 그의 몸 안에 있고 싶었다. 하지만 그러지 못했다. 셀바처럼 용감하지 못하고, 용기를 내 원하는 걸 손에 넣지도 못했다. 주변 사람들을 슬프게 해선 안 된다는 생각 뒤에 숨었다. 셀바가 떠난 뒤, 엄마는 늘 "자신의 주변 사람들을 엉망진창으로 만들어 놨어."라고 했다. 사비하는 아버지의 딸인 만큼 엄마의 딸이기도 했다. 주변 사람들을 혼란스럽게 하는 것도 두렵지만, 주변 사람들의 평판이 더 두려웠다.

두 사람은 말없이 크즐라이까지 걸어갔다. 규벤 공원 앞에서 방향을 위쪽으로 틀었다. 그러다 사비하는 미끄러지고 사히르의 팔에 매달렸다. 사히르는 그녀를 꼭 붙잡았다.

사비하는 자신의 집이 있는 골목에 접어들자 말했다. "이쪽이에요." 그들은 왼쪽 골목으로 들어갔다. 집이 가까워지자, 사비하는 팔을 빼고 뒤뚱거리며 집 현관문으로 향했다. 집 앞에 도착한 사비하는 사히르가 오기를 기다렸다.

"당신을 초대할 수는 없어요."

"이해해요."

"수요일 진료에도 가지 않을 거예요."

"그러지 마세요. 당신도 다 끝나간다는 거 알잖아요?"

"네, 알고 있어요. 하지만 앞서 말씀드렸듯이, 딸을 얻는 대가로 남편을 잃을 수는 없어요." 그녀는 사히르에게 손을 내밀며 말했다. "안녕."

사히르는 사비하의 손에서 장갑을 벗겼다. 여전히 불타듯 뜨거운 자신의 입술을 그녀의 손가락 끝에 가저갔다. 불타듯 뜨거웠다. 차가운 밤공기 속에서 사히르의 입술이 사비하에게 그렇게 느껴졌다.

"안녕, 사비하."

갑자기 사비하가 까치발을 들고 양손으로 사히르의 코트 깃을 잡은 뒤 그의 입술 바로 옆에 입맞춤했다. 그러고는 재빨리 뒤돌아 집으로 들어갔다.

사히르는 또 한 번 그녀의 숨결에서 계피 향을 느꼈다. 그는 사비하의 입술이 닿은 부분을 손가락으로 어루만지며 뒤도 돌아보지 않고 눈 덮인 거리로 향했다.

사비하는 집 안에서 사히르가 점점 많이 내리기 시작한 눈 속에서 걸어가는 모습을 한동안 지켜봤다. 남편이 몹시 보고 싶었다.

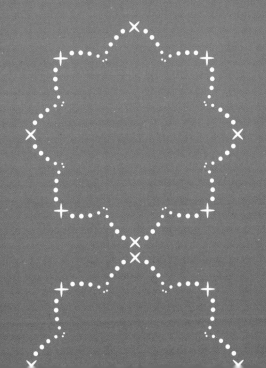

1943년
카이로

마짓은 거울로 넥타이를 매는 자신의 얼굴을 보고 덜컥 겁이 났다. 수면 부족으로 눈 아래는 진보라색으로 물들고, 양 볼은 늘어져 있었다.

　닷새 만에 오 년은 늙은 것 같았다. 이번 달 사 일부터 쉬지 않고 회의가 이어졌다. 대통령, 대통령 비서실장, 외무부 장관, 외무부 사무국장 그리고 마짓…. 미국의 루스벨트 대통령과 영국의 처칠 수상이 아다나로 보낸 두 대의 전용기를 타고 카이로에 도착한 뒤로, 세 번의 정상 회담과 셀 수 없이 많은 양자, 삼자 회담이 열렸다. 아주 중요한 문제가 논의되는 만찬도 있었다. 튀르키예 협상단은 대통령부터 말단 공무원까지 나흘 동안 모두 합쳐 세 시간 수면이 전부였다.

　마짓은 중년의 나이를 한참 지난 대통령이 그 피로 속에서도 멀쩡한 정신으로 있는 것에 놀라울 따름이었다.

　"앙카라의 추운 겨울을 벗어나서 햇빛을 볼 수 있겠네. 얼마나 좋아." 마짓이 날이 밝지 않은 새벽에 집을 나서자, 사비하가 한 말이 떠올랐고 배신자의 농담처럼 느껴졌다. 넓은 방, 긴 복도, 둥근 탁자 외에는 아무것도 보지 못했다. 물론, 자국의 이익을 위해 뭔가 얻어내려는 무표정한 얼굴이나 입가에 가짜 미소를 띤 피곤함에 절은 눈빛의 남자들도 있었다.

휠체어에 앉아 있다고 해도 큰 키가 확연히 드러나는 루스벨트와 맥주 통처럼 뚱뚱한 처칠 옆에서 이뇌뉘 대통령은 깡마른 여우처럼 보였다. 하지만 그는 마주 앉은 힘센 늑대들의 이빨에 최대한 상처를 입지 않고 벗어날 방법을 모색하고 있었다. 그의 머릿속에는 묘수를 찾기 위한 생각이 꼬리에 꼬리를 물고 끊임없이 맴돌았다.

"정신을 똑바로 차리시게. 내가 포착하지 못한 세부적인 내용은 여러분들이 잡아내야 해. 우리는 매우 가느다란 줄 위를 걷게 될 걸세. 조심 또 조심해야 하네." 대통령은 협상단에게 주의시켰다.

약 한 달 전, 마짓은 외무부 장관과 카이로를 방문한 적이 있었다. 그때도 불꽃 튀는 협상과 나흘간 이어질 마지막 정치 승부를 위한 사전 준비 작업을 했다. 힘든 출장이었지만, 이번만큼은 아니었다. 지난 나흘은 협상의 최종 결과를 앞둔 처절한 몸부림이었다.

영국은 자신에게 부담이 되지 않는 선에서 튀르키예의 참전과 튀르키예 남부 지역의 비행장 사용을 얻어내려고 했다.

필요하다면 그리스 섬에서의 패배를 만회하기 위해 에게해에서 상륙 작전을 튀르키예군에게 떠넘길 생각이었다. 러시아는 막후에서 전력을 다해 압박을 해오고 있었다. 어떤 이유인지 러시아는 튀르키예가 반드시 참전을 선언해야 하고, 상선이라 하더라도 독일 선박은 이스탄불 해협의 통과를 금지해야 한다고 주장했다. 그리고 연합군이 사용할 수 있도록 비행장을 즉각 개방하라고 요구했다. 이 요구가 받아들여지면 독일군이 튀르키예를 점령할 것이고, 러시아는 한숨 돌릴 수 있다는 계산이었다.

만약 독일군이 침공한다면, 러시아는 튀르키예를 돕는다는 핑계로 군대를 파병할 게 뻔했다. 이뇌뉘 대통령을 가장 불안하게 만든 문제도 바로 이 점이었다. 대통령은 낡은 에나멜가죽 신발을 신고 매우 미끄러운 바닥에서 세 명의 프리마돈나와 위험한 왈츠를 추고 있었다. 영국은 그의 허리를 끌어안아 자신을 향하게 돌리려고 했고 독일은 그의 팔을 잡아 반대편으로 돌리려고 했다. 러시아는 커다란 부츠를 신고 그의 발을 밟고 있었다.

마짓은 11월 5일 카이로에서 만난 영국과 튀르키예 외무 장관의 대화를 기록했다. 누만 메네멘지오울루 외무부 장관은 만반의 준비를 하고 카이로로 출발했다. 왜냐하면 카이로로 출발하기 직전 매우 흥미로운 일이 일어나서였다. 긴급 면담을 요청한 폰 파펜 독일 대사가 외무부 장관을 찾아왔고, 카이로 회담에서 영국과 러시아가 튀르키예에 무엇을 요구할지 알고 있다고 했다.

"장관님, 러시아의 압력으로 영국은 당장 튀르키예의 참전을 요구할 겁니다. 그들이 장관님을 카이로에 초대한 유일한 이유가 바로 이것입니다."

"대사님, 어떻게 그렇게 자신 있게 말씀할 수 있습니까? 아직 가지도 않았는걸요." 누만 장관이 독일 대사에게 물었다.

'이 정보는 영국 대사관에 근무하면서 런던에서 보내는 암호문을 사진으로 찍어 독일인들에게 팔아먹은 키케로라는 첩자 덕분에 얻었습니다.'라고 차마 말할 수 없어, 폰 파펜 대사는 흐뭇하게 미소를 지었고 이렇게 답했다. "점성가가 아니더라도 이 정도는 알 수 있습니다." 그다음 말을 할 때는 웃지 않았다. "연합군의 제안을 거부하면 큰 이득을 보실 겁니다. 우리 정부는 장관님께서 그들에게 적절한 대답을 해주시기를 기대하고 있습니다."

이런 상황 속에서 누만 장관은 영국 외무장관 이든과의 회담에 참석했다. 하지만 자신을 기다리고 있는 게 무엇인지 알기에 만반의 준비를 하고 있었다. 마짓은 회담이 열릴 대회의장 입구에서 기다리는 동안 이런 생각을 했다. '아래로 뻗으면 턱수염에 위로 뻗으면 콧수염에1!' 회담장에 들어가 협상 탁자에 자리를 잡은 뒤, 마짓은 두 외무장관의 말싸움을 프로 테니스 선수들의 게임을 보듯 입을 다물지 못한 채

---

1   역주-어려운 선택이나 상황에서 어느 쪽도 부정적인 결과가 따를 게 예상되는 경우에 사용하는 튀르키예 속담

감탄하며 듣고 있었다. 사실 누만 장관은 아무리 강한 공이 넘어와도 곧바로 받아칠 줄 아는 뛰어난 선수였다.

영국의 이든 장관은 회의가 시작되자마자 말을 돌리지 않고 본론으로 들어갔다. "올해가 가기 전에 귀국이 참전하면 러시아에 큰 도움이 될 것입니다. 러시아는 빨리 전쟁을 끝내는 데 집착하고 있습니다. 게다가 참전을 통해 러시아와 귀국은 우호 관계를 맺게 될 것이고 이는 튀르키예에 이득이 될 겁니다."

"우리의 참전이 러시아군의 발칸반도 진출의 기회를 만들어주지 않을까요?" 누만 장관이 물었다.

"만약 러시아인들이 발칸반도에 야망을 갖고 있다면 튀르키예가 전쟁에 참전하는 걸 원치 않았을 겁니다." 이든 장관은 자신이 말해놓고도 그다지 믿는 것 같지 않았다.

"튀르키예가 전쟁으로 피해를 보는 걸 러시아가 원하고 있어서 참전을 요구한다는 생각은 안 드시나요? 우리가 독일에 점령되고 또다시 해방 전쟁을 벌여야 하는…. 이 방법은 그다지 현명하다고 볼 수 없습니다."

"독일군이 튀르키예를 침공하는 것은 이제 불가능합니다. 독일군들 손에 겨우 오십 대의 폭격기밖에 없습니다. 영국 전투기를 상대할 수 없습니다. 독일은 발칸반도에 새로운 전선을 펼칠 위치에 있지 않습니다."

"발칸반도에서 독일군의 상황이 그다지 좋지 않다면 왜

영국은 그 지역에서 작전 계획을 세우지 않는 겁니까?"

"이 문제는 군사 작전 계획과 관련된 것이라 저도 말할 수 없습니다." 이든 장관은 질문을 회피했다.

"예, 장관님. 이해합니다. 하지만 저의 입장 역시 이해해 주시기를 바랍니다. 발칸반도에 대한 귀국의 계획을 모른 채 참전할 수는 없습니다."

튀르키예 외무장관의 단호한 태도를 마주한 이든 장관은 말을 바꿨다. "존경하는 장관님, 튀르키예는 참전하지 않고도 영국을 도울 수 있습니다."

"어떻게 말입니까?"

"튀르키예 남부에 비행장을 건설해서 영국군에게 개방하는 것입니다."

"존경하는 장관님, 장관님도 잘 아시다시피 튀르키예의 그런 행동은 독일군의 즉각적인 공격 사유가 됩니다."

"아닙니다, 장관님. 아소르스 제도2에 있는 기지를 연합군이 이용했다고 독일군이 포르투갈을 공격하지는 않았습니다. 마찬가지로 에게해 섬 작전 시 귀국이 제공한 편의, 그러니까 전쟁 물자를 귀국 창고에서 보관해 주고 식량을 살 수 있도록 해준 것이라든지, 튀르키예를 통해 철수한 것도 독일은 못 본 척했습니다. 이 사실을 아시잖습니까."

"물론 알고 있습니다, 장관님. 하지만 우리 비행장에서 이

---

2 역주-포르투갈 수도 리스본에서 서쪽으로 1,400킬로미터 떨어진 북대서양 내 포르투갈령 제도

륙한 비행기가 그리스 섬을 공격한다면 곧바로 독일군은 우리를 공격할 것입니다. 이 사실도 아시잖습니까."

"장관님, 제가 이해한 바로는 참전을 피하고 싶어 우리에게 비행장을 제공하지 못하시는 것 같군요. 왜냐하면 러시아가 두려우니까요."

"그런 발언은 불필요해 보입니다, 장관님. 튀르키예의 참전을 두고 논의를 할 수는 있습니다만, 그것도 필요한 지원을 보장할 때 가능한 것입니다."

"보십시오, 장관님. 튀르키예가 오늘 참전하면 영향력이 클 겁니다. 삼 개월 후가 되면 이 영향도 줄어들 것이고, 육 개월 후에는 전혀 없을 겁니다. 추가로, 저희에게 큰 도움이 될 이 요청을 받아들이지 않으신다면 우리 양국의 관계에도 변화가 올 겁니다."

"어떤 쪽으로요?"

"부정적인 쪽으로요!"

"존경하는 장관님, 이런 요청을 하신 첫 번째 국가가 우리라고 알고 있습니다. 러시아, 미국, 심지어 유고슬라비아에도 이런 요청을 하지 않으셨어요. 우리가 귀국의 제안을 거부하면 양국 관계가 단절 단계까지 간다는 말씀인가요? 이 말씀을 하시려는 겁니까?"

"솔직하게 말씀드리는 게 가장 좋겠군요. 튀르키예가 3개국의 연합에 협력하지 않으면 이 3개국과의 관계는 현재도, 전쟁 후에도 나빠질 겁니다."

누만 장관의 얼굴에 희미한 그림자가 드리워졌다. 이든 장관은 전쟁 이후의 관계에 대해서도 협박하고 있었다.

"모스크바에서 내린 결정이 우리를 참전시키기 위해서라는 건 알고 있습니다."

"그렇습니다. 3개국 모두 튀르키예의 참전이 전쟁을 단축할 것이라는 공통의 견해를 확인했습니다. 비행장 개방 요청은 별개의 문제입니다."

"장관님, 저는 비행장 개방 요청에 대해 거부할 권한이 있습니다. 저는 이 권한을 사용할 것이며, 당장 그 요청은 거부합니다. 튀르키예의 참전 문제는 우리 정부에 전달하겠습니다. 이 문제는 국회에서 결정할 수 있습니다."

마지막 말을 마친 뒤 누만 메네멘지오울루는 자리에서 일어나 이든 장관과 악수하고 회담장을 나왔다.

튀르키예 외교관들은 이틀 동안 그들의 방에서 연속 회의를 이어갔다. 앙카라와 암호 전문을 주고받고, 담배와 커피를 연달아 피우고 마시며 세부 사항까지 조율하고 평가했다. 사흘 뒤 이든과 누만은 비공개회의에서 다시 만났다.

튀르키예 측은 긴장했다. 러시아의 압력 때문에 영국이 물자 지원 중단 결정을 내렸을 거로 추측했다. 누만 장관은 회담에 들어가기 전에 마짓에게 이렇게 말했다. "이번에는 외교적 예의를 따르지 않을 수도 있네. 하지만 이것도 전술이야."

마짓은 시간이 지난 뒤에도 그 회담을 떠올리기만 하면

손바닥에 땀이 흥건해졌다.

이든 장관의 '당장 참전하셔야 합니다.'라는 최후통첩에 누만 장관은 부드러운 목소리로 답했지만, 그가 고른 단어들은 그리 부드럽지 않았다.

"장관님은 우리에게 세 번이나 잘못된 제안을 했습니다. 우리가 그중 하나라도 받아들였다면 우리만큼이나 귀국도 큰 피해를 봤을 겁니다."

"예를 들면요?" 이든 장관의 목소리는 빈정대는 투에, 미소에는 조롱이 섞여 있었다.

"바로 상기시켜 드리죠. 1940년 이탈리아가 선전 포고했을 때, 귀국은 우리에게 즉시 참전을 요구했습니다. 만약 우리가 그 말을 듣고 참전하면 어떻게 되었을까요? 마찬가지로 1941년 유고슬라비아를 두고도 같은 식이었습니다."

앙카라 주재 영국 대사인 휴거슨이 대화에 끼어들었다. "아닙니다, 전쟁에 참전하라고 하진 않았습니다."

"그럼, 뭐라고 하셨습니까?"

"유고슬라비아 정부가 저항하도록 엄포를 놓아달라고 했습니다."

누만 장관은 웃기 시작했다. "나의 절친한 친구여, 군사력이 최고조에 달한 독일이 남쪽으로 밀고 내려가고 있을 때, 우리에게 '엄포'를 제안한 게 '참전하라'라고 제안한 것보다 훨씬 낫다는 말이군요. 제 말이 그 뜻이라는 걸 대사님께서 다시 한번 확인해 주셨군요, 고맙습니다."

이든 장관도 웃음을 참을 수 없었다. 누만 장관은 웃으며 말을 시작했지만 단호한 목소리로 끝을 맺었다.

"결론적으로 독일군이 러시아군보다 우리를 먼저 공격할 수밖에 없게끔 강요하시는군요. 하시만 이런 식으로 튀르키예를 써먹을 생각이시라면 큰 대가가 따를 겁니다."

마짓과 사무국장의 눈이 마주쳤다. 두 사람의 눈동자에는 걱정과 함께 자긍심도 담겨 있었다. 누만 장관은 계속해서 이든 장관에게 쏘아댔다.

"그때 사단장으로서 곤경에 빠져 당황한 나머지 병력을 좌우로 분산시켜 구멍을 메우듯 벌였던 작전은 장관님의 치명적인 실수였습니다. 지금은 더 높은 지위와 권력을 갖고 계시면서 역시나 같은 실수를 반복하시는군요. 장관님의 제안은 튀르키예를 소모하는 것에 불과합니다. 그것도 러시아를 만족시키기 위해서 불필요하고 쓸모없는 곳에 말입니다."

마짓은 영국 협상단이 아무런 표정 변화 없이 어떤 이는 바닥을, 어떤 이는 천장이나 벽을 보며 튀르키예 외무부 장관의 말을 듣는 걸 목격했다. 누만 장관은 무대에 올라 처음에는 경직되었지만, 점차 제 실력을 발휘하는 테너 같았다.

"우리 군대가 공격 능력을 갖추지 못한 게 명백한데도 독일군을 끌어들이는 걸 보고 누가 옳다고 하겠습니까? 독일군이 이스탄불, 보스포루스 해협과 그 후방 지역을 점령한다면, 이것이 귀국에 어떤 이익을 가져다줍니까? 우리는 독일로부터 해방되기 위해 전쟁이 끝나기만을 기다려야 하나요? 러시아가 독일을 혼내주고 이스탄불을 구해줄 거라는 희망으로 살아야 합니까? 그리고 러시아가 이스탄불을 구하러 올까요?"

누만 장관은 잠시 침묵하면서 심호흡했다. 이든 장관이 뭔가 말하려고 할 때, 누만 장관이 곧바로 말을 이어갔다. "이 모든 것이 명백한데 '참전하지 않으면 물자를 제공하지 않겠다.'라는 말로 악순환에 빠지고 있다는 걸 모르시는 겁니까? 귀국이 물자를 제공하지 않으면 우리는 참전할 수가 없습니다. 우리가 참전하지 않으면 귀국은 물자를 제공하지 않을 테고요. 이 얼마나 현명한 행동입니까, 안 그렇습니까?"

이든 장관은 가면을 쓴 듯 무표정한 표정으로 앉아 있었다. 그는 이 말에 동의도 이의도 제기하지 않았다.

"저는 3대 강대국, 그러니까 영국, 러시아, 미국의 염원을 우리 정부에게 전하도록 하겠습니다, 장관님." 누만 장관은 이 말로 끝을 맺었다.

튀르키예로 돌아온 뒤 방문단은 국무회의에서 이 문제를 장시간 논의했다. 국회에서 참전은 조건부로 찬성, 비행장 개방은 반대라는 결과가 나왔다.

그 뒤 한 달 동안 아주 많은 일이 벌어졌다. 마짓은 매일 정부 청사에서 이런 업무에 치여 사는 바람에 사비하와 휼랴에 시간을 내지 못하고 있었다. 부부 사이는 점점 더 멀어지고, 몇 달 동안 사랑도 나누지 않았다. 최근 한 달 동안은 거의 한 마디도 나누지 않았다. 마짓은 중요한 업무를 이유로 늘 집안 문제를 뒤로 미뤄왔다. 이 회담이 끝나면, 이 협정에 서명하면, 카이로에서 돌아오면, 정상 회담이 잘 마무리되면….

그리고 지금은 카이로에 있고, 닷새간의 마라톤을 마친 뒤 처칠이 제공한 비행기를 타고 아다나로 돌아가고 있었다. 파즐 레샷 장군이 눈이 빠지게 기다리고 있을 게 뻔했다. 마짓은 늦은 시간에 집에 도착하면 파즐 레샷 장군이 자지 않고 창가에서 그가 오는 길만 보고 있을 거라 확신했다. 국가를 위해 일한 사람은 은퇴하고 여든이 넘어도 나랏일을 등한시할 수 없는 모양이었다. 오스만제국 마지막 조정의 보건부 장관은 약간 굽은 등에 보라색 실내 가운을 입고 돋보기를 코에 걸친 채 사위를 맞이하려고 현관문 뒤에서 기다리고 있었다. 마짓은 길게 숨을 내쉬었다. 노인이 다 된 장인이라 할지라도 누군가 그를 기다리는 사람이 있었다! 마짓은 자신을 통해서만 외부 세계와 연결되는 장인에게 뭘 말해야 할지 고민했다. 예를 들어, '이전 카이로 회담에서 영국 외무장관은 우리 눈을 똑바로 바라보며 거짓말을 했습니다. 왜냐하면, 미국은 우리를 불길 한가운데로 던져넣을 생각이 없었으니까요. 우리를 참전시키려는 건 러시아였습니다.'라고 말한다면, 노인은 쉬지 않고 러시아를 믿으면 안 된다고 역사적 사례를 들어가며 말할 것이다. 만약 장인에게 이뇌뉘 대통령이 참전을 위해선 시간이 더 필요하다고 하고, 미국 대통령 루스벨트가 진심으로 이 발언을 지지하지만, 영국 외무장관 이든이 모두가 들을 수 있는 큰 소리로 "하지만 러시아에 한 우리의 약속을 지키지 못하게 되지 않습니까, 대통령."이라고 한 걸 이야기하면 파즐 레샷 장군은 화를 못 이겨 펄쩍펄쩍 뛰며 영국이 아랍 민족과 쿠르드족을 어떻게 선동해서 오스만제국을 공격하게 했는지를 이야기할 것이다.

마짓은 회의가 어떻게 흘러갔는지 한번 떠올려본 뒤, 장인에게 누만 장관이 이든 장관의 무례함에 어떤 답변을 했는지 이야기해 주기로 마음먹었다. 그 답변에 장인은 무척 기뻐할 게 틀림없었다.

누만 장관은 튀르키예에 제공하기로 한 군수 물자를 두고 협상하면서 "우리에게 약속한 지원으로는 영국 공군 기지 정도나 방어할 수 있지 튀르키예를 방어하는 데에는 어림없습니다."라고 하자, 이든 장관은 "그 물자들은 영국 공군 기지에 있는 군인들이 이스탄불, 이즈미르, 종굴닥을 방어하기 위한 것들입니다."라고 대답했고, 누만 장관은 "장관님, 튀르키예가 방어를 영국에게 맡길 것으로 생각하는 건 아니시겠죠. 우리가 원하는 건 필요하면 귀국의 지원을 받아 튀르키예를 우리 스스로 방어하는 것입니다."라고 했다.

매우 강경한 발언들로 이어진 회담을 마치고 카이로를 떠날 예정이던 미국 대통령이 이뇌뉘 대통령에게 작별 인사를 나눌 수 있게 조금 더 머물러 달라고 요청한 것이며, 두 대통령 사이에 오간 친밀한 대화들도 장인을 기쁘게 해주기 위해 당연히 들려줄 생각이었다.

마짓은 장인에게 이토록 연민의 감정을 느끼고 있다는 사실에 자신도 놀랐다. 오래전에 잃은 아버지의 자리를 장인이 대신하는 건 아닌지 궁금했다. '아버지의 사랑과 관심이 필요한 거로 봐선 어쩌면 난 깊은 외로움에 빠져 있는지도 몰라.'라고 마짓은 생각했다.

이른 아침 처칠의 별장에서 열릴 예정인 처칠과 이뇌뉘 대통령의 마지막 담판에 늦지 않기 위해 아침에 사용한 세면도구와 잠옷을 전날 밤 열어둔 여행 가방에 넣고 잠갔다. 재킷을 입고 서류 뭉치를 챙겨 밖으로 나갔다.

마짓은 처칠의 비행기를 타고 아다나에 도착한 뒤, 앙카라로 향하는 열차에 몸을 실었다. 그는 객실로 들어가자마자 쓰러졌다. 그동안 쌓인 피로로 곯아떨어졌다. 객실 문을 두드리는 소리에 마짓은 벌떡 일어났다. 대통령의 보좌관 중 한 명이 객실 안으로 고개를 들이밀며 말했다. "대통령께서 최종 평가를 위해 국장님을 기다리고 계십니다." 다행히 옷을 벗지 않고 있었다. "곧 가겠습니다." 보좌관이 떠나자 혼자 중얼거리며 세수하기 위해 자리에서 일어났다. 대통령이라는 사람은 도대체 어떤 사람인 걸까? 피곤한 적도 졸려 한 적도 없었다. 마짓은 집에 도착하면 바로 잠자리에 들어 주말 내내 잠을 잘 생각이었다.

마짓은 예상한 시간에 집에 도착하지 못했다. 앙카라에 다다랐을 무렵, 폭설로 막힌 철도가 개통될 때까지 몇 시간을 기다려야 했다. 마침내 역에 도착하니 총리가 다음 날 국무 회의에서 보고할 최종 보고서를 보고 싶어 해서 곧바로 외무부로 가야 했다.

마짓은 집에 전화를 걸어 안부를 물은 다음 자신을 기다리지 말라는 말을 남겼다. 다음 날이 돼서야 파즐 레샷 장군에게 카이로에서 있었던 일을 이야기해 줄 수 있었다.

새벽 한 시쯤 집에 도착했을 때 마짓은 녹초가 되어 있었다. 수면 부족으로 눈은 따갑고, 입은 메마르고, 관절은 쑤셨다. 택시비를 내고 작은 여행 가방을 들고 집으로 향했다. 택시 안에서 미리 꺼낸 열쇠로 현관문을 열고 어둡고 조용한 집 안으로 들어갔다. 먼저 목욕할지 고민했지만, 곧바로 포기했다. 목욕할 힘도 없었다. 사비하를 깨우지 않으려고 거실 소파에 누우면 아침 일찍 일어나는 가족이 그를 깨울 수도 있었다. 가장 좋은 방법은 거실에서 옷을 벗고 조용히 침대로 들어가는 것이었다. 여행 가방을 열지 않고 거실에 두었다. 재킷, 넥타이, 셔츠, 신발, 바지를 벗고 양말을 신은 채 침실로 걸어가서 천천히 문을 열었다. 어둠 속에서 손으로 더듬어 찾은 침대에 최대한 조용히 몸을 뉘었다. 피곤함에 절은 몸을 따뜻한 이불 속에 파묻고 엎드렸다. 막 잠이 들려던 순간 아내가 자신의 품으로 파고드는 걸 보고 화들짝 놀랐다. '이런 깨웠구나.'라고 생각했다. 사비하의 실크 잠옷의 부드럽고 미끄러운 감촉이 순간 따뜻한 피부의 감촉으로 바뀌었다. 사비하가 벌거벗은 몸을 남편에게 꼭 붙이며 목을 팔로 감쌌다.

"잘 왔어. 당신이 보고 싶었어. 너무 보고 싶었어."

파리

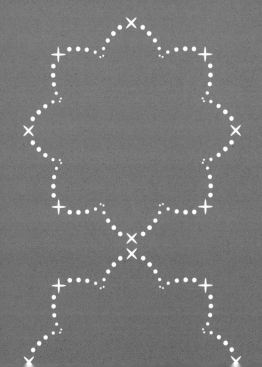

페릿은 낡고 허름한 트럭에서 내린 침상 한 개를 등에 짊어지고 널찍한 돌계단을 올랐다.

　"이봐, 친구! 여기 좀 봐. 자네는 노새처럼 힘을 쓸 수 있을지 모르지만 난 아니야." 트럭 운전사가 그의 뒤에서 소리쳤다. "이 큰 침상을 등에 지고 못 올라가. 한쪽 끝을 잡아줄 누군가가 있어야 해."

　"기다리쇼, 이거 올려다 놓고 다시 와서 도와줄 테니." 겨우 목소리를 낸 페릿이 말했다. 침상을 올려두고 숨을 헐떡이며 내려온 그에게 트럭 운전사가 물었다. "위에 기숙사라도 있는 거요?"

　"비슷한 거요."

　"이렇게 많은 침대로 뭘 할 거요? 호텔이라도 하려는 거요?"

　"매춘 영업을 해보려고. 한번 들러볼 생각 있소?" 페릿이 말했다.

"여자들은 예쁜가?"

'세상에, 바보 같은 자식이 진짜 줄 아네.'라고 생각했다. '어느 날 술에 취해서 찾아오기라도 하면 어쩌지!'

"그게 아니라, 우리 가족이 올 건데 대가족이라."

"어디서 오는 거요?"

"자 저기 끝을 잡고 위로 옮기기나 하지, 친구." 페릿은 다른 질문을 하지 못하게 한창 유행하는 노래를 휘파람으로 불렀다.

운전사는 침상 한 개를 옮기고 나서 나르는 걸 포기했다. 페릿은 손에 든 돈을 세어보고 다시 문간에 기대어 놓은 침상을 등에 짊어졌다. '자, 힘내. 고향에서는 늙은 짐꾼들이 세 배나 되는 짐을 나르잖아. 이 정도론 안 돼. 힘내!' 페릿은 스스로 다그쳤지만, 마지막 침상을 위층으로 나르고 문 앞에서 주저앉았다. 그때 전화벨 소리가 들렸고 페릿은 힘들게 자리에서 일어났다.

수화기 너머 에블린의 목소리는 퉁명스러웠다. "무슨 소리야, 집을 월세로 내놓다니? 무슨 말을 하는 거야?"

"여보, 이해해야 해! 열차표를 사려면 돈이 필요해. 내 월급으론 부족해. 그래서 월세로 내놓은 거야."

"나한테 묻지도 않고?"

"물어볼 시간이 없었어. 출산과 여행에 돈이 필요하다는 얘기는 우리 사이에 이미 있지 않았어?"

"그 돈을 벌기 위해 나도 일하려고 했어. 그러기로 했잖아."

"당신이 일하지 않았으면 해. 임신 중이잖아. 몸이 힘들면 안 돼. 게다가 우리가 타야 할 열차는 머지않아 출발할 거야."

"이런 결정을 함께 내려야 했어. 내게 물어봐야 했다고."

"내가 터키인이라는 사실을 당신은 잊고 있네. 우리 터키인은 묻지 않고 스스로 결정해. 가끔 이런 터키인 기질이 나오는가 봐."

"농담으로 넘어갈 생각하지 마, 페릿."

"시간이 없었어, 여보. 당신은 여기에 없고, 연락도 닿지 않는 별장에 있잖아. 급히 결정해야만 했고, 결정한 거야!"

"이게 무슨 말도 안 되는 소리야! 이제 우리는 어디에 머물 거야? 어떻게 해?"

"당신은 얼마간 친구 집에 머물러. 난 무흘리스 집에 있을게. 어쩌면 교수의 댁에 머물 수도 있고."

"떨어져 있자는 거야?"

"에블린, 내가 몇 번이나 말했어? 이 돈이 너무 필요해서 거절할 수가 없었어. 십오 일이나 이십 일 내로, 함께 이스탄불로 갈 거고, 다시는 헤어지는 일이 없을 거야. 집을 그냥 두느니 돈이 되면 좋잖아."

"살면서 이런 말도 안 되는 소리는 들어본 적이 없어. 남편이 묻지도 않고 집을 월세로 내놓고 아내는 친구 집으로 보내다니."

"친구가 몸이 안 좋아서 당신도 사실은 좀 더 머물고 싶은 거 아니었어? 그 친구가 좋아질 때까지 머물고 싶다고 말하고 싶었지만 못한 거 아냐? 내가 화낼까 봐. 안 그래?"

"말하는 것 좀 봐! 알았는데, 왜 아무 말도 하지 않은 거야, 이기주의자 같으니라고!"

"당신이 보고 싶을 테니까. 장기간 가 있는 걸 원치 않던 거지."

"지금은 뭐가 달라졌어? 이젠 보고 싶지 않은 거야?"

"당신 남편은 집값을 기꺼이 내겠다는 멍청이를 찾았고, 돈이 필요해서 그 멍청이에게 집을 월세로 준 거야. 당신한테 원하는 건 잠시 거기서 지내라는 것뿐이야…. 여보, 내일 수업 끝나고 교외선 열차가 운행하면 바로 당신한테 갈게. 주말을 함께 보내자. 이 상황을 당신한테 한 번 더 설명해 줄게. 알았지, 나의 작은 새, 사랑하는 여보."

"제기랄!" 전화를 끊은 뒤 페릿은 혼잣말을 내뱉었다. "침상을 3층까지 옮기는 것보다 에블린을 설득하는 게 더 어렵잖아!"

작은 기숙사로 변해버린 거실에서 이리저리 침대에 부닥쳐가며 주방으로 향했다. 커피를 끓였다. 그는 찬장을 치즈, 빵, 파스타로 채웠다. 모든 준비를 마쳤다. 이제 손님을 기다릴 차례였다. 그는 커피를 들고 다시 거실로 돌아와 놓여 있는 침대들을 불만스럽게 바라봤다. 거실은 이제 거실이 아니었다. 나란히 붙여놓은 침상 네 개에 여섯 명이 수평으로 잘 수 있고, 식탁이 있던 자리에 한 명, 바닥에 깔린 매트리스에 서너 명이 누워 잘 수 있었다. 침실에 또 다른 매트리스를 놓을 수 있어서, 네 명이 침실을, 셀바와 그녀의 가족은 작은 방을 쓰고 페릿은 접이식 소파에서….

그는 무슨 일이 있어도 이번 주말에 에블린을 만나러 가야만 했다. 만약 아내가 보고 싶다는 핑계로 집에 와서 이 상황을 보기라도 한다면…. '그런데 좀 전에 무흘리스 집에 머물겠다고 하지 않았나? 파리에 도착하면 집에 들르지 말고 곧바로 무흘리스의 집으로 오라고 말해야 했는데.' 에블린의 소지품은 뭐가 됐든 주말에 다 가져갈 생각이었다. 이런저런 것을 챙기겠다고 집으로 돌아오지 않게. 게다가 파리를 떠나기 전에 진짜 세입자를 꼭 찾아야만 했다. 부동산 사무실에 가보는 게 좋을 것 같았다. 어쩌면 무흘리스의 집으로 옮기는 게 더 나을 수도 있다는 생각이 들었다. 그러면 이 집에 한 명의 자리가 더 생길 테니. 이 문제를 타륵과 상의해야만 했다. 오랜 친구인 무흘리스 대신 비밀을 나누는 친구로 타륵을 선택한 것도 참 이상한 일이었다.

페릿의 손님들은 점령당한 프랑스의 도시와 마을에서 온 사람들이었다. 독일군은 프랑스 전역에서 집합시킨 유대인들을 독일에 있는 강제 수용소로 보내려고 파리로 이송했다. 페릿이 소속된 조직도 같은 일을 하고 있었다. 전혀 다른 목적으로. 유대인들을 받아들일 준비가 되어 있는 중립국으로 그들을 보내기 위해 파리의 접선 장소에 유대인을 모으고 있었다. 독일 강제 수용소의 열악한 환경에서 일하지 않기 위해 자신들을 도와줄 프랑스인들의 집이나 몇몇 호텔에 모여서, 여러 이동 수단을 이용해서 중립국으로 떠났다.

그때까지만 해도 독일의 수용소가 죽음의 함정이라는 사실을 모르고 있었다. 전쟁이 끝난 뒤에야 이들 수용소에 있던 사람들이 비누와 양피지가 되거나, 실험 대상으로 이용되고, 유독 가스나 총살 등으로 집단 살해된 사실이 밝혀졌다.

유대계 터키인들을 구하기 위해 튀르키예 정부가 앙카라에서 보낼 열차를 타고 동쪽으로 간다는 희망을 품고 파리에 모인 사람은 모두 아흔일곱 명이었다. 그들은 출발할 때까지 여러 호텔과 집에서 기다리고 있었다. 모두 두려워했다. 그들 중 일부는 튀르키예와 아무 연관이 없어서 튀르키예 여권이나 여행자 증명서를 갖고 있지 않았다. 그들은 작은 희망을 좇아 파리로 온 사람들이었고, 그들에게 마련된 집과 피난처에 모여 구원을 기다리고 있었다.

이유는 알 수 없지만, 페릿은 모두가 탈출할 수 있을 거라는 희망을 절대 버리지 않았다. 무흘리스나 타륵은 결국 안 된다고 하겠지만…. 만약 이 사람들의 얼굴을 본다면, 물론 모두는 아니더라도 자신의 집으로 피신한 사람들만이라도…. 이 가련한 사람들은 마치 전염병 환자 표식처럼 가슴에 유대인을 상징하는 노란색 표식을 달아야만 했고, 가족과 강제로 이별했으며, 직장까지 잃었다. 이런 이야기를 이 사람들의 입을 통해 듣게 된다면, 어쩌면···.

모르는 일 아닌가!

초인종 소리가 들리자, 페릿은 먼저 창문으로 달려갔다. 아래에는 아무도 보이지 않았다. 건물의 출입문이 열려 있어서 벨을 누른 사람이 들어왔을 수도 있었다. 계단에서 발걸음 소리와 대화가 들렸다. 서둘러 현관문을 열었다. 타륵인 것을 알고 깜짝 놀랐다.

"내가 예상한 것보다 일찍 도착했어." 타륵은 낮은 목소리로 말했다. 타륵의 뒤편 어두운 계단에 서 있는 사람들을 그때야 발견했다.

"왜들 그러고 있어요? 어서 들어오세요."

"준비가 안 됐으면···."

"걱정하지 말게. 모든 준비를 마쳤어."

타륵은 고개를 돌려 뒤에 서 있던 사람들을 소개했다. "이분은 라파엘 알판다리 씨, 그의 아내 셀바, 아들 파즐···. 그리고 이들은 페를라와 사무엘."

"페리와 사미예요." 아들을 품에 안고 서 있던 키 큰 젊은 여자가 아이들의 이름을 바로잡았다.

"아들 한 명뿐인 줄 알았어요."

"이 아이들은 저의 꼬마 친구들입니다. 제 아이는 아니에요."

타륵은 민망한 웃음을 지으며 말했다. "나도 다섯 명인 줄은 몰랐어.”

“상관없어. 자, 들어오세요.” 페릿이 말했다. 한 명씩 집 안으로 들어왔다. 타륵은 거실을 보고 놀랐다.

“이게 무슨 일이야? 여길 야전 병원으로 만들어 놨군.”

“다른 손님들도 올 거야.”

“우리는 어느 방에서 자면 될까요? 이 방입니까?” 라파엘이 물었다.

“아니요. 안에 따로 방이 있습니다만, 꼬마 친구들이 올 걸 계산하지 않았네요.” 페릿이 대답했다.

“정말 미안합니다. 숫자가 늘어나면 당신께 짐이 될 거라는 걸 아내에게 미처 말하지 못했습니다. 당장 나가서 이 근처에 적당한 곳을 찾아보겠습니다. 보나파르트 호텔이 있었는데, 전화번호 좀 알 수 있을까요?”

“말도 안 돼요. 절대 돌아다녀서는 안 됩니다. 꼭 고급 호텔에 묵어야 하는 게 아니라면 우리 모두 약간의 희생을 감수해야 합니다.” 페릿이 말했다.

“아이들은 어디에서든지 지낼 수 있어요.” 셀바가 말했다. 사무엘과 페를라는 문 앞에서 자신들이 알지 못하는 언어로 주고받는 대화에 귀를 기울이고 있었다. ‘아이’라는 귀에 익은 단어가 들리자 두려움에 서로를 바라봤다.

“아이들은 터키어를 할 줄 압니까?” 페릿이 물었다.

“배우는 중이에요.”

“셀바가 아이들을 가르치고 있습니다.” 라파엘이 대화에 끼어들었다.

"아, 이거 잘됐네요!" 페릿 말했다. "자, 얼른 짐을 푸셔야죠. 방으로 가시죠. 자, 복도 끝 오른쪽 문으로 들어가시면 됩니다. 화장실은 바로 맞은편에 있습니다." 그리고 겁에 질려 기다리고 있는 아이들을 향해 고개를 돌려 프랑스어로 말했다. "너희들에게 접이식 소파를 줄게. 내가 거기서 자려고 했는데 이제는 너희 둘이 소파에서 어떻게든 함께 자야 해. 이름이 뭐였지?"

"사무… 사미." 밤송이머리를 한 소년이 대답했다. "그리고 저기 내 동생 페리예요."

"자, 사미와 페리. 소지품은 서랍장 위에 두면 되고, 여권이나 귀중품은 첫 번째 서랍에 넣으면 된단다."

"귀중품은 없어요." 페를라가 말했다. 돈은 어머니가 속옷에 달아준 주머니에 숨겨 두고, 누구에게도 보여줄 생각이 없었다.

"페릿, 이 침대들은 누가 쓸 거야?" 타륵이 물었다.

"파리로 모여들 사람들. 각자 다른 도시에서 올 거야. 세명 정도 더 올 것으로 예상하는데 어쩌면 안 올 수도 있어."

"어째서?"

"산맥을 넘어 스페인으로 갈 가능성도 있나 봐."

"에블린은 뭐라고 그래?"

"에블린은 몰라."

"뭐라고?"

"나중에 설명해 줄게."

셀바가 소지품과 아들을 방에 내려 두는 사이에 라파엘은 타륵과 페릿의 곁으로 왔다. "타륵 영사님, 당신께 빚을 졌습니다. 제가 구출될 때도 큰 도움을 주셨다는 거 압니다."

타륵은 라파엘의 터키어에 외국인의 억양이 전혀 없는 걸 보고 놀랐다. "천만에요. 전 대사관들을 개입시킨 것 외에는 한 일이 없습니다." 타륵이 말했다.

"열차 소식을 알려주신 분도 영사님입니다."

"열차에는 라파엘 씨와 같은 상황에 있는 다른 분들도 있을 겁니다."

"당신보다 훨씬 나쁜 상황에 있는 사람들도 있습니다. 그래도 여러분들은 튀르키예 정부의 보호를 받고 계시는 겁니다. 프랑스나 독일에 사는 유대인, 게다가 유대계 이탈리아인, 젊은 여자와 청년, 아이를 둔 여성, 가장이나 노인…. 누구에게도 해를 끼친 적이 없는 수백, 수천 명의 사람은…." 페릿이 말했다.

타륵은 고개를 숙였다.

"이들 중 일부는 작은 희망을 찾아 파리로 모이고 있습니다. 이 열차에 탈 수 있도록 눈을 감아주거나…" 침묵이 흘렀다.

"주거나?" 라파엘이 물었다.

"그들도 이 열차에 탑승하게 될 겁니다. 저는 확신합니다." 페릿이 대신 대답했다.

"저도 그렇게 생각합니다." 라파엘이 소파에 나란히 앉아 있는 아이들을 눈짓으로 가리키며 말했다. "보세요, 저 아이들에게도 여권을 발급해 줬습니다. 다른 사람들에게도 여권을 발급해 줄 이유를 찾을 거라 확신합니다."

"전 다시 일하러 가야 합니다." 타륵이 말했다. "오늘 아침에 사무실에서 해야 할 일을 못 했습니다. 루소 집안의 아들이 며칠 동안 실종 상태예요. 그가 어디에 있는지 알아낼 때까지 모든 강제 수용소를 뒤져봐야 합니다. 셀바 부인이 편하게 짐을 푸실 수 있게 저는 가보겠습니다. 안부를 전해주세요. 퇴근하고 다시 여러분을 뵈러 오겠습니다."

타륵은 페릿과 함께 거실로 갔다. 라파엘은 한참 동안 문앞에서 그들이 속삭이며 이야기 나누는 걸 들었다.

"자네에게 부탁이 있어, 페릿." 타륵은 멋쩍어하는 표정으로 말했다.

"얼마든지, 말해봐."

"아까 안 올지도 모른다는 사람들 말이야, 만약 진짜로 안 온다면 열차에 태울 두 명을 여기로 보내도 될까?"

"몹시 어려운 상황이라면 그들도 보내게. 내가 자네한테 가고 아이들은 부엌에 매트리스를 깔고 재우면 돼. 같은 침대를 써도 되지?"

"물론이지. 리옹에서 오는 젊은 부부야. 아까도 말했지, 게슈타포로부터 여자를 구한 적이 있다고. 그 여자의 딸과 사위야."

"기억이 나는 것 같아. 그럼 그 여자는 어디서 자?"

"그 여자는 세상을 떠났어."

페릿이 돌아왔을 때, 셀바는 거실에 있었다.

"파즐이 많이 지쳐 있어서 재웠어." 셀바가 남편에게 말했다.

"셀바 부인, 부인께 부탁할 게…. 물론 부인이 승낙하신다면… 여기에 머무시는 동안… 혹시?" 그는 말을 잇지 못했다.

"들어드리지 못할 게 뭐가 있겠어요. 집을 우리에게 제공해 주셨는데요. 원하시는 것은 무엇이든 할 준비가 되어 있어요. 요리할까요, 청소요?"

"그런 게 아닙니다. 이 침대들에서 잘 사람들이 더 있다는 건 알고 계시는 것 같군요."

"물론이죠. 우리와 같은 열차를 타려고 여기로 모이는 거로 알고 있어요."

"그렇습니다. 하지만 그들은 전부 튀르키예 국적이 아닙니다. 그리고 터키어를 할 줄 모릅니다."

"튀르키예에서 보낸 열차를 타려면 튀르키예 여권이 있어야 하지 않나요?"

"여권은 구할 겁니다. 하지만 가는 도중에 무슨 일이 생기면 터키인처럼 행동하고 터키어 몇 마디도 알아야 할 것 같아서…. 터키어를 가르치신다고 들었는데, 혹시….'

"제가 터키어를 가르쳐 줬으면 하시는 건가요?"

"해주실 수 있습니까?"

"얼마든지요. 사실 마르세유에서 오랫동안 이 일을 해왔어요. 아이들에게 필요한 문장을 외우게 했죠. 그런데 질문이 있어요. 터키인처럼 행동한다고 하셨는데 어떤 걸 말씀하는 겁니까? 터키인이 어떻게 행동하죠?"

"차를 많이 마시죠. 예를 들자면, 차에 우유를 타지 않고요. 기도 전 세정 의식을 지키고, 예배도 합니다. 아침 식사로 치즈와 올리브를 먹고요. 이런 걸 모르니 몇 사람에게는 코란을 쥐여줘야 할 수도 있습니다. 읽는 척이라도 하게 말입니다."

셀바는 웃었다. "돌마와 쾨프테1도 가져가는 게 좋겠어요. 제가 출발하기 전에 요리해 둘게요."

"세상에, 그걸 요리할 수 있다면 당장 해주세요. 이 집에서 제대로 된 음식을 먹어보게 말입니다." 페릿이 말했다.

"결혼한 뒤 파리에서 요리를 배웠어요. 요리를 잘하지는 못해요. 부모님이 피아노와 바이올린, 외국어 대신에 요리나 가르쳐 주셨더라면 좋을 텐데." 셀바가 말했다. 그리고 라파엘을 향해 고개를 돌려 물었다. "좋은 남편을 만나라고 그런 걸 다 가르치셨는데, 정작 남편들은 요리 잘하는 아내를 더 좋아하잖아. 라파엘 그렇지 않아?"

"저는 아닙니다." 페릿이 대신 대답했다. "결혼할 때 저는

---

1   역주-튀르키예식 미트볼

요리사가 아닌 인생의 동반자를 원했거든요."

"찾으셨나요?"

"그런 것 같습니다."

"셀바가 하는 말만 들으시면 안 됩니다. 저도 인생의 동반자를 원했는데 알고 보니 전우였습니다. 셀바는 자신이 전사라고 생각하고 세상을 혼자서 구해보겠다고 나서거든요."

"함께 해보죠. 먼저 파리와 우리 집에 모인 사람을 구하고, 그다음에 세상을 구합시다. 어때요, 셀바?" 페릿이 물었다.

'이건 그동안 내가 받아본 제안 중 최고예요. 라파엘의 프로포즈 이후로 말이에요.'라고 말하려던 그녀는 입술을 깨물며 억지로 참았다. 사실 라파엘은 그녀에게 프로포즈하지 않았다. 셀바가 라파엘에게 결혼하자고 통보했다. 그녀는 돌아서서 소파에 앉아 아이들과 이야기를 나누고 있는 남편을 바라보았다. 라파엘은 열차에 끌려간 그날 밤 이후로 살이 많이 빠졌다. 밤에는 잠도 제대로 이루지 못하고, 악몽과 싸웠다. 땀에 젖어 침대에서 뛰쳐나오는 일도 잦았다. '라파엘, 당신은 정말로 나를 사랑해?'라고 생각했다. '나는 라파엘에게 축복일까, 아니면 재앙일까? 어느 쪽이지? 나랑 결혼한 걸 후회한 적 있어? 나 때문에 당신이 가족과 고향에서 멀어져서 마음속으로 화가 나 있는 건 아니지?'

그 순간, 이스탄불에 도착할 수만 있다면 시어머니를 만나 이야기해 봐야겠다고 마음먹었다. 시어머니의 손을 잡고 아들을 용서해 달라고 간청할 생각이었다. 남편에게 어머니,

형제, 사촌, 그러니까 가족을 돌려줘야 했다. '오, 라파엘.' 그
녀는 속으로 이렇게 말했다. '내가 당신을 사랑하는 만큼 당
신도 나를 사랑해?'

암흑천지

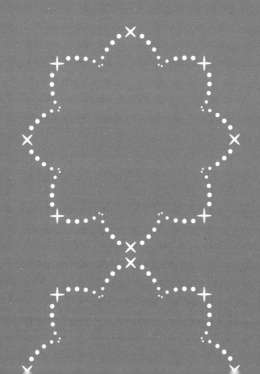

그날도 오늘도 내 마음 동쪽에서 피어나는 연기
유혈의 역사가 어디에 있든 나는 늘 그 하늘 아래에 있었네
무라트 문간

다비드 루소는 아침에 기분 좋게 잠자리에서 일어났다. 창가에 서서 한동안 스트레칭을 했다. 새해가 다가오고 있었다. 파리! 오 파리! 유흥, 예술, 음악, 향락, 축제의 도시, 찬란한 파리…. 이제 막 스무 살이 된 청년에게 이 도시에서 새해를 기다리는 것보다 신나는 일이 어디 있을까? 특히나 베이오울루에서 태어나 유흥, 문화, 다채로움 그리고 시끄러운 음악 소리에 젖어 살았다면….

다비드 루소는 늘 자신이 매우 운이 좋은 편이라고 생각했다. 그는 부유한 집안, 매우 다채로운 주변 환경 속에서 태어났다. 생 베누아에서 중등 교육을 마친 뒤 가족과 함께 파리로 이주했다. 그의 아버지는 파리의 세련된 동네 중 하나인 14구에서 근사한 집을 구했고, 아들을 고등학교에 보냈다. 비록 고등학교를 졸업하는 데 시간이 조금 걸렸지만, 똑똑한 청년이라면 부족함 없이 보내는 학창시절은 길수록 재

미있다는 걸 모를 리 없었다. 중등 교육을 마치자마자 남자에게 부과되는 병역 의무와 결혼해서 아이를 낳고 죽을 때까지 가족이라는 부담을 책임감으로 짊어져야 하는 과정을 가능한 한 늦추는 방법이 학교였다.

이스탄불에서 전학을 오는 바람에 다비드의 고등학교 과정이 조금 더 길어졌지만, 절대 불평하지 않았다. 고등학교를 졸업하자 그림에 관심이 있어서 미술 아카데미에 등록했다.

키가 크고 날씬한 체형에 동유럽 사람 특유의 우수에 찬 눈빛을 지닌 그는 화가로서의 재미를 만끽할 준비를 하고 있던 찰나, 전쟁이 터졌다. 아름다운 나체의 소녀 모델을 볼 거라는 꿈이 실현되는 데까지 시간이 필요해 보였다. 상관없었다. 그에게 삶은 즐거운 나날로 가득 차 있었다. 그의 아버지가 아끼지 않고 주는 돈을 술집에 뿌리고 다녔다. 그와 그의 젊은 친구들은 매일 밤 파리를 뒤집어 놓았다. 그들은 한 곳에서 캉캉 춤을 보고 나면 또 다른 곳으로 자리를 옮겼다. 맥줏집에서 거나하게 술을 마시거나 거리 카페에서 와인을 마셨다. 다비드는 독일 장교들이 드나드는 장소에 가지 않으려고 조심했다. 하지만 별걱정은 없었다. 첫 장에 붉은 도장으로 '쥐이프1'라고 찍혀 있었지만, 제대로 발급받은 튀르키예 여권이 있었다.

사실 그도 어머니와 마찬가지로 아버지가 가족들의 여권

---

1   원작자주-유대인

과 신분증을 모아 도장을 찍기 위해 서둘러 경찰서로 가져가는 걸 보고 조금 원망스러웠다.

"서두르는 이유가 뭐예요?" 다비드와 어머니가 물었다.

"무슨 소리야." 아버지가 대답했다. "며칠 동안 라디오를 통해 유대인들은 신분증에 도장을 받아야 한다고 했잖아. 신문에도 이에 대해 기사가 줄줄이 났다니까!"

"좋아요. 그런데 그들이 유대인을 어떻게 구별하겠어요? 보세요. 비탈리는 도장을 찍지 않았다니까요." 그의 아내가 말했다.

"난 서류가 깔끔하게 정리된 것을 좋아해. 왜 도장을 받지 않았는지 나중에 해명하고 싶지 않단 말이야."

"나중에 후회할 일이 없길."

"뭘 그렇게 잔소리해. 그냥 도장일 뿐인데." 그의 아버지가 말했다.

이렇게 다비드는 튀르키예 여권에 빨간 도장이 찍혔다.

싸늘하고 화창한 12월의 아침, 다비드는 아버지와 함께 아침 식사를 하며 커피를 마시고 있었다. "오늘 또 샹젤리제에 갈 거니?" 아버지가 물었다.

"네. 친구를 만날 겁니다."

"이 전쟁이 너희를 놈팡이로 만들었어. 영화관에 가는 것 말고는 할 일이 없어?"

"그럼 뭘 해야 합니까, 아버지?"

"내 옆에서 일을 시작해 보는 건 어떠니?"

"새해가 지나면요. 특히 올해는 재수가 없어서 지나가면 좋겠어요."

"좋은 해가 있었니? 좋은 한 해를 기다리다 네 인생이 다 지나가겠다. 이 전쟁은 쉽사리 끝나지 않을 거다. 너와 네 친구들은 빈둥댈 핑계를 찾고 있는 것처럼 보여."

"친구 중 누구도 이런 환경에서 일하고 싶어 하지 않아요, 아버지."

"아침까지 술집에 돌아다니는 건 하고 싶고!"

"저희는 전쟁 세대예요, 아버지." 다비드가 말했다. "저희 세대에 많은 걸 기대하지 마세요!"

"내 말이 그 말이야! 다른 모든 것처럼 전쟁이 너희도 망쳐놨어. 아들아, 술을 마시러 가더라도 네 말대로 전쟁 세대이니 신분증은 꼭 가지고 가거라. 얼마 전에 우리 이웃들도 많이 당했나 보더라. 신분증이 없다는 이유로 말이야."

"알았어요, 아버지. 가지고 갈게요."

"튀르키예 여권을 가지고 다니거라, 그게 제일 좋아."

아침 식사를 마치고 다비드는 신문을 읽었고 방에서 그림을 잠깐 그렸다. 오늘은 어느 클럽에서 친구들과 함께 새해를 맞이할 것인지 정하고 예약할 참이었다. 전쟁 중인데도 어김없이 새해가 코앞으로 다가왔다. 젊은 다비드에게 삶은 여전히 아름다웠다. 샹젤리제는 벌써 화려한 조명 속에 둘러싸여 있었다. 모든 상점은 이미 진열창에 크리스마스 장식을 걸어두었고, 거리의 가로수들은 작은 전구들이 휘감고 있었다. 대로변 한쪽에서 다른 한쪽까지 화려한 빛을 뿜는 다리가 연결돼 있었다. 게다가 전쟁의 여파는 파리에 거의 미치지 않았다. 유럽은 불타고 있을지 몰라도 파리는 밝은 조명이 비추고 있었다. 하얀 실크 스카프와 검은색 캐시미어 코트를 입은 신사, 거만한 독일 장교들의 곁눈질을 받고 좋은 향기를 풍기는 세련된 여성, 얼굴에 분을 잔뜩 바른 댄서, 입술을 새빨갛게 칠한 요염한 여자가 거리를 돌아다니고 있었다. 다비드는 주위를 맴도는 이 여러 여자에게서 자신의 몫을 챙겼다.

다비드는 오늘 친구들과 새해 전야를 보낼 장소를 정한 뒤 -거의 라 쿠폴이 아니면 화가들이 자주 가는 카페 드 플뢰허가 되겠지만- 스텔라에게 전화해 새해 전야 모임에 초대할 생각이었다. 그는 새해 전야에 스텔라에게 키스할 계획이었다. 시계가 자정을 가리키고 새해가 왔음을 알릴 때, 모두가 키스하면서 새해를 맞이하는 분위기에서 스텔라가 거부하거나 하진 않을 테니 반드시 키스할 생각이었다. 거리에서 열광적으로 새해를 맞이하는 군중 사이에서 손잡고 입을 맞춘 뒤 할에서 수프를 마신 다음, 혼자 사는 마뉘엘의 집으로 데려갈 수만 있다면…. 누가 알아, 어쩌면… 아니, 아니야…. 서두를 필요 없어. 그 일도 기회가 올 거야, 물론!

라비앙로즈를 휘파람으로 불며 옷을 입었다. 늘 그랬듯 지갑을 안주머니에 넣고 코트를 들려던 참에 아침 식사 때

아버지가 한 말이 생각나 다시 방으로 갔다. 서랍에서 여권을 꺼내고 현관문으로 향했다.

"늦을 거니?" 어머니가 소리쳤다. "저녁 식사 때 널 기다려야 하니?"

"기다리지 마세요. 자정까지는 돌아오지 않을 거예요."

"오늘은 주말도 아니잖아. 매일 밤 그렇게 늦게 자서 쓰겠니!"

다비드는 어머니의 말에 대답하지 않았다. 그는 스무 살이었고 파리에 살고 있었다. 자신도 주체할 수 없었다. 현관문을 열고 밖으로 나갔다. 계단을 두세 개씩 뛰어 내려가 건물 밖으로 나오자 가슴이 트이는 것 같았다. 어머니와 아버지의 잔소리는 현관문 너머에 남겨두었다. 활기 넘치고 화려하며 시끌벅적하고 아름다운 도시인 파리가 신비로움과 함께 그를 기다리고 있었다.

전쟁이 발발한 뒤 프랭클린 루스벨트로 이름이 바뀐 마흐뵈프 지하철역에 내렸을 때, 약속 시각에 조금 늦었다는 생각이 들었다. 친구들이 또 늦는다고 화낼 게 분명했다. 그래서 인파 속에서 사람들을 밀쳐가며 조금 서둘렀다. 이상하게 지하철역이 붐볐다. 사람들이 걷고 있는 게 아니라 출구로 몰이를 당하는 것 같아 화가 났다. 다비드는 몇 사람을 제치고 앞으로 나아갔다. '아, 이 늙은이들! 좀처럼 움직이지 못하는, 한 걸음 내디딜 때마다 한 시간이나 생각해야 하는 늙은이들! 걷질 못하면 집에나 있지.'라고 속으로 생각했다. 앞에서 제대로 걷지 못하는 노부부의 옆을 지나쳐 계단까지 왔으나, 여전히 길은 막혔다. 마치 서서히 줄어드는 줄에 선 것 같았다. '올 연말 쇼핑은 일찌감치 시작됐나 보다.'라고 생각했다. 파리 사람들은 전쟁에 개의치 않고 생활했고, 쇼핑도 마찬가지였다.

"이 많은 사람은 다 뭐야. 앞으로 나아가는 사람이 없잖아!" 앞에 있던 남자가 말했다. '오! 오! 저건 뭐지?' 제자리에서 높이 뛰며 앞의 상황을 보려고 했다. 지하철 출구에 독일군이 늘어서 있었다. 독일군은 남자들에게 신분증 제시를 요구했고, 신분증 검사를 마친 사람 중 일부를 한쪽에 따로 줄을 세웠다. 여자들은 그냥 지나갔다. 여권을 가지고 나온 게 천만다행이었다. '우리 집 늙은이!'라고 입버릇처럼 말해왔던 아버지의 말이 맞았다. 안주머니에 있는 여권을 더듬어 보았다. 아, 여권은 그대로 있었다. 다비드는 다른 사람들 뒤로 줄을 섰고 천천히 앞으로 갔다.

다섯 명이 신분증을 보여준 뒤 지나갔고, 여섯 번째는 다른 곳으로 끌려갔다. 일고여덟 명이 더 통과했다. 앞에 서 있던 사람 중 한 명이 뒤돌아 가려 하자 날카로운 호루라기 소리가 들렸다. 그 남자는 몇 발짝 뛰었다. 할트²! 할트! 그는 멈춰 섰다. 그는 새하얗게 질린 얼굴로 돌아와 자신이 서 있던 곳으로 들어가려 했다. 독일군은 손짓으로 그를 불렀다. 그

---

2   역주-Halt, 독일어로 정지, 멈춰라는 의미

는 독일군을 향해 걸어갔다. 그의 어깨, 오, 그 어깨, '난 할 수 있는 게 없어요. 도와주세요.' 하는 것 같았다. 다비드는 난생처음으로 어깨가 비명을 지르는 걸 보았다. 이렇게 또 한 명이 벽으로 끌려갔다…. 서너 명이 통과했다. 줄이 느리게 줄어들었지만 괜찮았다. 친구들에게 해줄 이야기가 생긴 것이다. 굉장한 이야깃거리 아닌가! 오늘의 주인공이라도 된 것 같았다. 새해 전야에 스텔라에게도 이 이야기를 해줄 작정이었다. 스텔라와 무슨 이야기를 할지 걱정할 필요가 없어졌다. '지하철에서 내리다가 체포될 뻔했어. 여권이 없었다면 지금 강제 수용소에 있었을 거야. 생각해 봐, 스텔라!' 끝내주는 이야깃거리였다!

"신분증!" 거친 말투의 독일군이 말했다. 다비드는 꺼내놓은 여권을 내밀었다. 세상에, 고문 같던 시간이 끝나가고 있었다. 독일군은 여권을 펼쳐보았다. 사진, 이름, 성, 생년월일, 출생지 그리고 붉은 도장. 유대인.

"벽으로 가."

"나는 터키인입니다."

"가라고 했어!"

다비드는 시키는 대로 했다. 말없이 다른 사람들과 기다렸다. 얼마 후 군인 한 명이 그들에게 다가와 한쪽에 서 있던 사람들을 여덟 명씩 그룹으로 나눴다.

"앞으로 가!"

한쪽으로 분류된 사람들은 걷기 시작했고, 그들 중 한 명이 입을 열었다. "입 닥쳐." 독일군이 소리쳤다. 앞에 정차해 있던 회색 군용 트럭에 모두 올랐다. 다비드는 자신의 옆에서 덜덜 떠는 또래를 바라봤다. 이름이 롬브로소라는 이탈리아 출신의 청년은 손가락으로 코트 위에 '유대인?'이라고 썼다. 다비드는 고개를 끄덕였다.

트럭은 버스 옆에 멈췄다. 트럭에서 내린 그들은 자신을 기다리고 있던 버스에 올랐다. 다른 트럭들도 버스 옆에 멈춰 섰다. 트럭에서 내린 사람들은 이미 만원인 버스 안으로 꾸역꾸역 밀려들었다. 출발한 버스는 한참을 달렸다. 다비드는 어디로 가고 있는지 방향을 추측해 보고 있었다. 얼마나 사람으로 꽉 찼는지 창밖을 볼 수가 없었다.

한참을 이동한 뒤 버스는 건물로 둘러싸인 공터로 들어선 다음 멈췄다. 길고 견고한 건물 사이로 들어서자 에꼴르 밀리떼흐3에 도착한 걸 알았다. 잡혀 온 사람들은 복도 바닥에 앉아서 기다렸다. 두려워서 서로 이야기도 나누지 못했다. 질문하려던 몇몇은 독일군들에게 혼나고 입을 다물었다. 석재 바닥에 앉아 기다리고, 기다리고, 또 기다렸다. 복도와 연결된 방에서 새어 나오는 햇빛은 갈수록 줄어들었고 곧 어두워졌다. 저녁이 되었다.

"일어나! 앞으로 가!"

모두 일어나 걷기 시작했다. 사관학교의 다른 건물에서

---

3   역주-파리에 있는 프랑스 육군사관학교

나온 많은 사람이 다시 다섯 대의 버스에 끼여 타고 버스는 출발했다.

파리 북역에서 내리자, 사람이 개미 떼처럼 모여 있는 역 모퉁이로 걸어가서 열차에 올랐다. 열차는 두 시간 넘게 이동하다가 멈췄고, 독일군들은 사람으로 가득 찬 객차에서 다섯 명씩 내리게 한 다음 줄을 세웠다.

"앞으로 가. 앞으로 가!"

12월의 추위에 반짝이며 내리는 비를 맞으며 걸어갔다. 허기지고 지쳤다. 열두 살부터 여든두 살까지 거의 1,000명에 가까운 남자들은 이제 두려워하지 않았다. 두려워할 수가 없었다. 두려움은 지나가고 그 자리에 이름 모를 감정이 자리했다. 이 감정이 죽음에 무감각해지는 슬픔과 애통함이라는 걸 다비드는 나중에 알게 되었다.

길고 긴 행렬의 끝날 줄 모르던 행진은 한 수용소에서 마침내 끝났다. 서른 명씩 그룹으로 나뉘어 방으로 들어갔다. 바닥에는 지푸라기가 깔려 있었다. 너무 오랫동안 서 있던 터라 곧바로 지푸라기 위에 쓰러졌다. 쓰러져 누운 곳에서 서로 몸을 붙이고 타인의 숨결과 체온으로 몸을 데웠다.

2층 침대가 도착하기까지 일주일 동안 그들은 소처럼 지푸라기 위에서 자야 했다.

다섯 시에 깨워서 복도로 나오게 했다. 추운 복도에서 서너 시간 동안 인원수 파악을 위해 서서 기다려야 했다.

"3열 종대!"

3열 종대로 줄을 맞춰 섰다.

"앞으로 가!"

걸었다.

"2열 종대!"

2열 종대로 섰다. 넓은 홀에 놓인 책상에는 젊은 군인이 앉아 있고 한 명씩 그의 앞을 지나갔다.

"이름?"

"다비드 루소입니다."

"너에게 매우 귀중한 물건 네 개를 줄 거야. 어느 것도 잃어버려선 안 돼. 받아! 아연 그릇 한 개, 숟가락 한 개, 담요 한 장. 그리고 너의 번호다. 자 받아!"

다비드는 그것을 받아서 들었다.

"번호를 읽어봐."

"3233."

"넌 이제 3233이야. 그게 네 이름이다. 이 번호표를 잊어버리느니 죽는 게 나을 거다. 알겠어?"

"알겠습니다."

"여기, 여기, 여기 그리고 여기에 서명해."

다비드는 서명했다. 그릇, 숟가락, 담요, 3233 번호표 난에 네 번의 서명을 했다. 이제 그는 다비드 루소가 아니었다.

샹젤리제의 카페 클로씨에서 기다리는 친구들도, 집에서 기다리는 부모님도 존재하지 않는다. 다비드 루소는 존재하지 않는 사람이었다. 서명과 동시에 다비드 루소는 사라졌다. 그는 단지 숫자 3233일뿐이었다. 그는 숫자에 불과했다. 큰 키에 창백한 얼굴, 미래가 없는, 아연 조각에 새겨진 숫자….

정오가 된 건 구령으로 알았다.

"1열 종대!"

1열 종대로 섰다.

걸어가다 수프 냄비 앞에 멈췄다. 그릇에 수프 한 국자씩 배급되었다. 받아두었던 쇠숟가락으로 수프를 떠먹었다. 수프를 다 먹은 뒤 숟가락과 그릇은 잃어버리지 않게 품속과 주머니에 넣었다. 수프를 먹은 뒤, 연병장으로 끌려 나온 그들은 다섯 명씩 줄을 지어 연병장을 오갔다. 바로 옆 사람 외에 대화하는 건 금지였다. 두 명의 대화는 허용되었지만, 세 명은 불허였다!

"왜 우리가 여기 있는 거죠? 우리의 죄가 뭡니까?"

"유대인이라서요."

"여기서 나갈 수 있을까요?"

"못 나갈 겁니다."

"가족이 찾아 나선다면…."

"어이, 거기! 말이 많아! 닥쳐!"

그들은 입을 닫았고 우유 파는 상인이 끄는 말처럼 연병장을 빙빙 돌았다. 걷는 동안 손과 발, 엉덩이가 얼었고 추위에 떨었다. 그리고 건초가 깔린 짐승 굴로 들어가 서로의 온기에 기댔다. 저녁이 되자 다시 줄을 서서 식당으로 갔다. 이번에는 검은 빵이었다. 어떤 군인이 커다란 나무 탁자 위에 빵 한 덩어리를 올려놓았다. 그 군인이 지목한 사람은 틀에 맞춰 빵을 정사각형의 균일한 조각으로 나눴다. 그런 다음 군인은 200그램 빵 조각을 수용소 번호에 따라 나눠줬다. 번호들은 -그들은 이제 사람이 아닌 숫자였다- 손에 든 오래된 검은 빵을 마지막 부스러기까지 핥아가며 먹어 치웠다. 복도 끄트머리 악취가 풍기는 화장실 문 앞에 줄지어 교대로 용변을 본 다음 지푸라기 위에서 쓰러져 잠들었다.

"입을 여는 놈은 어미를 욕보일 테다!" 문을 닫던 군인이 독일 억양의 프랑스어로 소리쳤다.

다음 날, 세 시간 동안 복도에 서서 인원수 점검을 기다리다가 유일한 아침 식사인 커피를 아연 그릇에 담아 마신 뒤 연병장으로 나갔다. 담장을 따라 쌓여 있는 철조망 더미들이 보였다. 이제 그들에게 해야 할 일이 생긴 것이다. 얽힌 철조망을 풀어서 군인들이 지정한 곳으로 옮겨야 했다. 다비드는 얼음장 같은 연병장을 왔다 갔다 하느니 뭐라도 할 수 있어서 기뻤다. 며칠 전만 해도 아버지에게 '아무것도 하고 싶지 않아요.'라고 말하지 않았나? 시간 개념을 상실해서 그것조차 몰랐다. 피를 흘려가며 철조망을 풀고 있는 모습을 본다면 노인네가 뭐라고 했을까? 노인네라! 다비드의 자식들은 아버지 뒤에서 '우리 노인네.'라고 할 수 없을 것이다. 호베르 다비드 루소는 3233번일 뿐이었다. 철조망을 옮기는, 나이도 미래도 없는…. 슬퍼하고 울어야 하지만, 그것마저도 할 수 없었다.

일주일 뒤, 2층 침대와 짚으로 속을 채운 매트리스가 수용소에 도착했다. 침구류를 가져온 군인 중 한 명이 들어와서 이렇게 말했다. "제기랄! 썩는 냄새가 나." 방에 있던 번호들은 서로를 바라봤다. 그들은 도착한 날부터 입고 있던 옷으로 지푸라기 위에서 지내면서, 냄새도 느끼지 못했다.

보름 뒤, 새로운 명령이 내려오자, 수용소의 삶도 다채로워졌다. 아침 커피와 철조망 운반 사이에 5열 종대로 맞춰 이전에는 보지 못했던 복도를 통과해 홀에 도착했다.

"벗어, 새끼들아!"

모두 놀라서 서로를 바라보며 속옷만 남겨두고 옷을 벗었다.

"속옷도 벗어!"

"맙소사!" 한 노인이 말했다.

"너한테 무슨 짓을 한다고, 이 늙은이야!" 어떤 군인이 소리쳤다.

속옷도 벗었다. 그들은 말아놓은 옷으로 중요 부분을 가리며 벌거벗은 채 기다리고 또 기다렸다. 그들 중 한두 명은 나체로 추위를 견디지 못해 바닥에 쓰러졌다.

"1열 종대!"

1열 종대로 섰다. 막대기를 든 군인이 한 명씩 몸에 이가 있는지 확인했다. 또 다른 군인은 옷을 찜통에 넣고 꺼냈다. 그런 다음 천장에 샤워기가 줄지어 달린 넓은 방으로 들어갔다. 얼음처럼 차가운 물 아래에서 추위에 떨어가며 몸을 씻었다. 샤워실을 나와서는 찜통에서 나온 습기 찬 옷을 입고 철조망을 옮기러 갔다.

며칠이 흘렀다. 그들 중에는 군인들에게 호출당한 뒤로 다시 돌아오지 않는 이도 있었다. 죽은 사람도 많았다. 칠십 살이 넘은 노인들은 이런 생활을 감당할 수 없어서 병든 채 끌려 나갔다. 짚으로 만든 매트리스를 들어내고 나서야 병에 걸린 사람들이 죽었다는 걸 알았다. 하지만 호출을 받은 뒤로 돌아오지 않은 젊은이들에게 무슨 일이 있는지는 알 수가 없었다.

어느 날 아침, 아연 그릇에 든 커피를 마시고 복도에서 인원수 점검이라는 고문의 시간을 보내고 있을 때 들어온 군인이 소리쳤다. "3233번!" 아무도 움직이지 않았다.
"3233이라고 부르잖아, 젠장!"
'나잖아.' 다비드는 속으로 말했다. '내가 3233번이잖아. 이제 어떡하지?' 한 발 앞으로 나갔다.
"네가 3233번이야?"
"네."
"방으로 가서 그릇, 숟가락, 담요, 번호표를 가지고 나와."

다비드는 자신의 방으로 갔다. 2층 침대에서 담요를 걷었고 그릇과 숟가락을 챙겼다. 번호표는 주머니에 들어 있었다. 다시 자리로 돌아왔다.

"나 챙겼어?"

"챙겼습니다."

"앞으로 가."

다비드는 줄지어 서 있는 감방 동료들을 바라보았다. 어떤 이는 고개를 숙였고, 어떤 이는 눈짓으로 마지막 인사를 보냈다.

"총살할 건가 봐." 누군가가 속삭였다. 다비드는 그 말을 듣고도 상심하지 않았다. 갈색 액체에 불과한 역겨운 커피, 진흙보다 더 형편없는 수프, 딱딱한 빵 조각, 그리고 철조망을 푸는 일을 피할 수 있게 되었다. 매일 밤 짚으로 채워진 매트리스에 누워 있을 때면 집을 그리워하고, 스텔라에게 키스도 못 해보고 죽는다는 슬픔과 숫자로 전락해 버린 처참한 신세를 떠올렸다. 다비드는 군인을 따라가 작은 사무실로 들어갔다. 책상에 앉아 있는 민간인 남자 앞에는 등기부 등본처럼 커다란 명부가 놓여 있었다.

"번호." 남자가 말했다.

"3233번입니다."

"이 장에서 당신 이름을 찾아봐!" 남자는 이렇게 말하고 명부를 펼쳤다.

이름! 다비드는 이름이 있었다는 게 생각났다. 이름이 뭐였더라? 뭐였지?

허리를 숙여 명부를 살펴봤다. 흐릿해 보였다. 눈앞에서 알파벳이 춤추고 있었다. 눈을 비비고 다시 주의해서 살펴봤다. 먼저 자신의 번호인 3233을 보았다. 그 옆에 이름이 적혀 있었다. 손가락으로 이름을 가리켰다.

"찾았어?"

"찾았습니다."

"읽어봐!"

"호베르 다비드 루소."

"소지품을 반납해."

다비드는 그를 멍하니 바라보았다.

"뭘 보고 있는 거야? 그릇, 숟가락, 담요, 번호표. 전부 책상 위에 올려놔."

다비드는 매우 조심스럽게 그릇, 숟가락, 담요를 책상 위에 차례로 놓았고 담요 위에 번호표를 올려놓았다. 남자는 마치 귀한 보석이라도 되는 듯 그것들을 확인했고, 각각의 소지품에 대해 다비드로부터 서명을 받았다.

"저는 어디로 가는 겁니까?" 다비드가 물었다.

"지옥으로." 남자가 대답했다.

"죽기 전에 마지막으로 가족과 통화할 수 있을까요?"

남자는 미소를 지었다.

"아니면 소식이라도 전할 수 있을까요?"

"무슨 소식 말이야?"

"총살당할 거라는 소식 말입니다."

"총살당하려고?"

"제가 통화할 수 없다면 혹시 전화번호를 알려주면 전해 주실 수 있을까요? 절 기다리지 말라고 말입니다. 소식을 들으면 덜 고통스러울 겁니다."

"무슨 소식을 들으면?"

"제가 죽었다는."

남자는 입가에 조소를 머금었다. 다비드는 '개자식'이라고 속으로 말했다.

"가자." 다비드와 함께 왔던 군인이 소리쳤다. 다비드는 다시 군인을 따라갔다. 그들은 건물 밖으로 나갔다. 연병장을 건너 나치 문양 깃발과 독일 국기가 문에 걸려 있는 다른 건물로 들어갔다. 계단으로 올라간 뒤 복도를 따라 걸어갔다.

"넌 여기서 기다려." 군인이 방으로 들어가며 말했다. 다비드는 복도에 있는 접수대에 몸을 기댔다. 접수대에 누워 있을까 하는 생각까지 들었다. 죽으러 가는 것이라면 머릿속에 떠오르는게 뭐든지 못 할 게 없었다. 예를 들어, 잠시 뒤 나올 군인이나 바로 앞을 지나가는 장교의 얼굴에 침을 뱉을 수도 있었다. 쌍욕과 저주를 퍼부을 수도 있었다. 단추를 풀고 바로 거기에 소변까지도 볼 수 있었다. 하지만 머릿속으로 생각한 그 어떤 것도 하지 못했다. 밖으로 나와 신선한 공기를 마신 뒤로 엄청난 무기력감이 그를 덮쳐왔다. 철조망을 분리해서 옮기는 것 외에는 아무것도 할 힘이 없었다. 지옥의 문 앞에서 철조망이라는 임무가 주어졌고 그것만 할 수 있었다.

방에 들어갔던 군인은 서류를 들고나왔다. 그리고 다시 말했다. "가자." 다비드는 일어나려고 했지만 그럴 수 없었다.

"앞으로 가!"

마지막 힘을 다해 군인 뒤를 따라갔다. 창피하지만 않다면 기어서 가고 싶었다. 계단을 내려가서 연병장을 지나 골목으로 들어갔고, 이어서 국화꽃으로 장식된 정원에 도착했다. 다비드 앞에는 멋진 별장이 있었다.

"다비드, 넌 죽은 거야. 너만 모르는 거야! 내가 걸어왔던 골목…, 아름다운 정원…, 꽃…, 별장…, 나는 죽었어. 나는 죽은 거야. 감사합니다. 난 죽었어. 죽을 때 아무런 고통이 없었어. 드디어 구원받았구나. 죽었다니, 만세."

문 앞에 있던 경비병이 다비드 앞에 있는 군인에게 경례했다. 다비드는 땅에 닿을 듯 고개를 숙여 경비병에게 인사했다. 경비병은 황당해하며 다비드를 보며 미쳤다는 손짓을 했다. 군인이 앞장서고 다비드는 그의 뒤를 따라 빌라 계단을 올라갔다. 대리석으로 된 홀. 벽에는 근사한 그림. 여러 방 중 한 곳에서 후리[4]가 나타날 거리고 다비드는 생각했다. 후리의 눈동자는 스텔라, 목소리는 엄마와 닮았으면 했다. 유

---

4   역주-이슬람에서 천국에 가면 죽은 자를 기다리고 있다는 처녀

대인들이 죽어서 가는 천국에는 후리가 없지만, 무슬림 남자들은 저세상에서 아름답고 젊은 처녀들이 맞이한다는 말을 들은 적이 있었다. 튀르키예 여권을 가지고 죽었으니… 그는 혼자 웃었다. 다비드는 여자를 원해서가 아니라, 친숙하고 다정한 얼굴, 과거의 흔적을 볼 수 있으면 하는 마음에 스텔라를 닮은 후리를 떠올린 것이었다. 엄마의 목소리는… 엄마의 목소리를 그리워할 거라고는 꿈에도 생각지 않았지만, 오직 '내 아들, 내 어여쁜 아들.'이라는 친숙한 목소리를 듣고 싶었고, '엄마, 너무 보고 싶었어요. 엄마!'라고 대답해 보고 싶었다.

"서류를 받아. 저 방으로 가. 난 여기서 기다릴 테니." 군인은 들고 있던 서류를 다비드에게 건네며 말했다. 다비드는 서류를 받아서 방으로 들어갔다.

고급 가구들로 꾸며진 방이었다. 루이 14세 스타일의 사무실에 있던 남자가 물었다. "저 명부에서 자네 이름을 찾을 수 있겠나?"

있겠냐고! 그래, 난 죽었고 천국으로 가는 중이었지. 다비드는 명부에 다가갔다. 이번에는 흐릿하지 않았고 이름도 바로 찾았다.

"여기… 내 이름이 여기 있네요."

"이름 옆에 서명해."

다비드는 서명했다.

"아우스바이스5를 받아, 이건 파리행 열차표야."

"뭐라고 하셨습니까?"

"그러니까 나갈 수 있는 서류와 열차표라고. 넌 자유야. 잘 가게."

"그러니까, 제가 어디로 가는 건가요…? 집에 돌아가는 건가요?"

"지능이 떨어져? 뭐야?" 그 남자는 군대식 경례를 하고 손으로 가리키며 "나흐 파리스6! 튀르키예 영사의 손과 발에 입 맞추는 것도 잊지 마!"

다비드는 방에서 나와 기다리고 있던 병사를 따라 계단을 내려갔다. 별장을 뒤로하고 국화꽃 사이를 지나 정문에 다다랐다. 죽은 게 아니었다. 석방된 것이었다. 이게 무슨 의미지? 집에 돌아간다는 게 무슨 의미일까? 그 군인은 경비실에 들어가 뭔가 말하고, 경비원 중 한 명이 나와 정문을 열었다. 다비드는 밖으로 나왔다.

두 달 전, 65킬로그램으로 들어왔던 수용소에서 47킬로그램의 몸무게로 나왔다. 해골처럼 핏기 없는 얼굴에 정신이 나간 사람의 모습으로 잎사귀 하나 남지 않은 밤나무 사이를 걸어갔다. 기뻐할 수가 없었다. 식욕도 없었다. 입맛이라는 게 남아 있지 않았다. 흥분도, 기대도 없었다. 발은 그를 집으

---

5   역주-ausweis, 독일어로 신분증
6   역주-Nach Paris, 독일어로 "파리로"라는 의미

로 데려갈 역으로 향하고 있지만, 그의 마음은, 마음은, 숫자였다. 기억해 내지 못한…. 그는 늙어버렸다. 아주 많이 늙어버렸다. '우리 노인네.'라고 하던 아버지보다 더 노인이 되어 있있다. 그의 마음은 3233살이었다.

파리

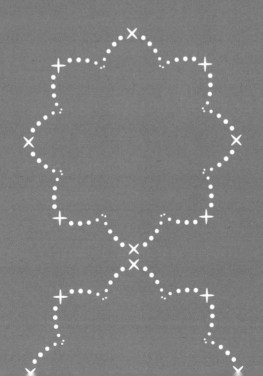

셀바는 터키어를 가르친 몇몇 사람에게 큰 애정을 갖기 시작했다. 마고는 그녀가 좋아하는 사람 중 한 명이었다. 헝가리 사람이었기에 그녀와 끈끈한 유대감을 형성하고, 다른 사람에 비해 터키어를 쉽게 배웠다.

어느 날 그녀가 셀바에게 터키어로 말했다. "나한테 있어요, 친구. 터키인."

"그래요, 당신은 내 친구지. 물론." 셀바는 진심으로 그녀를 안아주었다. 마고는 약간 당황스러워하며 미소를 지었다.

마고는 직장에서 해고된 뒤로 종종 아침에 페릿의 집에 와서 셀바를 도왔다. 셀바가 수업하는 동안 그녀는 파즐을 돌봤다. 아이를 데리고 바람을 쐬러 나가는 김에 장을 봐서 오기도 했다.

"왜 갑자기 해고됐는지 알아봤어?" 셀바의 질문에 그녀는 이렇게 답했다. "파헤치지 않는 게 좋아. 만일 그들이 '당신이 유대인이라서야.'라고 하면 뭘 어쩌겠어?" 마고는 파리에서 살 수 없다는 걸 깨닫고 튀르키예를 거쳐 팔레스타인으로 가기로 마음먹은 사람 중 한 명이었다.

"어쩌면 이스탄불이 너무 좋아서 살고 싶을지도 모르지. 잘생긴 터키인 남자를 찾아줄게." 셀바가 말했다.

"터키인 남자에게 난 매력 없는 여자라는 거 알아."

"무슨 소리야, 마고! 터키인들은 당신 같은 금발 여자를 좋아해."

"그럼 좋겠지만…." 마고는 미소만 지을 뿐이었다.

셀바는 마고와의 우정을 믿고 도움을 요청했다. 그들은 페릿이 가져온 여권에 사진을 붙이고, 터키어 이름을 써넣어야 했다. 모든 준비를 정오까지 마칠 계획이었다.

셀바와 페릿은 새 이름을 쉽게 기억할 수 있도록 모두의 실제 이름과 유사한 이름을 찾으려 애썼다. 혹사느는 뢱산으로, 콘스탄스는 케즈반, 다비즈는 다비드, 릴리앙스는 레일라로, 마리는 메리엠으로 바꿨다. 하지만 마고의 새 이름을 정할 땐 애를 먹었다.

다음 날 아침, 마고가 오자 셀바가 물었다. "마고, 메랄이라는 이름 어때?"

"M이 들어간 다른 이름은 없어?"

"많지. 막불레, 마델렛, 메르구베, 메히레…."

"그럼 그중에서 내 이름을 골라줘."

"내 생각에는 메랄이 최고인 것 같아. 젊은 이름이야."

"무슨 말이야?"

"그러니까… 현대적이고 신식 이름이라는 거지."

"유행하는 이름은 들어봤지만 현대적인 이름이라는 건 처음 들어봐." 마고가 말했다.

"튀르키예에 가면 더 많은 것에 놀라게 될 거야, 마고. 매일 새로운 것에 놀랄 거야. 내 나라는 다른 어느 나라와도 닮지 않았거든."

"그렇구나!" 마고는 탄식하듯 내뱉었다. 마고는 '이 키 크고 젊은 여자의 나라인 튀르키예가 아니라, 똑같이 평화로웠던 고국으로 돌아갈 수만 있다면.'이라고 생각했다. 셀바는 주방 조리대 위에 펼쳐놓은 여권에 사진을 붙였고, 마고는 무거운 다리미로 사진 위를 단단히 눌렀다. 이 여권들은 대부분 프랑스에서 공부하는 유학생들에게 튀르키예 정부가 발급한 여권이었다. 여권의 사진을 떼어내고 그 자리에 유대인 사진을 새로 붙였다. 하지만 일정 나이 이상의 사람들은 지하 조직에서 만든 여권을 사용할 수밖에 없었다.

"정오까지 다 완성해 주세요. 제가 점심시간에 와서 가져갈 겁니다. 도장을 찍도록 보내야 하니까요." 페릿이 말했었다. 그래서 초인종 소리를 들은 마고는 페릿이라고 생각하고 현관문을 열어주려고 달려갔다. 주방에 있던 셀바에게 들려온 목소리는 낯설지 않았다.

"여기서 뭐 하시는 겁니까?"

"당신이야말로 여기서 뭐 하시는 거예요?"

"제게 당장 설명을 해주세요!"

"무슨 권리로 절 심문하시는 거죠?"

현관에서 들려오는 소리가 점점 커지자 셀바는 '뭔가 잘 못됐구나.'라고 생각하고 현관으로 달려갔다. 마고와 타륵은 모두 놀라서 휘둥그레진 눈과 당황스러운 표정으로 서로를 바라봤다.

"타륵! 저도 페릿이 온 줄 알았어요. 자, 들어오세요." 셀바가 말했다. 타륵은 셀바의 팔을 잡고 그녀를 주방으로 데려가서 문을 닫고 터키어로 물었다.

"셀바, 저 여자를 아세요? 누가 저 여자를 여기로 불렀습니까?"

"타륵, 저 사람은 마고예요…. 제 친구예요."

"마고인 줄 알아요. 어디서 만났어요?"

"여기서요."

"아니, 어떻게?"

"다른 사람들처럼 페릿이 마고를 데려왔어요. 터키어를 배워야 해서. 우리와 함께 열차도 탈 거예요."

"세상에! 지금 무슨 짓을 하고 계시는지 알고는 있는 겁니까?"

"물론 알고 있죠."

"셀바, 저 여자는 첩자일지도 몰라요."

"농담하시는 거예요? 마고는 유대인이에요. 헝가리 국적의 유대인."

주방 문을 두드리는 소리가 들렸다. 마고가 문을 두드리는 소리였다. 타륵은 입을 닫았다. 문을 열고 마고가 들어왔다. "타륵 씨, 저에 관해 잘못 알고 계세요. 하지만 제가 오해하게 한 건 사실입니다. 지금 사과드릴게요. 모든 사람을 경계할 수밖에 없었어요. 제가 유대인이라고 어떻게 말할 수 있겠어요?" 마고는 부드러운 목소리로 말했다.

"솔직히 말했어야죠, 마고. 우리가 당신들을 얼마나 도우려고 노력하는지도 알고 있잖습니까."

"당신을 떠보려고 했던 겁니다. 제게 여권을 발급해 주실 수 있는지 알아보려고 여러 방법을 시도했어요. 그런데 당신은 모든 가능성을 제가 보는 앞에서 닫아버렸어요. 제가 유대인인 걸 알고 저를 멀리하시려는 줄 알았어요."

"절대 아닙니다!"

"다시 연락하지 않았잖아요."

"전 전혀 다른 생각을 하고 있었습니다. 당신이 유대인이라는 걸 지금 알게 됐어요. 무흘리스도 제게 말하지 않았거든요."

"무흘리스는 몰라요. 아무도 몰라요. 우리 유대인들은 직장에 다니기 위해 신분을 숨겨야 했어요."

"여기는 어떻게 알고 오신 겁니까?" 타륵이 물었다.

"페릿 씨가 저를 여기로 데려왔어요."

"페릿과는 어디서 만나셨고요?"

"그는 제 사촌의 친구예요."

"타륵, 그러니까 당신도 마고를 아시는 기예요?" 셀바가 물었다.

"예, 서로 알고 있습니다만 여기서 보고 무척 놀랐습니다." 타륵은 이렇게 대답하고 터키어로 셀바에게 물었다. "여권이 준비됐습니까?"

"준비됐어요."

"세례 증명서도 가져왔습니다. 이것도 쓸데가 있을 겁니다."

"이해가 안 되네요. 무슨 말씀이죠?" 셀바가 물었다.

"이스탄불 주재 바티칸 대표이신 안젤로 론칼리 주교께서 가짜 세례 증명서를 보내주셨습니다. 여권이 충분하지 않으면 이 증명서를 사용할 수도 있습니다. 특히 어린이들을 위해서요."

"어디서 보낸 건가요?" 마고가 물었다.

"말했잖습니까, 이스탄불에서 보냈습니다."

마고와 셀바는 놀라서 서로의 얼굴을 바라봤다.

"기독교 성직자가 유대인을 구하려고 애쓰고 있단 말씀인가요?" 마고가 물었다.

"그분이 신을 믿는 참된 종교인이라면 당연하지. 우리는 모두 신의 종이잖아, 안 그래?" 셀바가 말했다.

"이건 부인에게 맡기겠습니다." 타륵이 세례 증명서를 건네며 말했다. "준비된 여권은 제가 가져가겠습니다."

"페릿이 와서 가져간다고 했어요."

"셀바, 어차피 여권에 도장을 찍을 사람은 우리입니다. 자어서 주세요. 가야 해요. 페릿은 저녁 전에는 올 수 없을 겁니다. 일이 생겼나 봅니다." 타륵이 말했다.

셀바는 페릿이 타륵을 데리고 방으로 들어가, 장시간 긴밀한 대화를 나눈 결실이라고 생각했다. 페릿이 타륵을 두고한 말이 있지 않았던가. "세상에서 가장 착한 마음을 가진 사람이야."

마고는 삼베 자루에 여권을 넣고, 그 위로 오래된 빵을 올렸다. 자루 안에서 빵이 먼저 보이도록 위치를 잡았다. 마고가 애쓰는 걸 본 타륵은 삼베 자루를 넘겨받으며 말했다. "내겐 외교관의 면책 특권이 있어요. 걱정하지 마세요."

"저도 커피 한잔 빚이 있어요." 마고가 말했다. "파리를 떠나기 전에, 제가 당신에게 대접하고 싶어요. 아주 좋은 와인을 대접해 주셨잖아요, 타륵 씨."

"기회가 닿는 대로 만납시다." 타륵이 대답했다. 타륵은 자신이 바보처럼 느껴졌다. 삼베 자루를 손에 들고 빠르게 계단을 내려가는 동안, 여덟아홉 명의 소년 소녀 무리가 올라오고 있었다.

셀바는 침대, 의자, 바닥에 앉아 있는 아이들의 얼굴을 한명씩 유심히 살펴봤다. 대부분의 아이를 잘 알고 있었다. 그들에게 붙여준 새로운 이름으로 부르기 시작했다. 다양한 연령대의 학생들은 지난 며칠 동안 자신의 새 이름을 입에 익혔다. 여학생 중 일부는 모직 스웨터 가슴 부분에, 남학생들은 셔츠 주머니에 새 이름의 첫 알파벳을 표시했다.

그들은 며칠 동안 열다섯 명씩 그룹을 지어 정해진 시간에 페릿의 집에 모였다. 셀바는 모두에게 터키어로 숫자 1,000까지 세는 법, 요일과 달, 일상생활에서 쓰는 공손한 표현 등을 가르쳤다. 셀바는 만약을 대비하여 라파엘, 페릿과 고민해서 사람들에게 사연을 만들어 줬다. 열차에서 옆자리에 다른 사람이 앉으면 젊은 학생들은 공부하러 왔다고 하고, 그 외의 사람들은 치료를 받으러 왔다거나, 누군가를 보러 온 것처럼 하기로 했다. 또 어떤 사람은 아예 프랑스어를 모르는 척 행동하기로 했다. 노인, 중년, 학생 들 모두 두려움에 떨고 있었다. 두려움은 나이를 상관하지 않았고, 모두의 마음속에 뱀처럼 똬리를 틀었다.

"왜 그렇게 두려워하세요? 독일인들이 터키어를 모르는데, 어떻게 틀린 줄 알겠어요. 터키어를 써야 할 때가 오면 터키어의 고유 발음을 내도록 노력하세요. 그럼 됩니다." 셀바가 말했다.

"터키어를 아는 사람이 있으면요?"

"아는 사람이 있다고 해도 여러분보다 잘할 수는 없을 거예요. 어디서 들은 몇 마디 정도가 다일 겁니다. 여러분은 가능한 한 많은 문장을 외우세요. 알겠죠!"

셀바는 출발을 위한 카운트다운이 시작된 것을 알고 있었다. 하지만 아직 정확한 날짜와 시간을 타륵에게서 듣지 못했다.

"객차가 출발했습니다. 오고 있어요." 타륵은 이렇게만 말했다.

"어디서 오나요?"

"앙카라에서요."

"열차를 말씀하시는 모양이군요."

"아니요. 객차를 말하는 겁니다. 유럽행 열차에 연결한 큰 객차…"

"언제 여기에 도착합니까?"

"전쟁 중이라 확신할 수 없습니다. 특별한 일이 없다면 보름 내로 여기에 도착할 겁니다."

"그렇다면 모두에게 알리죠."

"절대 안 됩니다! 하루 전에 알릴 겁니다. 알려지면 우리의 노력은 헛수고가 될 겁니다." 타륵이 말했다.

"아, 그게 말이 되나요! 어떻게 준비하라고요?"

"오 셀바, 너도 참! 그들이 얼마나 준비를 해왔는데. 오라고 말하는 순간 가방을 들고 올 거야." 라파엘이 말했다.

타륵은 집에 더 자주 들렀다. 저녁이면 페릿은 집을 가득 메운 사람에게 식사를 준비한 뒤 라파엘 아니면 셀바와 함께 밖으로 나갔다. 근처 카페 중 한 곳에서 타륵과 만났다. 한 명은 파즐 때문에 교대로 집에 머물렀다. 셀바가 케즈반이라는 새 이름을 붙인, 집에 함께 기거하고 있는 콘스탄스는 기꺼이 파즐을 돌볼 테니 부부가 함께 나가라고 여러 번 이야기했지만, 그렇지 않아도 집이 엉망진창인데 잘 모르는 사람에게 아이를 맡기고 싶지는 않았다. 파즐 곁에는 자신이 안전하다고 느낄 수 있는 사람이 반드시 있어야 했다. 파리는 활기가 넘치고 다채로운 밤이 이어졌다. 파리를 떠날 시간이 얼마 남지 않자, 그들은 그새 친해져서 함께 이 도시의 재미를 만끽했다. 굳이 영화관이나 극장에 가지 않더라도 커피숍에 앉아 화려한 드레스와 모피 숄을 걸친 멋진 여자들이 독일 고위 장교들의 품에 안긴 모습과 짧은 양말에 하이힐을 신은 중산층 프랑스 여자들이 자전거를 타고 조잘대며 돌아다니는 모습을 구경하는 게 재미있었다. 화려한 차림의 여성을 스파이로, 가죽 재킷을 입은 청년을 비밀 조직원으로 가정해서 함께 시나리오를 만들기도 했다. 마고가 그들과 함께할 때면 타륵은 평소의 차분함과 진지함에서 벗어나 쾌활한 사람이 되었다.

라파엘이 아이를 돌보기로 한 어느 날 저녁, 페릿, 셀바, 타륵은 카페 데즈 아흐지스트에 앉아 마고를 기다리고 있었다. 페릿이 여권 이야기를 꺼내며 타륵에게 말했다. "친구여, 신께서 너의 선행에 반드시 보상을 내리실 거야."

"내가 한 선행이 아니야. 내 상사가 그것을 받아들이지 않았다면 여권에 도장을 받을 수 없었어."

"그렇지만 분명히 상사를 설득했을 거예요. 당신이 얼마나 뛰어난 사람인지에 대해 사비가 편지에 썼더군요." 셀바가 말했다.

타륵은 얼굴이 붉어지는 걸 느꼈다. "셀바, 우리 정부와 외무부 모두 이 문제에 관해 세상 어디에서도 찾을 수 없는 인류애를 보여주고 있어요. 저 혼자서 아무것도 할 수 없었을 겁니다."

셀바는 페릿을 보며 말했다. "물론이죠, 페릿. 당신의 역할도 부정할 수 없어요. 실례가 아니라면 뭔가 물어봐도 될까요?"

"물어봐요."

"왜 이 일을 하는 거죠? 부인도 유대인이 아니잖아요."

"이 혼란 속에서 내가 인간이고 인간으로 살고 있다는 걸 스스로 증명해야 했어요, 셀바."

"위험을 무릅쓰고라도 말이에요?"

"인생이라고 하는 게 뭘까요? 결국엔 우리 모두 죽잖아요? 적어도 사는 동안 부끄럽지 않은 소망들로 채워야지 살아온 가치가 있지 않을까요."

크고 순진한 눈동자에 경이로움을 감추지 못하던 셀바가 말했다. "페릿 씨, 정말 대단하세요."

마고가 조금 늦었다. 타륵이 조끼 주머니에서 시계를 꺼내 시간을 확인하는 걸 본 셀바는 장난스러운 표정으로 물었다.

"걱정되세요?"

"아니… 그러니까 예, 조금 걱정됩니다. 아시다시피 요즘은 누구도 안전하다고 할 수 없으니까요."

"마고를 이스탄불에 머물게 하려고 설득 중이에요."

"왜요?"

"'왜요'라니요? 모르는 척하지 마세요, 타륵. 나는 당신의 마음을 읽었어요. 아시다시피, 마음이 하는 일에 대해서는 제가 좀 알거든요."

"셀바, 저는 외무부 공무원입니다. 제 직업상 튀르키예 국적이 아닌 사람과 미래를 함께할 수는 없어요."

"아니, 왜요?"

"외국인과 결혼은 금지입니다."

"외국인이 튀르키예 국적 취득에 동의하더라도요?"

"그렇다고 해도요."

셀바는 입술을 삐죽이며 말했다. "몰랐어요." 셀바는 실망한 목소리로 계속 말을 이었다. "종교뿐만 아니라 국적도 핑계 삼아 사람을 차별하는 일이 튀르키예에서 벌어지고 있네요."

"이런 차별은 튀르키예뿐만 아니라 전 세계에 존재합니다. 유럽이 어떤 상황인지 한번 보세요!" 타륵이 대답했다.

빨간 코트를 입은 마고가 모퉁이에서 나타났다. 그녀는 금발 머리를 찰랑거리며 빠른 발걸음으로 오고 있었다. 타륵의 눈에서 순간적으로 반짝이는 안광을 포착한 셀바는 고개를 숙였다. 알 수 없는 슬픔이 마음을 뒤덮었다.

자리가 끝날 무렵, 페릿과 셸바가 집으로 돌아가기 위해 자리에서 일어나자, 타륵이 말했다. "마고, 당신을 집까지 모셔다드릴게요."

"조금 걸을까요? 바람을 좀 쐬고 싶어요."

"물론이죠."

"그럼, 집에 데려다주시는 김에, 지난번에 거부했던 커피도 드시면 되겠네요."

"바보 같았어요, 마고. 아무리 사과해도 충분치 않을 겁니다. 하지만 당신도 질문을 너무 많이 해서…. 숨김없이 말씀해 주셨더라면 좋았을 텐데."

"어쨌든 오해는 결국 풀렸네요."

"하지만 시간을 많이 낭비했습니다. 우리에게 시간은 소중한데." 타륵은 마고의 손을 꼭 잡았고, 마고는 새끼 고양이처럼 그의 품으로 들어갔다. 불빛이 환한 거리에서 두 사람은 손을 잡고 걸었다.

다음 날 아침 식사 시간에 타륵은 눈을 떼지 않고 자신을 보고 있던 무흘리스에게 짜증을 냈다.

"뭐야, 뭘 그렇게 봐?"

"어제 늦었던데."

"응."

"아침이 다 돼서 말이야."

"그래서 뭐?"

"나한테 할 말 없어?"

"뭘?"

"몰라, 자네가 말해봐."

"마고에게 키스했어."

"다른 건?"

"이것 봐, 무흘리스. 주제를 넘으면 저녁 일곱 시 이전에
는 퇴근시키지 않을 거야…. 심각하게 하는 말이야! 네가 연
극 표를 가지고 있다는 걸 아니까 알아서 해." 타륵은 이렇게
말하고 식탁에서 일어났다. 그리고 아침에 집에 왔을 때 벗
어서 거실에 대충 의자에 걸쳐놓았던 재킷과 옷깃에 립스틱
이 잔뜩 묻은 흰색 와이셔츠를 자신의 방으로 가져갔다.

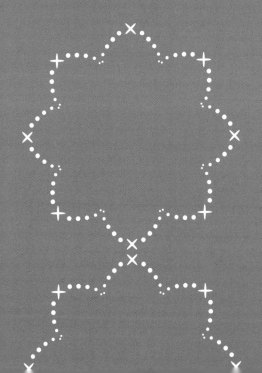

카운트
다운

"이런 사람들이 열차에 타고 있다고 누구도 의심하지 못할 그런 경로를 찾아야 해." 페릿이 말했다.

"특히 스위스에서 오는 열차들을 매우 엄격하게 검문해. 스위스가 중립국이라."

"그러니까 스위스를 경유해선 안 된다는 말이군."

"저기 리옹까지 가서 이탈리아를 지나야 할까?"

"미쳤어! 파시스트들이 이탈리아에서 사냥하듯 다 잡아갈 거야. 파시스트들이 무솔리니를 왕 중의 왕으로 만들어 놨어."

"이 열차는 어디든 경유할 수밖에 없어. 스위스나 이탈리아, 독일을 지나가야만 해. 다른 길이 없어!"

"검문검색은 곳곳에 있어. 지난주에 튀르키예에서 서기관들이 왔는데, 모든 국경에서 철저하게 검문을 받았나 봐."

"갈립 씨는 휴가차 이스탄불로 가는 동안 검문을 전혀 안 받았다더군.”

“어느 갈립을 말하는 거야? 함부르크 영사 말이야?”

“응.”

“독일 내에서 운행되는 열차를 타고 독일 국경 밖으로 나가는 사람들은 철저한 검문검색을 피할 수 있어.” 타륵이 말했다.

“독일군이 찾고 있는 교수들과 학자들을, 독일을 거쳐서 데려가는 건 좋은 방법이 아닌 것 같아!”

“하지만 그 사람들을 프랑스에서 찾고 있잖아. 독일이 아니라!”

“담배 한 대 줘. 내 담배는 어젯밤에 다 떨어졌어….” 타륵이 페릿에게 말했다.

“가져가요. 이거 가져가요.” 히크멧 외즈도안이 식탁 위에 있던 은색 담뱃갑을 건네며 말했다.

파리 영사로 근무하는 히크멧 외즈도안의 집에서 모두 모였다. 카운트다운이 시작되었다. 열차는 오는 중이었다. 열차가 파리에 도착하면 필요한 물품을 실은 뒤 곧바로 출발해야 했다. 독일이 장병 수송을 위해 언제라도 열차를 압수할 가능성이 있어서, 역에서 하루 이상 머물 수 없었다.

몇 명 안 되는 외교관들과 페릿은 열차의 귀환 경로를 찾

고 있었다. 히크멧 외즈도안은 외부 사람인 페릿 때문에 불
안해했다. 하지만 타특은 그가 이 팀에 합류해야만 한다고
고집했다. 비밀을 지키는 조건으로, 페릿이 지하 조직과 좋
은 관계를 맺고 있으며 필요한 경우에 그의 도움을 받을 수
있다고 설득했다.

독일의 처지에서 보자면 문제가 많은 사람을 운송하는 열
차였다. 열차 승객 중 절반은 튀르키예 국민이 아닌데도 튀
르키예 여권을 가지고 있었다. 튀르키예 국적이라 하더라도
대부분이 터키어를 제대로 구사하지 못했다. 이들 그룹에는
독일 장교나 경찰, 조사관들을 상대할 수 있는, 모국어가 터
키어이고 튀르키예 국적이면서 외국어를 할 수 있는 누군가
가 반드시 있어야 했다.

신원 조사를 거친 뒤, 베를린 대사와 비시 정부 관할 지역
대사는 페릿이 팀에 합류하는 데 문제가 되지 않는다고 판단
했다.

"찾았어! 찾았어! 찾았다고!" 페릿은 벌떡 일어나 담배에
불을 붙이고 있던 타특의 양쪽 뺨에 볼 키스를 했다.

"무슨 일이야? 미쳤어?"

"미쳤어. 미쳤으니까 이걸 찾아냈지. 하지만 자네가 내게
영감을 준 거야, 타특. 유레카, 친구들, 유레카! 열차를 독일
의 한가운데로 통과시키는 거야."

"그건 안 돼." 히크멧 외즈도안이 말했다. "이런 위험을 감

수할 수 없어. 만약 잡힌다면, 잊지 마. 열차는 국유 재산이야."

"잡히지 않을 거야. 왜냐하면 수배된 유대인들로 가득 찬 열차가 독일의 심장부를 통과할 거라고는 악마도 생각지 못할 테니까."

"안 된다고 했잖아."

"하지만 히크멧, 이건 정말 천재적인 생각이야. 다시 생각해 보자."

"어떻게 생각해, 타륵?" 동료의 지지를 기대하며 히크멧 외즈도안은 타륵에게 물었다. 타륵은 아무 말도 하지 않았다.

"자, 봤지? 타륵도 동의하지 않잖아."

"이거 한번 생각해 보자, 히크멧. 그리고 오늘 밤은 잠을 좀 자자."

"친구들, 이런 이야기로 낭비할 시간이 없어. 우리는 이동 경로를 결정해야 하고, 그에 따라 통행 허가를 받아야 해."

"저 지도를 줘봐." 페릿이 말했다. 하지만 진열장에 기대어 놓은 지도는 건네줄 수 있는 게 아니었다. 아주 큰 지도였다. 벽에 걸린 그림을 떼어내고 그 자리에 지도를 걸었다.

"기다란 뭔가가 있으면 내게 줘봐."

히크멧 외즈도안은 주방으로 가서 나무 숟가락을 가져왔다. 페릿은 숟가락 손잡이로 지도 위에 길을 그렸다.

"남쪽으로 간다면 스위스 다음으로 이탈리아나 오스트리

아를 거쳐야 해. 독일군들은 두 곳 다 철저히 검문검색을 할 거야. 하지만 저기 베를린까지 이동해서 여권에 베를린 도장을 받으면, 이동 경로는 길어져도 베를린 도장이 찍힌 여권을 검사하느라고 시간 낭비하진 않을 거야. 우리에겐 이 점이 중요해."

"좋아, 그럼 베를린을 어떻게 통과하지?" 히크멧 외즈도안이 물었다.

"베를린 주재 튀르키예 대사관에 도움을 요청해야지. 대사관 직원이 와서 여권을 수거한 뒤 도장을 받고 다시 가져오면 돼."

"대사관 직원이 그렇게 할까?"

"상사로부터 명령을 받으면 하겠지. 사펫 대사께서 최선을 다하실 거라 확신해." 타륵이 답했다.

"내부에서 조력자를 찾을 수는 없을까?"

"무슨 말이야? 이해를 못 했어."

"그러니까 독일군 중에서 선량한 사람을 찾을 수는 없을까? 그들 모두가 뼛속까지 친나치라고는 생각하지 않아."

"물론 그들 중에는 반유대주의를 저주하는 사람도 있겠지. 하지만 그런 위험을 감수할 순 없어."

"열차가 지나가는 날짜와 시간이 확실해지면 뭐든지 해볼게." 페릿이 말했다.

"이해가 안 돼서 그러는데, 독일군 중에 친구가 있는 거야?" 히크멧 외즈도안은 놀란 눈으로 페릿을 바라보았다. 화난 눈빛으로 페릿을 바라보며 타륵이 말했다. "제발 위험한 일에 연루되지 말자. 우리 대사관과 영사관에서 일하는 친구들이 믿을 수 있는 유일한 사람이야. 그들 외에는 누구와도 협력할 생각이 없어."

"전적으로 동감이야." 히크멧 외즈도안이 타륵의 말에 동의하고 나섰다.

페릿은 곳곳에 조직원이 있는 지하 조직에 도움을 청할까 생각했지만, 고집부리진 않았다. "베를린을 거쳐 남쪽으로 내려가자는 제안에 마음이 움직이는 것 같군, 친구들."

"페릿, 위험에 처하는 사람들은 우리가 아니야. 만약 이 열차에 탄 사람들의 정체가 탄로 난다면 먹었던 엄마 젖을 코로 다 토하게 될 거야. 일을 망치지 말자고. 젊은 친구들을 학생이라고 속인다고 쳐, 얼굴이 알려진 교수랑 의사는 어떻게 베를린을 통과하지? 분장이라도 해서?" 히크멧 외즈도안이 물었다.

"물론이지, 히크멧. 분장해야지." 페릿이 말했다. "신분을 위장해서 탈출하는 게 쉽다고 생각한 거야? 대머리에게는 가발을 씌우고, 곱슬머리는 대머리로, 콧수염이 있는 사람은 면도해야지. 어떤 사람은 안경을 쓰고, 어떤 사람은 머리를 염색하고, 어떤 사람은 눈썹을 뽑아야 해."

"서커스 열차로 변하겠군." 히크멧 외즈도안이 말했다.

"히크멧, 아까 말한 대로 오늘 밤은 좀 자자고. 내일 맑은 정신으로 다시 얘기해." 타륵이 아주 부드러운 목소리로 말했다.

"지체할 시간이 없어. 내일은 최종 결정을 내려야 해, 친구들. 열차는 며칠 내로 여기에 도착할 거야. 열차를 역에 하룻밤 이상 머물게 할 수 없어." 히크멧 외즈도안이 말했다.

"내일 퇴근하고 여기서 다시 만나는 거야?" 페릿이 물었다.

"아니. 아내와 딸이 내일 아침에 돌아와." 히크멧이 대답했다.

"우리 집은 꽉 차서 앉을 곳은 물론 서 있을 곳도 없어." 페릿이 말했다.

"우리 집엔 무흘리스가 있어. 숨기려는 게 아니라, 자세한 내용을 아는 사람이 적으면 적을수록 좋아. 대략적인 건 무흘리스도 알고 있지만 말이야…."

"영사관에서 만날까?"

"경비원과 당직 직원이 있어."

"장소가 있어." 타륵이 말했다. "이 열차를 탈 친구가 있어. 그 친구는 집에 혼자 살아. 그 친구에게 가자. 터키어도 할 줄 몰라. 내가 부탁하면 저녁때 영화관에 갈 거야."

"그 친구가 마고야?" 페릿은 타륵의 귀에 대고 속삭이며 물었다.

"그래."

"일석이조네?"

"널 친한 친구라고 생각했는데!"

"계속 그렇게 생각하면 돼. 놀리는 것도 안 돼?" 페릿이 말했다.

"안 되는 건 아니지만 실례지."

"둘이 무슨 말을 하는 거야? 나도 좀 들어보자." 히크멧 외즈도안이 말했다.

"내일 회의 장소에 관해 이야기하고 있었지. 친구에게 물어보고 알려줄게, 히크멧." 타륵이 말했다. 벽에 걸어놓은 지도를 떼어낸 다음 말아서 챙겼다.

"베를린을 경유하는 건 위험할 것 같다는 느낌이 들어." 히크멧 외즈도안이 말했다.

"내 마음속의 소리는 정반대야. 자네들도 내 마음의 소리에 귀를 기울여 봐. 임신한 내 아내도 그 열차에 탈 테니까 말이야. 아내와 아직 태어나지도 않은 내 아이를 위험에 빠뜨릴 것 같아?" 페릿이 말했다.

"어쨌든 최종 결정은 사펫 대사와 베히츠 대사께서 내릴 거야."

"아니야. 두 분은 모든 걸 철저하게 검토해서 가장 합리적인 이동 경로를 결정한 다음 그 안을 가져오라고 하셨어."

"이건 매우 책임감을 느껴야 하는 일이야. 전화 통화는 안 돼. 아침 일찍 비시 정부 지역으로 갈 거야. 히크멧, 나와 함께 갈 생각 있어?" 타륵이 물었다.

히크멧 외즈도안은 고개를 가로저었다. "우리 둘 다 영사관을 비우는 건 좋은 생각이 아니야. 자네가 가서 설명해 드려."

"난 사펫 아르칸 대사께 암호 전문을 보낼게."

말아놓은 지도를 든 타륵과 페릿은 타륵의 자가용으로 향했다. 가는 동안 페릿이 타륵에게 말했다. "자네 동료는 너무 쓸데없는 걱정을 많이 하는 거 아냐?"

"아니야. 저 친구는 가장 올바른 방식으로 자신의 임무를 완수하려는 거야. 나랏일에는 책임이 따르지. 본능이나 개인의 선호에 따라 움직일 수는 없어. 모든 것을 세세하게 고려해야만 해."

"신이시여, 저의 창의적인 제안을 막는 나랏일로부터 저를 보호해 주소서!" 페릿이 중얼거렸다.

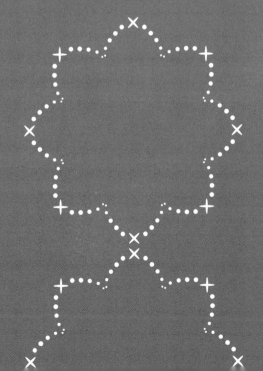

작별의
밤

마고가 영화관에서 돌아왔을 때 모임은 끝난 뒤였다. 타륵은 거실에서 혼자 와인을 마시고 있었다. 마고가 열쇠로 문을 여는 소리가 들리자, 그는 부엌에서 유리잔을 하나 더 가지고 왔다.

"영화관은 어땠어? 영화는 괜찮았어?" 타륵은 마고에게 와인을 건네며 물었다.

"모임을 방해하지 않으려고 영화 두 편을 연달아 봤어요."

"이건 당신이 보여준 이해심에 대한 보상이야. 우리가 처음으로 함께 저녁 먹었던 그날 밤, 당신이 이 와인을 좋아했었잖아."

마고는 와인잔을 받으며 말했다. "안전하고 평화로운 여행이 되길."

마고는 와인을 한 모금 마신 뒤 탁자 위에 잔을 올려놓고 타륵을 껴안았다. "결정을 내렸어?"

"결정했지. 듣고 싶어? 아니면 나중에 놀라게 해줄까?"

"너무 무서워, 타륵. 우리가 베를린으로 간다고는 하지 마."

"그럼 묻지 마."

"아니! 그럼, 그게 사실인 거야?"

"뭐가 사실이라는 말이야?"

"우리가 베를린을 거쳐서 간다는 것 말이야."

"이리 와." 타륵은 마고를 자신의 허벅지에 앉힌 다음 꼭 안고 아기에게 하듯이 흔들었다. "마고, 이건 믿어줘. 베를린을 통과하는 게 가장 안전한 길이야. 우리는 이 문제에 관해 오랫동안 논의했고, 다른 사람에게도 물어봤어. 그리고 튀르키예에 연락해서 의견도 교환했어. 결국, 히크멧 외즈도안도 이 방법이 가장 현명하다는 데 동의했어."

"생각만 해도 소름이 돋아."

"당신이 말한 바로 그거. 생각만 해도 소름이 돋는다는 거. 유대인들을 위한 가장 확실한 안전장치가 바로 그거야! 수많은 유대인이 열차를 타고 베를린으로 갈 거라고 누가 생각이나 하겠어?"

"아무도."

"우리도 그 점을 믿는 거야. 악마조차도 생각지 못할 거라고 말이야. 여권에 베를린 도장이 찍힌 것을 보면 어떤 독일인, 이탈리아인, 오스트리아인도 당신들을 괴롭히지 않을 거야. 콘스탄차[1]까지 편안하게 갈 수 있을 거야."

"이스탄불로 가는 거 아니었어?"

"승객 대부분은 콘스탄차에서 여객선으로 갈아탈 거고, 이스탄불로 계속 갈 사람들은 열차를 타고 계속 가면 될 거야. 알판다리 가족은 이스탄불로 갈 테니 당신은 그들 곁을 떠나지 마."

"며칠이나 걸릴까?"

"이건 모험이라 알 수 없어. 하루하루 상황을 보고 이동하게 되겠지. 일부 열차 노선은 폭격을 당했을 수도 있고, 일부 노선이 취소되었을 수도 있으니까 말이야. 그럴 땐 돌아서 가게 될 거야. 군 병력 수송이 있는 역에서는 기다려야 할 수도 있어."

"일 년 정도 걸릴까?"

타륵은 웃었다. "팔십 일 만에 세계 일주를 하는데, 일 년이나 걸리겠어?"

"하지만 지금은 전쟁 중이잖아."

"열흘에서 스무날 사이면 도착할 거야. 이스탄불에 도착하면 곧바로 전보를 보내, 마고."

마고는 타륵의 품에서 소리 없이 울었다.

"울지 마. 제발 울지 마. 당신은 혼자가 아니야. 당신 곁에 친구들이 있을 거야. 알판다리 가족은 이스탄불에서도 당신

1   역주-루마니아의 흑해 연안 항구 도시

을 혼자 남겨 두지 않을 거라고 약속했어. 페릿과 에블린도 있잖아. 그렇게 위험하다면 페릿이 임신한 아내를 열차에 태우겠어?"

"그래서 우는 게 아니야, 타륵. 그렇게 떠나고 싶었는데 이제는 파리를 떠나고 싶지 않아서 그래. 당신과 헤어지고 싶지 않아."

타륵은 마고의 목과 얼굴에 입을 맞췄다. "당신에게 가지 말라고, 여기 있으라고 말하고 싶었어."

"그럼 그렇게 말해!"

"말할 수 없어, 마고. 당신의 가장 아름다운 시절을 낭비할 권리가 내겐 없어. 당신은 너무 아름다워. 다른 젊은 여자처럼 결혼하고 아이도 갖고 싶을 거야."

"당신이 그 일을 그만두지 않는 한 나와 결혼할 수 없다는 걸 알아, 타륵."

"이 자리까지 오르는 게 쉽지 않았어. 아버지는 날 가르치기 위해 모든 걸 쏟아부으셨어. 이스탄불에서 공부할 수 있도록 아버지가 얼마나 애를 쓰셨는지…. 단지 학비, 책값, 월세로 끝나지 않았어. 입는 것도 다른 친구보다 초라해 보이지 않게 하려고…. 내가 원한 게 아니라 아버지가 원하셨지…. 결국은 아버지의 심장이 감당해 내지 못했지만. 아버지가 보고 싶어 하셨던 내 모습이 지금의 나야. 마고, 난 외무부를 그만둘 수 없어. 그만둔다면 아버지의 노력과 추억에 재를 끼얹는 거나 마찬가지야."

"당신에게 그만두라는 말은 절대 안 할 거야, 타륵. 그리고 아이도…. 아이가 생기면 생기는 거고, 생기지 않을 수도 있고."

"세상에! 당신은 우리를 전혀 모르는군. 혼외 아이를 낳고 이름도 못 짓는 건 아나톨리아 반도에서 태어난 남자에겐 죽음과도 같은 일이야. 지금은 감정에 취해서 그렇게 말하는 것일 수도 있어. 하지만 세월이 지나고, 당신도 다른 젊은 여자처럼 당신의 권리를 원하게 될 거야. 안 돼, 마고. 우리 모두에게 좋은 일이 아니야."

"그럼, 오늘 밤은 우리의 밤이네." 마고가 말했다.

"오늘 밤은 우리 둘만의 밤이야, 내 사랑. 내가 살아 있는 동안은 절대 잊지 못할 만큼 아름답고, 소중하고, 감동적일 거야. 오늘 밤은…."

타륵은 안고 있던 마고를 카펫 위에 내려놓았다. 그녀에게 키스하고 그녀의 체취를 들이켜며 엄마가 아기의 옷을 벗기는 것처럼 천천히, 아주 부드럽게 옷을 벗겼다. 그리고 마치 고야의 걸작을 보듯 남색 카펫 위에 누워 있는 그녀의 가녀리고 새하얀 알몸을 바라보았다. 곧 깊은 환희와 사랑으로 자신에게 온몸을 내맡길 금발의 육체가 자신의 동공 속에 사진처럼 남았으면 했다. 그리고 다른 금발의 여자는 지워지기를, 완전히 사라져 버리길 바랐다.

앙카라

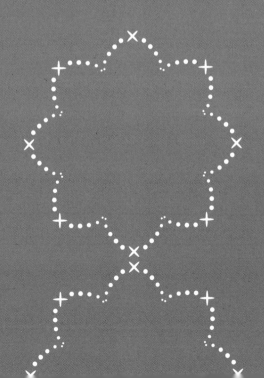

마짓은 수화기를 든 채 놀라서 주위를 둘러봤다. 같은 방
동료가 있다면 방금 들은 이야기를 그에게 전했을 텐데, 방
에는 혼자였고, 그의 방으로 이어지는 작은 사무실에 비서
말고는 없었다. 중요한 소식이지만, 얼마나 정확한지 확신
이 서지 않은 상태에서 비서에게 말할 수 없었다. 수화기를
내려놓고 밖으로 나가며 비서에게 이렇게 말했다. "휘스뉴
씨에게 갈 겁니다, 메디아 부인. 날 찾으면 그리로 연락하세
요."

문을 막 나가려던 순간, 휘스뉴와 마주쳤다. 둘 다 아무 말
없이 마짓의 방으로 다시 들어갔다. 마짓은 문을 닫았다.

"그게 사실이야?" 휘스뉴에게 물었다.

"나도 방금 들었어. 자네와 똑같은 질문을 하려고 온 거
야."

"언제 그렇게 된 거야?"

"오늘 열한 시에 독일 대사와 약속을 잡았어. 폰 파펜은 정시에 도착했더군. 누만 장관의 집무실로 올라가서 이십 분 정도 머물렀을 거야. 나는 독일 대사가 떠날 때 보지 못했는데, 본 사람들이 폰 파펜의 표정이 굳어 있었다더군. 그러고 나서 한 시쯤 총리에게서 전화가 왔어. 바로 누만 장관을 총리 집무실로 부르더군. 그것도 당장 오라고 말이야! 점심시간이 끝나기도 전인데. 무슨 일이 벌어진 건 눈치챘지만, 장관 사임까지 갈 거라고는 전혀 예상하지 못했네."

"그런데 그렇게 됐어."

"휘스뉴, 잠시만 기다려 보자. 어쩌면 대통령이 누만 장관에게 사의를 거두라고 설득할 수도….."

"내가 아는 누만 장관은 절대 번복하지 않을 거야."

"사의를 표명한 게 본인의 생각인지 아니면 총리가 강요한 것인지 아직 알 수 없잖아." 마짓이 말했다.

"알아보면 되지. 난 보좌관한테 가 봐야겠어."

"이봐, 휘스뉴, 조심해. 아직은 누구에게도 자네 의견을 말하지 마. 모든 게 바뀔 수 있어."

"무슨 소리야, 마짓. 장관의 총애를 받는 사람이니 장관이 떠나는 걸 원치 않는 것 같군."

"무슨 상관이 있다고! 그게 무슨 말이야! 나는 관료야. 오랜 세월 차근차근 올라왔고, 누구의 도움으로 이 자리에 온 게 아니야." 마짓의 목소리에는 화가 묻어 있었다.

"자네도 참 예민하기는. 농담이나 하자고 던진 말인데."

"나도 몇 시간 안에 번복할 수 있는 사의를 두고 너무 크게 부풀리지 말자고 한 말이야, 그게 다야. 자네가 하고 싶은 대로 해!"

"미안하다고 하잖아! 여기까지만 해. 자네 말 알아들었어. 조심할게. 물을 건널 때, 그것도 세찬 물을 건널 때 말을 갈아타는 게 옳지 않다는 것쯤은 자네만큼 나도 알고 있네. 잘못 전해진 소식이기를 바라지만 어찌 되든 진실을 알아봐야 할 것 같아."

마짓은 냉정한 목소리로 대답했다. "난 오늘 두 팀이나 면담이 잡혀 있어. 그래서 자리를 비울 수가 없어. 뭔가 알아내면 내게도 알려주게."

마짓은 친구의 말과 외무부 장관의 사의 표명으로 짜증이 났다. 책상에 앉아 서류를 검토하고 있었지만, 집중이 되지 않았다. 전화는 쉬지 않고 울렸고, 전화를 건 사람들은 모두 같은 주제에 관해 질문하며 자신들의 생각을 말했다.

마짓은 자신을 찾아온 첫 손님들을 회의실에서 맞이하기 전에 비서에게 매우 중요한 일이 아니면 전화를 연결하지 말라고 지시했다. 두 번째 면담은 길어졌다. 화장실을 가려고 나온 마짓은 비서로부터 휘스뉴가 여러 번 전화했지만 연결하지 않았다는 말을 들었다.

저녁이 다 돼서야 휘스뉴의 방에 들를 수 있었다.

휘스뉴가 입을 열기도 전에 그의 표정만으로 아침에 들었던 소식이 사실이라는 걸 알 수 있었다.

한 시간 후, 그는 가랑비를 맞으며 집으로 걸어가는 동안 생각에 잠겼다. 직장과 집안일이 동시에 잘 풀리지 않는 게 이상하다는 생각이 들었다. 집안 문제가 제자리를 찾아가는가 싶더니, 이번엔 외무부에서 곤란한 상황이 벌어졌다. 어머니가 살아 있었다면 분명히 이렇게 말씀하셨을 것이다. '내가 악귀를 쫓으마, 아들아. 그래도 조심해야 한다.'

파경에 이르렀던 사비하와의 관계가 갑자기 정상을 되찾았다. 아내가 왜 갑자기 변했는지, 왜 아내가 자신에게 잘 대해주기 시작했는지 알 수 없었다. 그녀의 냉담한 태도에 대한 이유를 알 수 없었던 것처럼. 하지만 카이로에서 돌아온 그날 밤부터 사비하는 침대에서 마짓의 품속으로 파고들었다.

마음에 썩 드는 건 아니었지만, 그래도 그 오만한 의사가 아내에게 도움이 되었다는 사실은 인정할 수밖에 없었다. 사비하가 횰랴에게도 이전보다 더 많은 관심을 쏟았기 때문이다.

지난주, 횰랴가 엄마와 함께 영화를 보러 갔다고 말하는 걸 듣고 귀를 의심했다.

마짓은 사비하에게 물어봤다. "정말이야?"

사비하 대신 횰랴가 대답했다. "휴메이라 이모와 펠린도 함께 갔어. 에스터 윌리엄스의 영화를 보러 갔어, 아빠. 수영을 너무 잘해…. 나도 그렇게 수영하고 싶어."

"여름에 섬에 가면 수영 실력을 늘릴 수 있을 거야."

"수영 선생님을 찾아주려고?"

"네 엄마가 수영을 잘하니까 널 가르쳐 줄 수 있을 거야."

"네 이모가 여기 있었다면 수영을 이모가 가르쳐줄 텐데. 셀바 이모가 수영을 훨씬 잘하거든." 사비하가 말했다.

셀바의 이름이 나오자, 식탁 맞은편에 있던 장인이 깜짝 놀라는 걸 마짓은 놓치지 않았다. 하지만 장인의 불안한 표정에는 이전처럼 분노가 아닌 슬픔이 담겨 있었고, 장인 앞에서 그들은 편안하게 셀바의 이름을 들먹일 수 있었다.

크즐라이에 도착하자 마짓은 사카리야 거리로 들어갔다. 거리 모퉁이 꽃집에서 아내를 위해 하얀색 카네이션을 샀다. 약혼한 뒤 그는 사비하에게 이런 말을 하곤 했었다. "당신한테 늘 흰 꽃만 사줄 거야. 왜냐하면 당신은 흰 꽃처럼 순수하니까."

그 재수 없는 정신과 의사가 자신의 능력을 보여주었으니, 마짓 자신도 해야 할 게 있다는 걸 깨달았다. 사히르 박사는 마짓이 과중한 업무로 아내에게 소홀히 하고 있다고 했었다. 아내에게 할애하지 못한 시간을 이런 작은 선물로 만회해야만 했다. 카네이션 꽃다발을 들고 집으로 걸어가는 동안 왜 그 의사를 싫어하는지 생각해 봤다. 그 사람은 아무 잘못도 없었다. 오히려 자신이 아내를 소홀히 하고 있다는 걸

암시하면서 도우려 나섰다. 질투하는 것일까? 아내가 몇 날 며칠을 낯선 남자 앞에서 벌거벗은 채로… 아니, 아니지. 당연히 알몸은 아니었지만… 사비하가 그렇게 말하지 않았던가. '그가 나를 완전히 벌거벗기고, 내 영혼까지 파악해!'라고 말이다. 마짓은 자신이 질투하고 있다는 생각이 들자 매우 불편했다. 사비하가 자신의 남편에게 의심받고 있다는 걸 안다면 얼마나 화를 낼까? '당신은 날 어떻게 생각하는 거야!'라고 소리쳤을 것이다.

마짓은 발걸음을 재촉했다. 머릿속의 생각도 더 빠른 속도로 흘렀다. '홀로 남겨두고 멀리 출장을 갔던 날, 사비하는 뭘 했을까? 누구를 만나고, 어떻게 시간을 보냈을까? 나와 거리를 뒀던 몇 달 동안 사비하의 인생에 다른 사람이 있었을까?' 마짓은 발을 헛디뎌 넘어질 뻔했다. 자신의 모습을 본 사람이 있는지 주위를 둘러보았다. 아무도 눈치채지 못한 것 같았다. 자신과 다를 바 없는 앙카라의 지친 공무원들도 자신만의 세상에서 근심을 안고 집으로 향하고 있는 듯했다. '아무 이유도 없이 왜 이런 의심이 드는 걸까? 의심이라고는 해보지 않았던 아내인데, 왜 이런 바보 같은 상상으로 질투심을 부추기는 걸까?'

갑자기 내리는 비와 추운 날씨에도 불구하고 마음은 따뜻해지는 것을 느꼈다. 피곤함에 절어 카이로에서 돌아왔던 날 밤, 비단 숄처럼 부드러운 그녀의 살굿빛 피부가 온몸에 닿고, 그녀의 젖가슴이 자신의 입을 가득 채웠던 그 밤. 다시

꿈틀대다 솟구치기 시작한 쾌락의 절정으로 육체의 고단함 마저도 잊어버렸다. '사비하와 다시 사랑에 빠진 걸까?' 하는 생각이 들었다.

집에 도착하자 파즐 레샷 장군이 문을 열었다.

"왜 직접 나오셨습니까? 집에 하제르가 없습니까?"

"하제르는 오늘 휴가네. 창가에 앉아 자네 장모를 기다리고 있었다네. 자네가 오는 게 보이더군."

"휼랴와 함께 나가셨습니까?"

"아니, 휼랴는 이웃 친구 집에 놀러 갔네. 사비하는 방에 있고. 꽃이군…. 오늘 밤에 어디라도 갈 생각인가?"

"아닙니다. 집에 두려고 샀습니다. 비에 젖어서, 옷을 좀 갈아입고 오겠습니다." 이렇게 말하고 마짓은 침실로 향했다.

사비하는 목욕 가운을 입고 수건으로 머리를 감싼 채 침대에 앉아 발톱에 매니큐어를 칠하고 있었다. "오, 어떻게 된 거야, 마짓? 늦게 올 줄 알았는데." 마짓은 사비하의 품에 카네이션 다발을 안겼다.

"이게 뭐야?"

"당신을 위해서 사 왔지."

마짓은 아내의 손에서 작은 매니큐어 병을 뺏어 침대 옆 협탁 위에 올려놓았다. 그리고 그녀의 목욕 가운을 벗겼다. 뿌리치려는 아내를 베개 쪽으로 밀었다. 한 손으로는 아내의 올리브색 실크 팬티를 잡아 아래로 내렸고, 다른 손으로는 자신의 바지 단추를 풀고 있었다.

"뭐 하는 거야. 여기저기 매니큐어가 묻는단 말이야… 미쳤어… 잠깐만… 아버지가 집에 계신다고… 꽃도 다 뭉개지잖아…."

마짓은 욕정에 찬 거친 몸짓으로 사비하의 몸 안으로 자신을 밀어 넣었다. 말을 하지 못하게 입술로 그녀의 입을 막았다. '이 여자, 재스민 꽃향기를 풍기는, 자신의 아래에서 살짝 흘리듯 신음을 내뱉는 이 여자가 어두침침한 진료실에서 혹시 그 의사와 관계했을까?' "아~!" '내가 없는 동안 다른 사람과 사랑을 나눈 건 아닐까?' "아~아아!" 마짓은 한 번 더, 한 번 더 사비하의 깊숙한 곳으로 자신을 밀어 넣었다. 그리고 그녀의 옆에 누웠다. "아, 사비하!"

마짓은 조금 머쓱해하며 침실에서 나와 거실로 갔다. 파즐 레샷 장군은 여전히 창가에서 아내를 기다리고 있었다.

"피곤해 보이네, 사위." 안경 너머로 마짓을 바라보며 말했다.

"오늘은 힘든 하루였습니다. 속상한 일이 몇 가지 있었습니다."

"무슨 일인가?"

"총리가 외무부 차관의 사임을 요청했습니다."

"이런! 무슨 이유로?"

"누만 장관은 독일에 우호적이지 않았습니다. 한쪽을 선택해야 한다면 연합군을 선호했습니다. 그런데 이번에는 정반대로 행동했습니다."

"어떻게 했는데 그러나?"

"독일에 이익이 되는 일을 했습니다."

"생각이 바뀐 건가?"

"누만 장관이 독일 편에 서리라고는 생각지 않습니다. 하지만 독일군이 불가리아 국경까지 왔을 때 불가침 조약을 체결했잖습니까. 그리고 잘 아시다시피 크롬 문제도…."

"크롬 문제가 어떻게 됐는데? 연합군에게 크롬을 판매하지 않았나?"

"연합군과 체결한 계약 기간이 만료됐습니다. 독일은 우리의 크롬을 사겠다고 나서고, 그것도 전쟁이 끝날 때까지 구매하기로 약정했습니다. 우리로서는 크롬을 꼭 팔아야 했고요. 누만 장관은 독일을 좋아하지 않지만, 우리에게 이익이 된다면 독일과 협정을 맺는 데 주저하지 않았습니다. '국가 간에는 친구도 적도 없다. 이익만 있을 뿐이다.'라는 생각을 하는 사람입니다."

"그래서 어떻게 됐나?"

"누만 장관은 독일 선박의 이스탄불 해협 통과를 금지한 것에 반대했습니다. 일부 소형 독일 선박은 해협을 지나다니고 있습니다. 몽트뢰 협약1에는 상선에 대한 수색을 허용하지 않고 있습니다. 하지만 영국은 몇 달째 독일 상선이 통과하지 못하도록 하라고 우리에게 외교 서한을 보내고 있습니다."

"그래서?"

"오늘 독일 상선의 해협 진입을 막고 선박을 수색하라는 명령을 내리지 않으면 체결하기로 한 경제 협정에 서명하지 않겠다는 서한을 영국이 보내왔습니다. 외무부 장관은 몽트뢰 협약을 준수해야 하기에 선박을 수색할 수 없다고 통보했습니다. 하지만 총리의 압력 때문에 자신의 생각과는 다른 견해를 밝힐 수밖에 없었습니다. 나중에 국무회의에서 누만 장관은 아주 강경한 발언을 쏟아냈습니다. 장관들도 모두 놀랐고요. 누만 장관의 연설에 이어 총리가 연단에 올라가 장관의 사임을 요구했습니다. 누만 장관도 곧바로 사의를 표명했고요."

"종일 라디오를 들었네만, 이상하군. 이런 소식은 전혀 들은 적이 없어."

"오늘 저녁에 보도할 수도 있습니다. 외교부 장관은 국제 협정을 준수하는 문제에 매우 민감합니다. 하지만 동전의 다른 면에는 경제적 이익, 그러니까 돈이⋯. 게다가 요즘처럼

1   역주-튀르키예 영해 내 다르다넬스 해협과 보스포루스 해협을 통과하는 선박들에 대한 통제권을 튀르키예가 갖고, 흑해 연안국을 제외한 국가의 군함 통과를 제한한, 1936년에 체결된 국제협약

전쟁으로 국가가 경제 불황을 맞고 있을 때는 더욱 그렇습니다. 아무튼, 저는 누만 장관의 사임 소식에 무척 마음이 아팠습니다. 저는 그분 밑에서 교육을 받았습니다. 지금의 제가 있기까지 그분의 노력이 컸습니다."

"이런 경제 협정은 양날의 검과 같지. 우리처럼 돈 관리도 못 하는 나라는 이런 원조가 생명처럼 보이지만, 나중에는 협정이 진드기처럼 국민의 피를 빨아먹지. 엄청난 대가를 치러야 해. 거대한 오스만제국을 무너트린 것도 바로 이 원조였지 않나? 그건 그렇고 이제 누가 외무부 장관으로 오는가?"

"한동안 총리가 외교부 장관직을 맡을 겁니다. 아직 새로운 장관의 소식은 없습니다."

"자네도 수긍할 수 있는 사람이 임명되면 좋겠군."

"제 의견을 묻는 일은 없을 겁니다. 하지만 저희 임무가 그겁니다. 누가 장관이 되든지 보조를 맞추도록 노력해야죠."

마짓의 장인은 자리에서 일어나 라디오를 켠 다음 창가 자리에 다시 앉았다.

흰 카네이션을 든 사비하가 복도 끝에 보였다. 그녀는 선반에 있던 크리스털 꽃병을 들고 물을 채우기 위해 주방으로 향하며 말했다. "보세요. 마짓이 꽃을 사 왔어요, 아버지." 그녀의 두 뺨은 짙은 분홍색으로 상기되어 있었다. 파즐 레샷 장군은 창가에서 다시 아내를 기다리기 시작했다. 딸이 하는 말은 귀에 들리지도 않았다.

"이 여자는 어디 있는 거야? 날이 완전히 어두워졌는데."

"엄마는 양장 가봉 때문에 파즐라 부인한테 갔어요." 사비하가 주방에서 큰 소리로 말했다. "빨리 돌아오진 못할 거예요. 아마도 패션 잡지 속에 푹 빠져 있을걸요."

"이 시간까지 거기 있다니 말이 돼? 날이 컴컴해졌어."

"하제르가 함께 있으니 걱정하지 마세요, 아버지." 사비하가 꽃병에 꽂은 꽃을 들고 거실로 들어서자, 전화벨이 울렸다. 사비하는 꽃병을 들고 입구에 있는 전화기로 달려갔다. 마짓은 낮은 비명까지 지르며 사비하가 통화하는 걸 들으려고 귀를 기울였지만, 장인이 켜놓은 라디오 소리 때문에 무슨 말을 하는지 알아들을 수가 없었다.

잠시 후 사비하가 거실 입구로 왔다. 조금 전까지만 해도 분홍빛이던 볼이 손에 든 꽃처럼 새하얗게 변해 있었다. 그녀는 거의 들리지 않는 작은 목소리로 말했다. "마짓, 타륵이야… 타륵 아르자 전화야…. 약국에서 일하던 라파엘을 게슈타포가 다른 사람과 잡아갔나 봐. 그리고 열차에 태웠는데…. 하지만 나중에 풀어줬나 봐…. 불쌍한, 불쌍한 셀바."

마짓은 아내의 손에서 떨어지려는 꽃병을 잡으려고 뛰어갔다. "무슨 일이니? 도대체 무슨 일이야?" 파즐 레샷 장군이 사비하에게 물었다.

마짓과 사비하는 서로 마주 보며 입을 다물고 있었다.

"나한테 뭘 숨기고 있는 거야? 셀바에게 무슨 일이라도 생긴 거니?" 그가 딸의 이름을 말한 건 처음이었다.

"셀바에게는 아무 일도 일어나지 않을 겁니다. 걱정하지 마십시오." 마짓이 대답했다.

"타륵이 당신과 통화하고 싶어 해." 사비하가 마짓에게 말했고, 마짓은 전화기로 달려갔다.

"사비하, 누구에게 온 전화니? 누가 전화한 거야?"

"파리에 있는 친구…. 영사가 거기 있는데…. 소식을 전해 준다고…."

"무슨 소식을?"

"정확히는 모르겠어요. 마짓이 더 확실히 알아서 올 거예요…."

"셀바에게 무슨 일이 있는 거니?"

"마짓이 말했잖아요. 셀바에게는 아무 일도 일어나지 않을 거라고요. 걱정하지 마세요. 독일군이 라파엘을 잡아갔지만, 나중에 풀어줬데요."

"아이는?"

"파즐 말이에요?"

파즐 레샷 장군은 대답하지 않았다.

"파즐에겐 아무 일도 없었대요. 다 아무 일 없었어요. 모두 괜찮아요. 손을 떠시잖아요, 아버지. 진정하세요. 엄마가 곧 집에 오실 텐데, 이런 아버지의 모습을 보시면 안 돼요. 제발요."

마짓이 다시 돌아왔을 때, 사비하는 아버지 옆에 앉아 있었다.

"타특이 그러는데 알판다리 가족 모두 조만간 튀르키예로 돌아올 가능성이 있다는군…."

"알판다리 가족? 셸바 말이야?"

"세 명 다."

"누가 설득했대?"

"상황이 그런가 봐. 아마도 이번 일이 마지막이 되겠지!" 마짓이 말했다.

"언제쯤 온대?"

"그건 확실치 않아. 하지만 한 달 내로 이스탄불에 도착할 수도 있다고 타특이 말했어."

"그들이 머물 곳을 마련해야 하잖아, 안 그래?" 사비하가 말했다.

"누가 온다고?" 파즐 레샷 장군이 물었다.

"아마도 셸바가 돌아오는 것 같아요." 사비하가 대답했다.

침묵이 흘렀다. 파즐 레샷 장군은 아무것도 묻지 않았다. 눈시울에 맺힌 눈물을 보이지 않으려고 창밖 어둠 속으로 고개를 돌렸다.

파리여
안녕

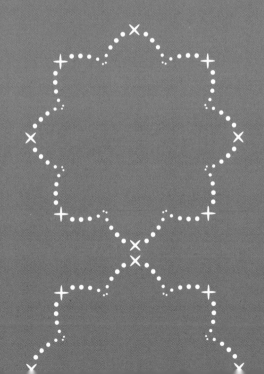

파리 동부 역은 엄청나게 붐볐다. 여기저기 뛰어다니고, 이 플랫폼에서 저 플랫폼으로 옮겨 다니는 승객, 아이의 손을 끌어당기는 여자, 열차를 놓치지 않으려는 남자, 분주한 짐꾼, 관광객인 게 확실해 보이는 당황한 외국인, 그리고 가장 많은 수를 차지하는 군인…. 역에는 순진한 아이의 눈빛을 한 채, 착착 발을 맞추며 무리를 지어 움직이는, 생사의 갈림길로 가는 청년으로 가득했다. 서로를 부르는 고함, 재회와 이별하는 사람들의 기쁨과 애절함이 담긴 환호와 탄식, 종과 호루라기, 철로 위에서 미끄러지는 열차 바퀴의 마찰음, 바닥을 울리는 병사들의 단조로운 발걸음 소리…. 그리고 냄새들…. 역 특유의 석탄 냄새, 습한 증기 냄새, 우아한 여인이 스친 바람에 잠깐 머물렀다 가는 향수 향기, 시골 사람의 옷에 배어 있다가 공기와 뒤섞인 땀과 마늘 냄새, 병사들의 육체에 스며든 공포의 매캐한 냄새. 역에는 희망과 절망이 공존했다.

한 손으론 아내의 손을 꼭 쥐고, 다른 손으로는 커다란 여행 가방을, 어깨에는 가방 두 개를 짊어진 페릿은 긴 열차 옆에서 다섯 번째 객차를 향해 달려가고 있었다.

"저기요⋯ 저기요, 차장님⋯. 이 승차권 좀 봐주시겠습니까?"

모자를 눈 바로 위까지 내려쓴 프랑스인 차장은 페릿의 손에 있는 표를 힐끗 바라보며 중얼거렸다. 당신들이 가야 할 플랫폼은 맞은편이에요. 계단으로 내려가서 건너편으로 가세요."

페릿은 아내를 끌다시피 하며 되돌아갔다.

"페릿, 잠시만. 손을 놔 봐. 당신 때문에 쓰러지겠어." 에블린이 말했다.

"당신의 손을 놔줄 수 없어. 여긴 너무 혼잡해. 여기서 서로를 잃어버리면 다시 찾을 수 없을 거야. 조금 서둘러야 해."

두 사람은 손을 꼭 잡고 계단을 내려갔다가 다시 올라와 증기를 뿜어내는 다른 열차 옆을 걷기 시작했다. 많은 사람 속에서 키가 큰 라파엘을 발견하자 페릿은 안도했다. 두 사람은 발걸음을 늦췄다. 페릿은 객차 앞에 서 있던 차장에게 표를 내밀었다.

"저기 앞에 있는 객차로 가세요." 차장이 말했다. 두 사람은 그곳으로 향했다. 힘든 순간이 서서히 다가오고 있었다.

페릿은 승객들을 열차에 태우는 일을 맡았기에 서둘러야 했지만, 그의 발은 자꾸 뒷걸음치는 것 같았다.

전날 밤부터 이미 역에 와 있었던 페릿은 역 앞에서 에블린을 만났다. 객차를 인수하러 온 히크멧 외즈도안, 타륵과 사람들을 만나고 필요한 절차를 밟았다. 다음 날 아침 아홉 시에 베를린으로 출발하는 열차의 끝에 앙카라에서 온 객차를 연결했다. 일을 끝낸 뒤 히크멧 외즈도안은 집으로 돌아갔고, 페릿과 타륵은 역 근처에서 아침까지 영업하는 카페 중 한 곳으로 들어갔다. 커피와 코냑을 주문했다. 타륵은 생각에 잠겨 있었다.

"튀르키예 국경을 넘어갈 때 국경 수비대가 열차가 도착하는 걸 꼭 알아야 해, 페릿. 불가리아에 있는 우리 대사관 직원들이 국경에 알리겠지만, 혹시라도 잘못될까 봐 걱정돼." 타륵이 말했다.

"자네가 왜 그 일을 그렇게 신경 쓰는지 모르겠어."

"튀르키예 국경을 넘을 때 국경 수비대는 이웃 국경 수비대와 축구 경기하러 가고 없을 거야."

"세상에!"

"그래. 이런 게 세밀한 외교야. 그 위조 여권으로 무슨 일이 생길 수도 있으니, 국경에 있는 군인들은 자네들이 온다는 걸 모르고 있어야 해. 단체로 축구 시합에 가면 여권이 위조라는 걸 확인할 사람도 없는 거잖아, 안 그래?"

"누구 때문에 이런 대책을 마련한 거야?"

"당연히 독일군이지. 토끼에게는 사냥꾼이 온다고 도망치라고 하고 사냥꾼에게는 토끼가 도망간 곳을 알려주는 셈이지. 영국에게는 호의적인 신호를 보내면서 유대인들을 보호하고, 동시에 독일이 화내지 않도록 하는 거야. 어디 쉬운 일인 줄 알았어!"

"당연히 아니지, 친구. 신이 도와주실 거야. 우리 국경에 소식을 전하기 위해 내가 할 수 있는 일이 있나?"

"없어. 대사관에 전화하면 주의를 끌 수도 있어. 그 문제는 불가리아 대사관에서 근무하는 친구들과 해결해 보도록 할게."

두 사람은 별말 없이 나란히 앉아 있었다. 아주 오래되진 않았지만, 짧은 시간 안에 깊어진 우정의 온기에 몸을 녹이고, 눈앞에 있는 고난의 여행길에 대한 불안감을 침묵으로 주고받으며, 커피와 코냑을 연달아 마셨다. 잠시 후 타륵도 돌아갔다. 혼자 남은 페릿은 회상에 잠겼다. 스물다섯 살까지 다채롭고 흥분 가득했던 그의 삶이 높은 곳에서 떨어지는 폭포수처럼 그의 눈앞을 스치고 지나갔다.

갈라타사라이 고등학교 시절 '비범한 페릿'이라는 이름으로 유명했던 그! 자신이 믿는 대의를 절대 포기하지 않는 사람…. 파리에서 공부하던 1940년, 히틀러의 군대가 프랑스 전선을 돌파하자, 튀르키예 정부가 해외 유학생들에게 귀국 명령을 내렸음에도 불복종하고 계속 파리에 머문… 연극에서 음악, 법학에서 수학까지 발을 디딘 모든 방면에서 최고가 되었던 한 젊은 남자. 그렇게 성공과 열정 가득한 삶이 허름하고 더러운 역 앞 카페에 앉은 그의 눈앞에서 빠르게 지나갔다. 다음 날 아침, 베를린으로 향하는 열차에 오르면 활기 넘치는 자신의 삶이 얼마나 더 이어질지 알 수 없는 일이었다. 한 시간 전까지만 해도 없던 두려움이 이젠 극에 달해 떨쳐낼 수 없었다.

아침에 역 앞으로 에블린을 데려다줄 택시를 기다리는 동안, 아내에게 자신은 다른 객차를 타야 한다는 걸 어떻게 말해야 할지 고민스러웠다.

※ ※

5호 객차 앞에 도착하자, 페릿은 아내가 열차 타는 걸 도운 다음, 여행 가방을 밀어 넣고 자신은 마지막으로 열차에 올랐다. 부부는 객실 번호를 확인해 가며 좁은 복도를 따라 걸어갔다.

"아, 여기구나. 봐, 창가 자리야. 멋지지 않아?" 그들이 들어간 객실에는 아무도 없었다.

"아직도 모르겠어. 이스탄불로 가는데 왜 베를린을 들러야 해?" 에블린이 물었다.

"내가 몇 번이나 말해야 해. 여보, 원하는 대로 열차를 고를 수가 없어서 그렇다니까." 페릿이 대답했다. 그는 여행 가방을 머리 위 선반에 올려놓았다. 어깨에 메고 있던 가방 한

개를 아내의 옆자리에 놓았다.

"당신 내 옆에 앉을 거야, 아니면 건너편에 앉을 거야? 당신이 내 앞에 앉으면 발을 쭉 뻗을 텐데."

페릿은 손에 든 승차권을 보는 척하며 이렇게 말했다. "여보, 나 이 객실이 아닌 것 같아."

"뭐라고!"

"안타깝게도 난 다른 객차로 가야 해."

"말도 안 되는 소리!"

"당신이 화내는 거 이해해, 에블린. 나도 화를 내 봤지만, 이 상황에서 할 수 있는 게 없었어."

"당신 알고 있었어?"

"표를 사려고 했을 때 열차는 만석이었어. 그런데 다른 객차에 자리가 있더군. 같이 가게 해달라고 조를 생각으로 아내가 임신했다고도 했어. 최선을 다한다고 했는데, 해결하지 못한 모양이야."

"말도 안 돼! 이 긴 여정을 나 혼자 가야 하는 걸 당신도 동의한 거야?"

"쉬이이잇. 소리 지르지 마, 여보. 지나가는 사람들이 우리를 보잖아."

"상관없어. 위에 있는 그 여행 가방이나 내려!" 에블린은 자리에서 일어나 여행 가방을 내리려 했다.

"에블린, 정신 나갔어?"

"내가 당신 객차로 가거나 당신이 여기 있거나 둘 중 하나야!"

"날 좀 봐, 에블린. 당장 자리에 앉아. 지금 일어나면 다른 사람이 창가 자리를 차지할 거고 당신은 못 앉게 될 거야. 저 많은 사람이 안 보여? 봐! 보라고!" 패릿은 열차 창문을 내린 뒤 아내를 창가로 끌어당겼다.

"당신이 보고 있는 저 수천 명의 사람이 열차의 빈 좌석을 찾으려고 발버둥 치는 중이야. 얼마나 많은 사람이 복도에 서서 여행할 건지 알기나 해? 이런 상황에서 당신을 위해 창가에 자리를 마련해 줬는데 여전히 불평하고 있잖아. 우리가 붙어 앉아서 가지 않는 게 뭐라고!"

"먼 길을 이렇게 따로 가는 게 무슨 소용이 있어? 그렇게 일찍 예약했다더니."

"당신은 여기 앉아 있어. 나는 가서 내 자리를 살펴볼 테니. 자리를 바꿀 수 있는지 사람들에게 물어보고 올게."

"안 바꿔준다면?"

"그렇다면 운명을 받아들여야지. 만약 우리가 나란히 앉아서 갈 수 없다면 정차할 때마다 당신을 찾아올게, 약속해."

에블린은 다시 대꾸하려 했지만, 객실로 누가 들어오는 걸 보고 입을 다물었다. 건드리기만 해도 울음을 터트릴 것 같았다.

"에블린, 제발. 합리적으로 생각해! 내가 빈자리가 있는 객차를 찾아보고 최선을 다해볼게. 당신은 일어나지 마. 곧 돌아올게."

페릿은 가방을 어깨에 멘 채 열차에서 내려 열차 후미로 향했다. 에블린은 차창 밖으로 몸을 내밀고 남편을 지켜보았다. 페릿은 저 멀리 있는 객차 앞에 멈춰 섰다. 키가 큰 남자와 이야기를 나눴다.

"창문을 닫아 주시겠습니까, 부인. 실내가 추워요." 그녀 앞에 앉은 노부인이 말했다. 에블린은 차창에서 물러나 곧 눈물을 쏟을 것 같은 눈으로 노부인을 바라보았다.

"잠시만요." 막 객실에 들어온 청년이 창문을 닫았다. 에블린은 창문에 얼굴을 기대봤지만, 페릿이 어디에 있는지 볼 수 없었다. 기다리는 지루함을 해결해 보려고 가방에서 신문을 꺼내 읽기 시작했다. 객실이 점점 사람으로 찼다. 페릿의 말이 옳았다. 맞은편에 세 명의 자녀를 둔 가족 중 단 두 명만 객실에 자리가 있어서, 아이들을 품에 안고 여행할 게 분명해 보였다. 에블린이 신문의 낱말 퀴즈를 풀고 있는 동안 페릿이 돌아왔다. 어깨에 메고 있던 가방이 보이지 않았다.

"어떻게 됐어? 자리를 바꿀 수 있는 거야?" 에블린이 물었다.

"힘들 것 같아. 내 자리는 2등석이야. 당신 자리처럼 편하지 않아."

에블린은 여기가 어떻게 편하냐는 듯 주위를 둘러봤다. "이 객차에서는 누구도 내 자리로 가려고 하지 않을 거야."

"내가 갈게. 당신 객차에 있는 사람 중 한 명을 여기 창가 자리로 보내면 되잖아."

"내가 그런 생각도 안 해본 것 같아? 나 말고는 혼자 탄 사람이 없어. 부부나 가족이야."

"이제 어떻게 되는 거야?" 에블린은 울음을 터트리기 직전이었다.

"여보, 이렇게 가야 할 것 같아. 누구든지 도중에 내리는 사람이 있으면 그때 다시 상황을 보자. 뭐 좀 사다 줄까? 신문, 잡지, 담배, 사탕?"

"필요 없어!"

"물?"

"용서받으려고 하지 마."

"에블린, 그렇게 슬픈 표정 짓지 마. 정차할 때마다 찾아 오겠다고 약속할게." 페릿이 말했다. 그는 허리를 숙여 아내에게 입을 맞췄다. 객실에서 나가기 전 에블린 옆에 앉아 있는 노신사에게 말했다. "제 아내를 부탁해도 될까요, 선생님? 안타깝게도 저는 2등석 표밖에 구할 수 없었거든요. 저희는 각자 다른 객차로 여행해야 합니다."

"이 대혼란 속에도 1등석과 2등석이 있나 보군요?" 노신사는 이제 꽉 들어찬 객실을 눈으로 훑어보며 말했다. "안심해요, 젊은이. 내가 당신의 아내를 돌보도록 하지."

페릿은 발 디딜 틈 없는 복도를 통과해 어렵게 객차 문까지 갈 수 있었다. 객차에서 뛰어내린 페릿은 맨 뒤쪽에 있는 자신의 객차로 달려갔다. 튀르키예에서 온 객차에는 튀르키예 여권을 소지한 사람으로 가득 차 있었다. 페릿은 가방을 놓아둔 객실 칸으로 왔다. 셀바는 창가 자리에 사무엘과 페를라를 나란히 앉혔다. 파즐은 페를라의 품에 안겨서 창밖을 바라보고 있었다. 페릿을 보자 반가워하며 손뼉을 쳤다.

"꼬마야, 내 가방 잘 지켜보고 있었어?" 페릿이 말했다.

"아내는 어디에 있어? 에블린의 자리는 어디야?" 셀바가 페릿에게 물었다.

"다른 객차에 있어."

"다른 객차라니?"

"에블린은 이 객차에 관해 알지 못해. 평범한 열차를 타고 베를린을 거쳐서 이스탄불로 가는 거로 알고 있어."

"무슨 말이야?"

"셀바, 에블린은 임신 중이야. 두 달 정도 됐을 때 하혈이 있었어. 에블린을 자극하지 않으려고 아무 말도 하지 않았어. 그녀는 이 객차에 관해 아무것도 몰라."

"이 긴 여정을 혼자서 어떻게 가려고. 불쌍해."

"객실에는 괜찮은 사람들이 있어. 에블린이 소지한 여권에도 아무런 문제가 없고. 지루하긴 하겠지만, 다른 사정이 있는 사람에 비하면…."

"그 사정 중에 우리가 목적지에 도달하지 못하는 것도 있어?"

"알다시피, 우리는 도박을 하고 있어. 내가 이 말을 몇 번이나 했었지. 파즐을 데리고 일반 승객들과 함께 가라고 말이야. 라파엘과 타륵도 그렇게 애원하다시피 했는데 듣지 않았잖아. 당신 고집이 보통 아닌 건 알고 있지?"

"알아."

"그럼 내가 대답할 수 없는 질문은 하지 마. 예를 들어 '우리가 목적지에 도착하지 못할 수도 있어?' 같은 질문은 하지 마. 라파엘은 어디 갔어?"

"역 근처 약국에 뭘 좀 사러 갔어. 급히 서두르다가 잊어버린 것이 있었나 봐."

"난 누가 어느 객실을 쓸 건지 알아봐야겠어. 방금 말한 것처럼 나, 당신, 라파엘 모두 흩어져 앉을 수밖에 없어."

"알아. 이 객실엔 몇 명이나 탈까?"

"보통의 상황이라면 한쪽에 세 명씩, 여섯 명이 앉는데, 에블린의 객실에도 아홉 명이 들어갔어. 객실을 배정할 때 당신이 불편하지 않도록 노력해 볼게."

"아니, 그것 때문에 물은 게 아니야. 나는 고려하지 마."
셀바가 말했다.

＊＊

한 시간이 열 시간 같은 마지막 밤을 보낸 뒤, 그들 모두 하나가 되었다. 라파엘은 페릿의 집에 머물던 사람들에게 내일 아침 열차를 타게 될 거라는 소식을 전했다. 어떤 이유에서인지 기다리고 기다리던 소식을 듣고도 다들 기뻐하지 않았다. 그들에겐 인생에서 가장 길고 힘든 여행을 떠날 순간이 온 것이었다. 돌아올 수 없는 길이었다. 목적지에 도착하거나 못 하거나였다. 치즈와 샐러드를 넣은 바게트샌드위치를 먹고 와인을 마시는 동안, 모두 자신만의 생각 속 미로를 헤매고 있었다. 하지만 모두의 마음이 합쳐진 지점은 눈으로 보고 손으로 잡을 수 있을 만큼 구체적이었다. 다 함께 알 수 없는 곳을 향해 길을 떠나야 했다. 두려움, 불안과 함께. 하지만 희망도 있었다.

타륵은 커다란 종이봉투를 아기처럼 조심스럽게 안고 차창을 확인해 가며 걸어가고 있었다. 유리창 너머로 에블린의 옆모습이 보이자 멈춰 서서 창문을 두드렸다. 에블린은 깜짝 놀라 창밖으로 고개를 돌렸다. 타륵을 본 그녀의 눈은 반짝였다. 너무 심한 소음 때문에 타륵이 "들어갈게요."라고 한 말은 못 들었지만, 입 모양을 보고 무슨 말을 하는지 알았다. 에블린은 타륵을 맞이하기 위해 복도로 나갔고 짧게 포옹했다.

"자리는 편해요?" 타륵이 물었다.

"아, 내 남편이 나한테 무슨 짓을 했는지 알아요, 타륵?"

"에블린, 페릿의 잘못이 아니에요. 패릿도 상심이 커요. 방금 차장과 내가 직접 이야기해서 자리가 나면 알려주기로 했어요. 너무 그 문제에 집착하지 말아요. 중요한 것은 안전하게 여행하는 거잖아요." 타륵은 '페릿이 탄 객차는 어떻게 될지 몰라요. 에블린 당신은 이 객차에서 안전해요.'라고 차마 말할 수 없어서 에블린의 눈을 피하며 말했다.

"뭔가 불안해요, 타륵. 왜 베를린까지 올라가는지 이해할 수가 없어요."

"왜냐하면 다른 노선의 철로는 폭격으로 손상됐으니까요. 전쟁 중에 흔히 있는 일이죠. 내가 뭘 가져왔는지 한번 봐 요!" 타륵은 종이봉투에서 초콜릿 한 상자와 비스킷 두 상자 를 꺼내 에블린에게 건넸다.

"오, 타륵! 당신 정말 좋은 친구예요! 우리를 위해 아침 일 찍 여기에 오다니."

"작별 인사도 안 하면 되겠어요?"

"이것도 페릿 때문이야. 마지막까지 날 파리에 못 오게 했 어요. 우리 집을 잘 봐줘요. 세를 놓아도 돼요!"

"나쁘지 않겠는데? 매달 돈도 들어올 테고 말이죠. 자, 이 리 와서 자리에 앉아요. 힘들게 서서 그러지 말고."

에블린과 헤어진 뒤 타륵은 열차의 맨 마지막, 창문에 초 승달과 별이 그려진 객차로 향했다. 셀바가 있는 객실에서 마고를 발견했다.

"이 객실이야?" 타륵이 물었다.

"그래, 셀바와 함께 있게 됐어. 라파엘은 다른 객실에 있을 거야." 마고가 대답했다. 몇 시간 전보다 훨씬 안정돼 보였다.

타륵은 역 근처 카페에 페릿을 남겨두고 집으로 가서 면도하고 옷을 갈아입은 다음, 새벽에 마고의 집에 들렀다. 마고는 떠날 준비가 다 되어 있었다. 여행 가방은 문 앞에 나와 있었고, 회색 정장에 잘 어울리는 작은 모자까지 쓰고 있었다. 그녀는 그 모습으로, 창가로 옮겨놓은 의자에 바른 자세로 앉아 있었다. 타륵은 놀랐다.

"이렇게 이른 시간에 그렇게 차려입고 뭐 하는 거야?"

"자정부터 이렇게 준비하고 있었어. 자기가 올지도 몰라서 기다렸는데, 안 와서 이렇게 옷을 입었어. 어차피 잠을 잘 수가 없을 것 같아서."

"마고, 페릿과 나눌 아주 중요한 이야기가 있었어."

"알고 있어. 이 시간에라도 와줘서 고마워."

"자, 얼른 커피 좀 끓여줘."

마고는 향이 좋은 커피 두 잔을 가지고 왔다. 두 사람은 커피를 마시고 말없이 서로를 안고 있었다. 사랑을 나누지도 않았고, 아무 생각도 하지 않았다. 그리고 마고는 빨간 코트를 입고 타륵의 차를 타고 역까지 왔다. 타륵은 마고를 마지막 객차에 태운 뒤 뭔가를 사러 나갔다.

"마고, 사야 할 걸 다 못 샀어. 몇몇 가게는 아직 문도 열지 않았더군. 하지만 가는 길에 읽을 수 있도록 잡지와 신문을 여러 개 샀어. 그리고 배가 고프면 간식으로 먹을 수 있는 이것저것도⋯. 눈에 보이는 건 전부." 타륵은 종이봉투에 든 것들을 마고 옆자리에 놓았다.

"내가 음식을 많이 싸 왔는데, 사 오지 말지 그랬어요." 셀바가 말했다.

타륵은 종이봉투 속에서 상자를 꺼내 파즐에게 건넸다.

"이건 여행하는 동안 네가 가지고 놀 장난감이야, 꼬마 친구."

파즐은 받자마자 상자를 뜯었다. 상자 안에서 나무 열차가 나왔다.

"세상에나, 타륵! 날도 밝지 않은 이 아침에 장난감 가게를 어떻게 찾았어요?"

"이건 미리 준비해 둔 거였죠. 이것처럼⋯." 종이봉투에서 또 선물을 꺼내 마고에게 건넨 타륵은 빈 종이봉투를 손에 쥐고 구겼다. 마고는 천천히 선물을 열어보았다. 화창한 파리의 아침, '라 클로즐리 데 릴라'라는 식당에서 라파엘이 자신의 카메라로 찍은 사진이 든 액자였다. 마고는 사진을 받은 뒤 한참을 바라보았다. 타륵은 마고의 어깨에 손을 얹고 있었다. 사진 속 두 사람의 눈동자는 웃고 있었다. 마고는 사진을 품에 꼭 안았다.

페릿은 큰 덩치만큼이나 외모가 눈에 띄는 남자와 함께 객실 문 앞에 나타났다. "이 신사분은 독일 은행의 튀르키예 지점장이셨던 브로드 씨야. 이민국에서도 일하시지. 우리가 떠날 수 있도록 많은 도움을 주셨어. 객차를 인도하기 위해 여기까지 오셨어. 잘 가라는 인사를 하려고 오신 거야. 특히 셀바에게 말이야."

셀바는 깜짝 놀라 자리에서 일어나 그 남자와 악수했다. 그리고 페릿은 다른 사람도 소개했다.

"이 부인은 마고 팔레… 사무엘과 페를라 그러니까 사미와 페리입니다."

그는 모두와 악수하고 안전한 여행을 기원한 다음 셀바를 향해 이렇게 말했다. "부인, 이스탄불에서 아버님을 만나 뵐 수 있는 영광을 누렸습니다."

"그러셨어요?" 셀바가 말했다.

"예. 여기 오기 전에 이스탄불에서 만났습니다. 아버님께서는 부인과 부인 가족에 대해 걱정이 많으셨습니다. 부인이 이 열차를 탄다면 꼭 와서 만나겠다고, 제가 약속했습니다."

셀바의 귀에서 윙윙거리는 소리가 들렸고, 심장도 빠르게 뛰었다. 제대로 들은 건가? "선생님께서 아버지를 만나셨다고요?"

"여기로 출발하기 직전에 만나 뵀었습니다. 카라쿄이에 있는 이민국 사무실에 오셨지요. 직접 열차에 관해 듣고 싶어 하셨습니다. 아시다시피 이민국은 기부금으로 운영되고 있습니다. 아버님께서 아주 후한 기부를 하셨습니다. 저희에겐 아주 감사한 일이었습니다."

셀바한테 다른 소리는 들리지 않았다. 귀에서 윙윙대던 소리가 점점 커졌다. 엉엉 울고 싶지만, 입술을 깨물고 눈에 고인 눈물을 보이지 않기 위해 먼 곳으로 시선을 돌렸다. 페릿과 브로드가 가고 나서 다른 남자가 객실로 들어왔다. 서류 가방과 꽤 큰 여행 가방을 선반 그물망에 올려놓으려고 하고 있었다.

지나가던 차장이 말했다. "이 여행 가방은 짐칸에 넣어야 합니다. 왜 열차에 타기 전에 짐칸에 넣지 않으셨죠?"

그는 이의를 제기하지 않았다. 서류 가방을 자리에 내려놓고 여행 가방을 들고 객실 밖으로 나갔다.

"저 사람을 어디선가 본 것 같은데…. 어디서 봤지?" 마고가 중얼거렸다. 셀바는 차창을 통해 뭔가를 들고 오는 남편을 내다보고 있었다. "몰라, 난 모르는 사람인데."

라파엘이 들어오자, 타륵은 일어섰다.

"이제 작별 인사를 할 시간이군. 내리지 않으면 나도 여러분과 함께 가야 하니 말이야." 타륵이 말했다. 열차에서 "치-익" 소리가 들렸다. 얼마나 많은 종소리가 동시에 울리던지 어느 종소리가 어떤 열차의 종소리인지 구별하기가 어려울 정도였다. 타륵이 서 있는 동안 한 무리가 객실 문 앞에 모여들었다. 셀바가 파리에서 터키어를 가르쳤던 키 큰 콘스탄스와 남편 마르셀, 그리고 또 다른 노인이 객실에 들어왔다. 셀바와 타륵은 포옹했다. 좁은 객실 안에서 장난감 열차를 가지고 놀고 있는 파즐의 이마에 입을 맞춘 타륵은 사무엘, 페를라의 안전한 여행을 기원한 뒤 다른 사람들에게 고개인사를 하고 나갔다. 마고가 그의 뒤를 따랐다. 그녀는 문 앞에서 타륵을 꼭 껴안았다. 열차가 발밑에서 천천히 움직였다.

"당신을 절대 잊지 않을 거예요, 마고." 타륵이 열차에서 뛰어내리기 직전에 말했다. 내리던 중 옆에서 숨을 몰아쉬며 아내에게 다녀오는 페릿과 부딪혔다. 페릿은 잠깐 타륵을 팔을 꼭 잡았다 놓았다. 열차 계단에 올라선 페릿이 타륵에게 소리쳤다. "잘 있게, 사랑하는 친구여. 신이 자네를 굽어살피시길."

열차는 점점 속도를 높였다. 마고는 창문을 내리고 허리까지 몸을 반쯤 빼고 타륵을 향해 손수건을 흔들었다. 그녀의 뒤에는 셀바, 라파엘, 페를라, 사무엘이 손을 흔들었다. 그들과 여전히 계단 위에 서 있는 페릿도 쉬지 않고 손을 흔들었다. 셀바의 객실에 있던 키 큰 남자도 누군가에게 손을 흔들었다. 타륵은 빠르게 지나가는 차창 중 에블린의 슬픈 얼굴을 본 것 같았다. 열차는 역 한가운데에서 한 손을 들고 꼼짝하지 않고 서 있던 타륵과 사랑하는 사람에게 손수건을 흔들던 많은 사람으로부터 멀어졌고, 열차에 탄 사람들은 점점 작아졌다. 그리고 열차의 증기에 가려 사라졌다.

열차

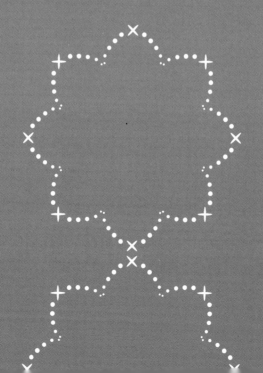

얼마나 많은 숲을 헤쳐나왔던가
길을 잃은 그 여정
수많은 타향살이에도
멀리 있는 집을 찾아
무라트 몽간

점점 멀어지던 타륵의 실루엣이 완전히 사라지자, 말을 하고 싶지 않아 계속 자는 것처럼 눈을 감고 있던 마고는 열차가 랭스에 가까워지자 눈을 떴고, 바로 맞은편에 앉은 그 남자가 눈에 들어왔다. 그렇다. 분명히 아는 사람이었다. 어딘가에서 그를 만난 적이 있다고 확신했다. 그는 다른 노년의 승객들처럼 모자를 벗지 않았다. 안경을 내려쓴 채 책을 읽고 있었다. 페를라와 사무엘은 침몰 게임[1]같은 걸 하고 있었다. 하지만 셀바는 밤새 서 있었던 데다 흥분이 몰고 온 피로 때문에 아들을 품에 안은 채 잠들어 있었다. 객차는 조용했다. 마고는 이 침묵과 평화가 계속 이어지길 바랐다. 자신의 인생에서 더는 기대할 것이 없는 사람 같았다. 그녀는 친나치 정부가 통치하는 자신의 조국으로 돌아갈 수 없었다.

---

[1] 역주-칸이 나누어진 종이 위에 서로 볼 수 없게 배를 표시한 뒤 한 칸씩 지워나가 상대편 배의 위치를 찾으면 이기는 게임

가족은 뿔뿔이 흩어졌고, 직장과 사랑하는 남자에게도 떠날 수밖에 없었다. 세상이 돌아가는 것처럼 이 열차도 아무 일 없이 덜컹, 덜컹, 덜컹 돌아갔으면 했다.

"담배 피우시나요, 마드모아젤?"

깜짝 놀란 마고가 대답했다. "아니요, 고마워요."

"담배 한 대 피워도 될까요? 혹시 불편하거나 그런 건 아니시죠?"

"전혀요." 마고가 대답했다. 바로 옆자리에 있던 청년이었다. 외모는 단정하고 깔끔했지만, 너무 마른 체형이었고 눈 밑에 짙은 보라색의 그늘이 져 있었다. '결핵이나 그런 병이 아니길.' 마고는 속으로 생각했다.

"베를린에 가시나요?"

청년은 계속 말을 걸었다. 하지만 마고는 혼자 있고 싶었고, 생각에 잠겨 있고 싶었다. '다른 사람이랑 이야기하지, 해골.'

"더 멀리 갈 거예요."

"프라하까지요?"

그녀는 대답하지 않고 가방에서 헝가리어로 된 책을 꺼내 읽었다.

"어느 나라 말로 쓰인 책인가요?"

"헝가리어요."

"그렇다면 헝가리인이군요?"

"예." 마고는 책을 펴서 읽기 시작했다.

"미안해요. 제가 너무 말을 많이 했군요. 너무 오랫동안 말을 못 해서요… 미안합니다."

그 말을 들은 마고는 안됐다는 생각이 들었다. '이 불쌍한 청년이 무슨 일을 겪었길래.'

"저를 귀찮게 하진 않았어요. 파리를 떠나야 해서 조금 슬펐을 뿐이에요. 피곤하기도 했고요. 어디까지 가세요?"

"갈 수 있다면 이스탄불까지요."

"아, 정말요?"

"왜 놀라세요? 너무 먼가요?"

"저도 이스탄불로 가려고 이 열차를 탔어요." 마고가 말했다.

"그렇다면 아주 긴 시간 함께 가야 하겠네요. 저는 다비드입니다. 다비드 루소."

열차는 아기자기한 마을과 계절에도 불구하고 푸르름을 간직하고 있는 계곡, 교회의 돔 지붕이 보이는 도시를 지나고 있었다. 가끔 보이는 교외 주택의 정원은 마치 자신이 잘 알고 있는 곳 같았다. 노는 아이, 뛰어다니는 강아지, 빨래를 너는 아낙네, 잔디를 깎는 남자 등 중산층 사람이 사는 마을의 뒷마당에는 활기 넘치고, 행복한 모습이 펼쳐졌다. 지구에 막 발을 디딘 외계인이 열차에 앉아 창밖을 내다본다면, 평화로운 세상이라고 생각했을 것이다. 객실 창문을 통해 밖을 바라보는 사람들에게 유럽의 지옥은 그 진짜 모습을 드러내지 않았다.

아이를 제외한 승객은 책을 읽거나, 창밖을 바라보았고, 가끔 졸기도 했다. 말이 많은 사람은 없었다. 모두의 마음은 무거웠다. 아이들은 역사와 지리에 대해 서로에게 묻고 대답하느라 바빴다. 셀바는 잠에서 깼지만, 품에 안긴 아들이 잠들어 있는 바람에 꼼짝 못 하고 앉아 있었다. 라파엘은 아내가 자는 동안 어떻게 지내는지 확인하려고 두 번이나 객실을 오갔다. 마고는 눈짓으로 아무 이상 없다고 말했다.

"에베레스트산의 높이는 몇 미터야?" 페를라가 물었다.

"7,500미터."

"그럼, 아시아와 유럽은 어떻게 구분되는지 알아?"

사무엘이 대답하려는 순간 모자를 쓴 남자가 말했다. "조금 전 네 대답은 틀렸단다. 조금 모자라게 답했구나." 열차에 탄 이후로 처음 입을 연 것이었다.

"어떤 대답이요?" 사무엘이 물었다.

"에베레스트산의 해발 고도는 7,500미터가 아니라 8,848미터란다."

"어떻게 아세요?"

"그냥 안단다."

마고는 앉은 자리에서 몸을 살짝 움직였다. 얼굴을 아는 것처럼 이 목소리도 알고 있었다. 전에 분명히 들었던 목소리였다. 마고는 참을 수 없어 이렇게 물었다. "선생님, 어디선가 뵌 적이 있는 것 같은데요. 정확하게 기억이 나질 않네요.”

“사람은 모두 닮았잖습니까, 마드모아젤. 저는 당신을 본 적이 없습니다.”

“그럼, 지금부터 알면 되겠군요. 저는 마고 팔레고 헝가리인이에요.”

“영광입니다.”

그가 자신의 이름을 말하지 않자, 마고는 이상하다는 듯 곁눈으로 셀바를 바라봤다. 화장실에 가려고 일어선 콘스탄스는 남자들이 알아듣지 못하게 셀바에게 터키어로 “나 소변 급해.”라고 했다. 셀바는 콘스탄스의 터키어를 듣고 웃었다.

“잘했어, 콘스탄스. 내 노력이 헛되지 않았네.”

다비드 루소는 얼굴을 붉혔다. ‘사적인 이야기를 엿듣는 상황이 되지 않으려면, 터키어를 알아들을 수 있다고 미리 말해야 하나?’

멀리서 보이는 대성당의 높은 돔 지붕이 점점 더 가까워지자, 승객들은 역이 있는 시내로 들어서고 있다는 걸 알았다. 열차는 숨을 헐떡이는 듯한 소리를 내며 속도를 늦췄고, 그르렁거리는 기계음과 칙칙대는 증기 소리를 내며 멈췄다. 셀바의 눈에 ‘랭스’라는 표지판이 들어왔다.

“여기서 멈추는 건가?” 마르셀이 물었다.

“페릿과 라파엘이 알고 있으니, 그들에게 물어봐야지.” 셀바가 이 말을 하자마자 라파엘이 객실 문 앞에 나타났다. 모자를 쓴 남자는 안경을 다시 쓰고 얼굴을 거의 가리듯 신문을 펼쳤다.

"여기서 잠시 정차할 겁니다." 라파엘이 말했다. "배고파요?"

"밖으로 나가도 돼요?" 콘스탄스가 물었다.

"밖에 뭐 하러 나가려고? 음식이 넘쳐나는데. 객실에서 먹자." 마르셀이 말했다.

셀바는 창밖으로 페릿이 앞 객차 쪽으로 서둘러 달려가는 걸 보았다. 파즐이 잠에서 깨자, 품에서 칭얼거렸다.

"아이가 몇 시간 동안 앉아 있었어. 잠시 바람 좀 쐬어도 될까?"

"이십 분간 정차해. 너무 멀리 가지 마, 셀바." 라파엘이 말했다. "이왕 내릴 거면 먹을 것 좀 사 올래?"

"바구니에 음식이 가득해."

"다음 정차 역은 독일 국경 안일 수도 있어. 잠시 내릴 거면 여기서 내려야 해."

노인은 한숨을 쉬며 말했다. "여기가 프랑스 땅이라고 해도 점령당했잖소. 독일이든 프랑스든 별 차이가 없어요. 어딜 가도 나치가 있을 테니."

"적어도 여기서는 프랑스어가 통하지 않습니까. 프랑스어는 우리가 할 수 있으니까요." 라파엘이 말했다.

셀바는 일어나 파즐에게 외투를 입히고 있었다. "라파엘,

나랑 함께 갈래?"

"페릿이 내게 책임을 맡긴 게 있어. 객차에 탄 사람들의 상태를 확인해야 해. 어쩌면 신분증 검사를 할 수도 있어. 당신은 내려."

"밖에서 뭐든 필요한 게 있는 사람 있어요?" 셀바가 물었다.

"함께 갈래요." 콘스탄스가 말했다. 그녀가 일어서자, 마고, 마르셀, 다비드도 일어섰다. 객차에는 어른 두 명과 아이들 외에는 남지 않았다. 자밀라가 아이들에게 역에서 내려서 돌아다니지 않겠다는 맹세를 시켰기에, 아이들은 내리지 않았다.

마르셀과 마고가 담배를 사기 위해 다른 플랫폼으로 가는 동안 셀바는 아이들이 소변을 볼 수 있는 화장실을 찾고 있었다. 셀바는 아내를 만나고 돌아오는 페릿을 보고 "담배 사 올까?"라고 물었다.

"고마워. 여유분이 있어. 여기서 너무 오래 돌아다니지 마, 셀바. 열차는 그냥 떠날 거야. 아이와 함께 열차에 오르는 게 쉽지 않을 수도 있어."

"화장실만 갔다가 바로 돌아올게." 셀바가 말했다. 열차가 출발하고 몇 시간이 지나자, 열차 화장실에서 악취가 나기 시작했다.

페릿은 열차에 올라 복도를 따라 이동하다 친위대 소속 독일군들이 셀바의 객실로 들어가는 걸 보았다. 개를 본 고양이처럼 머리카락이 쭈뼛 섰다. 만일의 사태에 대비하며 천천히 걸어가 문 앞에서 멈췄다.

"승차권을 확인해야겠어. 신분증도!" 친위대 장교가 말했다.

페를라는 갑자기 사타구니를 칼로 찌르는 듯한 통증을 느꼈다. 얼굴색이 샛노래졌다. 사무엘은 머리 위에 올려둔 가방에서 여권을 꺼냈다.

"이름이 뭐야?"

"사미."

"터키인이야?"

"예."

"그렇군!"

"나는 터키인입니다." 사무엘은 터키어로 말했다. 그리고 손에 든 여권을 내밀었다.

친위대 장교는 두 개의 여권을 살펴보았다.

"얘는 네 동생이야?"

"예."

"나도 터키인입니다." 페를라 역시 터키어로 말했다. 목소리는 떨리고 있었다.

"너희들은 전혀 터키인같이 생기지 않았는데. 너희 엄마가 당근이랑 해서 너희를 낳은 거야?"

사무엘은 그자의 얼굴에 침을 뱉는 모습을 상상했다. 목구멍 깊은 곳에서 입안 가득 끌어모은 가래를 "퉤." 하고 얼굴에 뱉어버리는 상상이었다. 친위대 장교는 아이들의 신분증을 확인한 뒤 조용히 앉아 있던 노인에게로 고개를 돌렸다.

"승차권, 신분증."

노인은 주머니에서 승차권과 신분증을 꺼내 건네주었다. 장교는 살펴본 뒤 다시 돌려줬다. 마지막으로 남은 사람의 차례가 되자 페릿이 객차 안으로 들어왔다.

"저는 이 그룹의 인솔자입니다. 일일이 다 확인하지 않으셔도 됩니다. 모두의 승차권과 여권을 모아서 즉시 대령하겠습니다."

"이 객차에는 관광객이 탄 건가? 당신이 관광 가이드야?"

"아시다시피 요즘 관광 여행은 불가능합니다. 이 객차는 튀르키예에서 보낸 겁니다. 유럽에 발이 묶인 튀르키예 국민을 고국으로 데려다주는 객차입니다. 열차가 정차하는 모든 역에 이 내용이 전달됐을 겁니다. 연락을 못 받으셨나요?"

"나는 연락받은 게 없어."

"이상하네요! 열차가 출발하기 전에 정차하는 모든 역에서 이 객차에 관한 소식을 전달받았다고 우리 대사관에 답장을 보내왔습니다."

"이 승객들이 튀르키예로 돌아간다면서 프랑크푸르트나 베를린에는 왜 가는 거지? 이 승차권은 베를린까지 가는 건데."

"베를린 다음 승차권은 저한테 있습니다. 노인들과 아이들이 있는데, 승차권을 잃어버리거나 혼동하지 않게 제가 안전하게 보관하고 있습니다. 왜 거기까지 가냐면 독일에서도 탈 승객이 있어서요. 튀르키예 정부가 고국으로 돌아오는 국민을 위해 객차를 몇 대씩이나 보낼 상황은 못 됩니다. 이걸 보내준 것만으로도 감사하고 있습니다."

"그럼, 승차권과 여권을 모아서 와. 나는 맨 앞 객차에 있을 테니. 전부 확인할 때까지 출발을 허락할 수 없어."

"걱정하지 마세요. 제가 찾아가겠습니다."

"승객 중에 문제 있는 사람이 없겠지?"

"문제 있는 사람이 있는데 독일로 가겠습니까?"

장교가 객실에서 나갔다. 페릿과 모자를 쓴 남자는 잠깐 눈이 마주쳤다. 남자는 손수건으로 이마의 땀을 닦아냈다. 새하얗게 질린 라파엘도 객실 문 앞에 서 있었다.

"라파엘, 승객들의 승차권과 여권을 당장 모아." 페릿이 말했다. "나는 밖에 나간 사람들을 찾아볼 테니."

역에 내린 사람 중 일부가 천천히 복귀하고 있었다. 페릿은 객차 문에서 서둘러 오라는 손짓을 한 뒤 열차에서 내렸다. 그리고 화장실에 있는 사람들에게 알리기 위해 달려갔다. 플랫폼에 있던 삼십 명에서 사십 명의 사람이 눈에 띄게 서두르는 모습이었다. 서로 밀치면서 열차 계단으로 모여들었다.

창문 너머로 객차 안에 친위대 완장을 찬 남자가 보이자, 셀바는 쌀쌀한 날씨인데도 땀을 흘리며 객실로 들어갔다. 파즐을 데리고 다녀야 하는 데다 두려움까지 겹쳐서, 그녀는 금방 지쳤다. 곧바로 승차권과 여권을 꺼냈다. 라파엘은 역에서 내린 사람들의 승차권과 여권을 모아서 나갔다. 모두 각자의 자리로 돌아갔다. 페를라는 객실 입구 자리에서 알 수 없는 표정을 지은 채 꼿꼿이 앉아 있었다.

"페리, 네 자리로 가서 앉으렴. 거긴 마르셀이 앉아 있던 자리야." 셀바가 말했지만 페를라는 꼼짝도 하지 않았다.

"왜 그래? 그렇게 무서웠니?"

페를라는 아무 대답도 하지 않았다.

"페를라… 페리, 괜찮아? 어서 네 자리로 가." 페를라가 일어섰을 때 셀바는 군청색 체크무늬 치마에서 점점 더 번지는 핏자국을 보았다.

"맙소사! 무슨 일이니? 아니면… 아니면… 무서워하지 마, 페를라. 무서울 거 없단다, 얘야. 내가 당장 도와줄게."

페를라의 눈에 수치심과 두려움이 가득했다.

덜컹, 덜컹, 덜컹. 다들 흔들리는 요람에 있는 것처럼 비몽사몽이었다. 사실 그들은 처음 열차에 올랐을 때보다 편안한 상태였다. 한 단계를 뛰어넘었고, 나아갈 수 있다는 걸 직접 자신들의 눈으로 목격했다. 페를라는 셀바와 마고의 도움으로 피를 닦아내고 옷을 갈아입었다. 사타구니에 여전히 약하게 남아 있는 통증을 느끼며, 감당하기 힘든 수치심을 안고 창가에 앉아 누구와도 눈을 마주치지 않으려 했다.

열차는 짙은 색을 띤 나무가 늘어서 있는 들판을 지나고 있었다. 언덕 사이로 여기저기 보이는 평야에는 소와 양들이 풀을 뜯고 있었다. 붉은 지붕의 집마다 창틀에 화분이 있고, 잘 정돈된 정원에 울타리가 있었지만, 아주 자세히 들여다보면 사소한 부분을 통해서 다른 문화권으로 넘어가고 있다는 걸 알 수 있었다.

"이렇게 아무것도 안 먹다간 우리 다 굶어 죽을 거야." 셀바는 짐칸에 올려둔 음식 바구니를 내리면서 말했다. 파리를 떠날 때는 슬픔을, 랭스를 떠날 때는 두려움으로 여행하는 기분을 느끼지 못했지만, 작은 객실에서 운명을 같이하는 승객 간에 연대감이 생겨나는 걸 모두가 느꼈고, 이 감정은 우리의 마음에 평온을 가져다주었다.

셀바에 이어 콘스탄스와 마고도 준비해 온 음식을 내놓았다. 사과 한두 개와 말린 빵밖에 가져오지 않은 남자들에게 자신이 준비한 음식을 나눠주었다. 혼자 열차를 탄 세 명의 남자 중 유일하게 음식을 준비한 이는 다비드 루소였다. 다비드가 고급 레드 와인 두 병을 꺼내자, 분위기는 한층 고조되었다.

"난 라파엘을 찾아볼게." 셀바가 마고에게 말했다. "라파엘도 뭔가 먹고 싶어 할 수도 있어."

라파엘은 자신의 객실에 차려진 음식을 이미 맛있게 먹어서, 더 필요한 건 없어 보였다.

"여보, 와인이 필요하면 들러." 셀바가 라파엘에게 말했다.

"당신 코냑 마시고 싶으면 여기로 와. 젊은 친구가 한 명 있는데, 알코올 중독자인지 가방이 술로 꽉 찼어." 라파엘은 셀바에게 터키어로 대답했다.

"긴장을 풀려고 마시겠지." 라파엘의 기분이 좋아진 것을 보고 안도감을 느낀 셀바는 객실로 돌아왔다.

출발할 때만 해도 의심 가득한 침묵 속에 앉아 있던 사람들이 이젠 서로의 이름을 묻고 어울렸다. 여전히 뺨에 홍조를 띠고 계속 창밖만 바라보는 페를라와 어디서 만났는지 마고가 기억해 내지 못한 남자를 제외하곤 다들 이야기를 나눴다. 날이 저물자, 저 멀리 도시의 불빛은 하늘에 서서히 나타나는 별처럼 깜빡였다.

갑자기 열차가 날카로운 마찰음을 내며 멈췄다. 갑작스럽게 열차가 정지하는 바람에 승객들은 잠시 앞으로 몸이 쏠렸다. 모두가 겁에 질린 눈으로 서로를 바라봤다. 멀리서 총소리가 들렸다. 파즐이 울음을 터트렸다.

다비드 루소는 일어나 창문을 내리고는 몸을 창밖으로 내밀었다. 진한 석탄 냄새가 객실을 가득 채웠다.

"역에 정차한 게 아니에요. 텅 빈 평야에 정차했어요."

객실에 있던 사람들이 다비드에게 몰려들어 창밖을 내다

보려 했다. 밖은 어두웠고 잘 보이지 않았지만, 오후에 지나쳤던 멋진 풍경과는 거리가 멀었다.

"라파엘을 찾아야만 해. 무슨 일이지?" 셀바가 객실을 나가면서 말했다. 셀바가 나가는 걸 본 파즐은 더 많이 울기 시작했다.

"이리 와." 셀바가 파즐을 불렀다. 파즐은 뒤뚱거리며 셀바의 손을 잡고 나갔다. 복도에서는 엄청난 소동이 일었다. 모두가 무슨 일이 일어난 건지 알아보려고 객실 밖으로 나왔다. 셀바는 사람들 사이에서 아이가 다치지 않도록 품에 안았고, 복도를 통과하면서 객실 하나하나를 살펴봤다. 남편도 페릿도 찾을 수가 없었다. 심장이 조여왔다. 다시 돌아와 객차 출입구로 갔다. 마르셀이 객차 출입문 옆에 서 있었다. 그와 함께 문을 열었다. 마르셀은 계단을 내려가 열차 앞쪽을 확인했다.

"셀바 부인, 열차 주변에 무장한 사람들이 있어요."

셀바도 몸을 내밀어 살펴봤다. 저 멀리 기관차가 군인들에게 둘러싸여 있는 게 보였다. 군인들이 플래시를 들고 있어서 쉽게 확인할 수 있었다.

"맙소사, 라파엘을 데려간 거야. 라파엘이 어디에도 안 보여!" 셀바가 소리쳤다.

"제가 보기엔 무슨 일이 일어났는지 알아보러 간 것 같아요. 그 많은 사람 중에 하필이면 라파엘을 데려가겠어요? 튀르키예 여권을 가지고 있잖아요." 마르셀이 말했다.

"맞는 말이에요. 제가 과했네요. 그래도 라파엘을 찾아봐야겠어요."

"정신 나가신 거예요? 빨리 들어오세요, 셀바." 마르셀의 이 말에 셀바는 민망해졌다. 객실로 돌아가려고 고개를 돌리자, 눈알이 튀어나올 것 같은 모습을 한 다비드 루소가 뒤에 있었다. 어둠 속에서도 겁을 집어먹은 게 확실해 보였다.

"앞쪽에 무장한 군인들이 있다고 했죠?"

"그래요, 기관차가 있는 곳에요."

"길에서 비켜주세요. 내릴 거예요. 비켜주세요." 셀바와 마르셀에게 말했다.

"어디 가려고?"

"어디가 됐든."

"무슨 말이에요?"

"어디로 가든 상관없어요. 당장 내려야 해."

셀바와 마르셀은 서로를 바라봤다.

"역에 도착한 게 아니에요… 어디로 가겠다는 거예요?" 마르셀이 다시 물었다.

"상관없어요. 내려서 불빛을 향해 걸어가면 돼요."

"어디에 있는지 알고는 있는 거예요, 다비드? 당신은 길을 잃을 거야."

"철로를 따라갈 겁니다."

다비드 루소는 계단도 밟지 않고 바로 뛰어내렸다. 아이를 품에 안은 셀바와 마르셀이 그를 따라갔다. 마르셀은 다비드의 팔을 붙잡았다. 두 사람은 서로 밀고 당기기 시작했다.

"이런 짓으로 우리 모두를 위험에 빠뜨리고 있어요. 당장 들어가."

"다시는 강제 수용소에 안 가요. 절대, 절대, 절대로." 다비드가 소리쳤다.

"누구도 당신을 강제 수용소 같은 곳에 데려가지 않아!"

다비드는 마르셀의 손을 뿌리치고 열차 뒤쪽으로 달리기 시작했다. 셀바와 마르셀은 그를 뒤쫓았다. 아무것도 모르는 파즐은 엄마 품에 안긴 채 신이 나서 소리를 질렀다. 그들을 뒤쫓아 오는 발소리가 들렸다. 다비드는 더 속도를 냈다. 한 발의 총성! 다비드가 갑자기 멈춰 섰다. 다비드와 부딪힌 마르셀, 셀바, 파즐은 모두 땅바닥에 넘어져 뒹굴었다. 발소리가 점점 더 가까워지더니 그들 옆에서 멈췄다. 무장한 군인 두 명이 소총을 겨눈 채 그들을 바라보고 있었다.

"여기서 뭐 하는 거야?" 군인 중 한 명이 소리쳤다.

"열차에서 떨어졌습니다." 마르셀이 대답했다.

"도망치고 있었지?"

"말도 안 돼요." 셀바가 말했다.

"그럼 어딜 가고 있었어? 소풍이라도 가던 중이었나?"

"아이 소변을 뉘어야 해서요. 이 사람들도 마찬가지 이유로 내렸고요. 열차에서 가능한 한 먼 곳으로 가려다 그만." 셀바가 대답했다.

“열차에는 화장실이 없어?”

“있긴 하지만 냄새도 심하고 줄도 길어서요. 열차 안에 사람이 너무 많아요.”

“남자들 오줌싸는데 당신은 뭐 하러 따라간 거야? 아이를 품에 안고 왜 뛰다가 넘어진 거야?”

“객차 출입문 바로 앞에서 오줌을 뉘고 있었어요. 총소리가 들려서 아들이 총에 맞으면 안 된다는 생각에 본능적으로 달려갔고, 이 사람들과 부딪쳤어요.”

“총이라니? 총에 맞는다는 건 무슨 소리야?”

“총소리가 났는데 못 들었습니까?” 마르셀이 말했다.

“마을 사람들이 들판에 출몰하는 멧돼지를 쫓는 거야. 자, 일어나!” 군인이 소리쳤다.

세 명은 모두 바닥에 뒤엉켜 우스운 꼴을 하고 있었고 일어나려고 몸을 추슬렀다. 셀바는 군인들 바로 뒤에서 겁에 질려 입을 다물지도 못하고 있는 라파엘과 페릿을 보니 웃음이 터져 나왔다.

“뭐가 재미있어서 웃는 거야?” 라파엘이 말했다.

셀바는 주체할 수 없었고 너무 웃어서 눈물을 흘릴 정도였다. 페릿은 그녀가 일어나도록 손을 내밀었다. 라파엘은 아들을 안았다. 파즐은 아주 신이 나 있었다. 손뼉을 치며 아버지에게 뭔가 말해주려는 듯했다. 페릿은 마르셀과 다비드가 일어설 수 있게 도왔다.

"들어가서 당장 신분증을 제시해. 당신들 말이 얼마나 맞는지 보사고." 군인이 소리쳤다.

"내 아내에게 무엇을 원하는 거요?" 라파엘이 물었다.

"도망치고 있었어!"

"뭐라고요! 웃기지 마쇼."

"조금 있으면 밝혀지겠지." 군인이 말했다.

모두 객차로 향했다. 사람들은 무슨 일인지 보려고 객차 창문에 몸을 내밀고 있었다. 군인들과 함께 온 셀바가 객실에 들어서자 모두 당황하기 시작했다. 모자를 쓴 남자는 모자를 코까지 내리고 아무것도 모른 채 자고 있었다.

"당신들 세 명 모두 승차권과 신분증을 제시해. 아이의 승차권도 봐야겠어." 군인이 말했다.

"아이는 내 여권에 동반 자녀로 되어 있어요." 셀바는 이렇게 말한 다음 아들에게 "이게 다 너 때문이야." 하고 어리둥절해서 쳐다보는 아이를 꾸짖었다. "그때 오줌 마렵다고 해서 이렇게 된 거잖아!"

라파엘도 군인들에게 보여주기 위해 자신의 여권을 꺼냈다. 페릿은 어디서 출발했고 어디로 가는지에 대해 긴 설명을 시작했다. 군인들은 셀바, 다비드, 마르셀, 라파엘의 여권과 승차권을 확인했다.

"헛고생만 시키고 말이야!" 군인 중 한 명이 말했다. "다음에는 화장실에서 해결해!" 군인들은 돌아서서 나갔다. 그들이 떠나자마자 모자를 쓴 남자는 모자를 올리고 바른 자세로 앉았다. 다비드는 멍한 눈으로 앉아 있었다.

"무슨 일이었는지 설명해 봐, 당장!" 라파엘은 매우 화가 나 있었다.

셀바는 또 웃음이 터질 것 같아서 입을 열지 않았다. 마르셀은 무슨 일이 있었는지 라파엘에게 설명하고는 다비드를 향해 고함을 질렀다. "내가 말했잖아. 우리 모두를 곤경에 빠뜨릴 거라고." 다비드의 초점 없는 눈에서 눈물이 떨어졌다. 셀바는 다비드에게 다가가서 물었다. "다비드, 왜 그렇게 겁을 먹었어요?" 다비드는 대답하지 않았다.

"강제 수용소라고 했었죠? 수용소에 갇힌 적이 있어요?"

"수용소에서 나온 지 얼마 안 됐어요." 다비드가 말했다. 셀바는 그의 옆에 앉았다. 다비드의 어깨를 감싸안아 주면서 머리를 부드럽게 쓰다듬었다. 객실에 무거운 침묵이 흘렀다. 마르셀이 이 침묵을 깼다.

"왜 멈춘 거지? 무장한 군인들이 원하는 게 뭐야?"

"우리가 가야 할 철도로 군인들을 이송하고 있어. 군인의 이송이 끝날 때까지 여기서 기다려야 해."

"얼마나 걸릴까요?" 마고가 물었다.

"오늘 밤은 여기에 있어야 해요. 아마도 하루, 아니면 이틀 정도." 페릿이 말했다. 객실은 웅성대기 시작했다.

"잠깐 나와 보겠어?" 라파엘이 아내에게 말했다. 파즐은 페를라의 품에 있었다. 자신의 부모가 나가는 걸 보고 소리를 지르던 파즐은 라파엘의 무서운 눈빛에 입을 다물었다.

객실 밖에서 부부가 마주 보고 서 있었다.

"셀바, 이게 당신한테 마지막으로 하는 말이야. 만약 또다시 큰일을 벌이거나 누군가를 구하겠다고 나서면 이스탄불에 도착하는 즉시 당신과 이혼할 거야."

셀바는 뒤돌아서 객실로 향했고 라파엘 앞에서 문을 세게 닫았다.

희미하긴 해도 눈을 부시게 하는 햇빛 때문에 다비드는 일찍 잠에서 깼다. 노인이 준 약을 먹고 얼마나 깊이 잠들었던지 새로 태어난 것처럼 행복했다. 잠에서 완전히 깨자, 전날 밤의 일이 생각나 얼굴이 화끈거렸다. 바보 같은 행동이었다. 그의 이야기를 들은 객실 사람들이 사랑과 이해로 자신을 감싸줬음에도 그는 여전히 부끄러웠다. '가족의 말을 듣고 의사에게 갔더라면 어젯밤과 같은 일은 없었을 텐데.'라는 생각이 들었다. 마르셀과 셀바가 그를 쫓아오지 않았더라면, 도망가는 줄 알고 군인들이 총을 쐈다면! 두 번이나 새 삶을 얻은 거로 봐서 자신은 운이 엄청나게 좋은 사람이라고 생각했다.

새로운 하루가 시작되었다. 화창하고 조용하며 지루한 하루가. 강제 수용소에서 나온 뒤로 좁은 곳에서 오래 있지 못했던 다비드는 온종일 객실에서 지낼 걸 생각하니 마음이 답답했다. 그래서 스스로 다짐을 했다.

'넌 또 새로운 생명을 얻었어. 친절한 사람들과 함께 있고,

자유를 향해 가고 있잖아. 다비드, 정신 차리고 우울증에서 벗어나자!'

마고가 바로 맞은편에서 자고 있었다. 미소가 지어졌다. 그녀는 아름다운 여자였다. '셀바만큼 친근하게 대해주면 좋을 텐데.'라고 생각했다. '그럼, 이 지루한 여행이 좀 더 활기찰 텐데.'

셀바, 페를라, 파즐이 객실에 보이지 않았다. 화장실에 간 것 같았다. 나머지 사람들은 옆에 앉은 사람의 어깨에 머리를 기댄 채 아직 자고 있었다. 사무엘은 모자를 쓴 노인의 무릎을 베고 있었다. 다비드는 화장실에 가려고 객실을 나섰다. 복도에서 셀바가 페를라에게 뭔가 설명하고 있었다. "맙소사, 다비드. 정말 나가야 할 일이 있다고 해도 이번엔 절대 밖에 나가면 안 돼요. 어제 일로 얼굴도 아니까 무슨 짓을 할지 몰라요."

"안 나갈 겁니다. 걱정하지 마세요."

"잘 잤어요?"

"잘 잤습니다…. 알판다리 부인, 말씀드리고 싶은 게 있어요…. 어젯밤에 정말 미안했습니다. 당신과 마르셀이 아니었다면 큰일 났을 겁니다. 두 분까지 위험에 빠뜨렸어요. 절 용서해 주세요."

"다비드, 우선 셀바라고 불러요. 우리 다시는 이 문제를 언급하지 말아요. 당신이 겪은 걸 생각하면 무장한 군인들을 두려워하는 건 너무나 당연해요. 용서를 구할 것도 없어요. 가는 동안 정신적으로 힘들면 나한테 와서 털어놔요."

"다시는 그런 일이 없을 겁니다. 약속드릴게요."

"알아요, 다비드. 이런 일은 더 이상 일어나지 않아요. 이런 일이 있으면 보통은 정신병원으로 보내잖아요."

"남편분께서 오시네요." 다비드는 라파엘이 객실 한 곳에서 나오는 걸 보고 셀바에게 알려줬지만, 그녀의 표정에는 변화가 없었다. 라파엘이 다가와 아들을 껴안고 입을 맞췄다. "잘들 주무셨나?" 라파엘이 아내에게 물었다. 셀바가 아무 답을 하지 않자 다비드가 대답할 수밖에 없었다.

"아주 잘 잤습니다. 선생님은요?"

"다비드 당신 덕분에 밤새 악몽을 꿨어요." 라파엘이 말했다.

얼굴이 붉게 달아오른 다비드는 고개를 숙였다. 셀바는 파즐을 데리고 객실로 향했다. 마고는 잠에서 깨 객실 한구석에서 잠들어 있는 남자를 주의 깊게 바라봤다.

"아직도 누군지 모르겠어?"

"기억이 안 나."

그 남자의 모자가 머리 뒤로 흘러내렸다. 마고는 수염이 자란 그의 얼굴 전체를 볼 수 있었다.

"아!" 그녀의 입에서 탄성이 새어 나왔다. "셀바, 알겠어. 누군지 알겠어!"

"누구야?"

"나와 봐." 마고는 자리에서 일어나 셀바와 함께 객실 밖으로 나갔다.

"궁금해서 죽겠어, 마고. 중요한 인물이야?"

"중요한 인물 정도가 아니야. 세기의 가장 위대한 물리학자야. 삼 년 전 발견으로 가장 큰 상을 받았어. 기억나? 전에 일하던 직장에서 받아 보던 잡지에 그의 사진이 실렸었어. 인터뷰가 라디오로 방송되기도 했고. 그 유명한 마이어 지그프리드야."

"아, 그 사람이군! 독일군이 그를 쫓고 있을 게 틀림없어. 그를 알아보면 바로 잡아갈 거야." 셀바가 흥분하며 말했다. 이 사실을 라파엘에게 즉시 알리고 싶었지만, 그에게 화가 나 있어서 그럴 수는 없었다. 그녀들은 다시 객실로 들어갔다. 이번에는 셀바가 남자의 얼굴을 유심히 살폈다. 마고의 말이 옳았다. 비록 머리를 완전히 밀고 긴 수염을 깎았지만, 누군지 알고 나니 닮았다는 생각이 들었다.

햇빛이 객실 전체를 밝게 비췄다. 모두가 잠에서 깨어났다. 눈을 뜬 사무엘은 잘 알지 못하는 사람의 무릎을 베고 있는 자신을 발견하고 곧바로 자리에서 일어났다.

"페를라는 어디에 있어요?" 미소를 지으며 자신을 바라보는 마고에게 물었다.

"화장실에 있어. 곧 돌아올 거야. 걱정하지 마." 마고가 대답했다.

"제가 가볼게요."

"원한다면 그렇게 해. 근데 동생 걱정은 안 해도 돼. 아무 일 없어. 아프지도 않고." 마고가 말했다. 그래도 사무엘은 정신을 차리고 밖으로 나갔다. 객차 복도에서 사무엘이 "안녕하세요, 페릿 씨."라고 하는 것을 들은 셀바는 벌떡 일어나 페릿의 길을 막아섰다.

"페릿, 할 말이 있어." 셀바는 페릿의 팔짱을 끼더니 멀찌감치 데려갔다.

"셀바, 또 무슨 일 있는 거야?"

"페릿, 우리 칸에 누가 있는지 알아?"

"누가 있는데?"

"지그프리드, 마이어 지그…." 페릿은 손으로 셀바의 입을 틀어막았다.

"알아."

"근데 왜 말하지 않았어?"

"아무도 모르는 게 가장 좋아. 또 누가 알아?"

"마고. 마고가 알아본 거야."

"마고랑 둘만 알고 있어."

"라파엘도 알고 있어?"

"나 말고 유일하게 아는 사람이 라파엘이야."

"어떤 이름을 사용하면서 여행 중인 거야?" 남편이 이런 일을 자신에게 숨긴 것에 매우 화가 났지만, 겉으로 드러내지 않으려 애쓰며 물었다.

"코헨."

"튀르키예 여권이 있는 거야?"

"응."

"하지만 터키어는 못 해."

"그래서 그를 당신, 다비드, 당신 덕분에 터키어를 조금이라도 할 수 있는 사람들 칸에 넣은 거야. 나치도 터키어를 모르겠지만, 혹시라도 장교 중에 튀르키예에서 오래 근무한 누군가가 잘난 체하느라 물어볼 수도 있잖아. 셀바 당신이 평소처럼 대담하게 상황을 넘길 수 있다고 생각했어."

"만약 그런 상황이 오더라도 내가 아무것도 모르는데 어떻게 대처한단 말이야?"

"상황을 이해하고 해결하는 능력이 뛰어나잖아, 셀바." 페릿이 말했다.

그들 곁으로 온 사무엘이 물었다. "여기서 얼마나 더 기다려야 해요?"

"나도 그걸 알아보러 가던 길이란다. 아내가 어떻게 지내는지도 보고 철로가 뚫렸는지 물어보려고 말이야." 페릿이 대답했다.

"우리가 만난 적은 없지만 그래도 에블린에게 내 안부를 전해줘. 음식이나 물이 필요하면 나한테 많이 있어." 셀바가 말했다.

"고마워. 하지만 안부를 전할 순 없을 것 같아. 그 사람은 같은 열차를 타고 있다는 걸 몰라."

독일 국경에서의 목요일은 길었다. 움직이는 열차 안에서는 아무리 지루하다고 해도 시간이 더 빨리 지나갔다. 적어도 계속해서 변하는 바깥 풍경을 바라보며 시간을 보낼 수 있었다. 그러나 이렇게 마을에서 멀리 떨어진 곳에 아침부터 저녁까지 기다리는 건 열차에서 내릴 수 있음에도 불구하고 힘든 일이었다. 열차에 탄 승객은 모두 내려서 시원한 공기를 마시며 열차 근처를 오갔다. 페릿은 대부분의 시간을 아내와 함께 보냈고, 페를라는 오빠가 밖에 나가보라고 여러 번 말했음에도 모자를 쓴 남자밖에 없는 객실에 남아 누워서 책을 읽었다. 모자 쓴 남자는 아침 시간에 낱말 퀴즈를 풀고 있었다. 다비드와 마르셀은 백게먼 게임2을 하기도 했다. 식사를 야외에서 하는 승객들이 있는가 하면, 어떤 사람들은 객실에서 먹었다. 여러 객실, 심지어 다른 객차 승객들과 만나 대화를 나누는 기회이기도 했다. 그들은 갈수록 확장되는, 묘한 운명 의식으로 연결된 가족 같았다. 셀바는 온종일 남편과 마주치지 않으려고 애썼다. 그래도 괜찮았다. 하지만 오후 다섯 시가 되고 하늘이 하늘색에서 보라색으로 변하기 시작하자, 신경이 날카로워졌다. 날씨가 싸늘해지자 모두 객실로 돌아갔고, 좁은 객실에 빽빽이 들어찬 사람들은 이 고통스러운 여행이 얼마나 더 길어질지 계산하고 있었다.

승객들을 사람 취급도 하지 않는지 아무런 정보도 주지 않던 차장은 마르셀의 집요한 질문에 씩 웃으며 이렇게 말했

2　역주-주사위로 하는 보드게임의 일종

다. "쓸데없는 희망을 품지 마세요. 자정 전에는 출발하지 못할 겁니다."

승객들은 각자의 객실에서 저녁을 먹었고, 할 수 있는 일이 아무것도 없어서 다시 잘 준비를 했다. 전날 밤, 파즐을 화장실에 자주 데려갔기에 셀바는 출구에서 가까운 문 옆, 지그프리드 옆에 자리를 잡았다. 객실 전등이 꺼지고 사람들이 침대 등을 켜기 시작하자, 셀바는 정체를 알게 된 옆자리 남자에게 부드러운 목소리로 물었다.

"제가 책을 좀 읽어도 될까요. 아니면 불을 끌까요, 선생님?"

"얼마든지 읽으셔도 됩니다, 부인. 편하신 대로 하세요."

"감사합니다. 제 이름은 셀바입니다. 셀바 알판다리. 소개할 기회가 없었네요."

"저는… 전 코헨입니다." 남자가 말했다.

"만나서 반갑습니다, 코헨 씨. 제 아들이 당신 옆에서 많이 꼼지락거릴 겁니다. 불편하게 해서 죄송합니다."

"전혀 불편하지 않습니다. 아주 활달한 아이군요. 너무 사랑스럽기도 하고요."

그도 함께 많은 시간을 보내면서 첫날의 긴장에서 벗어난 것 같았다. 희미한 조명만 남은 객실에서 마침내 그가 모자를 벗었고, 그 모습을 본 마고는 셀바에게 눈짓을 했다.

무슨 일이 일어날지 모르는 또 다른 하루를 맞이하기 위한 밤이 찾아왔다. 초승달과 별이 새겨진 객차의 승객들은 전날보다는 조금 더 긍정적인 마음으로 잠자리에 들었다.

셀바는 이스탄불에 도착한 꿈을 꾸었다. 자신을 만나러 온 아버지와 재회했다. 꿈에서는 열차가 아닌 여객선을 타고 있었다. 여객선이 돔 지붕과 사원의 첨탑이 보이는 푸른 항구로 들어서자 셀바는 바다로 뛰어들었다. 군청색 바닷물 속에서 자신을 기다리는 아버지를 향해 헤엄쳐갔다. 아버지와 딸은 손을 잡고 깊은 바닷속으로 잠수했다. 여러 종류의 물고기들과 밝은 녹색의 해초들 사이에서, 셀바가 그렇게 그리워했던 영혼의 단짝이 된 부녀의 모습으로 헤엄치고 있었다.

셀바는 깜짝 놀라서 잠에서 깼다. 지그프리드, 다비드, 콘스탄스도 일어났다.

"무슨 일이야?" 콘스탄스가 작은 목소리로 물었다.

"출발하는 것 같아."

몇 시인지 알 수가 없었다. 밖은 아직 어두웠다. 열차는 작은 소리를 내며 움직이기 시작했다. 파즐은 셀바의 품속에서 흥얼거리며 돌아앉았다. 다비드는 누구도 불편하지 않게 조심하며 밖으로 나갔다. 몇 시간 이상 같은 곳에 머물지 못했다. 다비드는 담배에 불을 붙였다. 복도 창문 밖으로 저 멀리 불빛이 보였다. 언젠가 그의 삶에도 빛이 내릴까? 그는 한 번은 이쪽으로 한 번은 저쪽으로 복도를 오갔다.

군청색 하늘 곳곳이 점차 붉어지면서 날이 밝아오고 있었다. 동이 틀 무렵 다비드는 객실로 돌아왔다.

승객들이 아침 식사를 하는 동안 독일 국경을 넘었다. 페릿과 라파엘이 여권을 들고 세관으로 향하는 동안 셀바의 마음은 불안으로 가득했다. '아무 일도 일어나지 않기를, 제발 일어나지 않기를.' 마음속으로 기도했다. 간밤의 꿈 영향으로 너무 행복하게 잠에서 깨어났기에 그 기분을 망치는 일이 없기를 바랐다.

"밖에서 바람 좀 쐬면 안 될까요?" 콘스탄스가 물었다.

"그냥 자리에 앉아 있어." 그녀의 남편이 말했다.

마고는 객차 맨 끝 화로가 있는 곳에서 차를 끓이기 위해 물을 데우고 있었다. 빵은 상했지만, 비스킷으로 대체할 수 있었다. 아무것도 먹지 않는 노인에게 셀바가 음식을 권했다.

"어제저녁도 안 드셨잖아요. 좀 말랐지만 케이크 한 조각 드릴게요."

"고마워요. 식욕이 없어요."

"맞아요, 말라빠진 케이크를 먹는 게 쉽지 않죠. 살라미가 좀 남았는데 드실래요?"

"차만 마실게요. 나중에 먹을게요." 노인이 말했다. 셀바가 바구니에서 꺼낸 살라미 소시지에서 냄새가 났다. '역에 정차하면 살라미를 버려야겠어.'라고 생각했다. 바구니를 자신의 자리에 두고 화장실에 가려고 객실을 나왔다. 복도를 가득 메운 독일군 병사들이 객실 하나하나를 살펴보고 있었다. 셀바는 화장실 앞에서 자신보다 먼저 온 사람들이 볼일을 마치기를 기다렸다. 그녀가 화장실에서 나왔을 때 군인들은 가고 없었다. "아직도 속이 안 풀린 거야?" 마고에게 아내의 행방을 묻고 있던 라파엘이 화장실에서 돌아오는 셀바를 발견하고 이렇게 물었다.

"우리 이혼하기로 한 거 아니었어?"

"말도 안 되는 소리 하지 마. 무슨 그런 말이 다 있어."

셀바는 아무 말 없이 남편 앞을 지나갔다. 라파엘은 그녀의 팔을 잡았다. "당신이 끊임없이 위험 속으로 뛰어드는 게 무서워, 셀바. 언젠가 당신한테 무슨 일이 일어날 것 같아."

셀바는 객실로 들어갔고, 자신의 자리에 있던 바구니를 선반에 올려두려고 들어 올렸다. 그런데 조금 전까지 있던 살라미 소시지가 없었다. 주위를 둘러봤다. 파즐이 사무엘의 무릎에 앉아 살라미 소시지를 먹고 있었다. 셀바는 벌떡 일어나 파즐의 손에 남아 있는 살라미 소시지 조각을 뺏었다.

"이걸 다 먹은 거야?"

초롱초롱한 눈의 파즐이 고개를 끄덕였다.

"얘야, 무슨 짓을 한 거니? 상한 거란 말이야."

셀바는 속이 상했다. 이 열차에서 아이가 병이라도 나면 셀바가 할 수 있는 게 없었다.

"마고, 내가 화장실에 있는 동안 파즐이 상한 살라미를 먹었어. 탈이 날까?"

"상한 거였어? 너무 맛있게 먹던데."

"살라미를 엄청나게 좋아해."

"아무 일도 일어나지 않을 거야. 기껏해야 설사 정도니까. 걱정하지 마."

열차가 흔들렸고 다시 출발했다.

페릿이 객실에 왔다. "좋은 여행 되시길, 아무 문제 없이 독일에 입국했습니다."

"아무것도 묻지 않았어요?"

"이미 그들이 점령한 땅에서 왔는데, 국경이 무슨 의미가 있나요." 노인이 말했다.

독일 입국은 정말 쉽고 간편했다. 객차 내 분위기는 좋았다. 모두가 동시에 입을 열었고 농담도 했다. 지그프리드와 이름이 아세오라는 걸 새로 알게 된 노인은 독일어로 서로 대화했다.

가을의 따뜻한 햇볕을 받으며 평온 속에서 시골 마을을 지나고 있었다. 진흙으로 지붕을 덮은 시골집, 채소밭, 목초지에서 풀을 뜯는 소들, 붉은 지붕의 돌집과 교회, 연못이 있는 마을을 지나자, 창밖으로 바로크 양식의 건물들이 있는 도시가 나타났다. 열차는 속도를 내고 있었다. 시간과 열차가 경주하는 것 같았다.

"아, 저기 좀 보세요. 방금 카를스루에역을 지나쳤어요!" 마르셀이 소리쳤다.

"카를스루에를 지나 북쪽으로 가고 있어. 어디로 데려갈지 궁금하군요." 노인이 흥분하며 말했다.

지그프리드의 얼굴에도 그림자가 드리워졌다.

"담배 한 대 드릴까요, 코헨 씨?" 마고가 물었다.

"제 담배를 피우겠습니다." 시그프리드는 복도로 나갔고 아세오가 뒤를 따랐다. 마고는 시그프리드가 주머니에서 멋진 담배 케이스를 꺼내는 것을 보았다. 아세오와 함께 그는 담배에 불을 붙였다. 불안감이 다시 한번 객실을 지배했다. 아이들을 제외한 모두가 조급해하고 있었다.

"페릿을 찾으러 가요." 마르셀이 밖으로 나갔다. 그들은 불안한 마음으로 기다렸다. 마르셀이 곧 돌아왔다.

"예정된 경로로 갈 수 없답니다. 일부 철로가 폭격을 받았고, 일부는 폐쇄되었답니다. 올라갔다 내려갔다 하면서 갈 겁니다. 좀 더 길어지겠지만 걱정할 건 없어요."

카를스루에를 지나 북쪽 만하임으로 향하고 있었다. 모두 마음을 놓았다.

"이렇게 마음 졸이다간 다 지쳐 쓰러질 거야, 셀바." 마고가 말했다.

"더 나쁜 일이 일어나지 않는다면 이 정도쯤은 괜찮아." 셀바가 대답했다.

열차는 정오 무렵 프랑크푸르트에 도착해서 몇 시간째 인적 드문 곳에서 대기했다. 군인으로 들끓고, 복잡하고 혼란스러운 데다, 소음과 화려함, 활기가 넘쳐나는 역을 본 승객들은 신이 났다. 그리고 서서히 나치 친위대와 무장한 군인들의 존재에 대해서도 적응해 갔다. 독일에서 스물여덟 시간을 기다린 것 말고는 아무런 피해도 없었기에 안심하고 열차에서 내렸고, 삼십 분의 여유를 가졌다. 부족한 음식물과 신문을 사고, 역 안에 있는 작은 카페에서 맛있는 커피를 마셨다.

한 시간 전부터 파즐의 배앓이가 계속되었다. 차 한잔을 마시고 통증이 가라앉자, 아이는 셀바의 무릎에서 잠들었다. 셀바는 아이를 깨우지 않으려고 객실을 나가지 않았다. 늘 그랬듯이 아세오과 지그프리드 외에는 모두 객실 밖으로 나가고 없었다. 아세오의 얼굴색은 무척 창백했다.

"아세오 씨, 밖에 나가서 바람 좀 쐬는 게 어떠세요?" 셀바가 말했다.

"저 많은 사람 속에 들어갈 몸 상태가 아니랍니다." 노인이 대답했다.

"너무 적게 드세요. 당연히 몸이 안 좋으실 수밖에요. 파즐이 깨면 케이크를 좀 드릴게요."

"터키인들은 인심이 후한 사람들이에요. 튀르키예에 발을 디딜 때까지 살아있길 바랄 뿐입니다."

"오, 그게 무슨 말이세요, 아세오 씨. 며칠 후면 튀르키예에 도착할 겁니다."

"오르락내리락하지 않고, 여기저기서 대기하지 않는다면 그렇지요. 하지만 이런 식으로 간다면 한 달 정도 걸릴 것 같군요."

"전시 상황이니까요."

라파엘은 역 주변을 돌아다니는 사람들 속에서 아내를 찾을 수 없자 궁금해서 열차로 돌아왔다.

"셀바, 무슨 일이야? 왜 파즐과 함께 내리지 않았어?"

"아, 라파엘, 파즐이 배가 몹시 아픈가 봐. 오늘 아침에 상한 살라미 소시지를 많이 먹었거든." 셀바는 아이 걱정으로 남편과 싸웠다는 것도 잊어버렸다.

"살라미 소시지는 어디서 난 거야?"

"내 음식 바구니에 있었어."

"왜 그걸 먹인 거야?"

"내가 그길 먹였겠어? 내가 화장실에 간 동안 먹은 거야."

순간 셀바는 노인에게 살라미 소시지를 권한 게 생각났다.

"아세오 씨, 제가 살라미를 권했을 땐 상한 것인지 몰랐어요. 드시지 않으셔서 정말 다행이에요."

노인은 웃으며 대답했다. "상한 살라미는 아무것도 아니에요. 저는 먹지 않은 게 없을 정도였답니다, 부인. 굶지 않는 게 중요하지요."

"라파엘, 약국에 가서 파즐에게 먹일 약을 좀 사와." 셀바가 말했다.

라파엘은 객실 내 다른 사람들에게도 원하는 게 있는지 물었다. 지그프리드의 담배 주문을 받고 바로 객실을 나갔다. 아세오와 지그프리드는 나란히 앉아 백개먼 게임을 했다. 셀바는 근심 속에서 라파엘을 기다렸다.

라파엘은 한참 뒤에 꾸러미 몇 개를 들고 돌아왔다. "어디 있었던 거야, 라파엘. 걱정했잖아." 셀바가 말했다.

"오, 이제 걱정한다는 게 무슨 뜻인지 이해했나 봐, 아가

씨?"

"그걸 모른다고 생각해, 라파엘?" 셀바는 남편이 게슈타포에 끌려간 일을 떠올렸다. 라파엘은 셀바의 뺨에 입을 맞췄다.

"역에는 약국이 없어, 셀바. 시간이 부족해서 역 밖으로 나가 약을 찾을 수가 없었어. 옆 칸에 간호사가 있어서 물어보니 토하게 하거나 상한 음식을 빼낼 음식을 먹이라고 하더군. 상한 것만 빼내면 괜찮아진대."

"그런 음식을 어디서 찾는단 말이야? 채소라도 요리해야 하나, 열차에서?"

"구토 유도에는 소금물이 좋다고 했어."

"지금은 곤히 잠들었어. 깼을 때 여전히 아프다고 하면 생각해 보자." 셀바가 얼굴을 찌푸리며 말했다. 라파엘은 게임을 하는 두 사람에게 고개를 돌렸다.

"누가 이기고 있습니까?"

"이 사람을 이길 수가 없어요." 아세오가 말했다.

"코헨 씨가 백게먼 게임 챔피언이네요?"

"게임을 할 때마다 내가 이기는군요." 지그프리드가 말했다.

셀바는 이 둘은 오랜 친구라고 생각했다. 두 사람 다 말을 거의 하지 않았기 때문에 눈치채지 못했고, 객실에서 만나 친구가 된 것으로만 생각했었다.

"저도 백게먼 게임을 좀 합니다." 라파엘이 말했다.

"여기서 이기는 사람과 하면 되겠군요." 지그프리드가 말했다.

"좋습니다. 오늘 밤에 하면 되겠네요."

역에 내렸던 사람들이 서서히 객실로 돌아오고 있었다. 셀바는 한숨을 쉬었다. 비록 마중을 나올 사람이 없다 해도, 멈추지 않고 한시라도 빨리 고향에 가고 싶었다. 셀바의 아버지가 이민국을 찾아간 거로 봐선 튀르키예로 온다는 소식을 들었을 것이다. 혹시 엄마가 마중을 나올까? 열차가 도착하는 날짜를 안다면 아버지의 반대에도 불구하고 나올 것이다. 엄마가 많이 보고 싶었다. 아버지는 더더욱이나 그랬다. 부모님을 생각하니 가슴이 미어졌다. 같은 도시에 살았어도 만나지 않고, 오가지 않았던 부모와 자식! 이걸 파즐에게 어떻게 설명한단 말인가? 그나마 다행인 건 파즐이 그런 걸 깨달을 만큼의 나이는 아니었다. 하지만 곧 자랄 테고, 어느 날 물어보겠지.

마고, 마르셀과 함께 콘스탄스, 다비드, 아이들은 음식과 음료수, 신문을 잔뜩 들고 객실로 돌아왔다.

지그프리드와 아세오는 곧바로 신문을 하나씩 받았다.

"러시아와 체코슬로바키아가 협정에 서명했어." 지그프리드가 신문을 훑어본 뒤 흥분해서 말했다. 모두 그의 말에 집중했다. "러시아가 러시아 영토 내에 독일군과 싸우기 위한 체코군 부대를 창설하기로 했다는군."

"폴란드도 전에 이런 협정을 맺은 적이 있었지. 독일이 자신들의 목적에 맞게 폴란드인들을 훈련하는 방법을 알고 있었어. 하지만 러시아는 1939년 점령한 폴란드에서 절대 나가지 않을 거야." 아세오가 말했다.

"모든 건 영국 때문이야. 처칠은 새로운 동맹국인 러시아에게 자신들이 중요하다고 생각하는 지역을 포기하라고 강요하지 못하고 있어. 처칠이 강력하게 요구했다면 러시아와 폴란드 간 국경 문제는 해결할 수 있었을 텐데 말이야."

"하지만 이것 봐. 신문에 뭐라고 쓰여 있는지."

"뭐라고 쓰여 있나? 좋은 소식은 하나도 없던데."

"1939년 협정이 유효하지 않다고 선언했어. 그러니까 폴란드 국경은 다시 그어진다는 말이지." 아세오가 말했다.

"자넨 너무 낙관적이야. 이건 시간 끌기에 불과해. 만약 나라면, 폴란드와 체코군이 러시아에서 훈련받는 것에 반대할 거야."

"바다에 빠지면 뱀이라도 잡는다고 하죠, 코헨 선생님." 라파엘이 말했다. "우리 터키인들 속담에 그런 말이 있습니다."

"좋은 속담이군요! 상황을 잘 설명하네요." 지그프리드가 말했다.

"폴란드인이세요?" 마르셀이 물었다.

"아닙니다." 노인이 얼굴에 슬픈 미소를 지으며 말했다. "우리는 튀르키예 여권을 가지고 있어요."

아세오와 지그프리드는 백게먼 게임을 정리했다.

"누가 이겼습니까?" 라파엘이 물었다.

"누가 이길지는 처음부터 뻔한 거였지요." 지그프리드는 기분 좋게 웃으며 말했다. 그가 마침내 긴장을 푼 모습을 본 마고와 셀바는 서로 마주 보며 기쁨의 미소를 지었다.

열차가 출발했다. 메마른 체구의 차장 대신 덩치 큰 독일 인이 차장으로 교체되었다.

"베를린까지 가는 동안 어디서 정차합니까?" 나르셀이 물었다.

바뀐 차장은 좀 더 말이 많은 사람이었다.

"여덟 시간에서 열 시간 정도 가야 하는데, 특별한 문제가 없거나 별도의 지시가 없는 한 카셀과 마그데부르크에 정차할 겁니다."

비가 내리기 시작했다. 나뭇잎이 붉게 물든 키 큰 나무로 즐비한 교외 지역을 지나고 있었다. 하지만 창문을 세게 두드리는 비 때문에 아무것도 볼 수 없었다. 승객들은 작은 객실에 만들어 놓은 자신의 세상에서 안전하다고 느끼고 있었다. 남자들 사이에서 백게먼 게임이 벌어졌다. 여자들은 서로 요리법을 공유했다. 파즐은 간간이 배를 찌르는 것 같은 복통으로 고통스러워했지만, 곧 셀바의 품에서 안정을 되찾았다. 모두 시간 개념을 상실한 듯했다.

날은 어두워졌고 비와 함께 강한 바람마저 불기 시작했

다. 또 식사 시간이 돌아왔다. 파즐은 복통에도 불구하고 배가 고파서 뭔가를 먹으려 했지만, 셀바가 허락하지 않자 계속 칭얼대고 있었다.

"온종일 아무것도 드시지 않았어요. 치즈와 얇은 빵을 좀 드릴게요, 아세오 씨." 셀바가 음식을 권하며 말했다.

노인은 고마워하며 음식을 받았다.

"마지막 와인입니다." 다비드가 말했다. "어디서 정차하든 다음 역에서 와인을 사야만 해요."

다비드는 모두의 양철 컵에 와인을 따랐다.

"기막힌 맛의 마지막 프랑스 와인을 위하여." 양철 컵을 와인 잔처럼 들어 올렸고, 모두 무사히 여행이 끝나기를 기원하며 컵을 부딪쳤다.

"병에 와인이 조금 남았는데 이건 당신을 위해 남겨뒀어요, 마고." 다비드는 마고의 귀에 대고 말했다. "잔을 주세요. 다시는 이렇게 좋은 와인을 못 마실 수도 있어요."

"왜 나한테 주나요?"

"아름다운 여성은 좋은 걸 받을 자격이 있으니까요."

"기분이 좋아진 것 같군요, 다비드."

"내 운명이니 받아들이고 열차를 탔지만, 그래도 좁은 곳에 오래 머물 수가 없어요."

"그것도 곧 극복할 테니 걱정하지 말아요. 신께서는 모든 것을 극복할 힘을 인간에게 주셨어요."

"아, 지금 막 마그데부르크를 지났어요!" 셀바가 소리쳤다. "여기서 정차한다고 했잖아요!"

객실 안에 순간 정적이 흘렀다.

"어떻게 그럴 수가 있지? 잘못 봤을 거예요." 마르셀이 말했다. "아니요, 정확히 봤어요. 역 간판이 엄청나게 컸어요. 빠른 속도로 역을 통과했어요."

"그렇다면 카셀에서도 멈추지 않았다는 말이에요." 아세오가 말했다. "게임을 하느라 너무 정신이 팔려서 눈치채지 못했네요. 이상히 군요!"

"왜 지나쳤을까요?" 다비드가 말했다.

지그프리드와 주사위 놀이를 하고 있던 라파엘이 자리에서 일어났다.

"페릿한테 가봐야겠어요. 왜 멈추지 않았는지 확인해 볼게요."

"페릿이 어떻게 알겠어요?"

"어쩌면 차장과 얘기했을 수도 있잖아요."

열차는 밤을 가르며 엄청난 속도로 달리고 있었다. 그들이 열차에 탄 뒤로 이보다 빠른 속도로 달린 적은 없었다. 창밖을 살펴보려고 했지만 헛수고였다. 셀바가 봤다고 한 역을 한참이나 지난 다음이었다. 조금 전 평화롭고 부드러운 분위기 대신 새로운 긴장감이 찾아왔다. 파즐도 징징대기 시작했다.

페릿과 라파엘이 함께 객실로 들어왔다.

"차장에게 물어봤어요. 셀바의 말이 맞았어요. 어느 역에도 정차하지 않고 곧장 베를린으로 간답니다." 페릿이 말했다.

"왜 정차하지 않은 거죠?"

"자정 이전에 베를린에 도착해야 하나 봅니다."

"어쩌면 지체했던 시간을 메꿔줄지도 몰라요." 콘스탄스가 말했다.

"그래도 만하임에서 와인을 사려고 했는데." 다비드가 말했다.

"베를린에서 살 수 있을 거야."

"한밤중에요?"

"와인은 모르겠지만 맥주는 찾을 수 있을 거요, 젊은이." 노인이 입을 열었다. "이 나라에서는 수도꼭지에서도 맥주가 흐른다오."

라파엘은 객실로 돌아왔다. 앞으로 역에 정차하여 바람을 쐴 희망이 없다는 걸 깨달은 사람들은 책을 꺼내 읽거나, 잠자리에 들 준비를 했다.

객실에 전등이 꺼졌다. 어두운 창문을 바라보며 앉아 있는 지그프리드를 제외하고 모두 잠들었다. 갑자기 파즐이 목청껏 울어대기 시작했다.

"배가 아파요… 배가 아파요."

"쉿. 파즐, 울지 마. 다들 자고 있잖니. 어디가 아픈지 보여줘."

아이는 작은 손가락으로 자신의 배를 가리켰다. 셀바는

파즐의 허리가 조이지 않게 바지를 벗기고 품에 안은 채 어르고 달랬다. 하지만 아이는 계속 울어댔다. 점차 불을 켰다. 셀바는 어찌할 바를 몰랐다.

"라파엘에게 알릴까?" 마고가 물었다.

"복통에 라파엘이 할 수 있는 게 뭐가 있겠어?"

"열차에 간호사가 있다고…."

"이 시간에 그녀를 깨워도 될까?"

"필요하다면 그래야지."

"잠깐만, 마고. 간호사가 말한 대로 먼저 소금물을 먹일래. 토하면 나아질 거야. 계속 아프다고 하면 간호사에게 알리자." 셀바가 말했다. 모두 나름의 생각은 있었지만, 할 수 있는 게 없었다. 마고와 셀바가 소금물을 준비하는 동안 이전에도 그랬던 것처럼 열차가 갑자기 멈춰 섰다. 서 있던 셀바는 거의 넘어질 뻔했다. 마고가 밖을 내다보며 말했다. "작은 역이야. 역 간판이 보이지 않아. 어디야, 여기가?"

"몇 시간씩 정차하지만 않으면 좋겠어."

소금물을 가지고 파즐에게 가던 셀바는 최근 몇 년 동안 들을 때마다 소름이 돋았던 군홧발 소리를 들었다. 다른 승객들도 그 소리를 들었고 모두 일어나 창가로 모여들었다. 밖에는 한 분대의 군인들이 있었다. 복도에서는 뛰고 밀치는 사람들로 혼란스러웠다. 셀바는 소금물 잔을 들고 얼어붙은 듯 서 있었다. 객실에 있던 모두가 자리에서 일어서자, 파즐은 겁에 질려 조용히 있었다. 지그프리드는 무릎 위에 있던 모자를 쓰고 코 위까지 끌어내렸다. 새하얗게 질린 라파엘이 객실 문 앞에 나타났다.

"검문한답니다."

"검문이라니?"

"밀입국자 검문이라나 뭐라나…."

군인들이 객차에 오르는 소리가 들렸다.

군인들은 첫 번째 칸부터 한 명씩 차례로 신분증을 요구했다. 객실에 있던 승객들의 얼굴은 잿빛으로 변했다. 라파엘은 어떻게 해야 할지 몰라서 문 옆에 그대로 서 있었다.

한 군인이 객실로 들어왔다.

"여권을 꺼내세요."

페릿이 여권을 들고 달려왔다. "제가 이 객차의 책임자입니다. 여권은 제가 갖고 있어요."

"모두 자신의 여권을 소지하세요."

페릿은 여권을 하나씩 나눠줬다.

"케즈만 미텔, 야쿱 미텔, 페리 나임, 사미 나임, 루소 씨, 코헨 씨, 아세오 씨…."

셀바는 여권을 나눠주는 동안 아들에게 소금물을 먹이고 있었다.

"마지막까지 파즐… 다 마셔야지 얘야. 다… 꿀꺽꿀꺽 마시거라."

파즐은 마시지 않으려고 버텼지만, 셀바가 파즐의 팔을 손톱으로 누르자 울면서 다 마셨다. 군인은 사람들의 얼굴과 사진을 주의 깊게 살펴보며 여권을 하나씩 검사했다. 누구도 소리 내지 않았다. 노인의 한쪽 눈이 심하게 떨렸다. 셀바와 지그프리드가 나란히 앉아 있던 좌석 쪽으로 여권 검사가 시작되었을 때, 셀바는 검지를 파즐의 목구멍 속으로 찔러 넣었다. 아이가 헛구역질했고 숨이 막히기라도 한 듯 다시 헛구역질했다. 아이는 엄마 품에서 지그프리드를 바라보고 앉아 있었다. 파즐은 갑자기 몸부림치고 눈물을 쏟으며 지그프리드 가슴에 웩웩거리면서 토했다. 토사물 냄새 외에 또 다른 지독한 냄새가 퍼졌다. 셀바는 어찌할 바를 몰라 허둥댔다. 파즐을 무릎 위에 올려놓고 더러워진 속옷을 벗기려고 했다. 엄마와 아들이 몸싸움을 벌이고 있었다. 파즐이 발버둥을 치자 속옷이 지그프리드에게로 날아갔다. 머리에는 모자, 가슴에는 더러운 토사물, 얼굴에는 눈물이라도 흘릴 것 같은 표정으로 그는 찍소리 내지 않고 똑바로 앉아 있었다.

"미안해요, 코헨 씨… 죄송해요… 아이가 아파서요."

"여권을 제게 주세요. 제가 여권을 보여드릴게요." 다비드가 얼어붙은 듯 앉아 있는 그의 손에서 오물과 토사물로 얼룩진 여권을 빼앗아 군인에게 건네며 말했다. 냄새는 참을 수 없을 정도로 심해졌고, 파즐은 엉덩이에는 똥을 묻힌 채 토사물로 가득 찬 입으로 목 놓아 울고 있었다.

"젠장맞을!" 하고 소리친 군인은 역겨운 벌레라도 보듯 멀리서 여권을 바라보더니 밖으로 뛰쳐나갔다.

"빨리 복도 창문을 열어." 군인은 겁에 질려 있던 라파엘에게 소리쳤다. 군인은 열차에서 내렸지만, 누구도 자리에서 움직이지 않았다. 오직 라파엘만이 복도와 객실 창문을 열었다. 하지만 객실 안의 냄새를 참지 못해 곧바로 뛰쳐나갔다. 누구도 열차가 다시 출발할 때까지 입을 열지 않았다. 오직 파즐만이 소리를 지르며 울었다.

열차가 천천히 출발하고 속도를 내자 셀바는 옆자리로 고개를 돌리며 말했다. "움직이지 마세요, 코헨 씨. 제 아들을 먼저 씻긴 후에 닦아 드리겠습니다."

"고맙습니다, 부인. 부인과 부인의 아들에게 감사드립니다."

셀바는 파즐을 안고 객실 밖으로 나갔다.

지그프리드에게 묻었던 오물을 닦아내고, 차창을 통해 들어오는 상쾌한 비 냄새가 객실을 채우자 셀바는 창문을 닫았다. 파즐은 셀바의 품에 안겨 깊은 잠에 빠졌다. 아세오는 자리에서 일어나 선반을 향해 손을 뻗었다. 그가 찾던 게 보이지 않자, 다비드에게 부탁했다. "젊은이, 나를 도와줄 텐가? 선반에 있는 내 여행 가방 뒤에 케이스가 있다네. 내 손이 닿질 않아서 그러네."

다비드는 선반에서 바이올린 케이스를 꺼내 아세오에게 건넸다. 노인은 상자를 열고 바이올린을 손에 들더니 놀라서 지켜보고 있는 객실 사람들에게 이렇게 말했다. "여러분들을 진정시켜 줄 곡을 연주해 드릴까 합니다. 알판다리 집안의 꼬마 손님이 상한 살라미 소시지를 멋지게 털어낸 것을 축하하면서 말이지요." 바이올린을 어깨에 올린 아세오는 지친 육체의 마지막 남은 힘으로 연주를 시작했다.

파가니니의 바이올린 협주곡 1번의 선율이 눈 덮인 산에서 흘러내리는 시냇물 소리를 내며 작은 공연장을 메웠다. 객실에 있던 사람들의 마음과 영혼은 음악으로 가득 채워졌고, 좁은 공간 속 그들을 먼 곳, 아주 먼 곳으로 데려갔다. 지그프리드는 자신의 조국 잣나무 그늘에 가 있었다. 마르셀과 콘스탄스는 그들이 만나고 사랑을 나누고 결혼했던 리옹으로 돌아가 있었다. 마고는 열차를 타기 전날 밤으로 돌아갔다. 아세오의 음악은 승객을 한 명씩 객실 자리에서 구름 너머 하늘로 올려보냈다.

아다지오3…. 바이올린의 활이 바이올린 현이 아닌 마음을 연주하는 것 같았다. 현을 타고 오가는 활은 열차를 탄 운명의 희생자들의 슬픈 이야기를 바이올린에 들려주고 있었다. 두려움, 멸시, 차별, 이별, 그리움과 고통의 이야기들을….

승객들이 객실 입구에 모여들기 시작했다. 바이올린 소리를 들은 사람은 모두 나와 그 객실로 모였다. 복도에 모여든 사람들은 한 사람 한 사람의 슬픈 이야기를 들려주는 듯한 연주를 숨소리마저 조심해 가며 경외심을 갖고 들었다.

---

3   역주-Adagio, 느리고 침착하게

알레그로 스피리투오소4… 늙은 바이올리니스트가 청년으로 변해 사랑, 애정, 희망을 이야기했다. 그리고 그들을 화창하고 밝은 날들로 데려갔다. 자유롭고 비옥한 땅에서 행복하고 평화로운 삶을 약속했다. 감격스러운 음악은 청중을 천국의 가장 아름다운 곳으로, 가장 큰 감동으로 이끌었다. 객차 안 사람들은 희망의 사다리를 뛰어오르고 있었다. 인생은 아름다운 것이었다. 인간의 위대함을 상징하는 음악, 단 한 장의 악보에 실린 음악이라 해도, 열차의 좁은 복도에서마저 인생은 살아갈 가치가 있다는 걸 느끼게 했다.

열차는 자정 무렵 베를린역에 들어섰다. 선두의 기관차는 속도가 느려질 때마다 그랬듯이 철로 위에서 마찰음을 내며 일부 잠들어 있는 사람들을 깨웠다.

에블린은 가방을 꼭 껴안은 채 악몽에서 깨어났다. 가방이 여전히 자신의 품에 있는 것을 보고 안심했다.

그녀는 객실에서 안전하다는 느낌을 받지 못했다. 모르는 사람과 함께 앉아 있었고, 옆자리나 맞은편에 앉은 승객과 가까워질 때쯤이면 그들은 내리고 다른 사람이 탔다. 같은 객실을 쓰는 사람들은 열차가 정차할 때마다 바뀌었다. 하지만 페릿은 매번 쉴 때마다 자신의 안부를 물으러 왔고, 역에서 필요한 물건들을 사 왔다. 그런데도 남편에게 화를 내지

---

4   역주-Allegro spirituoso, 빠르고 활기차게

않을 수 없었다. '마음만 있다면 내 자리를 바꿀 수 있잖아.' 라는 생각이 들었다. 그리고 마음속으로 아주 막연한 의심을 품고 있었다. 파리에 있는 집을 임대로 내놓고 그녀가 오는 것도 막지 않았던가. 그리고 출발 시각에 촉박하게 역 앞에서 만난 것도 그랬다. 짐을 쌀 시간도 주지 않았다. 페릿이 서랍과 장에 있는 물건들을 여행 가방에 담아서 자신이 있던 곳으로 가져왔다. 여자… 다른 여자가 있는 건가?

에블린은 남편인 페릿을 만난 첫날부터 사랑에 빠졌다. 그녀는 이 젊은 터키인이 잘생기고 신비롭다는 것을 알았다. 다른 세계에서 왔고 다른 문화에 기반을 둔 신비한 남자는 사귀기 시작했을 때만 해도 불안해 보였다. 그녀는 페릿이 터키인처럼 행동할 거라고 기대했다. 터키인처럼이라는 게 뭘 의미하든…. 프랑스어로는 '떼뜨 드 튜허' 같은 조금 경멸적이면서 두려움이 담긴 표현이 있었다. 하지만 페릿은 그때까지 아버지를 포함해서 자신이 알고 있던 그 어떤 남자보다 문명화되고 품위 있는 사람이었다. 그는 동양과 서양의 문화를 섞어놓은 위대한 합작품이었다. 그는 용감하고, 친절하고, 동정심 많고, 민감하며, 유식했다. 이 모든 걸 갖춘 남자가 임신한 아내를 속일 리는 없었다. 그런데 왜…. 가슴 속에 자리한 '혹시?'라는 물음은 그녀에겐 고통이었다.

열차가 멈췄다. 에블린은 창밖을 내다보았다. 역에서 멀리 떨어진 곳이었다. 역을 앞둔 지점에 여러 철로가 얽히고, 합쳐지고, 갈라지는 그런 분기점 같은 곳이었다. 적막 속에 역의 소음이 멀리서 들려왔다. 오래 머물 거라면 그녀를 보려고 페릿이 반드시 올 것이다. 에블린은 복도로 나갔다. 왜 정차했는지 궁금해하는 사람들과 담배를 피우려는 사람들 몇명이 더 있었다. 복도 창문을 내리고 습한 공기를 마셨다. 석탄 매연… 역시나 석탄 매연 냄새였다. 그녀는 이 냄새에서 벗어날 순간을 고대하고 있었다.

숨을 들이마시면 태양이 마음속까지 와닿고 바닷물의 짠내음이나 시골 냄새가 가득하길 바랐다. 페릿은 에블린에게 이 냄새를 약속했다. 새롭게 살게 될 나라의 태양은 프랑스만큼 강렬하다고 했다. 바다는 새파랗거나 군청색을 띠고 공기는 더 깨끗할 거라고 장담했다. 이스탄불에 가면 에블린을 마중 나온 친척들은 사랑을 담아 그녀를 안아 줄 거며, 파리의 군중 속에서도 느꼈던 외로움 같은 건 이스탄불에 존재하지 않을 거라고 했다. 가장 한적한 곳에서도 따뜻한 손길과 온기를 마음속으로 느낄 수 있을 거라고도 했다. 페릿은 그렇게 말했다.

작업복을 입은 몇몇 노동자가 복잡한 철로 위를 분주히 오가고 있었다. 옆 객실에 있던 남자가 무슨 일인지 궁금해하며 창밖으로 작업자 중 한 명을 불렀다. 그들은 한참 동안 이야기를 나눴다. 그들이 대화를 나누는 도중에 이스탄불이라는 단어를 들은 것 같았다.

"프랑스어를 할 수 있으세요?"

"조금요."

"선생님, 저 사람이 뭐랍니까?" 에블린이 물었다. "얼마나 기다려야 하는지 말해주던가요?"

"곧 출발한답니다."

"아, 잘됐군요. 역이 바로 앞에 있는데 왜 여기서 멈춰 섰죠?"

"선로를 변경한다네요."

"왜요?"

"뒤에 객차가 있는데, 그 마지막 객차를 다른 열차에 연결할 모양이에요. 베를린에 정차하지 않을 거라서요." 남자가 말했다.

"왜 정차하지 않는답니까?"

"경로가 달라서요. 이스탄불인지 뭐 그런 곳으로 간다고 했는데….'

열차가 출발을 알리는 듯 살짝 흔들렸다.

"그럼 우리는 어디로 가는 겁니까?" 에블린은 겁에 질려 있었다.

"우리는 지금 역에 들어갈 겁니다."

에블린은 문으로 달려가 객차 문을 열려고 했지만 열리지 않자 남자를 불렀다. "선생님 부탁입니다, 제발 와주세요."

남자는 임신한 것으로 보이는 에블린에게 달려갔다. "부인, 괜찮으세요?"

"문을 열 수 있게 도와주세요."

"문을 열면 뭐 하시게요? 보세요. 열차가 움직이기 시작했습니다."

"선생님, 부탁드립니다." 이렇게 말하며 에블린은 온 힘을 다해 문을 열어보려고 애쓰고 있었다.

"바람을 좀 쐬고 싶다면 창문은 이미 열려 있습니다."

"내릴 겁니다. 내려야 해요."

"부인, 인생은 살 만해요. 그러지 마세요!"

문이 갑자기 열렸다. 에블린은 계단으로 발을 내디뎠다. 열차는 천천히 움직이기 시작했고 그녀는 열차 진행 반대 방향으로 몸을 던졌다. 가방을 한쪽으로 던지고 뛰어내렸다. 바닥에 바로 넘어지지 않았지만, 몸이 앞으로 밀리면서 몇 번 발을 헛디디다가 무릎을 꿇고 말았다. 선로를 바꾸는 작업자 두 명이 그녀에게 달려왔다. 그들이 무슨 말을 하는지 알아듣지는 못했지만, 손동작으로 그녀에게 미쳤다고 하는 게 분명했다.

"프랑스어 아세요?" 에블린이 물었다.

남자는 고개를 저었다.

"영어는요?"

"나인5, 나인." 그들 중 한 명이 에블린의 팔을 잡고 일으켜 세웠다. 다른 사람은 서둘러 가방을 가져왔다. 에블린은 옷매무새를 정리한 뒤 멀어지는 열차를 보며 말했다. "맙소

---

5   역주-Nein, '아니'라는 뜻의 독일어

사. 내가 무슨 짓을 한 거야!" 선로 작업자들도 그녀만큼이나 황당해했다. 에블린은 철로를 따라 걷기 시작했다. 객차가 있는 쪽으로….

어둠 속 멀리 객차가 보였다. 페릿의 객차가 분명했다. 남편이 맨 마지막 객차에 타고 있다는 걸 알고 있었고, 페릿이 이렇게 말했었다. "안타깝게도, 여보. 도중에 내리는 사람은 아무도 없어. 모두 이스탄불까지 가나 봐." 하지만 저기 있는 객차가 페릿이 탄 객차가 아니라면 모든 게 끝이었다. 기관차가 페릿이 탄 객차를 연결한 다음 역으로 들어가면 언제나 그랬듯 아내를 찾아가겠지만, 이번에는 찾을 수 없을 것이다. 그녀는 울음을 터트렸다. 눈물을 흘리며 걷고 있었다. 앞에 보이는 객차에서 페릿을 찾지 못하면 걸어서 역으로 돌아가야 했다. 페릿은 에블린을 두고 떠나지는 않을 게 분명했다. 미친 여자가 달리는 열차에서 몸을 던졌다는 말을 듣고 에블린이라는 걸 알지도 모른다. 아니면 누군가 자살했다고 생각했을지도. "부인, 인생은 살 만해요. 그러지 마세요!" 에블린은 복도에 있던 남자가 했던 말이 기억났다. '그 사람은 내가 자살하려는 것으로 생각했구나, 바보 같은 멍청이.' 누군가 그녀를 쫓아오고 있었다. 에블린도 달리기 시작했다. 그녀의 뒤에서 소리를 지르며 호루라기를 불었다. 개 짖는 소리가 들리자, 그녀는 겁에 질려 멈춰 섰다. 제복을 입은 남자들이 다가왔다. 한 명은 경찰관이었고 다른 한 명은 역무원인 게 분명했다.

그들은 독일어로 뭐라고 소리쳤다. 에블린은 앞에 보이는 객차를 가리켰다. 그 객차로 가야 한다고 설명했다. 경찰관과 역무원은 그녀를 다시 데려가려고 양팔을 잡았다. 그들 사이에 몸싸움이 벌어졌다. 그들이 에블린을 끌고 가려고 하자, 에블린이 큰소리로 비명을 질렀다. "페리이이잇, 페리이이잇, 페리이이잇." 쉬지 않고 소리쳤다. 그녀의 목소리는 기적소리와 뒤섞여 사라졌다.

"내 팔을 놔줘." 에블린은 남자들에게 말했다. 그들이 알아듣지 못한다는 걸 깨닫자 끌려가지 않으려고 그들 사이에서 얌전히 걷기 시작했다. 뜀박질 소리…. 달려오는, 아주 빨리 달려오는 누군가의 뜀박질 소리. 숨을 헐떡이며 다가오고 있었다. 독일어로 외치는 소리가 들렸다. "멈춰!" 남자들은 멈춰서 뒤돌아봤다. 에블린은 정신이 나가 있는 듯한 남편을 보자 바닥에 쓰러졌다.

"내 아내에게 무슨 짓을 하는 겁니까?" 페릿이 물었다. "그 사람을 어디로 데려가는 겁니까?"

"정신병원에 가야 하지만 일단 역장에게 데려가야겠어. 이 여자가 열차에서 뛰어내렸어."

"뭐라고요?"

"당신은 누구요? 그리고 이 여자는 누구고? 이 어두운 밤에 철로에서 뭘 하는 거요? 갑시다. 진술을 받아야겠어!"

페릿은 에블린 옆에 무릎을 꿇으며 말했다. "당신 무슨 짓을 한 거야. 진짜 뛰어내린 거야?"

"속도를 내기 전이었어."

"다치진 않은 거지?"

"난 괜찮아." 에블린은 페릿의 도움을 받아 일어섰다. "날 베를린에 혼자 남겨둘 생각이었어, 페릿?"

"마지막 순간에 우리 객차가 열차에서 분리된 걸 알았어, 에블린. 당신을 찾으려고 역으로 달려가던 중이었어. 내가 도착하기 전에 열차가 떠나면 어떡하나… 그런 생각을 하면서…." 페릿은 말을 잇지 못했다.

그는 엄청난 죄책감 속에서 아내를 끌어안았다. 그리고 독일인들과 역으로 향했다.

☀ ☀

페릿의 설명을 듣던 역장이 물었다. "왜 아내를 다른 객차에 태워서 여행했습니까?"

"제 아내는 임신 중입니다. 아내가 1등석을 타고 갔으면 했습니다."

"모든 객차에는 1등석이 있잖습니까?"

"제가 말씀드렸듯이 저희 객차는 특별한 객차입니다. 프랑스에서 고국으로 돌아가고자 하는 터키인들이 타고 있습니다. 객실은 엄청나게 붐비고요."

"파리에서 살 수도 있는 터키인들이 왜 이런 객차에 빽빽이 들어차서 돌아가려는 거죠?" 비아냥거리는 투였다.

"전쟁을 피해 돌아가는 겁니다."

"프랑스에는 전투가 없어요."

"전쟁 중이라는 걸 인정하지 않으시는 겁니까?"

"물론 전쟁 중입니다만, 프랑스는 전쟁 중이 아닙니다."

"역장님, 전쟁이란 게 그렇잖습니까. 언제든 다른 곳으로 번질 수 있습니다."

"당신들 나라로도 번질 수 있어요."

"우리는 중립국입니다. 연합군의 압력에도 불구하고 우리는 중립국 지위를 지키기 위해 최선을 다하고 있습니다."

"그럴 리가."

"맞습니다. 예를 들자면 우리는 독일에 크롬을 수출합니다. 영국이 싫어하더라도 수출하고 있죠."

"이야기의 주제를 다른 데로 돌리지 마세요. 부인을 1등석에 앉히고 싶다고 하셨는데 부인이 탄 객차도 꽉 찼더군요."

"그걸 타기 전엔 알 수 없었으니까요. 그렇지 않습니까?"

"이 특별 객차에 누가 타고 있나요? 유대인인가요?"

"대부분은 무슬림 터키인입니다. 소수의 유대인과 기독교인이 있지만 태어날 때부터 튀르키예 국민입니다."

"그래요?" 독일인은 입가에 조롱하는 듯한 미소를 지으며 말했다.

"역장님, 전쟁에 참전하지 않으려고 온갖 노력을 다 기울이는 튀르키예가 유대인을 위해 객차를 마련한다고 생각하시는 건 아니겠지요. 우리 말에 '까마귀조차 웃을 일'이라는 표현이 있습니다."

독일인 역장은 웃음을 터뜨렸고 그 비유를 마음에 들어 했다. 독일어로 대화하고 있어서 남편이 말하는 내용을 이해하지 못한 채 에블린은 불안한 마음으로 앉아 있었다.

"내가 그 몇 안 되는 유대인을 잡아 가둔다고 해도 튀르키예는 아무 소리 못 할 텐데요."

"잘못 생각하고 계시는군요. 프랑스에서도 튀르키예 국민을 강제 수용소에서 되찾아왔습니다. 정 그렇게 하겠다면 역장께서 결정할 일입니다. 저는 베를린 대사관에 이 사실을 알려야만 하고요. 대사관에서 누군가가 올 테고, 정부가 개입할 것이고, 문서가 오가겠지요. 일이 해결될 때까지 며칠이고 여기서 기다려야 할 테고요. 한두 명 때문에 이 역의 선로 하나를 우리 객차가 차지하게 될 겁니다. 제게 물으신다면, 그럴 바에야 전부 다 체포하시라고 하고 싶네요."

"유대인을 위해 객차를 보내진 않을 거라고 말한 건 당신 아니었나요! 그러니까 몇 안 되는 유대인 때문에 그런 고생을 감수할 거라는 말인가요?"

"이건 국가의 명예와 관련된 문제입니다. 튀르키예는 세속 국가이기 때문에 헌법에 명시된 내용을 지킬 겁니다. 하지만 유대인을 위해 객차를 보내는 건 별개의 문제입니다. 누구도 유대인에게 객차를 보내지 않았다고 터키인을 비난하지 않습니다. 그렇지 않습니까?"

"말을 잘하시는군요. 아내가 임신 중이고 신분증에도 이상이 없으니 보내드립니다. 하지만 다시는 내 구역에서 승객과 역무원에게 불편을 끼치는 행동을 하면 안 됩니다. 아내를 데려가세요. 그리고 아내를 당신 옆에 앉히세요."

페릿과 에블린은 손을 잡고 건물을 나섰다. 역 입구에서 저 멀리 떨어져 있는 별과 초승달이 그려진 객차를 향해 걸어갔다.

"왜 내게 사실을 말하지 않았어, 페릿?" 에블린이 물었다.

"널 위험하게 하고 싶지 않았어."

"튀르키예가 터키인들을 위해 보낸 객차를 타고 여행하는 게 왜 위험하다는 거야?"

"그게 다가 아니야. 객차에는 터키인이 아닌데도 튀르키예 여권을 소지한 사람들이 있어. 알아듣기 쉽게 이야기하자면… 당신이 그 객차에 타는 것을 원치 않았어."

"당신이 실수한 거야." 에블린이 말했다. 에블린은 동시에 두 가지 감정을 느낄 수 있다는 사실에 놀랐다. 큰 안도감과 함께 두려움을 느꼈다.

아스팔트 바닥이 끝나자 혼잡한 철로가 펼쳐졌다. 어둠 속에서 서로에게 의지하며 멀리서 보이는 희미한 노란색 빛을 향해 넘어질 듯 비틀거리며 걸어갔다.

객차의 모든 창문 밖으로 사람들이 몸을 내밀고 있었다. 페릿과 에블린을 보자 박수가 터져 나왔다. 에블린은 놀랐다. 문 옆에 서 있던 역무원이 물었다. "부인, 이 객차를 탈 수 있는 승차권이 있습니까?" 페릿은 '네가 무슨 상관이야.

이건 내 나라에서 보낸 거야.'라고 말하고 싶었지만 아주 정
중한 목소리로 대답하며 승차권을 건넸다. "이스탄불까지
가는 승차권이 있습니다. 자, 보세요."

"안에 자리가 있습니까?"

"내 무릎에 앉힐 겁니다." 페릿이 역무원에게 윙크하며 말
했다.

그들은 열차에 올랐다. 셀바의 객차 앞을 지나면서 페릿
이 말했다. "아내와 함께 풀려난 걸 기념하는 연주회를 요청
하고 싶습니다, 아세오 씨. 기억하고 계셔야 합니다."

초승달과 별이 그려진 객차는 다음 날 아침에야 겨우 출
발할 수 있었다. 객차는 부쿠레슈티로 향하는 화물 열차에
연결되었다. 화물 열차다 보니 역에서 멈추지 않았고 천천히
달렸다. 멈추지 않고 간다는 생각에 마음이 놓였다. 나치 친
위대가 열차를 멈춰 세우고 검문검색을 했지만, 아주 느슨한
편이었다. 라이프치히에서 프라하, 브라티슬라바를 거쳐 부
다페스트, 그리고 부쿠레슈티에 도착했다. 부쿠레슈티에서
콘스탄차로 가는 사람들은 내리고, 객차에 남는 사람들은 다
른 기관차에 객차를 연결할 때까지 기다려야 했다.

대기, 탈주, 은신 그리고 다른 곳으로 탈주하기 위한 또 다
른 대기. 정차해서 쉬지 않고 가고, 가고, 또 갔다. 전 세계로
흩어져 곳곳에서 피난처를 찾고, 살아남고, 성공하기 위해
노력했다. 멈춤 없이, 쉬지 않고 미친 듯이 일했지만, 뿌리를

내리기 시작한 땅에서 또다시 떠나야 했다. 이것이 국적 없는 사람들이 치러야 하는 대가였고, 국가 없는 민족이 겪어야 하는 불변의 운명이었다!

고령의 아세오는 눈을 감고 있었다. 객실에 있던 사람들은 그가 잔다고 생각했겠지만, 그는 생각에 빠져 있었다. 열차는 그의 조국과 가까운 곳을 지나고 있었다. 열두 살 이후로 다시는 발을 디디지 못한 조국과 가까운 곳을.

레흐는 폴란드 태생이었다. 그는 열 살 때 아버지를 잃었다. 그녀의 어머니는 비서로 일하던 회사에서 독일인 엔지니어를 만났다. 그들은 결혼하고 레흐를 데리고 독일로 갔다. 의붓아버지는 그에게 잘 대해주었다. 그의 음악적 재능을 본 의붓아버지는 의붓아들을 잘츠부르크 음악 아카데미에 보냈다. 레흐는 의붓아버지에게 실망을 안겨주지 않으려고 열심히 노력했다. 그의 가장 큰 꿈은 미래에 비엔나 필하모닉 오케스트라의 수석 바이올리니스트가 되는 것이었다.

어머니가 남동생을 낳았을 때 그는 열다섯 살이었다. 레흐는 질투하지 않고, 오히려 동생을 사랑했다. 그의 동생이 학교에 다닐 나이에 접어들고 지능이 매우 뛰어나다는 걸 알게 되었을 무렵, 의붓아버지도 친아버지처럼 심장 마비로 갑자기 사망했다.

장례식을 마치고 집으로 돌아왔을 때, 어머니는 레흐의 얼굴을 양손으로 감싸고 눈을 똑바로 바라보며 이렇게 말했다. "이제부터 너는 네 동생의 아버지다. 네 동생을 네게 맡기마. 네 의붓아버지가 널 사랑했던 것처럼 너도 네 동생을 사랑해야 한다.”

레흐는 유명 오케스트라의 수석 바이올리니스트가 되겠다는 꿈을 포기하고 돈이 되는 곳에서 바이올린을 연주하기 시작했다. 그는 쉬지 않고 바이올린을 연주했다. 동생이 최고 명문 학교에서 중등 교육을 마칠 수 있게 바이올린을 연주했고, 여름 학교 등록금을 위해 바이올린을 연주했고, 개인 교습비를 위해 바이올린을 연주했고, 대학 입학금을 위해 레흐는 늘 바이올린을 연주했다. 그는 결혼하지도 않았고 아이도 없었다. 이것 때문에 슬프진 않았다. 이십 대부터 레흐의 아들은 동생이었다. 동생의 성공은 그의 성공이었고, 동생의 기쁨은 곧 그의 기쁨이었다.

동생은 장학금으로 미국 대학원에서 석사 교육을 받았다. 미국에서 정착하리라 예상했지만, 조국에 도움이 되기 위해 독일로 돌아왔다. 동생은 결혼하고 자녀까지 뒀다. 그리고 그들은 함께 아름답고, 행복하며, 희망에 찬 날을 보냈다. 동생은 자신의 분야에서 최고의 자리까지 올랐다. 그는 유명했고, 성공했으며, 돈은 물 흐르듯 들어왔다. 레흐가 동생을 위해 바친 희생은 헛되지 않았지만, 자신의 꿈을 이룰 수 있는 때는 지나버렸다. 그런데도 그는 동생을 위해 자신의 젊음과 재능, 꿈을 희생한 걸 후회하지 않았다.

히틀러가 등장할 때까지 그들은 함께 행복하고 평화롭게 살았다. 히틀러가 나타난 이후는 지옥이었다. 먼저 벨기에로 탈출했다. 나치가 벨기에를 점령했을 때, 거리에서 일어난 폭동으로 동생은 아들을 잃었다. 그들은 프랑스로 피신했다. 동생은 파리의 한 대학으로부터 중요한 강좌를 맡아달라는 제안을 받았다. 히틀러가 파리를 점령할 때까지 그들은 파리에서 정착하고 잘 적응하고 있었다. 그러다 더 남쪽으로, 더 남쪽으로, 더 남쪽으로 피신했다. 이 피신 과정에서 아들이 죽은 이후로 병이 생긴 제수씨도 목숨을 잃었다.

이건 유대 민족의 끝날 줄 모르는 피신의 역사였다. 5000년의 피신! 이제 독일인들은 어느 곳에나 있었다. 독일은 많은 국가에 연기처럼 스며들어 침략했다. 네덜란드, 벨기에, 폴란드, 프랑스, 체코슬로바키아, 오스트리아, 헝가리. 그들에게 탈출구는 없었다. 독일은 악성 종양이 모든 장기에 전이되는 것처럼 전 세계로 퍼져나가고 있었고, 그들은 또다시 달아났다. 형제는 가짜 이름과 가짜 여권을 가지고 피신 중이었다. 레흐는 이제 지치고 슬픈 자신의 육체를 평화로운 땅 밑에 뉘고 싶었다. 그는 독일군, 친위대 장교, 게슈타포, 나치 부역자들과 멀리 떨어진 약속의 땅에서 잠들고 싶었다. 성서가 말하는 자신들의 땅에서.

네 명의 친위대 장교가 객차에 올랐을 때, 아세오는 이런 생각에 빠져 있다가 지쳐서 고개를 뒤로 젖힌 채 잠들어 있었다. 그래서 라파엘과 페릿이 친위대 장교들과 언쟁을 벌이는 걸 듣지 못했다.

"이 객차는 특별 객차입니다. 보시다시피 모든 객실이 꽉

찼습니다." 페릿이 이렇게 말했지만, 그들을 위한 공간을 내
줘야 했다. 군인들은 부쿠레슈티로 운송 중이던 전쟁 물자를
지키는 임무를 맡고 있었다. 화물 열차에 연결된 고급 객차
에 편안히 앉아 반대편 좌석에 발까지 올리고 잠시 눈을 붙
일 생각이었다.

※ ※

아세오가 눈을 떴을 땐 아침이었다. 베를린을 지난 뒤부
터는 마치 친척 같은 친밀함을 느끼게 된 객실 동료들 사이
에서, 운명을 함께한다는 신뢰의 온기를 느끼며 잠에서 깨는
게 행복했다. 그는 약속의 땅에서 죽음을 맞이하기 위해 이
스탄불을 거쳐 팔레스타인으로 가는 방법을 찾고 있었다. 자
신의 조국이 나치 점령하에 있었기에 그는 조상의 땅에서 죽
음을 맞고 싶었다. 하지만 지금 또 다른 소망이 싹트고 있었
다. 그의 마음속에서…. 이 다정한 사람들 사이에서 영원히
멈추지 않고 이렇게 달렸으면. 길고 긴 검정 요람 속에 있는
것처럼… 덜컹덜컹….
　열차는 말로 표현할 수 없을 만큼 아름다운 자연 풍경 속
을 지나고 있었다. 흙벽돌 집들이 있는 사랑스러운 마을, 과
수원, 소들이 흩어져 풀을 뜯는 초원, 종탑이 있는 교회, 산
사이로 흐르는 시냇물, 짙푸른 계곡이 차창 앞으로 지나갔
다. 사랑이 담긴 메시지를 전달하는, 멀리 있는 명소가 그려

진 그림엽서, 그 엽서 속 풍경을 헤치며 지나고 있었다.

사무엘과 놀던 파즐은 신이 나서 소리를 질렀다. 여자들은 다시 음식 바구니를 내려 치즈, 잼, 피클, 냉육, 과일을 꺼내 서로에게 권했다. 지그프리드는 마르셀과 백게먼 게임을 하고 있었다.

열차는 다른 삶과 생소한 그림들 사이를 뚫고 흔들거리며 달리고 있었다. 단지 지리적으로만이 아니라 승객들의 삶을 뚫고 달리고 있었다. 객차에 몸을 실은 승객들을 다른 나라로 데려다주는 것처럼, 다른 인생의 길도 열어주고 있었다.

객실 승객들은 대화를 나누다 아세오와 사무엘, 페를라가 팔레스타인까지 갈 예정이라는 걸 알게 되었다. 마고는 이스탄불에서 자신의 운을 시험해 보기로 마음먹었다. 이 광기가 끝나면 언젠가 조국으로 돌아올 수 있게 가능한 한 가까운 곳에 있고 싶었다. 마르셀과 콘스탄스는 미국으로 갈 수 있을 때까지 이스탄불에 머물 작정이었다. 미국 영사관에는 그들을 도와줄 친구들이 있었다. 그 친구들을 믿고 열차에 오른 것이었다. 다비드는 셀바와 라파엘처럼 이스탄불이 이 여행의 종착지였다. 그렇다면 코헨 씨는? 지그프리드는 목적지에 관해 아무 말도 하지 않았다.

"어디까지 가십니까?"라는 질문에, 그는 "그냥 가는 겁니다."라고 대충 얼버무렸다. 당장이라도 게슈타포가 열차를 멈추고 그를 독일로 데려갈 거라는 두려움 속에 있기 때문이었다.

만약 그가 독일군 손에 넘어간다면, 신께서 그에게 주신 지능과 창의력을 공포와 죽음을 위해 사용하게 될 것이고, 유대인을 말살하는 계획에 동참하게 될 게 뻔했다. 수천 명의 유대인 동포처럼 지그프리드도 처음에는 강단에 설 기회를 잃었고, 그다음에는 재산, 그리고 그다음에는 가족, 마지막으로 자신의 이름을 잃었다. 손에 쥔 여권에서 처음 본, 도무지 생소함을 떨쳐버릴 수 없는 새 이름으로 도망 중이었다. '어디까지 가십니까?'라는 질문에 대답하지도 못하고…. 어쩌면 '죽음으로 갑니다.'라는 말을 하지 않으려고 그랬는지도 몰랐다. 만약 잡히면, 바로 목숨을 끊을 결심으로 만반의 준비를 마쳤다. 하지만 무사히 탈출한다면… 이스탄불에 도착할 수 있다면, 먼저 약속을 지킬 생각이었다. 그가 무척이나 사랑한 사람에게 했던 신성하다고 할 수 있는 약속이었다. 그 약속을 지킨 다음, 자신의 지능, 경험, 발명 등을 인류를 위해 다시 공헌할 생각이었다.

열차는 참나무와 너도밤나무가 어우러진 숲을 지나, 높은 산비탈을 연결하는 좁은 다리를 건너고, 산에서 굴러 내려온 바위에 스치며, 깊은 계곡을 지나 달리고 있었다.

저녁이 되었다. 객실에 있던 사람들은 음식 바구니를 조심스럽게 선반에서 내린 다음 눈에 띄게 줄어든 음식을 모두 꺼냈다. 라인강 유역에서 생산된 다비드의 와인 중 한 병도

땄다.

"레드 와인은 안 남았어?" 마르셀이 물었다.

"레드 와인은 다 떨어졌어. 화이트 와인만 남았어. 내 예상이 또 어긋나면 와인 없이 음식을 먹어야 할 거야." 다비드가 답했다.

"음식이라고? 이걸 음식이라고 하는 거야?"

"지붕 서까래 뒤에 숨어서 십이 일을 보낸 사람에게 이건 만찬이라오." 아세오가 말했다.

마르셀은 부끄러웠다. 그와 콘스탄스는 이 동네에서 저 동네로, 이 집에서 저 집으로 도망 다니기는 했지만, 어둡고 좁은 지붕 사이에 숨지 않은 것만으로도 운이 좋았고, 음식 바구니에 말라빠진 케이크와 오래된 빵에 치즈를 곁들일 수 있는 것만으로도 행운이었다.

다른 사람들과 마찬가지로 파즐도 마른 음식 때문에 변비에 걸렸다. 어른들과는 달리 아이는 이 괴로움을 조용히 넘기지 않고 자주 울어댔다.

"시골 마을을 지나면 잠시 들러 신선한 채소와 과일을 사자, 알았지?" 셀바가 남편 라파엘에게 말했다.

"시금치로 요리하겠다는 말도 하겠는걸."

"비꼬지 마, 라파엘. 채소와 신선한 달걀, 토마토는 살 수 있어."

"군인들이 허락할까?"

"허락하지 않을 이유가 뭐가 있어. 군인들에게도 주면 되잖아."

"군인 중 한 명과 얘기해 볼게. 저기 피부색이 짙은 사람이 제일 상관 같아 보여. 저 사람한테 물어봐야겠어." 라파엘이 말했다.

열차는 피로에 지친 승객들을 흔들어대며 달렸다.

"비가 올 건가?" 마고가 말했다. "날이 어두워졌어요."

"비 때문이 아니라 저녁이 돼서 어두운 겁니다." 다비드가 말했다.

"아, 잘됐네. 또 저녁이네요. 하루가 지났어." 셀바가 말했다.

구 일째 객차에서 보내고 있었다. 어떤 곳에서는 몇 시간 동안 기다렸고, 어떤 곳에서는 밤을 지새웠다. 예정된 방향을 벗어나 남쪽으로 내려갔다 다시 북쪽으로, 또다시 남쪽으로 향했다. 때로는 기관차를 바꾸기도 했다. 열차 승객들은 다음 정거장이 어디가 될지, 얼마나 시간이 걸릴지도 전혀 모른 채 거북이처럼 더디고 확실한 발걸음으로 목적지를 향해 다가가고 있었다.

"이 여행은 눈 가리고 술래잡기하는 것 같네요. 눈을 가리고 가다가, 가다가, 마지막에 가리개를 벗는 거죠. 우와! 전혀 상상도 못 했던 도시나 마을에 와 있는 겁니다."

"모두 잘 자요." 백게먼 게임을 끝내며 아세오가 말했다. "아침에 어디서 일어날지 봅시다."

"부쿠레슈티에 다 와 갑니다. 경로를 벗어나지 않는다면 아침에는 불가리아 국경을 넘었을 겁니다."

"세상에, 끝나가는군요…. 고문이 끝나가요!"

"너무 기대하지 마, 셀바." 마고가 말했다. "언제였지? 내일 라이프치히에서 아침을 맞이할 거라며 잠자리에 들었는데, 우리가 어디에 있었는지 생각해 봐."

"그렇지만 마고, 아침에 깨면 루마니아일 거라고 잠자리에 들었는데 깨어나니 아직 헝가리에 있다는 걸 알고 기뻐서 울었잖아. 기억나?"

"헝가리로 돌아갈 가능성은 없으니, 한시라도 빨리 끝나길 기도합시다… 아-아악." 아세오가 왼쪽 옆구리를 잡으며 신음했다.

지그프리드는 벌떡 일어나 가방에서 약을 꺼냈다.

"그게 무슨 약이에요?" 마고가 물었다.

"나도 이런 통증이 있어서… 물 있어요, 물?" 그는 물 반 컵에 약 몇 방울을 떨어뜨려 친구에게 마시게 했다.

"아세오 씨, 이렇게 누우세요. 제가 아이들을 깨울게요." 셀바가 말했다.

"걱정하지 마세요! 저는 괜찮아요. 여기에 가스가 찼나 봐요…. 그게 다예요."

"가스가 심장에 찼다가 빠졌나 봐요. 내 속에 있는 가스가 나오기라도 하면 큰일인데." 다비드는 마르셀의 귀에 대고 조용히 말했다.

"화장실은 들어갈 수도 없을 정도예요. 최대한 빨리 가야 할 텐데. 우리 모두 여기까지 찼어요." 마르셀이 말했다.

아세오는 셀바의 권유에 못 이겨 페를라와 사무엘의 허벅지 위로 발을 뻗었다. 머리는 친구의 무릎 위에 뒀다.

"걱정하지 말고 편히 자. 통증이 재발해도 내가 준비하고 있으니 마음 놔. 약을 주머니에 넣어뒀어." 지그프리드가 말했다.

승객들은 우울한 기분으로 밤의 짙푸른 어둠으로 들어갔다. 열차의 흔들림에 몸을 맡기며 잠에 들었다.

콘스탄스는 한밤중에 불편함을 느끼며 잠에서 깼다. 객실에는 가볍게 코 고는 소리 외에는 아무 소리도 들리지 않았다. 승객들은 덜컹거리며 꿈속에서 달리고 있었다. 남편의 발을 뛰어넘어 가능한 한 소리를 내지 않고 객실 밖으로 나왔다. 모두가 잠들었고 화장실 밖에 길게 늘어선 줄이 없을 때 화장실로 들어갔다. 수도꼭지를 틀고 뚝뚝 떨어지는 양철통 녹 냄새가 나는 물 밑에 머리를 잠시 내밀었다. 손과 얼굴을 씻고 얼굴에서 물이 뚝뚝 떨어지는 채로 화장실에서 나왔다. 복도는 어두웠다. 창밖에는 노란 멜론색 달이 하늘에 떠 있었다. 마치 조금 베어먹은 동그란 빵 같았다. 아, 따뜻한 빵을 베어 문 적이 언제였던가. 바람을 좀 쐬려고 창문을 열어보려 했지만, 찬 바람이 들어오자 곧바로 창문을 닫았다. 시원한 유리창에 이마를 기댔다. 달빛에 실루엣이 드러나는, 새까만 그림자처럼 서 있는 산들. 어떤 건 날카롭게 솟았고, 어떤 건 평평한, 그 산들이 눈앞에서 지나가는 걸 바라보고 있었다. "참 좋네." 혼잣말을 내뱉었다. "나는 그냥 서 있고 풍경이 내 앞에서 행진하고 있잖아." 객차의 열기가 몸에 스며든 것처럼 손바닥이 뜨거웠다. 습기 가득한 냉기를 느끼려고 두 팔을 들어 유리창에 기댔다. 한참을 그렇게 있었다. 그러다… 그러다… 뒤에서 숨소리가 들렸다. 양손이 그녀의 엉덩이를 잡고, 온몸을 기댔다.

"마르셀, 아 마르셀…." 그녀가 고개를 돌리려 하자 마르셀은 한 손으로 그녀의 머리를, 다른 한 손으로는 유리창에 기대고 있던 두 손을 잡았다. 콘스탄스는 남편이 그리웠다. 그녀의 목덜미 뒤에 입을 맞추고, 혀로 목을 훑어내린 다음, 뜨거운 숨결이 그녀의 머리카락 사이를 헤집자 흥분됐다. 더 나가려고 하자 그녀는 남편을 제지했다. "마르셀, 하지 마. 여기서는 안 돼…. 제발 그만해…. 누가 화장실에 가려고 나오면 어떻게 해."

마르셀은 무릎으로 그녀의 치마를 들어 올렸고 아내의 몸에 더 밀착했다. 마르셀이 멈추길 바랐지만 멈추지 말았으면 하는 마음도 들었다. 누가 보면 어쩌지, 누가 복도로 나오기라도 하면…. "하지 말라고 했잖아!" 하지만 속마음은 '해, 계속해, 제발 멈추지 마!'라고 말했다. 마르셀이 그녀의 속옷을 내리기 위해 잡고 있던 손을 놓았다. 그때 그를 향해 돌아서려고 하자 거칠게 그녀의 머리를 유리 쪽으로 밀어붙였다. 세상에! 세상에! 이 사람은 마르셀이 아니었다. 남편이 아니었다!

이제 복도 창문 앞에서 미친 듯한 몸싸움이 시작되었다. 남자는 한 손으로 머리를 잡고 다른 손으로는 비명을 지르지 못하게 입을 막았다. 입을 막은 손을 깨물려고 했지만 실패했다. 속옷은 무릎까지 내려왔고… 남자의 바지 단추는 풀려 있었다…. 미리 단추를 풀고 온 것이었다. 맙소사! 그녀는 온 힘을 다해 소리쳤지만, 목이 쉰 듯한 "아아아." 하는 소리는 열차 소음 속으로 사라졌다. 그녀는 엉덩이를 좌우로 빼며 그에게 빠져나오려 했지만, 힘이 점점 빠졌다.

다비드는 감방에 있었다. 발 냄새가 풍기는 지푸라기 위에 누워 있었다. 빛이 하나도 들어오지 않았다. 감방 안으로는…. 칠흑같이 어두웠다. 마치 우리에 갇힌 짐승처럼, 어둡고 습기와 짐승 똥 냄새가 나는 지푸라기 위에서….

다비드가 눈을 떴을 땐 짙은 어둠 속이었다. 자리에서 벌떡 일어났다. 바닥에 있던 파즐의 장난감 열차에 걸려 셀바 위로 넘어졌다.

"아야!"

"오, 셀바…. 미안, 미안해요…. 나가려는데 보이지 않아서요."

"쉬잇, 아이가 자고 있어요…. 다들 자고 있다고…. 됐어요, 됐어, 괜찮아요."

다비드는 손으로 더듬어가며 문을 찾은 뒤 객실 밖으로 나갔다. 깊게 숨을 들이마셨다. 차가운 공기가 잠을 깨우도록 창문을 열어야겠다고 생각했다.

복도 창문으로 향했다. 아! 이게 무슨 일이지? 들려오는 소리…, 누군가의 신음…, 아니면? 그는 혼자 미소를 지었다. 인간이라는 게 그렇지. 욕정이 끓어오르는데 열차든 어디든 무슨 상관이겠어. 객실로 막 돌아가려던 순간, 그는 이것이 그런 신음이 아니라는 것을 알았다. "도와주세요… 도… 와… 도…." 여자의 쉰 목소리였다. 목소리가 들린 곳을 향해 달려갔다. 창문을 통해 비치는 달빛 속에서 덩치 큰 남자가 도망가는 게 보였다. 그 남자를 쫓아가다 무언가에 걸려 넘어졌다. 바닥에 여자가 있었다. 여자 옆에 앉았다.

"맙소사, 콘스탄스!"

콘스탄스는 차창 아래에 웅크리고 앉아 팔로 무릎에 감싼 채 떨고 있었다.

"무슨 일이에요?"

콘스탄스는 울면서 뭐라고 했지만, 다비드는 알아들을 수 없었다. "방금 도망간 그 남자가 당신을 괴롭혔어요?"

콘스탄스는 그렇다고 고개를 끄덕였다.

"누구였어요. 아는 사람이었어요?"

콘스탄스는 고개를 가로저었다. 그녀는 흐느끼며 울고 있었다. 다비드는 그녀를 껴안고 머리를 쓰다듬었다. "괜찮아요, 괜찮아. 자, 정신 차려요… 세수하러 갑시다…. 조용, 울지 말아요."

어디선가 소리가 들렸다. 다비드는 콘스탄스를 안고 목소리가 들리는 쪽으로 돌아섰다. 마르셀이 놀란 눈으로 그들을 바라보고 있었다.

열차는 달리고 있었고, 콘스탄스를 제외하고 객실에 있던 승객들은 새로운 하루를 맞이하며 한 명씩 일어났다. 콘스탄스는 무릎을 끌어안고 코트를 덮은 채 창가에서 자고 있었다. 아세오는 좋은 기분으로 아침을 맞았다. 하지만 마르셀은 그렇지 못했다. 화장실을 자주 들락거렸고, 담배를 피우며 복도를 돌아다녔다. 지그프리드는 평소처럼 침묵하고 있었고, 다비드 역시 무슨 이유에서인지 조용했다.

셀바와 마고는 언제나처럼 음식 바구니를 내려 아침 식사를 준비했다. 보온병 바닥에 남아 있는 쓴 커피, 전날 마을 사람들에게서 사 온 삶은 달걀, 시골에서 구운 빵, 꿀!

"아세오 씨, 이 아침 식사는 거르시면 안 돼요. 꿀이 정말 맛있거든요." 셀바가 말했다. "향긋한 꽃내음이 나요."

"당신도 꽃향기를 풍기고 꿀처럼 달콤한 사람이라오."

그가 거의 여든 살이 다 된 노인이었는데도 셀바는 귓불까지 붉어졌다. 어쩌면 그렇게까지 늙지 않았을지도 모른다. 어려운 삶의 여건과 고통이 세월보다 사람을 더 빨리 늙게 만들기도 하니까.

페릿은 에블린과 그들이 있는 객차를 찾아왔다. 그들이 베를린에서의 사건을 겪지 않았더라면 셀바, 마고와 함께 이야기 나누면서 가라고 이 객실로 보낼 생각이었다. 하지만 역에서의 사건 뒤로 에블린은 페릿에게 떨어지지 않았다. 그들이 들어오자, 다비드는 일어나 자리를 양보했다. "부인 제 자리에 앉으세요. 제가 부인 자리로 가서 앉겠습니다. 원하시는 만큼 앉아서 이야기 나누세요."

"잠깐만, 다비드. 할 말이 있어. 기다려봐." 페릿이 말했다. "부쿠레슈티에 다 와 갑니다. 거기서 이 기관차와 분리하고 다른 열차의 기관차에 연결할 겁니다. 역에서 내리려는 분들은 들으세요. 약 한 시간 정도 정차할 겁니다."

"잘됐군요. 있다면 와인을 좀 살게요. 술을 마셔야 할 것 같아요." 다비드가 말했다.

"그러고 보니 오늘 신경이 매우 날카로운 것 같네요." 마고가 말했다. "다비드, 참기 힘들었죠? 우리도 내리고 싶어요."

"그걸 말이라고 하세요!"

다비드는 에블린의 자리로 가던 중 복도에서 마르셀과 마주쳤다.

"잠깐만, 기다려봐?"

"무슨 일이죠?"

"어떻게 그놈을 못 봤는지 이해가 안 돼."

"마르셀, 내가 백번도 더 말했잖아요. 어두웠다고. 그놈이 도망갈 때 뒷모습만 봤다고요."

"무슨 색 옷을 입고 있었지? 제복이었어?"

"이해 못 하시겠어요? 어두웠다고 했잖아요. 짙은 색이었을 거예요. 덩치는 컸어요. 제가 유일하게 알아본 건 그놈 체격이 좋았다는 거예요."

"이 객차에는 덩치 큰 남자만 마흔아홉 명이나 있어."

"객실마다 덩치 큰 남자를 찾아다닌 거예요? 미쳤어요?"

"그 자식을 찾아야 해."

"마르셀, 군인 중 한 명일 가능성이 커요. 누가 그런 짓을 하겠어요. 섹스에 미친 놈이 아니라면? 어쩌겠다는 거예요? 어떤 놈이 내 아내를 건드렸는지 물어보겠다는 거예요?"

"그럴 수도."

"마르셀, 문제를 일으키면 안 돼요. 이 열차를 타고 가는 것도 하루, 이틀밖에 남지 않았어요. 제발 현명하게 생각해요. 친위대 중의 한 명이 '내가 그랬어.'라고 한다고 쳐요. 그놈을 쳐 죽이지 않을 거면…."

"누가 그래, 쳐 죽이지 않는다고?"

"만약 그렇게 하면 이 고문 같은 구 일은 다 허사가 되는 겁니다. 그리고 우리는 루마니아 감옥에서 썩겠죠. 게다가 당신이 친위대에 장교에게 대들었다는 이유로 우리 모두 독일 수용소에 갈지도 모르고요. 수용소가 어떤 곳인지 다시 한번 말해줄까요?"

"내가 널 때려야 할 것 같군." 마르셀이 말했다.

"미쳤어!" 다비드는 마르셀을 밀치고 가던 길을 계속 가며 생각했다. '맙소사, 왜 나에게 이 모든 힘든 일이 찾아오는 걸까? 안식일 기도를 안 해서 그런가?'

부쿠레슈티에 정차하자, 승객들이 객실에서 뛰쳐나왔다. 친위대 장교들은 "할트! 할트!"라고 소리치며 복도를 휘젓고 다녔다.

"어쩌라는 거야?" 여자 승객 중 한 명이 물었다.

"먼저 저들이 내리고 객차를 분리할 겁니다. 우리는 그다음… 객차를 분리하고 나서 다른 승강장으로 갈 겁니다." 페릿이 말했다. "야 마르셸, 못 들었어. 어디 가는 거야?"

"화장실에."

마르셸은 출구 옆으로 가서 섰다. 군인들이 웃고 떠들며 출구로 다가왔다. 그들 중 한 장교가 손짓하며 독일어로 말했다. "내리지 마, 나중에… 나중에." 귀엽게 생긴 젊은이였다. 마르셸은 알아들었다는 의미로 고개를 끄덕였다. 그리고 군인 중에서 가장 덩치가 큰 녀석을 찾아냈다. 귀엽게 생긴 장교가 먼저, 뒤이어 또 다른 장교가, 그다음 덩치가 큰 녀석이…. 마르셸은 다리를 뻗었고, 거기에 걸려 넘어진 장교는 계단 아래로 곤두박질쳤다. 그 뒤를 따라오던 장교도 굴러떨어졌다. 두 번째로 넘어진 장교의 총이 덩치 큰 놈의 목을 찌르는 걸 본 마르셸은 화장실로 달려가서 문을 잠갔다.

불가리아에 입국한 승객의 수는 처음보다 줄었다. 마흔일곱 명의 승객은 콘스탄차로 향하기 위해 부쿠레슈티에서 내렸다. 페릿은 왜 화가 났는지 이해할 수 없는 친위대에게 가능한 한 빨리 화물차에서 객차를 분리해야 한다고 설명했다.

결국에는 자신이 갖고 있던 마지막 커피를 넘겨주고 가까스로 그들에게서 벗어날 수 있었다.

영원할 것 같던 여행이 어느덧 종착역을 향해 가고 있었다. 불가리아와 국경에서는 열차가 온다는 걸 이미 알고 있었다. 그래서 심한 검문은 없었다. 계속 그래왔듯이 페릿과 라파엘이 객차 승객 절반씩의 여권을 모아서 입국 도장을 받아왔다.

"불가리아 국경 내에서 정차하는 것은 금지되어 있습니다. 정차 없이 바로 이동할 겁니다." 국경 경찰은 불가리아 영토를 지나가는 것만 허용된다고 했다.

페릿은 속으로 '너희 나라에서는 대체 뭘 할 수 있다고 그래.'라고 생각하다 갑자기 바보 같은 말을 내뱉었다. "사망 사건이 있어도요?" 국경 경찰은 이 농담을 매우 심각하게 받아들였다.

"환자가 있습니까?"

"아니요."

"전염병이라던가 그런 건요?"

"없습니다. 왜 그런 걸 갑자기 물어보세요?"

"없는데, 왜 그런 질문을 한 겁니까?"

페릿은 '내 혀를 뽑아버려야 해.'라고 생각했다. "농담이었습니다."

"죽음이 장난입니까? 그런 경우가 있으면 반드시 신고해야 합니다. 바로 말입니다. 시체를 싣고 가는 건 보건 규정과 법에 어긋나는 일입니다. 보건부에서 내린 명확한 지시까지 있어요. 요즘 수많은 부상병이 열차에서 죽고, 세균이 퍼지는 바람에…."

페릿은 경찰의 말에 끼어들었다. "저희 객차에는 군인이 없습니다. 부부와 아이들이 전부입니다. 모두 가능한 한 빨리 살아서 돌아가고 싶은 마음뿐입니다. 원하시면 와서 직접 보십시오. 그냥 농담한 겁니다."

식은땀이 흘렀다. 경찰은 잠시 생각에 잠겼다. 명령서 한 글자 한 글자 그대로 따르는 바보임이 틀림없었다.

"좋아요, 여권을 가져가세요."

"고맙습니다."

페릿은 달려가 열차에 올랐다. 복도 한가운데 멈춰 서서 모든 승객에게 이렇게 외쳤다. "에디르네에 도착할 때까지 멈추지 않을 겁니다. 내리지도 못합니다. 죽어서도 안 돼요. 아시겠습니까?"

승객들의 박수가 터져 나왔다. 에디르네까지… 에디르네… 에디르네…. 그 어떤 도시의 이름도 그의 귀에 이렇게 반갑지 않았다. 에디르네는 구원을 의미했다. 도착을 의미했다. 평화를 의미했고, 새로운 삶의 시작, 부활을 의미했다.

열차가 출발했다. 모두 신나 있었다. 콘스탄스만이 그럴 기분이 아니었다. 그녀는 부쿠레슈티에서 내리지도 않았고 종일 아무것도 먹지 않았다.

"몸이 좋지 않은가 봐, 열이라도 있는 거야?" 마고는 콘스탄스의 머리를 만지며 말했다.

"아무튼, 이제 도착한 거나 마찬가지야. 저녁쯤 에디르네로 들어가면 좀 나아질 거야…. 이봐, 아가씨. 이 몰골이 뭐야, 무슨 일이야?" 셸바가 물었다. 콘스탄스는 아무 대답도 하지 않았다. 눈을 감고 자는 척했다.

마고와 셸바는 에블린을 보러 복도로 나왔다.

"마르셀과 콘스탄스가 싸운 것 같아. 온종일 서로 말 한마디도 하지 않았어." 마고가 말했다.

"아니야. 싸우면 우리노 들었겠시. 객실에서 숨만 쉬어도 들리는데." 셸바가 대답했다.

다비드가 창문 앞에서 담배를 피우고 있었다.

"다비드, 오늘 굴뚝이라도 된 것처럼 담배를 피우네요. 부쿠레슈티에서 사 온 와인을 오늘 밤에 마셔요." 마고가 말했다.

"안 샀어요."

"아, 왜요? 역에서는 와인을 안 팔았어요?"

"물어보지도 않았는걸요."

마고는 '이 여행은 모두에게 너무 길었어. 이상한 일이네, 다 와 가면 좋아할 줄 알았는데 정 반대잖아.'라고 생각했다.

모두 각자의 객실에 있었다. 불가리아에 입국할 때의 유쾌한 분위기는 사라지고 없었다. 마르셀은 백개먼 게임을 하고 싶지 않았다. 다비드의 표정은 굳어 있었다. 콘스탄스는 몸을 웅크리고 졸고 있었다. 객실 안 분위기는 무거웠다.

"아세오 씨. 제가 뭔가를 부탁하면 들어주실 건가요?" 셀바가 입을 열었다.

"부인을 위해서라면 뭐든지요."

"여기 분위기가 우울해요. 다비드가 선생님의 바이올린을 내려주면 마지막으로 우리를 위해 연주해 주실 수 있나요? 분위기가 바뀔 겁니다."

"얼마든지요." 노인이 대답했다.

다비드는 선반으로 손을 뻗어 바이올린을 내렸다. "베토벤 바이올린 협주곡 D 장조." 아세오는 좁은 객실 한가운데서서 모두에게 고개를 끄덕이며 인사한 뒤 바이올린을 어깨에 올리고 연주를 시작했다.

아세오의 바이올린 활에는 뭔가 마법 같은 것이 있었다. 활이 현 위에 미끄러지기 시작한 순간 관객들을 다른 차원으로 데려갔다. 어쩌면 자신을 돌아보고, 알아가며, 문제를 해결하도록 각자의 내면세계로 데려간 것일지도 몰랐다.

콘스탄스의 눈에서 눈물이 두 볼로 흘렀다. 고개를 돌려 창밖을 바라보았다. 마르셀은 부드럽게 아내의 머리를 쓰다듬었다. 다비드의 입에서는 탄식이 흘러나왔다.

열차는 빠른 속도로 달리고 있었다. 아세오는 바이올린을 연주했다. 그는 평생 그래왔듯이 사랑과 열정을 담았다. 새해 첫날 아침 빈 오페라하우스에서 열린 신년 음악회에서 솔리스트로서 루트비히 판 베토벤의 바이올린 협주곡을 연주 중이었고, 여느 신년 음악회와 마찬가지로 오페라하우스는 귀족 신사들과 기품 있는 귀부인들 그리고 음악을 사랑하는 젊은이들로 가득했다. 모두 경외심을 갖고 그의 연주를 듣고 있었다. 알레그로 마 논 트로포6로 시작했다. 열광적으로…. 그런 다음 더 느리고 더 깊게…. 숲속 요정들이 진녹색의 숲을 날아다녔다…. 바이올린은 어깨에 올려둔 새하얀 손수건 위에, 활은 가볍게 쥔 오른손가락 끝에서 오가며 음악에 맞춰 몸을 흔들며 연주했다. 잠시 멈칫한 그는 서둘러 이마의 땀을 닦아내고 계속 연주했다. 라르게토7… 느리고, 잔잔하며, 평화롭고, 따뜻한 바다에서 수영하는 것처럼… 천천히 느리게 팔을 젓는 것처럼…. 악보도 보지 않고. 연주하고, 또 연주하고. 론도8…, 점점 빨라지고, 점점 신나게. 이제 그는 큰 새가 되었다. 하얀 날개를 가진. 구름 사이를 맴돌며 날고 있다. 맴돌며. 마지막 악보! 그랜드 피날레! 관객 모두가 자리에서 일어나, 빈 전체가, 멈추지 않는 박수, 박수, 박수…. 지휘자가 손을 뻗어 찬사를 보낸다. 다시 박수, 박수. "브라보 마에스트로! 브라보 마에스트로!" 관객을 향해 인사하고 또 인사했다. 이젠 박수 소리가 멀리서 들려왔다. 더, 더 멀리서….

"맙소사! 맙소사!" 지그프리드가 자리에서 벌떡 일어났다. 다비드와 마르셀, 여자들 모두 일어섰다. 아세오가 고개를

---

6   역주-Allegro ma non troppo, 빠르게 그러나 너무 빠르지 않게
7   역주-Larghetto, 라르고보다 조금 빠르게
8   역주-Rondo, 마지막 악장

앞으로 숙였다. 처음에는 인사하는 것처럼, 아래로 숙이고 또 숙이더니 허리가 접혔고, 천천히 바닥에 주저앉았다. 지그프리드가 겨드랑이 사이로 손을 넣어 일으켜 세우려 했지만, 실패했다. 이번엔 바닥에 눕혔다.

지그프리드는 친구 옆에 주저앉아 두 손가락을 아세오의 관자놀이에 댔다. 겁에 질린 셀바가 물었다.

"코헨 씨?"

지그프리드는 고개를 저었다. 그의 눈에서 눈물이 흘러내렸다. 그는 땅바닥에 앉아 머리숱이 듬성듬성한 친구의 머리와 등을 자신의 무릎 위로 끌어당겼다. 아세오는 이제 지그프리드의 품 안에 있었다. 그는 아세오를 양팔로 안고 아기를 흔들어주듯 흔들었다.

"즉시 열차를 멈춰야 해요. 소식을 전하러 가볼게요." 페릿이 말했다.

"잠깐만!"

페릿이 멈췄다.

"가지 마세요. 열차를 멈추지 마세요."

"하지만 코헨 씨, 안 됩니다."

지그프리드는 포대기에 싸인 아기를 내려놓는 것처럼 아세오의 머리를 부드럽게 서서히 바닥에 내려놓았다. 그리고 일어나 페릿의 손을 잡았다. 객실에서는 어떠한 소리도 들리지 않았고, 모두가 숨도 제대로 못 쉬었다.

"페릿 씨. 부탁합니다. 열차를 멈추지 마세요. 이 친구를 불가리아 땅에 내려놓고 싶지 않습니다. 불가리아 사람들 손에 닿게 하고 싶지 않아요. 이제 몇 시간 남지 않았어요. 국경을 통과하자마자 이 친구를 에디르네에서 넘겨줍시다. 몇 시간이면 돼요. 파시스트들이 그를 건드리고, 옷을 벗기고, 소지품에 손을 대는 걸 허락하지 마세요. 제발 부탁입니다."

페릿은 멈췄다. 모두의 눈이 하나라도 된 듯 그만 바라보고 있었다. 마르셀, 콘스탄스, 셀바, 마고, 다비드 그리고 아이들의 애원하는 눈빛이 그를 향하고 있었다.

"좋습니다, 코헨 씨. 하지만 아무도 이 사실을 알면 안 됩니다. 이 사실이 알려지면 우리는 큰 곤경을 겪게 될 겁니다. 사망 신고를 하지 않는 건 범죄입니다." 페릿은 한 명씩 객실 안에 있는 모두의 눈을 뚫어지게 바라봤다.

"그는 자는 거야. 자다가 죽으면 우리가 어떻게 알겠어!" 마고가 말했다.

아세오의 겨드랑이 사이와 다리를 잡고 자리로 옮겼다.

"내 무릎에 머리를 눕히세요." 지그프리드가 말했다. 그가 자리에 앉자, 승객들은 아세오의 머리를 그의 무릎 위에 올려놓았다. 지그프리드는 친구를 쓰다듬듯이 양손으로 아세오의 눈을 감겼다. 아래로 축 늘어진 그의 손을 자신의 입술에 가져가 입을 맞춘 뒤 가슴 위에 올려놓았다.

마고는 어깨에 걸치고 있던 빨간 코트를 그에게 덮어주었다. 아세오가 누워 있는 자리에 앉은 사람들은 그의 발아래와 반대편 좌석에 자리 잡았다.

열차는 달리고 있었다. 아세오가 마지막 콘서트를 위해 펼쳤던 라르게토 악보가 객실에서 날아다녔다. 아세오의 마지막 친구들은 말없이 어깨를 맞대고 나란히 앉아 있었다. 조금 전 그의 연주가 그들의 심장에서 여전히 울리고 있었다.

※ ※

제복을 입은 불가리아인이 경례하며 객실로 들어왔다.

"여권과 승차권을 소지하고 줄을 서세요. 국경에 도착했습니다."

순간 침묵이 흘렀다. "우리 여권은 다른 객실에 있는 친구가 가지고 있습니다." 마르셀이 최대한 예의를 갖춰 말했다.

"왜 그 친구가 다 가지고 있죠?"

"그가 이 객차 승객들의 대표라서 그렇습니다. 가서 데리고 오겠습니다." 마르셀은 후들거리는 다리로 객실 밖으로 나와 페릿이 있는 객실로 향했다.

"저 사람은 자는 건가요?" 불가리아인은 고갯짓으로 아세오를 가리키며 말했다.

"자고 있습니다."

"깨우세요."

"금방 잠들었습니다. 어젯밤부터 잠을 이루지 못했거든요." 마고가 말했다.

"검문 후에 다시 자면 됩니다."

페릿과 라파엘이 함께 왔다. 둘 다 포기한 듯 보였다. "여권을 가져왔습니다." 페릿이 말했다.

"좋습니다. 자, 준비하세요. 열차가 멈추면 전부 밖으로 나가세요."

"파리를 떠난 뒤로 수많은 곳을 거쳐 왔습니다. 우리는 베를린도 지나왔습니다. 누구도 우리를 밖으로 내보낸 뒤에 검문하지는 않았습니다." 페릿이 말했다.

"여러분들은 점령지만 거쳐서 오신 겁니다. 프랑스, 체코슬로바키아, 헝가리…. 그 나라들은 이제 모두 독일로 간주합니다. 모두 독일의 통제하에 있으니까요. 지금부터 여러분들은 다른 나라로 입국하시는 겁니다. 이게 바로 국경이라고 하는 겁니다."

"알겠습니다. 그럼 다른 객실부터 시작하시죠…." 페릿은 이렇게 말하고 시간을 벌어볼 생각이었지만, 무엇을 위해서 시간을 번단 말인가? 아세오와 오 분에서 십 분을 더 같이 있기 위해서? 불가리아인이 반대편으로 향하자, 다비드는 페릿에게 다가와 귓속말을 했다. "뇌물을 줘보는 건 어때요?"

"어떻게? 돈으로?"

"돈, 와인… 뭐든지요, 페릿 씨."

"잠깐만." 페릿이 말했다.

"코헨 씨가 돈을 낼 수 있다고 했어요."

"좋아, 그것도 생각해 보자."

불가리아인은 다른 객실의 승객들을 열차에서 내리도록 지시하고 있었다.

페릿은 객실에 있던 사람들에게 말했다. "모두 밖으로 나가세요."

아무도 움직이지 않았다. "저 불가리아인이 와서 여러분들을 끌어내기를 원하시는 겁니까? 코헨 씨, 아세오 씨를 내려놓고 나가세요."

마르셀과 콘스탄스, 아들을 품에 안은 셀바, 마고, 사무엘, 페를라가 밖으로 나갔다.

"제가 여기 있어도 될까요, 페릿 씨? 도움이 된다면… 그러니까…." 다비드가 물었다.

"아니요. 자네도 가, 다비드…. 코헨 씨도 제발요."

다비드는 밖으로 나왔다. 지그프리드가 움직이지 않는 것을 본 페릿은 화가 났다. "선생님의 아픔은 잘 알지만 이해해 주세요."

"당신은 내 아픔을 이해할 수 없어요. 당신이 불가리아인에게 뇌물을 주려고 한다는 걸 압니다. 그래서 혼자 있기를 원한다는 것도요. 하지만 나는 여기 있을 거고, 필요하다면 내가 더 많은 돈을 줄 수도 있어요. 거절할 수 없을 만큼의 돈을."

불가리아인이 천천히 객실을 향해 다가오고 있었다. 마고는 막 객차 계단을 내려가려다 갑자기 돌아서서 객차 안으로 뛰어 들어갔다. 객실 문 앞에서 불가리아 사람과 거의 부딪힐 뻔했다. 마고는 두 손으로 불가리아인의 손을 잡았다.

"여기 누워 계시는 분은 제 아버지세요. 몸이 매우 아프십니다. 고통을 줄이기 위해 수면제를 드시게 했습니다. 지금 깨우면 여기서 돌아가실 수도 있습니다. 앞으로 겨우 두 시간 남짓 여정만 남았습니다. 제발 고국에서 마지막 숨을 거두게 해주세요."

불가리아인은 서서 아세오를 내려다보고 있었다. 그는 아세오를 향해 손을 뻗었다. 마고의 심장은 조여들었고, 무릎에 힘이 빠졌다. 잠시 페릿과 눈이 마주쳤다. 페릿의 얼굴은 새하얗게 질려 있었다. 불가리아인은 아세오를 덮고 있던 빨간 코트를 쓰다듬듯이 만졌다. "정말 좋은 코트군요. 부드러워. 이게 캐시미어라고 하는 건가요?"

마고는 아세오와 불가리아인 사이로 들어가더니 제안을 내놓았다. "제 아버지를 깨우지 않으시면 이걸 드리지요. 부인이나 딸을 위해… 어쩌면 애인을 위해서일 수도 있겠네요. 다들 보는 앞에서 공개적으로 이걸 드릴 수는 없으니까…. 세관에 코트를 두고 나올게요. 저랑 같이 세관으로 가시죠." 마고는 자신의 코트를 어깨에 걸쳤다.

불가리아인과 마고가 떠나자, 지그프리드는 아세오의 머리를 좌석 위에 살며시 내려놓고, 선반에 놓여 있던 자신의 비옷을 내려 아세오에게 덮어주고 밖으로 나갔다. 페릿은 객실 문을 꼭 닫고 그를 따라갔다.

열차는 검문을 끝낸 승객들을 싣고 스빌렌그라드를 뒤로

한 채 천천히 출발했다. 잠시 후, 셀바가 소리쳤다. "카프쿨레." 열차가 느린 속도로 가다가 다시 멈췄다. 페릿이 객실에서 뛰쳐나와 복도에서 목청껏 소리쳤다. "튀르키예에 입국하신 걸 환영합니다!" 모두가 미친 듯이 손뼉을 쳤다. 서로 껴안고 볼에 입을 맞추며 울었다. 모두 악수하며 서로를 축하했고, 환호성을 질렀다. 오직 셀바의 객실만 그런 환호가 없었다. 창문을 통해 광채처럼 가득 들어찬 고국의 햇살도 객실의 슬픔을 가시게 하진 못했다.

페릿은 열차에 오른 세관원과 경찰관을 입구에서 맞이했다. "안타깝게도 좋지 않은 소식이 있습니다. 승객 한 명이 조금 전 운명하셨습니다."

"명복을 빕니다." 세관원이 말했다.

"국경 수비대에 알려야 합니까?"

"국경 수비대는 이 일과는 무관합니다. 국경 수비대는 축구 경기를 하러 가고 없습니다. 우리는 필요한 조치를 할 테니 걱정하지 마십시오." 경찰관이 말했다.

지그프리드는 아세오가 들것에 실려 밖으로 나가는 걸 유심히 보고 있었다. 그런 다음 아세오의 바이올린 케이스, 여행 가방, 자신의 소지품을 선반에서 내렸다.

"친구 여러분, 아쉽게도 여기서 작별 인사를 해야 합니다. 신께서 여러분을 다시 만날 수 있도록 허락해 주시기를 바랄 뿐입니다. 모두에게 진심으로 감사드립니다." 그는 한 명씩 차례대로 포옹했다. 그러고는 아세오의 바이올린을 마고에게 건넸다. "이걸 아가씨께 선물하고 싶습니다. 귀한 바이올린입니다. 아가씨가 켜지 않더라도 나중에 아이가 생기면 그 아이가 켜겠지요."

마고는 깜짝 놀랐다. "코헨 씨, 천만에요…. 제 코트에 비해 너무 귀한 걸 주시는 겁니다."

"아가씨의 코트에 대한 보상이 아니라 제 감사의 마음을 담은 성의라고 생각하세요."

"그래도 이 바이올린은 스트라디바리우스잖습니까! 아세오 씨에게는 친척이 있을 수도 있잖아요…."

"있지요. 유일하게 동생 한 명이 있는데 그게 바로 접니다!" 지그프리드가 대답했다.

열차는 두 명이 줄어든 승객과 함께 에디르네를 떠나 이스탄불로 향했다. 셀바는 아들을 남편에게 맡기고 베개처럼 말은 재킷에 머리를 기대고 눈을 감았다. 기뻐할 수만은 없었다. 울음도 나오지 않았다. 이스탄불에 도착했을 때, 역에 아무도 마중 나오지 않을 가능성에 대비해 서운해하지 않겠다고 마음먹었다. 셀바는 마음을 비운 사람 같았다. 마치 모든 신경을 그녀가 눈치채지 못하게 다 걷어가 버려 감정이 사라진 것 같았다. 너무 피곤하다는 것만 느낄 수 있었다. 며칠이 아닌 몇 달, 몇 년의 피로, 자발적인 유배 생활에서 온 고단함….

이젠 열차가 덜컹거리며 고국의 땅에서 달리고 있었다.
그 소리는 셸바에게 자장가처럼 느껴졌다.

"셸바, 저기 건너편에 있는 게 그 유명한 시난의 다리 아니에요?" 콘스탄스가 물었다.

"셸바는 자고 있어." 마고가 말했다. "가끔 잠꼬대도 해."

※ ※

셸바는 섬의 소나무 숲에서 사비하를 뒤쫓고 있었다.

막 따라잡으려던 순간, 사비하가 나무 뒤에서 나타났다가 사라졌다. 거품을 연상케 하는 하얀 드레스의 아랫단을 셸바가 펼치자 점점 드레스가 자신에게로 다가왔지만, 손으로 잡으면 마치 비눗방울을 잡은 것처럼 아무것도 잡히지 않았다. "셸바는 날 붙잡을 수 없어! 셸바는 날 붙잡을 수 없어!" 사비하는 또 뛰기 시작했다…. 저 나무 뒤로, 이 나무 앞으로…. 사비하의 드레스가 붉은 석류색으로 변했다…. 셸바는 뒤를 쫓았고, 그녀를 금방이라도 붙잡을 것 같았다…. 석류의 붉은 색이 이번에는 나비로 변했다. 셸바는 나비의 뒤를 쫓아… 나비는 날아가 버렸다. 셸바도 나비 뒤를 따라 절벽 아래로… 떨어졌다. 끝없는, 끝이 보이지 않는 절벽 아래로 떨어졌다. 절벽의 맨 아래에 아버지가 양팔을 벌린 채 서 있었다…. 셸바는 소리쳤다. "아버지, 절 붙잡아줘요… 붙잡아줘요, 아버지이이이!"

"셀바, 일어나… 일어나. 역에 도착했어."

셀바는 소스라치며 눈을 떴다. "어디야?" 졸린 상태로 라파엘에게 물었다.

"시르케지역에 도착했어."

"뭐라고!"

셀바는 몸을 일으키고 눈을 비볐다. 창을 통해 역의 철 기둥을 보았다. 그 냄새… 바다와 해초 향이 뒤섞인 이스탄불의 냄새. 수줍은 신부가 면사포를 끌어 걷는 듯 열차는 천천히 역에서 앞으로 나아갔다.

셀바가 그리워했던 도시의 색깔과 선들…. 셀축 양식의 조형과 스테인드글라스로 동양 특유의 신비로운 분위기를 풍기는 역에서 붐비는 인파. 짐을 끈으로 감아 등에 짊어진 짐꾼, 중절모에 더블 재킷을 입은 신사, 발목을 조인 펑퍼짐한 바지를 입은 남자, 모자를 쓴 여자, 히잡을 쓴 여자, 버릇없는 아이, 그리고 씨밋 장수…. 씨밋 장수를 보자 그녀의 뺨에 눈물이 흘러내렸다.

플랫폼은 매우 붐볐고 수많은 사람이 손을 흔들고 있는 것 같았다. 조그마한 희망을 안고 셀바는 인파 속에서 누군가를 찾고 있었다…. 아니, 절대 오지 않았을 거야…. "넌 나뿐만 아니라 600년의 전통도 뒤집어 놓았어." 오래전, 거실의 큰 거울 앞에서 언쟁을 벌였던 날, 이렇게 말한 사람도 아버지가 아니었던가. 안 왔을 거야! 아이들은 플랫폼에서 비명을 질렀고, 비둘기 몇 마리가 날개를 퍼덕였다. 한 할머니가 손자와 재회하고, 두 연인이 포옹하고. 그들을 지나 조금 앞쪽 오른편에 자홍색 정장을 입은 사비하와 엄마가 흰색 손수건을 흔들고 있었다. 그녀들 뒤에는 라파엘의 형인 레온이 손을 어디에 둬야 할지 몰라 어정쩡하게 주머니에 넣고 입에는 담배를 문 채 서 있었다. 셀바는 빠르게 플랫폼을 훑어봤다… 오지 않았어!

실망한 걸 누구에게도 보이지 않으려고 셀바는 고개를 숙였다. 참을 수 없는 고통이었고, 마음속 작은 희망의 종지부였다. 왜 희망을 품었을까? 아버지의 성격이 자신과 무척 닮았다는 걸 모르는 것도 아니면서. 아버지는 한번 시작하면 절대 물러서지 않는, 고집스럽고 타협하지 않는 성격이었다. 해방 전쟁이 한창일 때, 아나톨리아 반도에서 싸우던 군대를 비밀리에 지원하고, '해방'이야말로 그의 인생에서 가장 대단하고 행복한 사건으로 여기며, 성전에 참전한 군인들에 대한 존경을 숨기지 않으면서도, 자신의 맹세와 어긋난다는 이유로 공화국 선포에 반대한 아버지와 서재 구석에서 벌였던 언쟁이 얼마나 많았던가. "너 또 아버지한테 같은 문제를 주절대는 거야? 결론이 나지도 않는 논쟁이 지겹지도 않니?" 사비하는 셀바에게 이렇게 말하곤 했었다. 부녀는 지겨워하지 않았다. 셀바는 공화정이 아버지의 자유로운 사상과 진보적 견해에 얼마나 잘 맞는지 끊임없이 설명했고, 파즐 레샷 장군은 이슬람 종주국 지위를 내려놓은 건 실수였다는 주장을 절대 포기하지 않았다. 부녀의 토론은 몇 시간 동안 계속되곤 했다. 그래서 셀바는 아버지로부터 배운 모든 논리적 개념을 인용해 가며 아버지에게 결혼을 허락해 달라고 간청하면서도 허락을 받을 수 없다는 걸 마음속 깊은 곳에서는 이미 느끼고 있었다. 굴욕적인 자살 시도 이후, 다친 아버지의 침대 곁에 앉아 있었던 셀바는 아버지를 이 지경으로 만든 자신을 절대로 용서할 수 없을 거라는 걸 깨달았다. 결과적으로 아버지가 깨어나 자신의 주위에 있던 가족 중에 셀바와 눈이 마주치자, 눈을 감아버렸고, 다시는 열지 않을 결심으로 마음의 문마저도 닫아버렸다. 이 모든 걸 알았기에 셀바가 먼 곳으로 떠났던 것일까? 자신이 가장 소중하게 생각하는 사람에게 버림받은 채 살 수 없어서 이스탄불을 떠난 것일까?

그녀는 오랫동안 수없이 이런 생각을 했었다. 남편의 품에 안겨 잠들기 전 수백, 수천 번이나 생각했다. 욕정으로 자신을 주체할 수 없게 하던 라파엘의 몸에서 벗어나 연민으로 안아주던 품에 안길 때면, 그녀는 사랑의 덧창을 내리고 그리움의 창을 열었다. 어떤 날은 해가 뜰 때까지 아버지를 생각하곤 했다. 그리움으로. 사랑으로. 가슴이 미어지게. 라파엘이나 다른 누구에게도 말하지 않은 채 아버지를 실망하게 한 대가를 치렀다. 그 남자, 배불뚝이 독일인. 이름이 뭐였더라…. 그가 전한 소식을 듣기 전까지만 해도 남편에게 언젠가는 모든 것이 제자리를 찾을 거라고 했지만, 아버지에겐 아무런 기대도 없었다. 아버지가 이민국을 찾아가 열차에 관해 물었다는 걸 듣고 헛된 희망을 품었다. 하지만 이제 아버지로서 딸이 무사히 고국으로 돌아오길 바라는 것과 딸을 용서하는 건 전혀 다르다는 걸 깨달았다. 아버지로서 파즐 레샷 장군은 당연히 자신의 의무를 다하겠지만 그게 다였다. 그녀는 헛된 희망을 품었다. 아버지와 마지막 언쟁을 벌이다가 거실 문을 조금 세게 닫고 나왔을 때 뒤에서 들렸던 그 끔찍한 소리… 거대한 크리스털 거울과 세라믹 꽃병이 깨질 때 나던 그 울림들… 소프라노의 목청에서 나는 날카로운 음과 같던 그 소리…. 아직도 그녀의 귓가에 생생했다. 그날 아버지는 부녀 사이를 연결하는 흔히 볼 수 없고, 아주 귀하며, 특별한 크리스털 같은 고리를 모두 끊어버렸다. 아버지는 오지 않을 거야!

라파엘은 외할머니에게 보여드리라고 파즐을 아내에게 건넸다. 셀바는 실망한 표정을 감추려 애쓰며 파즐을 받아안아서 들어 보였다. 그제야 인파들 사이 제법 멀리 떨어진 곳에서 새하얀 머리카락에 손에는 지팡이를 든 채 누군가를 기다리는 노인이 눈에 들어왔다. 노인은 저 멀리 철 기둥에 기대 서 있었다. 꼼짝하지 않고. 끝.

세상 모든 것에 감탄하는
지혜로운 사람들의 공간
호밀밭

네페스 네페세

ⓒ 2024, 아이셰쿨린(Ayşe Kulin)

초판 1쇄	2024년 11월 4일
지은이	아이셰 쿨린(Ayşe Kulin)
옮긴이	오진혁
펴낸이	장현정
책임편집	김경은
디자인	김희연
마케팅	최문섭, 김윤희
펴낸곳	호밀밭
등록	2008년 11월 12일(제338-2008-6호)
주소	부산광역시 수영구 연수로 357번길 17-8
전화	051-751-8001
팩스	0505-510-4675
홈페이지	homilbooks.com
전자우편	homilbooks@naver.com

ISBN 979-11-6826-194-5(03830)